KB266860

강물이 멈춘 날

NEW YORK TIMES BESTSELLER

WALLY LAMB

강물이 멈춘 날

THE RIVER IS WAITING

A NOVEL

월리 램 지음
박산호 옮김

내 평생의 사랑인 크리스틴에게

차례

고통은 우리에게 심문관으로 와서 묻는다.
"너는 누구냐?"

-데이비드 A. 피엔시

1부

원서에서 강조를 위해 사용한 이탤릭체는 그대로 유지했습니다.

이미 굳어진 외래어는 예외로 했습니다.

일러두기

- 인명, 지명을 비롯한 고유명사의 표기는 국립국어원 외래어 표기법 규정을 따르되,
  이미 굳어진 외래어는 예외로 했습니다.
- 원서에서 강조를 위해 사용한 이탤릭체는 그대로 유지했습니다.
- 단행본은 『 』, 노래, 영화, TV 프로그램은 「 」, 잡지명은 《 》로 표기했습니다.

상상할 수 없는 일

1

2017년 4월 27일

새벽 6시, 제일 먼저 일어난다. 스포티파이에서 내가 좋아하는 체인스모커스의 노래가 흘러나온다. *만약 우리가 추락한다면 우리는 함께 추락하는 거야…….* 아티반(벤조디아제핀계 항불안제-옮긴이)을 한 알 삼키고 아침 커피에 독한 캡틴 모건 럼을 두어 번 따라서 들이켠다. 집에서 절대 쓰지 않는 19리터짜리 랍스터 냄비에 병을 숨기고 뚜껑을 덮는다. 그리고 냉장고 위 찬장에 넣는다. 에밀리는 발판을 쓰지 않고는 손이 닿지 않는 곳이다. 그런 다음 쌍둥이들의 빨대 컵을 채우고, 아침으로 프렌치토스트를 만들기 시작한다. *우리가 추락한다면 우리는 함께 추락하는 거야.* 아이들 소리를 들으려고 음악을 끄지만 이 노래는 아마 아침 내내 머릿속에서 재생될 것이다.

에밀리가 일어나 욕실에서 출근 준비를 한다. 샤워기 물소리가 멎자 근 2년 전에 내 스튜디오를 개조해 만든 아이들 방에서 쌍둥이들이 서로에게 옹알거리는 소리가 들려온다. 내 이젤과 캔버스, 물감들은 지하실 계단 뒤쪽으로 밀려났다. 별로 큰 희생은 아니었다. 나는 상업 미술가로 돈을 벌었고, 퇴근 후와 주말에는 '본격적인' 작업을 하려고 애써 왔다. 하지만 아이들이 태어난 뒤로는, 텅 빈 캔버스를 바라보며 머릿속을 떠도는 추상적인 이미지가 팔을 타고 붓으로 흘러가 뭔가가 나오길 기다리는 일이 가장 하기 싫은 일이 되었다. 메이지는 쌍둥이 중에서 주도권을 쥔 쪽이었다. 니코는 누나 뒤를 따라 걷고, 기고, 말을 배웠다. 발달이라는 경주에서 니코는 늘 두 번째였지만, 둘의 성격이 드러나기 시작하자 메이지는 둘 중 더 진지하고 목표 지향적인 아이가 되었고, 니코는 장난기도 많고 웃음도 많은 우리의 작은 말썽꾸러기가 되었다. 아이들이 각자의 모습으로 변해 가는 과정을 지켜보며 아이들을 향한 사랑은 매일 더 깊어졌다. 내가 잠시 누린 예술적 사치를 우리 사랑의 결과물과 어떻게 견줄 수 있겠는가. 비교 자체가 되지 않았다.

"우르르, 까꿍!" 아이들 방 문간에서 까꿍 놀이를 하며 소리친다. "아빠!" 쌍둥이는 동시에 외친다. 나를 보자마자 터져 나오는 아이들의 환희가 잠깐이나마 나를 들뜨게 한다(벤조와 술도 조금 일조했겠지만). 나는 아이들이 함께 쓰는 침대에서 아이들을 한 명씩 안아 올린다. 쌍둥이는 종종 서로를 꼭 안고 잠들고, 때로는 서로의 엄지손가락을 빨기도 한다. 아이들을 카펫에 눕힌 뒤 기저귀를 벗긴다. 기저귀는 둘 다 흠뻑 젖어 있고, 메이지의 기저귀에는 아주 작은 알갱이 같은 똥이 두 개 붙어 있다. 물티슈로 닦은 후 새 기저귀를 채우며 나는 말한다. "메이지 아가씨, 코는 어디 있지?" 어제 하던 놀이다. "아주 잘했어! 니코 씨는 어때? 네 귀는 어디 있지?" 아이가 코에 손가락을 갖다 댄다. "아니이!" 나는 일부러 놀란 척 끙, 신음한다. "코로는 들을 수 없잖아!" 두 아이가 깔깔 웃는다. 나는 에밀리가 가끔 아이들을 목욕시키며 불러 주는 노래 「버스의 두 바퀴」를 부르기 시작한다. 메이지는 집중해서 들으며 몇 가지 동작을 따라 하고, 니코는 발버둥 치며 침으로 거품을 분다. 두 아이를 한 팔에 하나씩 안아 들고 부엌으로 걸어가는 순간, 연기 감지기가 비명을 지르기 시작한다.

방에는 연기가 자욱하고 타 버린 프렌치토스트 냄새가 진동한다. 요란한 경보음에 놀란 두 아이가 울기 시작한다. 복도 끝에서 에밀리가 "코비?" 하고 불러서, 나는 "별일 아니야. 내가 처리했어!"라고 소리쳐 답한다. 아이들을 유아용 식탁 의자에 앉히고 쟁반을 의자에 딸깍 소리 나게 끼운다. 그리고 알람을 가리키며 아빠가 저 소리를 멈출 거라고 말한다. "잘 봐." 나는 발판에 올라서서 손을 뻗어 그 망할 것을 꺼 버린다. "아빠 출동!" 내가 선언한다. 발판에서 폴짝 뛰어 내려와 춤을 추자 아이들의 공포가 웃음으로 바뀐다. "아빠 웃겨!" 메이지가 말한다. 나는 최선을 다해 엘비스 흉내를 내며 혀가 살짝 풀린 목소리로 중얼거린다. "감사합니다. 정말 감사합니다." 아내와 나 둘 중 재미있는 부모를 맡은 건 나고, 두 아이는 최고의 관객이다. 아이들에게 빨대 컵을 건네며 아이들 목에다 대고 부르르 소리를 낸다. 아이들은 어깨를 움츠리며 즐거워서 꺄악 소리를 지른다.

에밀리가 부엌에 들어올 즈음, 나는 이미 그녀의 커피와 프렌치토스트 한 접시를 식탁에 올려 두었다. 먼저 구운 것들은 바닥에, 타 버린 걸 대신해 새로 구운 토스트들은 위에 놓았다. "엄마!" 니코가 외친다. 에밀리는 그의 정수리에 입을 맞춘다. "예쁜 우리 아들, 오늘은 기분이 어때?" 그리고 딸에게 몸을 돌려 역시 머리에 입을 맞추며 말한다. "예쁜 우리 딸은?" 물론 에밀리는 두 아이를 똑같이 사랑하지만, 성격이 점점 나를 닮아 가에너지 넘치는 니코를 조금 더 아끼는 편이다. 메이지는 누가 봐도 엄마를 똑 닮았다. 똑똑하고 자립적이다. 손이 더 많이 가는 쪽은 나와 니코다.

에밀리가 자리에 앉아 식사를 시작하자, 몇 주 전 어느 아침이 떠오르며 죄책감이 파도처럼 밀려온다. 그날 에밀리는 방과 후에 다른 교사 몇 명과 피에스타에 가서 술을 마시고 이른 저녁을 먹을 거라고 했다. "7시까진 집에 올게. 늦어도 7시 반." 그녀가 말했다. 나는 금요일은 가족과 함께 보내는 밤이라는 점을 일깨워 줬다. "나는 온종일 아이들을 보잖아. 사실

주말만 빼고 계속 그런 셈이지. 계획을 세울 때 나도 휴식이 필요할지도 모른다는 생각은 안 해 봤어?"

에밀리는 위로하듯 내 어깨를 살짝 쥐었다. "당신이 얼마나 애쓰는지 알아, 코비. 하지만 앰버가 지금 정말 많이 힘들어해. 이미 결혼식 참석 여부 답장도 다 갔고, 드레스도 맞췄고, 신혼여행 예약도 해 놨는데." 앰버는 다음 달 결혼을 앞두었던 동료 교사인데, 약혼자가 자신이 게이라는 사실을 털어놓았다. "그 자식이 완전히 뒤통수친 거야. 앰버는 우리 도움이 절실해."

"나는 안 그래?"

그녀는 나를 물끄러미 보다가 고개를 절레절레 흔들었다. "몇 시간 늦는 거 가지고 이렇게 난리를 칠 거라면, 좋아. 다른 선생님들에게 못 간다고 말할게." 그녀가 말했다.

"아니야. 다녀와, 여보. 피에스타 그 멕시코 레스토랑 맞지? 재미있게 놀다 와. 마가리타 한 잔은 내가 쏘는 걸로 하지. 에라, 뭐 어때. 서너 잔 마셔. 마음껏 취해."

그녀는 문을 나서다가 홱 돌아서서 눈을 번뜩였다. "그건 당신이 좋아하는 거지. 나는 아니야." 어이쿠.

그녀는 아이들에게 인사했지만 나에게는 하지 않았다. 나는 창가에 서서 그녀가 차에 타고 문을 쾅 소리 나게 닫은 후 그대로 떠나가는 모습을 지켜봤다. 몇 분 뒤 후회가 밀려왔다. 아마 그녀가 학교 주차장에 들어서기도 전이었을 것이다. 나는 그녀에게 문자를 보냈다. *아까 내가 좀 못되게 굴었어. 찌질하게 굴어서 미안해. 다른 사람들과 나가서 그 친구를 챙겨 줘. 집은 신경 쓰지 말고*

그녀가 보낸 *오케이, 고마워.*라는 짧은 답장을 보고 아직도 화가 났다는 걸 알 수 있었다. 그러자 나도 다시 화가 치밀었고, 진정하기 위해 아티반을 하나 더 먹어도 되겠다는 생각까지 들었다. 애초에 의사가 이걸 처방해 준 이유가 바로 그거 아니었나?

에밀리는 그날 밤 9시가 넘어서야 집에 돌아왔다. 얼굴이 보이기 전에 부엌에서 목소리가 먼저 들렸다. "나 왔어, 코비. 아직 저녁 안 먹었으면 내가 치킨엔칠라다 사 왔어." 그녀가 말했다. 사실 아무것도 안 먹었지만 먹었다고 답했다. "오케이. 그럼 냉장고에 넣어 둘게. 내일 먹어." 그녀는 와인을 두 잔 정도 마셨을 때 보이는, 살짝 취기 오른 얼굴로 거실에 들어왔다. 하지만 아기 침대가 아니라 내 무릎에서 잠든 니코를 보자 금세 얼굴이 굳었다. "니코가 아파. 귓병 같아." 내가 말했다.

에밀리가 옆자리 소파에 앉아 니코의 머리를 쓰다듬으며 열은 쟀냐고 물었다. "38.3도야." 나는 그렇게 말했다. 사실 체온계에 찍힌 건 38도였지만 0.3도를 슬쩍 보탰다. 그래, 난 그렇게까지 쪼잔해질 수 있는 인간이다.

"타이레놀 먹였어?"

나는 고개를 끄덕였다. "한 시간쯤 전에. 그래서, 나초 먹으면서 하는 집단 치료는 잘 끝났어?"

그녀는 대답하는 대신 일어나서 커피 테이블에 놓인 빈 병들을 집어 들었다. 에밀리는 내가 아이들을 보는 밤에 맥주를 마시는 건 싫다고 했지만 그날 밤엔 문제 삼지 않았다. 그녀의 죄책감은 만족스러운 정도였다.

내가 밤에 마시는 맥주량을 에밀리가 체크하는 건 분명하지만, 낮에 독한 술을 마시기 시작했다는 사실까지는 모를 거라고 확신한다. 재활용 수거 트럭이 우리 집 앞을 지나는 날이 화요일이라, 나는 그때까지 빈 술병들을 숨겨 놓는다. 그녀가 출근하면 숨겨 둔 병들을 꺼내 파란색 재활용통을 끌고 길가로 나간다. 알코올에 의존하기 시작했다는 증거를 들고 서 있는 게 부끄럽기도 하지만, 한편으로는 낮술을 감쪽같이 속여 넘겼다는 사실에 은근한 자부심도 느낀다. 물론 그녀는 내가 신경 안정용으로 처방

약을 먹는다는 건 안다. 사실 내가 지나치게 예민해지고 잠을 못 자게 되자 누군가를 만나 보라며 재촉한 사람도 그녀였다. 다만 그녀가 모르는 건, 내가 "잠자기 전 한 알 또는 필요시"라는 지시를 넘겨 복용하기 시작했다는 사실이다.

약을 예정보다 빠르게 다시 처방받아야 하는 이유를 묻는다면, "잠자기 전 한 알 또는 필요시"라는 문구가 빠져나갈 구멍이라고 스스로를 설득한다. '화학의 힘으로 더 나은 삶을 사는 것'에 점점 더 의존하는 것도 크게 걱정하지 않는다. 상황이 호전될 때까지 버티기 위한 임시방편일 뿐이니까. 그렇다고 내가 벤조나 술에 중독된 것도 아니니까. 한 번 음주 운전으로 걸린 적은 있지만, 그건 그럴 만한 사정이 있었다. 그날은 바로 내가 실직한 날이었다. 다시 일을 시작하면 모든 게 제자리를 찾을 것이다. 그래. 처음만큼 열심히 새 직장을 찾고 있지는 않지만 곧 다시 구직 활동에 나설 거다.

귀앓이가 지나간 다음 날 아침, 니코는 다시 예전처럼 천방지축이 되었고 메이지도 아프지 않았다. 나는 아직 마음이 풀리지 않았다는 걸 에밀리에게 알리기 위해 단음절로만 소통했다. 에밀리는 아이들을 데리고 점심을 먹으러 갔다가 공원 놀이터로 향했고, 나는 집에서 농구를 봤다. 마치 매드니스(미국 남자 대학 농구 토너먼트-옮긴이) 시즌이었다. 곤자가 대 제이비어, 오리건 대 캔자스. 하지만 나는 어느 쪽에도 판돈을 걸지 않았다. 크리에이티브 스트래티지스에서 일하던 시절에는 항상 회계팀의 데클런이 나서서 대진표 맞히기 내기를 진행했고, 그나 영업팀의 찰리가 우리를 불러 모아 함께 경기를 지켜봤다. 회사를 떠난 지 얼마나 됐다고 아무도 내가 거기에 끼고 싶은지 물어보지 않았다. 눈에서 멀어지면 마음에서도 멀어진다, 뭐 그런 거겠지.

나는 바닥에 놓인 샘 애덤스 맥주 여섯 캔을 벗 삼아 소파에 길게 누웠다. 도움이 필요할 때 '친구에게 전화 걸기'를 할 수 있었던 TV 프로그램 제목이 뭐였더라? 나는 누구에게 전화했을까? 크리에이티브에서 맺은 인간관계는 내가 퇴사하자 사라졌고, 고등학교나 대학 친구들과는 연락이 끊긴 지 오래였다. 소프트볼팀 녀석들과는 애초에 가까운 사이도 아니었다. 실직자로 두 살짜리 쌍둥이를 키우는 상황에서 남자 친구들과 관계를 유지하려고 해 봐라. 다른 이들이 평일에 일하고 주말에 친구들과 어울려 다니는 동안, 나는 하루 24시간 내내 유아 둘을 돌보는 육아 대디였다.

오후 중반이 되자 나는 얼근하게 취했다. 에밀리와 쌍둥이는 아직도 밖에 있었다. 아마 장모님 댁에 가 있겠지. 소변을 보러 일어나 화장실로 가는 길에 몸이 조금 휘청거렸다. 볼일을 보던 중, 휴지걸이에 쓰인 뜨개 치마를 입은 멍청한 인형에 기대 있는 봉투 하나가 눈에 들어왔다. 그 인형은 에밀리의 고모 샬럿이 어느 크리스마스에 선물로 준 것인데, 그때 둘이서 한바탕 웃어 댔다. 하지만 어쩐 일인지 집에서 굴러다니는 잡동사니를 몇 번이나 대대적으로 정리했는데도, 그건 여태 살아남았다.

봉투 안에는 줄이 있는 종이에 쓴 편지가 있었다. *여보, 어제 일은 미안해. 당신 말이 맞아. 퇴근 후에 외출하겠다고 통보하듯 말할 게 아니라, 그래도 괜찮은지 당신에게 먼저 물었어야 했어. 당신이 새 일자리를 찾는 동안 쌍둥이를 돌보는 걸 내가 얼마나 고맙게 생각하는지 알아줬으면 해. 그게 쉽지 않다는 것도 알아. 그리고 코비, 당신이라면 곧 다른 자리를 찾을 거라고 나는 믿어. 당신이 얼마나 재능 있는 예술가인지, 또 얼마나 훌륭한 아빠인지 당신이 알기를 바라. 오늘 저녁은 피자 먹자. 아이들이 잠들면 우리끼리 오붓한 시간을 가질 수 있으면 좋겠어. 사랑을 담아, 에밀리.*

편지를 써 주어 고마웠다. 특히 "오붓한 시간"이라는 제안이 그랬다. 이 말은 화해의 섹스를 뜻하는 암호 같은 표현이었다. 실제로 그날 밤 그런 시간을 가지긴 했지만, 결과는 엉망이었다. 늘 그렇듯 먼저 그녀를 만족시키려 했는데 너무 오래 걸려 그만 포기해 버렸다. 그녀 위로 올라가 순식간에 속도를 올려 빠르게 움직이던 중에 그녀가 내 손목을 붙잡고 속삭였다. "여보, 천천히 해." 내 몸은 그대로 식어 버렸고 발기가 풀리기 시작했다. 나는 몸을 빼고 가운을 걸친 채 문밖으로 나가려 했다. 머릿속에는 젠장, 난 제대로 하는 게 하나도 없구나, 하는 생각뿐이었다. 일도 못 구하고, 술과 약 없이는 하루도 못 버티고, 이제는 아내조차 만족시키지 못하다니. "어디 가? 그러지 말고 이리 와. 몇 분만 쉬었다가 다시 해 보자." 그녀가 말했다.

그 제안이 고마웠다. 나는 여전히 그녀를 사랑한다. 여전히 그녀를 원한다. 우리가 처음 만났던 그 여름으로부터 십수 년이 흐르고 아이 둘이 생긴 지금도, 처음 데이트를 신청했을 때 그녀가 "그래."라고 했다는 사실이 믿기지 않는다. 내가 대륙을 가로질러 캘리포니아까지 차를 몰고 가, 느닷없이 그녀의 대학 근처에 있는 아파트에 나타났을 때도 그녀는 나와의 관계를 선택했다. 그리고 지금까지 그 선택을 *지켜 왔다*. 우리 둘 중에서는 분명 내가 과분한 짝을 만난 셈이다. 그런 그녀가 또다시 침대에 누워 나에게 친절과 이해를 베풀었다. 나는 물론 나라서 또 일을 망쳤다. "지금은 그럴 기분이 아니야. 다음에 하자." 내가 말했다.

나는 아래층으로 내려갔다. 부엌을 서성이다가 냉장고를 열었다. 그녀가 사다 준 엔칠라다를 전자레인지에 돌렸지만 너무 오래 데워서 퍽퍽하고 질겨졌다. 몇 입 먹다 말고 나머지는 쓰레기통에 긁어 넣었다. 대신 랍스터 냄비에 손을 뻗어 독한 술을 한 잔 마셨다. 침대로 돌아왔을 때 에밀리는 자고 있었다. 우리가 함께한 그 긴 세월 동안 이렇게 어긋났던 적도 아마 없었을 것이다.

하지만 다음 날에는 상황이 나아졌다. 우리는 바닥에 앉아 아이들과 놀았다. 우스운 「아기 상어」 노래에 맞춰 함께 춤을 췄다. 오후에 아이들이 낮잠을 자자 침대로 돌아가 다시 시도했고, 이번에는 둘 다 만족했다. 저녁을 함께 만들었고, 쌍둥이는 우리 발치에서 이리저리 돌아다니며 우리를 지켜봤다. 그 뒤로는 계속 괜찮았다. 늘 그렇듯 사소한 기복은 있지만 그 이상은 없다. 결혼이란 결국 그런 시소 타기 같은 것 아니겠는가. 우리는 괜찮다.

~

이제 에밀리는 프렌치토스트 두 장을 한입 크기로 네모나게 잘라 조각마다 시럽을 콕콕 찍는다. "냠냠냠." 그렇게 말하며 아이들에게 핑거푸드를 나눠 준다. 이렇게 마음이 느긋할 때는 에밀리가 아이들과 함께 있는 모습이 더 사랑스럽다. 메이지는 엄마를 닮았다. 짙은 머리카락에 짙은 눈동자, 외할아버지에게 물려받은 지중해풍의 피부색까지. 24개월 검진 때 키와 몸무게가 또래 평균보다 아래쪽이었으니 아마 에밀리처럼 아담하게 자랄 것이다. 니코는 붉은 기가 도는 내 머리카락과 더 밝은 피부색을 닮았다. 소아과 의사 말로는 키와 몸무게가 평균을 웃도는 편이라지만, 누나 옆에 서 있으면 덩치가 꽤 커 보인다. 에밀리는 나를 돌아보며 연기 감지기가 왜 울렸냐고 묻는다. 나는 조리대에 던진 탄 토스트 두 조각을 집어 들어 꼭두각시처럼 대롱대롱 흔들어 보인다. "자, 여기 있다." 새로 구운 토스트들을 프라이팬에서 접시로 옮겨 담는다. "금방 올게." 나는 욕실로 가서 그녀가 내 입냄새를 맡지 못하게 이를 닦는다. 삼십 초쯤 시간을 끈 뒤 변기 물을 내리고 다시 부엌으로 돌아온다. 그러자 에밀리가 내게 왜 웃느냐고 묻는다.

"뭐?"

"당신 지금 싱글거리고 있잖아. 무슨 생각을 하는 거야?"

"내가 무슨 생각을 하고 있냐고? 나도 몰라. 별생각 안 해." 내가 웃는 이유는 럼과 아티반 덕분에 기분 좋게 알딸딸하기 때문이다.

깔끔하게 먹는 편인 메이지는 하나도 어지르지 않고 식사를 끝냈지만, 니코는 턱받이가 우유로 흠뻑 젖었고 대체 어떻게 한 건지 왼쪽 눈썹에도 시럽이 묻어 있다. 아침 식사의 반은 바닥에 떨어져 있다. 에밀리는 시계를 보고 어질러진 걸 치우기 시작한다. "아가, 엄마 아빠가 로봇 청소기 룸바 같은 걸 하나 사서 온종일 너만 따라다니게 설정해야 할 것 같아. 그러면 좋겠니?" 그녀가 니코에게 말한다. 무슨 말인지 전혀 모르면서 아이는 신나게 고개를 끄덕인다. 나는 에밀리에게 그냥 두라고, 내가 치우겠다고 한다. "그럼 정말 좋겠어. 난 늦었거든." 그녀가 말한다. 그녀는 다시 욕실로 가서 이를 닦고 드라이기로 머리를 말린다.

출근하러 나가기 직전에 에밀리는 쌍둥이에게 말한다.

"오늘 아빠랑 할머니랑 잘 있어야 해, 애들아. 말썽 피우면 안 돼. 알았지?" 그러고는 고개를 끄덕이며 올바른 대답을 직접 보여 준다. 두 아이가 그대로 따라서 고개를 끄덕인다.

"이 약속을 서면으로 받아 둘 수 없는 게 유감이군." 내가 농담한다. 전날에는 니코가 누나를 끌어들여 크레용으로 부엌의 리놀륨 바닥에 온통 낙서를 했다. 바닥 표면에 흠집을 내지 않고 그 자국을 지우느라 죽을 맛이었지만, 결국 흠집이 나고 말았다.

"자, 엄마는 간다. 너희랑 같이 집에 있을 수 있다면 얼마나 좋을까. 사랑해." 그녀가 말한다.

"나도 사랑해." 그녀가 막 나가려는 걸 봤을 때 나는 일부러 아침 설거지를 시작한다. 술 냄새 나는 키스보다는 거품 묻은 손을 흔드는 작별 인사가 낫다. "현장학습 재미있게 다녀와." 에밀리는 3학년 아이들과 공룡 단원을 막 끝낸 참이라, 오늘 아이들에게 선사시대의 뼈와 발자국을 보여 주려고 피바디 박물관에 간다.

"취업 건들 잘 풀리길 바랄게, 여보. 어쩌면 오늘이 그날일지도 모르잖아, 응?" 그녀가 말한다.

나는 어깨를 으쓱한다. "아마도."

오늘은 이론상으로 구직 활동을 하는 날이지만, 솔직히 말하면 이제 현 상황에 거의 체념했다. 에밀리의 차가 진입로를 빠져나가 뒤로 물러섰다가 가속하는 소리가 들리자 나는 허공에 대고 소리 내어 말한다. "저기 우리 집 가장이 가신다." 그러고는 손을 위로 뻗어 랍스터 냄비를 내린 뒤 커피와 캡틴 모건을 섞어 잔을 다시 채운다. 아이들에게 옷을 입히고 기저귀 가방을 챙긴다. 나는 아이들에게 말한다. "있잖아, 오늘은 할머니랑 노는 날이야." 메이지는 손뼉을 치지만 니코는 고개를 흔들며 말한다. "할머니 싫어! 할머니 안 돼!"

"그래, 나도 그 기분 알지." 나는 빙긋 웃으며 말한다. 에밀리의 아버지 는 전에 전처를 두고 "강철 나비"라고 부른 적이 있다.

나는 장모님 베시에게 거짓말을 했다. 8시 반쯤 아이들을 내려 주고, 보스턴 북쪽 매사추세츠에 있다는 가공의 일자리 몇 군데를 알아보러 다녀오겠다고 말이다. 차만 안 막히면 3시에서 4시 사이에 아이들을 데리러 오겠다고도 했다. '차만 안 막히면'이라는 단서를 붙인 건 술을 깨는 데 한 시간쯤 더 걸릴 상황에 대비한 일종의 보험이었다.

나는 에밀리에게도 거짓말을 했다. 아이들을 장모님 집에 내려 준 뒤 이력서를 한 번 더 돌리고, 몇 군데 후속 연락을 하고, 그다음에는 맨체스터로 가겠다고 말이다. 하비 로비에서 액자 코너 채용 공고를 냈다고 둘러댔다. 하지만 사실은 몇 달에 걸친 구직 과정에서 거듭 모욕당하며 이미 기가 꺾여 버렸고, 이제는 정말로 그 하비 로비에 취직될까 봐 두렵기까지 하다. 대형 매장에서 싸구려 양산형 포스터에 종이 테두리를 대 액자에 넣어 주는 일을 해야 하다니, 나는 맨체스터로 가지도 않을 것이고, 내가 꾸며 낸 일정에 적어 둔 다른 어떤 일도 하지 않을 것이다.

내가 5년 동안 일한 광고 회사의 두 명뿐이던 아트 부서에서 정리해고당했을 때, 매니저 론다는 점심시간에 그 소식을 전하며 오후에는 쉬라고 말했다. 공정하게 말하자면, 그녀는 그날이 메이지와 니코의 첫돌이라는 걸 몰랐다. 우리는 두 아이의 할머니들과 이웃 몇 명 그리고 에밀리의 직장 동료들까지 불러 파티를 열 계획이었다(지난해에는 론다가 쌍둥이의 탄생을 기념해서 점심시간에 축하 자리까지 마련해 주었다. 케이크에 상품권, 하기스 기저귀 묶음, 잠 못 자는 부모들에 대한 농담까지 건넸다). "이건 네 작업의 품질 문제가 아니라는 걸 알아줬으면 해, 코비." 론다는 도끼를 들어 올렸다가 내리치듯 말하며 나를 달랬다. "회사의 수익 구조가 문제야. 쉽지 않은 결정이었지만 둘 다 남길 수는 없다는 지시를 받았어." 물론 나를 남기고 나보다 3년 늦게 입사했지만 더 큰 고객사들을 담당하는 회사의 총아인 브라이언을 해고할 리는 없었다. 나와 마찬가지로 브라이언도 로드아일랜드 디자인 학교에서 장학생으로 공부했지만, 나와 달리 그녀는 우등으로 졸업했고 작품으로 상도 받았다. 나는 4학년을 마치기도 전에 학교를 그만두고, 에밀리의 사랑을 붙잡겠다고 대륙을 가로질러 차를 몰고 간 반면에 말이다.

한동안 나는 이런 시나리오를 상상해 왔다. 더 크고 돈도 잘 주는 에이전시가 브라이언을 크리에이티브에서 스카우트해 가고, 나는 예전 자리를 되찾아 맹활약하며, 나를 내보낸 게 얼마나 어리석은 결정이었는지 그들에게 증명해 보이는 장면 말이다. 이런 걸 뭐라고 하지? 마술적 사고?

그러는 사이 실업급여는 이미 끊겼고, 우리는 주택담보대출을 연장했으며, 부부 상담도 세 번이나 받았다. 지난달에는 쌍둥이의 두 번째 생일을 선물과 케이크, 촛불로 조용히 챙겼고 파티는 비용 문제로 생략했다. 뭐, 사람들이 말하듯 어쩔 수 없는 거지. 요즘 나는 럼과 아티반의 도움을 받으며, 앨프리드 E. 노이만식(미국 풍자 잡지 《매드 매거진》의 마스코트 소년-옮긴이) 철학인 "뭐? 내가 걱정한다고?" 사고법으로 공항을 가까스로 누르고 있다. 그래서 오늘 아이들을 데려다준 뒤 주류 상점에 가서 캡틴 모건을 한 병 더 살 것이다. 그리고 집으로 돌아와 낮에 하는 TV를 틀어 놓고 그걸 마실 생각이다. CNN, 「피플스 코트(법정 리얼리티 프로그램-옮긴이)」, 「프라이스 이즈 라이트(미국을 대표하는 장수 퀴즈 쇼로 소비재의 실제 가격을 추측하는 프로그램-옮긴이)」 같은 프로그램, 그리고 찾을 수만 있다면 「세이브드 바이 더 벨(1990년대 미국을 대표하는 청소년 시트콤-옮긴이)」 재방송을 해 주는 채널까지 봐야지. 럼과 약의 기운이 *제대로* 올라오기 시작하면 포르노를 좀 보다가 혼자 처리하고 낮잠을 한숨 잘지도 모르겠다. 4시쯤에는 장모님 댁에서 메이지와 니코를 데려올 것이다. 에밀리가 집에 오는 시간에 맞춰 저녁을 만들기 시작하거나, 아니면 중국집이나 치폴레(미국의 멕시칸 음식 체인-옮긴이)에서 음식을 사 오고, 쌍둥이 몫으로는 맥너겟을 곁들이겠지. 놀이방 창턱에는 어느새 해피밀 장난감이 민망할 만큼 쌓여 가고 있다. 그게 내 계획이다. 하지만 이 모든 일은 일어나지 않을 것이다.

나는 쌍둥이가 할머니 집에서 하루를 보낼 수 있도록 가방을 싸고, 현관 앞 포치의 맨 아래 계단에 내려놓은 뒤 다시 집으로 들어온다. 아이들을 데려다줄 때 장모님이 아무 냄새도 맡을 수 없도록 이를 닦고 가글도 두 번이나 한다. 아침 공기가 쌀쌀해서 아이들에게 모자를 씌우고 봄 재킷을 입힌다. 현관문을 잠그고 아이들과 함께 진입로로 걸어 나온다. 평소 같으면 니코 먼저 카시트에 태운다. 니코가 메이지보다 좀 더 가만있지 못하는 편이니까. 그런데 오늘 아침에는 순서가 뒤바뀐다. 니코가 진입로에 엎드린 채, 전날 떨어진 쿠키 조각을 둘러싸고 우글거리는 개미 떼를 넋 놓고 관찰하는 걸 봤기 때문이다. 나는 메이지에게 좌석 벨트를 매 준다. 그러다 포치 계단에 가방을 놓아둔 게 떠올라 얼른 다시 가서 가져온다. 가방은 앞자리 조수석에 올려 둔다. 마침 길 건너에 사는 손과 린다 맥널리 부부가 차를 몰고 집으로 돌아오는 게 보여 손을 흔든다. 린다는 종이봉투를 흔들며 차에서 내린다. "우리 손 큰 양반이 오늘 아침 외식을 시켜 줬답니다. 에그 맥머핀 포장! 와아." 그녀가 나를 향해 소리친다.

나는 웃으며 손에게 빌린 나무 쪼개는 큰 망치는 곧 돌려주겠다고 약속한다. 몇 달 전에 배달된 장작 반 코드를 지난 주말에야 마침내 다 쪼개고 차곡차곡 쌓아 두었다. "그래요, 좋아요." 그는 "천천히 해도 돼요"라거나 "괜찮아요" 같은 말은 하지 않는다. 자기 연장에 유난히 집착하는 남자들이 있다. 린다는 사교적이지만 손은 늘 어딘가 거리를 두는 느낌이다. 마치 내가 미덥지 않은 것처럼. 적어도 나에게는 그렇게 대한다. 그는 최근에 은퇴한 주 경찰 출신이다. 아마 그래서 그럴 것이다. 작년에 잔디밭에 꽂혀 있던 "미국을 다시 위대하게 만들자"라는 팻말도 그녀가 아니라 그가 그랬을 거라는 느낌이 든다.

"우리 귀염둥이 두 꼬마는 잘 지내요?" 린다가 묻는다.

"두 문제아요? 어제 크레파스를 손에 넣어서 부엌 바닥을 낙서로 도배해 놨어요. 나한테 딱 걸려서 '이거 너희 둘이 한 거야?'라고 물었더니 메이지가 남동생을 보더군요. 그 녀석이 고개를 저으니까 메이지도 그대로 따라 하고요. 이 꼬마 괴물들이 크레파스를 꽉 쥔 채 말이죠."

"아빠처럼 예술가가 되겠네." 린다가 웃으며 말한다.

"아니면 정치가요. 벌써 거짓말을 제대로 배웠다니까요." 내가 말한다.

린다가 맞장구친다. "러셀이 세 살 때 새로 산 우리 이불에 매직펜으로 낙서를 했지 뭐예요. 자기가 한 게 아니라고 맹세하면서 아직 기어다니지도 못하던 여동생 질이 한 거라고 우겼죠. 그땐 그냥 넘어갈 수가 없더라고요." 나는 눈동자를 대굴대굴 굴리며 웃는다. 그리고 러셀이 콜로라도에서 어떻게 지내는지 묻는다. "잘 지내요. 수업을 들으면서 파트타임 바텐

더로 일했는데, 최근에 포트 콜린스에 있는 TV 방송국에 제대로 된 직장을 구했어요."

다음에 그와 통화하면 에밀리와 내 안부를 전해 달라고 나는 말한다.

"자, 이제 가 봐야겠네요. 좋은 하루 보내세요." 내가 말한다. 그리고 CRV에 올라 시동을 걸고 후진 기어를 넣는다. 오른쪽 뒷바퀴에 무언가 살짝 걸리는 느낌이 전해지자, 내가 쌓아 둔 장작더미에서 나무 한 토막이 굴러떨어졌나보다 생각한다. 장애물이라면 그거일 거라고. 그런데 저 사람들이 왜 저렇게 소리를 지르지? 나는 차를 몇 미터 앞으로 뺐다가 다시 후진하면서 장애물을 넘어갈 만큼 가볍게 가속 페달을 밟는다. 그때 백미러로 팔을 휘저으며 우리 쪽으로 달려오는 두 사람의 모습이 보인다. 도대체 왜 저래? 저 여자가 왜 저렇게 비명을 지르는 거야?

그러다 나는 알아차린다.

2

2005년 여름

에밀리와 나는 내가 우리 관계를 살려 보겠다고 절박하게 대륙을 가로질러 차를 몰고 가기 전해에 처음 만났다. 우리는 둘 다 올드미스틱빌리지에서 여름 아르바이트를 했다. 그곳은 마을 광장과 오리 연못 그리고 딱히 필요하지도 않은 고급 잡화와 기념품을 파는 작은 상점들로 꾸며진, 일부러 옛 정취를 낸 뉴잉글랜드 식민지풍 관광지였다. 나는 두 명뿐인 조경팀에서 일했고, 에밀리는 내가 좋아하던 커다란 당밀쿠키, 조 프로거를 파는 빵집 계산대에서 일했다. 셀로판지로 포장된 그 쿠키들은 바구니째 카운터에 놓여 있었다. 내가 그 빵집에 처음 들어가 산 것도 바로 그것이었다. 커피 한 잔과 조 프로거 하나. "안 돼요." 그녀는 내가 고른 쿠키를 내려다보며 말했다. 그러더니 그걸 다시 바구니에 넣고 다른 쿠키를 집었다. "이게 더 커요. 그런데 혹시 미세스 커피도 있을까요?"

"어……, 뭐라고요?" 그녀는 엄청 귀여웠지만 조금은 엉뚱한 구석이 있었다.

그녀는 손에 들고 있던 유리병의 "미스터 커피"라고 새겨진 부분을 매니큐어 칠한 손톱으로 톡톡 두드렸다. "그러니까요, 미세스 산타클로스도 있고 미세스 다웃파이어도 있잖아요. 그런데 미세스 커피 이야기는 한 번도 못 들어 봤거든요. 그에게도 아내가 있을까요?" 나는 어깨를 으쓱하며 반쯤 웃어 보였다. "그나저나 난 에밀리라고 해요."

"아, 난 코비예요. 내 생각에 미스터 커피는 독신 같은데 대신 미세스 버터워스에게 관심이 있는 것 같아요." 나도 대화에 장단을 맞췄다.

"그 날라리요? 둘이 피임은 제대로 하고 있길 바라요. 걔 미스터 피넛이랑도 보통 사이가 아니라던데. 3달러 75센트요." 나는 그녀에게 5달러 지폐를 한 장 건네고 잔돈은 놔두라고 했다. "당신 누구랑 닮았는지 알아요? 빨간 머리만 아니면 히스 레저 같아요."

"그 감옥 영화에서 빌리 밥 아들로 나왔던 배우요? 아버지에게 모욕당하고 머리에 총을 쏴 자살했던 사람? 그 영화 제목이 뭐였죠?"

그녀는 어깨를 으쓱했다. 그리고 「내가 널 사랑할 수 없는 10가지 이유」에 나오는 히스 레저를 생각했다고 말했다. "그래도 그 정도로 섹시한 건 아니니까 너무 우쭐하진 말고요."

"그러죠." 나는 약속했다. 그날 남은 근무 시간 내내, 집게로 바닥에 떨어진 쓰레기를 주워 담고 오리 연못 주변 산책로를 물로 씻어 내면서 계속 그녀를 생각했다. 멍청한 새들, 그냥 물속에다 싸면 안 되는 거야? 그녀에겐 남자 친구가 있겠지 싶었다.

그 뒤로는 점심시간마다 조 프로거를 하나씩 사 먹었지만 사실은 에밀리에게 추근대려고 빵집에 갔다. 짙은 색 웨이브 머리에 커다란 갈색 눈동자, 올리브 빛 피부를 가진 여자였다. 앞치마 뒤쪽 리본 아래로 살짝 보이는 엉덩이는 앙증맞은 하트 모양이었다. 키가 152센티미터가 넘을까 말까 한 몸에서 흘러나온다고 믿기 어려울 정도로 목소리가 낮고 관능적이었다. 계산대에 줄이 있으면 그녀를 훔쳐보면서 저 피부색을 표현하려면 어떤 색을 써야 할지 머릿속으로 가늠했다. 브론즈, 베이지, 아마 지중해의 초록과 토스카나의 노랑을 살짝 섞어야 할지도. 그녀가 내 모델이 되어 줄 가능성은 거의 없지만, 그런 부탁은 어떻게 해야 변태처럼 보이지 않을 수 있을까?

"그거 계속 그렇게 먹다간 진짜 개구리가 되겠어요." 어느 날 그녀가 내 쿠키 섭취량을 두고 경고했다. "사실 지금도 아가미 쪽에 좀 초록빛이 도는데." 그녀는 진지한 얼굴로 그렇게 끝내주는 농담을 던졌다.

"사실 아가미는 올챙이 때만 있지, 다 자라면 피부로 숨을 쉬거든요." 내가 받아쳤다. 예전에 집 건너편 개울가에서 개구리를 막 잡고 나왔을 때 아버지가 해 준 말이 문득 떠오른 것이다.

하루는 빵집에서 한 여자와 아이 뒤에 서 있었다. "저기 네 뒤에 선 아저씨 보이지? 저 아저씨 반은 인간이고 반은 개구리야." 에밀리가 아이에게 말했다. 아이는 몸을 홱 돌려 미심쩍은 표정으로 미소를 지으며 나를 마주 봤다. 내가 고개를 끄덕이며 "개굴, 개굴." 하고 몇 번 울자 아이의 미소가 싹 사라졌다.

아마 그날이었을 거다. 마침내 용기를 내 그녀에게 데이트 신청을 한 날이. 그 무렵엔 여름도 반이나 지나갔고, 그녀는 한 번도 남자 친구 이야기를 한 적이 없었다. "6시에 퇴근하죠? 이번 주 금요일에 뭐 좀 먹고 안드레아에 갈래요? 이번 주말에 거기에 R.E.M. 커버 밴드가 오거든요. 지난 학기에 프로비던스에서 그 밴드를 봤는데, 꽤 괜찮았어요." 얼굴이 점점 달아오르는 동안, 그녀는 아무 대답도 하지 않았다.

"미안해요. 선약이 있어요." 그녀가 마침내 입을 열었다.

"아, 알겠어요. 괜찮아요."

"금요일마다 일찍 잠옷으로 갈아입고 엄마랑 스크래블 보드게임을 하거든요."

엄마랑 스크래블을 한다고? 진심이야? 아무리 내게 관심이 없더라도 이렇게까지 모욕을 줄 필요는 없잖아. "그래요. 괜찮아요. 난 다시 일하러 가 볼게요." 나는 그 자리를 최대한 빨리 빠져나가려 했다.

"이봐요, 빨강 머리? 쿠키값은 내고 가야죠?" 그녀가 나를 불렀다.

나는 밑을 내려다봤고 당연하게도, 내 손에 조 프로거 쿠키가 들려 있었다. "앗, 미안해요." 당황한 나는 지갑에서 5달러 지폐를 꺼내 그녀에게 건넸다.

"내 말 농담인 거 알죠? 금요일 밤마다 하는 잠옷 보드게임 코스에서 날 빼내 준다면 평생 고마워할게요. 그리고 방금 음식이라고 했어요? 내가 이번 여름 내내 먹고 싶었던 게 뭔지 알아요?" 나는 어깨를 으쓱했다. "조개튀김이에요."

"나는 피자를 먹을까 생각했는데, 뭐 그것도 괜찮죠. 스트립(조갯살을 잘라서 튀긴 것-옮긴이)으로 먹을래요, 아니면 통으로 먹을래요?"

"통이요. 조개를 스트립으로 먹는 건 키스만 하고 멈추는 거나 마찬가지잖아요."

와우, 그녀의 대담한 말에 나는 말문이 막혔고 그녀도 그걸 알아차렸다. 그녀는 웃으면서 내가 충격을 받은 표정이라고 말했다. "충격을 받았다고요? 누가?"

그날 오후 내내 나는 화단에서 잡초를 뽑고 시든 꽃을 잘라 내면서, 키스 운운하던 에밀리의 농담이 대체 무슨 뜻이었을지 계속 생각했다. 동시에 머릿속으로 계산했다. 레스토랑에서 통조개 2인분을 먹을 돈이면 피자 한 판보다 세 배는 더 나올 것 같았다. 그래도 뭐, 상관없었다.

또래의 많은 남자들에게 섹스란 그저 가벼운 만남 같은 거였고, 많으면 많을수록 더 좋다고 여겨지는 거였다. 하지만 나는 아니었다. 에밀리를 만난 그해 여름, 내가 잔 여자는 다 해서 세 명이었다.

첫 데이트 때 우리는 그녀가 가자고 한 조개튀김집에서 음식을 사 차에서 먹었다. 차마 말은 못 했지만 나는 통째로 튀긴 것보다 스트립이 더 좋았다. "다 먹은 거야?" 그녀가 물었다. 나는 그렇다고, 어쩐지 그다지 입맛이 없다고 말했다. 입안에서 느껴지는 조개튀김이 너무 물컹거렸다. 그녀는 내가 남긴 것까지 다 해치웠다. 감자튀김은 케첩 대신 타르타르소스에 찍어서 그것도 말끔히 비웠다.

댄스 클럽으로 가는 길에 우리는 학교 이야기를 했다. 나는 RISD(로드 아일랜드 디자인 학교-옮긴이)에서 3학년 과정을 막 마쳤다고, 성적은 그저 그렇지만 고급 스튜디오와 건축 드로잉 특강만큼은 괜찮았다고 말했다. 그녀는 UCLA(미국 로스앤젤레스 캘리포니아 대학교-옮긴이)에서 이제 4학년으로 올라간다면서, 전공은 교육학이고 어릴 때부터 교사가 되는 게 꿈이었다고 했다. "여덟 살 때 잠깐 수녀가 되고 싶다고 생각했던 시기를 빼면 말이야." 그녀는 코네티컷에서 초등학교를 다녔고, 부모님이 결혼 생활을 살려보겠다고 이사한 남부 캘리포니아에서 고등학교를 마쳤다고 했다. 하지만 결국 그 시도는 실패했고 어머니는 코네티컷 스토닝턴에 있는 친정으로 돌아갔다. 에밀리는 주 거주민에게 제공되는 등록금 면제 혜택을 받기 위해 아버지와 캘리포니아에 남았다. 그래도 어머니가 그리웠고, 여름에는 어머니와 함께 지낼 수 있어서 다행이라고 했다.

"그럼 아버지보다 어머니와 더 가까운 사이야?"

"지금은 그런 것 같아. 어렸을 때는 완전히 '아빠바라기'였는데. 엄마는 완벽주의자라 빡빡한데 아빠는 훨씬 느긋하거든. 나는 아빠 집에 살면서 통학했어. 그런데 이제 아빠의 여자 친구 애나와 애나의 딸이 우리 집에 들어와 살아. 애나는 그 정도면 괜찮은 사람이야. 나와 사이가 나쁜 건 아닌데, 단지 아빠와 애나는 내가 애나 딸의 상주 베이비시터라도 되는 것처럼 생각하더라니까. 그래서 학교로 돌아가면 UCLA 다니는 다른 아이들이랑 아파트를 같이 쓸 생각이야. 너는 어때? 어느 부모님이랑 더 가까워?"

"말할 것도 없어. 우리 아빠는 완전 머저리거든." 내가 말했다. 에밀리에게 자세한 속내까지 털어놓고 싶진 않아서 화제를 바꿨다. 일주일 전에 빵집에서 그녀가 UConn(코네티컷 주립대학교-옮긴이)의 지역 캠퍼스에서 야간 수업을 듣고 있다고 한 말이 떠올라 그것에 대해 물어봤다. "세계 종교 수업이라고 했지?"

그녀는 고개를 끄덕였다. "마지막 교양 필수 과목을 들어 버리려고 신청한 건데 생각보다 정말 재미있더라. 지난주엔 힌두교를 다뤘어. 카르마, 다르마, 윤회 같은 것들." 우리가 이전 생에서 다른 모습으로 이미 여러 번 이 세상에 왔다는 이론에 대해 그녀가 설명하는 동안, 나는 관심 있는 척했지만 사실은 그녀에게서 얼마나 좋은 냄새가 나는지, 말을 할 때마다 움직이는 도톰한 입술에 얼마나 키스하고 싶은지, 그녀와 자면 어떤 느낌일지에만 집중하고 있었다. "그렇지 않아?" 그녀가 물었다.

들켰다. 대체 뭐라고 대답해야 할지 감이 오지 않았다. 그래서 "아마도."라고 말했다.

안드레아에서 우리는 몇 번 춤을 추고(그녀가 나보다 훨씬 근사하게 췄다) 하이네켄도 몇 병 마셨지만, 밴드 소리가 너무 커서 대화를 할 수 없었다. 그들이 고막이 찢어질 듯한 소리로 「왓츠 더 프리퀀시, 케네스?」 커버 곡을 연주하기 시작하자, 나는 뒤쪽 해변을 가리켰고 그녀는 고개를 끄덕였다. 그날 밤, 막 만월을 지난 달빛이 해안을 밝게 비추었다. 우리는 모래에 신발과 가방을 내려놓고 그 위에 내 후드를 덮은 뒤 걷기 시작했다. "그래서, 아버지보다 어머니랑 더 가깝다고 했지? 어머니는 어떤 분이야?" 에밀리가 물었다.

"우리 엄마? 음, 나처럼 빨간 머리인데 이제 흰머리가 나고 있어. 유머 감각도 뛰어나고 정원 가꾸는 걸 좋아하셔." 나는 좀 더 이국적인 부분은 빼고 말했다. 엄마가 직접 대마를 키웠고 타로에 빠져 있다는 것, 내가 고등학교를 졸업하고 대학교에 입학하기 전 여름에 문신을 했고 위카 신앙(현대 신이교 계열의 자연 중심 종교, 영성 전통-옮긴이)을 갖게 됐다는 것. 그리고 자기가 양성애자일지도 모른다고 내게 털어놓았던 일 같은 것들 말이다. "엄마는 자유로운 영혼인 편이야." 내가 덧붙였다.

"일하셔?"

"응. 뉴포트 크리머리에서 웨이트리스로 일하셔. 거기서 일하신 지 몇 년 됐어. 농담을 주고받는 단골도 많아. 너희 어머니는 어떤 분이셔?"

"우리 엄마는 책을 많이 읽고 아무에게도 보여 주지 않는 시를 써. 일주일에 두 번씩 집을 청소기로 밀고 내가 게으름 피우는 걸 정말 싫어하지. 여자들끼리 모여서 패치워크 퀼트를 바느질하는 교회 모임에도 나가."

"완전 거친 분이시군. 어렸을 때 수녀가 되고 싶었다면 너희 집안은 가톨릭이겠네. 맞아?"

"아니야. 내 친구 에린 홀리핸 집에 놀러 갔을 때 에린의 이모가 와 있었어. 줄리아 수녀였지. 젊고 예뻤고 막 종신서원을 했어. 나는 집에 돌아와 에린이랑 내가 나이가 되면 수녀원에 들어가기로 했다고 엄마에게 말했어. 그러자 엄마가 우리는 가톨릭이 아니라 감리교 신자라는 걸 일깨워 주더라. 그리고 수녀들은 머리를 밀어야 하고, 기도할 때 딱딱한 바닥에 무릎을 꿇어야 하고, 가끔은 몇 시간씩 그렇게 해야 한다는 걸 알고 있느냐고 물었어. 그래서 나는 에린 혼자 해야겠다고 생각했지."

그녀는 그 기억을 떠올리며 웃었다. "우리 외할아버지는 군에서 준장이었고, 엄마 쪽 삼촌 둘 다 임관 장교였어. 프랭크 삼촌은 은퇴할 때까지 국방부 본부에서 일했고. 엄마를 포함해서 가족들이 다 공화당에 투표해."

"그럼 엄마처럼 너도 그쪽이야?" 내가 물었다.

"정치 성향을 물어보는 거야? 아, 절대 아니지. 엄마랑 정치 이야기는 아예 못 해. 너는 어때? 조지 부시였어, 아니면 앨 고어?" 내가 정치인들은 다 똑같아서 투표 같은 건 신경도 안 썼다고 하자 그녀가 내 팔을 주먹으로 쳤다. 그것도 아주 세게! "그런 태도가 세상을 이렇게 만든 거야, 이 멍청아. 너를 *제대로* 사람 만들어 놓으려면 내가 할 일이 꽤 많겠네." 그 말은 어쩌면 너와 나 사이에 미래가 있을지도 모른다는 말이야? 오늘 밤이 어딘가로 이어질 수도 있다는 뜻?

"넌 아무래도 수녀가 돼야 했어. 잔소리는 이미 전문가 수준이고 주먹도 꽤 세고. 게다가 머리를 밀어도 될 만큼 예쁘고." 내가 말했다. 그녀는 내가 그런 말을 여자들에게 다 써먹는 거 아니냐고 했다. "무슨 여자들?" 내가 말했다. "시치미 떼긴. 그 널찍한 어깨에 길쭉길쭉한 몸매에, 여자들이 다 부러워할 만큼 속눈썹도 길잖아." 그녀의 칭찬에 나는 쑥스러우면서도 기분이 좋았다. "길쭉하다고? 흐느적거린다는 말이겠지." 내가 말했다.

그녀는 코웃음을 쳤다. "엉덩이도 귀엽고. 물론 내가 봤다는 건 아니지만." 그녀가 몸을 기울여서 작은 손을 내 손에 끼워 넣었을 때, 나는 그 손가락을 그러쥐었다. 그때부터 시작이었을까. 바로 그 순간, 그 몸짓 하나로 나는 사랑에 빠지게 된 걸까.

짐을 둔 곳에 도착했을 때는 밀물이 들어와서 죄다 흠뻑 젖어 있었다. "괜찮아. 중요한 건 다른 가방에 들어 있고, 현금은 말리면 되잖아."

안드레아로 다시 올라가 보니 밴드는 잠시 휴식에 들어간 모양이었다. 주크박스에서 귀에 익은 옛 노래가 흘러나왔다. *너는 지금 여기 있고 따뜻해. 하지만 내가 고개를 돌리면 사라지겠지……* 우리는 안에 다시 들어가지 않기로 하고 젖은 신발을 들고 맨발로 주차장까지 걸었다. 차 안에서 키스하며 서로를 더듬다 보니 창문은 뿌옇게 흐려졌고, 나는 거의 폭발할 지경까지 갔다. 그녀가 여기서 멈추는 게 낫겠다고 속삭였다. "그게 네가 원하는 거야?" 나도 속삭였다.

"아니. 하지만 맞기도 해." 그녀가 말했다.

그녀를 엄마 집 앞에 내려 주면서 오늘 같이 보낸 시간이 얼마나 좋았는지 5점 만점으로 말해 달라고 했다. "5점." 그녀가 말했다. "너는?" 나는 10점이라고 대답했다.

다음 날 아침, 아직 자고 있는데 전화벨이 울렸다. 나는 눈을 가늘게 뜨고 시계를 봤다. 7시 15분이었다. 빌어먹을 대체 누가?

"여보세요?"

"좋은 아침. 어젯밤엔 재밌었어. 고마워. 있지, 아침 먹으러 갈래? 30분 후에 2번 국도에 있는 에어로 다이너에서 만나면 어떨까?" 그녀가 말했다.

나는 그러자고 대답하고 침대에서 일어나 샤워실로 향했다. 수건으로 몸을 닦고 거울에 비친 내 알몸을 바라봤다. 긴 속눈썹? 맞아. 널찍한 어깨? 아니. 기껏해야 평균이지. 딱히 특별할 건 없었다. 다만 여름 내내 몸 쓰는 일을 해서 복근이 조금 잡히고 팔뚝이 좀 굵어졌을 뿐이다. 하지만 티셔츠 자국이 선명하게 남은 탄 피부는 여전히 촌스러웠고, 치과에 갈 때마다 지적받는 튀어나온 윗니도 그대로였다. 그리고 내 생각에 체격은 여전히 마른 편이었다. 뭐, 이 정도면 무난하다고 생각하고 깨끗한 속옷으로 갈아입었다. 중요한 건 에밀리가 내 모습을 마음에 들어 한 것이다. 나는 다시 시계를 흘끗 봤다. 2번 국도에 있는 그 식당까지 가는 데 15분밖에 없었고, 해변 쪽은 분명 차가 막힐 터였다. 면도할 시간은 없으니 덥수룩한 얼굴도 그녀가 좋아해 주길 바랄 수밖에.

보아하니 이 얼굴도 그녀의 마음에 든 모양이었다. 그해 여름이 끝나갈 때까지 우리는 거의 매일 밤을 함께 보냈다. 해변에도 대여섯 번은 갔다. 둘 다 엄마 집에 얹혀사는 처지라 기회가 닿을 때마다 사랑을 나눴다.

에밀리의 엄마는 처음부터 나를 미덥지 않아 했고, 내가 에밀리를 모델로 그린 누드 스케치 몇 장을 발견하자 불안해했다. "저 사람이 이걸 인터넷에 올릴 수도 있어. 이게 공개되면 너를 교사로 채용할 학교가 몇 개나 되겠니?" 그녀는 딸에게 경고했다.

에밀리는 엄마인 베시가 나를 좀 더 알게 되면 마음을 돌릴 거라고 했다. 그래서 8월 중순 어느 비 내리는 일요일에 에밀리의 집에 저녁을 먹으러 갔다. 에밀리는 라사냐를 만들었고, 베시는 루콜라에 올리브오일과 레몬즙만 넣은 그린 샐러드를 곁들였다. 저걸 만드느라 몸살이 나진 않았겠네, 나는 속으로 생각했다. 베시에게 잘 보이려고 큰맘 먹고 30달러짜리 레드와인을 사 가면서 일부러 가격표를 떼지 않았다. 하지만 굳이 그럴 필요가 없었다. 베시는 와인에 거의 입을 대지 않았다. 내가 라사냐를 두 접시나 비운 뒤 에밀리는 디저트로 블루베리파이를 구웠다고 말했다. 그녀가 일어나 접시를 치우기 시작했을 때 나도 도우려고 자리에서 일어났다. 그러자 베시가 나는 손님이니 그냥 앉아 있으라고 했다.

에밀리가 부엌으로 들어가서 우리 둘만 남았다. 어색한 침묵이 몇 초 흐른 뒤 내가 말했다. "따님 말로는 시를 쓰신다고요."

"아, 가끔. 나는 쓰는 사람이라기보다는 읽는 쪽에 가까워요." 그녀가 말했다.

"그럼 가장 좋아하는 책은 뭔가요?"

"맙소사, 너무 많아서. 요즘은 『제인 에어』를 다시 읽고 있어요. 좋아하는 책 중 하나거든요. 「마스터피스 시어터」에서 이 책을 각색한 훌륭한 드라마 시리즈를 방영하고 있어요. 당신은 본 적 없겠죠?"

"아뇨. 하지만 저희 어머니가 보세요." 나는 그렇게 말했지만 거짓말이었다. 우리 엄마가 일요일 밤마다 꼭 챙겨 보는 프로그램은 「위기의 주부들」이다.

"자, 말해 봐요. 당신은 예술로 먹고살 생각인가요?" 베시가 물었다.

"아마도요. 아직은 미래를 구체적으로 그릴 생각은 없어서요. 그보다는 현재에 더 집중하는 편이거든요." 내가 대답했다.

"아하, 그럼 당신은 개미가 아니라 베짱이군요." 내가 어깨를 으쓱하자 그녀가 말했다. "이솝 우화예요. 당신은 아주 어리군요."

내가 철없고 멍청하다는 뜻이겠지, 나는 속으로 생각했다. 잔에 와인을 더 따랐다. 30달러짜리 카베르네라면 **누군가는** 마셔 줘야 하지 않겠는가. 나는 베시에게 고등학교 때 사귀던 여자 친구의 부모님은 나를 **무지하게** 좋아했고, 그 아버지는 심지어 낚시하는 데도 나를 데려갔다는 말을 하고 싶어졌다. 그나저나 도대체 에밀리는 어디 간 거야?

내가 잔을 집으려다 넘어뜨리는 바람에 하얀 식탁보로 와인이 쏟아졌다. 베시는 내 사과는 들은 척도 하지 않은 채 벌떡 일어나서 부엌으로 달려가 키친타월과 행주, 클럽 소다 병까지 들고 돌아왔다. 그녀는 식탁보를 두드리고 소다를 붓고 행주로 박박 문지르면서, 이건 그녀가 가장 아끼는 이모에게서 받은 선물로 얼룩이 지워지지 않으면 망가지는 거라고 말했다. "다시 말하지만 정말 죄송합니다." 하지만 사과를 받아 주는 대신 그녀는 식탁보를 더욱 거칠게 문질렀다.

에밀리가 파이를 가져오며 너무 질척거린다고 미안해했다. 전분을 넣는 걸 깜박했단다. 블루베리는 얼룩이 잘 진다는 걸 알고 있어서 나는 극도로 조심하며 먹었다. 마지막 한 입을 먹자마자 자리에서 일어나 그만 가 봐야겠다고 말했다. "벌써?" 에밀리가 물었다. 나는 이웃집 개의 밥을 챙겨 줘야 한다는 말도 안 되는 핑계를 댔다.

나는 현관문 앞에서 에밀리에게 속삭였다. 오늘 오디션은 완전히 망한 것 같다고. "네가 엄마랑 사귀는 건 아니니 다행이네." 그녀가 나를 놀려 댔다. "그 멍청한 식탁보도 신경 쓰지 마. 별거 아니야." 내가 키스하자, 그녀도 키스로 화답했다.

그때쯤 비가 억수 같이 쏟아져 땅은 이미 흠뻑 젖어 있었다. 나는 차를 후진하다가 실수로 진입로를 벗어나 잔디밭으로 들어가고 말았다. 고랑

이 조금 패였지만 아침이면 눈에 띄지 않을지도 모른다. 혹시 보인다 해도 베시가 그냥 좀 참아 주면 될 일이고. *당신은 아주 어리군요?* 재수 없어.

8월의 끝자락에서, 에밀리와 나는 새 학기에도 될 수 있는 한 자주 전화하고 편지도 쓰자고 약속했다. 추수감사절의 나흘 연휴에는 내가 비행기를 타고 그녀에게 가고, 그녀는 학기와 학기 사이 한 달을 엄마 집에서 보내기로 했다. 그렇게 미스틱빌리지의 여름을 뒤로한 채, 우리는 서로 반대편 해안에 있는 학교로 돌아갔다.

3

2006년~2013년

우리는 일주일에 네다섯 번씩 통화했고, 늘 "사랑해.", "내가 더 사랑해."라는 말로 통화를 끝마쳤다. 캘리포니아에서 보낸 추수감사절도 순조로웠다. 에밀리의 아빠 패트와 그의 여자 친구 애나는 에밀리의 엄마와 달리 근사하고 친절했다. 가을 학기가 끝날 무렵 에밀리는 크리스마스를 나와 같이 보내기 위해 코네티컷으로 날아왔고, 나는 공항으로 마중을 나갔다. 그녀는 모퉁이를 돌아 사람들 속에서 나를 발견하자마자 미친 듯이 달려와 내 품으로 뛰어들어 두 다리로 내 허리를 끌어안았다. 주변에서 웃음과 박수가 터져 나왔다.

우리는 3주짜리 방학을 거의 함께 보냈다. 하루는 기차를 타고 뉴욕에 가서 록펠러 센터의 트리와 연말 장식 쇼윈도를 구경했다. 다시 집에 돌아와서는 골프장에서 썰매를 탔다. 엄마가 에밀리를 만나고 싶어 해서 빌리지 플라자에서 점심도 같이 먹었다. 엄마는 집에도 놀러 오라고 했지만, 깔끔한 베시의 집과는 달리 어질러져 있는 데다 가끔 고양이 오줌 냄새가 나기도 해서 나는 거짓말을 했다. 에밀리가 고양이 알레르기가 있어서 아약스와 트릭시 때문에 재채기 발작을 일으킬지도 모른다고. 크리스마스가 다가와 쇼핑몰에 갔을 때는 보석상 진열창 앞에서 구경하는 우리를 본 점원이, 안에 들어가면 더 많은 약혼반지를 볼 수 있다고 말했다. 에밀리는 얼굴을 붉히며 고개를 저었다. "아직 그런 사이는 아니에요? 그럼 약혼 전에 끼는 제품이나 우정 반지도 예쁜 게 많아요. 들어와서 한번 보세요." 나는 괜찮다고 말했고 우리는 손을 잡고 그 자리를 떴다. 다음 날 나는 다시 그곳을 찾아가 에밀리에게 줄 팔찌를 하나 샀다. 14캐럿 골드에 작은 다이아몬드가 박힌 것이었다.

우리는 크리스마스이브에 내 차 안에서 선물을 주고받았다. "정말 들어와서 인사 안 할 거야?" 에밀리가 물었다. 나는 사양했다. 다음 날 크리스마스 저녁을 먹으러 그녀 엄마의 집에 가야 했고, 베시를 보는 건 그것만으로도 힘겨웠다. 에밀리는 팔찌가 마음에 든다고 하면서 바로 찼다. 팔찌에 박힌 다이아몬드에 대해선 아무 말도 하지 않았고, 나 역시 언급하지 않았다. 그래도 내가 전하고 싶었던 메시지만은 전해졌기를 빌었다. 다가올 일에 대한 예고편이라는 것을 말이다. 내게 줄 선물로 에밀리는 새해 전야에 스리리버스 인의 방을 예약해 두었다.

그렇게 고급스러운 호텔 방에 묵어 본 건 그때가 처음이었다. 우리는 거품이 이는 따뜻한 자쿠지 물속에서 사랑을 나눴고, 나중에는 호화로운 침대에서도 했다. 그 무렵 에밀리는 피임약을 먹고 있어서 더듬거리며 콘돔을 쓸 일도 없었다. 에밀리는 절정에 이르렀을 때 갑자기 울음을 터뜨렸다. "왜? 무슨 일이야?" 내가 물었다.

"아무 일도 아니야. 그냥……. 나도 모르겠어. 이런 기분은 처음이야."

"무슨 말이야, 이런 기분이라니?"

"그러니까 술은 한 방울도 안 마셨는데 살짝 취한 기분. 난 그저 정말 행복해, 코비. 좋은 의미에서. 조금 벅찰 정도로."

우리는 꼭 껴안고 그해에 일어난 주요 사건을 정리한 TV 프로그램을 봤다. 허리케인 카트리나, 이라크, 교황 요한 바오로 2세의 선종, 유튜브의 탄생. 이윽고 타임스스퀘어에서 새해 카운트다운이 끝났고, 키스로 새해 인사를 나눈 뒤 서로의 품에서 잠들었다. 이틀 뒤 우리는 다시 공항에 있었고, 나는 그녀가 탄 비행기가 이륙해서 캘리포니아로 돌아가는 모습을 지켜봤다.

학교로 돌아갈 짐을 꾸리고 있을 때, 엄마가 브라우니 통을 들고 방에 들어왔다. 엄마는 에밀리가 참 마음에 든다고 했다. "하지만 장거리 연애는 유지하기가 꽤 힘들어." 엄마가 말했다.

"그래요? 떨어져 있으면 더 애틋해지는 법이래요." 나는 잘난 척하며 말했다. 엄마는 그런 걸 좋아할 때도 있었고 아닐 때도 있었다. 그리고 뭔가 강조하려 할 때는 무시해 버렸다.

"괜히 분위기 깨려고 이러는 게 아니야, 코비. 난 그저 네가 이 관계에서 너무 앞서가진 않았으면 해. 너희 둘 다 아직 너무 어리고……."

"그거 알아요, 엄마? 엄마는 걱정이 너무 많아요. 장거리 연애가 어떤 커플들에게는 힘들 수도 있겠지만, 우리는 그런 일 없을 거예요."

"그래, 알겠다. 난 그저 네가 상처받지 않았으면 해서. 그리고 기숙사 친구들이랑 브라우니 나눠 먹는 거 잊지 말고. 열여덟 개나 들었다."

"여기에 혹시 이상한 풀 같은 건 안 들었겠죠, 행복 전도사님?" 엄마가 나를 째려봤다. "알았어요. 고마워요, 엄마. 그리고 에밀리랑 내 일은 걱정하지 마세요. 우린 괜찮아요."

학기 초 몇 주 동안은 정말 모든 게 **괜찮았다**. 에밀리의 편지와 전화가 점점 뜸해지기 시작했을 때도 나는 교육 실습 때문이라고 합리화했다. 학교까지 가는 데만 40분이 걸리고, 종일 아이들을 가르치고 다시 차를 몰고 집에 와서 밤에는 수업 준비를 하고 과제를 채점하느라 정신이 없을 테니까. 우리 관계는 단단했다. 그저 그녀가 너무 바쁠 뿐이다. 그러던 어느 날 밤, 그녀가 전화로 엄마가 했던 것과 근본적으로 같은 말을 꺼냈다. 아무래도 우리 관계의 속도를 좀 늦춰야 할 것 같다고.

"갑자기 왜 이런 말을 하는지 모르겠어. 나랑 있으면 취한 것 같다고 했잖아. 그건 그냥 섹스 후의 여운 때문이었던 거야?" 그녀는 아무 반응도 보이지 않은 채 입을 다물고 있었다. 하지만 나는 멈출 수 없었다. "지금 나랑 헤어지자는 거야? 그 이야기야?"

"아니. 난 그저…… 속도를 조금 줄여야 하는 건 아닌지 생각해 본 거야." 그녀가 말했다.

"젠장! 여기서 어떻게 더 속도를 늦추라는 거야? 너는 캘리포니아에 있고 나는 로드아일랜드에 있고, 우리 사이엔 4,800킬로미터나 있는데?"

"코비, 왜 그렇게 화를 내? 내 말은, 우리 둘 다 가끔은 다른 사람들을 만나 볼 자유도 있어야 하지 않겠냐는 거야."

그때 스카이프나 페이스타임 같은 게 있었다면 그녀는 내 얼굴에 비친 절망을 그대로 봤을 것이다. "나는 그런 자유는 필요 없어. 네가 남은 내 인생을 함께할 사람이라는 걸 확실히 알고 있으니까."

"알겠어. 하지만 코비, 그 점에 대해서는 우리 생각이 같은지 모르겠어. 커플로서 우리가 지켜야 할 규칙이 뭔지조차 모르겠다고. 너무 헷갈려."

"그래서 걔가 누군데?"

"오케이. 정 알고 싶다면 말해 줄게. 브래드 피트야. 도저히 저항할 수 없었어."

"아니, 농담하지 말고. 그 자식 누구야? 그 자식이랑 잤어?"

"다른 사람은 없어, 코비. 네가 속단하는 거야."

"내가?" 그녀는 한참 말이 없었다. "룸메이트 중 하나야. 메이슨이라고. 어제 아침 먹다가 뜬금없이 나에게 마음이 있다고 하더라. 난감했어. 나는 걔를 보면 짜증 말고는 아무것도 느껴지는 게 없거든. 걔는 거실에서 발톱을 깎는 애야. 그리고 공부할 때 헛기침을 하도 많이 해서, 내가 공부는 안 하고 기침을 몇 번이나 하는지 세고 있더라니까."

"오케이. 그리고 또?"

"아무도 없다니까. 내가 자주 가는 커피숍 사장이 같이 전시 오프닝에 가자고 했는데, 사귀는 사람이 있다고 하면서 거절했어. 그런데 그 일 때 문에 생각하게 됐어. 만약……."

"더 나은 사람이 나타나면? 가능성을 열어 두고 싶다는 거야?"

"됐어. 내가 한 말은 다 잊어. 그리고 제발 그렇게 불안해하지 마. 난 지 금 교육 실습만으로도 스트레스로 죽을 것 같아, 알겠어? 내가 맡은 반 중 하나는 아이들이 계속 나를 시험해. 그 반 담임은 애들을 숨도 못 쉬게 하 는 철벽 통제형이야. 어제는 나보고 교실 관리력이 나아지지 않으면 좋은 점수를 주기 어렵겠다고 하더라. 문제는 그 여자가 교실에서 절대 안 나간 다는 거야. 팔짱 끼고 옆에 앉아서 인상을 잔뜩 쓰고 있다니까. 그 수업에 들어갈 때는 완전히 멘탈이 나가 버려."

나는 그녀의 실습 이야기는 듣고 싶지 않았다. 그냥 우리 이야기를 계 속하고 싶었다. 나는 그 상황에 대해 조언할 자격이 있는 것처럼 말했다. "그냥 너에겐 네 나름의 방식이 있다고 말해. 그리고 수업 때는 교실을 나 가 달라고 부탁하고. 옆에 있으면 너무 긴장되니까."

"아, 그래. 그것 참 잘도 먹히겠다. 내가 아까 규칙이 뭔지 모르겠다고 했던 말 있지? 커플로서 말이야. 내가 아는 어떤 남자, 그러니까 남자인 친 구가 산책하자거나 영화를 보러 가자고 하면 그게……."

그녀가 말을 끝내기도 전에 내가 끼어들었다. "하나만 물을게. 내가 준 팔찌 말이야, 지금도 차고 있어? 아니면 서랍 속 어딘가에 처박혀 있어?"

"지금 차고 있어, 코비. 매일 해. 있지, 지금 내가 말하려는 걸 잘 설명 하지 못하고 있다는 건 알아. 하지만 나는 교생 실습 때문에 정말 숨이 막혀서……."

나는 지금은 전화를 끊어야겠다고, 나중에 다시 이야기하자고 했다. 그리고 전화를 끊었다.

방 안을 왔다 갔다 걸어다니며 생각했다. 커피숍 남자? 에인절 스트리트에 있는 스타벅스의 바리스타가 떠올랐다. 남자인 내가 봐도 눈에 띌 만큼 잘생기고, 운동으로 다져진 몸매를 갖고 있었다. 성격도 좋아서 팁 통에 지폐랑 5달러짜리가 잔뜩 꽂혀 있었다. 그런 남자랑 붙는다면 내가 무슨 수로 이기겠어?

나는 아래층으로 내려가 기숙사를 뛰쳐나왔다. 캠퍼스를 가로질러 프로비던스 시내까지 뛰다시피 걸어가 담배를 한 갑 샀다. 나는 불안할 때만 담배를 피웠다. 고등학교 시험 기간에 시작된 습관이었다. 한 시간은 족히 넘게 계속 걸으면서 담배를 피우며, 그녀를 놓치지 않기 위해 내가 뭘 할 수 있는지 곱씹었다. 돌아왔을 때쯤엔 타르와 니코틴 때문에 목이 따끔거렸지만, 무엇을 해야 할지 답이 나왔다.

나는 원래부터 학교가 별로 마음에 들지 않았고 이번 학기는 정말 엉망이었다. 중간 학기 성적은 D 하나에 C- 하나. 하나는 공간기하학 수업이었고(이 정도로 수학을 많이 하고 싶었으면 애초에 그걸 전공했겠지), 다른 하나는 앰비언트 인터페이시즈 수업이었다(결석을 너무 많이 했고 담당 교수는 거슬리는 웃음소리를 냈으며 입냄새가 났다). 게다가 새 학기 첫 주에는 크리스마스 방학 전에 있었던 어이없는 일 때문에 징계위원회에 불려 갔고, 완전히 꼬였다. 나는 연말을 맞아 공용 공간을 꾸미는 일에 다른 아이들 몇 명과 함께 자원했는데, 그날 완전히 술에 취해 버렸다. 다들 그랬지만, 큰 통유리에 스프레이 눈으로 "네가 타고 온 썰매랑 같이 꺼져"라고 쓴 건 나였다. 어떤 학장이 지나가다가 그걸 보고 문제를 제기했다. 징계위원회에 앉아 있던 학생들(찌질이 셋)은 수정헌법 제1조의 권리를 행사했을 뿐이라는 나의 형편

없는 변명을 묵묵히 들었다. "여긴 *감옥*이 아니라 *대학*이라고 믿고 싶습니다." 나는 마지막으로 그렇게 말했다. 그날 나와 RISD는 궁합이 맞지 않는다는 결론을 내렸다.

나는 굳이 자퇴 절차를 밟을 생각도 하지 않았다. 녹슨 쉐비 셰베트를 몰고 서쪽으로 달렸다. 에밀리가 내 운명이라는 확신이 있었고, 이 거창한 행동이야말로 그녀에게도 내가 바로 그 사람이라는 걸 증명해 주리라 믿었다. 사랑 때문에 대학을 버릴 남자가 대체 몇 명이나 되겠는가?

액셀을 끝까지 밟아도 프로비던스에서 샌디에이고까지 가는 데는 거의 나흘이 걸렸고, 과속 딱지도 두 장이나 끊었다(하나는 펜실베이니아에서, 다른 하나는 아칸소 리틀록 외곽에서). 거기다 40번 고속도로 어딘가에서는 갓길에 차를 대고 잤다는 이유로 배회 위반 딱지도 하나 받았다. 나는 가는 내내 라디오를 들었다. 팝 채널에서는 리아나, 씨 로 그린, 제임스 블런트의 지나치게 감상적인 「유어 뷰티풀」이 반복해서 흘러나왔고, 서쪽으로 갈수록 케니 체스니, 래스컬 플래츠 그리고 예수를 팔아 대는 방송들이 줄줄이 잡혔다. 뉴스도 판에 박힌 이야기뿐이었다. 애국법이 또 연장됐다는 소식, 극지방의 빙하가 줄어든다는 이야기, 아부그라이브 교도소 문제 그리고 딕 체니와 함께 메추라기 사냥을 하러 갈 계획이라면 다시 생각해 보라는 경고까지.

라디오를 더는 못 견디겠을 때면 끄고 잠시 침묵을 즐겼다. 그러다 보면 아빠의 목소리가 머릿속에서 재생되기 시작했다. "하지만 아빠, 학교를 떠나기로 한 게 낙제당한 거랑 같은 건 아니잖아요." 내가 늘 자신을 실망시켰다는 아빠의 단골 레퍼토리를 끊어 가며 나는 그렇게 우겼다. 뇌리에서 떠나지 않는 그 노래는, 중학생 때 쇼핑몰의 취미 용품점에서 어퍼덱 농구 카드들을 훔치다가 걸렸을 때부터 시작됐다. 랜턴 힐에서 미성년자 음주 혐의로 친구들과 붙잡혔던 그날 밤에도, 아버지는 내가 그에게도 나 자신에게도 창피한 존재라고 말했다(정작 주 경찰서로 나를 데리러 온 아빠에게서도 스카치 냄새가 풍겼다). 여름에 A&P(미국의 대형 슈퍼마켓 체인-옮긴이)에서 하던 아르바이트를 잘린 날에도 나는 아빠 얼굴에 먹칠을 했다. 주차장에서 빈 카트를 정리해야 할 시간에 생선 코너의 금발 미녀와 수다를 떨면서 조리된 새우를 한 움큼씩 집어먹었기 때문이다. 아버지는 나를 위해 자기가 얼마나 무리한 부탁을 했는지 다시 한번 상기시켰다. 골프를 같이 치는 친구 중 하나인 A&P 지점 관리자에게 나를 채용해 달라고 청했다는 것이다. 그러니 이제는 진실을 직면할 수밖에 없다고 아버지는 말했다. 아들이 애초에 가망 없고 게으른 실패작이라는 것 말이다. RISD에 입학한 첫해, 나는 불안 증세 때문에 한동안 상담을 받았고 그 과정에서 아버지와의 관계에 대해 이야기를 나눴다. "저는 정말 이해가 안 돼요. 학교에서는 학생들이 아버지를 그렇게 좋아한대요. 작년에는 아이티에서 시작한 프로그램 덕분에 근무하는 대학교에서 꽤 큰 상도 받았고요. 그런데 집에서는 엄마와 제가 떠나기 전까지 우리를 사사건건 들들 볶았어요. 엄마가 저보다 더 심하게 당했죠."

"그런 사람들 많아요, 코비. 밖에서 보이는 모습과 집에서의 모습이 전혀 다르죠. 혹시 당신이 언어폭력의 피해자였을지도 모른다는 생각은 해 본 적 없나요?"

나는 아버지 편을 들었다. "아버지가 그렇게 말하는 건 그저 나를 정신 차리게 하려는 거예요. 현실을 똑바로 보라고요." "그 말은 *당신이* 패배자라는 거예요? 그게 당신 현실이라고요? 우리가 오래 알고 지낸 사이는 아니지만, 적어도 그 부분에 대해서 저는 동의할 수 없겠는데요."

상담사가 그날 아버지로부터 나를 변호하려 들었던 게 왜 그렇게 화가 났을까. 나는 왜 그 뒤로 더는 그녀를 만나러 가지 않았을까.

어쨌든 내가 벌인 그 요란한 행동, 학교를 때려치우고 에밀리와 나의 관계를 구하겠다고 대륙을 가로질러 차를 몰고 간 짓은 효과가 있었다. 내가 초인종을 눌렀을 때 문을 연 그녀가 말했다. "세상에, 코비! 이게 무슨……. 왜?"

"내게 중요한 건 오직 너 하나뿐이니까. 나랑 결혼해 줄래?" 내가 울기 시작하자 그녀는 손을 뻗어 내 어깨를 잡고 나를 끌어안았다. 그녀는 내 가슴에 머리를 댄 채 내가 이렇게 나타난 게 말이 안 되는 건 알지만 상관없다고 말했다. 그녀가 아는 건 자기가 나를 미친 듯이 사랑한다는 사실뿐이라고. 결혼에 대해서는 끝내 답하지 않았다.

에밀리의 하우스메이트들은 내가 온 걸 반기지 않았다. 내가 집세를 보태기 시작했는데도 그랬다. 낯을 가리는 베키는 내가 상의를 벗은 채 부엌에 들어가거나 수건 하나만 두르고 욕실에서 나올 때마다 기겁했다. 에밀리에게 마음이 있다는 메이슨이라는 놈은 내가 있는 자리에서 계속 의미심장한 말을 던졌는데, 에밀리에 따르면 은근히 공격적인 말이라고 했다. 오데사의 불만은 내가 싱크대에 더러운 그릇을 놔뒀다는 건데, 그런 일은 기껏해야 두어 번 정도였다. 어느 날 오후, 에밀리와 내가 나간 사이에 그들은 회의를 열어 우리를 집에서 내쫓기로 했다. 에밀리는 상처받았고, 나는 그녀가 안쓰러웠지만 속으로는 쾌재를 불렀다. 할렐루야! 더는 이 자의식 과잉의 인간들과 같이 살면서 그들의 온갖 헛소리를 견디지 않아도 된다니.

우리는 캠퍼스 근처의 차고 위에 딸린 방 두 개짜리 아파트로 이사했다. 나는 남부 캘리포니아에서의 생활이 점점 좋아졌다. 특유의 느긋한 분위기에 날씨도 믿을 수 없을 정도로 좋았다. 에밀리는 마지막 한 달간의 실습을 잘 마쳐서 A 학점을 받았고, 에밀리가 실습 나갔던 학교의 교장은 다음 해에 일자리를 제안했다. 나도 레들랜즈에 있는 멘스 웨어하우스에서 남성 정장을 판매하는 일을 구했다. 격주로 돌아오는 휴무 주말에는 엠

바카데로 피어 근처에서 열리는 거리 축제에 나가 내 그림을 팔았다. 토요일과 일요일에 몰려오는 관광객 대부분은 바다 풍경화를 샀고, 그때 내가 하던 추상표현주의 작업에는 아무도 관심을 보이지 않았다. 나는 그저 팔린다는 이유로 그런 싸구려를 찍어 낼 생각은 없었다. 대신 다른 방식으로 기준을 낮추고 목탄으로 록스타들을 스케치하기 시작했다. 늘 그렇듯 뻔한 얼굴들이었다. 헨드릭스, 재니스, 프린스, 코베인. 그 그림들을 한 장에 50달러씩 받고 팔았다. 하루 평균 서너 장을 팔았고, 그 돈의 대부분을 에밀리에게 줄 약혼반지를 사는 데 보탰다. 우리 관계를 공식화하기 위해서였다.

그해 여름 에밀리는 동부에 있는 엄마 집으로 돌아가지 않고 나와 함께 캘리포니아에 남았다. 내 기억에 7월 중순쯤 에밀리가 심부정맥혈전증에 걸렸다. 나중에 혈전이 생길까 우려한 담당 의사가 피임약 복용을 중단시키고 다이어프램을 처방했다. 다이어프램에 실패 확률이 있다는 조항을 우리가 세세히 읽은 건 에밀리가 임신한 뒤였다. 매번 사용법에 따라 정확히 했을 경우 4퍼센트, 그렇지 않았을 경우에는 12퍼센트에서 18퍼센트까지 실패율이 올라간다는 내용이었다. 순간의 열기에 휩쓸린 우리가 몇 번쯤은 부주의했을지도 모르지만 솔직히 잘 기억나지 않았다. 이유가 뭐든 가정용 임신 테스트기에 에밀리가 임신한 걸로 나왔다. 내가 무릎을 꿇고 다이아몬드 반지를 내밀자 그녀는 울었다. 그리고 승낙했다. 하지만 에밀리가 엄마에게 전화를 걸어 우리의 약혼 소식을 알렸을 때 베시도 전할 말이 있었다. 유방암에 걸려 유방절제술을 받아야 한다는 것이었다.

엄마가 수술을 마치고 회복하는 동안 엄마를 보살피고 싶고, 임신 기간 동안 엄마가 가까이 있기를 바라는 마음에 에밀리는 동부로 돌아가자고 나를 설득했다.

"장모님이 수술하실 때 비행기를 타고 가서 회복하시는 몇 주 동안 도와드리는 건 좋아. 하지만 이제 우리 삶은 여기에 있잖아, 자기. 아기가 태어난 뒤에 어머니가 여기로 오셔서……."

그녀는 고개를 저었다. 엄마에게는 자신이 필요하고, 자기도 엄마가 필요하다고 말했다.

"그래. 하지만 이제 막 구한 교사 일은 어쩌고? 시작도 하기 전에 그만둘 생각이야?"

그녀는 정말로 그렇게 했고 나는 물러섰다. 우리는 유홀 트레일러를 빌려 짐을 싸고, 맵퀘스트에 장모님의 주소를 입력한 뒤 길을 나섰다. 그렇게 우리의 캘리포니아 생활은 끝이 났다.

동부로 돌아가는 길은 지옥이었다. 제일 싼 트레일러 히치를 사서 제대로 설치하지 않은 게 화근이었다. 애리조나주 경계선을 막 넘어간 지점에서 트레일러가 풀려 뒤따르던 차를 아슬아슬하게 비껴간 뒤 도로 옆 골짜기로 날아갔다. 그 일로 하루를 통째로 날리고 더 비싼 히치를 다시 사야 했으며, 빈대가 들끓는 특색이라곤 없는 모텔 방에서 하룻밤을 보내야 했다.

수천 킬로미터를 달리는 동안 에밀리의 입덧은 심해졌다가 잠잠해지기를 반복했다. 우리는 다퉜고, 그녀는 몇 번이나 울음을 터뜨렸다. 미주리를 지나던 중 그녀의 속옷에 피가 비쳤다. 오클라호마시티의 한 응급실에서 만난 의사가 에밀리를 진찰하고 만약을 대비해 초음파 검사를 받게 한 뒤, 임신 초기의 경미한 출혈은 드문 일이 아니라고 안심시켰다. "대략 네 명 중 한 명 정도예요. 대부분은 건강한 아이를 출산합니다. 그러니 너무 걱정하지 마세요. 모든 게 괜찮을 겁니다." 그가 건넨 흐릿한 사진에서 태아는 눈이 달린 리마콩처럼 보였다. 길이는 2.5센티미터 정도라고 그가 말했다. 에밀리는 다음 날 아침 내슈빌에서 160킬로미터쯤 떨어진 곳에서 유산했다. 에밀리는 울다가 잠들기를 반복했고, 나는 최선을 다해 위로하려 했지만 무엇을 어떻게 해야 할지 알 수 없었다. 감당할 수 없는 상황에 놓였다. 에밀리는 다른 의사를 만나고 싶지 않다고 했다. 그냥 알 수 있다고 했다. 그녀가 원하는 건 오직 엄마를 보는 것이었다. 나는 잠을 쫓으려 레드불스를 들이켜면서, 남은 길을 거의 쉬지 않고 달렸다.

베시는 좋은 소식을 들려주었다. 암이 전이되지 않고 유방에만 국한되어 있다는 것이었다. 그녀는 에밀리를 세심하게 보살폈고 뜻밖에도 나에게까지 그랬다. "안아 줄까?" 주방에 둘만 남았을 때 베시가 물었다. 나는 망설였다. 그러고 싶지 *않았다*. 스테인리스 쟁반에 놓인 그녀의 절제된 유방이 자꾸 떠올랐기 때문이다. 그래도 상처 주고 싶지 않아서 그러자고 했다. "세게 안는 건 안 돼. 아직 그곳이 꽤 아프거든." 그녀가 경고했다. 그녀가 나를 끌어안았을 때, 나는 끝내 안아 주지 못했다. 대신 한 손으로 어색하게 그녀의 등을 몇 번 토닥였다.

에밀리와 나는 8월 1일 스토닝턴 시청에서 결혼했다. 갑자기 잡힌 결혼식이었기 때문에 에밀리의 아버지는 오지 못했지만, 수표를 보내며 결혼식 사진을 전해 달라고 했다. 에밀리는 노란 민소매 여름 드레스를 입었고, 나는 행운의 체크무늬 셔츠에 하나밖에 없는 정장 조끼 그리고 가장 덜 바랜 청바지를 입었다. 증인은 에밀리의 고등학교 친구 리앤과 그녀의 남자 친구였다. 양가 어머니도 참석했는데, 우리 엄마는 뉴포트 크리머리에서 근무를 마치고 바로 달려오느라 웨이트리스 유니폼 차림 그대로였다. 베시는 딸에게 치러 주고 싶어 했던 성대한 교회 결혼식이라도 되는 양 한껏 차려입고 나타났다. 혼인신고서에 서명한 후, 그녀는 플러드타이드에서 점심을 샀다. 흰 요리사 모자를 쓴 남자들이 고기를 썰어 주고 시저샐러드를 테이블 옆에서 직접 섞어 주는 고급 식당이었다. 신혼여행은 없었다. 우리 둘 다 면접이 잡혀 있었기 때문이다.

웨스트 바인 스트리트 초등학교에서 에밀리는 3학년을 맡았다. 같은 주에 나도 크리에이티브 스트래티지스라는 신생 에이전시에서 그래픽 아티스트로 뽑혀 일하게 되었다. 그들은 내 포트폴리오만으로도 기꺼이 나를 뽑았고, 내게 학위가 없다는 이유로 급여를 낮게 책정할 수 있다는 점에도 만족했다. RISD 시절 친구 중 유일하게 연락하고 지내는 맷은 이미 졸업해서 맨해튼의 대형 에이전시 중 하나인 컷워터에 취직했고, "잘 나가는 애들"이 모여 사는 브루클린의 아파트를 전대해 살고 있었다. 내 직장은 노동자들이 주로 사는 코네티컷에 있었고, 그가 분명 나보다 훨씬 잘 벌고 있을 거라는 생각이 들었다. 하지만 그건 감수해야 할 대가였다. 나는 사랑에서 운이 따라 주었고, 맷은 아니었다. 어쨌든 아직은 아니었다. 관계를 지키겠다고 학교를 포기하지 않았다면 나는 아마 에밀리와 결혼하지 *않았을* 것이다. 하지만 나는 결혼했고 그녀를 전보다 훨씬 더 사랑하고 있었다. 가끔은 그녀가 나만큼 이 관계에 헌신적이지 않을지도 모른다는 생각에 불안했지만 그렇다고 나를 사랑하지 *않는다*는 뜻은 아니었다. 그저 감정 표현에 조심스러울 뿐이지 엄마처럼 냉정하진 않았다. 전혀 아니다. 그저 아주 작은 부분만은 자기 안에 남겨 두는 사람일 뿐, 그게 다였다. 그건 문제가 되지 않았다.

우리는 다시 아기를 갖는 일은 뒤로 미뤘다. 아직 시간도 많았고, 우선 각자 직장에서 자리를 잡는 게 중요하다고 서로에게 말했다. 임신은 처음처럼 충동적이거나 계획 없이 해서는 안 되고 현실적으로 접근해야 한다고 그녀가 말했다. 하지만 거기엔 분명 두려움도 있었다고 나는 생각한다. 나보다는 에밀리에게 더 그랬다. 그렇게 힘든 상황에서 유산한 뒤 그녀는 한결 더 조심스러워졌다. 나는 그 일에 관해 이야기하고 싶은지 서너 번쯤 물어봤지만, 그녀는 늘 고개만 저었고 말수도 줄었다. 여전히 나와 농담을 주고받고 우리가 만난 첫 여름에 내가 그렇게 좋아했던 능청스러운 면도 보여 주었지만, 예전만큼 자주는 아니었다. 우리는 공평하게 집안일을 했고, 가끔 빨래한 옷을 넣다가 그녀의 속옷 서랍에서 그 흐릿한 초음파 사진을 보곤 했다. 태어나지 못한 우리 아이의 작은 리마콩 같은 형상. 그녀가 그걸 숨긴 건 아니다. 사진이 거기 있는 걸 내가 안다는 걸 그녀도 알았다. 다만 그 일, 동부로 향하던 그 끔찍한 횡단 여행에 대해서는 끝내 말하지 않으려 했다.

2014년 여름, 우리는 케이프의 트루로에 있는 작은 별장을 빌려서 지냈다. 바로 그 주에 에밀리는 다시 아이를 가질 준비가 됐다고 내게 말했다. 우리는 피임을 중단했고 그달 말에 아이가 생겼다. 초음파를 보러 간 날, 산부인과 의사가 말했다. "나라면 지금부터 쌍둥이용 유모차를 알아보겠어요." "뭐라고요? 농담이죠?" 나는 그렇게 말하고 웃기 시작했다. 하지만 고개를 돌려 에밀리를 보았을 때, 그녀는 겁을 집어먹은 표정이었다.

4

2017년 4월 27일

이제 나는 안다.

내가 틀렸기를 바라며 뒷좌석을 돌아본다. 하지만 거기에는 카시트에 앉은 채 미스터 지브라 인형을 꼭 잡고 있는 메이지가 있을 뿐이다. 니코의 카시트는 비어 있다. 너무 늦었다. 차 뒤에서 땅바닥에 엎드린 채 개미들을 보고 있는 니코의 모습이 머릿속을 덮친다.

문을 열고 차에서 비틀거리며 내려오다 균형을 잃고 땅에 쓰러진다. 엎드려서 억지로 차 밑을 들여다본다. 아이를 보고 고개를 돌린다. 믿지도 않는 신에게 애원한다. 이 일이 현실이 아니게 해 달라고. 이 부정의 비명이 내 입이 아니라 다른 아이의 아버지에게서 나오게 해 달라고. 911에 전화해 어서 와 달라고 하는 숀 맥널리의 떨리는 목소리가 들린다. 린다가 한 손으로 입을 가린 채 차 뒤편에서 돌아 나오는 모습이 보인다. 나는 아들에게 가서 옆에 무릎을 꿇는다. 아이를 외면했다가 다시 억지로 바라본다. 아이는 옆으로 누워 있다. 머리는 왼쪽으로 돌아갔고, 짓눌린 몸 아래에 붉은 웅덩이가 고여 있다. 아이의 작은 가슴이 빠르게 오르내리는 걸 본다. 살기 위한 몸부림. 나는 다시 눈을 돌린다. 이건 현실이 아니야. 그렇지? 제발 우리를 떠나지 마, 니코. 버텨야 해.

아이를 들어 올려 안으려는 순간, 손이 나를 막아선다. 아이를 그대로 두라고 말한다. 그는 나를 일으켜 세우더니 꽉 끌어안는다. 메이지! 메이지가 아직 차에 있다. 아니, 그렇지 않다. 린다가 이미 메이지를 꺼내 안고 있다. 그 광경을 보지 못하게 꼭 감싼 채로. 혼란스럽고 겁에 질린 얼굴로 메이지는 나를 향해 손을 뻗는다. 아이를 안은 순간 나는 참으려 하지만 그러지 못한다. 내가 울부짖기 시작하자 메이지도 따라 운다. "어떻게 해야 해요? 뭘 해야 할지 모르겠어요!" 나는 린다에게 묻는다.

"에밀리에게 전화해야 해요." 그녀가 말한다.

나는 고개를 젓는다. "못 해요. 어떻게 내 입으로 이 일을……."

"말해야 해요, 코비. 에밀리도 알아야 해요."

나는 고개를 끄덕이며 주머니를 뒤져 핸드폰을 찾는다. "전화기를 집에 두고 온 것 같아요. 메이지 좀 안고 있어 줄 수 있어요?" 린다에게 묻는다. 그녀가 고개를 끄덕인다. "아빠는 엄마한테 전화해야 해. 그리고 안아 줄게." 메이지에게 말한다. 갑자기 토할 것 같아 집을 향해 달려간다. 메이지가 아빠를 부르며 울부짖는 소리를 듣지 않으려 애쓰면서.

어디 있지? 빌어먹을 핸드폰 어디 있냐고? 나는 정신없이 부엌에서 욕실로, 우리 방에서 아이들 방으로 미친 듯이 오간다. 그러다 서랍장 옆 선반에 놓인 사진 앞에서 멈춰 선다. 아기 침대 안에 서 있는 두 아이, 이미 작아져서 다른 사람에게 물려준 잠옷을 입고 있다. 메이지는 환하게 웃고 있고 익살꾼인 니코는 우스꽝스러운 표정을 짓고 있다. 아, 맙소사. 만약……? 불과 20분 전까지만 해도 내가 니코의 얼굴에 묻은 시럽을 닦아 주고 유아용 의자에서 안아 올렸는데, 어떻게 지금 벌어지는 일이 현실일 수 있지? 밖으로 다시 나가고 싶지 않다. 여기 이 안에, 모든 일이 벌어지기 전의 안전한 시간 속에 남고 싶다. 내가 후진 기어를 넣기 전으로…….

두 번째로 집 안을 훑을 때 부엌 조리대에 놓인 핸드폰이 보인다. 그걸 움켜쥐고 에밀리에게 전화를 걸지만 신호만 가다가 그녀의 음성이 흘러나오며 메시지를 남기라고 한다. 나는 문자를 보낸다. *긴급 상황! 당장 집으로 와.* 답장이 없다. 빌어먹을! 핸드폰을 꺼 둔 게 틀림없다. 나는 다시 밖으로 뛰어나간다.

구급차가 와 있다. 구조대원들이 니코 위로 몸을 숙인 채 내 시야를 가린다. "아빠!" 메이지가 비명을 지른다. 나는 어느 아이에게 가야 할지 몰라 그 자리에 멈춰 서 있다. 그때 린다가 딸을 안고 다가온다. 길 아래쪽에 사는 알린도 함께다. 메이지를 받아 안고 니코에게 가려는데 알린이 내 팔을 붙잡는다. "제정신이에요? 이걸 아이가 보게 하고 싶어요?" 나는 고개를 젓는다. 나는 메이지를 데리고 우리 집 잔디밭 맨 끝으로 걸어간다. 차도에서 벌어지는 일로부터 메이지와 나, 우리 둘을 보호하기 위해.

"괜찮아, 괜찮아. 다 괜찮아." 메이지의 울음을 그치게 하려고 거듭 말한다. 그건 아마도 살면서 내가 한 말 중에 가장 큰 거짓말일 것이다.

아니야. 나는 속으로 말한다. 니코의 누나에게는 니코가 *필요하다.* 만약…… 그런 일이 벌어진다면 아이 엄마와 나는 견딜 수 없을 것이다. 니코는 강한 아이다. 아이는 아직 숨을 쉬고, 살기 위해 싸우고 있다. 구조대원들은 *훈련받은* 사람들이고, 자기 일에 능숙해 보인다. 병원에 도착하면 수술을 받아야겠지만 의사들은 기적을 행한다. 니코는 살아날 거야. *분명 그럴 거야.*

나는 진입로 끝에서 번쩍이는 구급차의 경광등 너머로 맥널리네 앞마당에 모여 선 이웃들을 바라본다. 알린과 남편 J.G, 올름스테드 집을 산 부부 딜런과 라숀, 가끔 우리 아이들을 돌봐 주던 메리 루이즈와 딸 조디. 지난주만 해도 조디는 새로 입양한 강아지를 데려와 쌍둥이에게 보여 주었다. 그런데 저 사람들은 왜 아직도 *여기서* 아이를 보고 있는 거야? 아이를 당장 구급차에 태워! 병원으로 데려가라고!

순찰차 두 대가 잇달아 집 앞에 멈춰 선다. 경찰 두 팀이다. 첫 번째 팀은 사고가 난 지점으로 가서 쪼그려 앉아 오른쪽 뒷바퀴를 살핀다. 한 명은 치수를 재기 시작하고 다른 한 명은 핸드폰으로 사진을 찍는다. 두 번째 팀은 이웃들에게 다가간다. 그들이 한 말 중 내게 들린 건 린다 맥널리의 목소리뿐이다.

"우리가 멈추라고 소리 질렀어요. 하지만 그는 듣지 못했어요!"

경찰이 내가 어디에 있는지 물은 게 틀림없다. 숀 맥널리가 내 쪽을 가리키는 게 보인다. 그들이 거리를 건너서 메이지와 내 쪽으로 다가오는 동안, 린다가 그들을 향해 외친다. "이건 *사고*였어요! 끔찍한 *사고*! 그는 정말 좋은 *아빠*예요!"

아, 맙소사. 에밀리는 아직 아무것도 모르고 있는데. "누가 제 아내 학교에 전화 좀 해 주세요! 웨스트 바인 초등학교요! 오늘 현장학습을 가는데 아직 출발을 안 했을지도 몰라요!" 나는 이웃들을 향해 소리친다. 라숀이 핸드폰을 흔들어 보이며 자신이 하겠다고 한다.

"안녕하세요, 선생님. 이쪽은 롱고 경관이고 저는 파지오 경사입니다. 아이 아버지 맞으시죠?" 다부진 체격에 나이가 좀 더 들어 보이는 경찰이 말을 건다.

"네."

"차를 운전하신 분이죠?"

"맞아요."

그는 내가 마음을 가다듬을 시간을 준다. "이 아이도 당신 아이예요?"

나는 고개를 끄덕인다. "쌍둥이예요."

"그럼 이 아이와 피해자?"

피해자라니? 내 아이를 그렇게 부르지 마! "아이 이름은 니코예요." 내

가 말한다.

젊은 경찰이 메이지에게 시선을 옮긴다. "아저씨에게도 네 또래 딸이 하나 있단다. 이름이 뭐니, 아가?" 그가 말한다.

메이지는 내 가슴에 얼굴을 파묻고 중얼거린다. "보지 마요." "저희와 이야기하는 동안 아이를 다른 분에게 맡길 수 있을까요?" 경사가 묻는다. 나는 고개를 끄덕이고 조디와 그녀의 엄마를 부른다. 메이지를 잠시 봐 줄 수 있겠냐고 묻자 메리 루이즈는 물론이라며, 뭐든 돕겠다고 한다.

"싫어! 아빠랑 있을 거야!" 메이지가 외친다. 조디가 새 강아지 이야기를 꺼낸다. 자기 집에 가서 컵케이크랑 놀지 않겠느냐고. 메이지는 망설이다가 고개를 끄덕이며 내 품에서 떨어진다. 메이지를 내려놓자 조디와 메리가 아이의 손을 하나씩 잡는다. "걱정하지 말고 우리한테 맡기세요. 니코를 위해 기도할게요." 메이지를 데려가던 메리가 뒤돌아 말한다.

경사가 말한다. "질문 몇 가지 하겠습니다. 성함이……?"

"레드베터입니다." 나는 지갑을 꺼내 떨리는 손으로 운전면허증을 내민다. 젊은 경찰이 그것을 받아 든다. "이것부터 처리하겠습니다." 그는 그렇게 말하고 내 정보가 적힌 면허증을 들고 순찰차 쪽으로 걸어간다. 경사는 내 앞으로 바짝 다가와 무슨 일이 있었는지와 그 직전까지 있었던 일을 정확히 말해 달라고 한다. "최대한 구체적으로 말씀해 주세요. 중요하지 않다고 생각되는 것까지 하나도 빼지 말고요."

나는 한두 걸음 뒤로 물러선다. 프렌치토스트 이야기부터 시작한다. 연기 감지기, 에밀리의 현장학습, 아이들을 장모님 댁에 데려다줄 계획까지. 아내에게 했던 거짓말을 다시 하는 내 목소리가 들린다. 구직 활동으로 오늘 하루를 보낼 생각이라고 한 거짓말. 술을 탄 커피나 추가로 먹은 아티반에 대해서는 말하지 않는다. 이야기를 마쳤을 때, 그가 내 떨리는 손을 내려다보고 있다는 걸 알아차린다.

진입로 끝에서 구조대원들이 일어선다. 그들은 니코를 성인용 들것 한 가운데에 눕혀 구급차 뒤로 밀어 넣는다. 한 명은 그와 함께 뒤 칸으로, 다른 한 명은 앞좌석으로 가서 운전석에 앉는다. "나도 아이와 같이 병원에 가야 해요." 내가 경사에게 말한다. 경광등을 번쩍이며 구급차가 출발하자 나는 소리친다. "잠깐만요! 잠깐만요!" 사이렌이 울리기 시작하고 속도가 더 붙는다. 나는 경사를 향해 돌아서며 애원한다. "아이에겐 제가 필요해요! 제 아들이에요!"

"롱고 경관과 제가 태워다 드리는 게 어떨까요? 그러면 가는 동안 진술도 계속 이어 갈 수 있고요." 그가 말한다.

"네. 그렇지만…… 서류에 서명도 해야 하고 병원에 이런저런 정보를 줘야 할 겁니다. 수술이 필요할지도 모르고 아이가 병원에 얼마나 오래 있어야 할지도 모르잖아요. 제 차를 가져가는 게 낫겠습니다."

"저 SUV 말씀이신가요?" 그는 고개를 젓는다. "그건 그대로 두세요. 형사들이 와서 살펴볼 거예요. 어쨌든 지금 선생님은 운전할 상태가 아닌 것 같은데요." 속이 울렁거린다. 지나가길 기다린다. "선생님은 너무 큰 충격을 받으셨잖아요? 우리가 태워다 드리겠습니다."

"형사들이 왜 오는지 이해가 잘……."

"통상적인 절차입니다, 선생님. 특히 아이가 살지 못할 때를 대비해서, 그런 일이 일어난다는 뜻은 아니지만……."

"그런 일은 일어나지 *않아요*! 하지만 아이에겐 아빠가 필요해요. 저도 저 구급차에 타야 해요!"

"아이가 의식이 있습니까, 레드베터 씨?"

나는 그대로 얼어붙는다. "뭐라고요?"

"아이가 의식이 없거나 진정제를 맞았다면, 당신이 거기 있는지 아닌지조차 알 수 없을 겁니다."

나는 멍하니 서 있는다. 그의 논리, 그 지독한 잔인함에 말문이 막힌다.

"자, 레드베터 씨. 당신 말이 맞습니다. 아이에게는 아버지가 필요해요. 엄마도요. 부인과는 연락됐나요?" 나는 잘 모르겠다고 대답한다. 에밀리의 핸드폰은 꺼져 있지만, 대신 학교에 전화해 달라고 했다. 아마 사무실에서 누군가 받았을 것이다.

"좋습니다. 그럼 가시죠. 순찰차는 이쪽입니다." 이 사람 이름이 뭐였더라? 나는 셔츠 주머니에 달린 명찰을 힐끗 본다. 파지오. 파지오 경사.

그가 나를 차로 데려가는 동안 다른 경찰이 무전기에 대고 말하는 소리가 들린다. "EtOH 가능성도 있습니다. 확실하진 않지만…… 가능성은 있어요. 알겠습니다. 병원에서 채혈할 수 있는지 확인해 보겠습니다."

"롱고 경관." 파지오가 말하자 롱고는 우리가 바로 뒤에 있는 걸 보고 놀라 돌아본다. 파지오는 순찰차 뒷문을 열며 내게 머리를 조심하라고 한다. 그런 다음 반대편으로 돌아가 내 옆 뒷좌석에 앉는다. 롱고가 연석에서 차를 몰아 나오자 우리 집 앞에 멈춰 선 흰색 밴에서 세 사람이 뛰어내리는 게 보인다. 여자 하나와 남자 둘. 나는 그녀를 알아본다. 지역 TV 뉴스 기자 중 하나다. 파지오도 그들을 바라보다가 고개를 젓는다. 기자들과는 말을 섞지 말라고 내게 조언한다. 어차피 그럴 마음도 없었다.

"가는 동안 다시 한번 자세한 경위를 말씀해 주시죠. 혹시 깜빡한 게 있을지도 모르니까요. 그러면 나중에 형사에게 조사받을 때 머릿속에 사건 순서가 명확하게 정리돼 있을 겁니다." 파지오가 말한다.

"하지만 지금 *당신*이 조사하고 있잖아요."

"그렇긴 한데요. 아마 같은 이야기를 두세 번은 더 하셔야 할 겁니다. 몇 가지 가능성을 배제하려면 조사가 불가피해요."

"어떤 것들이요?"

"어, 과실이라든지 고의 여부입니다."

"고의라뇨? 제가 일부러 아이를 다치게 했단 말입니까? 어떤 정신 나간 사람이……."

"그런 일은 실제로 있습니다, 레드베터 씨. 생각보다 많아요. 하지만 지금 선생님을 의심하는 건 아닙니다. 사실 그 반대죠. 형사가 조사할 때를 대비해 선생님의 이야기를 정확히 정리하는 걸 도와드리려는 겁니다."

롱고가 끼어든다. "사이크스가 배정됐답니다. 병원에서 합류할 거라고 합니다."

"확인했어." 파지오는 마치 앞좌석 동료가 아닌 무전에 응답하듯 대꾸한다. "아까 하던 얘기로 돌아가죠, 코빈. 그렇게 불러도 되겠습니까?" 나는 어깨를 으쓱한다. "사건 경위를 정확히 정리해 두는 게 좋습니다. 그래야 사이크스 형사가 당신과 이야기할 때 아드님의 부상이 우발적인 사고였다는 결론을 내릴 수 있어요. 특히 아이가 만약……."

"그 말 좀 그만 해요! 아이는 *살아날* 거니까! 니코는 작은 불도저 같은 아이예요. 지난주만 해도 커피 테이블에 머리를 세게 부딪쳤는데도 벌떡 일어나서는 아무 일도 없었다는 듯 계속 돌아다녔어요. 누나는 좀 예민한 편이지만, 니코는……."

"어떻게 머리를 부딪쳤죠?" 파지오가 묻는다.

"뭐라고요? 넘어졌어요. 넘어지면서 쿵 하고 부딪친 거예요."

"왜 넘어졌습니까?"

"모르겠어요. 그 나이 아이들은 수시로 넘어지잖아요. 그런데 왜 제가 하는 말을 당신이 넘겨짚는 느낌이 드는 거죠?"

"글쎄요, 레드베터 씨. 당신은 왜 그런 느낌이 드는 걸까요?"

"이봐요, 지금 내 상황을 당신은 이해하지 못하는 것 같아요. 난 지금 당신이 말하라고 하는 이야기에 집중할 수 없는 상태예요. 마음 한편으론 아직도 이 모든 게 정말로 벌어진 일이라는 걸 믿으려고 애쓰고 있고, 또 다른 한편으론 병원에서 무슨 일이 벌어지고 있을지, 이걸 아내에게 어떻게 전해야 할지만 생각하고 있으니까요. 난 지금 당신들 앞에서 무너지지 않으려고 버티고 있지만…… 그렇지만…….” 그러다 결국 고통이 나를 덮치고, 나는 그들 앞에서 완전히 무너지고 만다.

내가 겨우 마음을 추스르자 파지오가 말한다. “알겠습니다, 코빈. 이 부분은 병원에 가서 더 이야기합시다.”

“그런데 내 *이야기*를 정리하라는 말은 무슨 뜻입니까? 난 뭐든 연습할 필요가 없어요. 이건 꾸며 낸 이야기가 아니라 실제로 일어난 일이니까.”

경사는 아무 반응도 보이지 않는다. 빌어먹을 고개조차 끄덕이지 않는다.

나는 몸을 앞으로 기울여서 운전석을 향해 말한다. “경관님, 아까 무전에서 쓴 약자요. 그게 뭐였죠?”

그는 백미러로 나를 힐끗 본다.

“ET 뭐라고요? 아까 ET 뭐일 거라고 했잖아요.”

그는 일부러 뜸을 들이다가 마침내 대답한다. “EtOH.”

“그래요. 그게 무슨 뜻입니까? 제 아들 상태를 말하는 건가요?”

“아닙니다. 그렇지 않아요. 그런데 이니셜 얘기가 나왔으니 저도 질문 하나 하죠. 조회해 보니 전에 음주 운전 전력이 있던데요. 그건 무슨 일이었습니까?”

파지오 경사는 나를 힐끗 보며 내 대답을 기다린다. 나는 그날이 실직한 날이었다고 말한다. “회사에서 인원 감축이 있었어요. 너무 속상해서 노스 메인 스트리트에 있는 술집에 들렀습니다.”

“비즈? 거기 갔다는 말입니까?” 파지오가 묻는다.

“네. 거기서 아는 사람을 만나서 둘이 돌아가며 맥주를 샀어요. 나올 때는 속상한 것도 좀 풀렸고 운전할 수 있다고 생각했죠. 적어도 그땐 그렇게 생각했어요. 집에 절반쯤 왔을 때 경찰이 차를 세웠어요." 나는 그날이 쌍둥이들의 첫 생일 파티였고, 케이크를 사 오는 걸 깜빡했다는 이야기는 빼놓았다.

"비즈 샌드위치 괜찮지 않아요?" 파지오가 말한다. "아스트로, 수프림, 빵도 좋고. 저는 부드러운 것보다 겉이 바삭한 그라인더 빵이 더 좋더라고요. 베티가 만든 절인달걀은 어때요? 그거 먹을 때 입술이 오므라들지 않게 조심해야 해요." 앞자리에 앉은 동료가 고개를 끄덕인다.

이건 정말이지 너무나 비현실적이다. 내 아이는 지금 생사를 넘나들고 있는데, 이 사람은 샌드위치 이야기나 늘어놓는다고? EtOH가 뭔지 여전히 듣지 못했지만 그 뒤로는 입을 닫아 버린다. 나는 눈을 감고 이 순찰차 뒷좌석에 타고 있지 않다고 상상하려 애쓴다. 우리가 계획한 대로 아이들을 장모님 댁에 데려다줬고, 둘 다 안전 벨트를 제대로 채웠으며, 니코에게는 아무 일도 일어나지 않았다고.

다시 눈을 뜨자 차는 속도를 올려 퍼킨스 애비뉴의 웬디스를 지나고 있다. 리틀리그 구장을 지나고, 세탁기와 건조기를 살 여유가 생길 때까지 에밀리와 함께 다니던 세탁소 앞을 지났다. 그제야 깨닫는다. 이 길은, 내가 델가도 박사에게 전화해 에밀리의 진통이 5분 간격으로 점점 더 심해지고 있다고 말했을 때 우리가 지나간 바로 그 길이라는 걸. "자 이제 본격적으로 시작할 시간이군요. 병원에서 만나죠." 의사는 그렇게 말했다. 에밀리는 그 분만실에서 정말 전력을 다했는데……. 지금쯤 누군가 그녀에게 연락했을까, 아니면 아직도 아무것도 모르고 있을까? 뉴헤이븐으로 가는 그 버스에 있는 건 아닐까? 분명 그럴 것이다. 그렇지 않았다면 내게 전화했을 테니까. 아, 맙소사, 이 일은 에밀리를 완전히 무너뜨릴 것이다. 만약 니코가 장애를 입게 된다면, 휠체어 같은 걸 타야 하는 상황이라면, 그녀가 어떻게 나를 용서할 수 있을까? 나는 과연 *나 자신*을 용서할 수 있을까? 몸이 떨리기 시작한다. 처음엔 아주 미세하게, 그러다 걷잡을 수 없이.

응급실 입구에 도착하자 나는 순찰차에서 내려 휘청거리는 다리로 달려 자동 유리문을 통과한다. 파지오 경사는 몇 걸음 뒤에서 따라오고, 롱고 경관은 우리를 내려 주고 주차하러 가 버린다.

"코비! 코비, *기다려!*" 에밀리가 나를 향해 달려온다. "대체 무슨 일이야? 고속도로로 막 들어가려던 참에 교감 선생님이 버스를 세웠어. 여기 오는 내내 '가족 비상사태'라는 말만 하고. 우리 엄마 일이야?" 내가 고개를 흔들자 그녀의 눈이 공포로 커진다. 그녀는 떨리는 손으로 내 팔을 덥석 잡으며 말한다. "제발 아이들 일은 아니라고 해 줘."

5

나는 눈물을 흘리며 니코라고 말한다. "니코가 다쳤어, 에밀리. 내 잘못이야. 정말 미안해."

그녀의 눈에 공포가 스친다. "어떻게 다쳤는데? 어디 부러졌어? 교통사고라도 난 거야?" 나는 고개를 젓는다. "메이지는?"

메이지는 괜찮고, 병원에서 니코와 같이 있기 위해 조디와 메리 루이즈에게 맡겨 두고 왔다고 말한다.

"이해가 안 돼. 당신 방금 도착한 거 아니야? 애는 어디 있어?" 그녀가 묻는다.

"구급차가 데려갔어. 구조요원들이 진입로에서 아이를 처치하고, 그러고는……."

"구조요원들이라고? 그 사람들을 왜 불렀는데? 그렇게 심각해?" 나는 그렇다고, 아이가 피를 많이 흘렸다고 말한다. 그녀는 세차게 고개를 흔든다. 그러다 눈이 뒤집히고 다리에 힘이 풀린다. 그녀가 쓰러지기 전에 내가 붙잡는다. 몇 초 뒤 정신을 차린 그녀는 무슨 일이 있었는지, 내가 왜 내 잘못이라고 했는지 따져 묻는다.

이제 우리 둘 다 울고 있다. "그 애가…… 그 애가 진입로에 엎드려 있었어. 개미를 보고 있었지. 난 아이들 가방을 계단에 둔 게 생각나서 다시 집에 들어갔는데…… 그 사이에 맥널리 부부가 왔고…… 아이 둘 다 안전벨트를 채우지 않았다는 걸 깜박했어. 메이지는 먼저 채워 줬지만……."

"안 돼! 오, 하느님!" 그녀가 소리친다.

"그래서 시동을 걸었고……."

그녀는 눈을 질끈 감고 고개를 세차게 흔든다. "그만해, 코비! 이건 못 듣겠어. 말하지 마!" 그러고는 나를 끌어안고 죽을힘을 다해 매달린다.

"내 말 좀 들어 봐. 난 우리 아이가 이 상황을 잘 넘길 거라고 생각해. 가끔은 겉보기엔 심각해 보여도……."

"제발 그만해!"

나는 그녀를 달래서 의자에 앉힌 뒤 심호흡을 하라고 말한다.

"난 심호흡이 필요한 게 아니야! 무슨 일이 일어나고 있는지 알아야 해! 내 아들을 봐야 한다고!" 그녀가 쏘아붙인다.

그때 접수창구에 서 있는 파지오 경사가 보인다. 그가 우리에게 다가온다. "실례합니다, 두 분. 방해해서 죄송하지만 접수하셔야 해요. 몇 가지 질문에도 대답하시고 보험 정보도 제출하셔야 합니다." 할 말을 전한 그는 대기실 반대편에 서 있는 롱고에게 돌아간다. 에밀리는 떨리는 손으로 지갑에서 카드를 꺼내 내게 건넨다. 나는 창구에 가서 직원의 질문에 답하고, 나도 몇 가지를 묻는다. 우리 아이는 수술 중인가요? 담당 의사는 누구죠? 언제 아이를 볼 수 있을까요? 그녀는 미안하지만 그건 아직 모르겠다고 한다. 아이를 보고 있는 의사가 곧 나와서 우리에게 설명할 거라고.

내가 다시 자리에 앉자 에밀리는 직원에게 들은 게 있느냐고 묻는다. 나는 고개를 젓는다. "저 *사람들*은 왜 여기 있어?" 그녀가 두 경찰을 향해 고갯짓하며 묻는다. 나는 구급차가 떠난 뒤 그들이 나를 태워 여기까지 데려다줬을 뿐, 그 이상은 잘 모르겠다고 말한다. "조사에 들어갈 수도 있을 것 같아." 에밀리는 이 상황이 도무지 믿기지 않는다고 한다. "나 너무 무서워, 코비. 니코가 평생 장애를 갖게 되면 어떡해? 뇌 손상이라도 생기면? 피가 났다며. 어디서 피가 난 거야?"

"그 생각까진 하지 마, 에밀리." 그녀는 무릎에 팔꿈치를 괴고 두 손으로 얼굴을 가린 채 조용히 흐느낀다. 나는 잠시 그녀의 어깨를 주무르다가 멈춘다. 그녀는 허리를 세우고 내게 기대어 앉는다.

이어지는 침묵 속에서 나는 대기실을 둘러본다. 노부부 한 쌍, 탄산음료 자판기 앞에 목발을 짚고 선 고등학생, 무릎 위에 뜨개질감을 올려놓은 중년 여자, 노숙자처럼 보이는 남자 하나. 그들은 몰래 엿보는 구경꾼처럼 우리를 보지만, 내가 시선을 돌리자 모두 눈을 피한다. 파지오와 롱고만 눈을 떼지 않는다. 에밀리와 나는 감시받고 있다.

수술복에 흰 가운을 걸친 젊은 여자가 문가에서 내 이름을 부른다. "접니다." 내가 말하자 따라오라고 한다. 에밀리가 자기도 같이 가야 하는지 물으며, 아이 엄마라고 말한다. 여자는 어리둥절한 표정으로 그럴 필요는 없고, 오래 걸리지도 않을 거라고 말한다. 에밀리는 이해가 안 간다는 얼굴로 고개를 끄덕인다. 나를 어디로 데려가는 거냐고 물어서 나는 모른다고 답한다. 나는 흰 가운을 입은 여자를 따라간다. 젊은 경찰 롱고가 자리에서 일어나 우리 뒤를 따라 걷기 시작한다. 파지오는 에밀리와 대기실에 남는다.

"방금 응급실에 계셨어요? 우리 아이 상태에 대해 뭐든 아는 게 있습니까?" 내가 묻는다. 그녀는 고개를 젓는다. 자신은 채혈 담당자라며, 내 혈액을 채혈관 몇 개 분량으로 채취하라는 지시를 받았다고 말한다. "제 피요? 아이가 수혈받아야 하나요? 저희 둘 다 O형 양성인데 그럼 괜찮은 거죠?" 그녀는 고개를 끄덕인다. 나는 어깨 너머로 롱고 경관을 바라본다. 그의 얼굴에서는 아무 표정도 읽히지 않는다.

우리는 창문 하나 없는 작은 방으로 들어간다. 채혈 담당자가 의자를 가리킨다. 나는 앉는다. 롱고는 문 옆에 자리를 잡는다. "전에 채혈해 보신 적 있나요?" 여자가 묻는다. 나는 고등학생 때부터 헌혈을 해 왔다고 말한다. 그녀는 고개를 끄덕이며 내 손목을 잡고 혈관을 찾으려고 여기저기 쿡쿡 찔러 본다. 그러고는 라텍스 장갑을 끼고 바늘과 연결된 채혈관을 준비한다. "조금 따끔해요." 그녀는 같은 절차를 두 번 더 반복한다. "오케이, 끝났어요." 그녀가 말한다.

에밀리에게 돌아오자 내 자리에 장모님이 앉아 있다. 베시는 얼굴이 창백한 데다 눈이 충혈됐고 당장이라도 싸울 기세다. "하나만 대답하게. 후진 기어를 넣기 전에 아이들 둘 다 안전벨트를 했는지 왜 확인하지 않았나?" 그녀가 묻는다.

"도대체 무슨 의도로 그런 말을 하는 겁니까, 장모님." 나는 언성을 높이고 있다는 걸 깨닫고 파지오와 롱고 쪽을 힐끗 본다.

"아무 의도도 없어. 그저 간단한 질문을 하는 거야." 그녀가 날카롭게 쏘아붙인다.

나는 에밀리를 바라본다. 나를 두둔해 주거나 엄마에게 그만 캐물으라고 말해 주길 바라면서. 하지만 에밀리는 이렇게 말한다. "그게 이상해, 코비. 당신은 *항상* 두 번씩 확인하잖아. 먼저 백미러를 보고, 그다음엔 고개를 돌려서 직접 뒷좌석을 확인하지. 그건 당신 몸에 밴 거잖아. 난 그 모습을 수없이 봤어. 그런데 왜 오늘 아침에는 안 그랬는지 이해가……."

나는 아무 말도 하지 않은 채 그녀를 바라본다. 할 말이 없다.

의사가 대기실로 들어와 우리에게 다가온다. 농구 선수처럼 키가 크고 젊으며, 머리는 짧은 금발이다. "레드베터 부부시죠?" 우리가 고개를 끄덕이자 그는 우리 앞에 쪼그리고 앉는다. 그의 얼굴에 연민이 스친다. "저는 응급실 담당 의사 중 하나인 스테판스키입니다."

"아이는 어떤가요?" 에밀리가 묻는다.

"음, 좀 더 조용한 곳에서 말씀드리는 게 좋겠습니다. 복도 끝에 가족실이 있고요. 원하시면 예배당에서 이야기할 수도 있습니다."

"가족실이요." 내가 말한다. 베시는 자신이 아이의 할머니라며 함께 가고 싶다고 한다. 의사는 나와 에밀리를 번갈아 보다가, 에밀리가 고개를 끄덕이자 말한다. "물론입니다." 그는 가족 분위기를 살피듯 나를 한 번 본 뒤에 말한다. "따라오시죠." 다행히 두 경찰은 따라오지 않는다.

우리는 쿠션이 깔린 의자에 둘러앉는다. 의사는 한쪽에, 우리 셋은 그 맞은 편에 앉는다. 에밀리는 나와 장모님 사이에 자리한다. "이런 말씀을 드리게 되어 정말 유감입니다만, 아드님은 버티지 못했습니다. 병원으로 오는 구급차에서 숨을 거두었습니다. 응급실에 도착했을 때는 저희가 할 수 있는 게 아무것도 없었습니다."

그는 아직도 말을 하고 있다. 입술이 계속 움직이지만 하나도 머리에 들어오지 않는다. "골반 골절", "췌장", "소장" 같은 단어들이 들리지만, 내 머릿속은 온통 한 가지 물음으로 가득 차 있다. *죽었다는 거야? 니코가 죽었다고?* 갑자기 어딘가 아득한 곳에서 떨어지는 느낌이 든다. 쓰러지지 않으려고 의자 팔걸이를 꽉 붙든다. 에밀리는 벌떡 일어나 두 팔로 자신을 꽉 끌어안은 채, 고개를 흔들며 방 한쪽으로 걸어간다. 그녀는 등을 돌리고 서 있다. 우리에게서, 나에게서. 베시가 자리에서 일어나 그녀에게 다가간다. 딸의 어깨에 손을 얹고, 내게 잘 들리지 않는 말을 낮게 중얼거린다. *내가 그녀를 위로해야 하는데, 그는 우리 아들이니까.* 하지만 아이를 죽게 만든 사람이 나인데, 내가 할 수 있는 위로가 대체 뭐가 있을까?

나는 다시 의사에게로 고개를 돌린다. "잠깐 정신이 팔렸어요. 차를 출발하기 전에는 늘 두 번 확인하는데, 딱 그 한 번이……."

그는 고개를 끄덕이며 자기에게도 자식이 있다고 말한다. 병원에 상주하는 애도 상담사가 두 명 있는데 한 명은 종교적 상담을, 다른 한 명은 심리 상담을 한다고 한다. 어느 쪽을 선택하겠냐고 묻는다. 내가 대답하기도 전에 에밀리가 몸을 돌려 테이블로 다가온다. "우리 아들은 어디 있죠? 아들을 봐야 해요." 그녀가 의사에게 묻는다.

의사는 아이의 부상 상태를 고려하면 다시 생각해 보는 편이 좋을 것 같다고 말한다. "아이의 사고 전 모습으로 기억하는 편이 더 나을 수도 있습니다." 그러고는 나를 돌아보며 말한다. "아버지도 그렇게 생각하시죠?" 니코를 마지막으로 본 모습이 아무리 끔찍했어도, 적어도 그때는 아직 숨을 쉬고 있었다. 살기 위해 싸우고 있었다. 나는 고개를 끄덕인다.

에밀리는 고개를 흔든다. "아니, 꼭 봐야 해요. 전 그 아이 엄마예요. 아이가 어떤 모습이든 상관없이 달래 줘야 해요. 지금 너무 무서울 거예요." 그녀의 말은 전혀 말이 되지 않는다.

"내가 같이 갈게요." 베시가 말한다.

의사는 잠시 망설이다가 말한다. "그럼 따라오시죠."

세 사람이 문 쪽으로 걸어가기 시작한다. 나도 따라 일어서자 베시가 홱 돌아서며 말한다. "아니! 자네는 안 돼." 장모님을 무시하고 에밀리를 바라보지만, 에밀리는 고개를 젓는다. 다시 추락하는 감각이 밀려온다. 그 감각이 지나가고 나서야 나는 문가로 가서 그들이 복도를 따라 멀어지는 모습을 바라본다. 두 여자 사이에 선 의사는 둘보다 훨씬 커 보인다. 그는 에밀리에게 뭐라고 말하면서 그녀의 등에 손을 얹는다. 남편이 아이를 죽게 만든 불쌍한 젊은 엄마를 위로하는 몸짓. 그들이 모퉁이를 돌아 시야에서 사라질 때 나는 비명을 지르지 않기 위해 온 힘을 쏟는다.

복도는 분주하다. 수술복과 흰 가운을 입은 병원 직원들이 커피를 나르고, 음식을 얹은 스티로폼 트레이를 들고 오간다. 수술복 차림의 남자 둘이 들것 양쪽에서 떠들며 환자를 엘리베이터로 밀어 넣는다. 지금이 몇 시지? 벌써 오후일까? 아직 아침일까? 전혀 감이 없다. 하지만 시간을 확인하는 게 무슨 소용이 있나. 지금이 몇 시든 니코는 죽었다.

나는 다시 가족실로 돌아와 복도로 통하는 문을 닫고 앉는다. 화끈거리는 눈을 문지른다. *아이를 달래 줘야 해요. 지금 너무 무서울 거예요.* 에밀리가 현실을 부정하는 건가? 아니면 쇼크 상태일까?

나 때문에 아이가 죽었지만 나도 아이를 잃었어, 에밀리. 그래도 우리는 여전히 서로를 안고 울 수 있을까. 함께 애도할 수 있을까. 나는 내가 뒤를 *돌아봤다고*, 빈 카시트를 보고 차에서 내렸다고, 진입로에서 아이를 안아 와서 벨트를 채웠다고 상상한다. 그러면 니코는 지금쯤 장모님 집에서 블록을 가지고 놀고, 내가 싸 준 치즈잇을 먹고, 주스 팩에 든 주스를 쪽쪽 빨고 있을 텐데. 이웃집 조디의 새 강아지의 재롱에 메이지와 나란히 웃고 있는 니코의 모습이 보인다.

아, 맙소사. 불쌍한 메이지! 둘은 거의 떨어져 지낸 적이 없는데. 니코가 갑자기 사라졌다는 사실을 어떻게 설명해야 할까? 메이지는 네 살이나 다섯 살이 될 때까지 니코를 기억할까? 의식적으로, 무의식적으로? 만약 기억한다면, 그러면 어떻게 되는 거지? 그리고 나중에, 이 모든 걸 이해할 수 있게 되었을 때는……?

내가 같이 갈게요. 아니! 자네는 안 돼. 베시가 말했다. 자기가 무슨 자격으로 나서서 모든 걸 결정하는 거지? 베시와 나는 처음부터 사이가 안 좋았다. 그녀는 내가 졸업을 코앞에 두었을 때 대학을 그만두고 자기 딸을 차지했다는 사실을 못마땅해했다. 에밀리를 위해 어쩔 수 없이 참아야 하는 존재, 그게 나였다. 그래도 손주들이 태어난 뒤엔 조금 마음을 열었다. 적어도 내가 쓸데는 있었던 셈이다. 하지만 해고당해서 아이들 생일 파티에 술에 취해 돌아온 후로는…….

"이건 네 작업의 품질 문제가 아니라는 걸 알아줬으면 해, 코비. 정리해고는 2주 후부터 시작되지만, 오늘 오후는 그냥 쉬는 게 어때?" 에밀리에게 2주 뒤면 실직자가 된다는 소식을 전하고 싶지 않아서 나는 비즈에 잠 간 들러 몇 잔, 그리고 몇 잔을 더 마셨다. 그때 여름 소프트볼 팀에서 알게 된 남자가 들어왔다. "요즘 어때, 레드베터?"

"별일 없지. 넌 어때?"

그가 첫 번째 피처를 샀고 두 번째는 내가 샀다. "난 이제 가 봐야겠다. 연락하고 지내, 친구. 만나서 반가웠어."

결국 나는 음주 운전으로 걸려서 택시를 타고 집에 돌아왔다. "여기서 내려 주세요." 나는 기사에게 말하고 10달러를 건넨 뒤 파란색 레이즈드 랜치 스타일의 우리 집에서 예닐곱 채쯤 떨어진 곳에 내렸다. 집에 들어갔 을 때 아직 술기운이 가시지 않은 나는 잠시 혼란스러웠다. 론다가 아내 에게 전화로 내가 회사에서 잘렸다는 소식을 전했나? 그런데 대체 에밀리 는 이런 날 왜 집에 풍선을 주렁주렁 달아 놨지? "어디 있었어?" 에밀리가 물었다. "20분 뒤엔 다들 도착한단 말이야. 설마 아이들 케이크 사 오는 걸 잊은 건 아니겠지? 당신 차는 어디 있어? 맙소사, 코비!"

뒤에서 차 문이 쾅 닫히는 소리가 들려 돌아보니, 베시가 뒷좌석에서 흔들 목마를 끌어내느라 애쓰고 있었다. "도와드릴까요?" 나는 외쳤다. 장 모님을 돕고 싶은 마음이라기보다는 에밀리의 취조를 피하려는 마음이 더 컸다. 장모님이 흔들 목마를 내게 넘길 때 말했다. "완전히 술에 절었 군, 그렇지? 아이들 생일 파티 날에? 정말이지 기가 막히는군!" 어디선가 아빠의 목소리가 들려온다. "가망 없어. 한심한 놈."

"레드베터 씨?"

"음?"

눈을 떠 보니 검은 피부와 짧게 자른 머리, 커다란 링 귀걸이가 어른거린다. 이내 초점이 맞춰지고 그녀의 단정한 정장과 목에 걸린 신분증이 보인다.

"애도 상담사세요?"

"아닙니다. 스리리버스 경찰서의 튀니지아 스파크스 형사입니다." 그녀가 배지를 내보인다. 그 뒤로 파지오 경사와 롱고 경관이 두 손을 뒤로 한 채 서 있는 모습이 보인다.

6

"아이를 잃으셨다고 들었습니다. 깊은 애도를 표합니다, 선생님." 스파크스 형사가 말한다. 형식적인 말처럼 들리지만 나는 간신히 감사 인사를 건넨다. "경찰관들 말에 따르면 사고 당시 부인은 집에 계시지 않았지만 지금은 병원에 와 계신다고요. 맞나요?"

나는 고개를 끄덕인다. 우리와 방금 이야기를 나눴던 의사가 에밀리와 장모님을 데리고 아들을 보러 갔다고 말한다. "아내는 아직 받아들이기 힘든 것 같아요, 그 사실을……." 눈을 질끈 감자 눈물이 주르륵 흘러내린다. 그녀는 말없이 나를 지켜보며 기다린다. 나는 평정을 되찾고 사과한다.

그녀는 고개를 젓는다. "지금 얼마나 힘드실지 짐작이 됩니다, 레드베터 씨. 하지만 지금까지 일어난 일에 관한 몇 가지 세부 사항은 짚고 넘어가야 합니다. 괜찮으시겠어요?" 나는 대답하지 못한다. "선생님의 성함이 코빈 맞죠? 코빈이라고 불러도 될까요?" 그녀가 뭐라고 부르든 상관없다.

"괜찮습니다. 하지만 전 이미 저 경찰관들에게 다 말했는데요."

그녀는 의자를 끌어와 내 앞에 앉는다. 무릎이 닿을 만큼 가까운 거리다. "물론 그분들의 보고서도 확인할 겁니다. 하지만 저는 항상 당사자의 말을 직접 듣는 걸 선호하거든요. 그들이 자신을 보호할 수 있게 하려고요. 그러니까 선생님이 직접 어떻게 그런 일이 벌어졌는지 이야기해 주시겠어요? 괜찮으시죠?"

"네, 알겠습니다."

그녀는 크고 검은 가방에서 작은 메모장을 꺼내고, 금속 스프링에 꽂힌 펜을 빼며 말한다. "말씀하세요. 뭐든 기억나는 대로."

"그러니까, 저 경찰관들한테 말했듯이 아이들 외출 준비를 하고 있었어요. 오늘은 장모님이 아이들을 봐 주시기로 해서 장모님 댁에 데려다줄 참이었고요. 그리고 저는 메이지, 그러니까 아이 누나를 카시트에 먼저 앉혀서 벨트를 채웠어요. 보통은 아들을 먼저 태우고 그다음에 메이지를 태우는데, 오늘은 아이가 진입로 바닥에 바글거리던 개미 떼를 보고 있었거든요. 그래서…… 메이지를 먼저 태웠습니다."

"아이들은 쌍둥이죠, 맞나요?"

"네."

"다른 아이는 없고요?" 나는 고개를 젓는다.

"이 아이들은 선생님의 친자녀 맞죠? 선생님과 아내 사이에서 태어난 거죠? 입양했거나 의붓자식이 아니고요."

그게 왜 중요하지? "네. 우리 아이들입니다."

"몇 살이죠?"

"25개월입니다. 곧 26개월이 되고요."

"알겠습니다. 계속하세요."

"그때 길 건너편에 사는 이웃이 자기 집 진입로로 차를 몰고 들어왔다가 차에서 내리면서 저에게 말을 걸었어요. 그리고……."

"뭐라고 했죠? 기억하시나요?"

"별말 아니었습니다. 그저 잡담이죠."

"조금만 더 구체적으로 말씀해 주시겠어요?"

나는 고개를 끄덕인다.

"린다, 그러니까 아내분이 맥도날드에서 아침을 사 왔다고 했고…… 제가 숀, 그러니까 남편에게 장작 패는 도끼를 빌린 게 떠올라서 곧 돌려주겠다고 했어요."

파지오 경사가 끼어들어서 그 두 사람이 목격자고 이름과 연락처도 확보했다고 그녀에게 말한다. 스파크스는 고개를 끄덕인 뒤 내게 계속하라고 한다.

"린다, 그러니까 아내분이 요즘 쌍둥이는 어떻게 지내냐고 물어서 제가 전날 아이들이 바닥에 크레용으로 낙서해 둔 이야기를 해 줬죠. 그냥 이웃끼리 하는 평범한 수다였어요. 무슨 말인지 아시죠? 그런데 아마 그 이야기에 정신이 팔렸던 것 같아요. 차에 타면서 그냥 다 태웠다고 생각해 버린 것 같아요……. 분명 그렇게 생각한 것 같아요……."

터져 나올 것 같은 눈물을 참으려고 눈을 질끈 감는다. 그리고 심호흡한다. "이건 정말이지 너무 고통스럽네요. 구급차에 실릴 때까지만 해도 아이는 살아 있었는데 여기 도착하기도 전에 죽었다는 걸 알게 됐습니다. 그런데 이제는 여기 앉아서 당신이 하는 질문에 대답하고 있고, 제 아내는…… 의사가 아이를 보지 않는 편이 낫다고 말렸는데도 꼭 봐야겠다고 했고요. 그런데 지금이 몇 시죠? 우리가 아이를 잃었다는 걸 알게 된 지 한 시간이나 됐나요? 당신은 말로는 지금 내가 힘든 걸 이해한다고 하면서, 노트를 꺼내서 그 고통스러운 일을 다시 떠올리게 하잖아요……."

"그냥 제 일을 하는 겁니다, 선생님." 그녀가 말한다.

"그래요. 하지만 얼마나 힘든 일인지 이해한다고 말하지는 말아요. 내 어린 아들이 방금 죽었고, 그것도 내가 한눈을 팔아서, 단순한 실수 하나 때문에 그렇게 됐다는 게 어떤 기분인지 당신은 전혀 모르잖아요."

우리는 말없이 서로를 바라본다. 팽팽한 침묵 끝에 내가 그녀에게 아이가 있냐고 묻는다.

"네, 그래요. 딸이 둘 있어요."

"몇 살이죠?"

"열두 살, 열다섯 살입니다. 다시 본론으로 돌아가죠. 자꾸 옆길로 새면 이 면담은 더 길어질 수밖에 없어요."

나는 고개를 끄덕인다. 내가 지금 바라는 건 그녀가 나를 가만히 놔두는 것이다. 우리를 그냥 내버려두는 것. 에밀리는 아이를 보고 오면 분명 엉망이 될 텐데, 나는 이런 식의 몰아붙이는 심문으로부터 아내를 지켜야 한다.

스파크스는 노트의 새 페이지를 펼친다. "좋아요. 그럼 조금만 거슬러 올라가 보죠. 사고가 나기 전, 아침부터 차근차근 말씀해 주세요. 잠에서 깨서 침대에서 일어나고, 그리고……."

"부엌으로 나갔어요. 아내가 출근 준비를 하는 동안 아침을 만들기 시작했죠. 교사거든요."

"그럼 당신은요, 코빈? 무슨 일을 하나요?"

"나는 상업 일러스트레이터입니다. 하지만 얼마 전에 정리해고 당했어요. 해고가 아니라 감원이죠. 오늘은 새 일자리를 알아볼 생각이었어요. 장모님이 아이들을 봐 주실 수 있는 날에는 늘 그렇게 했거든요."

물론 거짓말이다. 공정하게 말하자면 처음엔 정말 성실하게 그렇게 했다. 몇 주 동안 애썼지만 포트폴리오를 보여 줄 수 있었던 건 고작 두 번뿐이었고, 그마저도 아무 성과가 없었다.

"그건 그렇고, 제 서류상 이름은 코빈이지만 보통 코비라고 불러요."

"알겠습니다. 그럼 장모님이 아이들을 봐 주는 날에는 뭘 하나요? 이력서를 보내고 인터넷으로 구직 활동을 하나요? 후속 연락도 돌리고요?"

"네, 다 해요."

"그 외에는 집에서 아이들을 돌보는 일을 하고 있고요?"

"네. 우선은 그래요."

"그 일이 좋나요, 코비? 아니면 힘들었나요?"

"하나로 딱 잘라 말할 수 없어요. 둘 다죠." 내가 말한다.

그녀는 메모장에 뭔가를 적는다. "알겠습니다. 그래서 당신은 아침을 준비하고 있었고, 아내는 출근 준비 중이었죠. 그다음은요?"

"쌍둥이가 서로에게 옹알거리는 소리가 들렸어요. 서로 놀아 주는 거죠, 아시죠? 아이들은 거의 늘 기분 좋게 일어나거든요." 그녀가 미소 짓는다.

"아이들 옷을 갈아입히고, 할머니 집에 갈 가방을 싸려고 방에 들어갔어요. 그런데 제가 가스 불 끄는 걸 깜박하는 바람에 그 망할 연기 감지기가 울려 대기 시작했죠. 그래서……."

"왜 그걸 잊었다고 생각하세요, 코비? 방을 나갈 생각이었다면 보통은 가스레인지를 반사적으로 *끄지* 않나요?"

나는 어깨를 으쓱한다. "잘 모르겠어요. 잠깐 정신이 나가 있었던 것 같아요."

"흠. 그날 아침에 마셨나요, 코비?" 그녀가 묻는다.

기습 질문이다! 당황하지 말자. "마셨냐고요? 그럼요. 커피를 마셨죠."

"술은 아니고요?"

"아침 6시 반에요? 아니요, 제가 왜……."

"왜냐하면 파지오 경사가 오늘 아침 롱고 경관과 선생님 집에 도착했을 때 선생님 입에서 술 냄새가 났다고 해서요."

심장이 쿵쾅거린다. "그러니까, 그건 아마도…… 어젯밤에 불면증을 겪었거든요. 새벽 2시쯤 깼는데 다시 잠이 오질 않더라고요. 한 시간 반쯤 애를 쓰다가 일어나서 독한 술을 한 잔, 아니 한 잔 반 정도 마셨어요. 다시 자려고요. 실제로 그렇게 잤고요." 나는 파지오 쪽을 본다.

"아마 그 냄새 아니었을까요? 지금 생각해 보니 아침에 일어나서 이를 닦는 걸 깜박했을 수도 있고요." 그는 무표정한 얼굴로 서서 아무 말도 하지 않는다.

"다시 자기 위해 뭘 마셨죠, 코비?" 스파크스가 묻는다.

"위스키? 보드카?"

손바닥이 축축해진다. 손이 떨리는 걸 들키지 않으려고 의자 팔걸이를 꽉 붙잡는다. "럼이요."

"알겠습니다. 도수는요?"

"잘 모르겠어요." 또 다른 거짓말이다. 나는 이미 두세 병 전부터 35도짜리에서 50도짜리로 넘어갔다.

"독한 술이라고 했으니까 일반적인 잔으로 치면 네 잔 정도에 해당하겠군요?"

나는 어깨를 으쓱한다. "아마 세 잔쯤이요."

"알겠습니다." 그녀는 이 모든 걸 적는다.

"그럼 오늘 아침에 동공이 그렇게 확장돼 있었던 이유는 어떻게 설명하시겠어요?" "그랬나요?" 나는 다시 어깨를 으쓱한다. "일어나서 아티반을 하나 먹었어요. 처방받은 약입니다."

"한 알만 드셨나요?"

"음, 두 알이었을 수도 있어요. 네, 지금 생각해 보니 두 알이요. 불안할 때 먹는 약이에요."

"오늘 아침에 불안하셨나요?"

나는 고개를 끄덕인다. "요즘 아침마다 그래요. 해고된 뒤로 우리 재정 문제가 계속 신경 쓰여서요. 그래서 밤에도 잠을 설칠 때가 많아요."

"그러니까 밤에 잠이 안 올 때는 술을 마시고, 낮에 불안할 때는 처방약을 복용한다는 말씀이시군요?"

"네. 다만 불면증이 심한 밤에는 타이레놀 PM 같은 일반약을 먹을 때도 있는데 별로 좋아하진 않아요. 아침에 일어나면 머리가 멍하거든요."

"불안 치료제와 술을 *같이* 먹은 적 있나요?"

"같이요? 아니요. 처방전에 그렇게 섞어 먹지 말라고 쓰여 있잖아요." 그렇게 적혀 있기는 하다. 다만 그 경고를 그렇게 신경 써 본 적은 없다. 요즘 들어서는 둘 중 하나만으로는 효과가 없을 때 둘을 함께 먹는다. 그래도 일상은 무리 없이 살아 내고 있다. 해야 할 일들은 흘러가듯 처리하고 감당해야 할 것은 감당하면서.

"술에 대해서는 사실대로 말하고 있는 거죠, 코비? 당신이 거짓말을 하든 말든 혈액 검사가 진실을 말해 줄 겁니다."

"거짓말하는 거 *아니에요!* 맙소사. 저기요, 나는 이런 엿 같은 상황에서 할 수 있는 만큼 다 협조하고 있잖아요."

"이봐요. 언성 낮추고 말조심해요." 파지오가 말한다.

나는 그를 무시한 채 일어나 문으로 갔다가 다시 그녀를 돌아본다.

"대체 지금 내가 무슨 말을 하게 하려는 거죠? 내 아들이 죽은 게 내가 취했기 때문이라는 거예요? 내가 벤조디아제핀에 취해 있었다고요? 그건 말도 안 되는 헛소리야." 난 그렇게 믿는다. 혈액 검사 결과가 어떻게 나오든 나는 완전히 제정신이었다. 그건 *사고*였다. 만약 그들이 사실이 아닌 일에 나를 엮으려 한다면, 더 말하기 전에 변호사부터 부를 것이다.

나는 문을 열고 복도를 내다보며 에밀리와 베시가 돌아오고 있는지 확인한다. 그들은 보이지 않는다. 다행히도 반대편에서 소란이 인다. 대기실에 있던 노숙자 남자가 우리를 향해 다가오며, 그를 제압하려는 수술복 차림의 남자 둘을 손으로 휘저으며 밀쳐 내고 있다.

"그래, 내가 네 놈들이 하는 짓을 참을 줄 알았다면 지옥에나 가 버려! 내가 너희 둘의 정체를 모를 것 같아? 다 알고 있어!"

"잠시 실례하겠습니다." 파지오가 스파크스 형사에게 말한다. "저쪽을 좀 도와야 할 것 같네요." 그와 롱고는 방을 나간다.

"좋습니다, 코비. 일단은 여기까지 하죠. 다만 추가 질문을 위해 경찰서로 와 주셔야 합니다. 내일 오후 3시 괜찮을까요? 그렇게 하실 수 있겠습니까?" 스파크스가 말한다.

"네. 꼭 그래야 한다면요." 내가 말한다.

"아, 그리고 차량은 포렌식 조사를 위해 압수했습니다. 아까 말씀드린 대로 형식적인 절차예요. 아마 며칠 걸릴 겁니다. 경찰서까지 오실 수 있게 순찰차를 보내 드릴까요?"

나는 아니라고 말한다. 아내 차를 타고 갈 수 있다고. "제 밴에서 뭘 찾겠다는 거죠? 빈 술병이라도? 글러브 박스에 헤로인이라도 숨겨져 있을까 봐요? 아, 기왕 하는 김에 핸들에서 DNA도 좀 채취해 가세요. 미해결된 사건 두세 개쯤은 덤으로 해결할 수 있을 테니까요."

그녀는 별다른 반응을 보이지 않고 이렇게만 말한다. "알겠습니다. 내일 3시에 뵙죠."

그녀는 노트를 덮어 가방에 다시 넣고 일어난다. 시간을 내 줘서 고맙다고 인사하고, 아내에게도 위로의 말을 전해 달라고 한다. 그러고는 문 앞에서 다시 돌아서서 이렇게 말한다. "제 생각이 어떤지 말해 볼까요, 코비? 당신은 오늘 아침에 술을 마셨고, 어쩌면 약도 했을 가능성이 큽니다. 혈액 검사 결과가 제 생각이 틀렸다는 걸 증명해 주길 바라지만, 만약 그렇지 않고 당신의 판단 능력 저하가 그 일에 영향을 미쳤다면……."

그녀는 에밀리와 장모님이 뒤에 온 걸 알아차리고 말을 멈춘다. 그리고 옆으로 물러나 두 사람이 방으로 들어올 수 있게 한다. 머릿속이 빙빙 돈다. 에밀리는 막 우리 아들의 망가진 시신을 보고 돌아왔다. 설마 그녀가 방금 스파크스가 제기한 혐의를 들었을까? 좀 전에 뽑은 피가 그녀의 의심을 입증하게 될까?

속이 뒤집히고 머리가 어질어질하다. 심장이 미친 듯이 뛴다. 나는 스스로를 다그친다. 정신 차리라고. 스파크스는 잊고 아내부터 챙기라고.

"당신 괜찮아?" 내가 묻는다.

"내가 어떨 거라고 *생각해, 코비?*" 그녀가 내게 달려들어 나를 밀치고, 욕을 퍼붓고, 주먹으로 친다. 장모님이 그녀를 떼어 놓으려고 하자 그녀는 저항하다가 이내 내게 기대어 무너진다. 흐느껴 우는 사이사이에 짧고 거친 숨을 몰아쉰다. 나는 그녀를 끌어안는다. "어떻게 그 애가 죽을 수 있어? 어떻게 당신이 그럴 수가……."

에밀리의 어깨 너머로 고개를 들자, 스파크스 형사가 복도에 서서 나를 바라보고 있다.

7

우리는 오후가 한참 지나도록 병원에 붙들려 있다. 계속 서류에 사인하고, 두 명의 애도 상담사가 늘어놓는 설명을 듣고, 병원이 니코의 시신을 어떻게 처리해도 되는지, 혹은 안 되는지를 결정한다. 안내받은 사무실에 있던 한 사회복지사가 시신 인도가 가능해지면 어느 장례식장에 연락해야 하는지 묻는다. 우리는 알 수 없다. 니코는 이제 니코가 아니다. 그건 이제 니코의 몸일 뿐이다.

병원의 온갖 절차와 동의서에 시달리는 와중에 불편한 침묵 속에서 앉아 기다리는 시간이 길어진다. 에밀리와 나 둘만 있다. 우리는 장모님에게 에밀리나 내가 도저히 감당할 수 없는 일들의 목록을 건넨다. 장례식장 알아보기, 내 엄마에게 전화해 사고 소식 전하기, 메이지를 메리 루이즈 집에서 데려오기. "동생이 어디 있냐고 물을 텐데, 뭐라고 말해 줘야 하니?" 장모님이 묻는다. 에밀리와 나는 서로를 멍하니 바라본다. 애도 상담사 하나가 이 문제를 짚어 주긴 했는데, 우리 둘 다 그녀의 이야기에 집중할 수 없었다. "음, 난 신문에 실리는 로즈먼드 박사 칼럼을 빠짐없이 읽는다. 늘 상식적인 조언을 하거든. 내가 검색해 보고 뭐라도 찾으면 링크를 보내 줄게." 장모님이 말한다. 에밀리도 그 칼럼을 읽는다. 대개 체벌이나 배변 훈련에 대한 조언에는 반감이 있지만. 이제 그녀는 고개만 끄덕이며 말한다.

"고마워요, 엄마."

기다리는 동안 에밀리와 나는 거의 말을 나누지 않는다. 둘 다 멍해졌기 때문인지, 아니면 앞으로 벌어질 일들이 너무 막막하고 무서워서인지 모르겠다. 어느 순간 나는 그녀를 돌아보며, 그 애가 이제 없다는 사실이 도무지 실감 나지 않는다고 말한다. 그녀는 말없이 나를 바라본다. 무슨 생각을 하는지 알 수 없는 얼굴이다. 그때쯤 우리는 두세 개의 사무실을 옮겨 다녔는데, 매번 그녀가 우리 사이에 빈 의자를 하나 두고 앉았다는 걸 나는 안다.

이렇게 말없이 떨어져 앉아 있다 보니 생각이 멋대로 흘러 다닌다. 이 일은 곧 뉴스에 나오고 신문에도 실릴 것이다. 소셜미디어는 말할 것도 없다. 모두 익명이라는 방패 뒤에서 헛소리를 쏟아 낼 것이다. 니코의 죽음을 둘러싼 정황이 이제 우리의 정체성이 될 것이다. 우리는 그 가족이 된다. 나는 마트에서 장을 보고 카트를 밀고 가는 내 모습을 상상한다. 사람들이 속삭인다. *저 사람이래. 어떻게 된 일인지 들었어?*

어쩌면 우리는 사람들이 우리를 모르는 곳으로 이사해야 할지도 모른다. 우리가 모든 부모의 최악의 악몽을 상징하지 않는 곳으로. 메이지가 *"다른 쌍둥이"*, 죽지 *않은* 아이로 불리지 않아도 되는 곳으로……. 저 형사는 분명 나를 노리고 있다. 혈액 검사 결과야 얼마든지 자기들 입맛대로 해석할 수 있다. 아무래도 변호사를 구해야 할 것 같다. 음주 운전 사건을 전문으로 맡는 변호사. 출근길에 늘 지나치던 광고판에 나온 변호사 이름이 뭐더라? 음주 운전 사건을 이길 수 있다고 장담하던 그 여자. 하지만 돈이 얼마나 들까? 그리고 내 판단 능력은 손상되지 *않았다.* 스파크스가 어떤 결론을 미리 내렸든 상관없이, 아침을 만들 때 살짝 취기가 남아 있긴 했지만 그 일이 벌어질 무렵엔 이미 사라졌다.

장모님이 내 어머니에게 비보를 전하자, 아주 드문 일이 벌어졌다. 두 할머니가 힘을 합쳐 움직인 것이다. 엄마는 메이지를 맡았고, 장모님은 장례식장 몇 곳에 전화를 돌려 다음 날 아침 예약을 잡았다. 이제 장모님은 다시 병원으로 돌아와 우리를 태워 집으로 가는 길이다. 에밀리는 조수석에, 나는 뒷좌석에 앉는다. 한참 가다가 장모님이 에밀리에게 괜찮은지 묻는다. "모르겠어요. 그냥…… 아무 느낌이 없어요." 에밀리가 대답한다.

"그럴 만도 하지. 이보다 더 끔찍한 충격이 어디 있겠니. 그래도 병원에서 그 고생을 하고 집으로 가니, 조금이나마 숨을 돌릴 수 있을 거야." 장모님이 말한다.

에밀리는 고개를 젓는다. "지금은 전혀 집에 가고 싶지 않아요. 어느 방에 들어가든 그 아이가 있을 것 같아요. 메이지를 볼 때마다 그 아이는 어디 있는지 찾게 될 거고."

"우리는 방법을 찾아낼 거야." 내가 약속한다. 두 사람은 아무 반응도 하지 않는다. 나는 뒷좌석의 왕따, 이 모든 아픔과 상실을 초래한 장본인이니까.

장모님이 우리 집 쪽으로 좌회전할 때, 곧 우리가 보게 될 광경을 상상한다. 노란 범죄 현장 테이프, 우리를 기다렸다가 덤벼들려는 기자들과 카메라맨들, 니코의 피가 아직 남아 있을 가능성에 두려워진다. 에밀리가 보지 않게 가려야 할지도 모른다. 하지만 다시 평소의 우리 집 진입로로 돌아온 걸 보고 안도한다. 누가 니코의 피를 깨끗이 씻어 냈을까? 경찰? 아니면 이웃? 어쩌면 숀 맥널리일지도 모른다. 누구든 그 사람에게 감사하다.

엄마가 문 앞에서 우리를 맞이한다. 팔을 벌려 에밀리를 오랫동안 말없이 꼭 끌어안는다. 장모님에게도 똑같이 한다. 나를 본다. 내 손을 잡아 꼭 쥔다. "애야." 그러고는 나를 더 끌어당긴다. 나는 오후 내내 억눌러 온 울음을 터뜨리며 엄마 품속에서 무너진다. 에밀리 앞에서는 강해지려고 애써 왔는데. 겨우 말을 할 수 있게 되었을 때 이 말이 흘러나온다.

"엄마, 앞으로 내가 어떻게 나로 살아가야 하죠?"

"지금은 감당하기 힘들겠지만, 일단 충격이······."

에밀리가 말을 끊는다. "메이지는 어디 있어요? 자고 있나요?"

"불쌍한 게 기진맥진해서. 안 자려고 버텼는데 결국 눈이 감겼어." 엄마가 말한다.

"애를 돌봐 준 사람 말로는 메이지가 낮잠도 안 자려고 했대. 그 여자아이나 그 애 엄마에게 돈을 쥐야 할지도 나는 모르겠더라고. 요즘 시세도 감이 안 오고. 20달러를 주려고 했는데 그 아이 엄마가 한사코 괜찮다고 사양하더라고." 장모님이 말한다.

"메이지를 아기 침대에 재우신 건 아니죠?" 에밀리가 우리 엄마에게 묻는다. 질문에 날이 서 있다.

엄마는 어리둥절한 채로 사과한다. "난 그냥 당연히······."

"괜찮아요, 엄마." 내가 말한다. "에밀리는 아마 메이지가 깼을 때 동생이 없으면 어떨지 그게 걱정돼서······."

에밀리가 내 말을 끊는다. "제발 좀, 코비. 나 여기 있어. 내 얘기는 내가 직접 한다고." 그리고 자기 엄마를 향해 말한다.

"난 지금은 그 방에 못 들어가요. *난 못 해.* 앞으로 메이지는 저랑 잘 거예요." 그리고 다시 나를 돌아보며 말한다. "당신은 다른 데서 자. 자다가 메이지 위로 굴러갈까 봐 걱정돼. 당신은 항상 끝없이 뒤척이잖아."

"그래, 알았어. 소파 베드 준비할게."

아이들이 우리 침대에 파고들어 함께 자는 건 늘 있는 일이었다. 하지만 그녀가 전하는 뜻은 분명했다. 메이지를 나로부터 보호하겠다는 것.

장모님이 말한다. "메이지는 내가 데려와서 네 침대에 눕히마."

엄마도 우리 사이에 흐르는 긴장을 느꼈는지 이웃들이 갖다준 음식 이야기로 화제를 바꾼다. 채소샐러드, 과일샐러드, 로스트치킨, 미트볼, 브라우니.

"가져온 사람들 이름은 다 적어 뒀다. 라사냐도 하나 들어와서 오븐에 데우는 중이야. 누구 시장한 사람 있어?" 엄마가 묻는다.

에밀리는 고개를 젓는다. "그냥 누워 있고 싶어요. 메이지가 깼을 때 옆에 있어야 하고요." 장모님은 집으로 돌아가겠다고 한다. 그러면 엄마와 나만 남는다. 엄마는 소파를 펴고 시트를 가져오라며, 내 잠자리를 만들어 주겠다고 한다. 나는 나중에 하겠다고 말한다. "알았다. 그럼 가자. 넌 뭐 좀 먹어야지."

지금 내게 필요한 건 술이라고 말한다. "엄마는요? 맥주 한잔 마실래요?" "아니, 됐다." 엄마가 말한다. 냉장고로 가는 내내 엄마의 시선이 느껴진다. 하지만 냉장고 문을 열어 맥주를 꺼내는 대신, 위쪽 찬장에서 냄비를 내려 병을 꺼내고 머그잔을 집어 두어 모금 따른다. 한 번에 절반을 비우고 자리에 앉아 음식을 먹기 시작한다. 엄마는 아무 말 하지 않는다.

나는 라사냐를 몇 입 먹고 접시의 샐러드를 뒤적이기만 한다. 그러다 나조차도 답을 듣고 싶은지 모르겠는 걸 묻는다. "아빠한테 전화했어요?"

엄마는 고개를 젓는다. 그러려고 했지만 하루가 금방 가 버렸다고.

"오늘 밤에 내가 전할게. 네가 직접 말하고 싶으면 그래도 되고."

"그러면 옛날에 자기가 한 말이 다 맞았다고 하면서, 자기 아들이 찌질이인 걸 알아본 자신을 칭찬하겠죠. 됐어요. 지금은 그걸 감당할 힘도 없어요."

"아이고, 애야. 그때 네 아버지가 너를 그렇게 대한 걸 내가 변명할 순 없지만……."

"엄마가 왜 *그래야* 해요? 아버지는 엄마한테도 잘한 적 없잖아요." "난 오래전에 다 내려놨다, 코비. 너도 그럴 수 있으면 좋겠어."

"아버지가 우리 쌍둥이를 몇 번이나 본 줄 알아요? 딱 한 번이었어요.

느닷없이 떡하니 선물을 들고 나타났죠. 그것도 세 번째 아내 나탈리가 사준, 애들은 다 커서 못 입는 신생아 옷이더군요. 게다가 정작 아이들을 보러 온 것도 아니었어요. 로드아일랜드로 이사하면서 치과를 바꾸지 않아서 이 동네에 스케일링을 받으러 온 김에 들른 거죠."

엄마는 입을 꾹 다물었다가 말한다. "식기 전에 먹어."

엄마도 입맛이 없어 보인다. 그러다 어느 순간 포크를 내려놓고, 할 말이 있는데 해도 되겠냐고 묻는다. 나는 고개를 끄덕인다. "니코를 잃은 상처는 오랫동안 끔찍하게 고통스러울 거야. 그건 피해 갈 수 없어. 하지만 너와 에밀리는 이 비극을 견뎌야 해. 니코를 마음에 품되, 아이의 죽음에 발이 묶여서는 안 된다. 내 말은, 언젠가는 메이지를 위해서라도 앞으로 나아가야 해."

"그래요. 알겠어요, 엄마. 엄마가 좋은 뜻으로 한 말인 거 알아요. 하지만 지금 제일 듣기 싫은 게 그런 격려의 말이에요."

나는 머그잔을 들어 다시 한 모금 크게 들이켠다. 입안에서 술을 굴리다 삼킨다. 목구멍을 태우는 열기에 잠시 위안을 느낀다.

"그게 그렇게 들렸다면 미안하다, 코비. 하지만 네가 죄책감에 사로잡혀서 앞으로 나아가지 못할까 봐 걱정돼서 그래."

"하지만 잘못한 사람은 *나예*요, 엄마. 차를 후진시킨 사람은 나였으니까." "그래, 미안하다. 이 상황에 맞는 말을 한다는 게 오히려……."

"오늘 형사가 병원에 와서 나를 조사했어요. 아무래도 절 체포할 것 같아요."

고개를 젓는 엄마의 눈에 두려움이 스친다. "왜? 인간적으로 잠깐 방심한 게 그렇게 큰 죄야? 너를 아는 사람이라면 누구나 네가 사랑이 많고 아이를 제대로 돌볼 줄 아는 아버지라고 증언해 줄 거야. 넌 아이들의 주 양육자잖니."

"엄마, 니코는 내가 돌보던 중에 죽었어요."

엄마는 두 손을 모아 손가락 끝을 맞댄 채 입가에 댄다. 나는 엄마의 대답을 기다리며 숨을 들이마시고 내쉬는 횟수를 센다. "변호사가 필요할 것 같니?" 엄마가 마침내 말한다.

"모르겠어요. 아마도. 내일 오후에 경찰서에 가야 해요. 추가로 조사하고 싶다고 했어요."

엄마는 조리대로 걸어간다. 등을 돌리고 있지만 어깨가 들썩이는 모습만으로도 운다는 걸 알 수 있다. 엄마는 마음을 가다듬은 후 돌아와 자리에 앉는다. "몇 년 전 여름, 뉴스에 나왔던 그 끔찍한 이야기 기억나니? 요일을 헷갈리는 바람에 아기를 몇 시간 동안 뜨거운 차 뒷좌석에 두고 온 엄마 이야기 말이야. 단순히 인간적인 실수였을 뿐이고, 아이를 잃은 고통만으로도 충분히 벌을 받았다고 해서 결국 기소하지 않았지."

"응, 기억해요. 그리고 사람들이 그 여자가 살인을 저지르고도 빠져나갔다고 생각해서 얼마나 분노했는지도 기억해요. 에밀리도 그때 의심했던 게 기억나네요. 그리고 맙소사, 소셜미디어에서 그 여자를 완전히 **도륙했잖아요.**" 내가 말한다.

"있잖아. 나는 그냥 입 다물고 있는 게 좋겠다." 엄마가 말한다.

"엄마가 옆에 있어 줘서 다행이에요. 이렇게 이야기할 사람이 있어서 도움도 되고요."

엄마는 서글픈 미소를 짓더니 일어나 식탁을 치우기 시작한다. 나는 접시를 들어서 먹다 남은 음식을 긁어 쓰레기통에 버린다. 맨 위에 아침에 태운 프렌치토스트가 보인다. 그 순간 아까 그 느낌이 다시 밀려온다. 나는 허공으로 떨어진다. 피할 수 없는 충돌을 향해 곤두박질치듯 내달린다. 몸을 가누기 위해 조리대를 붙잡는 순간, 접시들이 손에서 미끄러져 타일 바닥에 부딪히며 산산조각 난다. "내가 치울게." 엄마가 말한다.

엄마는 키친타월을 집어 들고 무릎을 꿇은 채 바닥에 쏟아진 라사냐를 퍼 담고 깨진 그릇 조각들을 차곡차곡 쌓아 올린다. 나도 옆에 쪼그려 앉아 도우려 하지만 목에서 막혀 있던 흐느낌이 치밀어 올라 다시 울음을 터뜨리고 만다.

엄마가 내 손을 꼭 잡는다. "네가 지금 견딜 수 없는 고통 속에 있다는 거 알아, 코비. 시간이 지나면 고통은 좀 줄어들 거야. 내가 약속할게. 하지만 지금으로서 네가 할 수 있는 일은 아내와 딸 곁에 있어 주고, 그저 한 발 한 발 앞으로 나아가는 것뿐이야."

"엄마, 난 그 애를 너무 사랑해. 어떻게 이제 그 애가 없을 수 있어요?"

엄마는 내 머리를 쓰다듬으며 나를 달랜다. "그리고 에밀리는 어떻게 나를 용서하겠어요?"

"에밀리는 방법을 찾을 거야. 너희는 서로가 필요해, 코비. 메이지는 너희 둘 다 필요하고. 너희는 가족이잖니."

부엌을 다 치우고 소파 베드를 펴 놓은 뒤에 엄마는 집에 가겠다고 한다. 그리고 현관에서 사탕 두 개가 들어 있는 작은 비닐봉지를 건넨다. 나는 의아한 표정으로 엄마를 본다. "대마 젤리야." 엄마가 말한다. 엄마는 늘 대마초에 의지해 왔고, 다년간 웨이트리스로 일하면서 생긴 허리 통증 때문에 의료용 마리화나를 처방받았다. "술 마시고 잠드는 대신 차라리 이걸 쓰는 게 낫겠어. 잊지 마. 알코올은 사람을 우울하게 만드는 물질이야. 지금 네겐 그게 제일 해로워. 내일 아침 근무 끝나고 너희에게 뭐 필요한 게 있는지 확인도 할 겸 연락할게. 이것만 기억해. 넌 이 일을 이겨 낼 거고 그걸 혼자 할 필요도 없어. 잘 자. 눈 좀 붙여. 집에 가면 아빠에게 전화할게. 이미 들었을 수도 있지만 그게 아니면 내가 알릴게."

현관 앞에 서서 엄마가 차를 몰고 떠나는 모습을 바라본다. 건너편 집은 위층에 불이 켜져 있다. 아래층은 텔레비전에서 깜빡이는 빛만 희미하게 새어 나올 뿐, 어둡다. 나는 눈을 감고 오늘 아침 풍경을 소리 없는 영화처럼 다시 본다. 백미러 속에서 숀과 린다가 나를 향해 달려오며 미친 듯이 손을 흔들고 있다. 왜 나는 계속 후진했을까? 왜 멈추지 않았을까?

문을 닫고 잠근다. 욕실로 들어가 엄마가 준 젤리들을 변기에 넣고 물을 내린다. 만약 메이지가 우연히 이 중 하나라도 손에 넣어 입에 넣기라도 한다면? 아니면 내가 하나를 먹고 내일 경찰서에 갔는데 다시 독성 검사를 한다면? 그들은 이미 나를 일종의 약물 남용자로 낙인찍어 놓았을 것이다. 혈액에서 대마 성분이 나오면 상황이 나아질 리 없다. 또 못 자겠으면 아티반을 몇 알 먹으면 된다. 우라질, 처방전이 있는데 그걸로 나를 어떻게 탓하겠어?

나는 최대한 소리를 죽인 채 복도를 걸어 우리 침실로 간다. 그곳에서 닫힌 문 아래로 새어 나오는 불빛을 바라본다. 에밀리가 중얼거리는 목소리가 들린다. 메이지가 깬 걸까? 에밀리가 아이를 달래고 있나? 들릴 듯 말 듯한 작은 에밀리의 목소리를 듣다가 그녀가 노래를 부르고 있다는 걸 문득 깨닫는다. "버스의 바퀴는 빙글빙글 돌아가요……."

나는 조용히 노크한다. 노래가 멈춘다. 숨을 죽인 채 기다린다. 아마 그녀도 내가 이대로 돌아가 주기를 기다리는 것 같다. 그러다 다시 노래가 이어진다. "버스 와이퍼가 쉭, 쉭, 쉭 마을을 가로질러 움직여요."

거실로 돌아와 소파 베드에 털썩 쓰러지듯 눕는다. 잠깐 눈만 감았다가 일어나면 되겠지, 생각하며…….

~

이게 뭐야……? 지금 몇 시지? 전화를 받았는데 왜 핸드폰이 울리고 있지? 아, 유선전화구나. 누군가 유선으로 전화했구나.

“여보세요?”

“끔찍하군. 정말 끔찍해, 코비. 나탈리랑 나는 상상조차 못 하겠어.”

아빠가 나름의 애도를 전한다. 술에 취했거나 취해 가는 목소리다. “엄마 말로는 경찰이 너를 조사했고 더 이야기하고 싶어 한다며. 말을 너무 많이 하진 않았기를 바란다. 그리고 변호사 없이는 추가 조사에 절대 응하지 말고.” 내가 변호사가 없다고 하자 아빠가 있다고 한다.

“연필 있니? 이름이랑 번호 받아 적어라. 레이철 딕슨. 팔 육 공, 칠 칠 구, 사 육 팔 구.” 아빠는 번호를 다시 부르고, 이름의 철자까지 불러 준다. “레이철의 아버지가 밥이라고, 우리 클럽에서 자선 골프 대회를 운영해. 우리는 매년 꽤 큰돈을 내지. 나보다 나탈리가 그 사람을 더 잘 알고 지내는 사이라 직접 전화했더니 바로 연락이 왔어. 딸이 내일 아침 8시 법정에 가기 전에 너랑 만날 수 있도록 약속을 잡아 줬다. 그 아버지 말로는, 레이철이 법정에서 워낙 야무져서 검사들이 상대하고 나면 울 지경이라더구나. 물론 자기 딸이니까 자식 자랑을 하는 거겠지만.”

그런 사람도 있고 아닌 사람도 있지. 나는 생각한다. 어떤 아들은 아버지에게 자랑거리 하나 만들어 주지 못하기도 하고. “알겠어요. 하지만 잠깐만요, 아빠. 이거 돈이 얼마나 들까요?”

“그건 걱정하지 마라. 우리가 알아서 할게. 일단 할 일부터 해야지. 그 변호사 사무실은 시내에 있는데 우체국 맞은편이야. 무슨 빵집 위층이라고 하더라.” 아빠가 말한다. “다 적었지? 내일 아침 8시야. 늦지 말고. 우리를 봐서 바쁜 일정에 끼워 넣은 거니까. 걔 아버지 말로는 내일 일정이 꽉 차 있다고 했다더라.”

장례식장에 예약이 잡혀 있는 건 알지만 언제였는지 기억이 안 나서 아빠에게 말하지 않는다. 게다가 오후 3시에는 경찰서에 가기로 했다. 아빠의 도움을 받는 게 마음이 복잡하지만 그래도 고맙다고 말한다. “내가 그 정도는 해야지. 힘내라, 코빈. 좀 자 둬."

아버지가 전화를 끊는다.

다시 잠이 깬 나는 이번에는 완전히 잠이 달아나 버렸다. 현관 창밖을 본다. 길 건너편에는 불이 다 꺼져 있다. 복도를 따라 우리 침실로 간다. 아직도 문 아래로 새어 나오는 불빛이 보이지만 안은 조용하다. 노크하려다 마음을 바꾼다. 에밀리가 잠들었다면 깨우고 싶지 않다. 메이지도. 니코는 자다가 천둥 번개가 쳐도 깨지 않았지만, 메이지는 가끔 겁에 질린 채 깨어나 우리가 곁에서 지켜 주겠다고 해야 안심했다. 그러고도 불을 켜서 남동생도 안전하게 침대에서 곤히 자는 걸 보여 줘야 했다. 이제 우리는 대체 어떻게 그 아이를 안심시킬 수 있을까?

나는 다시 복도를 오가며 부엌에서 거실로, 거실에서 부엌으로 왔다 갔다 하다가 책장에 놓인 쌍둥이 사진 앞에 멈춰 선다. 에밀리의 서른다섯 번째 생일에 준 선물 중 하나였다. 당시 JC 페니 백화점에 있는 인물 사진 스튜디오에서 할인 행사를 했다. 나는 아이들에게 장모님이 사 준 카터스 멜빵바지를 똑같이 입히고 춥지 않게 단단히 싸맸다. 예약 시간보다 일찍 도착하는 바람에 시간을 때우려고 유아차에 태워 푸드 코트로 갔다. 내가 마실 커피를 하나 사고, 집에서 챙겨 온 파이리츠 부티 과자 봉지를 열었다. 쌍둥이 유아차를 본 한 여자가 다가와 들여다봤다. "쌍둥이인가요?" 그녀가 물었다. 나는 미소를 지으며 고개를 끄덕였다. 밖에 나가면 이런 일이 많았다. 원래는 그냥 지나쳤을 낯선 사람들이 쌍둥이라는 이유만으로 발걸음을 멈추곤 했다.

"남자아이예요, 여자아이예요?" 그녀가 물었다.

"하나씩이에요. 왼쪽이 딸, 오른쪽이 아들."

"오, 확실히 일란성은 아니네요." 그녀는 몸을 숙여 아이들에게 직접 말을 걸었다. 먼저 메이지를 향해 말했다. "아가, 넌 그 짙은 머리카락이랑 커다란 갈색 눈을 보니 분명 엄마를 닮았구나." 메이지는 과자를 계속 먹으면서 경계하는 눈빛으로 그녀를 바라봤다. 여자는 니코 쪽으로 고개를 돌리며 말했다. "너는 아빠랑 판박이고, 크면 아빠처럼 미남이 되겠어." 나는 코웃음을 치며 그 불쌍한 애한테 그런 인생은 바라지 않는다고 말했다. "어머, 미남에 겸손하기까지. 부인에게 전해요. 복받은 여자라고." 은빛이 도는 회색 머리, 나이는 오십 대 중반쯤이었을까. 나는 칭찬을 받으면 당황해서 니코가 "바! 바! 바!" 소리 지르며 과자 봉지를 낚아채 바닥에 다 쏟아 버렸을 때 오히려 안도했다. 쪼그려 앉아 바닥에 쏟아진 과자를 치우기 시작했을 때 여자가 말했다. "아빠가 뒤태도 멋지네." 나는 화끈 달아오른 얼굴의 열기가 식을 때까지 고개를 들지 않았다. 그 사이 그녀는 이미 두세 개 매장을 지나가 고디바 초콜릿 진열창을 들여다보고 있었다.

그날 찍은 사진을 들고 먼저 메이지의 표정을 들여다본다. 사진사와 내가 가까스로 반쯤 미소를 끌어냈지만, 커다란 갈색 눈에 서린 슬픔에 시선이 붙들린다. 메이지는 마치 그 순간에 살아남은 형제이자 외로운 쌍둥이가 될 자신의 미래를 예견한 것처럼 보인다.

니코를 똑바로 볼 수 있기까지는 몇 초 더 걸린다. 밤색 머리칼 말고는 아들이 나를 닮았다고 느낀 적이 거의 없었는데, 지금은 닮은 점이 선명하게 보인다. 사후 세계를 믿지 않지만 잠시 마법 같은 생각에 빠져 본다. 니코가 죽는 순간 그의 영혼이 부서진 몸에서 떠올라 공기 속으로 빠져나갔다고 상상한다. "이봐, 친구." 사진 속 아이에게 속삭인다. 터져 나오려는 울음을 삼키며 아빠라고 말한다. "어디 있니, 이 바보야? 넌 어디로 갔어?"

액자에 든 사진을 움켜쥔 채 다시 한동안 서성인다. 그러다 소파 베드에 엎드려 뒤척이며 다시 잠들려고 애쓴다. 소용없다. 몸은 이렇게나 지쳤는데도 정신은 여전히 말똥말똥해서 막 지나간 하루의 일들을 되감고, 앞으로 며칠 동안 벌어질 온갖 엿 같은 일들을 상상한다. 그 '야무진' 변호사와의 약속, 계속될 수사, 아이의 몸을 매장할지 화장할지 결정하는 끔찍한 선택 그리고 이 모든 게 돈이 얼마나 들지까지. 잠을 자기 위해 뭔가 먹는 건 피하려고 했지만 머릿속에서 빙글빙글 도는 햄스터 쳇바퀴에서 벗어나야만 한다. 아티반 몇 알이면 몇 시간은 푹 잘 수 있을 거다. 핸드폰 알람을 맞춰 두면 그 '야무진' 변호사 사무실에 갈 시간에 맞게 깰 수 있다. 내 SUV는 여기 없으니 에밀리 차를 써야 한다. 그녀가 주방 조리대에 지갑을 놔둔 걸 보고 거기에 손을 넣어 더듬으며 열쇠를 찾는다. 문제는 처방받은 약병이 침대 옆 협탁 서랍에 있다는 거다. 다시 복도로 가 보니 문 밑으로 새어 나오던 불빛도 보이지 않는다. 잘됐다. 살금살금 들어가 약을 집어 들고 다시 살금살금 나오면 된다. 하지만 문손잡이가 돌아가지 않는다. 에밀리가 문을 잠가 버린 것이다.

나는 다시 부엌으로 간다. 아직 럼을 치우지 않았다. 머그잔에 반쯤 따르고 길게 두 모금 들이켠다. 조금 더 따라서 그것도 마신다. 핸드폰을 꺼내 알람을 6시 45분에 맞춘다. 씻고 옷을 갈아입은 뒤 변호사 사무실까지 차를 몰아 도착할 수 있는 시간이다. 벌써 나를 안아 주는 것 같은 술의 위로가 느껴지기 시작한다. 잠이라는 탈출구가 열린 느낌이다. 나는 꾸벅꾸벅 졸기 시작하며 내가 술을 숨겨 둔 걸 봤을 때 엄마가 무슨 생각을 했을지 궁금해한다. 이제 엄마는 내 비밀을 알게 됐지만, 엄마가 아무 말도 하지 않아서 다행이라고 생각한다.

8

2017년 4월 28일

쌍둥이 방에 들어온 기억이 없는데 눈을 뜨니 그곳이다. 나는 텅 빈 아기 침대 옆 카펫에 실패한 보초처럼 엎드려 쓰러져 있다. 쌍둥이 사진 액자가 내 머리 옆 바닥에 떨어져 있고 옆에 핸드폰이 놓여 있다. 나는 핸드폰을 집어 들어 눈을 찡그리며 들여다보다가 알람이 울리지 않은 이유를 깨닫는다. 오전이 아니라 오후 6시 45분으로 맞춰 둔 것이다. 빌어먹을, 그녀가 일부러 시간을 내서 도와주려 했는데 너는 바람을 맞혔구나. 있잖아, 코빈. 너는 떠먹여 줘도 처먹질 못하는 놈이야. 아빠의 목소리가 귓가에 울린다.

나는 비틀거리며 일어서서 균형을 잡으려고 아기 침대 난간을 붙잡는다. 허겁지겁 욕실로 가서 얼굴에 찬물을 끼얹고 리스테린을 크게 한 모금 머금는다. 타는 것 같은 알코올 맛을 느끼며 입안을 헹군 뒤 뱉어 낸다. 침실 문은 여전히 닫혀 있지만 어차피 옷을 갈아입을 시간도 없다. 커피 생각이 간절하지만 탈 시간도 없다. 부엌으로 나오자 빈 럼 병과 그 옆의 머그잔이 제일 먼저 눈에 들어온다. 에밀리의 차 열쇠를 챙긴다. 변호사와 아침 일찍 약속이 있다고 짧은 쪽지를 휘갈겨 쓴 뒤 머그잔을 헹구고 병을 집어서 가지고 나간다.

늦을 건 알지만 그녀가 내게 배정해 준 시간이 15분이니 6, 7분쯤은 남았을지도 모른다. 핸들에 올린 손은 덜덜 떨리고 두통이 잭해머처럼 머리를 쾅쾅 두드린다. 목적지까지 절반쯤 왔을 무렵 집들과 상점들이 사라지고 숲이 나온다. 뒤에도, 맞은편에도 차는 없다. 나는 차를 세우고 병을 집어 들어 있는 힘껏 숲속으로 던져 버린다. 병이 깨지는 소리를 듣고 차로 돌아온다. 많아야 1분쯤 잃었지만, 그만한 가치가 있었다고 생각한다.

나는 그녀의 건물을 찾아 길 건너에 차를 세우고, 계단을 한 번에 두 칸씩 뛰어 올라간다. 사무실에 도착하자마자 문을 벌컥 열고 들어간다. 그녀는 과체중에 지나치게 큰 안경을 쓰고 있고, 마흔쯤 되어 보인다. 뾰족하게 세운 머리의 윗부분은 분홍색이고, 양옆은 밀다시피 했다. "레드베터 씨." 그녀가 손목시계를 내려다본다. "늦으셨네요."

횡설수설 사과를 늘어놓는 중에 내 몰골이 얼마나 엉망인지 그녀가 훑어보는 걸 알아차린다. 그대로 입고 자서 구겨진 옷, 사방으로 뻗친 머리, 떨리는 손. "그러다 마침내 잠에 들었을 때는 혼수상태에 빠진 것 같았어요." 술에 잔뜩 취해 쌍둥이의 방바닥에서 깼다는 이야기는 하지 않는다.

"레드베터 씨, 정말 안타까운 소식입니다. 특히나 상황이 이렇게 좋지 않으니 오죽하시겠어요. 지금 말 그대로 지옥 같은 시간을 보내고 계시겠군요." 그녀는 이렇게 말하며 누런 서류철들을 서류 가방에 차곡차곡 넣는다. "유감스럽지만 지금은 상담할 수 없어요. 제가 이 사건을 맡으려면 초기 상담으로 최소 한 시간은 따로 확보해야 합니다. 그런데 경찰이 아드님의 사망 경위에 대해 선생님을 조사하고 있다는 게 맞나요?"

나는 고개를 끄덕인다. 어제 경찰과 얘기했고, 오늘 본부에서 다시 만나기로 했다고 말한다. 내가 병원에 있었을 때 피를 뽑았다는 말도 한다.

"이런, 망할." 그녀가 말한다. 그리고 차고 있는 큼직한 손목시계를 다시 본다. 시계판의 저 그림은 원더우먼인가?

"그럼 검사 결과에 뭐가 나올까요, 레드베터 씨?"

"별거 없어요. 아침 커피에 럼을 두 샷쯤 넣었어요. 긴장을 좀 풀어 보려고요. 아티반도 한 알 먹었고. 그건 불안증 때문에 처방받은 약이에요." 실제로는 두 알을 먹었지만 반사적으로 거짓말을 했다.

"아침부터 굳이 긴장할 이유가 뭐죠?"

"이유요? 음, 1년 전 실직해서 외벌이로 버티고 있고, 그래서……."

"음주 운전 전과가 있나요?"

"한 번요. 해고 통보를 받은 날 집에 가는 길에 잠깐……."

"술 때문에 직장을 잃었나요?"

"전혀 아니에요. 회사가 구조조정에 들어갔습니다."

"그럼 경찰이 전 직장에 문의하면 그쪽에서도 그렇게 말하겠죠?"

"물론이죠. 근무 중에 음주 문제를 일으킨 적은 한 번도 없었어요."

"좋아요. 알겠습니다. 우리끼리 이야기인데, 당신은 지금 음주나 약물 문제를 겪고 있나요? 아마 실직 문제 때문에?"

나는 고개를 젓는다. "사실 그렇진 않아요. 아니에요. 어제 일은 길 건너 이웃들 때문에 정신이 팔려서 벌어진 일이었어요. 스파크스 형사에게도 설명했듯이……."

"당신이 이야기한 사람이 튀니지아 스파크스였어요?"

"네. 왜요?"

그녀는 다시 시계를 확인한다. "지금은 자세히 설명할 시간이 없어요. 법원에서 기다리는 의뢰인들이 있는데, 오늘 판사 앞에 서기 전에 그들과 먼저 얘기해야 합니다. 오늘은 일정이 꽉 차 있지만 내일은 시간을 낼 수 있을 거예요. 우리 회사의 접수 담당인 버지니아에게 전화해서 예약을 잡으세요." 그녀가 명함을 내민다. "그전까지는 이렇게 하세요. 스파크스에게 연락해서 변호사가 입회해야 하니 오늘 면담은 연기해야 한다고 말하세요. 내가 오늘은 참석할 수 없어서 그렇다고요. 그 말만 하세요. 알겠죠? 다른 얘기는 절대 먼저 꺼내지 말고, 대신 내 이름은 꼭 언급하세요. 스파크스와 여러 번 붙어 봤는데 그녀와의 승부에선 내가 이긴 적이 더 많아요. 그녀를 수세에 몰아넣어 나쁠 건 없어요."

"그럼 제 사건을 맡아 주시는 건가요?"

"당신이 마음을 바꾸지 않는 한이요. 자, 가요. 내려가면서 얘기하죠."

그녀가 사무실 바깥문을 잠그는 동안 기다렸다가 그녀를 따라 계단을 내려간다. 거리로 나오자 그녀는 컵케이크 가게 진열창 앞에 멈춰 서서 말한다. "여기 초콜릿 가나슈 아이싱의 '데스 바이 초콜릿'은 언젠가 나를 죽이겠지만, 적어도 행복하게 죽을 수는 있겠죠. 버지니아에게 전화해서 예약 잡는 거 잊지 말아요. 꼭 내일이어야 한다고 내가 그랬다고 하세요."

나는 그러겠다고 약속하고 도와줘서 고맙다고 말한다.

우리가 서로 반대 방향으로 걷기 시작했을 때 그녀가 나를 부른다. 나는 멈춰 서서 다시 그녀 쪽으로 걸어간다. "어제 병원에서 혈액 샘플을 몇 개나 채취했죠?" 그녀가 묻는다. 나는 손가락 세 개를 들어 보인다. "그렇다면 알코올과 화학물질 둘 다 검사했다는 뜻이네요. 아, 그리고 한 가지 더. 사고가 난 뒤에 어떤 이유에서든 다시 집으로 들어간 적이 있나요?"

나는 어깨를 으쓱한다. "딱히 기억나는 건 없는데, 왜요?"

"왜냐하면, 이렇게 가정해 보죠. 당신은 방금 일어난 일로 너무 충격을 받아서 집 안으로 들어가 술을 한 잔 마시거나, 진정하려고 벤조디아제핀을 하나 더 먹었을 수도 있거든요. 아니면 너무 정신이 없어서 둘 다 했을 수도 있고."

"난 진짜 정신이 *없었어요*. 지금도 그렇고요." 내가 말한다.

"그래요. 하지만 다시 생각해 봐요. 무슨 일이 벌어졌는지 깨달은 뒤에 집 안으로 다시 들어간 적 있나요?"

"잠깐만요. 지금 생각해 보니까, 맞아요. 그랬어요. 아내에게 연락하려고 핸드폰을 가지러요."

그녀는 만족한 듯 고개를 끄덕인다. "그걸 누가 봤나요?"

"네. 구급차 소리를 듣고 이웃 몇 명이 밖에 나왔다가 경찰차를 봤죠. 나는 어린 딸을 안고 있다가 핸드폰을 가지러 가는 동안 동네 여자분에게 아이를 잠시 맡겼어요."

"부인에게 연락됐나요?"

나는 고개를 젓는다. "전화기가 꺼져 있었어요."

"그럼 당신은 미칠 것 같았겠네요, 그렇죠? 그때 당신 아들은 거기 누워서 생사를 오가고 있었잖아요. 맞죠?" 나는 고개를 끄덕인다. "엄마에게 알려야 하는데 연락은 안 되고, 그런 상황이면 불안이 극도로 치솟았겠죠. 정말 한계를 넘어설 정도로. 그래서 정신을 붙잡으려고 약을 하나 먹거나 술을 한 잔 마셨다 해도 이해가 됩니다."

나는 고개를 젓는다. "그랬을 수도 있지만 나는……."

그녀는 한 손을 들어서 내 말을 끊는다.

"아까 말했듯이 지금은 그냥 이론상 그렇다는 겁니다. 일이 만약 그렇게 된 거라면 우리에게 도움이 될 수 있어요. 우리가 쓸 수 있는 카드가 됩니다."

"대체 무슨 말을 하려는 거죠?" 내가 묻는다.

"그러니까, 아드님이 다치기 전에 선생님이 술과 약을 조금 했다고 했잖아요. 하지만 다친 후에 조금 더 복용했다면, 혈액 검사 결과가 어떻게 나오든 판사가 증거로 받아들이지 않을 가능성이 있어요. 어디까지나 이론상으로는요."

그녀가 무슨 말을 하는지 혼란스럽다. 그녀의 표정에선 아무것도 읽히지 않는다. "오케이, 난 그만 가야겠어요. 내일 이야기해요."

그녀가 서둘러 가는 모습을 보며 나는 요점을 파악한다. 집 안으로 다시 들어갔을 때 무슨 일이 있었는지에 대해 거짓말을 하면, 그러니까 방금 아들을 치명적으로 다치게 했다는 사실을 '마음을 단단히 먹지 않고는' 감당할 수 없었다고 스파크스에게 말하면, 그들이 혈액 검사 결과를 무효로 해야 할 가능성이 꽤 있다. 그들이 나를 어떤 혐의로 기소하려 하든 입증하기가 그만큼 어려워질 것이다. 아예 기소할 가치가 없다고 판단할지도 모른다. 체포의 위협만 사라진다면 나는 술을 줄일 동기가 생길 것이다. 아티반도 끊고, 다시 진지하게 일자리를 찾아볼 수 있을 것이다. 그렇다고 니코가 돌아오진 않겠지만, 에밀리와 메이지 그리고 내가 앞으로 나아갈 길이 될 수는 있다.

딕슨 변호사의 '이론들'에 마음이 흔들린 채, 새벽 2시에 퍼마신 술기운이 남아 있는 상태로 나는 내 차를 찾느라 몇 분을 헤맨다. 그러다 에밀리의 차를 타고 왔다는 사실이 뒤늦게 떠오른다. 그제야 내가 식당 맞은편에 차를 세워 두었다는 것도 알아차린다. 나는 커피가 절실히 필요했고, 전날은 거의 아무것도 먹지 않았다.

"라지 커피 하나요. 설탕은 빼고 크림만 주세요. 그리고 머핀 하나, 테이크아웃으로요." 나는 계산대의 여자에게 말한다. 차로 돌아와 머핀 절반을 입에 욱여넣고 커피를 한 모금 크게 들이켠다. 두 모금, 세 모금. 아, 카페인의 맛……. 나는 대시보드 시계를 힐끗 보다가 깨닫는다. 어제 바로 이 시간 니코는 아직 살려고 싸우고 있었다. 그런데 나는 무슨 자격으로 여기 앉아 커피 맛을 즐기고 있는가?

차에 시동을 건다. 사이드미러가 에밀리에 맞춰져 있어서 도로로 나가다가 누군가의 경적 세례를 받는다. 다시 주변을 확인한 뒤 가속 페달을 밟아 집과는 반대 방향으로 달린다. 이대로 돌아가지 않으면 장례식장 미팅을 놓칠 수도 있다. 그건 옳지 않다. 나는 그의 아버지니까. 하지만 에밀리는 아마 자기 엄마와 함께 가는 것을 더 원할 것이다. 어쨌든 나도 감당할 수 있을지 모르겠다. 아이의 옷을 가져가고, 관을 고르고, 조문 시간과 예식 여부, 화장할지 매장할지를 결정하는 일까지.

나는 아무런 목적지 없이 남쪽으로 차를 몬다.

지금쯤이면 메이지는 일어나서 남동생을 찾겠지. 아이는 혼란스러워하며 안심시켜 줄 누군가를 필요로 하겠지. 그런데 나는 어디에 있는가. 아빠인 나도 사라졌다. 겁쟁이라서 딸에게서 달아나고 있다. 어쩌면 저들은 나 없이 사는 편이 나을지도 모르겠다. 가속 페달을 끝까지 밟아서 아무 나무나 들이받아 버릴까. 하지만 나는 그것조차 해낼 힘이 없다.

스리리버스를 지나 13, 14킬로미터쯤 왔을 때, 위쿼닉 문 카지노로 빠지는 출구 근처에서 차들이 서서히 속도를 줄이기 시작한다. 순간적인 충동에 나는 방향 지시등을 켜고 줄지어 들어가는 차들을 따라 입구로, 다시 거대한 주차장으로 향한다. 내가 왜 이러는지 나도 모른다.

하지만 안으로 들어가 아침부터 몰려든 도박꾼들의 흐름에 섞이자 그 이유가 분명해진다. 크랩스 테이블과 요란한 슬롯머신 홀, 장외 경마 베팅장을 지나 걸어가는 동안 나는 후진해서 아이를 치어 버린 아버지가 아니다. 그저 다른 사람들과 마찬가지로 행운의 여신이 내 편이 되길 기대하는 이름 없는 남자일 뿐이다. 문제는 아무도 내가 누구인지 몰라도 나는 안다는 점이다. 그래서 술이 필요하다. 나는 어떤 바에 들어가 2인용 테이블에 앉는다. 다가오는 칵테일 웨이트리스는 술 장식이 달린 사슴 가죽 상의에 같은 재질의 짧은 반바지를 입고 있다. "뭐 드릴까요?" 나는 잭앤코크를 한 잔 시킨다.

술을 기다리며 주위를 둘러본다. 바 끝자리에 앉은 노인 둘은 레드삭스 이야기를 하고 있다. 그들은 라자이 데이비스의 도루 실력이 작년에 클리블랜드에서 그랬던 것처럼, 올해는 보스턴을 구해 주기를 바란다. 맞은편 홀 중간에 있는 테이블에서는 나이가 지긋한 여자 셋이 웃으며 칵테일을 마신다. 둘은 백발이고 나머지 하나는 암 환자들이 두르는 스카프를 머리에 쓰고 있다. 바 반대편에는 내 또래 커플이 앉아 있다. 둘은 블러디 메리를 마시고, 남자가 여자 몸 여기저기를 만진다. 신혼부부겠지. 아니면 불륜이거나. 여기 있는 사람들은 모두 아무것도 모른다. 야구가 뭐가 중요하단 말인가? 불륜은 또 무슨 의미가 있나? 저 여자 둘은 자기 친구만 살날이 얼마 안 남았다고 생각하는 걸까? 내 어린 아들이 죽었는데, 왜 우리는 다 여전히 살아 있는 거지?

바 위에 걸린 소리 없는 TV 네 대를 올려다본다. 각각 다른 채널이 틀어져 있다. 폭스 뉴스, CNN, NESN에서 재방송하는 레드삭스 경기 그리고 지역 방송의 아침 뉴스. 나는 앵커의 입술이 움직이는 걸 바라본다. 화면 아래로 흐르는 자막을 읽는다. "스리리버스의 비극." 화면이 바뀌고 마이크를 든 기자가 나온다. 어제 순찰차 뒷좌석에 타고 병원으로 떠날 때 현장에 도착했던 바로 그 기자다. 그녀는 우리 집 건너편 도로에 서 있다. 그녀의 어깨 너머로 내 SUV와 노란 범죄 현장 테이프로 친 경계선, 이웃들이 웅성거리며 모여 있는 모습이 보인다.

"외상으로 달아 드릴까요, 손님?" 웨이트리스가 묻는다. 그녀는 이미 내 앞 테이블에 술을 내려놓았다. 나는 그녀를 보지 않고 술잔만 보며 말한다. "그래요, 뭐. 안 될 건 없죠." 한 모금 마시고 다시 TV를 본다. 화면에는 우리 가족이 함께 찍힌 에밀리의 페이스북 프로필 사진이 떠 있다. 카메라가 나를 클로즈업하고, 나는 자기 아들을 죽인 개자식의 웃는 얼굴을 마주 본다. 고개를 돌려 술을 단숨에 들이켜고, 테이블에 20달러 지폐를 탁 내려놓은 뒤 당장 그곳을 빠져나온다. 주차장으로 나오자마자 나는 달리기 시작한다.

에밀리의 차로 돌아와 핸드폰을 확인한다. 에밀리가 문자를 보냈다. 아직 변호사 사무실이야? 어젯밤에 당신을 밀어낸 거 미안해. 도저히 감당이 안 됐어. 장례식장 약속은 1시야. 꼭 제시간에 와 줘. 이건 혼자서는 못하겠어.

나는 고개를 저으며 아니라고 한다. 주차장을 빠져나와 우회전해서 더 남쪽으로 향한다. 비행기 이륙 전에 늘 하는 말이 떠오른다. 다른 사람을 돕기 전에 먼저 자기 산소마스크를 쓰라고. 에밀리는 장모님에게 전화해서 장례식장에 데려다 달라고 하겠지. 나는 뉴런던으로 들어가는 고속도로 입구를 무시하고, 위쿼닉 강과 나란히 이어지는 샛길을 탄다. 그 변호사, 내 변호사가 넌지시 암시한 말을 다시 떠올린다. 집에 다시 들어간 이유에 대해 거짓말하면 검사 결과가 증거에서 빠질 수도 있다는 암시. 내가 그렇게 대놓고 거짓말할 수 있을까? 우라질, 왜 못 해? 다들 자기 살겠다고 거짓말하잖아. 등 뒤에서 흑인을 쏘고 정당방위였다고 우긴 경찰들처럼. 정치인들은 또 어떻고. "사담 후세인이 대량살상무기를 숨겨 뒀다는 신뢰할 만한 정보가 있다." "나는 그 여자, 르윈스키 양과 성관계를 갖지 않았습니다." 트럼프가 입만 열면 거짓말을 해도 우리는 고개만 저은 채 그냥 또 넘어가잖아.

하지만 내가 그걸 해낼 수 있을까? 스파크스 형사나 검사, 아니면 판사 앞에서 거짓말을? 아마도. 술이 늘면서 나는 꽤 노련한 거짓말쟁이가 됐다. 재활용 수거일까지 술병을 숨기고, 아직도 일자리를 찾고 있다고 거짓말한다. 왜 약이 거의 다 떨어졌는지 에밀리가 묻지 않게 아티반 처방 약은 협탁 서랍 맨 뒤에 넣어 둔다. 딕슨의 사무실로 가는 길에는 럼주 병을 숲속에 던져 버리기까지 했다. 어제 아침에 몇 잔 마셨다는 증거를 없애기 위해서. 그래야 에밀리가 내가 차에 시동을 걸 때 취해 있었다고 짐작하지 않을 테니까. 사실, 내가 술이랑 벤조를 조금 과하게 하긴 했다. 분명히 줄

이긴 줄여야 한다. 하지만 후진 기어를 넣을 때만큼은 나는 제정신이었다. 그 일은 맥널리 가족 때문에 주의가 산만해져서 일어난 일이다. 그렇지 않고서야, 내가 어떻게 나를 견디며 살 수 있겠는가?

이제 10시가 넘었다. 강은 숨바꼭질하듯 어떨 때는 햇살에 반짝이다가, 또 어느 순간 덤불과 가시나무 뒤로 숨어 버린다. 나는 창문을 내려 강이 흐르는 소리를 듣는다. 그 소리에 이끌려 차를 강가로 몰고 간다. 나는 왜 여기에 온 걸까. 무엇을 찾고 있는 걸까?

9

강가에 서서 한동안 흐르는 물을 바라보고 그 소리를 듣는다. 그 일이 일어났을 때 정말로 술이나 약의 영향을 받지 않았다고 확신할 수 있을까? 스파크스에게 거짓말을 한다면 그건 니코를 욕되게 하는 일일까? 나는 눈을 감고 델가도 박사의 진료실 화면에서 처음 그 아이를 보았던 그날 오후로 돌아간다. 그 무렵 우리는 쌍둥이라는 사실을 알고 있었고, 두 아이는 각자의 양막 안에 있었다. 이전 진료 때 의사에게 아이들이 서로의 존재를 인식하고 있을 것 같냐고 물은 적이 있었다. 그는 그 질문을 에밀리에게 넘겼다. "어때요, 어머님? 이 두 아이에 대해서는 당신이 전문가잖아요." 에밀리는 나를 향해 웃으며, 분명히 그렇다고 했다.

흐릿한 초음파 영상이 영화처럼 흘러가는 걸 보며, 나는 빠르게 뛰는 심장의 기적에 감동했다. "앞에 보이는 아이가 아들인가요, 딸인가요?" 나는 간호사에게 물었다. "아들이에요. 저기 작은 성기가 보이네요." 그녀는 뭔가를 가리키며 말했다.

에밀리의 양수가 터진 날 밤, 나는 그녀를 병원으로 데려갔다. 분만실로 실려 가는 동안 그녀의 손을 잡고 있었고, 이어서 건네받은 종이 가운을 입고 장갑을 늘려 손에 끼웠다. 그녀는 밤새도록 우리 두 아이를 세상에 내보내기 위해 진심으로 애썼고 아주 용감했다. 육아서란 육아서는 다 읽었고, 두 아이 모두 자연분만 하겠다고 마음먹고 있었다. 아이들이 세상에 나오자마자 바로 보고, 안고 싶었기 때문에 마취도 원하지 않았다.

마침내 새벽의 첫 빛 속에서 에밀리의 다리 사이로 검은 머리칼이 엉킨 작은 머리가 서서히 모습을 드러냈다. 첫째로 태어날 쌍둥이는 과연 누구일까? "숨 쉬어요, 에밀리. 이제 밀어요. 깊게 들이마셔요. 조금만 더 밀어요." 머리가 더 나오고 목과 어깨 윗부분이 따라 나왔다. 눈앞에서 벌어지는 장면은 과거와 현재를 통틀어 모든 사람이 세상에 태어날 때 겪은 방식일 것이다. 그것은 심오했다.

"이제 마지막으로 한 번 더 힘줘요, 에밀리!" 그러자 피와 체액이 한꺼번에 쏟아지는 소리와 함께 딸의 몸이 완전히 나왔다. 아이 몸이 푸르스름해서 뭔가 잘못된 건 아닌지 겁이 났다. 하지만 이내 아이가 큰 소리로 울었고, 공기가 폐로 들어가자 머리부터 발가락까지 조금씩 분홍빛으로 변해 갔다. 모린이라는 신생아 담당 간호사가 아이를 에밀리의 가슴에 올려놓고 나를 돌아보며 메이지를 데려갈 거냐고 물었다. "당연하죠." 웃으며 대답했는데 눈물이 멈추지 않았다. 에밀리도 웃다가 울다가 했다.

이제 눈을 뜨고, 세차게 흐르는 강물을 따라 강둑을 걸어간다……

메이지가 방 한쪽으로 옮겨져 닦여지고 따뜻한 담요에 싸이는 동안, 델가도 박사는 니코의 분만에 집중했다. 하지만 문제가 생겼다. 아이가 자세를 바꿔 무릎을 굽히는 바람에 엉덩이가 먼저 나오는 위치로 간 것이다. 에밀리의 탈진도 우려됐고, 아이를 돌리지 못하면 역아 분만이 될 수밖에 없다는 점도 문제였다. 델가도 박사는 아이의 자세를 바로잡으려 두 차례 시도했지만 모두 실패했고, 모린은 그 사이 아이의 심박수가 약해지면서 빠르게 떨어지고 있다고 말했다. 델가도 박사는 응급 제왕절개술이 필요하다고 판단했다. 에밀리는 흐느껴 울면서 반대했지만, 나는 간신히 그녀를 진정시켜 설득했다. 모든 일이 눈 깜짝할 사이에 일어났다. 에밀리는 급히 수술실로 옮겨졌고, 나는 그 뒤를 따라갔다. 의사가 메스를 집어 드는 순간 다른 간호사가 가림막을 세워 내 시야를 가렸다. 의사의 손이 가림막 뒤로 사라지자 다리에 힘이 풀렸다. "괜찮으세요, 아버님?" 간호사가 물었다. 나는 고개를 끄덕였다. 누구든 시선이 내게 쏠리는 게 부끄러웠다. 몇 초 뒤 니코가 힘껏 울어 댔다. 분홍빛의 완벽한 모습으로. 내 아들! 나에게 아들이 생겼다……!

강둑은 한동안 모래밭으로 바뀌었다가 이내 야생 식물이 불룩 솟아오른 구간으로 이어진다. 측백나무와 헴록, 스컹크 캐비지, 개나리. 어디선가 딱따구리가 곤충과 알, 유충을 찾느라 딱딱딱딱 두드리는 소리가 들린다. *영역을 표시하거나 짝을 부르기 위해서 저렇게 쪼기도 해.* 아버지의 목소리가 들린다. 내가 일곱 살이나 여덟 살쯤이었을 때 같이 숲을 거닐다 들은 말이다. 그 자연 산책만큼은 아이들이 좀 더 크면 나도 꼭 해 주고 싶다고 생각한 아버지의 몇 안 되는 양육 방식 중 하나였다.

아기들을 병원에서 데리고 집에 온 지 하루쯤 지났을 무렵, 니코 때문에 우리는 또 놀랐다. 초보 부모였던 에밀리와 나는 늘 최악의 경우부터 떠올리는 사람들이었다. 메이지는 곧바로 모유 수유에 적응했지만, 니코는 보채고 안절부절못했으며 젖을 빠는 요령을 좀처럼 터득하지 못하는 것 같았다. 아이의 피부와 눈의 흰자위가 누렇게 변해 가자 더럭 겁이 났다. 우리는 예약도 하지 않고 델가도 박사의 진료실로 차를 몰았다. 간호사는 "빌리루빈", "황달" 같은 말을 했고, 정신을 차려보니 니코는 광선 치료 램프 아래에서 치료를 받기 위해 다시 병원으로 돌아가 있었다. 그 후 아이의 누런 기운은 금방 사라졌고, 다시 집으로 돌아온 뒤에는 갑자기 엄마의 젖을 능숙하게 물기 시작해 먹성 좋은 쌍둥이가 되었다. 그는 점점 건강하게 자라기 시작했다.

에밀리와 나는 아이들이 태어난 첫해 동안 성장의 모든 단계를 경이로운 눈으로 지켜보았다. 서로를 점점 더 또렷이 인식해 가는 모습, 우리의 얼굴과 목소리를 알아보고 짓던 미소, 뒤집기를 하고 그러다 기어 다니기 시작한 순간들, 메이지가 먼저 걷고, 이어서 니코가 가구에서 손을 떼고 비틀거리며 몇 걸음 떼었다가 내가 벌린 두 팔 안으로 쓰러져 오던 날들……. 이 모든 성취에서 늘 메이지가 앞섰고 니코는 그 뒤를 따랐다. 하지만 예외가 하나 있었다. 반짝이는 눈의 장난꾸러기 니코가 좀 더 진지한 누나에게 웃음의 즐거움을 가르쳐 주었다. 메이지는 니코가 정말 웃기다고 생각했고 우리도 그랬다. 나는 라디오에서 흘러나오는 어떤 노래에 맞춰 몸을 흔들며 춤추는 니코를 핸드폰으로 찍었고, 일부러 우리를 약 올리는 모습도 찍었다. 쌍둥이와 함께한 날들은 아주 고단하면서도 매혹적이었다. 아이들은 자기 세계를 헤쳐 나가는 법을 배우면서 매일 새로운 발견을 하고, 매일 새로운 기술을 습득했다. 어느 날 밤에는 에밀리가 쌍둥이 방에서 나를 불렀다. "이것 좀 봐." 그녀는 아기 침대 옆에 서 있었다. "봐, 코비." 아이들은 나란히 누워 자면서 서로의 엄지를 빨고 있었다. 나는 그녀의 어깨를 감싸 안고 가까이 끌어당겼다. "우리가 이 둘을 만들었어." 그녀가 말했다…….

나는 이제 셔츠 소매로 눈물을 훔친다. 지금이라도 돌아서서 집으로 운전해 가자고 스스로를 타이른다. 하지만 나는 계속 걷는다. 내가 저지른 일이 우리의 결혼을 무너뜨릴까? 엄마는 앞으로 나아가려면 자신을 용서하는 법을 알아내야 한다고 말했다. 하지만 내가 그럴 수 없다면? 만약 에밀리가 나 없이 앞으로 나아가기로 한다면? 나는 발치에 있는 납작한 돌 하나를 집어 물에 던진다. 돌이 수면 위를 한 번, 두 번, 세 번 튕기다 가라앉는 걸 바라본다. 물수제비는 아버지가 내게 가르쳐 준 소년 시절의 기술이었다. 니코는 절대 알지 못할 기쁨, 내가 그에게서 빼앗아 버린 수천 가지 중 하나. 나는 그 아이가 차도에 누워 용감하게 숨을 쉬는 모습을 본다.

구급차에서 죽기까지 불과 몇 분 전이었다. 내가 어떻게 나를 탓하지 않을 수 있을까? 내 아버지가 나의 기대를 저버린 것보다 훨씬 더 치명적인 방식으로 내 아들을 저버렸는데.

2킬로미터쯤 걸었을 때, 강 한가운데 박힌 바위 하나와 마주친다. 물이 그 주위를 소용돌이치며 거세게 흘러간다. 부리가 길고 뾰족하며 다리가 가늘고 긴 커다란 새가 바위 위에 서 있다. 백로일까? 새는 물을 내려다보며 조각상처럼 미동도 없다. 나는 걸음을 멈춘다. 그 새를 바라보며 죽은 아들에게 말을 건다.

"이봐, 꼬맹아. 내 말 들리니? 너 어디로 간 거니?" 나는 물가에 무릎을 꿇고 주저앉아 울기 시작한다. "니코, 넌 아직 살아야 할 날들이 너무 많잖아. 수많은 것들이 너를 기다리고 있는데, 네가 없는 세상에 내가 어떻게 여전히 살아 있을 수 있지? 나는 네 용서를 받을 자격도 없어. 하지만 단 한 번이라도, 어떻게든…… 그걸 알 수만 있다면……."

나는 차가운 물속에 두 손을 깊이 찔러 넣고 바닥을 할퀸다. 자갈을 한 움큼씩 퍼 올려 내 얼굴에 내던진다. 주먹을 쥐고 가슴을 친다. 다시 한번, 더 세게. 이 고통이 정당하다고 느껴진다.

"니코, 내가 진실을 말하면 어떻게 될까? 네 엄마가 나를 떠날까? 나는 감옥에 가게 될까?" 나는 다시 주먹을 날린다. 이번에는 더 세게. "하지만 네가 왜 죽었는지에 대해 계속 거짓말을 하면서, 내가 어떻게 나로 살아갈 수 있겠니? 만약 내가 그런 식으로 내 삶의 가치를 깎아내린다면?" 나는 주먹 쥔 손마디로 이마를 한 번, 두 번, 세 번 내리친다. "더는 거짓말을 하고 싶지 않아, 니코. 하지만 둘 다 잃을까 두려워. 난 어떻게 해야 하지?"

마지막 말을 외치고 있다는 사실을, 죽은 아들에게 애원하고 있다는 걸, 바위의 새가 고개를 돌려 굽이치는 강물 너머로 나를 바라보는 순간에야 알아차린다. 새는 느리고 깊은 날갯짓을 하며 목을 몸 안으로 말아 넣고 다리를 뒤로 늘어뜨린 채 날아오른다. 그건 백로가 아니었다. 위엄 있는 큰푸른왜가리였다. 새가 활공하는 모습을 지켜본다. 점점, 점점 더 멀어져 마침내 눈에 남는 것이 무심한 구름과 단단한 푸른 하늘뿐일 때까지.

나는 에밀리의 차를 세워 둔 곳까지 되돌아 걸어간다. 차에 올라타 핸드폰을 집어 들고 그녀에게 문자를 보낸다. *지금 집으로 가는 중이야. 시간 맞춰 도착할 거야.*

~

장례식장에서 부부 장의사가 우리를 맞이해서 세심히 배려한다. 그들은 아들의 사망 경위에 대해서는 아무 말도 하지 않지만, 주로 에밀리에게만 말을 건다. 나는 그저 그 자리에 앉아 있을 뿐이다. 한 손은 아내의 어깨를 감싸 쥐고, 다른 한 손은 그들이 건네준 휴지를 꼭 쥐고서. 에밀리가 어떤 결정을 내리든 나는 고개를 끄덕이며 동의한다. 비공개, 종교색 없는 예식, 조문 시간 없음, 방부 처리 안 함, 화장도 하지 않음. 아이는 107센티미터짜리 '프레셔스 모먼츠' 관에 안치된다. 20게이지 강철로 제작되었고, 내부는 푸른 크레이프 천으로 마감되었으며, 안쪽 덮개에는 자수가 놓여 있다. 가격은 1,999달러.

집으로 돌아오는 길에 오늘 아침 메이지가 어땠는지 묻는다.

"계속 그 애 이름을 불렀어. 동생을 찾는데 너무 끔찍했어." 에밀리가 말한다. 그리고 조수석 앞 수납함을 열고 휴지를 꺼내 눈물을 닦고 코를 푼다. "내가 어디 있냐고 물었어?"

"한 번. 대부분은 동생 이야기였어."

"지금 누구랑 있어?"

"우리 엄마."

나는 장모님의 차 뒤에 차를 대고도 시동을 끄지 않는다. 에밀리가 내려 운전석 쪽으로 돌아온다. "들어올 거야?" 그녀가 묻는다. 나는 먼저 해야 할 일이 있다고 말한다. 그녀는 고개를 끄덕이고 집 쪽으로 걸어간다.

나는 창문을 내리고 그녀의 이름을 부른다. 에밀리가 다시 돌아오자 할 말이 있다고 한다. 그녀는 기다린다. 나는 깊게 숨을 들이쉬고 말한다. "얼마 전부터 낮에도 술을 마시기 시작했어. 그냥 맥주가 아니라 양주. 오후에도, 아침에도 마셨어. 당신이 보지 못하게 술병을 숨겼고. 구직 중이라는 말도 거짓말이었어. 포기한 지 좀 됐어. 항복했다고 해야겠지. 그리고 불안 때문에 처방받은 약 있잖아? 그것도 너무 많이 먹고 있어. 내 생각엔 중독된 것 같아. 미안해."

그녀는 눈을 크게 뜬 채 그 말을 받아들이려 애쓰며 그 자리에 서 있다. "어제? 일이 일어났을 때? 나는 이미 꽤 취해 있었어. 나는…… 아침 식사를 준비하면서부터 술을 마시기 시작했어. 내 변호사는 기소를 피할 방법이 있을지도 모른다고 했지만, 이제 더는 거짓말 못 하겠어. 당신에게도, 경찰에게도."

그녀는 울지도, 소리를 지르지도, 나를 개새끼라고 부르지도 않는다. "당신을 더는 여기서 살게 둘 수 없어." 이 말을 할 때 그녀의 얼굴에는 어떤 감정도 비치지 않는다.

"당신 말은 잠깐이라는 뜻이지? 그것에 대해 이야기할 수 있을까?"

"아니. 당신 물건 몇 가지만 싸 둘게. 와서 가져가." 그녀는 등을 돌려 집으로 걸어간다. 현관문이 닫히자 나는 차를 후진시켜 기어를 넣고 경찰서로 향한다.

주차장에서 방문객 주차 자리에 차를 세우고 건물로 향한다. 절반쯤 갔을 때 다시 추락하는 듯한 느낌이 밀려와 멈춰 서서 누군가의 트럭 펜더에 손을 짚고 균형을 잡는다. 그 느낌은 금세 지나가고, 나는 다시 걷는다.

앞쪽에서 스파크스 형사가 건물로 들어가는 모습이 보인다. 한 손에는 커피를, 다른 손에는 핸드폰을 들고 있다. "안 된다고 했잖아, 샤넬. 네 남자친구가 뭘 원하든 상관없어." 그녀가 말하는 소리가 들린다.

나는 그녀를 따라 로비로 들어가 그녀의 이름을 부른다. 그녀가 돌아서며 말한다. "아, 안녕하세요. 일찍 오셨네요. 오늘 오후에 오기로 했잖아요. 아직 검사 결과가 안 나왔어요."

나는 그럴 필요 없다고 말한다. "형사님 말이 맞아요. 저는 어제 아침 차에 타기 전에 술을 마시고 약도 했어요. 그래서 후진하기 전에 뒷좌석을 확인하지 않았어요. 그리고 아이가 죽었죠. 이제 저를 체포하셔야 할 것 같네요."

10

2017년 5월 5일

니코가 죽은 지 8일 만에 나는 알코올과 관리 대상 약물에 취한 상태로 차량을 운전해 발생한 2급 비자발적 과실치사 혐의로 법정에 출두한다. 내가 유죄를 인정했기 때문에 재판은 열리지 않는다. 보호관찰관이 배정되어 나에 대한 양형 조사 보고서를 작성할 것이다. 내가 얼마나 깊이 뉘우치고 있는지, 또 재활 의지가 얼마나 진실한지에 대한 평가를 반영한다. 형량 선고는 추후에 내려질 예정이다. "지금으로선 몇 주 뒤가 될 수도 있어요." 딕슨 변호사가 설명한다. 그 몇 주를 내가 구치소 안에서 보낼지, 밖에서 보낼지는 정식 기소일에 판사가 결정한다.

레이철 딕슨 변호사는 상급법원 빈센트 펠토 판사 앞에서, 선고 전까지 내가 무보석 출석 약속을 조건으로 구금되지 않고 지내게 해 달라고 주장한다. "피고는 도주 위험이 낮고 전과도 많지 않습니다, 재판장님. 피고는 어제 처음 익명의 알코올중독자 모임에 참석했고, 매일 참석할 계획입니다. 피고와 아이의 어머니는 관계 회복을 목표로 사별 상담 예약도 했습니다. 현재 피고는 어머니 집에 거주하고 있으며, 딸과는 매일 만나고 있습니다. 피고가 안정적으로 옆에 있어 주어 쌍둥이 형제를 잃은 아이가 상실을 견디는 데 도움이 되고 있습니다. 또한 피고는 임시 일자리에 지원해 두었고 조속히 취업하기를 희망하고 있습니다. 지금까지 피고가 보여 준 재활 노력은 인상적이며, 선고 전 구금 시설에 수용되지 않는다면 앞으로 몇 주 동안 이러한 노력을 계속할 수 있을 것이라 확신합니다."

변호사가 말한 내용은 모두 사실이지만 판사의 표정은 읽을 수 없다. 검사는 다르다. 베티나 라이틀랜드는 아니꼬운 미소를 짓고 있다. 딕슨과 라이틀랜드는 둘 다 마흔 중반 같았지만, 외모는 극히 대조적이다. 딕슨 변호사는 키가 작고 땅딸막한 체구에 분홍 머리다. 반면 라이틀랜드 검사는 키가 크고 몸이 탄탄하다. 윤기가 흐르는 검은 머리가 어깨까지 내려오고, 검은 민소매 원피스는 힘 있어 보이는 팔과 종아리를 그대로 드러낸다. 그녀가 딕슨의 주장을 반박하기 위해 자리에서 일어서자, 얼굴에 서린 냉소는 사라지고 진지한 표정이 떠오른다.

"감형 사유로 제시된 요소들은 분명 인상적입니다, 재판장님." 그녀가 공격을 시작한다. "하지만 재판장님도 아시다시피, 폭력 범죄로 기소된 피고를 보석 없이 신원 보증에만 의존해 석방하는 경우는 극히 이례적입니다. 또한 피고에게 전과가 *많진* 않지만, 음주 운전 전력이 있습니다. 면허가 정지되었다 해도, 다시 술을 마시고 운전해서 또 다른 사람에게 해를 가하거나 목숨을 앗아 가지 않으리라고 누가 보장할 수 있겠습니까?"

그녀가 방금 한 말이 내 배를 힘껏 친 것 같아 움찔했지만, 아직 끝난 게 아니다.

"딕슨 변호사는 선고 전까지 피고가 생존한 쌍둥이와 매일 접촉하는 것이 갑자기 형제를 잃은 상실감을 극복하는 데 도움이 될 것이라고 주장합니다. 그럴 수도 있고 아닐 수도 있겠지요. 딕슨 변호사도, 저도 아동 심리학 전문가는 아니니까요. 하지만 이런 니코 레드베터의 '부재'는 약물과 알코올에 취한 상태에서 저지른 아버지의 과실 때문이라는 점을 잊지 말아야 합니다."

나는 에밀리를 바라본다. 그녀는 나를 외면하지만, 옆에 있는 장모님은 라이틀랜드의 말에 동의해 고개를 끄덕인다.

"또 한 가지, 구직 *지원*을 했다는 사실이 실제로 채용되어 장기간 책임감 있게 일해 온 것과는 다르다는 점을 법원에 상기시키고 싶습니다. 그리고 레드베터 씨가 지금에 와서 임시 일자리를 구하려는 의지가 그렇게 강하다면, 해고된 시점부터 이번에 기소된 범죄를 저지르기까지의 시간 동안 왜 그러지 않았는지도 의문입니다."

펠토 판사가 나를 향해 답변하고 싶은지 묻는다. 딕슨 변호사가 나를 대신해 개입하려고 하지만, 나는 직접 대답하고 싶다고 말한다. "저는 일자리를 찾고 있었습니다. 하지만 제 분야에는 자리가 없었습니다." 내가 판사에게 말한다.

"어떤 분야입니까?" 판사가 묻는다.

"상업 미술입니다. 이력서를 보내고 면접도 꾸준히 봤지만 성과가 없었습니다. 게다가 저는 집에서 아이들을 돌보고 있었습니다. 아내와 제가 둘 다 일할 때는 쌍둥이를 어린이집에 보냈지만, 한 사람의 수입만으로는 감당이 안 됐습니다. 그래서 제가 아이를 돌봤고, 구직 활동을 하러 갈 때는 장모님이 아이들을 봐 주셨습니다."

판사는 체포 이후 어떤 일자리에 지원서를 냈는지 묻는다. "할 수 있는 건 다 냈습니다, 재판장님. 야간 편의점 직원, 로우스와 홈데포, 타깃 물류 창고 작업자, 아마존 물류 센터 포장 직원, 야간 그룹홈 관리자요. 몇 군데에서 연락이 왔지만, 오늘 여기서 어떤 결정이 날지 몰라서요. 제 말은, 제가 근무할 수 있을지 몰라 후속 연락을 미루고 있습니다."

펠토 판사는 나와 라이틀랜드를 번갈아 보며 말한다. "그렇다면 레드베터 씨, 이 가운데 하나라도 *채용된다면*, 운전면허가 취소됐는데 출퇴근은 어떻게 하실 생각입니까? 더 나아가 AA(익명의 알코올중독자 모임-옮긴이)와 NA(익명의 약물중독자 모임-옮긴이)는 어떻게 다닐 계획입니까?"

"만약 야간이나 심야 근무를 하게 된다면 어머니가 태워다 주실 수 있다고 하셨습니다. 어머니는 뉴포트 크리머리에서 오전 근무를 하시고, 집에는 1시 반이나 2시쯤에 오세요. 버스 노선도 알아볼 수 있고요. 필요하다면 자전거를 탈 수도 있습니다. 급할 때는 리프트나 우버도 있고요. 그리고 어제 갔던 AA 모임은 제가 머무는 곳에서 몇 킬로미터 떨어진 교회에서 열립니다. 차를 구하지 못하면 걸어갈 수도 있습니다."

나는 윗입술에 맺힌 땀을 닦고 기다린다. 판사는 책상의 서류를 넘긴다. 방금 한 내 말에 판사가 어느 정도 만족한 듯 보여서 나는 희망을 품는다. 그래서 그의 결정을 듣고 놀란다. 출석 약속 조건으로 석방은 허가하되, 2만 5천 달러의 보석금을 먼저 내야 한다는 것이다. 그는 달력을 넘기며 선고 기일을 7월 20일, 오늘로부터 11주 후로 잡는다. "보통 선고까지 잡는 기간의 거의 두 배입니다. 하지만 피고가 이제 막 시작한 노력을 얼마나 성실히 이어 가는지 지켜보고 싶습니다." 그는 검사와 변호사를 향해 묻는다. "두 분 다 괜찮습니까?" 딕슨은 자신의 일정을 확인하고 고개를 끄덕인다. 라이틀랜드는 그 기간에 휴가를 간다고 말한다. "좋습니다. 그럼 다른 날짜를 찾아보죠." 판사가 말한다. 날짜는 8월 1일로 변경된다.

그날 늦게, 혼잣말을 중얼거리는 한 남자와 유치장에서 기다리는 동안 어머니가 법원으로 와서 내 보석 서류에 공동 서명하고 담보로 트레일러의 등기권을 내놓는다. "자, 레드베터. 이제 가도 돼." 이름 모를 보안관이 말한다.

어머니가 차로 나를 당신의 집으로 데려가며 말한다. "에밀리가 네 물건 몇 가지를 챙겨서 가져다줬다. 내가 작은방에 뒀어. 거기 매트리스가 있으니까 당분간 거기서 자. 거기 있는 드림캐처 재료들은 신경 쓰지 말고. 곧 있을 공예 전시회 준비 때문에 더 만들어야 하거든."

"그녀는 어때 보여요?" 내가 묻는다.

"에밀리 말이냐? 꽤 용감해 보이더라. 슬퍼 보이고."

"화난 것 같아요?" 엄마는 고개를 흔든다. "화가 났다기보다는, 어떻게든 이 일을 헤쳐 나가겠다고 마음먹은 것 같아. 감정을 절제하고 있다고 표현해야 할까. 다른 교사들이 병가를 기부해 줘서 당분간 일을 쉬면서 앞으로 어떻게 할지 생각해 보겠대. 그게 에밀리에게도, 메이지에게도 좋을 것 같아."

"그럼 에밀리가 저와 이혼할 가능성은 얼마나 된다고 생각하세요?"

엄마는 추측도 하지 않고 의견도 말하지 않는다. "장모님도 엄마처럼 생각하면 좋을 텐데. 장모님은 분명 에밀리에게 대놓고 *자기* 생각을 말하겠죠."

"있잖아, 얘야. 에밀리는 자기에게 필요한 게 뭔지 스스로 결정할 거야. 그 아이가 어떤 결정을 내리든 우리는 그걸 존중해야 한다고 생각해."

"네, 뭐……."

"아, 그리고 사별 상담은 수요일 4시라고 에밀리가 전해 달라고 하더라. 그래서 3시 45분에 너를 태우러 오겠대."

"알겠어요. 어쩌면 그건 좋은 신호일지도 모르겠네요. 게다가 매일 오후 집에서 메이지를 보게 해 주겠대요. 그동안 에밀리도 근처에 있겠지만, *감독하듯* 지켜보진 않겠다고 했어요. 그건 좀 이상하잖아요. 그렇죠? 메이지한테도 그렇고."

엄마는 그게 희망적인 신호라고 생각한다고 말한다.

"그래요. 아마도요. 아, 그건 그렇고 고마워요, 엄마."

엄마가 나를 본다. "괜찮다, 코비. 다만 네가 너무 답답해하지 않았으면 좋겠다. 방이 워낙 작은 데다 안에 훌라후프랑 깃털이랑 구슬, 알록달록한 실뭉치까지 잔뜩 있으니."

내가 고맙다고 말한 건 보석금을 내고 나를 그곳에서 빼내 준 일 때문이라고 말한다.

"아, 그거? 네가 우리를 두고 해외로 도망칠 생각만 아니라면 별거 아니야. 공원 벤치에서 자는 신세가 된다면 너무 끔찍하잖니."

"그건 별일 맞아요. 엄마 집을 담보로 내놨잖아요? 큰 결정이었고 정말 고마워요. 사랑해요, 엄마."

"나도 사랑한다." 엄마 눈에 눈물이 차오른다. "그저 네 인생이 이렇게까지 지독하게 힘들 필요는 없었는데. 사고였던 걸 범죄로 기소하다니?"

"네, 하지만 엄마……."

"네가 아무 잘못도 없다는 말은 아니다. 하지만 널 감옥에 보낸다고 해서 무슨 좋은 일이 있겠니? 오늘 법정에 있던 사람 중에 술을 마시거나 약에 취해 운전하고도 아무 일 없이 넘어간 사람이 그 잘난 체하는 검사까지 포함해서 과연 몇이나 될지 물어보고 싶다. 그 여자가 네 노력에 콧방귀를 끼며 무시하는 태도는 정말 참기 힘들었다."

"그게 그 사람 일이잖아요, 엄마. 좋든 싫든."

"그래, 좋아. 그렇다면 일은 일대로 한다고 치고 대신 그 건방진 태도는 좀 내려놓으란 말이야, 아가씨." 엄마가 말한다.

나도 모르게 웃음이 나온다. "그래요, 라이틀랜드 검사님. 엄마 곰을 제대로 화나게 했으니 조심하는 게 좋겠어요."

"당연하지. 그 여자가 어느 날 아침을 먹으러 온다 해도 내 테이블에는 앉지 않는 게 좋겠어. 달걀이 무릎으로 날아갈 테니까." 엄마가 말한다.

우리는 말없이 2킬로미터 정도 달린다. 엄마가 내게 무슨 생각을 하느냐고 묻는다. "에밀리의 마음을 도통 읽을 수가 없어요. 내가 감옥에 가야 한다고 생각하는지 아닌지 도무지 모르겠어요."

엄마는 에밀리가 그걸 원할 것 같지는 않다고 말한다. "화가 나는 건 이해해. 하지만 원한을 품을 사람은 아니다. 그리고 너도 아들을 잃었잖아. 에밀리도 그걸로 충분한 벌이 됐다고 느낄 거야."

"엄마도 손자를 잃었잖아요. 엄마는 마음이 어때요?" 내가 묻는다.

엄마는 서글픈 미소를 짓는다. "가끔은 낮이라 한창 바쁜 와중에 문득 그 애가 정말로 없다는 게 실감 날 때가 있어. 그러면 누가 음식을 기다리고 있든, 커피를 채워 달라며 손을 들고 있든 상관없이 잠깐 뒤로 들어가 숨을 고를 수밖에 없어. 베트남에서 내 동생 워런이 죽었을 때 느낀 슬픔과 똑같아. 한동안은 괜찮은 듯 지내지. 그러다 보이지 않는 파도처럼 불쑥 덮쳐와. 그 파도가 나를 깊은 곳으로 끌고 들어가서 몇 초 동안은 숨도 쉴 수 없지."

나는 고개를 끄덕인다. 아무 말도 하지 않는다.

"아, 코비……. 난 그 아이를 정말 사랑했단다. 메이지도 물론 소중하지. 하지만 니코는 널 정말 많이 닮았어."

2017년 5월 8일

"예전엔 술로 문제들을 가라앉혔어요. 그러다 마침내 깨달았죠. 저보다 문제들이 훨씬 더 수영을 잘한다는 걸요." 여자의 말에 몇 사람이 웃음을 터뜨린다. 다른 사람들은 고개를 끄덕인다. 그녀는 그 일이 서서히 벌어졌다고 말한다. 처음엔 남편과 함께 시작했던 화장품 회사를 잃었고, 그 다음엔 남편을 잃었다. 이어서 친구들, 존엄성, 자유까지 사라졌다. "부도 수표를 써서 징역 6개월을 살았고, 판사 앞에 나가야 할 때 술을 끊지 못해 '출석 불이행'이 세 번이나 쌓였어요. 정말 엉망진창이었죠. 진짜예요."

그녀의 기구한 사연은 지금 눈앞의 모습과는 어울리지 않는다. 그녀는 세련됐고, 단정한 전문직 차림이다. 나이는 사십 대 중반쯤. 신고 있는 신발도 꽤 비싸 보인다. 들어오면서 주차장에서 벤츠 컨버터블을 한 대 봤는데, 아마 그녀 차일 것 같았다. 도저히 술에 찌들어 전과까지 있는 사람이라고는 볼 수 없었다.

"전에 AA를 해 봤지만 제겐 맞지 않는다고 단정했죠. 지금 생각해 보면 이유는 단순했어요. 술을 끊고 싶지 않았던 거예요. 우리가 얼마나 능숙하게 자신을 포함한 모두를 속이는지 정말 놀랍지 않나요? 그렇죠? 하지만 그것도 아직 바닥은 아니었어요. 진짜 바닥은 감옥에 있을 때 경험했죠. 부모의 권리가 박탈된다는 통지서를 받았을 때요."

나는 그녀의 말에 놀라 몸을 앞으로 기울인다. 그들이 정말 그렇게 할 수 있다고? 그리고 '그들'은 대체 누구지? 전남편? 법원? 아동복지국?

"딸들을 잃고 나서야 진짜로 술을 끊겠다고 마음먹었어요. 동기가 생긴 거죠. 알겠어요? 5년이나 걸렸지만, 결국 아이들을 다시 데려왔어요. 하나는 이제 고등학교 2학년이고, 다른 하나는 대학교 1학년이에요. 지금 저는 부동산 쪽에서 괜찮은 일을 하고 있고, 제 콘도도 있고, 운전하는 재미가 있는 차를 리스로 타요. 예전엔 술에 집착해서 이 모든 걸 잃었었죠. 이런 말이 있잖아요. 술에 빠져 있을 때는 단 하나를 위해 모든 걸 포기하게 된다고. 하지만 금주를 선택하면 하나를 포기해 모든 걸 얻게 되죠. 오케이, 들어 줘서 고마워요. 제 이야기는 여기까지 할게요."

좋은 이야기이긴 한데 그녀 때문에 그녀의 아이들이 죽은 건 아니잖아. 니코는 고등학교나 대학은 고사하고, 유치원에도 못 간다. 나는 문을 바라보며 지금 눈에 띄지 않게 빠져나갈 수 있을지 가늠해 본다.

"고마워요, 프리실라." 앞줄 테이블에 앉은 덩치 큰 남자가 말한다. "다른 분?" 서너 개의 손이 올라가지만 그는 그쪽을 건너뛰고 나를 뚫어지게 본다. "당신은 어때요?" 그가 말한다.

"저요?" 얼굴이 확 달아오르는 게 느껴진다. 내 체포 소식은 지난주에 신문 1면에 실렸고, 난 아무도 그걸 눈치채지 않았으면 한다. "전 괜찮아요. 그냥 듣기만 할게요."

"알겠습니다. 이름 정도는 말해 줄 수 있나요?" 나는 고개를 젓는다.

"그래요. 이해합니다. 트로이, 손 들었죠? 당신부터 해 볼까요?"

트로이는 아프가니스탄 전쟁에 참전했을 때 목격한 '끔찍한 일들'에 대한 음울한 이야기를 들려준다. "거기 있을 때 헤로인을 하기 시작했어요. 귀국할 무렵엔 술에도 중독됐고. 그땐 몰랐는데 지금 생각해 보면 저는 PTSD를 치료해 보겠다고 술을 마시고 마약을 했던 거더군요."

그의 말을 듣다 보니 고등학교 조회 시간에 늘 내 앞에 앉아 있던 루크 르보가 떠오른다. 졸업하자마자 군에 입대해 이라크에 파병됐고, 거기서 완전히 무너졌다. 그는 온종일 혼잣말을 하며 동네를 돌아다녔다.

"친구 하나랑 같이 술집을 샀어요. 그런데 둘 다 술과 약에 빠져 계속 쌓여 가는 고지서들을 외면했죠. 가게는 1년쯤 지나 문을 닫았습니다. 그 다음엔 여자 친구가 날 내쫓았고요. 할머니가 뉴멕시코에서 90일짜리 재활 치료 비용을 대 주셨고, 퇴원한 뒤엔 같이 살게 해 주셨어요. 조건이 하나 있었죠. 루이소체치매라는 병을 앓고 있던 할머니의 재혼 상대를 돌보는 일이었어요. 전 그분이 좋아서 꽤 잘 보살펴 드렸어요. 하지만 제가 할머니의 보석을 훔쳐서 전당포에 맡긴 돈으로 나쁜 습관을 이어 가고 있다는 걸 알아차리자 나를 해고했어요. 아버지는 나를 고발하자고 했지만, 할머니는 끝내 그러진 않았죠. 대신 가족들 모두 나와 절연했습니다.

그 뒤로는 정말 빠르게 추락했어요. 날씨가 괜찮을 땐 강가에 텐트를 치고 잤죠. 혼자일 때도 있었고, 싸구려 술집이나 무료 급식소에서 만난 여자들과 함께일 때도 있었어요. 비가 오면 문이 안 잠긴 차를 찾아 그 안에서 잤고, 겨울엔 쉼터들을 전전했죠. 괜찮은 곳들은 샤워도 할 수 있고 아침도 줬어요. 하지만 그런 데는 금세 자리가 차 버려서, 대개는 바닥에 매트리스 하나 깔아 주고 난방만 되는 곳으로 밀려났어요.

어쨌든 어느 날, 무료 급식소가 열리길 기다리며 줄 서 있는데 갑자기 피를 토했어요. 그대로 쓰러졌다가 응급실에서 눈을 떴죠. 군 복무를 했다는 걸 알고는 주립 VA 병원으로 이송됐고요. 거기서 한 의사가 아주 솔직하게 말해 줬어요. 술이라는 독을 계속 들이켜고 마약을 팔에 꽂는 짓을 멈추지 않으면 과다 복용이나 간경화, 아니면 위출혈로 죽게 될 거라고요. 어딘가 잠긴 병동에서 침을 흘리고 횡설수설하며 사는 신세가 될지도 모른다고 했어요. 이른바 '젖은 뇌'가 되는 거죠. 거기서 나오자마자 제가 뭘 했겠어요? 히치하이크로 집에 돌아와서 스피드볼 한 번 할 돈이랑, 제일 싼 버번위스키 한 병을 살 만큼만 구걸해서 돈을 모았어요. 그다음 날엔 개처럼 아픈 몸을 이끌고 어느 교회 지하실에서 열리는 모임에 갔어요. 구원받으려고 간 건 아니고 거기에 커피랑 쿠키가 있을 걸 알았거든요. 어쩌면 도넛도요. 어쨌든, 그날이 바로 그날이었어요. 지금으로부터 6년 전 기적이 일어난 날이요. 그 후로 단 한 잔도 마시지 않았어요. 그렇다고 저 자신을 칭찬하는 건 아니에요. 나를 술에서 건져 낸 건 내가 아니었으니까. 그건 여러분을 통해 나에게 다가온, 나보다 더 큰 힘이었어요."

흠, 지금까지 술을 끊고 버티다니 잘됐네. 그가 기적을 믿고 싶다면야, 뭐 어때? 하지만 내가 이 모임에 계속 나오게 된다면(에밀리와 엄마 그리고 변호사에게 그렇게 하겠다고 약속은 했지만) 이들이 내게 종교를 억지로 들이밀지는 않았으면 좋겠다. 난 술을 끊고 싶은 거지, 꼭두각시 줄을 당긴다는 상상의 신에게 '구원'받고 싶은 게 아니니까. 그 신은 적어도 *나에게는* 단 한 번도 기적을 안겨 준 적이 없다.

이 모임도 벌써 두 번째다. 첫날과 마찬가지로 시간이 되자 사람들은 일어나 동그랗게 서서 서로의 손을 잡는다. 누군가가 "우리를 술에서 지켜

주는 건 누구죠?"라고 말하자, 모두 주기도문을 외우기 시작한다. 나는 손
은 잡되 이틀 연속 입을 다물고 있다. 믿지 않는 존재에게 기도할 수는 없
으니까.

다시 밖으로 나와 엄마가 올 때까지 기다리며 다른 사람들을 바라본
다. 다들 웃고 떠들며 담배에 불을 붙인다. 마치 술이 없는 칵테일파티 같
은 풍경이다. 메르세데스를 모는 사람에 대한 내 짐작이 맞았다. 그녀가
내 옆으로 다가오며 브레이크를 슬쩍 밟는다. "계속 나오세요. 점점 쉬워
질 거예요." 그녀가 말한다. 나는 그 작고 단순한 친절에 미소 짓는다.

모임에 있던 한 남자가 나를 향해 걸어온다. 듬성듬성한 수염에 숱 많
은 눈썹, 예순 초반으로 보인다. 체크무늬 플란넬 셔츠를 입고 메츠 야구
모자를 썼다. "TV에서 봐서 당신이 누군지 알아봤어요." 그가 말한다.

온몸에 힘이 잔뜩 들어가면서 이제 곧 "아기 살인자" 같은 말을 듣게 될
것 같다는 생각이 든다. "여기, 혹시라도 이야기하고 싶을 때를 대비해서
요." 그가 타코벨 냅킨 한 장을 내민다. 거기에 대각선으로 그의 이름과 번
호가 적혀 있다. 데일 테빈스. 나는 고맙다고 말하고 냅킨을 접어 청바지
뒷주머니에 쑤셔 넣는다. 그는 가다가 다시 몸을 돌려 돌아온다. "나도 비
슷한 일을 겪었어요. 정도의 차이는 있지만. 그래서 당신이 지금 어떤 지옥
을 지나고 있는지 다른 사람들보다 조금은 더 이해할 수 있을 것 같아요.
나는 조카를 뒷좌석에 태운 채 술에 취한 상태로 운전했어요. 빨간불이었
는데 신호를 어기고 달리다가 거대한 험머에 옆에서 들이받혔죠. 나는 멀
쩡히 걸어 나왔지만 그 사고로 케일라는 뇌가 손상됐어요. 조카는 그때 여
덟 살이었는데, 5년 뒤에 죽었습니다." 그가 말한다.

나는 뭐라 말해야 할지 몰라 그저 그 자리에 서 있다.

"오늘 하루만 버텨요, 친구. 정말 힘들면 내일은 마셔도 돼요. 다만 오
늘만 마시지 말아요. 음, 난 가 보는 게 좋겠어요. 필요하면 전화해요." 나

는 그가 차들이 늘어선 줄 사이를 걸어가 파란 픽업트럭에 올라타는 걸 지켜본다. 그가 주차장을 빠져나가며 손을 흔든다. 나도 손을 흔든다.

정해진 시간에 메이지를 만나러 갔을 때 에밀리는 약속을 지킨다. 집에서 나가지는 않았지만 그렇다고 우리 곁에 맴돌지도 않는다. 메이지는 평소보다 조용했지만 전반적으로는 괜찮아 보인다. 점심으로 메이지가 좋아하는 치즈토스트를 반만 만들어 주고 당근스틱도 썰어 준다. 당근 하나를 내 윗입술 위에 얹고 아빠의 오렌지 콧수염이라고 하자 메이지가 살짝 웃는다. 점심을 먹고 우리는 소파에 꼭 붙어 앉아「페파 피그」,「대니얼 타이거의 이웃」같은 TV를 본다. 낮잠 시간에 책을 고르라고 하니 메이지는 두 권을 고른다. 자기가 가장 좋아하는『아주 배고픈 애벌레』와 남동생이 좋아하던『스폿은 어디에?』였다. 쌍둥이의 방문이 여전히 닫혀 있어서 낮잠 시간에는 아직 아기 침대를 쓰지 않는다는 걸 알게 된다. 메이지를 에밀리와 내가 쓰던 침대 한가운데에 눕히고, 입을 맞춘 뒤 사랑한다고 말한다.

방을 나서려는 순간 아이가 말한다. "니코는?" 나는 돌아서서 아이를 마주 본다. 무슨 말을 해야 할지 떠오르지 않는다. 두 살 먹은 아이에게 죽음을 설명할 방법이 없다. 대신 나는 서둘러 거실로 가서, 두 아이가 함께 찍힌 액자 사진을 들고 돌아온다. "니코." 아이가 말한다. 유리 뒤에 있는 그의 얼굴을 만지며 웃는다. 그 순간 나는 무너진다.

엄마가 말한 슬픔의 비유가 떠오른다. 파도처럼 덮쳐 와 숨이 막히게 만든다는 이야기. 메이지가 동생의 사진에 손을 댔을 때 바로 그런 느낌이었다. 에밀리와 나는 메이지의 오후 낮잠 시간이 되면 일일 방문을 끝내기로 합의해 뒀다. 내가 우는 걸 에밀리가 보기 전에 마음을 추슬러야 한다. AA 모임에서 만난 그 여자는 아이들을 빼앗겼다. 딸의 인생에 계속 남아 있고 싶으면 이런 방문이 순조롭게 지나가야 한다. 재킷을 챙겨서 밖으로 나가 현관 계단에 앉는다. 엄마가 데리러 오길 기다린다.

에밀리가 문을 연다. "비 오는데 안에서 기다리는 게 어때?"

"아니야, 괜찮아. 하지만 고마워." 나는 말한다. 우리가 서로에게 이렇게까지 조심스럽고 공손하다는 게 낯설다. 그녀가 안으로 들어가자 나는 안도한다.

맥널리네 차고 문이 열리고 숀의 차가 빠져나오는 걸 보자 몸이 굳는다. 내 고백과 체포가 신문과 TV에 다 나온 지금, 그에게 무슨 말을 해야할까? 그는 나에게 뭐라고 할까? 하지만 실제로는 우리 둘 다 아무 말도 하지 않는다. 그는 차를 도로로 빼고 기어를 바꾼 뒤, 나를 보지 못한 척 가 버린다. 수치스러운 한편 안도감을 느낀다.

그날 오후 내내, 그리고 저녁이 될 때까지도 메이지의 질문이 머릿속을 맴돈다. "니코는?" "니코는 어디 있어?" "니코는 어디 갔어?" 엄마는 대마초를 어디 보관하는지 알려 줬지만, 난 조금 취하고 싶은 게 아니다. 완전히 취해 버리고 싶다. 하지만 엄마가 술을 다 치웠다. 이미 다 확인했다. 8시가 되자 술이 너무 마시고 싶어 식은땀이 나기 시작한다. 이제 한 잔으로는 안 된다. 연거푸 몇 잔씩, 이제는 내 삶이 되어 버린 이 고통과, 내가 다른 사람들에게 안긴 고통을 느끼지 못할 만큼 충분히 취할 정도로 마시고 싶다.

엄마는 일찍 잠자리에 들었다. 책을 읽겠다고 했지만, 새벽 4시에 출근해야 하니 이미 잠들었을 것이다. 엄마의 방문을 살짝 열어 보니, 예상대로 숨소리가 고르고 몸도 뒤척이지 않는다. 나는 삼십 분쯤 더 욕망과 싸우다 결국 포기하고, 재킷을 걸치고 지갑과 핸드폰을 챙긴다. 세이첨 턴파이크의 상가 단지에 주류 상점이 하나 있다. 서두르면 문을 닫기 전에 도착할 수 있을 것이다. 밖으로 나와 나는 달리기 시작한다. 한 걸음씩 그곳에 가까워질수록 안도감이 손에 잡힐 듯하다.

나는 멀쩡히 걸어 나왔지만 그 사고로 케일라는 뇌가 손상됐어요…… 어쨌든, 그날이 바로 그날이었어요. 기적이 일어난 날이…… 정말 힘들면 내일은 마셔도 돼요. 오늘만 마시지 말아요.

나는 멈춘다. 그 자리에 서서 몸을 떨며 멍하니 있다가 뒷주머니에 손을 넣자, 그가 건넨 냅킨이 만져진다. 떨리는 손가락으로 숫자를 누른다. 한 번, 두 번, 세 번, 네 번. 신호음이 들린다. 끊으려는 순간, 딸깍 소리가 난다.

"여보세요?"

"데일? 코비예요……. 오늘 모임에서 만난 사람. 전화해도 된다고 하셨죠?" 10분쯤 지나, 내가 기다리고 있겠다고 말한 컴벌랜드팜스 앞에 그의 트럭이 멈춰 선다. 그가 술을 마셨느냐고 물어서 아니라고 말한다. 정말이냐고 다시 물어 그렇다고 답한다. 불쾌하진 않다. 술꾼들은 서로가 얼마나 능숙한 거짓말쟁이인지 잘 아니까. 하지만 나는 그에게 거짓말을 하는 게 아니다.

93번 출구 옆 파일럿 트럭 휴게소에서 커피와 파이를 앞에 두고, 그는 자신의 이야기를 들려준다. "누나 지나는 이혼 소송 중일 때 케일라와 함께 내 집으로 들어왔어요. 누나는 장시간 일했으니 내가 거들 수밖에 없었죠. 아이 숙제를 봐주고, 여기저기 데려다주고 그런 일들이요. 누나는 내가 썩 좋은 베이비시터가 아니라는 건 알고 있었어요. 내가 술꾼이라는 것도 비밀이 아니었고요. 하지만 그때는 다른 방법이 없었죠. 나는 당시 직장에서 장애 판정을 받아 쉬고 있어서 집에 있는 시간이 많았거든요. 그래서 누나에게 약속했어요. 술을 마셨을 때는 절대 케일라를 차에 태우지 않겠다고요.

그날 원래는 지나가 제시간에 와서 케일라를 체조 수업에 데려다줘야 했어요. 그런데 직장에서 일이 생겼죠. 아이가 무슨 쇼를 공연하는데 꼭 연습에 참석해야 한대요. 처음엔 택시를 부를까 했죠. 그런데 몸이 아픈 것도 아니고 완전히 취한 건 아니니까 괜찮겠다고 생각했어요. 내가 데려 다주고, 연습이 끝나면 다른 엄마에게 데려다 달라고 부탁하면 되겠다고. 14년 전 일이지만 지금도 또렷하게 기억해요. 차 시동을 거는데 내가 생일 선물로 사 준 물방울무늬 레오타드를 입은 케일라가 잔디 위를 달려오던 모습이요. 케일라는 나 때문에 삶의 폭이 아주 좁아졌어요. 병원을 들락거 렸고, 이스터 실스(비영리 재활, 복지 기관-옮긴이)에도 다녔어요. 걷는 것과 말 하는 게 온전하지 않았고 학습 문제도 많았어요. 그러다 열세 살에 동맥류 로 죽었죠. 살아 있었다면 지금 스물두 살이었을 건데.

문제는 말이에요, 그런 큰 상실감과 그걸 내가 초래했다는 사실은 절대 극복되지 않는다는 거예요. 슬픔과 수치심이 평생 따라다니죠. 그저 술에 기대지 않고도 자신과 함께 살아가는 법을 찾아야 해요. 적어도 나는 그렇 게 해야 했어요." 내가 누나에 관해 묻자, 그는 콜로라도로 이사 갔다고 말 한다. 재혼했고, 아이는 더 낳지 않았다고. "누나는 아직도 나와는 아무 관 계도 맺고 싶어 하지 않아요. AA에서 아홉 번째 단계에 이르렀을 때 속죄 해야 할 사람들 명단 맨 위에 누나를 올려놨는데, 누나는 내 사과를 받아 들일 생각이 없다고 했어요. 속죄 같은 건 집어치우라더군요. 그 일로 꽤 낙담했어요. 하지만 내 스폰서는 누나가 받아들이지 않은 건 중요하지 않 다고 했어요. 그 사람의 반응까지 내가 통제할 수는 없는 거라고요. 중요 한 건 속죄의 뜻을 전했다는 사실이라고요."

데일과 나는 한 시간가량 이야기를 나눈다. 그러고 나서 그가 나를 엄 마 집까지 데려다준다. 트레일러 단지로 들어서며 그가 말한다. "참, 한 가지 더요. 오늘 모임 끝날 때 보니까 주기도문을 안 외우더군요."

"네. '더 큰 힘'이라는 개념에 별로 관심이 없어서요." 내가 말한다.

"무슨 말인지 알겠어요. 나도 AA는 좋아하지만 신에 관한 얘기는 걸러서 듣거든요. 내가 '더 큰 힘'을 가장 가깝게 느끼는 순간이라면, 바다를 바라보며 낚싯대를 던질 때예요. 나보다 훨씬 큰 무언가를 보게 되거든요. 나보다 훨씬 오래전부터 있었고, 내가 사라진 뒤에도 계속 있을 존재. 내가 하고 싶은 말은, 술을 끊자고 성자나 광신도가 될 필요는 없어요. 그냥 계속 모임에 나오고, 술만 멀리하면 됩니다. 내 첫 스폰서는 독실한 신자였어요. 교회 집사였죠. 그는 늘 이렇게 말했어요. '데일, 네가 믿지 않아도 괜찮아. 내가 믿는다는 것만 믿으면 돼.'" 그는 잠시 말을 멈추고, 그 말이 내게 스며들게 한다. 마침내 그가 묻는다. "그래서, 괜찮겠어요?"

"네, 고마워요."

그는 고개를 끄덕인다. "오늘 밤은 안 마실 거죠, 그렇죠? 나랑 약속하는 거죠?"

나는 심호흡을 하고 대답한다. "네."

11

2017년 5월 9일

레이철 딕슨의 아내 샌디는 정신과 사회복지사인데, 에밀리와 나에게 비나 파텔 박사를 만나 보라고 권한 사람이었다. 비나 파텔은 상실을 겪는 부부 상담을 오래 해 온 공인 임상심리학자다. 에밀리는 내키지 않아 했지만 따랐고, 나는 고통을 조금이라도 덜 수 있다면 뭐든 시도할 만큼 절박했다.

파텔 박사의 사무실에 들어가자 그녀가 두 손을 내밀며 우리를 맞이한다. 그녀는 옅은 연두색 사리를 흰 반소매 티셔츠 위에 걸치고 있고, 머리카락은 희끗희끗하다. "앉으세요." 박사는 그녀의 안락의자와 마주 보게 배치된, 같은 무늬의 회색과 흰색 줄무늬 2인용 소파를 가리킨다. 자리에 앉자 나는 에밀리의 손을 잡는다. 에밀리는 5초 남짓 참아 주다가 손을 빼낸다. 이 모습을 우리의 애도 상담사는 놓치지 않는다.

"우선 두 분께 깊은 애도의 뜻을 전하고 싶습니다." 박사가 말한다. 에밀리와 나는 고개를 끄덕이면서 고맙다고 중얼거린다. "사고는 언제 일어났나요?"

"12일 전에요." 에밀리가 말한다.

129

방 건너편에서 기차 기적 소리 같은 게 들린다. "두 분이 오시기 직전에 물을 올려놨어요. 차 한잔 어떠세요? 캐모마일이랑 자스민이 있어요." 그녀가 말한다. 에밀리는 사양한다. 난 둘 중 아무거나 괜찮다고 말한다. "그럼 자스민을 드시죠." 그녀는 선반에서 작은 컵 두 개를 꺼내고, 은은히 빛나는 전기 레인지에서 주전자를 들어 올려 김이 피어오르는 물을 알록달록한 찻주전자에 붓는다. "아, 자스민 향은 언제나 제 어린 시절의 인도를 떠올리게 해요."

"인도요? 정말요? 저는 스칸디나비아일 줄 알았는데요." 내가 말한다. 에밀리가 역겨운 표정으로 나를 쳐다본다. 나는 긴장하면 바보 같은 농담을 하게 된다고 사과하며 설명한다.

"사과하실 필요 없어요. 저는 농담을 좋아해요. 특히 그런 엉뚱한 농담을요." 파텔 박사가 말한다. 그녀는 고개를 살짝 기울이며 온화한 미소를 짓는다. "그리고 긴장하실 필요 없어요, 코빈. 이곳은 두 분 모두에게 안전한 공간이니까요."

나는 고개를 끄덕이고, 나를 코비라고 불러 줄 수 있느냐고 묻는다.

"물론이죠. 자, 몇 주 뒤에 판사 앞에 서서 형량 선고를 받게 될 예정이라고 제가 이해하면 될까요? 맞나요?"

"네. 다만 이미 페이스북이랑 트위터에서는 공개 처형을 당했어요. 장모님은 그 소식을 에밀리에게 성실하게 전해 주셨고요."

파텔 박사는 시선을 에밀리에게로 옮긴다. 에밀리는 고개를 돌린다.

"코비, 여기는 그런 곳이 아니에요. 제 일은 돕는 것이지, 판단하는 게 아닙니다." 에밀리가 눈동자를 굴린다.

나는 아내의 벽을 조금이라도 허물어 보려고 말한다. "오해는 마세요. 제가 심판받아 *마땅하다*는 건 저도 알아요. 아이들을 돌보면서 술을 마시기 시작한 건, 우리 아이 둘 *다*를 위험에 빠뜨린 일이었으니까요."

"약도 했잖아. 그 사소한 디테일도 빼먹지 마." 에밀리가 중얼거린다.

파텔 박사가 우리 둘을 번갈아 바라본다.

"맞아. 그것 때문에 니코가 죽었죠. 에밀리, 내가 느끼는 이 수치심과 죄책감, 이 일로 인해 당신이 느끼게 된 고통, 그건 내 인생의 종신형이 될 거야. 그래야만 하고." 나는 아내에게서 시선을 돌려 파텔 박사를 본다. "하지만 그게 다가 아니에요."

"그게 무슨 뜻이죠?" 파텔 박사가 묻는다.

"저도 사랑 많은 아빠였어요. 그 일이 있기까지는, 꽤 좋은 아빠……."

"그 일이 있기 전까지지!" 에밀리가 날카롭게 쏘아붙인다. "자신을 모범 아빠인 양 포장하지 마. 페이스북에서 사람들이 하는 말들 때문에 피해자가 된 척하지도 말고. 피해자는 당신이 *아니야*, 코비. 니코지."

눈시울이 뜨거워진 채 나는 그녀에게 응수한다. "내가 그걸 모를 것 같아? 그걸 한순간이라도 잊었다고 생각해?"

파텔 박사는 우리 중 누군가가 말을 꺼내길 기다리다가, 아무도 그러지 않자 말한다. "잠깐 숨 좀 돌리죠. 차가 충분히 우러났을 것 같아요. 금방 돌아올게요."

기다리는 동안 에밀리는 핸드폰을 확인하고, 나는 상담실 벽에 걸린 학위들을 훑어본다. 옥스퍼드 대학교, 시카고 대학교. 전국정신질환연맹이 수여한 명패와 예일 대학교에서 받은 교육상도 있다.

그녀가 돌아오자 나는 벽을 향해 고개를 끄덕인다. "상당히 인상적인 컬렉션이네요."

"글쎄요, 주방에서의 제 성취는 훨씬 덜 인상적이에요." 박사가 그렇게 말하며 우리 앞 테이블에 쿠키 접시를 내려놓는다. "난카타이라고 인도식 버터쿠키예요."

나는 하나를 집어 들지만, 에밀리는 손대지 않는다. 파텔 박사는 이제 에밀리에게로 화제를 돌리고 싶다고 말한다.

"코비는 자신의 수치심과 죄책감이 '종신형'이 될 거라고 말했어요. 하지만……."

"아주 전형적인 행동이죠. 우리 아들이 죽었는데, 자기 얘기만 하고 있어요."

나는 움찔하지만 대꾸하지 않는다. "에밀리, 지금 *당신이* 느끼는 걸 말씀해 주세요." 파텔 박사가 말한다.

"*내가* 지금 뭘 느끼냐고요? 저는 슬픔에 너무 압도돼서 숨을 쉬는 것마저 잊을 지경이에요. 아침마다 침대에서 일어나려면 마음을 다잡아야 하고요."

"충분히 이해해요. 그렇게 애쓰고 있는 건 잘하고 계신 거고요. 그밖에 어떤 감정이 느껴지나요?" 파텔이 말한다.

"분노, 혼란, 죄책감. 그건 시작에 불과해요."

"이렇게 큰 비극이 일어난 지 얼마 안 됐으니 감정이 뒤죽박죽인 건 당연해요." 파텔이 말한다.

"제발 그 아이를 '비극'이라고 부르지 마세요. 그 아이에겐 이름이 있어요. 니코요." 그녀가 나를 본다. "이름이 *있었다고요.*" 그녀가 말한다.

"알겠습니다. 이제 분노를 조금 더 자세히 들여다보면 좋겠어요. 그래도 괜찮을까요?" 에밀리는 짜증스럽게 한숨을 쉬었지만 마침내 고개를 끄덕인다.

"좋아요. 고마워요, 에밀리. 먼저 말씀드릴 게 있어요. 저는 아이를 잃은 여러 어머니와 애도 상담을 해 왔습니다. 아이가 말기 질환으로 인해 어느 정도 예견된 죽음을 맞은 경우가 아니라 불시에 닥친 사고로 떠났을 때, 어머니들이 느끼는 분노는 충분히 이해할 만합니다. 아무 예고도 없이 그런 상황이 들이닥쳤으니까요. 상실을 겪은 어머니 중 일부는 분노를 운명에게 쏟아 냅니다. 신앙을 가진 경우라면 자신이 바쳐 온 믿음이 배신당했다고 느끼며 그 분노를 신에게 돌리기도 하지요. 죽음을 둘러싼 상황에 따라, 자기 자신이나 아이의 아버지에게 그 감정을 돌리기도 합니다. 당신은 무엇에게, 혹은 누구에게……."

"코비죠!"

"왜요?"

"당연하지 않나요?"

파텔 박사는 에밀리가 내게 하고 싶은 말을 직접 하는 게 도움이 될지도 모른다고 제안한다. 에밀리가 나를 돌아보자, 나는 마음을 단단히 먹고 그녀를 마주한다.

그녀는 일부러 뜸을 들이지만 가쁜 숨결에서 분노가 치솟고 있음을 느낄 수 있다.

"당신은 내 믿음을 배신했어. 나는 아빠가 돌보고 있으니 우리 아이들이 안전할 거라고 믿었어. 하지만 니코는 이제 여기 없어. 당신의 한심한 자기 연민 때문에. 아, 불쌍한 나. 직장을 잃고 새 일자리는 못 구하고. 이제는 어린이집도 감당을 못 해서 아이들까지 봐야 하네. 에이, 차라리 취해 버리는 게 낫겠다." 그녀가 말한다.

나도 모르게 주먹이 불끈 쥐어지고 속이 단단히 죄어들지만, 여기서 무너지면 안 된다. 내가 대답해도 되겠냐고 파텔 박사에게 묻자, 그녀는 고개를 끄덕인다. "에밀리, 내가 술을 마시기 시작한 건 우울했기 때문이야. 아이들을 돌보는 게 화가 나서가 아니었어. 집에서 아이를 돌보는 게 쉬웠냐고? 늘 그렇진 않았지. 하지만 정말 좋았던 부분들도 있었어. 하루하루 아이들이 자라나는 걸 지켜보는 건 경이로웠고, 니코와 메이지와 다른 방식으로는 절대 맺지 못했을 깊은 유대를 쌓았고."

"그때는 아이들이 당신에게 가장 중요한 게 아니었다니 너무 안타

깝군."

"에밀리, 아이들이 가장 *중요했어*."

"아니, 당신에게 가장 중요한 건 술이랑 약으로 자기 연민을 무디게 하는 거였어. 당신이 즐겨 쓰는 표현처럼 잠시 '체크아웃' 하는 거라지만, 그건 무능한 상태로 핸들을 잡고 차를 후진시켜 우리 아들을 깔아뭉갠 걸 좋게 포장한 말일 뿐이야." 그녀는 울기 시작한다. "그래서 난 이제 다시는 그 애를 볼 수 없어. 안아 줄 수도 없고, 기저귀를 갈아 주면서 배를 간질여서 깔깔 웃는 소리를 들을 수도 없어. 수영 수업에도, 티볼 경기에도 데려갈 수 없고, 고등학교에 보내고, 대학에 보낼 수도 없어. 그 애가 어떤 사람이 되어 갈지 지켜볼 수도 없어. 당신이 그 모든 걸 내게서 빼앗았어, 코비. 당신이 기어를 넣어 후진한 순간 내 아들을 빼앗아 간 거야."

나는 버틸 수 없다. 그녀를 마주 본 채, 그녀의 분노에 찬 입에서 냉혹한 진실이 쏟아져 나오는 걸 계속 보고 있을 수 없다. 하지만 그녀는 멈추지 않는다. 나는 파텔을 본다. 개입해 달라고 눈으로 애원하지만 그녀는 계속 지켜보기만 한다. 에밀리가 분노를 쏟아 내고, 이내 고통에 겨워 울부짖게 놔둔다. 에밀리가 일어나 문으로 걸어가자, 박차고 나가려는 거라고 나는 생각한다. 그런데 그녀는 방향을 틀어 다시 돌아와 앉는다. 아픔을 어느 정도 토해 낸 덕분인지 한결 진정된 것처럼 보인다.

"더 혼란스러운 건, 난 당신을 사랑하고 또 당신이 짊어져야 하는 수치심 때문에 안쓰럽기도 해. 그게 얼마나 클지 난 상상도 못 하겠어. 하지만 내가 믿고 의지할 수 있다고 생각한 신뢰를 깨뜨린 당신을 증오해, 코비."

"나는 *나를* 증오하지 않는다고 생각해, 에밀리?" 진정해. 목소리를 낮춰. "자기야, 우리에겐 함께 쌓아 온 역사가 있어." 나는 그녀에게 일깨워 준다. "물론 굴곡도 있었지만, 최근까지는……."

"그 '최근까지'라는 말이 너무 큰 전환점 같지 않아?"

"내 말은……."

"내 아들의 죽음을 *감히* 그런 식으로 넘기려 하지 마! 감히 그러지 말라고, 빌어먹을!"

"네 아들? 그 애는 *우리* 아들이었어, 에밀리!" 숨을 들이마시고, 내쉬고. 한 번, 두 번, 세 번.

그녀는 씩씩대며 자리에 앉아 있다. 그러다 파텔을 힐끗 보고 다시 나를 향한다. "당신이 일 때문에 우울해졌다는 건 알아. 내가 돈을 벌고, 당신이 종일 아이들을 돌보는 생활이 당신에게 맞지 않았다는 것도. 남자로서 당신의 여린 자존심이 상했거나 뭐 그런 거겠지. 하지만 나라고 매일 아침 아이들을 두고 집을 나서는 게 쉬웠을까? 퇴근하고 와도 할 일이 산더미라서 평일엔 목욕 시간조차 포기해야 했던 건? 우리 중 누군가는 어른 역할을 해야 했으니까? 그러고 나서 침대에 누워 *당신이* 얼마나 지쳤는지 하소연하는 걸 들어야 했던 그 시간은?"

"자기야, 그건 일시적인 상황이었잖아. 내가 다시……."

"일시적이 *아닌 게* 뭔지 알아, 코비? 내 아이 하나가 죽었어!"

그녀의 얼굴이 분노로 달아올라 일그러진다. "그건 영원한 거야. 그 의사가 병원 영안실에 가지 말라고 했던 거 기억나? 하지만 난 듣지 않았어. 그 애를 꼭 보고 옆에 있어야 했으니까. 이제 내게 보이는 건 망가진 그 몸뿐이야. 늘 활발하게 움직이던 내 작은 아가가 잿빛이 되어서 가만히 누워 있었다고."

파텔 박사가 방금 한 말에 대해 답하고 싶은지 묻자, 나는 고개를 젓는다. 내가 그녀에게 가한 고통을 달랠 말이 세상 어디에 있겠는가. 파텔은 에밀리를 향해 내게 더 하고 싶은 말이 있는지 묻는다. 에밀리는 고개를 끄덕이고 몸을 돌려 내 눈을 똑바로 본다. 이제 그녀의 말은 훨씬 신중하고 분노보다 슬픔이 더 짙다. "사람들은 직장을 잃고도 무너지지 않고, 그것 하나 때문에 주위의 모든 게 무너지게 하지도 않아. 아이를 죽게 만들지도 않는다고. 이 관계에 남은 걸 지키려면 당신을 용서해야겠지만, 그게 어떻게 하면 가능할지 모르겠어. 솔직히, 코비. 내가 그러고 *싶은지도* 모르겠고."

이제 우리 둘 다 울고 있고, 파텔을 바라보자 그녀의 눈도 젖어 있는 게 보인다. 그게 묘하게 나를 위로한다. 방금 한 말이 공기 중에 떠도는 상태에서 우리 셋은 잠시 말없이 앉아 있다. 먼저 입을 연 사람은 파텔이다.

"아이를 잃으면 어떤 상황이든 부모의 관계에 엄청난 부담이 가해집니다. 어떻게 그렇지 않을 수 있겠어요? 하지만 두 분이 이렇게 함께 이 자리에 와 있다는 사실은, 제 생각엔 희망적인 신호입니다. 그 희망을 흔들리는 촛불의 불꽃이라고 상상해 봅시다. 그 불꽃은 안정되어 계속 타오를 수도 있고, 꺼져 버릴 수도 있어요. 그것은 극도로 어려운 상황에서도 관계를 지켜 내기 위한 힘든 노력을 기꺼이 해 나갈 의지가 있는지, 아니면 이 관계를 끝내고 각자의 길로 가기로 할지에 달려 있습니다.

또 하나 짚고 싶은 점이 있어요. 두 사람이 같은 아이를 잃었다 해도, 그 아이와 맺었던 관계는 서로 다르다는 겁니다. 코비, 니코와 그의 누나는 에밀리의 몸속에서 자라고, 그 몸을 통해 세상에 나왔다는 사실을 염두에 두면 좋겠어요. 당신이 분만실에서 처음 아이들을 보기 전부터, 이 둘은 엄마와 아홉 달 동안 아주 밀접한 유대를 맺고 있었던 거죠."

내가 손을 뻗어 에밀리의 어깨를 감싸자, 그녀가 몸을 틀어 빠져나간다. 파텔 박사는 한순간도 놓치지 않고 그 변화를 관찰한다.

"그리고 에밀리, 아버지와 아들 사이에도 유대는 형성됩니다. 방식이 다를 뿐이죠. 대개 남자아이는 자라면서 아버지가 세상에서 존재하는 방식을 지켜보고, 그것을 모방합니다. 그러니 아이를 잃은 슬픔이 남성과 여성에게 다르게 나타난다는 점을 두 분 모두 염두에 두셨으면 합니다. 남성

은 강하고 의연해야 한다는 기대 속에서 자라기 때문에, 슬픔을 안으로 삭
히고 혼자 참는 경향이 있어요. 반대로 여성은 감정을 밖으로 드러내도록
허락받고, 또 그렇게 하도록 격려받아 왔습니다. 부부에게 위험한 건 이런
차이를 서로 이해하지 못하는 데 있습니다. 어머니는 아이의 아버지가 아
이의 죽음을 덜 슬퍼한다거나 더 빨리 회복한다고 잘못 판단해서 원망할
수 있고, 반대로 아버지는 아이의 어머니가 감정을 좀 더 억제해 주길 바
랄 수도 있지요. 물론 이런 양상이 모든 부부에게 그대로 적용되는 건 아
닙니다. 중요한 건, 계속해서 서로 대화하는 것입니다. 자기 고통에 너무
깊이 빠져서 상대가 느끼는 고통을 이해하지 못하는 지경에 이르지 않도
록 말이지요."

"코비도 고통스럽다는 건 알아요." 에밀리가 박사에게 말한다. "하지만
니코가 죽은 건 코비가 그날 아침 스스로 판단 능력을 떨어뜨리는 선택을
했기 때문이에요." 그녀는 파텔을 보다가 나를 본다. "그건 선택이었어, 코
비. 그래서 미안하지만, 지금은 너무 화가 나서 당신의 슬픔에 공감할 수
없어."

나는 고개를 끄덕인다. 이해한다고 중얼거린다. 하지만 정말 이해하는
걸까? 만약 핸들을 잡은 사람이 그녀였다면, 나는 그녀의 고통에 공감할
수 있었을까?

"그리고 에밀리, 만약 제가 당신의 분노가 슬픔만큼이나 정당하다는 점
을 인정하지 않은 것처럼 보였다면 사과드리고 싶어요. 그 점은 분명히 인
정하고 있어요. 우리가 함께 작업을 계속하게 된다면, 그 부분을 반드시
다루게 될 겁니다." 파텔 박사가 말한다. 에밀리는 거의 눈에 띄지 않을 정
도로 고개를 끄덕인다.

파텔 박사는 오늘 상담을 마무리할 시간이 거의 다 되었다고 말한다.
"오늘 시작한 상담 과정을 계속하고 싶으시다면, 다음에는 두 분을 각각 따

로 만나고 싶습니다. 그 이후에 다시 함께하는 자리를 갖지요. 다만 저와 하든, 다른 치료사와 진행하든, 상담은 반드시 계속하시길 권합니다. 두 분 다 마음의 준비가 될 때까지 성관계는 피하는 게 좋겠습니다. 지금으로 서는 서로를 안고 함께 우는 것이 훨씬 더 도움이 되는 친밀감일 수 있습니다.”

그게 가능하기나 할까, 나는 속으로 생각한다. 지금 우리는 그 단계와 한참 거리가 멀다.

“자녀를 잃은 부모들이 모이는 애도 그룹에 참여하는 것도 생각해 보세요. 무엇보다 중요한 건, 지금 겪는 극심한 고통은 시간이 지나면서 누그러질 거라는 사실에서 위안을 얻어야 한다는 점입니다.

그리고 에밀리, 가능하면 죽음의 순간에 보았던 아들의 모습 대신 행복했던 때의 기억으로 그 이미지를 바꾸려고 노력해 보시길 권합니다. 사진을 보고, 발자국을 들여다보세요. 영상을 보고, 아이에 관한 이야기를 나누세요. 이런 일들이 다른 사람들을 불편하게 만들 수도 있어요. 무슨 말을 해야 할지 몰라 말문이 막힐 수도 있고요. 하지만 그들의 불편함은 당신이 감당해야 할 문제가 아닙니다. 지금 당신에게 주어진 과제는, 이런 날것의 강렬한 고통이 밀려오는 슬픔의 초반부를 견뎌 내는 것입니다. 그리고 가능하다면, 딸과 함께 니코에 대해 이야기하세요.”

에밀리는 순순히 고개를 끄덕인다.

파텔 박사가 메모를 살핀다. “아, 가시기 전에 꼭 다시 짚고 싶었던 게 있네요. 에밀리, 조금 전 여러 감정에 관해 이야기할 때 그중 하나로 죄책감을 언급하셨어요. 뭐 때문에 죄책감이 들었는지 말해 줄 수 있을까요?”

에밀리는 나를 힐끗 보더니 말할지 말지 잠시 고민하는 표정이다. 그녀는 입을 열었다가 다시 다문 뒤 마침내 말을 꺼낸다. “그동안 코비가 낮에 술을 마셨을지도 모른다는 생각이 들었어요. 그냥 느낌에 불과했지만,

아무래도 물어봤어야 했던 것 같아요. 정면으로 따졌어야 했는데. 내가 그렇게 했더라면, 어쩌면……."

나는 충격을 받아 아무 말도 할 수 없다. 너무 혼란스러워 반응도 하지 못한다. 파텔이 말한다. "음, 그 부분은 오늘 시작한 상담을 당신이 계속하기로 결정한다면 개인 상담에서 다뤄 보고 싶습니다. 마지막으로, 두 분께 각자 질문을 드리고 싶어요. 이 과정을 계속해 나간다면, 여기서 무엇을 얻고 싶은가요?"

내가 먼저 말한다. "우리 관계를 살리고 싶습니다."

"에밀리는요?"

"저는 명확함을 원해요." 파텔이 좀 더 구체적으로 말해 달라고 하자, 에밀리는 나와 결혼 생활을 계속할 수 있을지 모르겠다고 한다. 그리고 나를 보며 덧붙인다. "결국 내가 당신을 용서할 수 있느냐에 달린 것 같아."

사무실 문 앞에서 파텔 박사는 우리의 손을 차례로 잡는다. "오늘 두 분은 아주 중요한 작업을 해내셨어요. 저는 이 작업을 계속 이어 가고 싶습니다. 그렇게 하신다면, 먼저 니코의 죽음을 하나의 *외상적 경험*으로 다루는 데 집중하는 게 좋겠어요. 트라우마는 애도와 다릅니다. 그러니 잠시 애도의 과정은 보류하고 먼저 트라우마를 다루는 방법을 살펴보는 거죠. 그런 다음에 애도를 보다 건설적인 방식으로 탐색해 볼 수 있겠죠. 그러면 에밀리에게는 명확함을 줄 수 있고, 코비에게는 관계를 지켜 내고, 어쩌면 이전보다 더 단단하게 만들 가능성까지 높여 줄 수 있을 겁니다. 두 분이 상의해 보시고 그럴 만한 가치가 있다고 느껴지면 제게 연락해 주세요. 그러면 일정을 잡도록 하겠습니다."

나는 그동안 우리에게 추천해 줄 만한 웹사이트가 있는지 묻는다. 파텔 박사는 인터넷 정보에 너무 큰 비중을 두지 말라고 조언한다. 신뢰할 수 없는 내용이 많다는 것이다. "그래도 하나 떠오르는 게 있다면 버터플라이 프로젝트입니다. 한 아이를 잃은 쌍둥이나 다태아 부모를 돕는 돌봄 제공자들을 위한 영국 사이트예요. 그들의 표현으로는 '버터플라이 베이비'를 애도하면서 살아 있는 아이나 아이들의 요구를 어떻게 돌보고 충족시킬지를 다룹니다. 그 사이트에서 도움이 될 만한 걸 찾을 수도 있고, 아닐 수도 있겠죠. 하지만 제 생각에 가장 가치 있는 작업은 바로 여기에서 이뤄질 수 있습니다."

집으로 돌아가는 차 안에서, 한동안 우리 둘 다 아무 말도 하지 않는다.

"음, 당신은 어떻게 생각해?" 내가 마침내 묻는다.

"당신이 인기 투표에서 이기려고 무척 애쓰는 것처럼 보였어."

"그게 대체 무슨 소리야?"

"당신이 말이 통하는 합리적인 남편인 척하면서, 까다로운 아내를 둔 사람처럼 보이려 했다는 뜻이야. 아마 박사도 그걸 다 꿰뚫어 봤을걸."

"난 그냥 박사가 하는 말을 받아들이려고 했을 뿐이야, 여보. 열린 마음으로."

"버터플라이 베이비라고?" 그녀가 고개를 젓는다. "그 애가 죽지 않은 것처럼 굴어야 한다는 거야? 아이가 그냥 부화해서 멕시코로 날아가 버렸다고? 말도 안 되는 소리."

"그래. 하지만 그거 말고 이번 상담 자체는 어땠어?"

"처음의 티 파티는 좀 이상했어."

"긴장을 풀어 주려던 거겠지. 그 박사랑 계속 상담할 거야?" 내가 묻는다.

에밀리는 어깨를 으쓱한다. 좀 더 생각해 봐야겠다고 한다. "당신이 박사에게 계속 그렇게 잘 보이려고 하지만 않는다면." 나는 간신히 말을 삼킨다. "그리고 비용은? 저런 박사의 상담이 싸진 않을 텐데."

"그래. 하지만 도움이 된다면……." 나는 손을 뻗어서 그녀를 만지려다 멈춘다. 괜히 위험을 감수하지 않기로 한다. "커피라도 마시면서 좀 더 이야기할래?"

그녀는 고개를 젓는다. 메이지에게 돌아가야 한다고 한다. 그리고 운전석 쪽 창밖을 힐끗 보더니 말한다. "여기 진짜 많이 개발됐네. 프라이스 초퍼에, 로우스에, 스타벅스까지. 이런 게 언제 다 생긴 거야?"

그러니까 지금 화제를 바꾸자는 거다. 하지만 우리는 이 이야기를 해야 하는 거 아닌가? 서로의 감정을 인정하고? "아까 당신이 분노를 쏟아 낸 건 잘했다고 생각해, 여보. 그렇게 화를 토해 낼수록……"

그녀가 찌푸린 얼굴로 나를 돌아본다. "가르치려 들지 마. 빌어먹을."

"무슨 소리야? 내가 어떻게 당신을 가르치려 한다는 거야?"

"당신은 마치 상담사처럼 말하고 있잖아. '분노를 쏟아 낸 건 잘했어, 여보. 화를 토해 내야 해.' 당신은 치료사가 아니야, 코비. 당신이 바로 그 *문제*지." "내가 문제라는 거 알아. 정말이야. 내 인생을 그 애 인생이랑 바꿀 수만 있다면 당장 그렇게 할 거야." 그녀는 가속 페달을 조금 더 거칠게 밟을 뿐 아무 대꾸도 하지 않는다.

몇 킬로미터를 더 달리고 신호등 앞에 두 번 멈추는 동안 침묵이 이어진 뒤에야, 나는 파텔 박사와 상담을 계속하고 싶다고 말한다. "적어도 선고 공판 전까지는 말이야. 그리고 운이 좋아 감옥에 안 가게 된다면 그 이후에도. 박사는 자기 일은 제대로 하는 사람 같고, 일대일 상담도 괜찮은 생각이잖아. 해가 될 건 없지, 안 그래?"

그녀는 짜증 섞인 한숨만 쉰다.

"내가 낮에 술을 마시고 있을지도 모른다고 의심했다고 말했을 때는 좀 놀랐어. 그동안 내가 꽤 잘 감춰 왔다고 생각했거든."

"그만해, 코비. 당신의 그 빌어먹을 분석까지 듣지 않아도, 아까 그 한 시간도 너무 힘들었어." 그녀는 이미 제한속도를 15킬로미터쯤 넘기고 있었고, 이제는 25킬로미터쯤 넘긴 것 같았다.

"그래, 알겠어. 하지만 내게 아무 말도 안 했다고 죄책감을 느낄 필요는 없어. 당신이 그때 캐물었어도, 난 끝까지 부인했을 테니까."

"제발 그만 좀 해!" 그녀는 손이 하얗게 질릴 만큼 핸들을 세게 움켜쥐고 있다.

"속도 좀 줄이는 게 좋을 것 같아. 이 구간에 암행 순찰차가 다니는 걸 많이 봤어."

"닥쳐! 닥치라고! 닥쳐!" 그녀의 손이 번개처럼 날아와 내 머리 옆을 후려친다. 손이 핸들을 떠난 순간, 차가 맞은편 차선으로 휘청이며 넘어간다.

"맙소사! 앞 좀 봐!" 내가 소리친다. 그녀는 차를 바로잡고 몇 분간 말없이 달린다. 그러다 갓길로 차를 몰아서 세우고, 핸들에 이마를 박은 채 흐느껴 운다. 나는 다시 그녀를 만지고 싶은 충동을 억누른다.

"괜찮아. 아무 일도 없었어. 괜찮아." 내가 말한다.

그녀는 미안하다고 중얼거리고 다시 도로로 차를 몰고 간다.

"우린 이 일을 극복할 거야, 에밀리. 사랑해."

그녀는 운전만 계속한다.

12

2017년 7월 26일

딕슨 변호사의 제안으로, 나는 보호관찰관 조너선 곤잘레즈가 내 사전 선고 조사를 마치고 제출한 보고서를 읽고 논의하기 위해 그녀의 사무실이 있는 건물로 향한다. 계단을 오르기 전에 1층 빵집에 들러 그녀가 좋아하는 걸로 기억하는 '데스 바이 초콜릿' 컵케이크를 하나 산다. 그걸 건네자 그녀가 말한다. "감동이긴 한데, 젠장, 레드베터. 나 이제 막 키토 식단 시작했거든요. 뭐, 됐어요. 아내가 좋아하겠지. 그 사람은 나무꾼처럼 먹어도 살이 1그램도 안 찌니까." 그녀는 내게 보고서를 건넨다. "읽어 보고 어떻게 생각하는지 말해 줘요." 선고 공판은 이제 일주일 남았다.

곤잘레즈 보호관찰관은 꼼꼼하게 보고서를 작성했다. 파지오 경사와 롱고 경관, 스파크스 형사 그리고 예전에 음주 운전으로 나를 체포했던 경찰이 작성한 보고서들이 모두 포함돼 있다. 병원에서 채혈한 혈액을 바탕으로 한 독성 검사 결과도 들어 있다. 그는 내가 이번에 기소된 '사건' 이전에는 약물 남용 치료를 받은 적이 없다는 점을 지적하면서도, 그 이후로 내가 참석해 온 여러 AA와 NA 모임에서 각 모임의 의장들이 휘갈겨 쓴 서명이 담긴 사본들을 첨부해 두었다. 곤잘레즈는 내 신통치 않은 학업 기록도 찾아내 보고서에 넣었다. RISD에서의 기록뿐 아니라 스리리버스 고등학교 기록까지. 거기에는 2학년 때 야외 집회에서 알몸으로 뛰어다니다가 정학당한 내용도 들어 있다. 그게 경찰서장 손자인 이선 마르티노가 부추겨서 한 내기 때문이었다는 얘기는 빠져 있지만.

또한 크리에이티브 스트래티지스에서 나의 전 상사였던 론다 톨리버, 현재 근무 중인 아마존 물류 창고의 근무조장 마이클 맥기, 내 AA 스폰서 데일 테빈스 그리고 파텔 박사가 쓴 탄원서도 첨부돼 있다. 파텔 박사는 내가 애도 상담에 성실히 참여해 실질적인 진전을 보이고 있으며, "수감형은 그가 이제 막 시작한 긍정적인 변화에 장애가 되거나, 심지어 그 흐름을 완전히 멈추게 할 수 있다"고 피력했다.

그 외에도 곤잘레즈 경관은 내가 얼마나 진심으로 반성하고 있는지, 또 재활 의지가 어느 정도인지 평가하기 위해 나를 두 차례 면담했다. 두 번 다 그의 사무실에 앉아 있는 동안, 그와 그의 아내 그리고 세 아이가 찍힌 액자 사진을 보며 나 같이 실패한 아버지에게 그가 공감하지 못할 것 같아 걱정했다. 하지만 곤잘레즈는 이렇게 결론 내렸다. "나는 레드베터 씨가 진심으로 뉘우치고 있으며, 중독 문제를 해결하려는 그의 노력이 진지하고 성실하다고 확신합니다."

보고서에서 고개를 들자, 딕슨이 고개를 저으며 피식 웃고 있다. "알몸으로 달렸다고요, 레드베터? 진짜로?"

"철없던 시절의 바보짓이죠. 게다가 내기를 건 애한테 100달러도 받았고요." 나는 어깨를 으쓱하며 말한다.

"아, 그렇다면야. 독성 검사랑 공공장소 노출 건만 빼면, 전반적으로 꽤 긍정적이네요." 그녀는 보고서를 작성한 사람이 선고 권고를 아예 하지 않는 건 꽤 드문 일이라고 설명한다. "그게 당신에게 유리하게 작용할 수 있어요. 판사들은 보호관찰관의 권고를 무시할 수도 있지만, 보통은 그대로

가거든요. 만약 곤잘레즈가 실형을 권했다면 당신이 감옥에 갈 가능성은 훨씬 더 올라갔을 거예요. 그러니까 이건 좋은 소식이죠."

"그럼 나쁜 소식도 있다는 말이에요?"

"그럴 수도 있고, 아닐 수도 있고요. 펠토 판사였으면 실형을 피할 가능성이 좀 있다고 봤는데 그분 어머니가 플로리다 호스피스 시설에 들어가셨어요. 그래서 어머니 곁에 있기 위해 잠시 휴직했죠. 대신 팔라촐로 판사가 이 건을 맡게 됐어요. 그녀는 절대 가혹한 판사가 아니지만, 그렇다고 만만한 사람도 아니에요. 지금으로선 어느 쪽으로든 판결이 나올 수 있어요. 결국 우린 당신 편에서 미친 듯이 싸우고 결과를 기다리는 수밖에 없어요. 물론 라이틀랜드도 당신이 실형을 살아야 한다고 우리처럼 세게 밀어붙일 거예요. 그게 검사들이 하는 일이니까. 가끔은 아주 고약해지기도 하고요. 그래도 말이에요, 레드베터. 결과가 어떻게 나오든 지난 12주 동안 당신은 제대로 노력했어요. 처음 내 사무실에 들어왔을 때 정말이지 눈 뜨고 볼 수가 없었는데 이제는 확실히 달라졌거든요. 나 같은 냉소적인 사람이 이런 말을 하는 건 쉽지 않지만, 꽤 인상적이에요."

예상치 못한 칭찬에 나는 당황한다. 더듬거리며 고맙다고 말하고 그녀를 마주 보지 않으려고 책상을 바라본다. 그때 알게 된다. 내가 보고서를 읽는 동안 그녀가 컵케이크를 절반이나 먹은 것을.

2017년 7월 27일

파텔 박사는 이런 발작이 몇 번이나 있었는지 묻는다.

"두 번이요. 둘 다 밤이었어요."

"그걸 촉발한 게 뭐라고 생각해요?"

"불면증 같아요. 처음엔 잠이 안 왔고, 두 번째는 잠들었다가 깼는데 다시 잠들지를 못했어요. 깨어 있는 시간이 길어질수록 앞으로 일어날 일에 대한 불안이 커졌죠. 그러다 불안이 너무 심해져서 손이 떨리고 숨이 막히는 것처럼 헐떡이기 시작했어요."

"과호흡 상태였군요." 그녀가 말한다.

"네. 심장이 너무 빨리 뛰어서 터질 것 같았어요. 대체 무슨 일이 일어나고 있는지도 모르겠고."

"음, 그 순간에는 정말 무섭지만 공황 발작은 치명적이지 않고 충분히 관리할 수 있어요." 그녀가 말한다.

그녀의 차분한 목소리, 그녀가 따라 준 차의 향기, 공작의 깃털을 떠올리게 하는 푸른색과 초록색 사리. 그녀의 곁에 있는 것만으로도 긴장이 풀린다. 나이는 예순쯤 됐을까? 결혼반지가 보이니 남편이 있을 테고, 아이들과 손주들도 있을까? 그녀에겐 다소 신비로운 분위기가 감돈다.

"미래에 대한 불안이 이런 발작을 일으킨다고 했죠. 좀 더 구체적으로 말해 줄 수 있을까요?"

나는 그녀의 어깨 너머 벽에 걸린 물건을 바라본다. 졸졸 물 흐르는 소리가 나는 장치다. 새로 설치했냐고 묻자 그녀는 고개를 젓는다. 전부터 있었는데 내가 이전 상담 때는 눈치채지 못했을 뿐이라고 한다.

"자, 다시. 미래를 생각하면 왜 그렇게 불안한지 좀 더 말해 볼까요?"

"만약 감옥에 가게 된다면 어떨지, 알 수 없는 상황에 대한 두려움이 있고요. 「오즈」나 「더 와이어」 같은 경찰 드라마를 보면서 알게 된 것들에 대한 두려움도 있어요."

"드라마가 현실을 이해하는 좋은 자료는 아닐 거예요." 그녀가 말한다.

"그렇죠. 하지만 인터넷도 많이 보는데, 출소한 전과자들이 직접 쓴 글 같은 것들도 내용이 꽤 암울하더라고요."

"그런 건 덜 보는 편이 좋겠어요. 정말 그런 상황에 처하게 되면, 그때

가서 스스로 판단할 수 있을 때까지요."

"네, 맞는 말씀입니다. 하지만 제가 두려워하는 게 그것만은 아니에요."

"그래요? 또 뭐가 있죠?"

"제가 얼마 동안이든 형을 살게 된다고 쳐요. 그래도 언젠가는 나오겠죠. 그다음은요? 이 모든 나쁜 일들이 일어나기 *전에도* 나는 상업 일러스트레이터로서는 제대로 된 일자리를 못 잡았어요. 그런데 전과까지 생기면 처지가 어떻게 되겠어요? 아마 최저임금이나 받으면서 살겠죠. 종이 모자를 쓰고 샌드위치에 감자칩이랑 탄산음료도 같이 드시겠냐고 묻는 신세요."

"그게 당신이 가장 두려워하는 건가요, 코비? 패스트푸드 업계에서 일하게 되는 거?"

나는 고개를 젓는다.

"그럼 당신이 가장 두려워하는 건 *뭐죠*?"

"박사님도 알잖아요." 파텔은 그 말을 내 입으로 직접 들어야 한다고 말한다.

"그녀가 나를 영원히 용서하지 못해서 다시 집으로 돌아오지 못하게 할까 봐 두려워요. 손해를 감수하고서라도 나를 정리하고 이혼을 선택할지 모른다는 생각도 들고. 내가 다시 메이지의 곁에 있는 게 안전하지 않다고 여겨서 아예 딸을 못 보게 할 수도 있겠죠. 그렇게 앞으로 일어날지도 모를 일들에 대한 공포 속에서 허우적대다가, 그때 *일어난* 그 일로 다시 돌아가게 돼요."

"그 사고 말인가요?"

"그렇게 말해도 되고, 내가 차를 후진하다가 내 아들을 죽인 날이요."

그녀는 고개를 조금 기울이며 얼굴을 살짝 찌푸린다. "그건 너무 가혹하지 않나요? 그런 식으로 표현하는 건?"

나는 어깨를 으쓱한다. "사실이잖아요. 표현을 어떻게 하든 뭐가 달라지나요?"

"음, 법적으로는 큰 차이가 있죠. 비자발적 과실치사냐, 살인이냐의 차이. 전자는 사고였다는 뜻이고, 후자는 고의가 있었다는 뉘앙스를 담고 있어요."

"음주 상태에서의 비자발적 과실치사죠. 그 작고 사소한 부분도 잊지 말아야죠."

그녀는 나를 빤히 바라보고 나도 시선을 피하지 않는다. 만약 나를 불편하게 하려는 의도라면, 제대로 먹혔다. 그 교착 상태를 깨기 위해 나는 자리에서 일어나 벽에 걸린 그 물건 앞으로 간다. 가까이서 보니 일종의 분수다. 위쪽 주둥이에서 물이 흘러나와 슬레이트 판의 골을 따라 내려오고, 아래쪽 금속 받침이 그 물을 받아 낸다. 안에는 하얗고 매끈한 돌들이 있고, 물이 그 위로 떨어지며 나는 소리가 아까 들리던 바로 그 소리다.

"이거 멋지네요." 내가 말한다.

"마음에 들었다니 기쁘네요. 하지만 우리에게 주어진 시간이 한정돼 있으니 본론으로 돌아갈까요?" 나는 다시 의자로 돌아와 앉는다. 잠자코 기다린다.

"코비, 당신이 오늘 왜 이 상담을 요청했는지 궁금해요. 공황 발작에 관해 이야기하고 싶어서였나요, 아니면 나까지 동원해서 자신을 때리고 싶었나요? 내가 보기엔 그건 이미 혼자서도 아주 잘하고 있는 것 같은데요." 그녀는 자신에게 좀 더 관대해질 필요가 있다고 말한다. 자신을 용서하기 위해 노력해 보라고.

"그게 쉽지 않아요. 아까 말씀하신 거 있잖아요? 공황 발작은 관리할 수 있다고. 그건 어떻게 하죠?"

그녀는 내가 비극의 날로 돌아갈 때 어떤 일이 벌어지는지 묘사해 달라고 한다. 그게 단순한 기억인지, 아니면 다시 겪는 것처럼 느껴지는지.

"그건…… 다시 겪는 것 같아요. 길 건너 이웃들이 멈추라고 소리치는 게 들리고…… 차 밑에 누워 있는 아이가 보이고, 숨을 쉬려고 작은 가슴이 힘겹게 들썩이는 것도……. 사이렌 소리가 들리고, 경찰들이 나한테 '이 차를 운전했냐'고 묻는 소리도 들려요."

"그렇다면 플래시백을 겪는 거군요, 맞나요?"

나는 고개를 끄덕인다. 눈물이 날 것 같다. "네." "그 플래시백들이 공황 발작을 일으키는 요인 중 하나인가요?"

"네……. 네."

"그렇다면 그게 당신을 무력하게 만들기 전에 미리 끊어 낼 방법을 찾아보죠. 당신이 그 끔찍한 기억들과 앞으로 닥칠 일들에 대한 두려움을 어느 정도 통제할 수 있다면 참 좋지 않을까요?"

나는 고개를 끄덕인다. 눈물이 본격적으로 쏟아지기 시작하자, 그녀는 이전 상담에서 휴지를 다 써 버렸다고 미안해한다. 나는 괜찮다고 말하며 소매로 젖은 얼굴을 훔친다.

"그렇다면 약물 치료가 이런 악마들을 잠재우는 한 가지 방법이 될 수 있어요." 그녀는 메모를 훑어본다. "다만, 당신은 벤조디아제핀 계열에 문제가 있었으니 그건 피하는 게 좋겠죠. 대신 저와 협업하는 정신과 전문의에게 의뢰해서 SSRI 계열 약을 처방받을 수 있어요. 팍실이나 졸로프트 같은 것들이죠. 전에 문제를 일으켰던 항불안제와 달리 이건 항우울제예요."

나는 고개를 젓는다. 어떤 종류의 약이든 손대고 싶지 않다고 말한다.

"알겠어요. 좋아요. 발작이 시작될 것 같을 때 할 수 있는 심호흡 연습이 있어요. 그라운딩 기법도 있고요. 잠깐만 기다리면 자료를 가져올게요." 그녀는 책상 서랍에서 해지고 두툼하고 누런 파일 하나를 꺼내 뒤적이다가, 종이 몇 장을 바닥에 떨어뜨린다. "다음 생에 개코원숭이나 민달

팽이 말고 다시 인간으로 태어나게 된다면 *정리 잘하는* 호모 사피엔스가 되고 싶네요, 하하. 아, 여기 있어요."

그녀는 찾은 종이를 내게 건넨다. 나는 호흡 연습에 관한 안내지를 훑어본다. 에밀리와 라마즈 수업을 들을 때 이런 방식의 변형을 배웠다고 말한다. 출산할 때 에밀리에게 도움이 됐다고.

그녀는 고개를 끄덕인다. "숨이 우리 몸 안으로 들어왔다가 나가는 데 집중하면 통증에서 주의가 멀어지면서 몸이 이완돼요. 당신의 경우엔 그렇게 이완되면 잠을 잘 수 있을 거예요."

"이제 거기 있는 다른 종이에 관해 이야기해 볼게요. 그라운딩 기법에 관한 건데, 이것도 공황 발작에서 오는 현실 감각 상실에서 벗어나도록 도와줘요. 비극적인 순간으로 다시 끌려 들어가거나 알 수 없는 미래에 대한 두려움 속으로 빠져드는 대신, 자신을 지금 여기로 돌아오게 하는 겁니다. 예를 들면 손에 닿는 물건 하나를 쥐어 보세요. 그걸 바라보고, 질감을 느끼고, 어쩌면 혀를 대서 맛을 느껴 볼 수도 있어요." 나는 회의적인 눈빛으로 그녀를 바라본다. "종이에 적힌 대로 따라 하면 되는 공식이 있어요."

"공식이요?"

"오감에 기반한 방법이에요. 먼저 눈에 보이는 것 다섯 가지에 집중합니다. 달력이나 사진 같은 것들이죠. 그다음엔 만지거나 느낄 수 있는 것 네 가지에 집중해요. 신발, 책, 손이 닿는 아무 물건이나요. 그리고 들리는 소리 세 가지, 냄새 두 가지, 마지막으로 맛볼 수 있는 것 한 가지. 이렇게 하면 마음이 공포에 굴복하는 대신 다른 일을 하게 되는 거죠."

나는 자료를 가져가도 되는지 묻는다. "그럼요, 다 당신 거예요." 박사가 말한다. 그리고 바닥에 떨어진 종이들을 주우려고 몸을 숙이다가 어떤 종이를 보고 미소 짓는다. "이거 참 멋진 우연이네요. 이 인용문 좀 읽어 줄래요?" 그녀가 건넨 건 내가 한 번도 들어 본 적 없는 어떤 여자의 말이다. 속으로 읽는데 박사가 말한다. "아니, 아니. 소리 내서 읽어 줘요."

"걱정이란 오늘의 힘으로 내일의 무게까지 한꺼번에 떠안는 것이다. 걱정은 내일로 미리 가 버리는 것. 걱정은 내일의 슬픔을 덜어 주는 게 아니라 오늘의 힘을 비워 버린다. 코리 텐 붐."

"어때요?"

"뭐가요?"

"그녀가 말하는 지혜가 어떤 건지 느껴지나요?"

"그런 것 같긴 한데요. 하지만……."

"하지만요?"

"무례하게 굴려는 건 아니지만, 이건 실제로 감옥에 처박힐 가능성을 직시해 본 적도 없고, 그 뒤에 세상에 나와서 모든 걸 잃을 걸 알게 되는 상황을 겪어 본 적도 없는 사람이 내놓은 '지혜' 같아서……."

"처박힌다고요?" 그녀가 얼굴을 찡그리며 말한다. "코비, 당신은 물건이 아니에요. 살아 있고 변화하는 사람이에요. 만약 감옥 생활이 당신의 미래에 포함되어 있다면, 그걸 직면하는 한 가지 방법은 그 경험에서 뭔가 배울 수 있다는 가능성을 받아들이는 거예요."

"맞아요. 알겠어요. 일리 있는 말이네요." 감옥 생활의 교육적 가치에 대해 다투기보다는 박사의 말에 동의하는 편이 낫다. "저는 그냥…… 예전으로 돌아갈 수만 있다면 좋겠다는 생각이 들어서요. 그래서……."

"그래서 뭐죠?"

나는 고개를 저으며 어깨를 으쓱한다. 그걸 말해 봐야 무슨 소용이 있겠는가.

그녀는 테이블 너머로 손을 뻗어 내 손을 잡고 부드럽게 한 번 쥐어 준다. "만약 당신이 말하는 예전이 사고 이전을 뜻한다면, 그때로 돌아갈 순 *없어요*. 아들의 죽음은 부정할 수 없는 끔찍한 현실이니까요. 하지만 결혼이 유지되든 아니든, 당신은 충분히 살아갈 가치가 있는 삶을 살 수 있어요. 당신 자신을 위해서도, 딸을 위해서도요. 에밀리가 원한을 품을 사람으로 보이나요?"

나는 고개를 저었다. "에밀리는 친절하고 마음이 따뜻한 사람이에요. 좋은 선생님이고 훌륭한 엄마죠. 물론 본인은 그 말에 토를 달겠지만요. 예전엔 늘 제가 더 좋은 부모라고 말하곤 했거든요. 하지만 제가 그녀에게 너무나 끔찍한 상처를 줬잖아요. 그 일로 에밀리는 변했어요. 원망에 찬 사람이 됐죠. 그건 이해해요. 그래도 저는 아직도 그녀를 너무나 사랑해요. 에밀리와 메이지를 되찾는 게 제가 바라는 전부예요."

"글쎄요, 제가 미래를 내다볼 순 없으니 이 결혼 생활이 계속될 거라고 약속할 순 없어요. 솔직히 말하면, 당신과 에밀리 같은 상황에서는 쉽지 않을 수 있어요. 아이를 잃은 부부는 이혼으로 끝나는 경우가 많거든요. 특히……."

"한 사람이 차로 아이를 깔아뭉갰다면요. 아이의 생명을 짓이겨 버렸다면."

그녀는 고개를 저으며 슬픈 미소를 짓는다. "내가 하려던 말은 그게 아니라, 아이를 잃은 슬픔이라는 게 워낙 복잡하고 개인적인 일이기 때문이라는 거였어요. 전에도 말했듯이 아빠와 엄마는 같은 상실을 겪어도 전혀 다르게 애도하는 경우가 많고, 그러다 서서히 멀어지기도 하죠. 하지만 방금 당신은 에밀리가 원한을 품는 사람이 아니라고 했어요. 그건 좋은 소식이라고 생각해요. 에밀리가 당신을 딸에게서 떼어 놓기 위해 양육권 다툼을 벌일 것 같지는 않거든요. 그렇게 되면 딸에게서도 아버지를 빼앗는 셈이 되니까요."

그녀는 시계를 힐끗 본다. "이제 상담을 마쳐야 할 것 같네요, 코비. 하지만 선고 공판 전에 다시 이야기할 수 있기를 바라요. 전에 저는 예이츠에서 순환 근무를 하던 심리학자였어요. 만약 당신이 교도소에 가게 되더라도, 클레그 박사나 캔드로 박사라면 충분히 믿을 만해요. 새로 오는 사람이 누구든 분명히 당신을 도와줄 수 있을 거고요. 그동안은 공황 발작을 잘 다스릴 수 있기를 바랄게요." 그녀는 미소를 지으며 손가락을 교차해 행운을 빌어 준다.

나는 자리에서 일어나 고맙다고 인사하고 나가려다 멈춰 서서 다시 돌아본다. "아까 그 인용문을 쓴 사람의 이름을 아시죠?" 내가 묻는다.

"코리 텐 붐. 그런데요?"

"무슨 이름이 그렇죠? 아메리카 원주민인가요?"

그녀는 고개를 젓는다. "네덜란드 사람이에요. 그녀와 그녀의 가족은 히틀러 집권 시기에 네덜란드 저항 운동에 참여해서 게슈타포로부터 유대인들을 많이 숨겨 줬어요. 발각됐을 때 그녀와 언니 그리고 아버지가 체포돼 강제수용소로 보내졌고요. 셋 중에서 살아남은 사람은 코리뿐이었어요. 그러니 수감 생활이 어떤 건지에 대해서는 그녀도 꽤 잘 알고 있었던 셈이죠."

"젠장, 진짜요?" 나는 그녀 앞에서는 욕을 하지 않겠다고 스스로 한 약속을 잊고 그렇게 말해 버린다.

"진짜예요." 그녀가 말한다.

나는 접어 둔 안내문들을 흔들어 보이며 다시 고맙다고 인사한다.

그날 밤, 또다시 불면과 씨름하던 중 공황이 밀려오는 걸 느낀다. 나는 호흡 연습을 하고, 침대 옆 탁자에 있던 『빅북(AA 모임에서 사용하는 핵심 경전 같은 책-옮긴이)』을 집어 오감 연습을 한다. 그리고 나서 불을 켜고 파텔 박사가 건넨 그 문장을 꺼내 주문처럼 몇 번이고 반복해 읽는다.

"걱정은 내일의 슬픔을 덜어 주는 게 아니라 오늘의 힘을 비워 버린다." 한참 뒤 마음이 조금씩 진정되기 시작한다······.

아침에 눈을 뜨니 베니션블라인드 사이로 햇살이 깜빡이며 스며든다.
그때 그게 효과가 있었음을 깨닫는다. 끝내주게 효과가 있었다!

13

2017년 8월 1일

"모두 일어나세요!" 집행관이 외친다. "지금부터 로즈마리 팔라졸로 판사님이 주재하는 법정을 개정합니다." 판사는 체구가 아주 작고 피부는 구릿빛이다. 크고 검은 테 안경을 쓰고 있다. 그녀가 나를 돌아보고 오만상을 찡그린다.

베티나 라이틀랜드가 먼저 나선다. "이런 경우를 가리키는 용어가 있습니다. 백오버라고 하죠. 생각보다 훨씬 자주 일어납니다. 통계에 따르면 평균 일주일에 약 쉰 명의 아이들이 겪는 사고죠. 그중 마흔여덟 명은 살아남고, 두 명은 그렇지 못합니다. 피해자는 대개 한두 살이고, 가해자는 대개 그 아이의 엄마이거나 아빠입니다. 보통 아이를 잃은 슬픔과 자기 손으로 아이를 죽게 했다는 끔찍함까지 겹쳐서 그 자체로 충분한 처벌이 됩니다. 경찰은 종종 사고로 결론짓고 기소를 포기하는 일이 많습니다."

준비하자. 나는 속으로 말한다. 이제 반격이 시작되는군.

"하지만 이 사건은 그렇지 않습니다. 왜냐고요, 재판장님? 레드베터 씨는 *아침 9시가 되기도 전에* 과도한 양의 술과 항불안제를 복용한 상태로 차에 타서 시동을 걸고 후진하다가, 진입로에서 놀고 있던 26개월 된 아들

니코를 그대로 치고 지나갔기 때문입니다. 피고인은 운전하기 전에 니코와 쌍둥이 딸 둘 다 카시트에 태워 안전벨트를 채운 걸로 잘못 기억했다고 진술했습니다. '잘못 기억했다.' 네, 그런 일은 누구에게나 일어날 수 있습니다. 하지만 레드베터 씨가 유죄를 인정한 것은, 이 비극이 아이들의 안전보다 자신의 음주를 우선한 선택의 결과라는 사실을 인정한 것과 같습니다."

다 사실이지만 너무 고통스러워서 가능한 한 그녀의 말을 차단하려 애쓴다. 마음속으로 평온의 기도를 읊는다. 오른쪽에 있는 딕슨 변호사를 지나 방청석에 있는 에밀리를 찾는다. 그녀는 통로 건너편, 한 줄 뒤에 장모님과 함께 앉아 있다. 얼굴이 너무 창백하고 야위어 보여 가슴이 미어진다. 에밀리와 마지막으로 만났을 때 살이 얼마나 빠졌냐고 묻자, 그녀는 입맛이 없다며 어깨를 으쓱했고, 주로 킨드바나 메이지를 위해 만든 음식을 몇 입 먹는다고 했다. 그녀가 나를 한 번이라도 바라봐 주길 바라지만 그녀는 계속 앞만 본다. 내게 불리한 라이틀랜드의 주장을 듣는 걸까, 아니면 멍하니 다른 생각을 하는 걸까. 알 수 없다. 장모님은 여전히 나를 보고 있다. 차갑고 굳은 얼굴로. 내가 감옥에 가길 바라는지 아닌지는 알 수 없지만, 오늘 그렇게 결론이 나온다고 해도 장모님이 많이 울진 않을 것 같다.

고개를 돌려 방청석 반대편을 바라보다가 거기서 엄마를 발견한다. 놀랍게도 아버지가 엄마 옆에 앉아 있다. 변호사 비용을 내 준 건 고맙지만, 그저 금전적으로만 도와줄 거라고 생각했다. 이 자리에 아버지가 나와 있다는 건 돈만큼이나 마음도 참담하다는 뜻이겠지. 어릴 때 나는 아버지와 떨어져 있는 동안 좋은 사람으로 변해서 집으로 돌아오는 모습을 상상했다. 그런데 지금 그가 여기 있다. 못난 아들의 끔찍한 실패 때문에 마침내 엄마와 다시 나란히 앉아 있다.

파텔 박사를 찾아 주위를 돌아보지만 보이지 않는다. 박사는 가능하면 오늘 오겠다고 했지만 뭐, 워낙 바쁜 사람이니 이해한다. 그래도 오늘 와줬다면 위로가 됐을 텐데. 에밀리가 부부 상담을 그만둔 뒤 진행한 일대일 상담에서 파텔 박사는 내가 체포된 날부터 오늘까지 그 사이에 있었던 힘든 대기 시간을 견디도록 도와주었다. 이제 그 기다림은 거의 끝났다. 한 시간 내로 내가 감옥에 가게 될지 아닐지 알게 될 것이다.

내 스폰서인 데일은 약속대로 왔다. 그는 맨 뒷줄에 혼자 앉아 있다. 우리가 함께 나의 금주를 위해 노력해 온 몇 주 동안, 나는 딱 한 번 실수했다. 아마존 물류 창고에서 함께 일하던 동료가 슬쩍 내민 버번위스키를 몇 모금 마신 것이다.

데일에게 전화해 털어놨을 때 그는 이렇게 말했다. "코비, 중요한 건 완벽이 아니라 발전이야. 하지만 이 일은 내일 모임에서 꼭 말해야 해. 『빅북』에 나오는 '철저한 정직'을 기억해." 쉽지 않았지만 그렇게 했고, 모임이 끝난 뒤 많은 사람이 다가와 격려를 건네고, 다시 술을 마셨다가 돌아온 자신의 경험담을 들려주었다. 나는 금주 일수를 세고 있었고, 37일째까지 갔다가 실수로 다시 0으로 돌아갔다. 그 뒤로는 데일의 지지 덕분에 더는 흔들리지 않았고, 지금 법정에 앉아 있는 나는 금주한 지 55일째다.

내키지 않지만 다시 내가 왜 감옥에 가야 하는지 설명하는 라이틀랜드의 말에 귀를 기울인다.

"파지오 경사와 롱고 경관이 상황을 확인한 지 한 시간 이내에 레드베터 씨의 혈액을 채취해 분석했습니다. 그 결과, 그는 처방받은 벤조디아제핀을 과다 복용했고, 혈중알코올농도 0.09 상태로 차를 운전한 것으로 밝혀졌습니다."

판사에게서 몸을 돌린 라이틀랜드는 딕슨과 나를 향해 몇 걸음 다가온다. "레드베터 씨의 변호인은 자신의 의뢰인이 다정하고 사랑이 많은 아버지셨다는 점을 입증하려 들 겁니다. 그리고 그것은 어느 날 갑자기 돌이킬 수 없게 그렇지 않게 되기 전까지는 사실이었을지도 모릅니다."

검사의 표현이 그날 파텔 박사의 진료실에서 에밀리가 했던 말과 똑같 다는 사실이 나를 강타한다. 이건 우연일까, 아니면 라이틀랜드가 아내와 상의한 걸까? 에밀리는 내가 감옥에 가길 바라지 않는다고 믿어 왔는데, 내가 틀렸던 걸까?

"재판장님, 그날 아침 술 그리고 중독성이 있는 처방약, 비록 마약으로 분류되지는 않았지만 중추신경계에 마약과 유사한 영향을 미칠 수 있는 약물로 판단력이 손상된 아버지가 차에 시동을 걸지 않았다면, 앞날이 창 창했던 그 아이는 지금도 살아 있을 겁니다. 코빈 레드베터는 그 치명적인 결정에 대한 책임을 져야 합니다. 이번이 그의 두 *번째* 음주 운전이라는 사실을 고려한다면, 첫 번째 처벌은 아무런 예방 효과가 없었다고 보는 것 이 타당합니다.

또 한 가지 기억해야 할 점은, 레드베터 씨가 책임져야 할 이 비극이 그 자신뿐 아니라 아이의 어머니와 조부모, 친척들, 친구들, 이웃들에게까지 깊은 상처를 남겼다는 사실입니다. 이웃 중 숀과 린다 맥널리는 이 비극 을 직접 목격하고 이를 막으려 했던 사람들로, 현재 집을 매물로 내놓았습 니다. 최근 저는 맥널리 부인과 이야기를 나누었는데, 그녀는 늘 평화롭고 안전했던 이 동네를 떠나기로 한 결정이, 사고가 일어나기 몇 초 전에 어 린 니코를 구하지 못해 시작된 우울증 때문이라고 말했습니다. 이것이 제 가 말한 파급 효과입니다."

라이틀랜드가 니코의 외할머니가 보낸 편지를 읽고 싶다고 말하자, 에 밀리가 깜짝 놀란 눈으로 장모님을 돌아본다. 이건 예상치 못한 게 분명하 다. 딸의 반응은 무시한 채 장모님은 앞만 바라보고 있다. 엄격한 자기 확 신이 그대로 드러난 얼굴이었다.

편지에서 장모님은 자기 딸이 겪고 있는 깊은 고통과 니코의 죽음이 남긴 신체적, 정신적 상처를 법원이 헤아려 달라고 말한다. 그 모든 것은 그날 아침 내가 저지른 무모하고 무책임한 선택의 결과였으며, 그 선택이 손자의 생명을 빼앗았다고. 편지는 하나의 질문으로 끝난다. 만약 법이 나를 감옥에 보내 책임을 묻지 않는다면, 내가 앗아간 그 소중한 생명의 가치를 떨어뜨리는 것 아니냐고.

에밀리가 흐느껴 울자 나와 모두의 시선이 그쪽으로 쏠린다. 이러기예요, 장모님? 에밀리는 이미 너무나 고통스러워하지 않나요?

"니코 할머니의 말이 옳습니다. 2017년 기준 미국 남성의 평균 기대 수명은 78.87세입니다. 보험 통계로 보면 그날 아침 레드베터 씨의 행동은 아들에게서 76년 2개월의 삶을 앗아갔습니다. 그것도 현재 평균수명을 기준으로 한 계산일 뿐입니다. 미래의 의학 발전이 피해자의 수명을 78세 넘어까지 연장해 주었을지도 모르지 않습니까?"

내가 변호사를 바라보자 그녀는 눈동자를 굴리며 속삭인다. "개소리예요. 저런 논리는 가만두지 않겠어요."

"그리고 코빈 레드베터의 과실로 인해 결국 가장 큰 대가를 치를지도 모를 사람을 잊어서는 안 됩니다. 니코의 쌍둥이 누나이자 두 살인 그의 딸, 메이지입니다."

내 딸은 이 일에 끌어들이지 마, 빌어먹을!

딕슨은 이 말이 나를 얼마나 자극했는지 알아차린 듯, 손을 뻗어 내 주먹을 덮는다. "진정해요. 내 차례가 오면 나한테 맡겨요." 그녀가 속삭인다. 그래서 항의하며 소리를 지르는 대신, 몇 번 깊이 숨을 들이마시고 딕슨의 펜, 내 손등의 핏줄, 내 손가락에 낀 결혼반지에 시선을 고정한다.

"쌍둥이 동생의 죽음은 틀림없이 어린 메이지에게 이해할 수도, 말로 표현할 수도 없는 깊은 상실감을 남겼을 겁니다. 훗날 아버지가 자신에게서 무엇을 앗아갔는지 제대로 알게 되면 그 아이의 미래는 어떻게 되겠습니까? 니코는 뱃속에서부터 올해 4월 27일 갑자기 그녀의 삶에서 사라지기 전까지, 늘 메이지와 함께였던 소울메이트이자 동반자였습니다."

이 대목에서 그녀는 판사에게서 몸을 돌려 나를 향해 선다. 나는 시선을 피한다. 의자에서 자세를 바꾼다. 그녀는 몇 걸음 더 다가와 이제 내게서 불과 몇 걸음 떨어진 곳에 선다. 심장이 세차게 뛴다. 곧 결정적인 한 방이 날아올 것 같은 감이 온다.

"몇 주 전 피고인의 인정신문에서 저는 아동심리학에 대한 전문 지식이 없다고 인정했습니다. 그러나 그 후로, 쌍둥이 중 한 명이 사망했을 때 살아남은 아이에게 장기적으로 정신적 위험이 높아진다는 여러 연구를 살펴봤습니다. 특히 아이가 아직 말을 하지 못하는 시기에 겪는 상실은 그 영향이 더욱 큽니다. 영혼의 동반자가 갑자기 사라진 뒤 메이지가 겪어 왔을 트라우마는 아이의 청소년기와 성인기에 이르기까지 심각한 영향을 미칠 가능성이 큽니다. 한 논문에는 이렇게 나와 있습니다. '마음은 그 트라우마를 잊을 수 있을지 모르지만, 몸은 기억할 것이다.' 요지는 이렇습니다, 재판장님. 우리는 피고인의 피해자인 어린 니코 레드베터나 그의 누나에게 마땅히 돌아가야 할 정의를 외면해서는 안 됩니다." 그녀가 말한다.

딕슨이 일어서며 이의를 제기한다. "재판장님, 라이틀랜드 검사는 아동정신과 전문의도 아니고 행동과학 박사 학위도 없습니다. 게다가 자신의 주장을 뒷받침해 줄 전문가를 요청하지도 않았습니다. 이는 전적으로 검사의 추측에 불과하며, 아마도 「오늘의 심리학」 같은 대중 매체나 인터넷 기사에서 얻은 정보일 겁니다. 저는 그렇게 생각하지 않지만 설사 그런 자료들이 타당한 출처가 있다고 해도, 검사의 주장은 본 사건의 쟁점과 아무 관련이 없습니다."

팔라졸로 판사가 이의를 받아들인다.

그 순간 나는 무너진다. 두 손으로 얼굴을 가리고 울음을 터뜨린다. 나도 니코의 죽음이 메이지에게 미칠 영향을 두려워하고 있었기 때문이다. 나 또한 인터넷을 뒤져서 그녀가 지금 말하는 것 같은 연구들을 찾아본 적이 있다. 메이지의 미래에 대한 내 두려움을 파텔 박사에게 털어놓은 것 말고는 누구에게도 말하지 않았기에, 라이틀랜드가 살아남은 쌍둥이에 관한 암울한 연구 결과를 이렇게 공개적으로 들춰낼 줄은 전혀 예상하지 못했다. 나는 계속해서 침착하려 애쓰지만, 각기 다른 방식으로 두 아이를 망쳐 버렸을지도 모른다는 수치심에서 벗어나지 못한다. 진정한 것 같다가도 다시 울음이 터진다. 이런 상태가 몇 분간 이어진다. "딕슨 변호사, 의뢰인에게 15분간 휴정이 필요합니까?" 판사가 묻는다. 레이철이 대답하기도 전에 나는 세차게 고개를 흔든다. 괜찮다고 말한다. 잠깐만 더 시간을 주면 계속할 수 있다고. 보안관 하나가 휴지 상자를 내 앞에 갖다 놓는다. 나는 눈물을 닦고 코를 풀며 다시 마음을 가다듬는다.

"레드베터 씨, 속개할 준비가 됐습니까?" 판사가 묻는다.

"네, 재판장님. 감사합니다. 방해해서 죄송합니다."

"괜찮습니다. 딕슨 변호사?" 판사가 말한다.

레이철은 분홍색 염색을 지우고, 회색 바지 정장을 입은 전문적인 차림을 하고 있다. 형사 스파크스에게 한 자백과 독성 검사 결과를 배제할 수 있었을 거짓말을 포기하고 유죄를 인정하기로 한 결정 때문에, 그녀가 나를 위해 할 수 있는 일은 많지 않다. 판사에게 그녀는 정상참작 사유와 감형 요소를 제시해 선처가 타당하다는 점을 공감 가게 그려 보인다. 또한 전직 상사 론다 톨리버가 보낸 지지 서신에 담긴 바와 같이 나를 회사에 도움이 된 재능 있는 상업 미술가로 묘사한다. 그리고 현재 근무 중인 물류 창고 감독자와 AA 스폰서 데일 그리고 파텔 박사가 나를 지지하며 써 준 편지들을 언급한다.

"재판장님께서 이미 이 편지들을 읽어 보셨으리라 믿습니다만, 허락해 주신다면 파텔 박사가 보낸 편지의 일부를 낭독하고 싶습니다." 딕슨이 말하자 팔라졸로 판사가 고개를 끄덕인다.

"처음에 그는 배우자와 함께 사별 상담을 받기 위해 저를 찾아왔습니다. 레드베터 부인은 상담을 계속하지 않기로 했지만, 레드베터 씨는 이후 여덟 차례의 추가 상담을 받았습니다. 그동안 저는 그가 아들이 죽은 원인에 대해 깊이 뉘우치고 있으며, 재활에 진지하게 임하고 있다는 점을 확인했습니다. 치료하는 동안 레드베터 씨는 뚜렷한 호전을 보였습니다. 만약 그가 교도소에 수용된다면, 지금까지 보인 진전이 멈추거나 더 나아가 퇴보할 수 있다는 점이 우려됩니다."

판사의 반응이 어떻든, 나는 그녀가 펜을 집어 들고 메모하는 모습을 본다. 이어서 딕슨은 전업주부이자 쌍둥이의 주 양육자로서의 나의 장점을 강조한다. 아이들을 데리고 공원에서 산책하고, 도서관에서 하는 동화 읽기 시간에 참석하고, YMCA 유아 수영 수업에 함께 참여하고, TV를 베이비시터처럼 사용하지 않으려 했던 태도까지. 그녀는 문제의 그날 아침 나의 판단력 저하에 대해 스파크스 형사에게 자백한 나의 "가혹할 정도의 정직함"이 내면의 선한 성품을 보여 주는 증거라고 말하며, 판결하기 전에 이를 고려해 달라고 요청한다. 또한 지난 12주 동안 내가 AA와 NA 모임에 성실하게 참석해 온 점은 각 모임 의장들의 서명으로 확인된 사실이라고 언급하고, 지난 9주 동안 워터퍼드의 아마존 물류 창고에서 상품 선별법과 포장법을 교육받고 성실히 일해 왔다는 점도 덧붙인다. 아버지에게 전해 들은 것처럼 딕슨이 뛰어난 형사 전문 변호사라는 점은 의심의 여지가 없지만, 그녀는 자신이 맡은 의뢰인인 나의 자백 때문에 사실상 손발이 묶인 상태다. 딕슨 변호사는 라이틀랜드가 니코의 수명과 메이지의 미래 정서 상태에 대해 한 예측들은 순전히 추측에 불과하므로 판결에 어떤 영향도 미쳐서는 안 된다고 판사 팔라졸로에게 요청한다. "라이틀랜드 검사가 수정구를 가지고 미래를 볼 수 있는 능력이 있는 게 아니라면, 그저 예측만 늘어놓고 있을 뿐이기 때문입니다."

"마지막으로" 딕슨 변호사가 말한다. "코빈 레드베터가 평생 감내해야 할 처벌보다 더 큰 처벌은 없을 겁니다. 남은 인생 내내 매일 아침 침대에서 일어날 때마다 자신이 아들의 죽음에 책임이 있고 사랑하는 이들에게 가슴 아픈 상실을 안겼다는 사실을 마주해야 하는 일 말입니다. 이 사람이 매일 짊어지고 살아갈 죄책감과 수치심 그리고 회한의 무게가 얼마나 무거울지 우리는 상상조차 할 수 없다고 생각합니다. 재판장님, 그것만으로도 충분한 감옥이 아니겠습니까?"

딕슨은 그 대목에서 팔라졸로 판사를 바라보라고, 그리고 눈물이 조금이라도 남아 있다면 그때 흘리라고 했다. 하지만 나는 둘 다 할 수 없어 고개를 숙이고 바닥만 바라본다.

라이틀랜드는 최대 형량인 징역 10년을 구형할 수도 있었지만, 6년을 구형했다. 딕슨 변호사는 전면 집행유예와 3년의 보호관찰, 그리고 사회봉사를 요청했다. 팔라졸로 판사는 판결을 내리기 전에 조용히 몇 분 숙고할 시간이 필요하다고 말한다. "모두 일어나세요!" 집행관이 외친다. 판사는 어깨가 축 처진 채 일어나 자신의 집무실로 간다.

기다리는 동안 딕슨은 공허한 격려의 말을 몇 마디 건넨다. 나는 그녀에게 감사하다고 말하고, 미소를 지으려 애쓰며 분홍 머리는 어떻게 됐냐고 묻는다.

"바람과 함께 사라졌죠. 아내가 끔찍하게 싫어했거든요."

그 뒤로 우리는 말없이 기다린다.

"모두 일어나세요!"

팔라졸로 판사는 나보다 방청석을 향해 말한다. "어떤 사건들은 형을 정하는 일이 어렵지 않습니다. 흔히 말하듯 단순명료하죠. 지침만 따르면 됩니다. 하지만 이 사건 같은 경우는 훨씬 더 복잡하고 어렵습니다. 이런 사건들은 결정을 내리기 전에도, 내린 후에도 밤잠을 설치게 됩니다."

그녀는 이어서 나를 향해 고개를 돌린다. "레드베터 씨, 당신과 당신의 가족에게 위로의 마음을 전합니다. 여러분은 모두 헤아릴 수 없는 상실을 견뎌야 했습니다. 그렇지만 당신의 어린 아들이 마땅히 누려야 할 정의가 실현되기 위해서는, 당신이 법을 어긴 결과로 발생한 이 비극에 대해 국가가 당신에게 책임을 물어야 한다는 라이틀랜드 검사의 주장을 도저히 무시할 수 없습니다. 그렇다고 해도 검사가 요청한 징역 6년 형을 그대로 받아들이지는 *않겠습니다.* 제 결론은 다음과 같습니다. 당신은 총 5년의 수형을 선고받되, 그중 3년을 복역한 뒤 집행을 정지하고, 이후 추가로 3년의 보호관찰을 받게 됩니다. 수감 기간에 12단계 모임 참석을 의무로 정하진 않겠습니다. 중독에서 회복되는 것은 국가의 명령이 아닌 개인의 의지에서 비롯되어야 한다고 믿기 때문입니다. 다만, 이것이 당신 자신과 가족을 위해 계속해 나가고 싶은 일이 되기를 진심으로 바랍니다. 행운을 빕니다. 레드베터 씨, 앞날에 평안을 기원합니다."

그렇게 판사는 망치를 때려서 이 사건을 종결하고 법정을 떠난다. 곧 법원 보안관 두 명이 수갑과 족쇄를 들고 다가온다. 나는 에밀리와 눈을 마주치고 싶어서 어깨 너머로 바라보지만, 그녀는 이미 장모님과 출구를 향해 걸어가고 있다. 그다음으로 부모님을 본다. 엄마는 침울하지만 꿋꿋하다. 아버지는 눈물을 흘리고 있다. 아버지의 그런 모습을 누가 상상이나 했을까.

그리고 그들 뒤에 파텔 박사가 서 있다. 결국 그녀가 와 줬다. 두 손을 앞으로 맞잡고, 그녀를 발견한 내 시선을 보자 연민이 담긴 미소를 선물처럼 보낸다.

밖으로 나온 나는 밝은 여름 햇살에 눈을 가늘게 뜬다. 곧 호송 차량 뒤 칸에 실린다. 잠시 후, 앞으로 3년을 보내게 될 에이츠 교도소로 향한다.

2부

하루가 지나고 또 하루가 지나고
또 하루가 지나고

14

2017년 8월 1일
1,095일 중 1일

호송 밴 안에서 나는 다른 두 명의 수감자와 사슬로 묶여 있다. 내 옆의 남자는 코를 골고 있고, 그 옆의 남자는 셔츠 앞자락이 토사물 범벅이다. 차 안은 숨 막히게 덥고 악취가 너무 심해, 나까지 토하지 않기만을 바란다. "출발 준비 완료." 누군가 외친다. 차 문이 쾅 닫히고, 시동이 걸리고, 밴이 덜컹거리며 법원 주차장을 빠져나와 도심의 거리로 들어선다. 철창이 달린 창 너머로 나무와 차, 상점과 보행자들이 흐릿하게 스쳐 지나간다. 내가 방금 잃어버린 자유가 순간순간 흘러간다.

출발해서 3, 4킬로미터쯤 갔을 때 코를 골던 남자가 깜짝 놀라 깨면서 사슬을 잡아당겨 나까지 끌려간다. 그는 왼쪽으로 몸을 돌려 흐릿한 눈으로 나를 훑어본다. "당신은 어디서 왔소?" 그가 묻는다. 내가 답하자 자기는 브리지포트에서 잡혔고 오른쪽에 있는 이 녀석은 하트퍼드 구치소에서 왔다고 한다. "난 어쩌면 이렇게 재수가 없을까? 이번이 두 번째 빵인데, 두 번 다 꼭 마약 금단에 시달리는 중독자 새끼 옆이야. 그래도 이번에는 나한테 뭘 묻히진 않았네." 그가 말한다. 다른 남자가 신음한다. "아직은 말이지. 당신 이 아이스크림 트럭에 처음 탄 거야?"

"뭐라고요?"

"됐어. 답 나왔어."

이 '조이라이드'는 대략 30분에서 40분 정도 이어지고, 가는 내내 속이 울렁거린다. 밴은 속도를 줄여 좌회전한 뒤, 구내로 들어서 입출소 구역에 멈춘다. 다른 두 사람과의 사슬에서 풀려나 뒤쪽 문으로 내린다. 새로운 교도관이 족쇄를 풀어 준다. 첫 번째 절차는 지문 채취와 신분증 사진 촬영이다. 그다음은 알몸 수색과 감시받으며 하는 샤워라는 굴욕이 기다린다. 나를 지켜보던 교도관이 손을 내밀라고 한다. 손을 내밀자 이 제거 샴푸를 짜 주며 머리와 겨드랑이, 음모를 철저히 씻으라고 지시한다. 수감자라면 대개 이가 있을 거라고 추정하는 것이다. 나는 몸을 박박 문질러 씻고 헹구지만, 샴푸의 화학적 악취가 좀처럼 가시지 않는다. 법정에 입고 간 옷과 신발을 교정 직원이 봉투에 담는 모습을 지켜본다. 재활용된 교도소 속옷과 베이지색 환자복 같은 작업복, 끈이 없는 낡은 운동화를 건네받는 순간, 이제 이게 내 새로운 삶이라는 사실이 뼈아프게 와닿는다.

다음으로 작은 방으로 안내되는데, 그곳에는 이미 두 명의 신입 수감자가 TV 앞에 앉아 있다. 그중 하나는 법원에서 오는 길에 내 옆에 묶여 있던 남자고, 다른 한 명은 아직 고등학생 같아 보인다. 우리를 지키는 교정관 둘 중 백인 교정관이 VCR에 비디오테이프를 밀어 넣자, 코네티컷 교정부의 오리엔테이션 영상이 시작된다. 영상은 교정부의 규칙과 규정, 매점 시스템의 운영 방식, 수신자 부담 전화 걸기와 면회 절차, 징계 딱지를 받으면 어떤 일이 벌어지는지를 다룬다. 휴대전화는 엄격히 금지되어 있고 인터넷 접속은 불가능하다고 한다. 하지만 소리에 윙윙거리는 잡음이 섞여 있고 교정관들이 큰 소리로 잡담하는 바람에 중요한 내용을 많이 놓친다. 화면은 계속 지지직거리면서 죽죽 선이 그어진다. 영상이 끝나자 흑인 교정관이 질문이 있는지 묻지만, 둘 다 내가 손을 들고 있다는 사실에 신경조차 쓰지 않는다. 교도소 규칙은 여전히 잘 모르겠지만, 두 가지는 확실히 알게 된다. 교정관들은 수감자들의 질문에 별 관심이 없고, 기술 면에서 교정부는 아직도 원시 시대에 머물러 있다는 것이다.

영상을 틀었던 교정관들은 우리를 다른 교정관 세 명에게 인계한다. 한 명은 우리에게 '생존 키트'를 하나씩 나눠 준다. 침구와 위생용품이 든 갈색 종이봉투로, 외부에서 누군가가 매점 계좌에 돈을 넣어 줄 때까지 버텨야 한다는 뜻이다. 다른 한 명은 새로 코팅된 신분증을 나눠 주면서, 집게를 써서 셔츠에 고정하고 감방을 나설 때마다 반드시 착용하라고 말한다. "레드베터?" 세 번째 교정관으로 나이가 좀 있어 보이는 남자가 다가오며 말한다. "넌 B동에 배정됐다. 나는 카바네로 중위야." 내가 손을 내밀자 그는 고개를 젓는다. "제압 상황이 아닌 한 수감자와 직원 간 신체 접촉은 금지돼 있어. 자, 따라와."

마당을 가로지르는 동안, 통로를 따라 서 있는 수감자들 대부분이 흑인이나 유색인이라는 걸 알아차린다. 카바네로가 내게 몇 년을 선고받았는지 묻는다. 나는 대답하면서 이어서 당연히 나오리라 생각한 질문, 무슨 죄로 유죄판결을 받았냐는 질문을 들을 각오를 한다. 대신 그는 실용적인 조언을 건넨다.

"교도관 말 잘 듣고 튀지 않으면 별문제 없을 거야. 잘난 척하는 인간을 좋아하는 사람은 없어. 그리고 누구를 믿을지 신중하게 골라야 해. 여기에 순진하고 착한 놈들은 거의 없거든." 그는 내가 B동에 배정된 게 행운이라고 말한다. "여긴 오래된 건물이라 지붕이 슬레이트야. 싱글 지붕보다 튼튼하지. 배관도 플라스틱이 아니라 구리 파이프고. 플라스틱은 이음새를 붙이는 시멘트가 삭아서 누수가 생겨. 새로 지은 건물들은 싸구려로 지어서 문제가 많아." 맙소사, 나는 지금 무너지지 않으려고 버티고 있는데 그는 배관 강의를 하고 있다.

"아, 그리고 너희 동에서 벌어지는 인종 문제엔 끼지 마. B동에선 백인이 소수파라, 아마 몇몇은 너를 끌어들이려 할 거다. 하지만 어느 쪽도 편들지 마. 중립을 지켜." 그가 말한다. 나도 그렇게 할 생각이다.

"질문 있나?" 그가 묻는다.

"네. 하나 궁금한 게 있어요. 여기 AA 모임이 있나요?"

그는 고개를 끄덕이지만, 언제 어디서 모이는지는 모른다고 말한다. 상담사에게 물어보란다.

건물 안으로 들어가자 카바네로가 1층의 시설들을 가리킨다. GED(고등학교 졸업 검정고시-옮긴이) 교실, TV와 테이블 축구가 있는 휴게실, 고정식 자전거와 역기가 갖춰진 피트니스 룸. 근육질의 백인 남자들이 서로를 보조하며 역기를 드는 모습을 힐끗 보자, 그중 몇 명이 나를 곁눈질한다. 우리가 지나갈 때 그중 하나가 내가 아이를 죽인 놈이라고 떠든다.

"팬케이크처럼 납작해졌대." 누군가 말한다. "어이쿠, 이런. 미안해, 아가."

카바네로 중위가 고개를 돌려 내가 눈가에 고인 눈물을 훔치는 걸 본다.

"이 일을 한 지 17년째라 이젠 웬만한 일은 놀랍지도 않아. 그래도 여기에 오래 있다 보면, 특히 아이들이 얽힌 일에서 사람들이 얼마나 잔인해질 수 있는지 새삼 놀랄 때가 있어. 보다시피 여기 있는 놈들은 대부분 자식이 있거든. 그래서 아이를 해쳤다고 생각되는 사람들을 표적으로 삼아. 그러면 자기들이 우월해진 기분이 들거든. 네가 여기 왜 있는지는 나도 알아. 그러니까 처음에는 그런 식으로 꽤 괴롭힘을 당할 거야. 그래도 상처받는다는 걸 들키지 마. 그냥 넘기도록 노력해 봐."

내 아이의 죽음을 웃음거리로 만드는 걸 그냥 넘기라고? 그걸 나보고 어떻게 하라는 거야?

우리는 3층으로 올라간다. 카바네로가 통제 데스크 뒤에 있는 교정관에게 3-E를 열라고 한다. 전기 장치가 튀는 것처럼 팍 소리가 난 뒤, 나는 카바네로 중위를 따라 앞으로 내가 지낼 공간으로 들어간다. 그곳에 덩치 큰 할아버지처럼 보이는 남자가 변기에 앉아 있다. 그가 나를 돌아보며 말한다. "네가 자식을 죽인 놈 맞지?"

나는 숨을 들이마신다.

"착하게 굴어, 퍼그. 내일 보자." 카바네로가 말한다. 문이 쾅 닫힌다.

"자, 앞으로 이렇게 할 거야. 아래 침대가 내 거야. 거기 앉아 있다가 걸리기만 해 봐. 아침 배식 시간 전에는 나한테 말 걸지 마. 내 물건은 아무것도 빌려 달라고 하지 말고, 내가 일하러 나가 있을 때 내 라디오나 TV도 건드리지 마. TV 볼 땐 입 다물고 있어. 지난번에 이 방에 있던 놈은 내 말이 농담인 줄 알고 끝까지 떠들어 대다 결국 어깨가 빠졌지. 그 뒤에야 알아 먹더라. 내 말 이해했어?"

"그래요. 알겠어요." 내가 말한다.

나는 그가 콘크리트 벽에 붙여 둔 것들을 힐끗 본다. 트럼프 얼굴이 한가운데에 있는 성조기 포스터 하나, 문신을 한 몸에 벌거벗다시피 한 바이커 여자 둘이 서로에게 키스하는 잡지 사진 한 장, 그리고 그의 아내와 아이들로 보이는 가족사진 몇 장. 이 전시물 아래에는 TV 연결 단자가 있다. 시멘트 블록 벽에서 동축 케이블이 하나 튀어나와 작은 화면에 속이 훤히 보이는 투명 플라스틱 외장 TV로 이어져 있다.

"식사 시간이야, 아가씨들!" 감방 밖에서 누군가 소리친다.

퍼그는 문 앞에 가서 멈춰 선다. "여긴 저녁이 4시야. 먹을 거야?" 나도 따라가 그의 뒤에 서서 기다린다. "하지 말랬지." 그가 말한다.

내가 방금 그의 규칙을 어겼나? "뭘 하지 말라는 거죠?"

"내가 못 보게 등 뒤에 서는 짓 말이야. 누가 가까이 있을 때는 내 눈에 보여야 해. 난 네가 누군지도 모르잖아."

나는 고개를 끄덕이며 여기선 편집증도 기본으로 따라오나, 하고 생각한다. 화제를 바꾸기 위해 다이닝 홀이 이 건물 안에 있는지, 아니면 다른 곳에 있는지 묻는다.

그는 웃음을 터뜨린다. "다이닝 홀? 뭐 은식기랑 번지르르한 접시를 기대했어? 누가 와서 어떤 칵테일을 마실지 물어볼 줄 알았어?"

"아니, 난 그냥······."

"여기선 보통 흰 식빵 두 쪽에다 스티로폼 쟁반에 국자로 퍼 주는 정체 모를 죽 같은 게 전부야. 그걸 플라스틱 스포크(포크형 숟가락-옮긴이)로 퍼먹는 거지. 그것도 빨리 먹어야 해. 원래는 20분이지만, 12분이나 13분만 줘도 운 좋은 편이야. 교도관들은 우리를 빨리 몰아내서 다시 감방에 가둬 놓고 근무가 끝날 때까지 퍼질러 앉아서 놀고 싶어 하거든. 반입하면 안 되는 핸드폰으로 캔디 크러시를 하거나 포르노를 보는 거지. 그리고 남은 음식을 들고 식당을 나가다 걸리지 마. '포장'으로 적발되면 바로 딱지야. 그렇다고 불가능하다는 건 아니고 그냥 들키지 말라는 거지."

다시 그 전자음 같은 팍 소리가 들린다. 퍼그가 문을 밀어서 열고 나를 위해 붙잡아 준다.

"있잖아요. 다시 생각해 보니 별로 배가 안 고파요." 내가 말한다.

"맘대로 해." 그는 그렇게 말하고 복도를 쿵쿵거리며 지나가는 다른 사람들 속으로 들어간다.

그가 없는 동안, 나는 조금이라도 이곳에 익숙해져 보려고 애쓴다. 단약하고 금주한 뒤로 화학적인 도피처에 대한 갈망이 줄어들었는데, 감옥에 온 지 불과 몇 시간 만에 그 욕구가 다시 치고 올라온다. 당장 독한 술한 잔이나 아티반 몇 알이 없으면 안 될 것 같아 몸이 떨리기 시작한다. 여기에 벤조디아제핀을 구할 만할 암시장이 없을까, 하는 생각이 든다. 뭔가 손에 넣을 수만 있다면, 에밀리에게 어떤 약속을 했든 상관없이 먹을 것이다. 그 충동을 잠재우기 위해 데일이 뭐라고 조언했든, 그것도 상관없다.

나는 생존 키트에서 나온 물건들을 매트리스에 쏟아 놓는다. 닳아 해진 샤워용 슬리퍼 한 켤레, 종잇장처럼 얇은 시트를 말아 놓은 것, 초라해 보이는 수건 한 장, 여행용 크기의 위생용품도 있다. 비누, 샴푸, 치약, 5센티미터 길이의 칫솔 그리고 매점 주문서 세 장과 미니 골프장에서 나눠 줄 법한 조그만 연필 하나. 나는 그 물건들을 쓸어 담아 분명 내 것일 빈 수납함에 넣는다. 침대를 정리한다. 뒤쪽 창문의 아주 가느다란 틈으로 바깥 풍경을 확인한다. 주차장, 죽어 가는 가문비나무 한 그루, 쓰레기통 몇 개, 허둥지둥 달아나는 쥐 한 마리, 다시 몸을 돌려 감방의 크기를 가늠한다. 버터넛 애비뉴에 있던 우리 집 욕실과 거의 같은 크기다. 앞으로 3년 동안 그녀의 욕실이 될 공간. 메이지는 괜찮을까? 불쌍한 아이. 동생이 많이 보고 싶을 텐데. 메이지가 나도 그리워할까?

퍼그가 돌아왔을 때, 나는 우는 걸 들키지 않으려고 위쪽 침상에서 몸을 웅크린 채 벽을 본다.

"자." 그가 던진 뭔가가 내 엉덩이에 부딪힌다. 손을 뒤로 뻗어 집어 보니 그래놀라바다. 고맙다고 말하고 포장을 뜯어 절반을 입에 밀어 넣는다. 오늘 아침 엄마와 법원에 가기 전 이후로 뭘 먹긴 했던가? 기억이 나질 않는다. 맙소사, 아직도 오늘이라고? 믿을 수 없다.

TV가 켜지는 소리가 들린다. 밤 뉴스다. 트럼프와 김정은의 브로맨스, '무관용 정책'이 국경에서 아이들과 부모를 갈라놓고 있다는 이야기, 광고가 끝난 뒤에는 켄터키의 한 슈퍼마켓에서 백인 남자가 흑인 노인들을 총으로 쏴 죽였다는 소식이 나온다. 퍼그는 퀸의 오래된 노래를 부르기 시작한다. *"또 하나가 가고, 또 하나가 가고, 또 하나가 쓰러지지."*

"맙소사." 나는 속으로 내뱉었다. 아니, 그렇게 생각했다. 퍼그가 내 침대 옆에 서 있는 걸 깨닫기 전까지는.

"뭐가 마음에 안 들어?" 그가 묻는다.

나는 바로 대답하지 않는다. 하지만 그가 여전히 거기 서서 기다리는 게 느껴져서 고개를 들고 몸을 돌려 그를 마주 본다. 사람들이 총에 맞아 죽는 걸 노래로 흥얼거리는 건 좀 아니라고 말한다.

"아니라고? 제 자식을 죽인 놈에게서 그런 말이 나오다니 흥미롭군." 순간 침대에서 뛰어내려 이 쓰레기와 한판 붙고 싶어진다. 하지만 카바네로 중위가 그냥 넘기라고 한 조언이 머릿속을 스친다. 네가 상처받는다는 걸 저들에게 보여 줘서 기분 좋게 해 주지 마. 나는 그에게서 등을 돌리고 중얼거린다. "그래요, 퍼그. 맘대로 생각해요."

하지만 그는 물러서지 않는다. "내가 한 수 가르쳐 주지, 친구. 교육 좀 시켜 줄게. 멕시코에서 이쪽으로 몰래 들어오는 흑인들과 그 패거리들은 파리처럼 새끼를 치지. 우리보다 숫자가 많아지면 바로 자기들이 주도권을 잡을 줄 아는 거야. 착각도 그런 착각이 없지. 여긴 놈들 나라가 아니라 우리 나라야. 지금의 미국을 만든 건 우리고, 그 현실을 일깨워 주기 위해 그들과 그 한심한 동조자들을 상대로 인종 전쟁을 치러야 한다면, 우리는 그렇게 할 거야. 그러니까 여기서 발 뻗고 자고 싶으면 어느 편에 설지 잘 결정해. 여기선 동족을 배신한 놈들의 말로가 썩 좋지 않거든."

나는 아들의 죽음에 대해 벌을 받아 마땅하다는 걸 안다. 그건 분명히 알고 있다. 다만 앞으로 3년 동안 이곳에서 어떻게 살아남을지는 알 수 없다.

15

2017년 8월

1,095일 중 2일에서 22일

얼마 지나지 않아 나는 예이츠 교도소가 백인은 백인끼리, 흑인은 흑인끼리, 라티노는 라티노끼리 같은 방을 쓰게 한다는 사실을 알아차린다. 스페인어를 쓰는 멕시코인이든, 포르투갈어를 쓰는 브라질인이든 혹은 프랑스어를 쓰는 아이티인이든 상관없다. 예이츠에서 감방 배정의 기준은 오로지 피부색이다.

함께 수용된 사람들이 어떤 인종이든, 어디서 왔든 내겐 중요하지 않다. 운동장을 오가는 거의 모든 사람에게 나는 주눅이 든다. 대부분은 나를 스쳐 지나갈 때 인상을 쓰고, 그중 절반은 그냥 걷는 게 아니라 과시하듯 활보한다. 그들의 몸은 조각처럼 다져졌고 근육은 울퉁불퉁하다. 나라고 약골은 아니지만, 여기선 한순간에 벌레처럼 짓밟힐 수 있다.

퍼그는 내 공포에 불을 지피는 데 최선을 다한다. 백인 수감자 하나가 흑인에게 얼굴을 알아볼 수 없을 정도로 맞았고, 그 흑인 놈은 대가로 칼에 베였다는 이야기를 들려준다. "원한이 있는 놈들 있잖아? 놈들은 칫솔을 갈아서 칼처럼 만들어. 그러다 누군가 눈이나 목을 찔리지. D동에 있던 어떤 인간은 같은 층의 흑인 새끼에게 심장을 찔려서 그 자리에서 피를 다 쏟고 죽었어. 네가 여기 들어온 이유가 퍼지는 순간 '죽은 애'라는 말을 듣고 누가 널 엉클 체스터로 착각하지 않기만을 빌어야 할 거야."

"그게 뭔데요?" 내가 묻는다.

"어린 애들을 건드려서 쾌락을 느끼는 쓰레기들 말이야. 그런 놈들이 여기서 제일 심하게 당하지. 여긴 어릴 때 그런 변태에게 당했던 놈들이 많거든. 교도관들도 그런 놈들은 싫어해서 운동장이나 카메라 없는 곳에서 일이 벌어지면 모른 척해. 네가 성범죄자로 오해받을 *거라는* 말은 아니야. 다만 조심하라는 거지. 네가 아이를 죽였다는 이야기가 퍼지면 놈들이 속단할 수도 있거든. 그리고 흑인을 조심해. 놈들 세계에선 서로 쏘고 죽이고 헤로인 과다 복용으로 죽어 나가는 게 일상이라 우리처럼 생명을 귀하게 여기지 않아. 놈들에게 통하는 건 정글의 법칙뿐이야."

나는 말수를 극도로 줄이고 그가 정한 규칙을 따르며, 퍼그가 3-E 감방 서열 1위라는 사실을 인정하는 방식으로 백인 동료와 불편한 공존을 유지한다. 단 한 번 샤워실로 가던 중에 퍼그의 규칙을 무심코 어긴 적이 있다. 그가 볼 수 없는 뒤에 서면 안 된다는 걸 순간 잊어버렸다. 그가 확 돌아서더니 나를 벽으로 밀어붙이고 주먹을 들었지만, 마지막 순간에 주먹을 거두었다. 아슬아슬하게 턱이 부러지는 일은 면한 것이다.

퍼그가 옆에 있을 때는 좀처럼 마음을 놓을 수 없어서 내가 숨을 돌리는 유일한 순간은 그가 일하러 나갈 때뿐이다. 그는 고속도로 가장자리의 쓰레기를 치우는 작업반 소속이다. 덕분에 평일에는 하루에 여섯 시간에서 일곱 시간쯤 감방을 비운다. 하지만 비 오는 날이나 주말은 사정이 다르다. 그는 TV를 보고, 낮잠을 자고, 솔리테어 카드 게임을 하고, 자물쇠 상자에 숨겨 둔 야한 잡지를 꺼내 보며 자위한다. 그럴 때 그는 사생활 같은 건 전혀 신경 쓰지 않는다. 우리 감방의 크기와 그가 흥분하려고 음담을 늘어놓고 절정에 이르러 소리 지르는 걸 생각하면, 애초에 사생활을 기대하는 게 무의미한 것 같다.

퍼그의 주말 활동 중 하나는 임시로 만든 담배를 말아 피우는 것이다. 그는 평일에 쓰레기 줍는 작업을 하면서 길에 버려진 담배꽁초를 주머니에 슬쩍 감춘다. 그러다 토요일이 되면 아직 타지 않고 남아 있는 담배를 털어 내서 모은 뒤, 몇 개의 작은 뭉치로 나눠서 하나씩 화장지 두 겹으로 말아 놓는다. 그 뒤 기회가 생길 때마다 몰래 불을 붙여 피운다.

나는 우리 층에서 도는 소문을 통해 매니인지 뭔지 하는 사람에게서 퍼그의 본명이 앨버트 리겟이라는 사실을 알게 된다. 그는 바깥에선 정비공이었고, 뉴욕시에서 자동차 절도범들을 상대로 '촙 숍(차량을 훔쳐 부품으로 해체해 되파는 불법 작업장-옮긴이)'을 운영한 죄로 6년 형을 받았다. 나는 퍼그가 나와 둘만 있을 때는 인종차별적인 발언을 거리낌없이 쏟아 내지만, 감방 밖으로 나가면 말을 조심한다는 걸 알아차린다. 특히 흑인 수감자들 앞에서는 유난히 신중해지는데, 어느 날 아침 식사 시간에 매니 맞은편에 앉아 있다가 그 이유를 알게 된다. 퍼그가 여기 들어온 첫해, 마당에서 자기 패거리 중 하나와 이야기하다가 복지에 의존하는 흑인들을 "게으른 현관 원숭이"라고 불렀다는 것이다. 다음 날 그가 보행로에 서 있을 때 누군가가 뒤에서 그를 덮치고 목을 졸라 기절시킨 후 그대로 내팽개쳤다. 매니 말로는 퍼그가 후두 연골 골절 때문에 한동안 의료동에 있었단다. 범인이 끝내 밝혀지지 않았기 때문에, 누군가 뒤에서 다가오는 걸 극도로 경계하는 그의 편집증은 분명 그 일에서 비롯됐을 것이다. "이런 걸 어떻게 다 알아?" 매니에게 물었다. 그는 원래 호기심이 많고 항상 촉을 세우고 산다고 대답했다.

입소한 지 거의 2주가 되었을 무렵, 나는 가까스로 버틴다. 숨죽여 우는 시간들, 잠 못 이루는 밤들. 식사 시간 외에는 거의 감방에 틀어박혀 일상과 단절된 채 지낸다. 나는 안내받은 대로 면회자 명단을 작성한다. 에밀리와 메이지, 엄마 그리고 AA 스폰서 데일. 아버지의 이름을 적기 전에 잠시 망설이지만, 결국 그것도 적는다. 명단을 상담사에게 건네자 그녀는 면회는 4, 5주 뒤부터 할 수 있을 거라고 말한다.

"왜 그렇게 오래 걸려요?" 내가 묻는다.

그녀는 미소를 짓는다. "명단에 적힌 사람들 전부 신원 조회를 거쳐 승인을 받아야 하거든요. 전과가 있으면 거부되기도 하고요. 여기선 뭐든 빨리 되는 법이 없어요. 그걸 받아들이고 인내하는 법을 배우는 게 좋아요."

"저기, 여기서 AA나 NA 모임에 관해 물어보라고 들었는데요. 모임 일정표 같은 게 있나요?"

"좋은 질문이네요. 제가 알아보고 말씀드릴게요." 그녀가 말한다.

그녀의 사무실을 나오는 순간, 데일이 음주 운전으로 조카를 다치게 했고 끝내 죽음에 이르게 해서 감옥에 있었던 사람이란 사실이 떠오른다. 아마도 앞으로 3년 동안은 내 스폰서를 보지도, 그와 이야기를 나누지도 못할 것 같다. 나는 그의 전화번호를 적어 두는 걸 잊었고, 편지를 보낼 주소도 없다.

앞으로 5주 동안은 면회도 받지 못하고, 다들 바가지라고 욕하는 텍사스에 있는 교도소 전화 서비스 회사에 누군가가 계정을 개설하고 돈을 넣어 주기 전까지 전화도 못 한다. 그게 돼야 내가 수신자 부담 전화를 걸 수 있다. 그전까지는 달팽이처럼 느리게 가는 편지만 쓸 수 있다. 나는 매니에게 종이와 봉투, 우표 몇 장을 얻어 엄마에게 편지를 쓴다. 에밀리, 메이지와 통화할 수 있도록 계정에 돈을 넣어 달라고, 적어도 딸이 내 목소리라도 들을 수 있게 해 달라고. 에밀리가 내 전화를 아예 받지 않을지도 모른다는 생각이 든다.

아버지에게도 편지를 쓴다. 마지못해.

아버지께.

요즘은 날씨가 좋으니 골프도 치시고, 하이킹도 하고 계시길 바랍니다. 감옥 생활은 익숙해지는 데 시간이 좀 걸리겠지만, 저는 괜찮습니다. 그럭저럭 자리를 잡아 가고 있어요.

이 편지는 감사의 마음을 전하기 위해 씁니다. 우선, 나탈리와 같이 딕슨 변호사를 선임해 주셔서 감사드립니다. 변호사 비용을 부담해 주신 것도 고맙습니다. 그 부분을 처리해 주셔서 진심으로 감사하게 생각합니다. 또 선고가 내려지던 날 법정에 오셔서 저를 지지해 주신 것도 감사합니다. 쇠사슬에 묶인 채 끌려가는 제 모습을 보셔야 했던 건 정말 죄송합니다. 어떤 아버지도 자식의 그런 모습을 봐선 안 되는데, 그래도 그 자리에 있어 주셔서 감사합니다.

제가 여기 있는 동안 편지를 주고받고 싶으시다면 회신 주소와 제 수감 번호는 봉투에 적혀 있습니다. 면회자 명단에도 아버지 이름을 올려 두었습니다. 면회 승인까지는 한 달 정도 걸릴 테지만, 오고 싶지 않다 해도 부담 갖지 않으셔도 됩니다. 이해해요.

진심을 담아.

코비

외로움과 이 시스템과 여기 있는 사람들에 대한 두려움이 나를 미치게 만든다. 나는 기나긴 낮을 감방이라는 제한된 공간에서 서성거리며 보내거나, 위쪽 침상에 몸을 웅크린 채로 버틴다. 소음에 극도로 예민해져서 식당의 소란을 피하려고 끼니를 자주 거른다. 더는 참기 어려울 정도로 배가 고플 때만 어쩔 수 없이 가는데, 그럴 때는 보통 퍼그와 나의 감방에서 세 칸 떨어진 곳에 있는 매니와 함께 앉는다.

매니는 사람 좋아 보이고 무해한 편이지만 말이 너무 많다. 나는 먹을 수 있어 보이는 건 뭐든 다 입에 쑤셔 넣으며 아무 말도 하지 않는다. 반면 매니는 식사 내내 수다를 떨다가, 교도관들이 나가라고 소리를 지르는 순간 그들이 어디를 보는지 재빨리 살핀 후에 빵이나 케이크를 후드티 소매에 숨기고, 닭다리나 미트파이 반쪽을 바지 속으로 밀어 넣는다.

이곳에서는 온종일, 식사 후 그리고 밤에 불이 꺼질 때까지 계속해서 인원 점검을 한다. 교도관들은 늘 절반쯤은 숫자를 잘못 세고, 인원수가 맞지 않으면 맞을 때까지 모든 절차가 중단된다. 점검이 끝나면 정각마다 '공동 시간'이 주어진다. 통제실의 교도관이 모든 문을 한꺼번에 열어 줘서 복도에 5분간 나가 있을 수 있다. 그때 얼른 수신자 부담 전화를 걸거나, 공동 온수기에서 미지근한 물을 받아 차나 인스턴트커피를 만들거나, 라면을 끓이거나, 침상 동료가 아닌 다른 사람과 잠깐 수다를 떤다. 하지만 나에게는 해당 사항이 없다. 전화 계정은 아직 개설되지 않았고, 인스턴트커피나 라면도 없고, 어쨌든 이 사람들과는 누구와도 말을 섞고 싶지 않다. 나는 감방에 남는다.

홀숫날은 우리 층 수감자들이 운동장에 30분 동안 나갈 수 있다. 가서 바람도 쐬고, 운동도 하고, 햇볕을 쬔다. 나도 한번 나가 보지만, 결국 혼자 서서 그물 없는 골대에서 거칠게 농구하는 흑인 몇 명을 우두커니 바라볼 뿐이다. 나이가 지긋한 수감자 둘은 체커를 두고, 웨이트에 빠진 무리가 피크닉 테이블에 둘러앉아 자기들끼리 팔씨름하며 환호한다. 마치 중학교로 돌아가 내가 속하지 못한 모든 무리를 구경하는 기분이다. 무표정한 교도관 셋(흑인 하나, 백인 둘)이 놀이터 감독처럼 우리를 감시한다.

이곳의 인종적 분열 양상이 눈에 들어오기 시작하자, 매니가 흑인, 백인, 히스패닉으로 보이는 예닐곱 명의 남자들과 어울리는 게 보인다. 겉보기에 퀴어 무리 같았다. 이번만큼은 매니가 대화를 독점하지 않는다. 키가 크고 마른 몸매에 피부색이 밝은 흑인으로, 과장되고 요란한 말투에 자매

이카 억양 같은 발음을 하는 남자가 분위기를 주도한다. 그는 입술에 빨간 립스틱을 바르고 눈에는 파란 아이 메이크업을 했다. 교도소에서 지급한 바지는 종아리 중간까지 걷어 올렸다. 목에는 보라색 깃털 보아(장식 스카프·옮긴이)를 두르고 있는데, 교도관들은 딱히 압수할 생각이 없어 보인다. "내가 말했지, 계집애야. 그런 괴물한테 내려갔다가는 턱 빠질 거라고!" 이곳에서 동성애자들을 대하는 수감자들의 태도를 봐 온 나는, 교도소 운동장을 지배하는 마초적인 공기 속에서 "좆까" 식의 퀴어 선언을 하는 그의 태도에 조금 감탄한다.

그가 내 시선을 알아차리자 나는 고개를 돌린다. 너무 늦었다.

"어이, 거기 미남! 난 제리 컬이야. 나 마음에 들어?" 나는 지루하고 무심한 표정을 지어 보려 하지만, 얼굴이 달아오르는 게 느껴진다. "자기야, 엉덩이가 실하네. 내가 원하는 만큼 깊이 들어갈 수 있겠어? 백인 남자들이 뭘 가졌는지는 실전에 들어가 봐야 알 수 있다니까." 매니를 제외한 다른 이들 사이에서 웃음과 야유가 터진다. 매니가 뭐라고 하지만 들리지 않는다. 그게 뭐였든 드래그 퀸은 이렇게 받아친다. "난 그냥 뻣뻣한 백인 아저씨랑 농담 좀 한 거야. 여자애가 여기서 조금 놀 수도 있는 거 아니야?"

나는 교도관들이 이런 상황을 알아챘는지 보려고 그쪽을 힐끗 보지만, 그들은 자기들끼리 이야기하느라 정신이 없다. 대체 언제 다시 감방으로 돌아가게 해 줄까? 30분이라며? 체감상으로는 한 시간은 지난 것 같다.

운동장을 반쯤 가로질렀을 때 말다툼이 벌어지고, 나는 싸움을 구경하러 몰려가는 사람들을 따라간다. 두 남자가 서로에게 스페인어로 소리를 지르고 있다. 몸싸움 직전까지 치닫자 교도관 셋이 달려와 둘을 갈라놓고, 당장 그만두지 않으면 페퍼 스프레이를 쓰겠다고 경고한다. 한 사람은 순순히 물러선다. 다른 하나는 상대방의 신발에 가래침을 뱉는다. 교도관이 그에게 수갑을 채워서 운동장 밖으로 데리고 나간다.

"어이, 레드베터!" 누군가 부른다. 누가 내 이름을 알지?

"어?"

나를 향해 걸어오는 백인 남자 둘을 바라본다. 나이가 더 든 쪽은 민머리에 덥수룩한 수염이 희끗희끗하다. 젊은 쪽은 샤워실에서 퍼그와 몇 번 얘기하는 걸 본 적이 있다. 옷을 벗으면 앞뒤 할 것 없이 문신투성이다. 왼쪽 가슴에는 남부 연합기가, 오른쪽에는 원과 십자가 문양이 있다. 넓은 등에는 성난 표정의 미국 독수리가 날아오르는 모습과 함께 "White Pride Worldwide(전 세계 백인 우월주의─옮긴이)"라는 문구가 새겨져 있다.

연장자가 입을 연다. "나는 웨스고 얘는 군나르야. 너랑 할 말이 있는데 저쪽에 가서 이야기하자."

"아니, 난 괜찮아요. 제 이름은 어떻게 알았죠?" 내가 말한다.

"우리가 신경 좀 썼지." 그가 목소리를 낮춘다. "이봐, 넌 신입이지만 히스패닉 놈들, 흑인 놈들, 혼혈들이 우리보다 수적으로 많은 건 이미 눈치챘을 거야. 그건 여기서 형기를 사는 우리 셋과 다른 모든 백인에게 분명한 위협이라는 뜻이지. 무슨 말인지 알겠어?"

나는 모르는 척하자고 속으로 되뇌고 고개를 젓는다.

"그럼 내가 하나하나 짚어 줄게. 넌 이미 판이 어떻게 돌아가는지 느꼈을 거야. 게다가 이 개 같은 주의 '리버럴 병신' 주지사가 위원장을 압박해서 다음 소장으로 흑인을 앉히려 한다는 믿을 만한 정보도 있어. 이미 흑인들을 과보호하는 상황에서 그 일까지 벌어지면 상황이 더 심각해질 거야. 조만간 이곳을 포함해서 전국 여러 교도소에서 전쟁이 터질 거다."

나는 고개를 돌려 흑인 교도관 맥그레비가 매의 눈으로 우리를 주시하는 걸 본다. 이 미친놈들에게서 벗어나지 않으면 한패로 묶일 것이다.

"어디에 충성할지 잘 생각해 봐. 웨스랑 나는 네 인종을 배신하지 말라고 조언하고 싶은 것뿐이야." 문신남이 말한다.

이건 협박이야, 아니면 포섭용 연설이야? 뭐가 됐든 대답하기도 전에 맥그레비의 호루라기 소리가 나를 구한다. "운동 시간 끝났다!" 그가 외친다. 그의 파트너(이름이 얀널이었던 것 같다)가 손뼉을 치며 소리친다. "자, 움직여! 안으로 들어가!" 나는 마침내 '야외 휴식 시간'이 끝나서 안도한다. 감방 밖으로 나간 대가가 이거라면, 다시는 같은 실수를 반복하지 않겠다.

건물로 들어가는데 매니가 뒤에서 다가온다. "제리가 건드린다고 신경 쓰지 마. 입은 좀 거칠어도 해코지는 안 해." 그가 말한다. 나는 어깨를 으쓱한다. "그녀는 드래그 퀸 화장품을 어디서 구했대? 그런 게 매점 주문서에 있어?"

매니는 고개를 저으며 웃는다. "여기서 좀 지내다 보면 즉석에서 만들어 쓰는 법을 배우게 돼. 스타버스트 젤리나 졸리 랜처(미국의 사탕 브랜드-옮긴이), 딸기맛 트위즐러(젤리형 끈사탕-옮긴이)에서 색을 얼마나 많이 뽑아 낼 수 있는지 알면 놀랄걸. 그리고 말인데, 눈치챘는지 모르겠지만 제리를 말린 건 나야."

"그래, 고마워." 내가 말한다. 하지만 매니가 이걸 계기로 우리가 친구가 되리라 생각하면 오산이다. 이미 이곳에서 게이들이 교도관들과 다른 수감자들에게 얼마나 엿 같은 대우를 받는지 봤다. 방금 만난 인종차별적인 백인 패거리와 엮이고 싶지 않지만, 게이들과도 거리를 두고 싶다. 예이츠에서 만난 사람들은 *하나같이* 골칫거리였다. 나는 이들 중 누구와도 공통점이 없지만, 현실은 내가 그들과 같은 부류라는 거다. 가끔은 내가 그들보다 낫다고(그들은 여기 있어 마땅하지만 나는 아니라고) 생각하는 걸 깨닫기도 한다. 하지만 내가 누구를 속이겠는가? 사실은 정반대다. 저들 중 자기 아이를 죽음으로 몰아넣은 사람이 몇이나 되겠나?

감방에 돌아오니 퍼그가 있다. 일을 일찍 마치고 돌아온 그는 잡지로 부채질해서 담배 연기를 쫓고 있다. "언젠가 교도관이 들어와서 이 자욱한 연기를 보면 어떻게 할 거예요? 냄새라도 맡으면요?" 나는 처음으로 그에게 맞선다.

"아마 *너를* 희생양으로 던지겠지. 담배 피운 건 너라고 우길 거야." 그가 말한다. 농담처럼 말하지만, 정말 그렇게 할 인간이라는 걸 안다.

그날 밤 침상으로 올라가자 뭔가 냄새가 난다. 젠장, 시트에 똥이 뭉개져 있고 베개에 똥 덩어리 하나가 놓여 있다.

~

3주째로 들어서자 이곳에서 통용되는 은어 몇 개를 알아듣게 된다. 수감자끼리 꽁꽁 싸서 던지는 쪽지는 '연'이고, 그 연은 '항공우편'으로 도착한다. 형기가 끝나기 전에 감옥에서 죽으면 '뒷문 가석방'을 받은 셈이다. 식당에서 싸움이 터지고 교도관들이 난동자들에게 페퍼 스프레이를 뿌리는 걸 구경하면, 그건 '디너쇼'를 본 것이다. 감방 변기에 똥을 싸는 건 '소장에게 먹이를 주는 것'이라 한다. 이는 교수대식 유머이자 생존 메커니즘의 일부다. 동시에, 이 기관이 애써 둘러대는 허울 좋은 표현을 걷어 내는 일종의 해독제이기도 하다. 이를테면 예이츠 교정 시설이라는 이곳의 이름부터 그렇다. 직원들 대부분이 관심 있는 '교정'이란, 새로 들어온 수감자가 자신을 중범죄 전과와 수인 번호를 단 쓸모없는 똥 덩어리 이상으로 여기려는 착각을 바로잡는 것뿐이다. 나는 내가 여기 있어 마땅하다는 걸 안다. 하지만 예이츠에서 형기를 보내며 자신을 바로잡고 싶다면, 그건 거의 전적으로 혼자서 해야 할 일이라고 생각한다.

낮도 건디기 힘들지만, 밤은 더하다. 퍼그는 코를 골고, 잠결에 소리를 지르기도 한다. 뒤척이는 통에 그의 침상은 물론 내 침상까지 흔들린다. 나는 어떤 밤에는 잠들지 못하고, 또 어떤 밤엔 자다가도 금방 깬다. 결국 몇 시간씩 깨서 말없이 어린 내 아들과 딸에게 용서를 구하거나 에밀리에게 나를 포기하지 말아 달라고 매달린다. 시간이 더디게 흐르면서 절망에 빠지면 한때 나를 자비로운 무의식으로 데려가 주던 벤조와 술에 대한 갈망이 깨어난다. 이제 잠 대신 찾아오는 건 식은땀, 가슴의 압박, 두근거림, 얕아진 호흡이다.

마침내 한두 시간쯤 설핏 잠들었다가도 때때로 불길한 꿈에 놀라 깬다. 부엌 바닥에서 함께 웅크리고 있는 나와 엄마에게 아버지가 고함치는 장면, 내가 애원하는데도 니코를 난간 너머로 거꾸로 매단 마이클 잭슨이 웃는 장면, 어떤 밤에는 실제로 존재하지도 않는 탄 토스트 냄새에 잠에서 깬다. 이내 그날 아침에 벌어진 일을 고통스러울 만큼 세세하게 다시 겪는다. 연기 감지기, 진입로의 개미들에게 매료된 니코, 길 건너편에서 맥도날드 봉지를 흔들던 린다 맥널리, 뒷좌석을 확인하지도 않고 혼다를 후진해 간 나. 해가 지는 시간이 두려워지기 시작한다. 밤이 되면 머릿속에서 불길이 맹렬하게 타오르는데, 그걸 어떻게 꺼야 할지 알 수 없다.

여기 온 지 3주가 다 되어갈 무렵, 아래층 2층 구역에서 소란이 일어난다. 고함과 고성이 뒤섞이고, 인터폰에서는 한 교도관이 "코드 퍼플! B동 1층! 코드 퍼플!" 하고 꽥꽥거린다. 비상 상황은 한 수감자의 자살이었다. 그는 시트를 여러 갈래로 찢어서 끈처럼 엮어 임시 밧줄을 만들었다. 그리고 감방 밖으로 나올 수 있는 휴식 시간에 그 밧줄 한쪽을 계단 난간에 묶었다. 다른 쪽 밧줄로는 올가미를 만들어 자기 목에 씌워 조인 뒤, 계단 통로로 뛰어내렸다.

매점에서 물건을 받아 돌아오던 매니는 그가 뛰어내리는 순간과 죽어가는 몸부림을 목격한다. 그날 밤 식사 자리에서 매니는 눈이 튀어나올 듯한 얼굴로 그 끔찍한 디테일을 늘어놓는다. "어설프게 도움을 요청하는 게 아니었어. 그는 진짜로 여기서 나가고 싶었던 거야. 몸이 1층과 2층 사이에서 왔다 갔다 흔들리는데, 온통 경련으로 뒤틀리고 꺾였어. 사다리를 가져오라고 정비팀을 불렀지만, 도착했을 때는 이미 움직임이 멈춘 뒤였어. 장례식장에서 시신은 많이 봤어도, 눈앞에서 사람이 *죽어 가는* 걸 본 건 처음이야. 시체를 내려놓을 땐 머리가 가지처럼 보라색이었어."

식탁에 앉아 있던 누군가가 그 남자의 성은 호건이었고, 여기서 1급 폭행으로 복역 중이었다고 말한다. "자기 이복형제가 마누라랑 붙어먹는 걸 보고 파이프렌치를 들고 그 개자식에게 달려들었대."

다른 사람이 호건이 누군지 기억이 잘 안 난다고 말한다.

"비쩍 마른 백인 남자. 30대에 뿔테 안경을 썼지."

"아, 그 사람? 그런 일을 벌일 타입처럼은 안 보였는데."

"타입 같은 게 어디 있어. 그런 건 없어, 친구. 들어 보니까 아내가 이혼을 요구하면서 아이들 양육권을 전부 달라고 소송한다는 걸 막 알았대."

"와, 냉정하네. 지금쯤 그 여자도 졸라 괴롭겠네."

"그래서 그랬겠지. 떠나기 전에 여자한테 제대로 한 방 먹인 거야."

여기저기서 고개를 끄덕인다. 나는 먹다 만 식판을 내려다보며 아무 말도 하지 않는다.

그날 밤 또다시 잠을 이루지 못한다. 에밀리가 나와 이혼할지도 모른다. 그렇게 된다면 받아들여야겠지. 하지만 메이지를 나에게서 떼어 놓지는 않을 것이다. 그럴 리 없다. 그렇지?

다음 날 밤 식당에서 다시 호건 이야기가 나온다. 이번에는 그의 시신 처리에 관한 이야기다. 퍼그가 말한다. "눈치챈 적 없어? 이런 '뒷문 가석방'은 꼭 3교대 근무 시간에 처리하잖아. 낮에는 시체가 시체 가방에 실려 나가는 걸 기자나 정치인이 볼 수 있으니까. 그러다 보면 왜 이런 자살이 계속 일어나는지 대문짝만 한 기사로 터질 테고. 교정국이 제일 싫어하는 게 악성 보도야. 여기서 아무도 모르게 벌어지는 온갖 일들을 누가 책으로 써야 한다니까."

그다음 대화는 다른 주제로 흘러간다. 양키스 대 레드삭스. 다음 봉쇄는 언제쯤일지, 어떤 여자 교도관이 가슴 수술을 했는지 안 했는지 같은 것들. 하지만 나는 계속 호건을 생각한다.

어쩌면 그가 우리보다 똑똑했던 걸지도 모른다. 최소한 이 지옥 같은 곳에서 벗어날 출구를 찾았으니까. 식탁이 갑자기 조용해지고 모두가 나를 바라본다. 몇몇은 음식이 담긴 스포크를 입으로 가져가다가 멈춘다. 그제야 나는 방금 그 말을 머릿속으로 생각한 게 아니었다는 걸 깨닫는다. 나도 모르게 입 밖으로 내뱉어 버렸다.

식탁 반대편에 앉은 한 남자가 매니에게 내 이름이 뭐냐고 묻는다. 매니가 알려 주자 그가 말한다. "이런, 망할 레드베터. 벙어리도 귀머거리도 아니었잖아." 다들 킥킥대고 다시 밥을 먹는다. 모두 그런 건 아니다. 매니만 빼고. 그는 이번만큼은 식판의 형편없는 음식을 퍼먹지도, 수다를 떨지도 않는다. 그저 나를 물끄러미 바라본다.

몇 분 뒤 교도관이 외친다. "자, 식사 끝. 신사 여러분! 줄 맞춰서 이동!" 우리는 말 잘 듣는 소 떼처럼 일제히 일어나 식판을 들고 쓰레기통으로 향한다.

B동으로 돌아가는 통로에서 매니가 나를 따라잡는다. 나는 머릿속으로 계산한다. 3년 형기에서 이미 보낸 3주를 빼면 앞으로 135주가 남는다. 나는 버틸 수 없다. "괜찮아, 코비?" 매니가 묻는다. 여기 온 뒤로 누군가가 내 이름을 불러 준 건 처음이다. 나는 그를 보지 않은 채 괜찮다고 말한다.

죽음은 견딜 수 없는 죄책감에서 나를 풀어 줄 것이다. 가끔 산 사람은 알 수 없는 어떤 곳에 니코가 살아 있다는 공상에 빠진다. 죽음으로 재회한 우리는 함께 웃고 놀며 서로를 쫓아다닐 것이다. 그러나 이런 환상에 잠시 몸을 맡기면 바로 가슴을 찢는 듯한 상실감과 비통함이 밀려온다.

내가 죽으면 에밀리는 어떻게 반응할까? 슬퍼하긴 하겠지. 하지만 동시에 나에게서 벗어났다고 안도하지 않을까? 이제 자유롭게 앞으로 나아갈 수 있게 됐다고? 메이지는 어떨까? 에밀리는 사진과 그림을 통해 딸과 내가 계속 연결될 수 있다고 약속했지만, 여기로 면회를 오게 하지는 않겠다고 했다. 이곳에서 3년을 버틴다 해도 내가 나갈 즈음이면 아이는 다섯 살이 되고, 나는 아이에게 낯선 사람이 될 것이다. 인정하는 편이 나을지도 모른다. 내가 그들의 삶을 복잡하게 만들지 않는 편이, 둘에게 더 나을 거라는 걸…….

엄마는 큰 충격을 받겠지만 강한 분이고 의지가 되어 주는 친구도 많다. 아버지가 어떤 회한을 느낀다 해도 그건 아버지 몫이다. 감당하든 말든, 아버지는 불편한 진실을 지적인 말장난으로 눙쳐서 외면하는 데 능숙한 사람이니까.

그 후 며칠 밤낮 동안 자살을 떠올리는 생각이 가벼운 유혹을 넘어 집착으로 변한다. 그 생각을 하면 순간적으로 기운이 솟지만, 곧 아드레날린이 가라앉으면 나는 곤두박질친다. 죽음을 상상하는 것만으로도 울음이 터져 나와 얼굴을 베개에 파묻은 채 흐느낌을 억눌러야 한다.

어떤 식으로 끝내야 할까? *가지처럼 보라색이 되어 버리기.* 계단에서 목을 매는 식으로는 안 된다는 건 나도 안다. 내 자살을 다들 보는 구경거리로 만들 순 없다. 수면제를 먹으면 쉽게 생을 마감할 수 있겠지만 그걸 어떻게 충분히 구할 수 있단 말인가? 어쩌면 우리 감방에서 끝부분이 날카로운 뭔가를 발견할 수 있을지도 모른다. 그걸로 정맥을 난도질해서 퍼그가 일하러 나갔을 때 피를 흘리며 죽는 것이다. 하지만 안 돼. 어떤 교도관이 인원 점검 때 피가 흐르는 걸 보고 개입할지도 모른다. 그는 영웅이 될 것이고 나는 또다시 아무것도 제대로 해내지 못한 인간이 되겠지…….

질식사는 어떨까? 쓰레기 버리는 것 말고 다른 용도로 쓰이는 쓰레기

봉투는 금지 물품이라 예이츠에서는 최고로 인기 있는 물건이다. 운동 좀 한다는 인간들은 웨이트룸이 닫히면 쓰레기봉투에 물을 가득 채워 아령처럼 들고 운동한다. 알코올중독자들은 빵과 설탕, 물, 과일 껍질을 섞어 발효시킨 감옥 술을 만들 때 변기 물탱크 안에 봉투를 깔아서 쓴다. "맛은 엿 같지. 그래도 정말 취하고 싶으면 '프루노'면 충분해." 퍼그가 말한 적 있다. 변기 물탱크에서 만든 밀주를 마신다는 생각만 해도 속이 뒤집히지만, 그게 내 앞에 놓인다면 과연 거절할 수 있을까 싶다. 한심하지만, 아마도 아닐 것이다. 여기 오기 전 나는 『빅북』에서 프로그램을 따르는 사람은 술에 대한 강박이 사라진다는 약속을 읽었다. 하지만 선고 이후로 나는 단 한 번도 모임에 나가지 않았다. 카바네로 중위는 여기에도 AA가 있다고 했지만, 그 상담사는 다른 곳으로 전출되기 전에 끝내 연락을 주지 않았고, 나는 다른 누구에게도 더 알아보지 않았다. 그건 사실 중요하지 않다고 생각한다. 내가 자살한다면 내 중독도 같이 죽을 테니까.

퍼그가 일하면서 투명한 비닐봉지를 구할 수 있다는 건 안다. 그가 몇 장 감방으로 가져와 접어서 자기 보관함에 숨기는 걸 내 눈으로 봤으니까. 문제는 그가 그 빌어먹을 걸 잠그는 일을 단 한 번도 잊은 적이 없다는 거다. 하지만 우리 층에서 청소 일을 하는 드숀이라는 수감자가 작은 부업을 한다. 쓰레기봉투를 매점 물품(초콜릿바, 수프 봉지, 스타일링 젤)과 교환하는 것이다. 매점 계정이 개설되기 전까지는 흥정할 게 없지만, 그때가 되면 거래를 해 볼 수 있을지도 모른다. 그렇게만 된다면 용기를 내 그걸 머리에 뒤집어쓴 뒤 끈을 꽉 묶어 몇 분 안에 죽을 수 있다. 자살에 관한 상반된 두 가지 주장을 다 들어 봤다. 비겁한 도피라는 말도 있고, 엄청난 용기가 필요한 일이라는 말도 있다. 나는 후자에 동의한다. 일단 그러기로 마음먹는다면, 끝까지 해낼 배짱이 있어야 한다.

그날 밤에도, 그리고 다음 날까지도 울음은 간헐적으로 이어진다. 내가 눈물이 마른 채 위층 침대에 조용히 엎드려 있을 때, 문이 팍 열리면서 카바네로 중위가 방에 들어온다. 나는 몸을 일으켜 침대 가장자리로 다리를 내리고, 등을 보인 채 창가로 걸어가는 그의 모습을 지켜본다.

예이츠에서 교도관들과 마주친 얼마 안 되는 경험으로 볼 때, 그들은 두 부류로 나뉜다. 막 교육을 마치고 배치된 혈기 왕성한 카우보이 타입은 누군가 자신의 권위에 도전하면 자기가 얼마나 센 사람인지 보여 주고 싶어 안달이다. 반면 나이 든 교도관들은 상대하기가 훨씬 수월하다. 그들은 증명할 게 없고, 그저 별 탈 없이 근무를 마치고 싶어 하기 때문이다. 카바네로는 후자다. 하지만 여기에 왜 왔을까? 교도관이 감방까지 찾아오는 것 같진 않던데.

그가 몸을 돌려 나를 바라보며 말한다. "그래, 레드베터. 어떻게 지내?"

나는 어깨를 으쓱한다. "그럭저럭 지내요." 퍼그는 교도관에게는 말을 아낄수록 좋다고 충고했다. 특히 친절하게 구는 놈들은 더더욱 믿지 말라고.

"여기 온 지…… 2주쯤 됐나?"

"3주 좀 넘었죠." 내가 말한다.

그는 마치 친한 삼촌이라도 되는 것처럼 내 보관함에 걸터앉는다. "적응하느라 꽤 힘들겠네. 리겟이랑은 잘 지내고?"

"뭐, 그런대로요." 내가 이렇게까지 조심하는데도 퍼그가 나에 대해 불평이라도 했나? 그래서 왔나?

카바네로는 고개를 끄덕인다. "그렇다면 다행이군. 그 친구가 가끔 까칠해질 때가 있거든. 전에 같이 지내던 수감자랑도 몇 번 충돌이 있었어. 한번은 꽤 심각했어. 둘 다 그 일로 독방에 갔고, 나오자마자 캐피는 D동으로 옮겼어."

"아, 뭐. 퍼그는 자기가 보스여야 한다는 타입이어서요. 첫날부터 그 점을 분명히 밝혔고요."

"그게 불만인가?"

나는 고개를 젓는다.

"그럼 잘 들어. 보니까 자네는 통 돌아다니질 않더군. 식사도 자주 거르고 공용 시간에도 감방에만 있고. 누가 그러는데 운동장에 나온 것도 딱 한 번 봤는데 그냥 서 있기만 하고 아무와도 말하지 않았다고 하더라고."

그건 사실이 아니다. 인종차별주의자 몇이랑 말을 섞었고, 드래그 퀸한테 희롱도 당했다. 그런데 이 '누군가'는 누구지? 교도관 중 하나인가? 수다쟁이 매니가 또 입을 놀렸나? 나는 카바네로에게 내가 원래 사람들과 어울리기보다는 혼자 있는 편이라고 말한다.

"그래. 그래서 말인데…… 자네 우울한가?"

"가끔은요. 이곳이 사람을 우울하게 만드는 곳이잖아요. 왜요?"

그는 내 질문에 답하지 않고 또 다른 질문을 던진다. "밖에 있는 사람들은 어때? 친구나 가족 말이야. 그 사람들과 연락은 하고 있나? 자네를 지원해 주는 사람들은 있어?" 나는 아직 전화 계좌가 개설되지 않았고, 면회 명단도 승인 대기 중이라고 말한다. "아직은 연락이 없다는 말이군. 뭐, 그런 건 시간이 좀 걸리지. 하지만 자네 말대로 이제 겨우 3주 됐잖아. 그렇지?"

"그렇죠."

"그래도 아주 지나치게 우울한 건 아니지?"

"지나치게 우울하다뇨? 그게 무슨 뜻이죠?"

"예를 들어 말이지, 자해 같은 걸 생각하고 있다든가."

"아뇨. 그 정도는 아니에요." 이제 알겠다. 그는 내가 제2의 호건이 될지 알아보려는 거다.

그는 미소를 짓고 자리에서 일어나 문으로 걸어간다. 그러다 돌아서서 말한다.

"만약 그렇다면 말이야. 상담사나 외부에서 오는 심리 전문가와 이야기할 수 있어. 보통 예약이 밀려 있지만, 정말 힘들다면 내가 순서를 좀 앞당겨 줄 수도 있고, 아니면 나랑 이야기해도 돼."

나는 고개를 끄덕이며 고맙다고 한다.

"그리고 있잖아, 여기 사정을 좀 익히고 믿을 만한 친구도 몇 명 생기면 훨씬 수월해져. 자네 같은 사람들에겐 처음 몇 주가 제일 힘들어. 전과도 없고, 설마 자기가 이런 데 오게 될 거라고는 상상도 못 했던 사람들이니까. 여기서 복역하는 대다수에겐 이게 그냥 삶의 일부야. 소년원에서 시작해서 성인 교도소로 '졸업'하지. 몇 년 살고 나갔다가, 또 범죄를 저지르고 다시 돌아오고. 어떤 놈들은 안에 있는 걸 더 편해하기도 해. 하지만 자네 같은 사람들에겐 전부 새로운 경험이지. 익숙해지는 데 시간이 좀 걸리지만 지나고 나면 괜찮아져. 알겠어?"

"그렇죠. 기억해 두겠습니다." 내가 말한다.

"좋아, 그럼. 이야기 잘 나눴어, 레드베터. 좋은 저녁 보내."

"네. 교도관님도요."

그가 떠난 지 몇 초 지나지 않아 강철 문 배식구를 통해 그의 목소리가 다시 들려온다.

"이봐, 레드베터?"

"네?"

"믿음을 잃지 마."

"아, 네. 감사합니다."

거기에 누워 카바네로가 나를 찾아온 이유가 뭔지 생각해 본다. 혹시 진심에서 나온 연민이었을까? 이곳에서는 그런 게 워낙 희귀하니 그렇게 생각하는 게 기분이 좋긴 하다. 믿음을 잃지 말라고? 그건 종교를 말하는 건가? 아니면 일주일 사이에 자살 사건이 또 일어나서 예이츠가 기사에 실리지 않게 하라는 지시를 받고 온 걸까? 퍼그의 말이 떠오른다. 아무도 믿지 말라는 말.

그날 오후 늦게 우리 층에 허락된 5분짜리 휴식 시간에 나는 일부러 복도로 나간다. 혼자 감방에 틀어박혀 있지 않다는 걸 보여 주려고. 그게 저들이 보고 싶은 거겠지, 안 그래? 복도 중간쯤에서 몇 명이 모여 웃고 떠들고 있는데 그중 하나가 드숀이다. 내게서 열 걸음쯤 떨어진 자리에 그의 청소 카트가 세워져 있고, 그 위에 쓰레기봉투 상자가 놓여 있다. 기회가 내게 속삭이는 것 같다. 해. *이건 신호야. 겁먹지 마.* 나는 주위를 둘러보고 아무도 보지 않는 걸 확인한 뒤, 봉투 두 장을 낚아채 감방으로 돌아온다.

그날 밤 불이 꺼진 뒤 나는 계획을 세운다. 내일 아침에 실행해야지. 퍼그가 일하러 나가면 생존 키트에 있는 짧은 연필로 매점 주문서 뒷면에 에밀리와 엄마에게 쪽지를 쓸 것이다. 이것이 왜 우리 모두를 위한 최고의 선택인지 설명하는……. 그리고 의식을 잃기 전에 혹시라도 손톱으로 긁어서 무의식 중에 구멍을 한두 개 낼지도 모르니 봉투는 두 장을 뒤집어쓸 것이다. 모든 게 계획대로 되면, 오전 중반에 하는 인원 점검 전에 나는 죽을 것이다. 아마 그때쯤 그들은 나를 발견할 것이다. 식사 시간에 내가 화제에 오르겠지. *누군지 잘 떠오르지도 않는 놈. 늘 혼자였던 놈. 제 아이를 죽인 놈.* 일주일쯤 지나면 아무도 기억하지 못하는 또 다른 '뒷문 가석방자'가 될 것이다. 결정을 내리고 계획을 세우자 마음이 한결 가벼워진다. 나는 베개 밑에 놔둔 봉투 하나를 꺼내서 편 뒤 얼굴에 느슨하게 씌운다. 마치 내가 봉투에 생명을 불어넣은 것처럼 숨을 쉴 때마다 봉투가 따라서 오르락내리락한다. 아침이 되면 그것은 내 은혜에 보답해 내게 죽음을 선사할 것이다. 몇 시간만 지나면 여기서 탈출할 수 있다.

16

2017년 8월

1,095일 중 23일에서 28일

누군가가 나를 쿡쿡 찔러 깨운다. 내 얼굴에 불빛을 비춘다. 빛에 눈이 익숙해지자 두 사람이 있는 걸 알게 되지만 어렴풋한 형체만 보인다. 누구지? 누가 집에 침입했나? 그때 머리를 한 대 맞은 것처럼 깨닫는다. 여긴 집이 아니라 감옥이다. 그러니 분명 교도관들일 것이다. 하지만 취침 점검은 보통 한 명이 하지, 둘이 오진 않는데. 아래 침대에서 퍼그가 무슨 개지랄이냐고 묻는다. "상관 마, 리겟. 다시 자." 한 교도관이 말한다. 무슨 일인지 모르겠지만, 목표가 그가 아니라면 나다. 또다시 나를 쿡 찌른다. 손전등 불빛에 눈이 멀 것 같다. "가자. 순순히 따라올래, 우리가 끌어내릴까?"

나는 정신이 몽롱한 채로 침대에서 미끄러져 내려와 바닥에 발을 디딘다. 감방을 나가자 구역질이 밀려온다. 복도 불빛 아래에서 이제야 교도관들의 얼굴이 보이지만 둘 다 낯설다. 한 명이 내 손에 수갑을 채우고, 다른 한 명은 비닐을 한 움큼 쥔 채 내 얼굴에 들이민다. "이걸로 뭘 할 생각이었어, 레드베터? 응? 조기 퇴장이라도 하려고?" 나는 너무 겁이 나 아무 말도 못 한다. 두 사람에게 양쪽 팔을 잡힌 채 2층 계단을 내려가 B동 밖으로 끌려 나간다.

밖은 안개가 자욱하고 춥다. 귀뚜라미들이 미친 듯이 울어 대고, 하늘엔 흐릿한 반달이 떠 있다. 나는 속옷만 입고 맨발로 덜덜 떨며 어디로 가냐고 묻지만 둘 다 대답하지 않는다. 손전등 불빛을 따라 통로를 걷다 보니 안개 속에서 의료동이 모습을 드러낸다.

우리는 안으로 들어가 접수 데스크 앞에 선다. "레드베터." 한 교도관이 말한다. 인수 담당 교도관이 게임 보이를 내려놓고 일어선다. 키가 작고 왜소한 체구에 수염을 길렀다. 명찰에 오브라이언이라고 적혀 있다. "난폭합니까?" 나를 데려온 두 명이 고개를 젓는다. 그는 합판으로 만든 판에 걸린 열쇠 꾸러미를 집어 들고, 책상 뒤에서 나와 말한다. "오케이, 따라와."

우리 넷은 복도를 따라가다가 오른쪽으로 꺾는다. 그때 '정신과 병동'이라고 적힌 표지판을 지나친다. 독방으로 보내지는 게 안 좋다는 말은 들었지만, 이른바 '딩 윙(징벌동—옮긴이)'에 갇히는 건 그보다 더 나쁘다고 했는데. 이건 또 어떤 새로운 지옥이란 말인가.

"2번으로 데려가. 곧 따라갈게." 오브라이언이 말한다. 다른 교도관들이 나를 '관찰실 #2'라고 적힌 감방으로 데려간다. 나는 오브라이언이 캐비닛을 열고 부피가 크고 파란 물건 하나를 꺼내는 걸 지켜본다. 그가 다시 합류해 관찰 감방의 문을 열고, 내게 안으로 들어가라고 손짓한다. 그와 호위 교도관들이 뒤따라 들어온다.

"속옷을 벗고 이걸 입어." 오브라이언이 말한다. 그와 호위 교도관 하나가 파란색 물건을 내민다. 소매 없이 몸에 둘러 입는 형태의 옷이다. 오브라이언은 내게 팔을 구멍에 넣으라고 말한다. 나는 이게 뭐냐고 묻는다. "안전복이야. 네가 자해하지 못하게 하려는 거야." 그가 말한다. 호위 교도관 하나가 "교수형 방지용이지."라고 농담하자 오브라이언이 얼굴을 찌푸린다. 나는 팔을 구멍에 넣으면서 그 물건의 무게와 부피를 느낀다. 질긴

나일론 같은 재질로 무게가 1킬로그램 후반에서 2킬로그램 초반 정도 되는 것 같다. 오브라이언이 앞쪽 끈을 당겨서 옷을 조이고 벨크로로 내 몸에 고정한다. "너무 꽉 조여요. 조금만 풀어 주면 안 될까요?" 내가 말한다. 그는 고개를 젓고 원래 그렇게 딱 맞게 입는 거라고 말한다. 나는 그의 눈을 똑바로 바라본다. "제가 왜 여기 있는 거죠?" 내가 묻는다. 질문이라기보다는 호소에 가깝다. 그가 시선을 피하지 않아서 갑자기 좀 더 인간적으로 느껴진다.

"너를 행정적으로 분리해서 수용하라는 긴급 지시가 내려왔어."

"왜요? 내가 뭘 했다고?"

"네가 한 일이 문제가 아니라, 네가 할지도 모른다고 위에서 판단한 게 문제지. 너는 72시간 동안 자살 감시를 받는다." 그가 말한다.

나는 자살 충동이 없다고 부인한다. 너무 단호하게 말해서 반쯤은 나도 믿어 버린다. "누군가 실수한 거예요."

"그건 임상의가 판단할 일이야. 난 명령을 따를 뿐이고." 그가 말한다.

"이제 끝났나?" 한 호위 교도관이 묻는다. 오브라이언이 고개를 끄덕인다. 그들은 감방을 나간다. 오브라이언도 나가려다 문 앞에 선다. "어쩌면 실수일 수도 있어. 하지만 나라면 그냥 상황을 받아들이고 협조하겠어. 소란을 피우면 72시간이 시작에 불과할 수도 있거든. 저기 보여?"

그가 가리키는 손가락을 따라 시선을 올리자, 천장에 설치된 감시 카메라가 보인다. "직원들이 널 관찰하고 평가하고 있어. 얌전히 지내, 알겠지? 잠도 좀 자고." 그는 그렇게 작은 친절을 베푼 뒤, 문을 닫고 나를 가둔다. 주위를 둘러보지만 별로 볼 건 없다. 노출된 콘크리트 벽, 시멘트 바닥에 놓인 얇은 플라스틱 매트리스 하나. 시트는 없다. 나는 머리 위에 달린 지독하게 밝은 할로겐 조명과 감시 카메라를 올려다본다. 카메라는 실제로는 하나가 아니라 둘이다. 그들이 여러 각도에서 나를 지켜보고 있다.

맨발에 뭔가가 스치는 느낌이 든다. 개미다. 이 빌어먹을 안전복이 이렇게 둔하지만 않았어도 허리를 숙여 털어 냈을 텐데. 개미는 내 발목을 타고 내려가 감방 바닥을 기어가다 벽과 바닥이 맞닿은 틈새로 사라진다.

내 계획을 그들이 어떻게 알아챘을까? 카바네로와의 면담을 통과하지 못했나? 호건이 우리보다 차라리 나은 처지라고 말한 게 그들에게 전해진 걸까? 아니면 복도에 설치된 카메라에 청소 카트에서 내가 충동적으로 쓰레기봉투들을 집은 장면이 나왔고, 누군가가 거기서 퍼즐을 맞춘 걸까?

≈

눈을 뜬다. 어느새 잠들었나 보다. 이 빌어먹을 감방의 개같이 밝은 조명 아래에서 72시간을 버텨야 하는데, 그중 몇 시간이 지났는지 도무지 알 길이 없다. 불은 절대 꺼지지 않고 감시 카메라는 한순간도 나를 놓아주지 않는다. 감옥에 있는 이유에서 도망칠 길이 없자, 니코의 죽음이 나를 강타한다. 그날 아침, 나는 술을 마시고 약에 취한 채 그의 목숨을 빼앗았다. 엄마와 누나에게서 그를 훔쳐 간 셈이다. 지금 느끼는 이 수치심은 당연히 느껴야 하는 감정이다. 내 자살 시도가 저지된 것 또한 받아 마땅한 벌이다. 빅 브라더는 저 위에서 내가 응당 받아야 할 36개월의 고통에서 몰래 빠져나가지 못하도록, 내 움직임 하나하나를 감시하고 있다.

≈

언젠가부터 나는 감방 안을 서성거리며 몇 바퀴를 돌았는지 세고 있다. 1,712번. 나는 멈춰서 벽에 몸을 기대고, 졸다 깨기를 반복한다. 문이 열리는 소리에 잠에서 깬다. 나를 풀어 주려나? 72시간이 다 됐나? 나는 카메라를 올려다보고, 그다음 감방 안으로 들어온 낯선 교도관을 바라본다. 그는 스티로폼 식판을 들고 있다. 가루로 만든 스크램블드에그, 오트밀, 식빵 두 장 그리고 알루미늄 포일로 덮인 플라스틱 사과주스 용기 하나. 아침 식사다. 그럼 아침인가? 해는 떴을까? 오늘이 무슨 요일인지 묻지만 교도관은 대답하지 않는다. 그는 식판을 바닥에 내려놓고 내게 다가와 자해 방지복을 벗겨 준다. "먹어." 그가 말한다.

벌거벗은 채로 매트리스에 양반다리를 하고 앉아 다시 카메라를 올려다본다. 식판으로 최대한 사타구니를 가리려 애쓴다. 식사 도구를 주방에서 빼먹은 것 같다고 하자 교도관이 말한다. "넌 자살 감시 대상이잖아. 손으로 먹어." 진심이야? 플라스틱 스포크로 대체 어떻게 자해를 할 수 있다는 거지? 나는 달걀과 오트밀을 한 움큼 집어 식빵 두 장 위에 올린다. 접어서 타코처럼 먹는다. 음식을 삼킬 수 있도록 사과주스를 조금씩 마신다.

식사를 마친 뒤 교도관에게 화장실에 가야겠다고 말한다. 그는 나를 감방 밖의 화장실로 데려가는 대신, 구석에 있는 배수구를 가리킨다. 큰일도 봐야 한다고 말하자, 그는 다시 그 배수구를 가리킨다. 소변을 보고 쪼그려 앉아 볼일을 마친 뒤에도, 엉덩이를 닦을 어떤 것도 주지 않은 채 안전복을 다시 입힌다. 자살 충동이 있는 사람을 이런 환경에 처박아 두는 게, 대체 어떻게 그를 죽고 싶지 *않게* 만드는 건지 모르겠다. 물론 이곳은 몸을 해칠 수 없게 만들어진 공간이다. 하지만 오히려 스스로를 죽이고 싶다는 욕망을 앞당길 가능성이 크다. 나도 모르게 흐느낌이 새어 나오자, 나는 감시자들이 내 얼굴을 보지 못하게 바닥을 향해 몸을 뒤집는다.

~

개미들이 계속 드나든다. 검은 개미는 상관없지만 더 작은 빨간 개미

들은 나를 문다. 그것들을 피하려고 다시 감방 가장자리를 따라 걷기 시작한다. 이번에는 숫자를 세는 대신 나보다 먼저 이 안전복을 입었을 다른 자살 충동 수감자들에 대해 생각한다. 그들 중 몇이나 아직 살아 있을까? 이곳에서 나간 뒤 스스로 목숨을 끊은 사람은 또 얼마나 될까? 나는 앞으로 내가 무슨 짓을 할지 예측할 수 없다…….

~

감시자들의 눈을 피하려고 바닥에 엎드려서 더러운 매트리스를 끌어당겨 몸 위로 덮는다. 그리고 바닥에 머리를 한 번, 두 번, 세 번 찧는다. 몇 분도 안 돼서 여자 교도관이 들어와 당장 멈추지 않으면 치료적 제압에 들어가겠다고 소리친다. "팔목과 발목에 수갑을 찬 채로 팔다리를 쫙 벌리고 누워 있는 게 즐거울 것 같아? 머리를 박지 못하게 헬멧까지 씌워 줄 텐데?" 나는 울음을 터뜨리며 그러지 말라고 애원한다. 얌전히 있겠다고, 다시는 안 그러겠다고 약속한다. 예전에 내가 어떤 잘못을 저질렀다고 아버지가 소리를 지를 때 그렇게 빌고 약속했던 것처럼. "미안해요. 제발. 다시는 안 할게요. 약속할게요." 나는 계속 말한다.

~

72시간의 관찰 기간 중 시간이 얼마나 흘렀는지 전혀 알 수 없는 상태에서 한 임상의가 나를 면담하러 온다. 나를 다섯 지점 제압으로 위협했던 바로 그 교도관과 함께. 그는 한 손에는 스툴을 다른 손에는 클립보드를 들고 있다. 여자 교도관 역시 스툴을 들고 있다. "이거 벗겨도 되죠?" 교도관이 정신과 의사에게 묻는다. 그가 고개를 끄덕이자, 그녀는 내게 다가와 나의 안전복을 풀어 주고 사타구니를 가릴 수 있도록 작은 수건 하나를 건 넨다. "문 바로 앞에 있으니까 무슨 일 있으면 부르세요." 그녀는 의사에게 그렇게 말한다. 나가기 전에는 돌아서서 자신은 적이 *아니라*는 듯 내게 미소 짓는다.

그는 나이가 지긋한 남자다. 머리가 벗겨지는 중이고 뚱뚱하다. "좋은 아침입니다, 레드베터 씨. 저는 블랭컨십 박사입니다. 몇 가지 질문을 드리고 추가로 정신과 치료가 필요한지, 아니면 일반 수용동으로 복귀해도 될 상태인지 평가하러 왔습니다." 그의 날카롭고 높은 목소리와 로렐과 하디(1920년대에서 1940년대에 활동한 미국의 전설적인 코미디 듀오-옮긴이)에서 뚱뚱한 쪽을 연상시키는 체구가 묘하게 어울려서, 긴장한 와중에 웃음이 터져 나올까 걱정된다.

그는 스툴에 앉아 나에게도 앉으라고 손짓한다. 잠깐 형식적인 잡담을 나눈 뒤 본론으로 들어가 클립보드에 적힌 질문을 읽고, 내가 대답할 때마다 고개를 끄덕인다. 나는 이 지옥 같은 곳에서 벗어날 수만 있다면 무엇이든(거짓말이든, 진실이든, 반쯤 진실이든) 말하려고 최선을 다한다.

"레드베터 씨, 환청이 들립니까?"

"환청이요? 아니요."

"죽고 싶은 생각이 듭니까?"

"아니요."

"최근에 자살을 고민한 적이 있습니까?"

"아니요. 누군가 잘못 추측한 것 같습니다."

"과거에 자살을 고민한 적은 있습니까?"

"진지하게요?"

"진지하든 아니든, 어떻게 자살할지 생각해 본 적 있습니까?"

"아니요."

"이 건물에서 최근에 있었던 수감자 자살 사건을 알고 있습니까?"

"네."

"그 일 때문에 괴로웠습니까?"

"그 정도로 절박했다니 안됐다는 생각은 들었습니다."

"그가 한 일에 집착하게 되었다고 말할 수 있습니까?"

"집착이요? 아니요."

"앞으로의 삶에 대해 느끼는 두려움을 1에서 5까지로 표현한다면 어느 정도입니까?"

"잘 모르겠어요. 아마 3 정도요."

"절망감을 자주 느끼십니까?"

"자주요? 아뇨. 가끔은 그렇겠죠. 누구나 안 좋은 날이 있잖아요?"

"그럴 때 그 감정의 강도는 1에서 5까지 중 어느 정도입니까?"

"5점 만점으로요? 잘 모르겠네요. 2, 아니면 3?"

"가족이 그리운가요, 레드베터 씨?"

"네."

"예이츠에서 느끼는 불안 수준은 1에서 5 중 어느 정도일까요?"

"잘 모르겠어요. 3 정도인 것 같네요. 가끔은 4요. 여기서는 잘 못 자고, 깨어 있으면 모든 게 걱정되거든요. 하지만 그 정도는 정상 아닌가요?"

그는 다시 고개를 끄덕인다. "여기 와서 친구를 사귀었습니까?"

"친구요? 딱히. 뭐, 굳이 말하자면 한두 명 정도요."

그는 몇 가지 질문을 더 한다. 그러고 일어나 필요한 건 다 얻었다고 말하며 우리의 대화가 즐거웠다고 한다.

우리의 대화라고? 내게는 심문처럼 느껴졌는데. 나는 승부를 걸기로 한다. "그래서 어떻게 판정이 나왔나요?"

그는 나를 단기 EDP로 기록하겠다고 말한다. 그게 무슨 뜻이냐고 묻자, '정서적으로 불안정한 사람(Emotionally Disturbed Person)'의 약자라고 설명한다. 내 감정적 동요는 단기적인 것으로 보이고, 내가 스스로에게 위해를 가할 징조는 보이지 않으니 좋은 소식이라고 한다.

"알겠습니다. 그럼 이제 어떻게 되는 거죠?"

"음, 이제 당신을 여기서 풀어 주라고 제가 지시할 겁니다. 그리고 불안을 완화하는 데 도움이 될 약을 처방할 겁니다."

나는 아주 미세하게, 의사에게 들키지 않기를 바라며 얼굴을 찡그린다. "어떤 약인가요?"

"벤조디아제핀 계열입니다. 여러 가지가 있어요. 자낙스, 리브리움, 아티반. 이런 약을 먹은 적이 있나요?"

나는 없다고 말한다. 중독자의 1차 본능은 거짓말이고, 2차 본능은 그 거짓말을 정당화하는 것이다. 교도소에서 받는 정신과 진료가 기록은 확인하지도 않고 환자의 말만 믿는 정신과 의사의 '치고 빠지는' 진료라면, 그건 선물이자 기회다.

"좋아요. 그럼 자낙스 처방전을 쓰겠습니다." 그는 스툴을 집어 든다.

"행운을 빕니다, 레드베터 씨." 그는 문을 두드리고 교도관이 열어 주길 기다린다. 나는 그가 당장 떠나길 너무도 바라는 나머지 몸이 떨리기 시작한다. 하지만 아직 떠나지 *않았다*는 사실도 하나의 기회다. 『빅북』은 우리가 '철저한 정직'을 실천할 때만 구원받을 수 있다고 말한다. 나는 에밀리에게 깨끗하게 지내겠다고 약속했다. 다시 벤조디아제핀을 복용하게 됐다는 사실을 *숨긴* 채, 어떻게 면회실에서 그녀와 마주 앉을 수 있을까? 중독이 우리에게서 앗아간 것들에 맞설 희망이 조금이라도 남아 있다면, 나는 그 약속을 지켜야 한다. 다시 중독되는 건 우리 결혼과 죽은 아들을 모독하는 일이기 때문이다.

열쇠가 돌아가는 소리가 난다. 문이 열린다. "아니요. 잠깐만요. 그 처방전 쓰지 마세요." 내가 말한다.

블랭컨십은 눈썹을 치켜올린다. "왜죠? 도움이 될 텐데요."

"아니요. 사양하겠습니다. 먹고 싶지 않아요. 전 괜찮습니다."

"확실해요? 알겠습니다. 본인 선택이죠."

한 시간쯤 뒤 관찰 감방에서 풀려나, B동으로 돌아갈 동안 입으라고 환자복 한 벌을 건네받는다. 환자들이 출입을 기록하는 데스크 뒤에 오브라이언이 다시 앉아 있다. "저와 같이 갈 교도관님을 기다려야 하나요?" 내가 묻는다.

그는 웃으며 고개를 젓는다. "가요, 얼른 나가요. B동 맞죠? 내가 무전으로 미리 알려 둘게요. 몸조심해요."

"네, 감사합니다. 저기, 혹시 지금 몇 시인지 알려 주실 수 있을까요?" 그는 2시 35분이라고 말한다. "무슨 요일이죠?" 월요일이라는 답이 돌아온다. 나는 다시 고맙다고 인사한다.

건물 밖으로 나가자 늦여름의 환한 햇살이 쏟아진다. 예이츠에 있을 때는 한 번도 느껴 본 적 없는 가벼움이 발걸음에 실린다. 중세 지하 감옥 같은 곳에서 풀려났다는 안도감 때문일 수도 있고, 벤조디아제핀에 의존하는 쳇바퀴를 다시 타지 않겠다고 버텨 낸 힘 때문일지도 모른다. 이번만큼은 나를 지켜 냈다.

B동으로 들어서서 웨이트룸을 지나간다. 전과 같은 남자들이 여전히 역기를 들고, 보조를 서고, 크런치를 하며 *무언가를* 통제하려 애쓰고 있다. 나는 계단을 두 칸씩 건너뛰며 오른다. 3-E 감방에 들어서는 순간, 잠깐 방을 잘못 들어온 게 아닌가, 하는 생각이 든다. 퍼그의 TV가 없어지고 그의 포스터들도 사라졌다. 대신 도나 서머와 레이디 가가, 그리고 무지개 깃발을 흔드는 커밋 더 프로그(미국 인형극에 나오는 머펫 시리즈의 대표 캐릭터인 개구리 캐릭터-옮긴이) 포스터들이 벽을 채우고 있다.

나는 포스터들에서 시선을 옮겨 위쪽 침상에 나타난 익숙한 얼굴을 본다. 이제 거기는 내 자리가 아닌 모양이다. "안녕, 룸메이트. 산 자의 세계로 돌아온 걸 환영해." 매니가 말한다. 무슨 일이 있었는지 묻자 그는 내가 자리를 비운 사이 벌어진 일들을 들려준다.

퍼그는 여기를 떠나 다른 곳으로 이감됐다고 한다. 수감자들의 우편물을 개봉해 확인하는 건 교도관 맥그레비의 업무 중 하나다. 그는 퍼그가 뱅가드 아메리카와 '트루 인비저블 엠파이어' 동부 해안 기사단으로부터 발신자 표시가 없는 회람물을 받고 있다는 사실을 알았다. 맥그레비는 이 자료들을 압수하는 데서 그치지 않고, 퍼그가 이런 '화이트 파워' 쓰레기를 받아 보고 있다는 사실을 자신과 친한 흑인 수감자 몇 명에게도 슬쩍 흘렸다. 이틀 전 퍼그는 작업을 마치고 방으로 돌아가던 중 누군가에게 떠밀려 넘어졌고, 얼굴을 얼마나 세게 얻어맞았는지 이가 몇 개 부러지고 한쪽 눈은 시력을 잃었다고 한다. 맥그레비가 수사를 총괄하고 있지만 아직 가해자는 특정되지 않았다. 떠도는 소문에 따르면 퍼그를 공격하는 데 쓰인 무기가 고등어 통조림 세 개를 넣은 양말이었다고 한다. 퍼그는 보호 수감 조치로 옮겨졌다가 어제 노스웨스트 교정 시설로 이감됐다.

~

내 시트와 베개, 담요가 아래 침상으로 옮겨져 있다. 침대는 정돈되어 있고 베개에는 편지 두 통이 놓여 있다. 나는 먼저 엄마에게서 온 편지를 연다. 편지에는 반가운 소식이 적혀 있다. 내 전화 계정과 매점 계정이 다 개설되었고, 각각 100달러씩 입금해 두었다는 것이다. 아버지에게도 연락해 같은 금액을 보태겠다는 약속을 받아 냈다고 한다. "어서 너랑 통화하고 싶구나. 요즘 어떻게 지내는지도 알고 싶고." 엄마는 그렇게 적었다.

다른 한 통의 편지가 나를 놀라게 한다. 파텔 박사에게서 온 것이다. 그녀는 자신이 예이츠에서 방문 심리학자로 일했기 때문에 "이전에 만났던 환자들을 통해 교도소 생활이 얼마나 힘든지, 특히 초기 몇 주가 얼마나 어려운지 잘 알고 있어요."라고 썼다. 그녀는 내가 제도권의 삶에 적응하는 데 조금이라도 도움이 되기를 바라며 몇 가지 간단한 조언을 전하고자 이 편지를 썼다고 말한다.

우선, 코비. 가능한 한 현재를 살려고 노력해 보세요. 과거도, 미래도 아닌 지금이요. 당신이 그곳에 갇히게 된 비극적인 상황을 지나치게 생각하지 않도록 하세요. 이미 벌어진 일은 벌어진 일이며, 바꿀 수 없습니다. 마찬가지로, 출소 이후에 무슨 일이 벌어질지에 대해서도 과도하게 상상하지 마세요. 그런 생각은 하루를 보내는 데 필요한 힘을 현재에서 빼앗아 갈 뿐입니다.

둘째로, 마음과 몸의 연결을 존중하면 교도소 생활이 더 긍정적인 경험이 될 수 있습니다. 매점에서 판매하는 가공식품은 피하세요. 설탕, 포화지방, 탄수화물은 일시적으로는 만족감을 줄 수 있지만 기분에 부정적인 영향을 미칠 수 있습니다. 가능한 한 자주 몸을 움직이고, 기회가 있을 때마다 신선한 공기와 햇볕의 이점을 누리세요. 독서를 통해 정신을 계속 맑고 활발하게 유지하세요. 이는 부정적인 사고로 빠지는 것을 막아 주고, 제한된 환경에서 잠시나마 벗어날 수 있는 도피처를 제공해 줄 것입니다.

마지막으로, 친구여, 부디 바쁘게 지내세요. 예이츠에는 수감자들이 할 수 있는 일이 많이 있습니다. 주변을 살펴보고, 조금이라도 즐겁게 할 수 있을 것 같은 일을 찾아보세요. 그와 관련해 한 가지 제안이 있습니다. 그곳에서 일할 때 알게 된 친구 중에 교도소 도서관 사서인 페이기 밀먼이 있습니다. 그녀는 긍정적인 사람이고, 자리가 있다면 훌륭한 작업 감독자가 되어 줄 것입니다. 도서관 일을 해 볼 생각이 있다면, 내가 그녀에게 메일을 보내 당신을 고려해 달라고 부탁해 보겠습니다. 다만 이 제안이 마음에 들지 않더라도 전혀 부담 가질 필요는 없습니다.

끝으로 이 점을 생각해 보길 바랍니다. 감옥에 들어오는 사람은 모두 어둠으로 향할지, 아니면 빛으로 향할지를 선택해야 합니다. 복역 중인 많은 사람이 어두운 생각과 어두운 행동으로 자신을 더 깊이 가두지만, 두 갈래의 길 모두 당신 앞에 열려 있습니다. 친애하는 코비, 빛을 찾으세요. 빛을 향해 나아가세요.

17

2017년 9월

1,095일 중 47일에서 48일

예이츠 교정 시설에서 묘한 점은, 번잡한 왕복 4차선 도로와 숲과 습지가 펼쳐진 25만 에이커 사이에 건물 일곱 채가 툭 떨어져 있다는 점이다. 교도소 용지라는 사실만 아니었다면 자연보호구역이라고 불러도 될 법한 곳이다. 뒤편에서는 사슴들이 풀을 뜯고, 코요테와 족제비가 배회하며, 야생 칠면조들은 씨앗을 찾아 어슬렁거리다 밤의 포식자를 피해 나무 위에 올라 쉰다. 그곳에서 통하는 규칙은 하나다. 가장 강한 놈, 가장 빠른 놈, 가장 영리한 놈, 가장 경계심 많은 놈이 살아남는다. 예이츠에 온 지 7주쯤 되었을 때, 이곳도 사정은 거의 다르지 않다는 걸 알아차렸다.

나는 에밀리에게 교도소가 내 회복에 방해가 되지 않게 하겠다고 약속했다. 하지만 여기 온 후로 아직 모임에 한 번도 나가지 못했고, 그걸 어떻게 해내야 할지도 알아내지 못했다. 방문자 명단이 마침내 승인되어 에밀리가 곧 나를 보러 온다면, 그녀와 마주 앉아 거짓말을 하거나 아직 약속을 지키지 못했다고 고백하고 싶지 않다. 정신과 의사가 자낙스를 처방하게 둘 뻔한 아찔한 순간이 있었지만, 약을 하고 싶은 욕망을 깨끗하게 지내겠다는 결심이 이겼다. AA의 약속 중에 이런 말이 있다. "우리는 새로운 자유와 새로운 행복을 알게 될 것이다." 음, 감옥에서 행복을 기대하는 건 지나친 바람일지도 모른다. 하지만 지금은 술이나 약 생각을 덜 하니 그게 일종의 자유라고 할 수도 있겠다. 그리고 더 오래 깨끗하고 맑은 상태를 유지할수록, 항복하지 않을 힘도 그만큼 더 단단해질 것이다.

하지만 다음 주 토요일 아침, 나는 시험에 든다. "이거 아는 사람 별로 없다. 너 여기 오기 전에 AA 했다고 했잖아. 그러니까 관심 없을지도 모르지만, 그래도 알려는 줄게. 휴게소에 진짜 술이 있어. 변기 물통에서 만든 밀주가 아니야." 매니가 속삭인다.

매니의 말에 따르면, 지난주에 한 교도관이 버틀러를 위해 도수 43도짜리 테킬라 한 병을 몰래 들어왔다고 한다. 그런데 버틀러는 병을 따 볼 틈도 없이 다음 날 아침 갑자기 가석방됐다. 출소 절차 중에 그걸 몰래 가지고 나갈 방법은 없었고, 그렇다고 그냥 싱크대에 부어 버리기도 싫었던 모양이다. 그래서 그는 그 술을 휴게 구역에 있는, 열두 컵짜리 고장 난 전기포트에 부어 넣었다. 매니의 설명에 따르면 계획은 이렇다. 오전 9시, 정각 휴식 시간에 맞춰 이 사실을 아는 우리 몇몇이 줄을 서서 일회용 컵에 '뜨거운 물'을 따른다. 겉으로는 인스턴트커피나 컵라면에 타는 것처럼 보이게 말이다.

나는 금주를 중단할 생각은 전혀 없다고 계속 되뇐다. 하지만 매니가 전기포트에 갔다가 돌아오자, 밀폐된 공간에 그의 숨결이 퍼지면서 술 냄새가 나를 유혹하기 시작한다. 결심을 무시하고 그냥 즐기라고 슬그머니 꼬드기는 냄새다. 어떤 면에선 이렇게 드문 기회를 그냥 흘려보내거나 망설이다가 술이 다 없어지도록 두는 게 오히려 어리석게 느껴진다. 『빅북』에는 이렇게 나와 있다. "우리는 성인이 아니다. 완벽이 아니라 발전을 추구한다." 오전 11시 휴식 시간이 다가오자, 우리 쪽 통로는 떠드는 소리와 웃음소리 그리고 '위에다 한 방 먹였다'는 취기 어린 흥분으로 들끓는다. 고등학교 때 술 마시는 게 왜 그렇게 좋았는지도 떠오른다. 두세 잔만 들어가면 걱정과 억압에서 풀려나 잠시나마 이 시답잖은 현실 위로 둥둥 떠다닐 수 있으니까. 테킬라에 대한 갈망은 점점 강해져서 나는 결국 스티로폼 컵을 손에 쥔 채 문 앞에 서서 기다린다.

문이 열리고 휴게 구역으로 서둘러 간다. 도수 43도짜리 미니 휴가를 허락해 줄 수도꼭지 앞에 네 번째로 줄을 선다. 서서 기다리는 동안 술을 마시면 *안 되는* 세 가지 이유(에밀리, 메이지, 무엇보다 니코)를 애써 밀어내려 한다. 그러자 몸이 떨리기 시작한다. 나는 테킬라를 조금 *마시고* 싶은 게 아니다. 그걸 반드시 *마셔야* 한다. 그런데 나와 알코올의 구원 사이에 파체코 한 명만 남은 순간, 내 엄지손가락이 컵 바닥을 뚫어 버린다. 절망과 안도라는 상반된 감정을 느끼며 나는 줄에서 빠져나온다.

감방으로 돌아온 나는 침상에 얼굴을 박듯 엎어진다. 중독자들이 늘 경계하는 '썩은 사고방식' 때문에 얼마나 아슬아슬했는지 마음이 요동친다. "어이, 괜찮아?" 매니가 묻는다.

나는 괜찮다고 웅얼거린다.

"그 얘길 하지 말 걸 그랬나?" 그가 묻는다.

나는 다시 괜찮다고 말한다.

몇 초가 흐른 뒤에야 고개를 들어 그를 본다. 그는 나를 빤히 보고 있다. "진짜 괜찮아?"

"맙소사, 매니. 난 정신과 의사는 필요 없어. 엄마는 이미 있고!"

"알았어, 알았다고. 그냥 물어봤어. 솔직히 말하면 나도 그렇게 술에 환장하진 않아. 댄스 클럽이랑 파티 약만 있으면 술 따위 엿이나 먹으라지."

그날 밤 나는 잠을 제대로 못 잔다. 다음 날인 일요일, 통제 데스크에는 그레이엄 대위가 근무 중이다. 키도 크고 덩치도 큰 여자 델리아 그레이엄은 두 명의 갱단원을 혼자서 제압한 일로 여기선 전설이다. 한 명은 팔이 부러졌고, 다른 하나는 목이 삐끗해 보조기를 찼다고 한다. 그레이엄은 그녀를 열받게 하지 않는 한 잘 대우해 준다는 평이 있다.

식당에서 돌아오는 길에 나는 걸음을 멈추고 충동적으로 그녀에게 AA 모임에 나가려면 어떻게 해야 하는지 아냐고 묻는다.

"빌의 친구야?" 그녀가 묻는다. 그 말은 그녀도 그 프로그램에 있다는 뜻일지도 모른다. 나는 고개를 끄덕인다. "오케이, 어디 보자. 이 난리판 어딘가에 그게 있을 텐데. 내가 이 데스크를 맡을 때마다 전부 다시 정리해야 해. 다음에 이 자리에 오면 또 엉망이지. 이 데스크에서 일하는 남자들은 전부 엄마가 와서 다시 깔끔하게 만들어 주길 기대해. 어릴 때 왕자처럼 자랐겠지. 우리 아들들은 안 그래. 집을 떠날 때쯤엔 요리도 할 줄 알고, 청소도 하고, 빨래도 하고, 부엌 바닥을 닦고 왁스 칠하는 법까지 다 알았어. 내 며느리들은 자기 남편들을 그렇게 키워 줘서 늘 내게 고맙다고 해." 내게 하는 말이 아니라 혼잣말처럼 보여서, 나는 대꾸하지 않고 그녀가 몇 장의 공지문을 뒤척이는 모습을 지켜본다. "자, 여기 있다." 그녀가 연어 빛깔의 종이 한 장을 들어 보이며 말한다. "여기 D동 2층에서 모임이 있다고 적혀 있네. 일요일 오전 7시 미사 끝나자마자." 그러더니 손목시계를 힐끗 본다. "지금이 딱 그 시간이네." 내가 가도 되겠냐고 묻자 그녀가 말한다. "원래는 최소 24시간 전에 신청서를 넣어야 해. 하지만 몰랐다고 하니까 내가 통행증을 써 줄게. 명단에는 없지만 네가 간다고 무전도 쳐 둘게. 도착하면 거기 근무하는 교도관에게 꼭 신고해."

"정말 감사합니다." 내가 말한다.

그녀는 어깨를 으쓱한다. "모임이 필요할 때는 그냥 필요한 거지." 나는 복도 끝으로 걸어가 출구 문이 열리길 기다린다. 그녀가 버저를 눌러 주어 돌아서서 손을 흔들지만, 그녀는 이미 남들이 어질러 놓은 것들을 정리하느라 정신이 없다. 나는 계단을 내려가기 시작한다.

밖으로 나와 D동을 향해 걸으면서 예배당 같은 곳을 상상한다. 하지만 건물 2층에 도착해 보니 복도의 '교회'는 임시로 차린 공간이다. '신도석' 자리에는 낡은 플라스틱 의자들이 줄지어 있고, 제단은 받침대 두 개 위에 합판 한 장을 얹어 둔 수준이다. 그래도 신자가 스무 명은 족히 모여 있다. 생각보다 훨씬 많다. 계단 뒤 책상에 앉아 있는 교도관은 자동차 잡지를 넘기며 게토레이 한 병을 마시고 있을 뿐, 미사에는 전혀 신경 쓰지 않는다. 나는 그에게 통행증을 건네고 신분증을 들어 보인다. 그는 나를 보지도, 목소리를 낮추지도 않은 채 말한다. "늦어도 안 오는 것보단 낫지, 그치? 모임까지 남아 있을 거야?" 나는 고개를 끄덕인다. "그럼 앉아."

세 번째 줄 끝자리에 빈 의자가 하나 있다. 나는 그곳에 앉아 지켜본다. 회색 콘크리트 블록 벽과 칙칙한 황갈색 죄수복 사이에 사제가 입은 에메랄드빛 제의가 잠깐이나마 색을 더해 준다는 사실에 잠시 고마움을 느낀다. 속삭이는 대화 소리와 참다가 낮게 터져 나오는 웃음소리를 보아하니, '신자' 중 일부는 기도하러 온 게 아니라 사람을 만나러 온 듯하다. 나는 제단 쪽에서 거칠어 보이는 근육질의 남자가, 아마도 포도주스가 들어 있을 병에서 주스를 여러 개의 종이 케첩 컵에 따라 붓는 모습을 본다. 그 남자는 탈색한 금발 머리를 길게 길렀는데 「도그 더 바운티 헌터(보석금을 내고 석방된 뒤 도주한 피의자를 추적해 체포하는 현상금 사냥군의 실제 활동을 따라가는 미국의 리얼리티 TV 프로그램-옮긴이)」 스타일을 노린 듯했다. 그러다 문득 내가 쌍둥이들의 빨대 컵에 포도주스를 따라 주면 아이들이 깔깔 웃으면서 입술을 오므리며 서로의 보랏빛 혀를 보여 주던 장면이 떠오른다. 무심코 미소가 삐져나오다가 이내 숨이 턱 막힐 만큼 거센 죄책감의 일격을 맞는다. 아이들에 대한 행복한 기억을 가질 자격이 내게 조금이라도 있다면, 지금 이 자리에 있지도 않았을 것이다.

사제는 식당 쟁반으로 보이는 것을 들어 올린다. 그 위에는 잘게 부서진 흰 빵 조각이 수북이 쌓여 있다. "이는 너희를 위하여 내어 주는 내 몸이니, 나를 기억하여 이를 행하여라." 그의 목소리가 긴 복도를 따라 울려 퍼진다. 이어서 그는 스티로폼 컵 하나를 들어 올린다. 전날 테킬라를 채울 뻔했던 그 컵보다 훨씬 큰 것이다. "이는 새롭고 영원한 계약을 맺는 내 피의 잔이다." 그 순간 아버지의 목소리가 들리는 듯하다. *다 헛소리야. 사람들이 어떻게 그렇게 잘 속는지 원.*

누군가 종을 울리자 열한 명이나 열두 명 정도 되는 신자들이 자리에서 일어나 앞쪽으로 질서정연하게 줄을 선다. 현상금 사냥꾼 도그는 사제 옆에서 포도주스 컵들이 놓인 쟁반을 들고 서 있다. "그리스도의 몸." 사제가 맨 앞에 선 남자의 오목하게 모은 두 손에 빵을 올려놓으며 말한다. "아멘." 그 남자가 대답한다. 그는 빵을 입에 넣고 포도주스를 단번에 들이켠 뒤, 종이컵을 구겨서 밑에 있는 쓰레기통에 던진다.

"그리스도의 몸."

"아멘."

"그리스도의 몸."

"아멘."

성찬대에 선 줄에는 거칠어 보이는 사내들도 여럿 있지만, 다들 수도승처럼 경건해 보인다. 전날 내가 서 있던 줄이 다시 떠올라 나는 의자에서 불편하게 자세를 바꾼다. 이 사람들도 내가 테킬라를 갈망했던 것처럼, 어떤 용서를 갈망하는 걸까? 이 뒤에 이어질 AA 모임이 신 이야기를 너무 강하게 밀어붙이지 않기만을 바란다. 나는 아버지처럼 종교를 경멸하지는 않지만, '찾기만 하면 나타난다'는 구세주가 막연한 바람에 불과한 게 아닐까 하는 의심이 든다. 데일의 스폰서가 데일에게 했던 말이 떠오른다. "데일, 네가 믿지 않아도 괜찮아. *내가* 믿는다는 것만 믿으면 돼." 또 데일이

나에게 자신의 믿음에 관해 이야기해 준 것도 기억난다. 자신이 더 높은 힘의 존재를 가장 가까이에서 느끼는 순간은 바닷가에서 낚시를 하며 광활한 바다를 바라볼 때라고.

내 시선은 앞쪽에 선 세 명으로 이루어진 성가대로 향한다. 그중 하나가 기타를 치고 있다. 노래는 익숙한데 어디서 들었는지 기억나지 않는다. 가운데 노래하는 남자도 낯익다. 그가 앞으로 한 걸음 나와 솔로 파트를 부르기 시작하자, 나는 깜짝 놀라 다시 본다. 첫날 운동장에 나갔을 때 나를 당황하게 만들려던 그 자메이카 남자, 제리 컬이다. *주님을 더 또렷이 보고, 주님을 더 깊이 사랑하며, 주님을 더 가까이 따르게 하소서. 하루하루.* 그는 미사에 맞는 수수한 차림이다. 눈화장도 없고, 딸기 트위즐러로 대체한 립스틱도 없다. 그리고 노래를 끝내주게 잘 부른다. 곡이 끝나갈 즈음 나머지 두 사람도 합류한다. *하루하루, 하루하루, 하루하루, 하루하루, 하루하루.*

줄에 선 사람들 모두 영성체를 받은 뒤, 도그와 성가대원 세 명도 성찬을 받고 자리에 앉는다. 제리 컬의 자리는 바로 내 앞이다. 나는 그의 밀어 버린 머리 뒤쪽을 따라 세로로 길게 난 흉터를 보다가, 무언가가 내 운동화를 툭 치는 걸 느낀다. 아래를 힐끗 내려다보니 쪽지가 하나 있다. 나와 같은 줄 맨 끝자리에 앉은, 곰처럼 덩치 큰 대머리 남자가 어딘가를 가리킨다…… 제리?

"이 사람이요?" 내가 입 모양으로 묻자, 그가 고개를 끄덕인다. 나는 제리의 어깨를 툭 치고 쪽지를 건넨다. 그는 펼쳐 읽더니 두 손가락을 입술에 갖다 대고 발신자 쪽으로 키스를 날린다. 아, 만남이군. *지금은 영성, 끝나면 죄. 다 위선적인 개소리야.* 아버지의 말소리가 들린다.

미사가 끝나자 절반 정도 되는 사람들이 자리에 남아 의자 몇 개를 벽에 밀어 쌓고 나머지는 원형으로 배치한다. 사제가 제의를 벗자 나와 똑같은 차림이라는 사실에 나는 놀란다. 연한 갈색 죄수복, 주에서 지급한 운동화, 셔츠에 꽂힌 교도소 신분증까지.

하비에르라는 비교적 젊은 남자가 모임을 시작한다. 그는 우리 11명과 함께 평온의 기도를 하고, 공지 몇 가지를 읽는다. 새로 온 사람이 있느냐고 물어, 나는 손을 들고 이름만 말한 뒤 다중 중독자라고 밝힌다. "환영합니다.", "잘 오셨어요." 몇 사람이 그렇게 말해 준다.

하비에르는 나에게 『빅북』을 건네며 "어떻게 작동하는가"를 읽어 달라고 한다. "5장, 58쪽부터 60쪽까지요." 그가 말한다. 나는 열두 단계에 대한 설명을 읽고, 인간의 어떤 힘으로도 우리를 중독에서 구할 수 없지만, "우리가 하느님을 찾기만 한다면 하느님은 반드시 그렇게 해 주신다"라는 대목으로 끝맺는다. 마지막 문장을 다른 사람들이 모두 따라 읽는다. 그들의 목소리는 나보다 훨씬 확신에 차 있다.

하비에르는 오늘 모임의 주제가 유혹을 이겨 내는 방법이라고 말한다. 자신의 사례를 나누는 사람들은 대부분 내가 형을 선고받기 전에 다녔던 모임에서 이미 들었던 이야기들을 반복한다. 스폰서에게 연락하라, 더 높은 힘에게 힘을 달라고 기도하라, "몸을 움직이면 생각이 바뀐다." 한 사람은 우리가 여기 앉아 있는 동안에도, 우리의 중독은 바깥 운동장에서 팔굽혀펴기를 하며 우리가 출소하는 날을 대비해 몸을 단련하고 있다는 점을 상기시키고 싶다고 한다. 모두가 앤디 신부라고 부르는 그 사제는 90일짜리 재활 치료를 마치고 돌아오는 길에 네 번째 음주 운전으로 적발됐던 일을 털어놓는다. 나는 전날의 아찔한 순간을 이야기하고 싶은 마음이 반쯤 있지만, 이 사람들을 믿어도 될지 모르겠고, 누군가 "여기서 한 말은 여기서 끝난다"는 규칙을 어기면 우리 층의 누군가가 곤란해질까 봐 망설인다. 게다가 내가 마지막 순간에 어떻게, 왜 버틸 수 있었는지도 아직은 분명하지 않다. 내 엄지가 컵 바닥을 뚫었을 때 그건 내가 자발적으로 한 행동이었을까, 아니면 무의식적으로 한 행동이었을까?

나만 사연을 나누지 않았지만, 그래도 B동으로 돌아가는 길에 그 모임에 다녀온 것이 꽤 괜찮았다는 느낌이 든다. 오랜만에 마음이 차분해졌다. 아마 다음 주 일요일에도 다시 신청서를 넣게 될 것 같다. 감방에 앉아 에밀리와 메이지가 어떻게 지내는지 걱정하거나, 매니의 음악이나 그의 끝없는 독백을 듣지 않으려고 애쓰는 것보다 나을 테니까. 지난주에 매점 주문서에 귀마개를 추가해 두었다.

"어디 갔다 왔어?" 모임에서 돌아오자 매니가 묻는다. 자기가 무슨 상관이라고. 나는 무표정하게 교도소장이 차와 쿠키나 하자며 자기 집으로 초대했다고 말한다. 나의 빈정거리는 말에 그가 굉장히 상처받은 표정을 짓는 걸 보고, 결국 진실을 말한다. 그러자 모임에 다녀온 내가 자랑스럽다고 한다. 그 말에 조금 소름이 끼친다. 내가 그의 인정을 받을 필요는 전혀 없는데.

소등 전에 나는 파텔 박사의 편지를 몇 번이고 다시 읽는다. *독서는 제한된 환경에서 잠시나마 벗어날 수 있는 도피처를 제공해 줄 것입니다. 예이츠에는 수감자들이 할 수 있는 일이 많이 있습니다. 교도소 도서관 사서인 페이기 밀먼……*

18

2017년 9월

1,095일 중 53일

상담사에게 통행증을 받아 본관 꼭대기 층에 있는 도서관으로 찾아가기까지 일주일을 그냥 흘려보낸다. 마침 지난주 일요일 모임의 사회를 본 하비에르가 대출 데스크에서 근무하고 있다.

"안녕. 코비 맞지?" 나는 고개를 끄덕인다. 그가 내 이름을 기억하고 있어서 기쁘다. 나는 혹시 일자리가 있는지 아느냐고 묻는다. "여기 말이야? 그건 담당자한테 물어봐야 해." 그가 뒤쪽에 있는 작은 사무실을 가리킨다. "문 열려 있으니까 노크하고 바로 들어가도 돼."

페이기 밀먼에게는 눈썹이 없다. 그리고 이마에서 뒤로 밀려 올라간 머릿수건 밑으로 항암 치료의 흔적인 민머리가 드러난다. 그녀는 따뜻하게 나를 맞아 준다. 파텔 박사의 이메일을 통해 내 이름을 기억하고 있지만 지금은 빈자리가 없다고 말한다. "대기자 명단에 이름을 올려 줄 수는 있어요. 대기자가 세 명 있긴 해요. 하지만 지금 일하는 사람 중 한 명은 조리 보조 일자리에 지원해서 결과를 기다리고 있고, 또 누군가는 조기 가석방 대상이 될 수도 있죠." 그렇게 말하며 그때까지는 여기를 마음껏 둘러봐도 된다고 한다. "이거 하나 드세요." 그녀는 초코칩쿠키가 담긴 접시를 내민다. "남편 하위가 은퇴한 뒤에 무료해서 어쩔 줄 몰라 하다가 자기가 제빵을 좋아한다는 걸 알게 됐어요. 우리 집 오븐에서 나오는 걸 다 먹었다면, 내 몸무게가 500킬로그램은 나갔을 거예요. 리커비 소장은 내가 당신들에게 간식을 갖다주는 걸 못마땅해하지만 신경 안 써요. 뭐, 소장이 어쩌겠어요. 28년이나 일한 사람을 자르기라도 하겠어요?"

나는 그녀에게 고맙다고 인사하고 쿠키 하나를 집어 든 다음 두 시간짜리 통행증을 받았다고 말한다. 여기 남아서 책을 좀 읽어도 괜찮을까요? 그녀는 기꺼이 그러라고 하고 연필과 종이 한 장을 내밀며 이름과 수감자 번호를 적으라고 한다. 적어서 건네자, 내 글씨가 알아보기 좋다고 칭찬해준다. 그 말에 절로 미소가 지어진다. 예이츠에서는 이런 칭찬 하나하나가 소중하다.

도서관 소장 자료는 턱없이 빈약하다. 나는 SF, 전기, 자연 분야를 훑어본다. '지역 자료'라고 붙은 서가에서 책 제목들을 읽다가 『코네티컷 교정시설의 역사 1773~2012』라는 책을 꺼낸다. 표지에 사진 두 장이 실려 있다. 하나는 코네티컷주 최초의 교도소인 뉴게이트, 다른 하나는 바로 이곳이다. 나는 뉴게이트가 궁금해진다. 주 정부가 그곳을 박물관으로 만들었을 때, 에밀리는 6학년 아이들을 데리고 현장학습을 갔다가 안내 책자를 가지고 돌아왔다. 내 기억으로 뉴게이트는 처음엔 구리 광산이었다가 나중에는 범죄자와 살인범들 그리고 영국군 포로들을 가두는 곳이 됐다. 예이츠도 암울하지만, 손에 든 책의 사진들을 보니 뉴게이트의 환경은 사실상 비인간적이었다.

나는 휠체어에 앉아 있는 나이 든 흑인 수감자 맞은편 테이블에 자리잡는다. 짧은 회색 드레드록(머리카락을 꼬거나 엉키게 해 굵은 다발처럼 만든 헤어스타일-옮긴이), 코 중간까지 흘러내린 뿔테 안경, 빛이 바랜 미 해군 문신.

그는 책을 읽으면서 입으로 글자를 따라 읽고, 손가락으로 줄을 짚으며 내려간다. 그가 나를 올려다봐서 나는 고개를 가볍게 끄덕여 인사한다. 그는 미소 없는 얼굴로 고개를 끄덕여 답하고, 자신이 읽는 문고본 『차콜 조』를 들어 보인다. 그리고 나에게 이지 롤린스 시리즈를 읽었느냐고 묻는다. "아니요. 작가는 들어 본 적 있지만." 내가 말한다.

그의 "풋" 소리만 들어도 방금 내 대답이 마음에 들지 않았다는 걸 알 수 있다. "작가는 월터 모슬리야. 이지 롤린스는 등장인물이고, 『타잔』 시리즈는 누가 썼다고 생각해? 타잔?"

네네. 알겠습니다, 어르신. 나는 어정쩡한 미소를 짓고 『코네티컷 교정 시설의 역사』를 펼친다. 서문에는 감옥에 대한 사회의 태도가 당대 정치계의 바람이 어디로 부느냐에 따라 처벌과 재활 사이를 오가는 진자처럼 움직인다고 적혀 있다. 이 책이 나온 건 오바마가 대통령이던 2012년이다. 그가 교도소를 찾아가 수감자 중 일부는 자신이 젊었을 때 했던 실수와 비슷한 이유로 그곳에 있다고 말했던 기사를 읽은 기억이 난다. 희망과 변화에 대한 이야기, 과거에 저지른 실수를 넘어서서 나아가자는 이야기였다. 하지만 트럼프가 백악관에 들어오자 정치적 바람이 급작스럽게 방향을 틀어 몸이 휘청거릴 지경이다.

나는 뒤쪽을 펼친다. 저자인 네이선 킵은 19살에 갱단 연루 폭행 사건으로 이곳에 들어왔다. 그는 수감 중에 통신 강좌를 듣기 시작해서 결국 대학교수가 되었다. 『코네티컷 교정 시설의 역사』는 그의 박사 논문이라고 나와 있다. 작가 사진 속 그는 40대 초반으로 보인다. 민머리에 풍성한 수염을 가졌고 가슴 앞에 팔짱을 끼고 있다. 많은 성취를 이뤘는데도 눈빛이 슬펐다. 원래 그런 눈빛이었을까, 아니면 이곳에서 그렇게 된 것일까?

책 앞부분을 펼쳐 헌사를 읽는다. "스스로 만들었든 타인이 만들었든, 감옥 같은 삶을 살아가는 이들에게." 이 책은 페이기 밀먼에게 헌정된 것으로, 자신이 스스로를 믿기 전에 먼저 자신을 믿어 줘서 감사하다는 글이 적혀 있다. 좋군.

서문을 건너뛰고 곧장 역사로 들어간다. 첫 장은 1600년대 청교도 사회를 다루는데, 당시에는 범죄와 도덕적인 죄가 구분되지 않았고, 처벌의 목적은 사람들을 가두는 것보다 공개적으로 망신을 주는 것이었다. 도둑, 신성모독자, 술주정뱅이, 거짓말쟁이, 간통자, 우상숭배자, 마술이나 퀘이커 신앙을 실천한 사람들은 매질을 당하거나, 형틀에 묶여 구경거리가 되거나, 달군 쇠로 이마에 낙인이 찍히거나, 황무지로 추방되었다. 가장 중대한 범죄자들은 귀가 잘리거나 교수대로 끌려가 목에 올가미를 걸었다.

킵은 뉴게이트가 식민지 시대 미국 최초의 주립 교도소였다고 말한다. 책에 따르면 뉴게이트의 수감자들은 개조된 광산의 동굴과 갱도 속 지하 23미터 아래에서 살아야 했다. 그 뒤를 이은 시설은 웨스트필드 교도소로 뉴게이트 수감자들이 직접 지은 4층짜리 벽돌 요새였다. 완공 후 그들은 그 안에 수감되었다.

어떤 면에서는 지금 이곳에서 일어나는 일도 크게 다르지 않다. 이곳의 많은 수감자가 교도소 산업국에서 사무용 가구를 만들고, 방탄 장비를 생산하고, 전자 제품을 조립하거나 차량국 데이터를 입력한다. 시급은 고작 50센트다. 샤워실에서 어떤 남자가 친구에게 투덜대는 걸 우연히 들었다. "당국이 시키는 일을 해서" 한 달에 20달러 남짓 벌어 봐야, 세금 빼고 피해자 배상금 빼고 각종 프로그램 비용으로 다 떼 간다고.

책에 따르면 1850년 무렵에는 교도소 수감자 수가 웨스트필드 시설의 수용 능력을 훨씬 초과해 과밀 수용과 탈옥, 집단 난투 그리고 논란 많던 한 교도소장의 피살 사건까지 이어졌다고 한다. 점점 더 폭력적으로 변한 수감자들을 감당하기에는 비효율적이라는 판단 아래, 교정 제도는 폐기되었고 형벌의 추는 다시 처벌 중심으로 돌아섰다……

"나라면 처음부터 시작하겠어."

나는 순간 소스라친다. 맞은편에 있던 노인을 잊고 있었다. 어리둥절한 표정으로 그를 본다. "『푸른 드레스를 입은 악마』. 그것부터 시작해."

"아, 모슬리요. 알겠습니다." 내가 말한다.

"이지 롤린스 시리즈는 12편이 넘어. 작가가 쓴 다른 시리즈들도 있어."

나는 그의 말보다 외모에 더 관심이 간다. 그의 드레드록은 검은 머리보다 흰머리가 더 많다. 부드러운 캐러멜색 피부, 포수 글러브만큼이나 커다란 손, 큰 체격에 넓은 어깨, 교도소 음식 때문에 몸은 불었지만 젊었을 때는 분명 풀백 체형이었을 것이다. 마치 그를 스케치하듯 테이블 아래에서 오른손이 움직이는 걸 느낀다. 그가 이야기를 마치고 휠체어를 굴려 뒤쪽 창가로 가자, 나는 그의 자리에 놓인 다른 책들을 훑어본다. 『다음번 화재』, 『새철 페이지 전기』, 『뉴 짐 크로우, 색맹 시대의 대량 수감』. 이 노인은 탐정소설만 읽는 게 아니었다. 그가 다시 자리로 돌아와 나는 이 책을 다 읽을 생각이냐고 묻는다. "볼드윈은 *다시* 읽을 거야. 나머지는 나만의 방식이 있지. 전부 오십 쪽씩 읽어 보고 마음에 들면 계속 읽고, 아니면 그만 둬." 그가 말한다. "자네는 몇 살이야? 30대인가?" 서른다섯이라고 답한다. "난 자네만큼 시간이 많지 않거든. 그래서 까다롭게 고르는 편이지. 자네는 뭘 읽고 있나?"

책을 들어 보이자, 그는 그 책이라면 *자기가* 썼을 수도 있다고 말한다. 자기는 이곳의 살아 있는 역사라고. "난 1982년부터 여기 있었어. 그땐 훨씬 나았지. 강에서 낚시도 하게 해 줬고, 날씨가 더우면 수영도 했어. 소프트볼도 했고. 물론 감시는 했지. 특권은 노력해서 *따내야* 했고. 그냥 막 준게 아니라고. 하지만 그땐 우리가 저지른 죄 하나로만 사람을 보지 않았거든. 그때 소장이 누구였는지 알아? 헤이든 반스 소장이었어. 매년 7월 4일엔 우리를 위해 핫도그 파티를 열어 줬지. 소장이랑 부소장이 직접 구워 줬다니까.

이것도 들어 봐. 1년 동안 징벌 딱지를 한 장도 안 받으면 추첨에 응모할 수 있었어. 트레일러에서 마누라랑 단둘이 하룻밤을 보낼 수 있게 말이야. 부부로서의 시간을 좀 즐기라는 거였지. 내 말 무슨 말인지 알지? 내가 당첨된 건 84년 1월이었어. 아내 메리가 피크닉 바구니에 집에서 만든 음식을 가져왔지. 우리는 아이가 넷인데, 막내는 바로 그날 밤 트레일러에서 생겼어. 내 배가 버지니아 햄구이랑 고구마파이, 복숭아코블러(과일을 얹어 구운 미국식 디저트-옮긴이)로 가득 찬 뒤였지."

"1984년이요? 그때 저는 두 살이었는데."

"그래?" 그는 그래서 어쩌라고, 하는 투로 말한다. "애는 있고?"

"둘이요."라고 말하다가 멈칫한다. "아니, 사실은 하나예요. 딸 하나." 그가 의아한 표정으로 나를 빤히 바라보자 얼굴이 화끈 달아오른다. 다행히 밀면 부인이 쿠키 접시를 들고 다가와 나를 구해 준다.

"코비, 우리 단골손님을 만나셨군요. 레스터, 쿠키 좀 드시겠어요?" 나는 그녀가 있는 이 공간에서는 우리가 범죄자가 아니라 손님이라는 사실을 알아차린다.

"그럼 여섯 개는 어때요?" 레스터가 자기가 한 농담에 웃으며 말한다.

"음, 세 개 정도가 좋겠네요. 아직은 젊은 몸매를 망치면 안 되잖아요." 둘은 함께 낄낄 웃는다. "코비는 어때요? 하나 더 들래요?" 나는 고맙다고 말하며 사양한다. "마음 바뀌면 데스크로 와요."

그녀가 자리를 뜬 뒤에도 레스터는 쿠키를 먹으며 계속 나를 바라본다.

"아까 애가 둘이라고 했다가 하나라고 했잖아. 하나는 죽은 거야?"

나는 깊게 숨을 들이마시고 말한다. "네, 우리 아들이요. 딸이랑 쌍둥이였어요."

"그래? 부모한텐 참 끔찍한 일이겠네. 어쩌다 그런 거야?"

레스터가 그런 질문은 하지 않았으면 좋았겠다고 생각하지만, 그에게는 어쩐지 약한 모습을 보여도 괜찮을 것 같은 뭔가가 있었다. "음주 운전 사고요. 그래서 제가 여기 있는 거고요." 내가 말한다. 그 말을 그가 어떻게 받아들이는지 보고 싶지 않아, 나는 시선을 돌리고 화제를 바꾸려 애쓴다.

"그러니까 당신이 처음 여기 왔을 때는 소프트볼 경기랑 부부 면회도 가능했던 거죠? 그런데 왜 이렇게 달라졌죠? 무슨 일이 있었던 거예요?"

그의 얼굴에서 슬픔이 사라지고 분노가 올라오는 게 보인다. "크랙 때문이었어. 크랙과 그걸 둘러싼 정치. 마약과의 전쟁이 아니라 차라리 동네와의 전쟁이었다고 해야지. 여기 수감 인구는 거의 두 배로 늘었고, 새로 들어온 애 중엔 열여덟, 열아홉밖에 안 된 흑인 남자애들이 수두룩했어. 다 크지도 않은 아이들이 남은 성장기를 전부 여기서 보내야 했지."

그는 고개를 젓는다. "사람이 너무 몰려서 A동 체육관에 플라스틱 썰매 침상들을 깔아 기숙사로 죄다 바꿔 버렸어. 젊은 남자 50명에 화장실 하나, 샤워실 하나라니? 말이 돼? 환경이 엉망이라고 교정 당국에 민원이 들어가기 시작하니까, 위에서 시설 점검 나온다 싶으면 그 썰매 침대들을 쌓아 올려서 눈에 안 보이는 곳에 치워 버렸지. 그리고 기숙사 애들을 버스에 태워서 점검이 끝날 때까지 시설 안을 빙빙 돌게 했어. 존스턴이 주지사로 당선된 뒤엔 상황이 더 나빠졌지. 그때 진짜 강한 단속이 시작됐어. 새 교도관들을 군인처럼 훈련하고 우리를 적으로 취급했지. 전에도 교도관들이 곤봉을 들고 다니긴 했어. 하지만 존스턴의 졸개들이 나타나기 전까진 그걸 쓰는 건 거의 본 적이 없었어. 그 졸개들에게 페퍼 스프레이도 지급하고, 폭동 진압 훈련이라며 개들까지 들여왔지."

"그때 새 수감동을 지었나요? 사람이 너무 많아진 뒤에." 내가 묻는다.

"맞아. 푸사로 건설이 비용을 아끼느라 대충 찍어 올린 거야. 존스턴이랑 닉 푸사로가 사돈 관계고 요트를 같이 타던 사이라는 걸 생각하면, 어떻게 계약을 따냈는지 뻔하지 뭐. 푸사로는 콘크리트랑 시멘트 블록으로 만든 쓰레기 건물로 크게 한몫 챙겼어. 덕분에 지금 그 안에 사는 사람들은 물 새는 지붕에, 엉망인 배관에, 검은 곰팡이까지 참고 살아야 해. 왜 앞쪽 도로를 지나는 사람들이 새 건물들을 못 보는지 알아? 주에서 여기를 보이고 싶지 않은 거야. 무슨 말인지 알겠어?"

나는 고개를 끄덕인다. "보이지 않으면 생각도 안 하게 되죠."

크리에이티브 스트래티지스에서 실직하기 전까지, 예이츠는 내게 그저 출근길에 차를 몰고 지나치던 장소였다. 왕복 4차선인 우드러프 파크웨이의 아침 출근길은 늘 막혀서, 나는 거대한 그리스식 요새 같은 건물을 감싼 4미터가 넘는 철망 울타리와 좌우로 솟은 4층짜리 수감동 두 채를 스쳐 지나가는 정도가 아니라 꽤 오래 바라보곤 했다. 위험한 범죄자들이 갇히는 곳이라면 이 정도로 위압적이어야 한다고 *원할* 만큼, 그 건물은 충분히 위압적으로 보였다. 울타리 밖 법을 지키는 시민들 쪽에는 잘 손질된 잔디와 조경이 펼쳐져 있어서, 이곳이 질서 있고 잘 관리되는 시설처럼 보였다. 유심히 들여다보지 않으면(나도 그러지 않았지만) 뒤편에 새로 지은 수감동들이 있다는 사실조차 몰랐을 것이다. 그것들이 크랙 코카인 확산 사태와 존스턴 행정부가 남긴 유산이며, 이제는 무너져 가고 있다는 사실도.

"하나 물어봐도 될까? 그 일로 몇 년을 받았어?" 레스터가 묻는다. 3년이라고 답하자 그의 얼굴에 그늘이 스친다. 그는 다시 책을 읽기 시작한다. 대화를 끝내고 싶지 않았던 나는 그가 손에 들고 있는 『아마도 나는 영원히 공을 던질 것이다(전설적인 흑인 투수 새철 페이지의 회고록─옮긴이)』를 가리키며 디마지오가 새철 페이지를 최고의 투수라고 말했다는 글을 어디선가 읽었다고 한다.

아무 대답이 없다. 오케이, 알겠다. 말은 그만하고 책을 읽고 싶다는 뜻이구나.

방으로 돌아갈 시간이 다 되었을 때, 나는 데스크로 가서『코네티컷 교정 시설의 역사』와『푸른 드레스를 입은 악마』를 대출한다. 하비에르도 뭔가 읽고 있다. 그는 고개를 저으며 책을 탁 내려놓고 말한다. "열받지 않냐? 저 개자식들이 여기 와서 권력을 잡고 나서 한 짓들 말이야." 나는 그 책을 집어 들고 제목을 읽는다.『미국 원주민 집단 학살: 토착 민족을 말살하기 위한 미국 정부의 체계적 노력』.

하비에르는 어머니 쪽에 닙먹의 피가 절반 흐르고, 아버지 쪽에 위쿼넉 피의 4분의 1이 흐른다고 말해 준다. "너 인디언이야?" 그가 묻는다.

"아주 조금인 것 같아. 예전에 엄마가 DNA 검사를 했는데 대부분은 영국 제도 쪽 혈통이고, 외할아버지 쪽으로 원주민 피가 6퍼센트쯤 섞여 있다고 나왔대."

"그래? 어느 부족인데?"

"그 정도로 구체적이진 않았어. 북동부 원주민이라고 했던 것 같아."

"그럼 앨곤킨이나 모호크일 가능성이 크겠네. 어쩌면 위쿼넉일 수도 있고. 책에 보니까 1600년대에 식민자들이 땅을 차지하기 위해 위쿼넉을 없애려고 했대."

"정말? 나는 여기서 자랐는데 학교에선 그런 걸 배운 적 없어."

"그래. 그 인간들은 진실이 드러나면 자기들이 악당으로 보이니까 역사를 고쳐 쓰고 싶은 거지. 너도 원주민의 피가 흐른다면 이 책 읽어 봐."

"고작 몇 방울 섞인 수준이야. 그래도 네가 다 읽으면 볼게." 그는 지금 가져가도 된다고 한다. 너무 화가 나서 더는 못 읽겠다고. "그래. 고마워."

그는 책 세 권을 대출로 등록하고 출입증에 도장을 찍어 준다. "그럼 곧 보자, 친구. 다음 주 일요일 모임에 올 거지?" 그가 말한다.

나는 그러길 바란다고 답한다.

19

2017년 10월

1,095일 중 66일에서 87일

에마누엘 '매니' 델라베키아의 어머니는 러시아계 유대인이고, 아버지는 시칠리아계다. 매니 말로는 어머니 쪽 친척 가운데 한 사람이 1950년대 후반에서 1960년대 초반 사이 라스베이거스에서 거물급 코미디언이었다고 한다. 하지만 지금은 요양원에서 지내며 정신도 흐려졌단다. 매니와 여동생 글로리아는 그의 유언장에 자기들이 들어가 있고, 뉴저지에 있는 삼촌 소유의 모텔을 상속받게 될 거라는 말을 들었다. 매니는 출소하면 거기서 살 계획이다.

매니의 할머니 델라베키아 노나는 수완가였다고 한다. 할머니는 매주 금요일마다 이스트 할렘의 자기 집 부엌 창문으로 사각형 피자를 팔고, 숫자 도박을 중개하거나, 사악한 눈의 저주를 받았다고 믿는 동네 사람들의 *일 말 오키오*(액운)를 풀어 주며 돈을 벌었다. "할머니의 의식을 한 번 본 적 있어." 매니가 말한다. "어떤 처량한 인간 하나가 할머니 집 앞에 와서 하소연했어. 신발 공장에서 잘려서 집에 일찍 갔는데, 아내가 떠돌아다니면서 가위와 칼을 가는 놈팡이랑 침대에 있는 걸 봤다고. 할머니는 그 사람을 부엌 식탁 앞에 앉히고 앞에 물이 든 그릇을 놓았어. 거기에 올리브유를 몇 방울 떨어뜨리고 그 결과를 '읽었지'. '아, 아주 제대로 걸렸네.' 할머니가 그 불쌍한 인간에게 말했어. 그리고 빨간 고추 꼭지에 끈을 묶어서 그의 눈앞에 대롱대롱 흔들면서 이탈리아어로 노래하듯 기도문을 읊기 시작했지. 의식이 길어질수록 할머니의 목소리는 점점 커졌고, 눈동자가 슬롯머신 안의 그림처럼 휙휙 돌아갔어. 마침내 기도를 딱 멈추더니 식탁을 주먹으로 세 번 세게 내리쳤지. 그리고 다 나았다고 했어."

"소름 돋는다. 효과는 있었어?" 내가 말한다.

"그 사람은 모르지만 할머니한테는 확실히 있었지. 할머니가 '계산원'에게 3달러를 내라고 했는데, 그 계산원이 바로 나였어. 그 남자가 2달러짜리 지폐 한 장이랑 25센트짜리 동전 네 개를 내밀었어. 할머니는 25센트 동전 두 개를 내게 줬고, 나는 가게에 가서 하와이안 펀치 한 캔과 더블버블 껌 열 개를 샀지."

"2달러짜리 지폐도 있어?" 내가 묻는다.

"응. 앞면에 토머스 제퍼슨 얼굴이 있었던 것 같은데 이제는 안 만드는 모양이야. 요즘은 거의 못 보잖아."

나는 제퍼슨이 노예를 거느렸고 그중 한 여자에게서 아이까지 낳았다는 내용의 책을 읽고 있다고 한다. "게다가 그 아이들까지 자기 소유였대!"

매니는 어깨를 으쓱하더니 TV를 켠다. "「댄싱 위드 더 스타」 시작하네. 오늘은 디즈니 특집이야. 난 이 테마가 제일 좋더라."

"아니, '모든 인간은 평등하다'면서 자기 아이가 흑인 혼혈이면 자기 재산이라는 거야? 그런데 제퍼슨이 영웅이 되고 화폐에 얼굴까지 나온다는 게 말이 돼? 이거 완전 엉망진창이잖아."

하지만 늘 그렇듯 매니와 나는 결이 다르다. "이 쇼가 10년만 더 일찍 시작했어도 완전 내가 나갈 수 있었는데. 연예인이 아니라 프로 댄서로 말이야. 카니발 크루즈에서 춤출 때 안무도 좀 했거든. 내가 수석 안무가보다 더 잘해서 그 사람이 질투하는 바람에 계약이 연장되지 않았지."

음, 매니가 사회 문제에는 별로 관심이 없지만 룸메이트로만 보면 괜찮은 편이다. 사실 퍼그와 살 때는 끔찍했다. 훨씬 끔찍했다. 그에 비하면 말이 너무 많고 부모처럼 잔소리하는 데다 가끔 내 물건을 '빌려 가긴' 해도, 이 정도면 나쁜 편은 아니다. 매니는 자신의 정체성을 숨기지 않고 나는 그걸 존중한다. 여기서도 그를 좋아하는 사람이 많고, 다른 일부 게이 수감자들처럼 찍히는 일도 없다. 가끔 누군가를 만나지만 자세한 사정은 모르고 알고 싶지도 않다. 같은 방을 쓰게 된 지 얼마 지나지 않아 내게 "서비스"를 해 주겠다고 제안했지만 사양했다. 그런 건 혼자 해결하는 편이라고 하자 그는 웃더니 바로 물러났다. 그 뒤로는 전혀 문제가 되지 않았다.

매니는 정말 웃길 때가 있다. 특히 파란만장한 직업 이력을 이야기할 때 그렇다. 그는 크루즈에서 춤을 춘 것 말고도 턱시도를 입고 돈도, 나이도 많은 부인들의 볼룸 댄스 파트너로 일한 적도 있고, 뉴욕과 코네티컷의 게이 클럽에서 디제이로 일한 적도 있다. "보수는 신통찮았어. 대신 코카인이랑 몰리를 팔면 주에 1,000달러는 쉽게 벌었지." 그가 말한다.

몰리가 뭐냐고 묻자 그는 믿을 수 없다는 눈빛으로 나를 바라본다.

"엑스터시잖아. X. 디스코 비스킷. 제발 좀, 코비. 80년대에 대체 어디 있었니?"

"초등학교. 유치원 교육 과정에 디스코 비스킷은 없었던 걸로 아는데." 그 말에 그는 입을 다문다. 매니는 나이에 예민하다. 40대 중반이라고 주장하는 것과 달리 실제 나이는 쉰셋이라는 걸 나는 확실히 알고 있다.

이번에 그는 두 번째로 이곳에 들어왔다. 첫 번째는 그가 일하던 레이브 현장에서 벌어진 함정 수사 때문에 잡혀 왔다. "좀 전까지만 해도 웃통을 벗은 채 땀범벅이 된 훈남 둘에게 코카인을 팔고 있었어. 그런데 갑자기 걔들이 DEA(마약단속국) 티셔츠를 꺼내 입더니, 나를 번호판도 없는 순찰차 뒷좌석에 처박더라고." 그는 변호사가 멍청해서 형을 5년이나 받았다고 말한다. "내가 빵에 들어가기 전엔 클럽에 있던 사람들을 전부 일으켜 세워 마돈나, 휘트니 휴스턴, 웸에 맞춰 엉덩이가 빠질 때까지 춤추게 했지! 그런데 가석방될 즈음엔 세상이 전부 플란넬 셔츠를 입고 빌어먹을 너바나에 빠져 있더라고. 젠장, 빌어먹을 벡에 빌어먹을 라디오헤드까지. '난 찌질이야. 난 별종이야.' '난 루저야. 자기야, 왜 날 안 죽여?' 도대체 그런 개소리에 어떻게 춤을 추라는 거야?"

다행히 그는 수감 중에 간호조무사 자격증을 땄고 출소 후에는 요양원에 취직했다고 말한다. 거기서 임시직으로 일하며 체온과 혈압을 재고, 식판을 나르며 일했다. "내가 얼마나 멋진 사람인지 소문이 나기 전까지는 말이야. 오락 담당자가 출산휴가를 가서 기회를 보고 내가 바로 달려들었지. 휠체어 콩가 춤을 추게 하고 목요일엔 가라오케를 만들었어. 결국 임시 책임자가 됐고, 코비, 거기 할머니들이 나를 얼마나 좋아했는지 몰라. 날 좋아하는 남자도 하나 있었어. 리언이라고, 그가 날 '입양하고' 싶어 했지. 그랬다면 내 인생이 꽃길이 됐을 텐데. 그 집안에서 눈치채는 바람에 잘렸어." 그때 매니는 다시 클럽으로 돌아가 마약을 팔았다고 한다. 그러다 전과 똑같은 혐의로 또 잡혔다. "재범이라 이번엔 10년을 받았어. 7년 복역 후 집행유예로 풀려날 거야."

같이 방을 쓰기 전부터 매니는 이미 예이츠에서 어떻게 살아야 하는지 알려 주는 나의 멘토 역할을 자처했다. 사실 그때 나는 누군가의 도움이 필요하긴 했다. 낯선 땅에 떨어진 이방인이었고, 본능적으로 누구와도 말을 섞지 않고 침상 위에 몸을 웅크린 채 있고 싶어 했다. 매니는 내가 스스로를 고립시키고 있다는 걸 눈치채고 먼저 손을 내밀었다. 그 점은 고마웠다. 하지만 매사에 망할, 다 안다는 식으로 굴어서 짜증이 났고, 같은 방을 쓰기 시작하면서 그게 더 심해졌다.

대표적인 예가 이것이다. 계좌에 마침내 돈이 들어온 뒤 나는 처음으로 매점 주문서를 작성했지만 보관함에 쓸 자물쇠를 주문하는 걸 깜박했다. "여기서는 절대, 진짜 *절대로* 물건을 잠그지 않은 채 두지 마." 매니가 훈계를 늘어놓았다. "아니, 진짜 말이 안 되잖아. 머리를 좀 쓰라고. 여기 있는 사람들은 다 범죄지야. 당장 자물쇠부터 주문해. 최대한 빨리. 그게 도착할 때까지는 모든 물건에 네 이니셜을 적어 놓고." 그렇게 옆에 서서 혼을 내니 다시 아홉 살이나 열 살짜리 아이로, 뭔가를 모른다는 이유만으로 아버지가 바보 취급하던 그때로 돌아간 것 같았다. *"내가 십자드라이버 가져오라고 했어, 코비? 아니잖아. 그냥 드라이버라고 했잖아. 그건 일자 드라이버라는 뜻이야. 십자드라이버가 필요했으면 그렇게 말했겠지. 네 또래 중에 그 둘의 차이를 모르는 애는 아마 너뿐일 거다."*

매니가 자물쇠 이야기로 나를 갈군 다음 날, 샤워하고 돌아왔다가 그가 내 엠앤엠즈 초콜릿 봉지에 손을 넣고 있는 걸 발견했다. "거기에 C.L.이라고 적혀 있지 않아? 그건 코비 레드베터라는 뜻이야." 내가 말했다.

그는 바로 받아쳤다. "아, 난 그게 남자 좋아함(Cock Lover)의 약자인 줄 알았지. 그래서 내 건 줄 알았어. 여기선 그라인더(게이 남성용 데이팅 앱-옮긴이)도 못 쓰니 게이란 걸 *어떻게든* 소문내야 하니까. 너도 엠앤엠즈 주문했어?" 그는 찔리는 미소를 지으며 내 초콜릿을 돌려줬다. "난 초록색만 먹었어. 네가 눈치 못 챌 줄 알았지." 초콜릿 대신이라며 그가 우표 여섯 장과 포장된 작은 마요네즈 두 개를 건넸다. 내가 마요네즈를 싫어한다고 하자 자기도 싫다고 했다.

얼마 뒤 나는 매니와 거리를 두기 시작했다. 그가 마치 나를 소유한 것처럼 행동했기 때문이다. 좁아터진 감방을 함께 쓰는 것만으로는 부족한지 식당에서도 꼭 붙어 앉으려 하고, 운동장에 가서도 늘 내 옆에 있으려

했다. 그의 기분을 상하게 하고 싶진 않지만 그의 그늘에서 벗어나야 했다. 그래서 그가 조심하라고 한 같은 층 사람 몇몇과 이야기를 나누기 시작했다. 이제 누구를 피해야 하는지 감이 왔고, 그 사람들은 괜찮다. 덕분에 숨통이 조금 트였다. 이런 생각을 하는 게 동성애 혐오처럼 보일 수도 있지만, 사람들이 우리 둘을 두고 이러쿵저러쿵 추측하게 하고 싶지 않다.

∼

매니는 또 편두통이 올라온다고 한다. 전조 증상이 온다나 뭐라나. 그는 침상에 올라가 등을 대고 누운 채 눈을 감는다. 오늘은 우리 층이 운동장에 나갈 수 있는 날이다. 그가 아픈 건 안됐지만, 이번만큼은 혼자 나갈 수 있어서 고맙기도 하다.

운동장에 나가 새로 알게 된 친구들이 포커 게임을 시작한 피크닉 테이블로 간다. "끼워 줄까?" 부드로가 묻는다. 좋다고 하고 자리에 앉는다.

"우린 방금 에인절 여자 친구 이야기를 하고 있었어. 그 여자 본 적 있어, 레드베터?" 파체코가 묻는다. 나는 고개를 젓는다. "넌 진짜 운 좋은 놈이야, 에인절. 네 여친은 자메이카판 스토미 대니얼스잖아." 파체코가 에인절에게 말한다.

"우리 자기 가슴은 가짜가 아니거든. 걔 몸에 들어가는 건 나밖에 없어. 무슨 뜻인지 알지?" 에인절이 단언한다.

로보가 빠진 이를 드러내며 히죽 웃는다. "그래, 그 고기 막대를 제대로 박아 줘. 알겠지?"

부드로가 눈동자를 굴린다. "로보, 너 진짜 맛이 갔구나. 약을 그렇게 해 댔으니 뇌세포가 이제 두 자릿수도 안 남았겠어." 틀린 말은 아니다. 로보는 반응이 꽤 느리다. 그의 별명은 로보토미(뇌의 전두엽을 절제하거나 손상

시키는 수술─옮긴이)의 약자다.

로보는 이렇게 응수한다. "부드로, *네가* 뭘 안다고 그래? 넌 너무 멍청해서 '고기 막대'가 피시 노래라는 것도 모를걸."

"그래, 천재 납셨네. 난 몰라. 나는 그런 허접한 백인 음악은 안 듣거든." "그거야 네 손해지, 이 새끼야. 난 피시 공연을 아홉 번이나 봤는데 전부 다 존나 대박이었어. 야, 레드베터. *너도* 피시 좋아하지? 그렇지?" 로보가 말한다. 이 판에서 백인은 나와 로보 둘뿐이다.

나는 어깨를 으쓱한다. "딱히 관심 가져 본 적은 없는데." 나는 에인절에게 고개를 돌린다. "그래서 어떻게 할 건데, 친구? 우린 30분밖에 시간이 없어. 카드 돌릴 거야, 말 거야?"

에인절이 플롭 카드 세 장을 깐다. 패가 나쁘지 않고, 나는 블러핑도 꽤 잘하는 편이라 베팅한다. 부드로와 에인절은 콜, 로보와 파체코는 접는다. "그럼 *너는* 누구 좋아하는데?" 로보가 나에게 묻는다.

"나? 음악이라……. 더 킬러스, 드라이브 바이 트럭커스, 제이슨 이스벨, 에이미 와인하우스."

부드로가 눈을 크게 뜬다. "에이미 와인하우스? 그 여자 죽었잖아. 그런 이름을 입에 올리는 건 재수 옴 붙이는 거야." 뉴올리언스 출신 케이준(미국 루이지애나 남부에 정착한 프랑스계 후손─옮긴이)인 안드레 부드로는 미신을 맹신한다. 에인절이 그의 룸메이트인데, 지난번 교도관들이 방을 검사했을 때 부드로의 후두 부적 같은 물건들을 압수해 갔고, 그 뒤로 그는 불운이 따를까 봐 감방 밖으로 나가기도 두려워했다고 말해 줬다.

"야, 레드베터. 네가 좋아한다는 목록에 왜 흑인 아티스트는 없냐?" 에인절이 말한다. 나는 옛날 R&B는 꽤 좋아한다고 변명하듯 말한다.

"그럼 우탱이나 NWA는? 그것도 옛날 음악이잖아."

"그보다 더 옛날. 스모키 로빈슨, 템테이션스, 아레사 프랭클린. 랩도 괜찮은 게 있긴 해."

"그래? 누구?"

"켄드릭 라마, 커먼, 한때는 아웃캐스트도 좋아했는데 아직 활동해?"

에인절은 그 질문을 무시한다. "투팍 대 비기, 어느 쪽이야?" 나는 중립이라고 말한다. "어쨌든 난 전과라자 투표도 못해. 쉬는 시간 끝나기 전에 이 판 끝낼 거야, 말 거야?"

에인절이 턴을 돌린다. 아직까진 내게 운이 따라 주고 있다. 부드로가 접고, 남은 건 에인절과 나뿐이다. 그가 리버를 깔자 블러핑을 할 필요도 없이 풀하우스가 완성된다. 나는 패를 보여 주고 테이블 너머로 손을 뻗어 상금을 쓸어 담는다. 모두 판돈으로 던져 넣은 매점 물품들이다. 이제 나는 데리야키비프스틱 세 개, 인스턴트커피 다섯 봉지, 매운 야채라면 두 봉지 그리고 작은 무좀약 튜브 하나의 자랑스러운 주인이 된다.

감방으로 돌아오니 매니가 침상에서 수건을 머리에 덮은 채 태아처럼 몸을 웅크리고 있다. "많이 아파?" 내가 묻는다.

그는 머릿속에서 착암기가 계속 두드리는 것 같고, 눈을 뜨면 불빛 때문에 속이 울렁거린다고 속삭인다. 뭔가 해 줄 게 있는지, 갖다 줄 게 있는지 묻자 그가 말한다. "쓰레기통. 토할 것 같은 느낌이 계속 들어. 다들 제발 음악 소리 좀 줄였으면 좋겠어. 소리 때문에 죽겠어."

"자, 여기." 나는 빈 쓰레기통을 그의 엉덩이 옆에 받쳐 준다. 그가 안쓰러운 한편 아이러니하기도 하다. 평소에 자기가 좋아하는 음악을 틀 때, 볼륨을 가장 크게 올리는 사람이 바로 매니니까.

～

나는 찡그린 눈으로 디지털시계를 본다. 새벽 3시 3분. 물론 깨어 있는 것보다는 자는 편이 낫겠지만, 가끔은 이런 한밤중의 불면도 나쁘지 않다. 낮에는 감방이 너무 시끄러워서 아무 생각도 할 수 없다. 저녁이 되면 사람들의 말다툼, 카드 판의 수다, 힙합, TV에서 쏟아지는 고함 때문에 더 시끄럽다. 하지만 새벽 3시에는 그 소리가 들린다. 교도소 땅 뒤편을 따라 이곳을 지나서 흘러가는 위쿼닉 강의 물소리가.

AA에서는 "각자가 이해하는 방식의 신"에 대한 믿음을 가지라고 한다. 예를 들어 형체를 규정할 수 없는 어떤 영적 존재가 *실제*로 존재한다고, 이 모든 게 우연만은 아니라고 가정해 보자. 어쩌면 그 존재가 지금 흐르는 물소리를 통해 나에게 말을 걸고 있을 수도 있다. 그리고 그 소리는 모든 것이 멈춰서 정체된 건 아니라고, 앞으로 나아갈 수 있다고 말해 주는지도 모른다. 이곳에서 3년을 보내고 나면 해가 떠올라 아내와 딸에게 돌아가는 길을 환하게 밝혀 줄 거라고.

나도 모르겠다. 가끔은 우리 모두 어둠 속에서 헤매고 있고, 모든 것이 우연이며 무의미하다는 생각이 든다. 하지만 더 깊은 진실이 존재할 가능성에 마음을 열어 보려 애쓰고 있다. 빛을 보고, 그쪽으로 움직이려 노력한다. 오늘 밤 소등할 무렵 하늘이 열리고 비가 미친 듯이 쏟아졌다. 지금은 빗소리가 들리지 않지만 강물이 뒤쪽에서 거세게 울부짖는다. 자기 목소리를 들으라고 아우성친다.

~

밤을 반쯤 새는 바람에 종일 기운이 나지 않는다. 그래서 온종일 감방에 틀어박혀 TV만 본다. 어제 편두통을 앓던 매니는 말끔히 회복해 기운이 넘친다. 오후 중반쯤 내가 꾸벅꾸벅 졸기 시작하자, 그가 내 어깨를 툭 치며 식사 시간에 깨워 줄까 묻는다. 나는 고개를 젓고 더 깊은 잠에 빠진다. 몇 시간 뒤, 그가 식사를 마치고 돌아오는 소리에 비로소 눈을 뜬다.

"코비, 너 자느라 다 놓쳤다. 저녁 먹으면서 쇼까지 봤다니까. 온몸에 화이트 파워 문신한 키 큰 스킨헤드 있잖아."

"군나르. 대규모 인종 전쟁 어쩌고 하면서 나를 포섭하려 했던 놈 중 하나지." 내가 말한다.

"그래, 그놈 말이야. 오늘 저녁 순찰이 맥그레비였는데 둘 사이가 원래 안 좋아. 맥그레비가 군나르한테 테이블을 지정해 줬는데 군나르가 그걸 무시하고 자기 네오나치 패거리가 있는 테이블에 가서 털썩 앉아 버렸어. 맥그레비가 그걸 그냥 넘길 사람이 아니지. 그것도 사람들 다 보는 앞에서 대놓고 무시당했는데. 맥그레비가 그쪽에 가서 얼굴을 바짝 들이대고 다른 테이블로 옮기라고 딱 잘라 말했어. 그런데 군나르는 계속 먹기만 하면서 들은 척도 안 해. 사람들이 그 둘을 보기 시작하고 그때 식당 근무를 같이 서던 다른 교도관 하나가 맥그레비를 도와주려고 다가와. 새로 들어온 열혈 타입 있잖아. 짧은 금발, 근육질, 잘난 척하는 태도."

"피카디?"

"그래, 그 사람. 그 사람이 가서 이렇게 말했어. '수형자, 넌 방금 명령을 받았으니까 지금 따르지 않으면…….'"

"그가 말을 끝내기도 전에 군나르가 벌떡 일어나 쟁반을 움켜쥐고 이렇게 내뱉었지. '백인 교도관이 시키면 따르겠지만 배지를 단 흑인 교도관 따위에게 명령받을 생각은 없어.'라고."

"맥그레비가 군나르에게 다가가서 곤봉을 꺼내 들었어. 아마 겁을 주려던 거겠지. 그런데 군나르는 겁먹은 기색이 전혀 없었어. 이제는 다들 뭔가 터질 거라는 걸 알아차리고 일어서기 시작했어. 그러다 군나르가 쟁반을 바닥에 떨어뜨리더니, 맥그레비의 어깨를 움켜쥐고는 냅다 박치기를 꽂은 거야! 맥그레비가 균형을 잃고 뒤로 넘어지는데, 그때 그 이름이 뭐더라, 피카디가 사람들이 보는 앞에서 맥그레비가 바닥에 부딪히기 전에 간신히 붙잡아. 그때부터 완전히 불붙었지! 다들 그들을 부추기기 시작해. '싸워라! 싸워라! 싸워라!' 군나르 패거리 몇 명이 일어나서 한판 붙을 태세를 갖추지만, 맥그레비랑 친한 흑인 수감자 셋도 자리에서 일어나. 그런데 주먹이 오가기도 전에 피카디, 뭐든 휘두르고 싶어서 지랄병이 난 그 인간이 군나르랑 그 일당에게 페퍼 스프레이를 갈겨 버린 거야!

무전으로 지원도 부른 게 확실해. 금방 헬멧이랑 안면 보호대, 진압 장비를 갖춘 진압대가 들이닥쳤거든. 놈들 표정만 봐도 훈련받은 거 써 보고 싶어서 근질근질해 보이는데, 페퍼 스프레이 때문에 제대로 싸워 보지도 못하고 김샜지. 화이트 파워 놈들이 수갑 차고 배에 체인까지 감은 채 끌려 나갔는데, 방 안에는 아직도 *흥분한 기운이* 남아 있어. 뭔지 알지?

맥그레비는 체면도 세우고 누가 대장인지 분명히 해야겠다고 느꼈던 모양이야. 그래서 식사 시간이 끝났다고 선언하고 우리에게 각자 소속 동으로 돌아가라고 명령하지. 우린 거기에 고작 10분 있었고, 어떤 놈들은 아직 줄도 못 섰으니까 다들 투덜대기 시작했어. 하지만 피카디가 맥그레비를 옆에서 받쳐 주는 바람에 그걸로 끝이었어. 걔들이 대장이고 우리는 아니니까. 그래서 다들 일어나 문으로 향했지. 하필 오늘 자메이카 미트파이가 나오는 날이었는데, 개자식들. 너무 서둘러 입에 쑤셔 넣는 바람에 숨이 막힐 뻔했어."

나는 고개를 젓는다. 쇼를 못 봐서 다행이지만, 식당에서 제일 맛있는 메뉴 중 하나인 미트파이를 놓친 건 아쉽다고 말한다.

"내가 챙겨 왔지, 친구. 다들 놔두고 가기에 나오는 길에 몇 개 집어 왔어." 그가 마치 망할 마술사라도 된 것처럼 후드 티셔츠 안에서 미트파이 하나를 꺼내는 모습을 지켜본다. 내가 손을 내밀자 그걸 내게 던진다. 나는 한 입 베어 물고 그가 바지 속에서 또 하나를 꺼내는 걸 본다.

"고마워." 내가 말한다.

그는 고기와 그레이비소스, 파이 껍질로 가득 찬 입으로 "별거 아니야."
라고 웅얼거린다.

그러니까, 매니가 나를 과보호하는 게 가끔 짜증이 날 때도 있지만, 어
떤 때는 이렇게 보살핌을 받는 느낌이 좋기도 하다. 포커 친구들을 빼면
이 안에서 매니는 친구에 가장 가까운 존재다. 그리고 전에 말했듯이 퍼그
에 비하면 매니는 훨씬, 정말 훨씬 낫다.

20

2017년 11월
1,095일 중 94일에서 95일

데스크 뒤쪽 벽에 걸린 시계를 힐끗 보고 두 시간짜리 도서관 외출 시간이 거의 끝났다는 걸 알아차린 나는 깜짝 놀란다. 『푸른 드레스를 입은 악마』는 아직 20쪽가량 남았지만 건물로 돌아가는 게 좋겠다. 일어서서 주위를 둘러보니 내가 들어올 때 있었던 사람들은 대부분 자리를 떴다. 이제 남은 건 나와 레스터뿐이다. 다가가서 인사할까, 아니면 그냥 갈까? 그가 나를 올려다보는 순간 나는 미소를 지으며 그쪽으로 걸어간다.

"안녕하세요. 다시 만나서 반갑네요."

"그래." 그는 미소를 짓지 않는다.

나는 그가 추천한 『푸른 드레스를 입은 악마』를 들어 보인다. "지금 이거 읽고 있어요. 진짜 페이지가 술술 넘어가네요. 추천해 줘서 고마워요."

"그래." 그는 다시 책으로 시선을 돌린다.

힌트를 알아차리지 못한 척, 나는 잠시 그대로 서 있다가 말한다. "그럼 전 이제 가야겠네요. 하지만 다음에 또 여기서 만나면, 잠깐 머리 좀 빌려도 될까요?"

"뭐야? 너 식인종이라도 되는 거야?"

"하하, 아니요. 지난번에 당신이 이곳의 살아 있는 역사라고 했잖아요. 그 이야기를 좀 더 듣고 싶어서요." 그는 아무 대꾸도 하지 않는다.

"음, 그리고 전 화가예요. 예전에 그걸로 먹고살았죠. 그래서 당신이 예전에 이곳이 어땠는지 더 들려준다면, 그걸 듣는 동안 당신을 스케치해도 될까요?" 그는 얼굴을 찌푸리며 왜 그러고 싶냐고 묻는다. "음, 당신의 얼굴이 흥미로워서요."

"내가? 뭐가 흥미로운데?"

"글쎄요. 살면서 이런저런 걸 다 배운 사람의 얼굴이랄까요. 말하자면 지혜의 얼굴이죠. 그래서 그간 겪은 이야기를 들려주시는 동안, 그 느낌을 포착하고 싶어요. 괜찮다면 빠르게 스케치 몇 장 할게요."

"그래, 난 괜찮지 않을 것 같군. 지혜로운 얼굴의 늙고 상냥한 흑인 남자? 내가 포즈 취하는 동안 디즈니 영화에 나오는 「지파디두다」라도 불러주길 바라는 거야?"

"어⋯⋯ 무슨 말씀이시죠?"

"내 말은, 네가 나를 엉클 리머스(옛 남부 농장에서 아이들에게 이야기를 들려주던 늙은 흑인 남성 화자-옮긴이)나 마법의 흑인 같은 캐릭터로 만들 순 없다는 거야. 난 그 어느 쪽도 아니거든. 그러니까 안 돼. 넌 내 '머리를 빌릴' 수도, 나를 '포착'할 수도 없어."

나는 그 자리에 멍하니 서 있다. 왜 이렇게 적대적으로 나오는 거지? 내가 뭘 잘못했다고? 내가 뭐라고 했길래?

나는 창구로 가서 코네티컷 교도소에 관한 책을 반납하고, 이지 롤린스 시리즈 책은 대출 기간을 연장한 뒤 출입증에 도장을 받고 서둘러 나가려 한다. "레스터 왜 저래?" 내가 하비에르에게 묻는다.

"무슨 소리야?" 그가 되묻는다.

"지난번에 왔을 땐 친절하고 말도 많이 했는데, 좀 전에는 내 머리를 물어뜯을 기세더라고."

하비에르는 레스터가 가끔 기분이 언짢을 때가 있다고 말한다. 우울증도 앓고 있고. "그런 형량을 받았는데 우울해지지 않을 수 있겠어? 50년이라니? 그건 한평생이잖아. 밀러 부인 말로는 레스터가 가석방 위원회에 형을 줄여 달라고 열댓 번도 넘게 갔는데 매번 퇴짜 맞았대." 그는 내 책을 집어 든다. 대출을 연장하고 출입증에 도장을 찍어 준다. "그나저나 내가 빌려준 다른 책 읽어 봤어?"

"『미국 원주민 집단 학살』? 아직. 갖다줘야 해?"

"아니. 좀 더 가지고 있어도 돼. 다 읽으면 어땠는지 이야기해 줘. 네 생각이 궁금하니까." 나는 알겠다고 하고 그곳을 나선다.

돌아오는 길에 계속 레스터 생각을 한다. 그가 수십 년 동안 여기 갇혀 있었다는 사실을. 아이들과 연락은 하는 걸까? 아내는 아직 살아 있을까? 사실상 종신형을 받았다니 대체 무슨 짓을 한 걸까? 그리고 왜 그렇게 까칠해졌을까? *네가 나를 엉클 리머스나 마법의 흑인 같은 캐릭터로 만들 순 없다는 거야. 그게 대체 무슨 뜻이야, 진짜?* 난 그저 그를 스케치해도 되겠냐고 물은 것뿐인데. 내가 형량을 줄여 줄 수 없다고 말한 것도 아니잖아. 그리고 내가 인종차별을 했다고 생각했다면 오해야. 누군가 당신의 얼굴에서 지혜가 보인다고 한다면 그건 *칭찬이라고,* 레스터.

그날 밤 소등하고 5분쯤 지나서 나는 매니에게 아직 깨어 있냐고 묻는다. 그가 그렇다고 하자 나는 레스터라는 나이 든 수감자를 아느냐고 묻는다. "덩치 큰 흑인 남자. 휠체어 타는."

"레스터 위긴스? 물론이지. 다 알아. 여기선 전설적인 존재지."

"오늘 도서관에서 봤어. 1982년부터 예이츠에 있었다고 하더라."

"그래, 50년 형이지. 내가 계산에 약해서 말인데, 1982년에 50년을 더

하면 몇 년이야?"

"어…… 2032년. 그러면 14년이 더 남았단 소리네?"

"그때까지 살아 있다면 말이지. 레스터는 건강 문제가 많다고 들었어."

"도대체 무슨 짓을 했기에 50년 형을 받은 거야?"

매니는 70년대에 레스터가 어떤 흑인 해방 단체에서 활동했다는 이야기를 들었다고 말한다. "그 단체의 회원 둘이 현금 수송차를 털다가 경비원 한 명을 쐈대. 그 경비원은 다음 날 죽었고. 내가 들은 바로는 검사 쪽에서 다른 둘이랑 같이 레스터도 살인죄로 엮으려고 했는데 그건 못 했고, 대신 다른 걸로 잡았대."

"뭐로?"

"그는 유부남이었지만 따로 애인이 있었어. 그 흑인 해방 단체를 어슬렁거리던 백인 여자였지. 어떤 판사의 딸이고 스포츠카를 몰고 다녔는데, 어느 날 레스터가 그 차를 몰다가 다리 교각을 들이받았대."

"그 여자가 죽었어?"

"아니. 하지만 팔 하나가 심하게 망가져서 절단해야 했대."

"그 사고 때문에 레스터가 휠체어 신세가 된 거야?"

"아니, 휠체어를 타기 시작한 건 불과 몇 년 전이야. 사고로 크게 다친 건 아닌 것 같은데, 그 여자가 의수를 달게 되니까 혐의를 부풀려서 레스터를 여기 오래 처박아 둔 거지."

그제야 나는 레스터가 왜 처음 만났을 때와 태도가 달라졌는지 이해하기 시작한다. 아들이 죽은 일로 나는 3년을 받았는데 레스터는 50년을 받았다. 판사의 딸이 팔 하나를 잃었기 때문일 것이고, 내 짐작에 그녀가 백인이라서 그러기도 할 것이다. 3년 대 50년. 그러니 그가 괴로울 수밖에. 그러니 자신을 "포착하겠다"고 말한 눈치 없는 백인 남자에게 폭발한 것도 이해가 간다.

"이 전화는 코네티컷 교정 시설에서 걸려 온 전화입니다. 코비 레드베터가 거는 전화를 받으시려면 1번을 누르세요. 거절하려면······."

"코비? 안녕."

"안녕. 전화 받아 줘서 고마워. 뜻밖이라 반갑네."

"뜻밖이라고?"

"응. 우리 한 달 넘게 통화 못 했잖아. 혹시 이제 나랑 얘기하기 싫어진 건가 해서."

"왜 그런 생각을 해?"

"뭐, 알잖아. 나는 감방에 있으니까."

"농담이라고 해도 하나도 안 웃겨. 사실 당신 목소리 들으니까 안심돼. 잘 지내?"

"뭐, 그렇지. 여기선 늘 즐거운 나날이지. 내가 보낸 편지들은 잘 받고 있어?"

"두 통 받았어. 세상에, 첫 번째 편지는······ 당신이 거기서 3년을 버틸 수 있을지 모르겠고, 그래서 더는 살고 싶지 않다고 썼잖아. 그런데 바로 그날 TV 뉴스에서 예이츠에서 일어난 또 다른 자살 사건을 조사 중이라는 보도가 나왔어. 그때 나 진짜 정신이 하나도 없었어, 코비. 죽은 사람이 당신일까 봐 너무 무서워서 뒷마당으로 나가서 울면서 빙빙 돌아다녔다고."

"아, 이런. 미안해, 에밀리. 그 사건은 우리 동의 다른 수감자였는데, 같은 층도 아니었어. 자세한 이야기는 안 할게. 하지만 내 말 좀 들어 봐. 지금은 좀 나아졌어. 이곳에 조금씩 적응하는 것 같아."

"두 번째 편지에는 새로 방을 같이 쓰는 사람이 생겼다고 썼더라. 그걸 읽고 안심했어. 첫 번째 편지는 정말 끔찍했거든."

"그래도 다 말한 건 아니야. 하지만 지금 같이 쓰는 사람은 괜찮아. 좀 귀찮을 때도 있지만 해가 될 정도는 아니고. 사실 편지를 네 통이나 보냈어. 그러니까 나머지도 곧 도착할 거야. 아, 그리고 나 모임에도 나가. 그게 꽤 도움이 되더라고. 일요일에 교회 끝나고 모임이 하나 있는데……."

"당신이 교회에 간다고?"

"아니, 처음에 딱 한 번만 갔어. 일찍 도착했거든. 여기 사람들이 뭐든 임시변통으로 해결하는 방식이 흥미롭더라. 미사는 복도에서 열려. 제단은 받침대 두 개 위에 합판 한 장 올려놓은 거고. 영성체를 받으려고 줄을 서는 사람들 면면도 꽤 의외야. 내가 가톨릭 신부에 대해 잘 아는 건 아니지만 전통적인 미사와는 거리가 멀어 보이던데. 신부도 우리와 똑같이 복역 중이거든. 아무튼 이 이야긴 이쯤 하고, 메이지는 어때?"

"대체로 괜찮은 것 같아. 어린이집을 주 4일로 늘렸고, 금요일엔 여전히 우리 엄마한테 가."

"적응은 잘하고 있고?"

"어떤 날은 데려다줄 때 괜찮다가도, 어떤 날은 가기 싫어해. 흔한 일이겠지. 가끔은 우리 엄마한테 가는 것도 거부하고."

"우리 딸이 보는 눈이 있군."

"그만해, 코비. 당신이 우리 엄마를 좋아하지 않는 건 알지만 지난 석 달 동안 엄마가 정말 큰 도움이 됐어."

"그리고 장담하는데 내가 사라져서 무지하게 좋아하고 계시겠지. 알았어, 미안. 메이지는 아직도 니코를 찾아?"

"전보다는 덜해. 확실히는 모르겠지만 니코에 대한 기억이 점점 희미해지는 것 같아. 그걸 그냥 두는 게 맞는지, 아니면 그 기억이 계속 살아 있게 지켜 줘야 하는지 모르겠어."

"상황 봐 가면서 판단해야겠지. 아이 반응을 보면서."

"파텔 박사에게도 이야기해 보려고 해. 이번 주 화요일에 만나거든."

"정말? 와우. 무슨 일로?"

"그냥 좀 해결하고 싶은 게 있어서."

뭐에 관한 건지 궁금하지만 묻지 말아야 한다는 걸 안다.

"참, 메이지가 요즘 당신 이야기를 많이 해. 아빠가 이렇다, 아빠가 저렇다, 하면서. 아빠 사진도 보고, 내 핸드폰으로 영상도 보는데 거기엔 니코가 나오는 것도 있어. 그래도 아이의 관심은 온통 당신뿐이야. 전부 아빠 이야기뿐이라고."

나는 한 손으로 눈물을 훔친다. 시간이 흐르면서 딸이 나를 잊어버릴지도 모른다는 두려움이 늘 마음 한구석을 갉아먹고 있다. "정말 너무 보고 싶어. 당신도, 메이지도. 당신이 얼마나 바쁜지, 얼마나 많은 걸 감당하고 있는지 알아. 그래도 내가 여기 온 뒤로 한 번도 못 봤잖아. 혹시 조만간 주말에라도……."

"나도 당신 보고 싶어, 코비. 하지만 솔직히 말하면 거기서 당신을 봐야 한다는 게 너무 두려워. 그래도 *내가 찾아갈게*. 약속해."

"그럼 정말 큰 힘이 될 거야. 그리고 메이지도 혹시……."

"제발 그 얘긴 다신 하지 마, 코비. 이 문제에 대해선 분명히 밝혔잖아. 내 딸을 남자 교도소 안으로 데려가진 *않을 거야.*" *우리* 딸이라고 말하고 싶지만, 그만둔다. 대신 요즘 내 어머니와 연락했는지 묻는다. 안 했다는 답이 돌아오자 엄마가 메이지를 기꺼이 봐 주겠다고 했다는 말을 에밀리에게 전한다. 우리 둘 다 몇 초 동안 아무 말도 하지 않는다. 그때 자동 안내 음성이 침묵을 깬다.

통화 종료까지 1분 남았습니다.

"통화를 10분밖에 못 한다는 게 아직도 믿기질 않아." 그녀가 말한다.

"전화 쓰려고 줄을 선 사람들이 많으니까 그건 이해해. 내가 못 참겠는

건 '안전과 보안'을 이유로 빅 브라더가 우리 대화를 엿들을 수 있다는 거
야. 그게 그들이 뭐든 거절할 때마다 들이대는 변명이거든. '죄송하지만
안전과 보안 문제입니다.' 그 표현을 어찌나 좋아하는지."

"그건 사생활 침해야."

"여긴 사생활이라는 게 없어. 들어온 첫날 알몸 수색을 당하면서 바로
깨달았지. 아, 맞다. 깜빡할 뻔했네. 당신이 아직 못 받은 편지 중 하나에
내가 부탁했을 거야. 아마존 사이트에 들어가서 스케치북이랑 목탄 드로
잉 스틱을 가느다란 걸로 좀 주문해 줄 수 있을까? 메이지를 위해 만화를
몇 개 그려 보려고 해. 아이를 위해 이야기를 만들어 줄 수 있을 것 같아."

"그거 정말 좋은 생각인데." 그녀가 말한다.

"그리고 주문할 땐 교도소로 바로 배송되게 해 줘. 면회 올 때 뭘 들고
오거나 집 주소로 소포를 보내는 건 허용되지 않거든. 반드시 판매처에서
직접 보내게 해야 해. 그리고 스프링 제본된 스케치북은 보내지 마. 금속
이 들어 있다고 거부할 거야. 여기 있는 사람들이 얼마나 창의력을 발휘하
는지 보면……."

그게 끝이다. 작별 인사도, 사랑한다는 말도 없이 뚝 끊긴다. 10분이 지
나면 그대로 끝나 버린다.

그녀는 왜 파텔 박사를 만나는 걸까? 나랑 같이 애도 상담을 받으러 갔
을 때만 해도 박사에 대해 부정적이었는데. 나는 계속 다니고 싶어서 *실
제로* 계속 다녔지만 에밀리는 중간에 그만뒀다. 첫 상담이 끝날 무렵 파텔
박사가 치료를 이어 간다면 무엇을 얻고 싶은지 묻자, 에밀리는 나를 용서
할 방법을 찾을 수 있는지 분명히 알고 싶다고 했다. 그리고 그럴 수 없다
면 우리의 결혼 생활도 유지될 수 없다고 했다. 이번 만남은 그 문제 때문
일까? 그래서 내가 전화해도 절반은 받지 않는 걸까? 점점 나와 이혼하는
쪽으로 마음이 기우는 걸까? 그럴 것 같은 불길한 예감이 든다. 만약 정말

그렇다면 그건 메이지와의 관계에 어떤 영향을 미칠까? 에밀리는 내가 여기 있는 동안 메이지를 만나게 해 주지 않는다. 내가 마침내 여기서 나갔을 때 딸에게 남이나 다름없는 존재가 되어 버리면 어떻게 하지? 이혼하든 안 하든, 나는 여전히 메이지의 아버지다. 에밀리도 그 사실을 부정할 수는 없다.

3부

단순한 돌

21

2018년 8월
1,095일 중 367일

달력 한 장을 넘기고 머릿속으로 계산을 해 본다. 1,095에서 367을 빼면, 내 삶을 되찾기까지, 어쨌든 그 비슷한 어떤 것을 되찾기까지 앞으로 728일이 더 남았다.

1년 전의 내가 얼마나 겁에 질리고 혼란스러웠는지를 떠올린다. 처음 몇 주는 야만적이었다. 조소, 고립, 같은 방을 쓰는 퍼그를 포함해 모두를 향한 나의 두려움과 불신. 내가 이곳에 있어 마땅하다는 건 알았지만 이곳에서 3년을 버틸 수 있을 것 같지 않았다. 자살만이 유일한 선택지처럼 보였다. 당시 그들이 내 계획을 어떻게 알게 되었는지 몇 달 전 알았다. 매니가 예견하고 카바네로 중위에게 알린 것이다. 그때 그걸 알았더라면 그의 참견에 격노했을 것이다. 지금은 고맙다.

새롭고 기이한 환경에 점차 익숙해지면서 상황은 한결 나아졌다. 나는 눈에 띄지 않게 지내며 이곳의 시스템과 문화를 배웠고, 지나치게 내 생각에만 빠져 지내는 일도 줄었다. 이 안에서는 잔인한 일들이 많이 일어나지만 나를 대놓고 표적으로 삼은 이는 없었고, 매니는 가끔 짜증을 유발하긴 해도 친구다.

지난 1년 동안 제도권 수용 생활이 만드는 영혼을 짓누르는 무료함, 우리 층에서 발생한 빈대 창궐, 보행로에서 다른 수감자를 찌르는 수감자 목격과 더불어 메이지를 볼 수 없는 최악의 상황을 견뎌 왔다. 가장 힘들었던 날은 니코가 죽은 지 1년이 되는 4월 27일과 쌍둥이 생일인 3월 30일, 이렇게 이틀이었다. 그날 메이지는 세 살이 되었고, 니코는 세상을 떠난 날의 나이인 25개월에 멈춰 있다. 나는 두 날 모두 에밀리에게 전화를 걸어 마음을 나누려 했지만 그녀는 받지 않았다.

지난 1년 동안 나는 파텔 박사가 보낸 편지에 적힌 조언을 최대한 따르려고 애썼다. 몸과 마음을 단련하라는 조언이었다. 운동 루틴을 성실하게 지켜 왔고 읽은 책 목록도 정리했다. 모두 스물세 권이다. 서른일곱 번의 AA 또는 NA 모임에 참석하고, 명상과 요가를 주제로 한 90분짜리 수업에도 참여하며 '빛을 향해 나아가려' 했다. 아직 일자리는 구하지 못했지만 도서관에 계속 문의하고 있다. 대기자 명단에서 내 앞에 아직 한 사람이 남아 있다. 현재를 살라는 조언만큼은 지키지 못했다. 그날 아침의 기억이 되풀이되는 걸 항상 막을 수는 없다. 개미를 지켜보던 니코, 맥널리 부부와 나눈 무심한 대화, 기어를 후진으로 넣던 내 손. 728일 뒤 마침내 이곳을 나가게 될 때 벌어질 최악과 최선의 상황을 상상하는 일 역시 늘 멈출 수 있는 것은 아니다.

하지만 이제 1년을 복역했다. 그 사실을 잊어서는 안 된다.

22

2018년 9월
1,095일 중 409일

인터폰이 딸깍 소리를 내며 켜진다. 또 무슨 일이지?

"레드베터?"

"네?"

"면회다. 문 열어 줄게."

에밀리일까? 그렇다면 이번이 고작 네 번째 방문이다. 하지만 오늘은 목요일인데. 지금까지는 항상 주말에 왔다. 그녀가 평일 밤에 여기까지 운전해서 올 것 같지는 않다. 온종일 메이지를 두고 나와야 하니까. 아마 또 엄마일 것이다. 엄마는 몇 주에 한 번씩은 꼭 오려고 한다. 제발, 아버지만은 아니었으면 좋겠다. 내가 법정에서 수갑을 찬 채 끌려가던 그날 아버지가 울긴 했지만, 내가 여기 들어온 뒤로는 단 한 번도 면회를 오거나 편지를 보낸 적이 없다. 그래, 그게 차라리 낫다. 이 공간을 둘러보며 내가 어디까지 추락했는지 확인하듯 던지는 그의 냉소적인 시선은 보고 싶지 않다.

우리 동에서 본관 면회실로 이어지는 연결 다리를 걸어가다 보니 앞쪽에 에인절이 보인다. 그도 면회객이 온 모양이다. 아마 모두가 항상 떠들어 대는 그 섹시한 여자 친구일지도 모른다……. 나는 에밀리에게 더 자주 와 달라는 압력을 가하지 않으려고 조심해 왔다. 당국에 감시받는 10분짜리 전화 통화만으로는 그녀가 나에 대해, 우리 관계에 대해 어떻게 느끼는지 알기 어렵다. 우리는 대체로 무난한 이야기만 하고 자주 어색한 침묵이 돈다. 만약 얼굴을 마주 보고 더 자주 만날 수 있다면 그녀의 마음을 더 잘 읽을 수 있을 텐데. 나는 그녀가 한계에 다다랐다는 걸 안다. 혼자 아이를 키우고, 교사로 일하고, 집안일을 하고, 상담까지 받으러 다니니 말이다. 하지만 1년이 넘는 동안 고작 세 번만 오다니. 어떤 여자들은 일주일에 두 번씩 남자를 보러 온다. 여기서 나는 숨은 의미를 읽어야 하는 걸까?

지난주 일요일에 엄마가 면회를 왔을 때는 면회실이 사람들로 북적거렸지만, 오늘 밤 입구에 줄을 서서 들어가길 기다리는 사람은 다섯뿐이다. 저 시크교도 남자, 에인절, 프레이즈, 소년원에 있어야 할 것처럼 보이는 깡마른 혼혈아 그리고 나. 시크교도는 터번을 쓰고 있다. 종교적 이유를 들어 주 정부를 상대로 소송해 터번 착용 권리를 따냈다는 이야기를 들었다. 눈에 멍이 든 걸 보니, 그를 무슬림으로 착각하고 두들겨 패도 된다고 믿는 이곳의 "애국자" 얼간이 중 하나의 짓일 것이다. 내 옆에 선 아이는 안절부절못하는 데다 전형적인 너드처럼 생겼고, 치아 교정기를 꼈다. 예전에 본 드라마의 어클이라는 캐릭터가 떠오른다. 이곳의 사기꾼이 친한 척하며 다가가 원하는 걸 뜯어내기에 딱 좋은 먹잇감이다. 대체 몇 살이나 됐을까? 열네다섯쯤으로 보이지만, 여기에 있으려면 적어도 열여덟은 넘어야 한다.

"야, 프레이즈. 아버지는 요즘 어떠셔? 최근에 통 못 봤네." 에인절이 말한다. 프레이즈의 본명은 코넬이다. 그는 청소반에서 일한다. 그의 별명은 그가 복도나 샤워실을 닦다가 느닷없이 "주님을 찬양하라(프레이즈)."라고 해서 생긴 것이다. 남에게 해를 끼치는 건 아니지만 뜬금없이 울려 퍼지는 그 우렁찬 목소리를 들으면 누구든 깜짝 놀라게 된다.

"늘 그렇지 뭐. 매일 휠체어를 타고 도서관에 가서 책을 한 무더기 빌리고 밤늦도록 읽다가, 아침이면 또 휠체어 타고 진료 대기 줄에 갔다가 다시 도서관으로 가. 그게 다야." 프레이즈가 말한다.

"레스터 위긴스 말하는 거야? 레스터가 네 아버지야? 전에 한 번 만난 적 있어." 나는 그에게 묻는다. 그는 나를 위아래로 한 번 훑어본 뒤 고개를 끄덕인다. 와, 같은 교도소에서 복역 중인 부자라니. 둘 다에게 꽤 이상한 일이겠다.

나는 발을 조금 질질 끌면서 뭐 때문에 이렇게 오래 걸리는지 궁금해한다. 면회객들이 접수를 마쳤다면 우리는 왜 여기 그냥 서 있는 거지? 텅 빈 이중 출입 통제 구역을 한 번 보고, 다시 답답한 '서둘러 기다리기' 놀이를 하고 있는 남자들을 본다. 그때 소년의 왼팔 안쪽에 길게 딱지가 앉은 상처가 눈에 들어온다. 감염된 것처럼 보인다. 교도소에서 생긴 게 아니다. 만약 저 상처가 자해라면, 그는 어딘가의 청소년 정신과 병동에 있어야 할지도 모른다. 끼어들지 말아야 한다는 걸 알면서도 부모로서의 본능이 튀어나온다. "그건 어쩌다 그런 거야?" 내가 그에게 묻는다.

그는 헤드라이트 불빛에 비친 사슴 같은 표정으로 몸을 홱 돌렸다가 내가 그의 상처를 보고 있다는 걸 알아차린다. 그는 고개를 돌린 채 아무 말도 하지 않는다.

"좀 지내다 보면 덜 힘들어져. 적어도 내 경험으론 그래. 형은 아직 안 나왔어?" 그는 여전히 나를 보지 않은 채 고개를 젓는다. "그럼 의무실에 가 보는 게 좋겠어. 간호사한테 항균 연고라도 발라 달라고 해." 혹시 그가 자해하고 있다면 면담하러 오는 정신과 의사 중 한 명과 연결해 줄 수도 있을 것이다.

"아저씨는 의사예요?" 그가 돌아서서 나를 보며 묻는다.

나는 웃는다. "전혀 아니야."

"그럼 씨발, 왜 남 일에 끼어들어?"

에인절이 웃음을 터뜨린다. "와, 쟤가 방금 한 방 날렸네, 레드베터." 부성애 본능은 여기까지다. 이제는 내게 창피를 준 저 어린 자식을 한 대 쥐어박고 싶은 기분이다. 나도 이곳 사람이 다 돼 가는 모양이다.

프레이즈가 몸을 숙여 끼어든다. 성질 좀 죽이면 사는 게 훨씬 편해질 거라고 아이에게 경고한다. "나도 그걸 어렵게 배웠어. 열여덟에 들어와서 센 척하는 태도가 사라질 때까지 서너 번은 얻어맞았거든. 근데 너 대체 몇 살이냐?"

아이는 대답 대신 팔짱을 끼고 눈동자를 데굴데굴 굴린다. 줄 맨 앞에 서 있던 시크교도가 그걸 보고 고개를 절레절레 흔든다. 하지만 프레이즈는 아직 포기하지 않았다. "이름은 있고?"

"있어."

"뭐야? 룸펠스틸츠킨?"

아이의 뻐딱한 표정 사이로 반쯤 웃음이 새어 나온다.

"솔로몬."

"그래. 정신 차려, 솔로몬. 여기서 지내는 것만으로도 이미 힘들거든. 괜히 더 힘들어지지 마."

윙 소리를 내며 문이 열린다. 우리는 면회실로 들어가 길고 넓은 테이블에 앉는다. 그게 규칙이다. 면회를 온 사람들을 들이기 전에 수감자들이 먼저 앉아 있어야 한다. 그들이 들어오면 잠깐 일어나 가볍게 포옹할 수는 있지만, 곧 다시 앉는다. 상대는 우리의 맞은편에 앉고 모두들 교도관들이 볼 수 있도록 손을 테이블에 올린다. 이 두 교도관은 낯설다. 흑인 여자 교도관은 아마 신참일 것이다. 젊고 다부진 인상에 바짓단을 부츠 안으로 집어넣었다. 그녀는 막 경찰 아카데미를 졸업한 티를 내는 찌푸린 얼굴로,

어떤 개수작도 용납하지 않겠다는 표정이다. 학교에서 졸업시키기 전에 표정부터 연습시키는 모양이다. 백인 교도관은 더 나이 들어 보인다. 아마 다른 시설에서 전근해 온 사람일 것이다. 전형적인 엑스세대의 필수 요소를 다 갖췄다. 염소수염, 중년이 되어 불룩 나온 배, 과거엔 너바나보다 나인 인치 네일스에 더 빠져 있었을 타입이다. 대학도 두어 학기 다니다가 그만뒀을 게 분명하다. 주 경찰이 되려다 경찰학교에서 탈락했고, 그 결과 여기까지 흘러든 거겠지. 자기 일을 증오하고, 아내 몰래 바람을 피우고, 퇴근 후엔 대마초를 조금 태우는 삶……. 아니. 그만해, 레드베터. 그렇게 깐죽거리지 마. 저 사람이 네게 뭘 잘못했다고?

자, 이제 면회객들이 이중 출입 통제 구역으로 들어온다. 방금 통과한 철문이 그들 뒤에서 닫히고, 그들은 손을 흔들며 우리가 있는 쪽으로 버저가 울리길 기다린다. 내 면회객이 누구인지 아직 보이지 않는다. 그 창문으로 모두 다 보이는 건 아니니까. 인도계로 보이는 여자는 분명 시크 씨의 아내일 것이다. 누군가는 좀처럼 가만히 있지 못하는 어린아이를 데려왔다. 아이의 머리가 위아래로 까딱거리는 게 보인다. 꼬마는 네 살쯤 되어 보인다. 니코보다 한 살 반쯤 많을까……. 내가 아직도 이런 계산을 한다는 게 믿기지 않는다. 니코가 없다는 걸 가끔 잊어버린다. 아직도 부정 단계에 있는 걸까. 지난번 통화에서 에밀리는 CVS(미국의 대형 약국 체인─옮긴이)에 기저귀를 사러 가면 38개짜리 한 상자가 예전보다 두 배는 더 오래간다는 사실을 스스로에게 일깨워 줘야 한다고 말했다. 나는 메이지가 아직 기저귀를 찬다니 놀랐다고 말했다. 1년 전만 해도 배변 훈련을 꽤 잘 해내고 있었으니까.

"뭐, 메이지는 퇴행한 거야. 알겠어? 소아과 의사는 그동안 아이에게 한꺼번에 너무 큰 변화가 닥쳐서 그런 거니까 괜히 문제 삼지 말라고 했어. 그리고 솔직히 말해서 기저귀를 가는 편이 젖은 시트를 빨고 말려서 침대에 다시 까는 것보다 훨씬 수월해. 그게 꼼수라면 어쩔 수 없지." 에밀리가 쏘아붙였다.

"자기야, 비난하려던 건 아니었어. 그렇게 들렸다면 미안해. 당신이 지금 얼마나 힘든지 알아. 내가 여기 있는 동안 혼자서 다 감당하고 있는 걸 보면 정말 대단해. 진짜야, 여보. 지칠 수밖에 없는 일이잖아. 그걸 어떻게 다 해내는지 모르겠어."

"배변 훈련만 빼고 말이지." 에밀리가 대꾸했다.

"아니야, 리치 박사 말이 맞아. 메이지는 때가 되면 알아서 변기를 쓸 거야."

"아, 닥쳐, 코비." 그 뒤로는 통화 시간이 끝날 때까지 거의 단음절로만 대화가 오갔다…….

염소수염 교도관이 문을 맡은 보이지 않는 다른 교도관에게 신호를 보낸다. 버저 소리와 함께 면회 온 사람들이 들어온다. 그들이 들어서자 다부진 여자 교도관이 위협적으로 규칙을 외친다. 여전히 아는 얼굴은 보이지 않는다.

코넬 쪽으로 걸어오는 백발의 여자가 그 꼬마를 데려온 사람이다. 할머니인 게 분명하다. 작업복을 입고 있는데, 아마 요양원 같은 곳에서 일하다가 바로 여기로 온 모양이다. 꼬마는 갑자기 할머니 손을 뿌리치고 코넬을 향해 달려간다. "천천히 가, 이지키얼! 여기서는 뛰면 안 돼!"

시크 부부는 예의 바르게 포옹한다. 그녀가 손끝으로 그의 눈 밑에 든 멍을 살짝 만진다. 나는 침을 꿀꺽 삼킨다. 이곳에서 저런 다정한 몸짓을 보는 일은 거의 없으니까.

에인절은 내게서 몇 자리 떨어져 앉아 있는데, 그 섹시한 여자 친구가 여러 가닥으로 땋은 길고 다채로운 머리를 가볍게 뒤로 젖히며 걸어온다. 다리에 딱 달라붙는 청바지에 배꼽 바로 위에서 끝나는 블라우스를 입고 있다. 가슴이 흔들리는 걸 보니 브래지어는 안 한 것 같다. 이 방은 완전히 그녀의 독무대고 본인도 그걸 안다. 단상에 선 두 교도관조차 그 쇼를 지켜본다. 그녀가 내 옆을 지나자 향수 냄새가 코끝을 스치고, 고개를 휙 젖히자 땋은 머리들이 허공으로 흩날린다. 엉덩이도 근사하다. 이런, 나도 여기 있는 다른 색골들만큼이나 타락해 가고 있다.

이해가 안 되는 건 나를 보러 온 사람도 없는데 왜 나를 불렀냐는 것이다. 소년도 나와 사정이 같다. 뭐, 감방으로 서둘러 돌아갈 필요는 없지. 매니가 오후 내내 방귀를 뀌어 대는데 그 소리와 냄새를 피할 길이 없으니, 내가 면회객도 없이 면회실에서 느긋하게 쉬고 있다는 걸 누군가 알아차릴 때까지 그냥 있을 생각이다. 소년은 누구에게 바람맞았을까? 엄마? 아빠? 저 애는 상태가 안 좋은데.

옆 테이블에서 코넬과 그의 아내가 손을 잡고 기도한다. 그는 내게 등을 돌리고 있지만 그녀가 눈을 감고 있는 건 보인다. 그 틈을 노려 꼬마가 움직인다. 의자에서 슬쩍 내려와 테이블 사이를 가로질러 아이들 장난감이 있는 쪽으로 달려간다. 코넬의 아내가 눈을 번쩍 뜬다. 그녀는 교도관들을 힐끗 보고 소리친다. "이지키얼! 이리 안 와? 저기 있는 *경찰들*이 잡아간다!" 그때 코넬이 아이를 부른다. "이봐, 지크. 마술 보여 줄까?"

아이를 지켜보는 건 재미있지만 한편으론 마음이 아프다. 에밀리는 메이지를 데리고 여기에 면회를 오지 않겠다고 했다. 그 문제로 그녀에게 더 부담을 주지 않으려고 애써 왔다. 에밀리가 보내는 사진 속에서 메이지의 얼굴은 점점 더 갸름해지고, 머리숱도 더 많아 보인다. 엄마가 메이지를 몇 번 봐 주긴 했지만 마음만큼 자주 보진 못한다고 했다. 사실상 장모님이 도맡아 돌본다. 엄마 말로는 메이지가 요즘 말도 정말 많아졌다고 한다. "게다가 노래도 불러. 「로 로 로 유어 보트」, 「인지 윈지 스파이더」 그리고 「ABC 송」까지."

"메이지가 나를 그리워할까요?"

"그럼. 분명 그럴 거야. 하지만 메이지는 잘 지내. 걱정 마, 얘야."

나는 메이지가 잘 지내길 *바란다.* 그저 아이가 날 잊는 걸 원치 않을 뿐이다.

에밀리가 마침내 다시 면회를 오면 내가 수염을 기른 걸 보고 놀랄 것이다. 이제 꽤 자랐다. 머리 색보다는 짙어서 붉은색보다는 갈색에 가깝고, 흰 머리가 조금 섞여 있다. 많지는 않고 가끔 보인다. 면도를 안 해도 된다는 점은 마음에 들지만 가렵다. 이곳에선 가위를 쓸 수 없고, 망할 놈의 작은 손톱깎이로 다듬는 것도 포기했다. 그냥 계속 기른다. 어차피 여기서는 이런 '산사람 스타일'이 대세다. 내가 수염을 기른 건 캘리포니아에 살던 때뿐이었다. 에밀리는 섹시해 보인다며 마음에 들어 했다. 가끔 이런 생각도 한다. 장모님이 아파서 동부로 돌아오지 않고 그곳에 그냥 있었더라면, 이런 끔찍한 일들은 애초에 일어나지 않았을지도 모른다고…….

오늘 밤 찾아온 사람은 전부 여자다. 아내들, 여자 친구들, 엄마들. 나는 여자가 남자보다 더 용감하다고 생각한다. *사랑* 때문에 자기 사람이 이곳에 갇혀 있는 걸 보는 고통을 감내한다. 남자들은 대부분 그러지 않는다. 아니, 그러지 못한다. 대신 변명을 늘어놓는다. 아버지는 내가 여기 오기 훨씬 전부터 변명을 늘어놓는 데 세계 1등이었다. 엄마와 나를 두고 집을 나가던 날, 그는 내 침대 옆에 앉아 친한 척하면서 떠나는 게 자기 탓이 아니라 엄마 때문이라고 나를 설득하려 했다. 엄마가 대마초를 피우고 집이 늘 어질러져 있어서 더는 견딜 수가 없다는 거였다. 그때 내가 몇 살이었더라? 열셋? 그래도 나는 아버지가 말도 안 되는 소리를 한다는 걸 알았다. 내가 끝내 *헷갈렸던* 건, 그가 자신의 헛소리를 진심으로 믿는 건지, 아니면 그저 내가 그 말을 믿게 하려고 그랬는지다. 어느 쪽이든 나는 받아들였다. 어떤 아이들은 축구 코치도 해 주고 낚시도 데려가 주는 아빠가 있는 반면, 제비를 잘못 뽑은 아이들도 있다는 걸 말이다. 무관심한 아버지, 내 경우에는 임신한 대학원생 조교와 살림을 차리겠다고 집을 나갔다가 결국 그 아이도 잃은 종신직 교수가 있었다. 세상에, 집이 어질러져 있어서 떠나야 했다고? 빌어먹을 청소부를 고용하면 되잖아! 교수가 제자랑 자고 임신까지 시켰다고? 콘돔을 쓰라고, 이 뻔한 인간아……! 됐다, 그만하자. 다 옛날이야기다. 게다가 *내가* 여기 있는 이유가 바로 아버지로서 훨씬 더 치명적인 실패작이기 때문인데, 내가 계속 *아버지를* 재판에 세운들 무슨 의미가 있을까. 망할, 코비. 실패한 아버지 이야기라면 너야말로 입을 다물어야지…….

면회실로 통하는 철문이 시끄럽게 열리기 시작한다. 지금 들어오는 사람은 나나 주니어의 면회객일 것이다.

나는 아니다. 모르는 여자다. 그녀는 주위를 둘러본 뒤 아이 쪽으로 걸어오기 시작한다.

몇 분 뒤에 문이 다시 끽 소리를 내며 열리고 에밀리가 나타난다. 나는 손을 흔든다. 그녀는 방 안을 둘러보다가 나를 발견하고 손을 흔들어 답한다. 지금은 나를 향해 걸어오며 웃고 있지만, 눈빛을 보니 속상해한다는 걸 알 수 있다.

"와, 당신이 목요일에 올 줄 몰랐어. 보고 싶었어. 안아 봐도 될까?" 그녀는 고개를 끄덕이고 우리는 테이블 너머로 팔을 뻗어 서로를 향한다. 이렇게 안는 건 어색하고, 그녀의 몸은 굳어 있다. 그리고 뼈만 남았다. 세상에, 살이 얼마나 빠진 거야? 내가 그녀의 목뒤를 문지르자 굳은 몸이 풀리며 눈에 눈물이 고인다. "자기야." 내가 속삭인다.

그녀는 나보다 먼저 팔을 놓는다. 그리고 눈가를 닦고 마음을 추스른다. "앉아, 에밀리. 누가 면회를 왔다고 해서 엄만 줄 알았어. 그런데 아무도 안 와서 마음이 바뀐 줄 알았지. 그런데 당신이 왔네. 세상에, 정말 믿기지 않아."

"내가 올 수 있을 때 온다고 *했잖아,* 코비. 더 빨리 올 수가 없었어."

발끈한 말투다. "아니, 아니. 당신이 얼마나 바쁜지 나도 알아. 그냥 평일 밤에 당신이 올 수 있을 줄 몰랐다는 뜻이었어. 아, 그리고 기억해. 저 바보들이 볼 수 있게 손은 테이블에 올려 둬야 해."

그녀는 단상에서 잡담을 나누는 두 교도관을 힐끗 본다. "여기에 여자 교도관이 있다는 게 믿기지 않아. 대체 어떤 여자가 이런 곳에서 일하고 싶겠어?" 그녀가 말한다.

나는 어깨를 으쓱한다. "메이지는 어때?"

"괜찮아."

"아직 귀에 염증이 있어?"

"아니, 며칠 전에 아목시실린을 다 먹었으니까 이제는 다 나았을 거야. 하지만 요즘은 더 보채. 내가 이틀 동안 집에 같이 있어서 정말 좋았나 봐. 그런데 다시 어린이집에 가기 시작하니까 갈 때마다 훌쩍거려. 그리고 어떤 아이가 자기를 계속 꼬집는다고 하네. 매티슨 선생님은 그런 일 없다고 하고."

"이상하네. 왜 그런 걸 지어낼까?"

"누가 알겠어? 불안해서 그럴 수도 있고, 아니면 내가 죄책감을 느끼게 만들려고 그러는 걸 수도 있고. 오후에 데리러 가서 오늘 밤에는 어밀리아가 돌봐 줄 거라고 말했더니, 갑자기 또 귀가 아프다고 하더라. 분명 꾀병 같았지만 차를 몰고 나오면서 내가 올해 최악의 엄마가 된 기분이었어. 내 말은, 혹시 *정말* 귀가 아픈 거면 어떡하지? 심술궂은 애가 *진짜* 꼬집는 거면 어떡해?"

"주말에 오는 게 더 낫지 않을까? 그땐 사람이 더 많긴 하지만……."

"오늘 밤에 온 건 이번 토요일에는 면회를 올 수 없기 때문이야. 스터브리지에서 하루 내내 하는 커리큘럼 연수에 가야 한다고 전에 말했잖아. 내가 수학 코디네이터라서 빠지기 힘들어. 교육청이 내년에 이 유레카 프로그램을 전면 도입하려고 해서 우리 중 몇 명이 미리 체험해 보고 결과를 보고하길 원하거든. 일요일은 평일에 미뤄 둔 일들을 몰아서 처리하는 날이고."

나는 고개를 끄덕이며 맞장구를 친다. "마샤도 콘퍼런스에 같이 가?"

"아니. 마샤는 육아휴직 중이야. 전에 말했잖아, 코비."

"아, 그런 것 같네. 그럼 혼자 가?"

"아니, 새로 온 선생님이랑 같이 차 타고 갈 거야."

"새로 왔다는 건 신입 교사란 말이지? 그 여자 선생님 일은 잘해?"

"남자 선생님인데 아주 잘해. 아이들이 에번을 정말 좋아하거든. 타고난 교사야. 쉬는 시간마다 나가서 아이들이랑 놀아 줘. 3학년 여자애들은 전부 그에게 반했어. 젊고 귀엽다나. 아이들이 에번에게 쓴 러브레터를 이번 주에만 내가 두 장이나 압수해야 했다니까."

그녀가 여기 온 뒤 처음으로 활짝 미소 짓는다. 어쩌면 에번이란 남자에게 마음을 뺏긴 사람은 아이들만이 아닐지도 모른다.

"그럼 그 사람은 대학 졸업하자마자 온 거야?"

그녀는 고개를 흔든다. "아니, 다른 학교에서 3년 동안 가르쳤는데 제일 말단이었어. 학생 수가 줄어 RIF(인원 감축에 따른 정리해고-옮긴이) 당했고."

"해고됐다는 거지? 너희 교사들은 약어를 참 좋아해. 나이는?"

"스물네 살인 것 같아. 어쩌면 스물다섯."

"결혼은?"

"미혼. 음, 이혼했어. 왜?"

"별 이유 없어. 그냥 궁금해서. 있잖아."

"뭔데?"

"나 당신을 정말 많이 사랑해, 에밀리."

"나도 사랑해." 말은 그렇게 하면서도 표정이 불편해 보인다.

옆 테이블 맨 끝에서 소란이 벌어져서 우리의 대화가 끊긴다. "하지만 엄마, 제 말 좀 들어요! 제발 좀 들어 보라고요!" 소년이 어머니에게 소리를 지른다. 그녀가 뭐라고 말하지만 여기서는 들리지 않는다. "그래요. 하지만 엄마는 내 말을 듣지도 않잖아!" 이제는 교도관까지 그를 쳐다본다.

"저 애를 여기에 보낸 건 완전히 잘못된 일이야. 아이가 늘 적대적인 데다 자해를 하는 것 같아. 여기 들어오기 전에 기다리면서 나에게도 시비를 걸었어. 감옥에 들어올 나이로 안 보이잖아." 내가 에밀리에게 말한다.

"쟤는 열여덟 번째 생일에 체포됐대. 여기 들어오기 전에 기다리는 동안 저 아이의 계모랑 이야기했거든. 쟤가 무슨 짓을 저질렀는지 알아?" 에밀리가 말한다. 나는 고개를 젓는다. 알고 싶은지도 잘 모르겠다. "아버지 총을 들고 집 근처 보호소로 걸어가서 우리 안에 있던 개 여섯 마리를 쐈대."

"맙소사, 대체 *왜* 그런 거래?"

그녀는 어깨를 으쓱한다. 고개를 돌려 보니 소년이 얼굴을 테이블에 묻고 이상하게 딸꾹거리는 듯한 흐느낌을 억누르기 시작한다. 계모가 그를 위로하려고 손을 내밀다가 문득 규칙이 떠올랐는지 멈춘다. 처음 만날 때와 헤어질 때의 포옹을 제외하고는 접촉 금지. 그녀의 손이 두 사람 사이 허공에서 멈춘다. 교도관이 다가가 진정시킬 법도 한데 그저 서서 지켜보기만 한다. 단상에서 그 다부진 여자 교도관이 외친다. "거기 조용히 해. 면회를 할 수 있다는 건 특권이야!"

에밀리는 고개를 저으며 말한다. "난 이곳이 정말 너무 싫어. 당신은 어떻게 견디는 거야?"

"처음엔 나도 못 견딜 줄 알았어." 순간 자살 감시실의 기억이 떠올라 움찔한다. "하지만 어떻게든 방법을 찾게 되더라고. 요령을 배우고, 바쁘게 지내고, 누구를 믿고 누구를 믿지 말아야 할지 가려내고, 도서관에 다니면서 책도 많이 읽고 있어. 거기 일자리에도 지원했지만 아직 대기 명단에 있어. 그런데 하나만 물어봐도 될까?" 그녀가 고개를 끄덕인다. "당신 반지를 안 끼고 있더라. 그건……."

"금속 탐지기를 통과해야 한다는 걸 알아서 차에 두고 왔어. 여기 물건을 넣어 둘 보관함이 있다는 걸 깜빡했고."

"여기 말고 다른 데서는 어때? 학교에서는 끼고 있어? 마트 갈 때도?"

"이제는 마트 갈 시간도 없어, 코비. 온라인으로 주문해서 배달시켜."

"그래, 하지만……."

"답은 예스야. 우리는 아직 부부니까 여전히 끼고 있어."

그녀는 내 질문에 짜증이 난 눈치지만, 이왕 여기까지 온 김에 끝까지 가 보기로 한다. "우리가 이 시간을 극복할 수 있을까? 부부로 남을 수 있을까?"

그녀가 테이블에 놓인 자기 손을 내려다보며 너무 오래 침묵해서 결국 나는 질문을 접는다. "그럼 화제를 바꿔서 나 좀 달라 보이지 않아?"

"수염." 그녀가 말한다.

"어때? 전에 캘리포니아에서 길렀을 때는 좋아했잖아. 섹시해 보인다고 했지. 기억나?"

"그땐 수염을 정리하면서 길렀지. 지금은 머리도 더 길고, 빗질도 잘 안 하는 것 같아. 약간 유나바머(미국의 국내 테러범 테드 카진스키를 말함-옮긴이)처럼 보여."

어이쿠. 나는 웃음으로 상처받은 마음을 감춘다. "내가 노린 이미지는 아니군."

"솔직히 말해서 우리가 이 상황을 극복할 수 있을지 모르겠어." 그녀가 말한다.

"그래서 파텔 박사에게 상담받고 있는 거야? 답을 찾으려고?"

"말은 공평하게 하자, 코비. 당신이 상담받을 때 나는 둘이 무슨 이야기를 하는지 캐묻지 않았어. 내가 박사와 나누는 이야기는 사적인 거야."

"맞아. 당신 말이 맞아. 그래도 말해 줘. 당신 마음은 어느 쪽으로 기울고 있어? 장모님이 분명 한마디씩 얹고 있을 것 같아서……."

그녀는 나를 올려다본다. "그만해. 엄마는 발언권 없어. 그리고……."

"그럼 나는? 나는 발언권 있어?"

에밀리는 스트레스를 받으면 두드러기가 올라오는데, 지금 목에 두드러기가 얼룩처럼 퍼지고 있다. "부탁이야, 코비. 나 좀 그만 괴롭혀. 난 아직 아무 결정도 안 했어, 알겠어? 난 그저 하루하루 버티면서 해야 할 일을 할 뿐이야. 미래까지 생각할 여유가 없어. 그러니까 이 얘기는 그만해."

"알았어. 미안해. 그럼 나한테 말할……."

그녀는 자기가 왜 면회실에 마지막으로 들어왔는지 아느냐며 내 말을 끊는다. 나는 고개를 흔든다. "그 멍청한 금속 탐지기가 계속 울렸거든." 목소리가 떨리고 목의 얼룩도 더 퍼진다. "그 사람이 계속 다시 탐지기를 통과하라고 했어. 나는 내가 아니라 기계가 문제라고 했고. 그런데 *문제*는 나였어. 바지 주머니에 허시 키스가 하나 있었거든. 기계가 은박 포장에 계속 반응한 거야. 완전 바보가 된 기분이었어."

"아…… 그런 일이 있었구나. 정말 미안해, 자기야."

"하지만 그 멍청한 교도관이 내가 당신에게 뭔가 몰래 들여보내려고 한 것처럼 굴 필요는 없잖아. 게다가 사적인 말까지 했어. '그렇게 예민하게 굴지 말아요, 에밀리. 브라에 와이어가 들어 있으면 벗고 다시 해 보는 게 어때요?' 으, 진짜."

"그런 개소리를 했다고? 그것도 당신 이름까지 부르면서? 그건 *완전히* 선 넘었잖아." 이제 *내* 손이 떨린다. 주먹이 꽉 쥐어진다. "그 사람 이름 알아? 명찰 봤어?"

"아니, 하지만 다른 경비가 이름을 부르는 걸 들었어. 퍼킨스였나? P로 시작했어."

"피카디? 몸 좋고 젊은 애? 금발에 군인처럼 머리가 짧고?"

"그 사람 같아."

"신입 중 하나야. 이미 진상이라고 소문났어. 웨이트 대회 나간다고 여기저기 돌아다니면서 과시하고 다녀. 웨이트룸에서 죽치고 있는 근육질들도 그 인간은 질색한다더라고. 내가 정식으로 민원을 넣을까 봐. 당신한테 무슨 말을 했는지 직원들에게도 알리고."

그녀는 고개를 젓는다. "아니, 그러지 마. 그럴 가치도 없어."

"내 아내를 무시한 걸 그냥 넘어가라고? 말도 안 돼."

"하지만 되려 당신이 당할 수도 있어. 그 사람이 보복하면 어쩌려고?"

"그래서 뭐? 이런 일을 처리하는 절차가 있어. 그리고 나한테 시비를 걸면 문제 삼을 게 두 개로 늘어나는 거지. 난 그렇게 힘 없는 사람이 아니야, 에밀리."

"당신이 힘이 없다는 말이 아니야. 하지만 제발 그냥 넘겨 줘."

나는 고개를 살짝 끄덕이지만 약속하는 건 아니다. 교도소 당국에 정식으로 이의를 제기하기보다는, 그와 직접 맞설지도 모르겠다. 그 자식 때문에 우리 면회를 망치고 싶지 않아 화를 삭이며 방을 둘러본다. 그때 저쪽에서 에인절과 그의 여자 친구에게서 벌어지는 일이 눈에 들어온다. 그녀는 교도관들의 시선이 닿지 않게 등을 돌린 채 블라우스 위의 단추들을 풀었다. 한 손은 테이블에 두고, 다른 손으로 자기 가슴을 더듬으며 젖꼭지를 만진다. 에인절 역시 한 손은 테이블에 있지만 다른 손은 밑으로 내려가 있다. 음, 이봐, 친구. 위험을 감수하겠다면 마음대로 해. 그저 에밀리가 눈길을 주지 않기만을 바랄 뿐이다.

나는 다시 에밀리를 보며 또 한번 민감한 화제를 꺼내 본다. "아, 그리고 잊기 전에 말하는데, 다음다음 토요일에 또 가족사진 찍는 날이래. 사진작가도 온다던데 혹시 당신이랑……."

그녀는 고개를 젓는다. "메이지는 안 와, 코비. 그 이야기는 그만해."

"그래, 당신이 그렇게 말할 줄 알았어. 그냥 메이지가 너무 보고 싶어서 말해 본 거야. 여기 있는 동안 가장 힘든 것 중 하나가 아이와 떨어져 지내는 거니까."

"그거 알아? 당신이 얼마나 보고 싶은지가 아니라, *아이한테* 이게 얼마나 무섭고 혼란스러울지부터 생각하면 안 돼?" 그녀는 이를 악물고 있다. "메이지는 세 살이야. 남자 교도소 안을 볼 필요가 없다고. 그리고 정말 여기서 지내는 시간을 아버지와 딸의 사진으로 남기고 싶어? 보기만 해도 기운이 나는 그 회색 콘크리트 블록 벽 앞에서 죄수복을 입은 당신과 둘이 포즈를 취하라고? 게다가 내가 아이를 여기 데려오면 감염이나 MRSA 같은 것들에 노출될지도 모르잖아. 이 세균 공장 같은 곳에 어떤 병균이 떠다니는 줄 알고."

"에밀리, 여기에 면회하러 오는 아이들도 많아. 그런 아이들이 병에 걸리거나 마음에 상처를 입었다는 이야기는 들어 본 적 없어. 저기 저 꼬마 봐. 저 아이는 여기가 교도소라는 건 신경도 안 써. 그저 할아버지를 보러 와서 기쁘고, 어린이 코너에서 장난감 가지고 노는 게 전부야."

"난 메이지가 여기 있는 물건은 *아무것도* 만지지 않았으면 해. 특히 다른 아이들이 만진 장난감이나 책은 더더욱. 이 이야기는 그만하자."

"자기야, 내가 계속 걱정하는 게 뭔지 말해도 될까? 여기 있는 동안 애가 나를 보지 못하면, 내가 나갔을 때 나를 아예 기억하지 못할까 봐 그래. 내가 말을 걸면 낯선 사람인 줄 알고 당신 뒤로 숨어 버릴까 봐."

"아, 제발 좀, 코비. 나를 *조금이라도* 믿어 봐. 메이지는 아이패드랑 핸드폰으로 당신 사진을 자주 보고, 잠자기 전 기도할 때마다 아빠를 위해 기도해. 당신이 보내는 그림들 전부 '아빠 폴더'에 넣어 두고 시시때때로 꺼내서 봐. 그리고 메이지가 제일 좋아하는 그림 알지? 자기랑 인형들이 티 파티 하는 그림. 그건 메이지가 꼭 붙여야 한다고 해서 방 벽에 스카치테이프로 붙여 놨어."

"좋겠네, 에밀리. 당신은 스카치테이프도 쓸 수 있고. 여긴 반입 금지 물품이거든. 나는 당신이랑 메이지 사진을 벽에 붙이려고 매니가 쓰는 픽소덴트를 조금씩 훔쳐서 써야 했어. 아이를 보지 못하는 게 얼마나 고통스러운지 당신은 잘 이해하지 못하는 것 같아."

그녀는 두 팔로 자기 몸을 꽉 껴안는다. 구속복을 입은 사람처럼.

"아니, 나도 잘 알아. 작년 4월 이후로 내 아들을 한 번도 못 봤으니까."

그녀의 말이 너무 크게 와닿아서 나는 의자에서 벌떡 일어난다. 의자가 바닥으로 넘어지며 요란한 소리가 난다. "이봐, 4번 테이블! 의자 주워서 다시 앉아!"

"네, 알겠습니다. 죄송합니다." 그때 솔로몬이 다시 폭발한다. "닥쳐! 그냥 가 버려! 다시는 오지 마! 그는 날 원했지만, 당신은 한 번도 그러지 않았잖아! 차라리 *당신이 죽었어야 했어!*" 그의 절규가 회색 콘크리트 벽을 때리며 메아리친다.

교도관들이 그쪽으로 달려가 그의 양옆에 선다. "면회는 끝이다, 클랩! 일어나. 감방으로 돌아가." 염소수염 교도관이 소리친다. 아이가 거부하자 그들이 그를 붙잡고 의자에서 끌어내리기 시작한다. 아이는 저항한다. 한 손으로 테이블을 붙잡고 다른 손을 여자 교도관에게 휘두르려고 한다. 그때 피카디가 어디선가 불쑥 나타나 아이를 뒤에서 붙잡고 아이가 비명을 지를 정도로 세게 조인다. 아이는 발로 차고 소리치면서 문 쪽으로 끌려가며 외친다. "여기 있는 인간들 다 증오해! 여기서 나가면 총부터 구해서 *너희*와 너희 개들까지 전부 죽여 버릴 거야!"

아이 엄마는 울고 있다. 에밀리는 너무 큰 충격을 받아서 다시는 여기 오지 않을 것 같다. 여자 교도관이 방으로 다시 들어와 면회 시간이 끝났다고 알린다. "문 열어요!"

면회객들이 모두 자리에서 일어난다. 시크의 아내, 에인절의 여자 친구, 프레이즈의 아내와 그 꼬마, 소년의 계모, 에밀리. 그녀가 나를 재빨리 안을 때 나는 놓기 싫어 더 끌어안는다. 결국 손을 놓자 그녀는 다른 사람과 함께 양 떼처럼 문으로 걸어간다. 에밀리는 계모의 어깨를 감싸 안고 있다. "다음에 또 봐요, 할아버지!" 코넬의 손자가 외친다. 그 아이만이 유일하게 아무렇지 않아 보인다.

면회객들이 전부 빠져나간 뒤 여자 교도관이 말한다. "좋아, 전원 복귀. 각자 구역으로 돌아가!"

"아직 10분 남았는데요." 시크가 말한다.

"내 말 들었잖아. 각자 구역으로." 그녀가 말한다.

하지만 그녀는 한 가지 절차를 빼먹었다. 우리가 감방으로 돌아가기 전에 반드시 거쳐야 하는 면회 후 전신 수색 절차였다.

솔로몬은 이미 건물을 나갔고, 남은 우리는 교정국에서 하는 굴욕 의식에 참여할 차례를 기다린다. 그나마 이 교도관은 은퇴 날짜를 손꼽아 세고 있을 만큼 연배가 있는 사람이다. 그는 젊은 애들처럼 괜히 트집 잡지 않는다. 모든 걸 형식적으로 처리한다. 우리는 시키는 대로 하며 끝날 때까지 마음을 다른 데로 돌리려 애쓴다.

그는 먼저 시크를 가리킨다. 터번도 벗으라고 한다. 수색을 마치고 그를 보내고 나서 코넬을 살피고, 그다음은 에인절이다. 마지막이 나다. "좀 일찍 나왔네. 안에서 무슨 일 있었어?" 마치 벽에 달린 폐쇄회로 TV로 거기서 벌어진 일이나 솔로몬을 끌고 나가는 걸 못 본 사람처럼 말한다.

나는 대답 대신 신발과 양말을 벗는다. 발가락을 벌린다. 그가 목구멍을 들여다볼 수 있게 입을 크게 벌린다. 혀를 입천장에 붙여 아래쪽이 보이게 한다. 셔츠를 벗는다. 바지를 내린다. 고환을 손으로 받쳐서 들어 올린다. 돌아서서 엉덩이를 벌리고 그의 지시대로 기침한다. "됐어." 그가 말한다. 나는 옷을 다시 입고 그대로 통과한다.

감방으로 돌아와 나는 매트리스에 얼굴을 파묻고 그대로 쓰러진다. "누가 면회 온 거야?" 매니가 묻는다. 나는 아내라고 말한다.

"그래, 다시 보고 싶어 했잖아. 면회는 좋았어?"

나는 대답하지 않는다.

23

2018년 10월
1,095일 중 429일

카일 피카디 교도관은 삼촌인 부소장 제프리 자브라우스키가 힘을 써서 여자 교도소에서 이곳 예이츠로 옮겨 왔다. 피카디를 더 잘 감시하려는 의도에서였다. 감방 내 소문(종종 꽤 믿을 만한 정보원)에 따르면, 아카데미를 갓 졸업한 신혼의 피카디 교도관은 자신이 관리하던 여자 수감자 중 한 명과 야간 근무 중에 은밀한 관계를 맺었다고 한다. 그녀는 거래에 응할 마음이 있는, 전과가 화려한 사기꾼이었다. 물밑에서 조율이 시작됐고 결국 합의가 이루어졌다. 피카디가 그녀를 임신시켰다는 사실을 폭로하지 않는 대가로 그녀는 감형을 받았다. 삼자 모두에게 이득인 셈이었다. 그녀는 감옥을 나와서 낙태했다는 말이 있고, 피카디는 직장과 결혼 생활을 지켰으며, 교정국은 신문 1면을 장식할 성추문을 피했다. 유일하게 손해를 본 쪽은 피카디를 견뎌야 하는 예이츠 교소도의 남자 수감자들뿐이다.

오늘 근무에는 피카디와 그의 절친 안셀모가 함께 들어와 있다. 둘 다 개자식이지만 둘이 붙어 있으면 상황이 더 나빠진다. 카바네로가 통제 데스크에서 문을 열자마자 피카디가 외친다. "식당으로 이동이다, 아가씨들!

빨리빨리!" 다른 교도관들도 욕을 하긴 한다. 우리를 해충이니 루저니 쓰레기라고 부른다. 하지만 안셀모와 피카디는 늘 성별을 들먹이며 조롱한다. 그들에겐 우리가 여자고, 걸레고, 계집년이고, 쌍년이다. 한 번은 안셀모가 무슨 이유에서인지 폭발해서 층 전체에 대고 모두들 엄마에게 우리를 낙태했어야 했다고 말하라고 소리치기도 했다. 이 둘은 대체 자기 인생의 여자들과 어떤 관계를 맺으며 사는지 궁금해진다.

매니가 문을 열면서 나보고 갈 거냐고 묻는다. 나는 소변이 급해서 먼저 가라고 하고 곧 따라가겠다고 한다. 그리고 매니에게 신발 한 짝을 던져서 문이 잠기지 않게 받쳐 놓으라고 말한다.

나는 볼일을 보고 물을 내린 뒤 신발을 치운다. 감방을 나서는 순간 피카디와 정면으로 부딪힌다. 에밀리가 면회를 왔던 그날 밤 이후 처음 본다. 그를 보자 에밀리를 대했던 그의 태도가 떠올라 분노가 치솟는다. "문을 받쳐 둔 거야, 레드베터? 너 딱지 받고 싶어?" 나는 고개를 숙이고 다른 사람들 쪽으로 걸어간다. "야! 방금 내가 물었잖아. 교도관을 무시해도 된다고 생각해?"

나는 멈춰 선다. 그가 따라와 내게 얼굴을 바짝 들이댄다. 교도관들이 즐겨 쓰는 위협용 제스처다. "미안합니다, 교도관님. 수사적인 질문인 줄 알았습니다. 하지만 아뇨, 딱지를 받으려던 건 아니었습니다."

"내 질문이 *뭐*라고 생각했다고?"

"수사적인 질문이요. 그러니까……."

"그게 무슨 뜻인지는 씨발, 관심 없고. 대학물 먹은 말 좀 쓴다고 네가 잘난 줄 알아?" 아, 또 시작이군. "아닙니다, 교도관님."

"그건 그렇고, 네 마누라는 잘 지내나 레드베터? 에밀리는 어때?"

내 머리는 입을 다물라고 경고하지만, 그가 그녀의 이름을 입에 올린 순간 이건 개인적인 문제가 된다. "다음에 여기 올 땐 사탕을 먼저 주머니에서 꺼내 놓으라고 전해 줘."

심장이 쿵쾅거리고 저 인간의 비웃음 섞인 빌어먹을 얼굴을 한 방에 날려 버리고 싶은 충동에 아드레날린이 치솟는다. 무슨 일이 벌어질지 모르지만, 몸이 이성을 압도할 위험에 처했다는 건 안다.

"그래요. 당신이 자기를 괴롭혔다고 아내가 말하더군요. 금속 탐지기를 계속 다시 통과하게 하면서 브라를 벗으면 울리지 않을지도 모른다고 했다면서요. 그걸 성희롱이라고 부르죠. 그렇지 않나요?" 내가 말한다.

그는 비웃지만 동시에 휘둘러야 할 상황에 대비해 곤봉을 움켜쥔다. 유죄판결을 받은 범죄자들이 내게 한 방 먹이고 싶어 하는 걸 안다면, 나라도 편집증적으로 굴었을 것이다. "확실히 말해 두지, 레드베터 수감자. 당신 아내가 금속 탐지기를 계속 울렸을 때 내 대응은 완벽하게 전문적이었어. 그녀가 다른 말을 했다면 그건 그녀의 머릿속에서 벌어진 일일 뿐이지, 내가 책임질 일이 아니야. 다만 여기 있는 남자들의 여자들이 불쌍하긴 하지. 그들에게도 욕구란 게 있으니까. 그래서 에밀리가 자기만의 작은 판타지를 즐겼다면, 해를 본 사람은 없는 거 아닐까?"

나는 위험한 선택을 했지만 이왕 여기까지 왔으니 끝까지 가 보기로 한다. "경고하는데, 피카디. 또……."

그가 내 어깨를 붙잡고 벽으로 밀어붙인다. "여기서 멈추는 게 좋을 거야, 레드베터." 그의 얼굴이 내 얼굴에 바짝 다가와 수염 자국과 턱에 난 작은 흉터까지 보인다. "지금 네 입에서 나오는 말이 협박이라면, 나와 내 동료들이 여기서 네 생활을 지금보다 훨씬 힘들게 만들어 줄 수 있어." 그는 나를 놓고 두어 걸음 물러난다.

나는 그에게 달려들지 않으려고 이를 악문다. 예전에 교도관에게 소변을 던진 사기꾼에게 무슨 일이 벌어졌는지 봤기 때문이다. 교도관들에게 곤봉으로 얻어맞은 그의 얼굴은 형체조차 알아볼 수 없게 됐다. "이건 협박이 아니라 사실을 진술하는 겁니다. 다시 한번 그녀를 건드리면 공식적으로 문제를 제기하겠어요." 이 말은 내 귀에도 한심하게 들린다. 아내를 건드리면 고발하겠다는 말이라니.

"그래, 그렇게 하서, 형님. 내 이름 철자는 제대로 쓰도록 해. 피카디는 C가 두 개야. 배지 번호는 1537이고. 그 정도는 기억할 수 있지? 아니면 내가 써 줄까?"

뒤에서 안셀모가 뒷걸음질하며 우리를 보고 있다. "거기 문제 있습니까, 교도관님?" 그가 외친다.

"귀찮은 날파리 하나가 날아다니고 있긴 한데 감당 못할 정도는 아니야." 그는 내게 다시 돌아서며 말한다. "내가 너라면 말이야, 레드베터. 얼른 네 여자 친구들을 따라가겠어. 며칠째 사무실에 굴러다니는 법원 도시락 하나 쥐여 주고 방으로 돌려보내기 전에."

나는 식당에 거의 다다랐을 즈음 매니를 따라잡는다. "대체 무슨 일이야?" 매니가 묻는다. 나는 지금 스무고개 놀이를 할 기분도 아니고, 그 이야기를 소문내게 하고 싶지도 않다고 말한다. 매니의 얼굴에 상처받은 표정이 떠오른다. "널 걱정해서 물어봤을 거라는 생각은 안 해?" 그가 말한다. 나는 대답하지 않는다. 매니에게 화가 난 게 아니다. 애초에 그냥 넘어가지 못한 나 자신에게 화가 난다. 에밀리를 감싸려다 오히려 피카디에게 그녀와 나를 조롱할 빌미를 안겨 줬다. 그 멍청이의 권위에 도전했다가 똥 밟은 건 아닐까.

식당에 들어가 줄을 선다. 살은 거의 없고 뼈만 앙상한 닭다리 하나에 밥, 통조림 완두콩, 흰 빵, 케이크를 받는다. 나는 에인절과 로보 사이에 앉아 허리를 구부린 채, 맛도 느끼지 못하고 음식을 입에 밀어 넣는다.

"피카디가 원하는 게 뭐야?" 에인절이 묻는다.

"네 거시기를 빨고 싶대."

"농담 아니야, 친구. 걔랑 그 옆에 붙어 다니는 놈이 계속 수군거리면서 너를 보고 있어."

"네가 신경 쓸 일 아니야." 내가 말한다.

"네 일도 아니길 바라지만. 나라면 놈들 근처엔 얼씬도 안 하겠어."

"야, 레드베터. 그 케이크 먹을 거야?" 로보가 말한다.

B동으로 돌아와 통제 데스크 앞을 지나는데 카바네로 중위가 내 이름을 부른다. "할 말이 있는데 이 서류부터 좀 마무리해야겠어. 이따가 부를게."

"알겠습니다." 내가 대답한다. 피카디와 말다툼한 일 때문일까?

15분쯤 지나 인터폰이 울린다. "올라와, 레드베터." 카바네로의 목소리다. 문이 열리고 나는 복도를 따라 걸어간다. 아, 망할. 피카디도 데스크 앞에 서 있다. 대체 무슨 일이지? 조사? 가벼운 경고? 하지만 내 예상은 빗나간다. 그냥 피카디가 카바네로에게 자기가 얼마나 개자식인지 보여 주고 있다.

"내 나이대 남자 평균 체지방률이 14에서 16퍼센트예요, 알아요? 나는 얼마인 줄 알아요? *6퍼센트*. 엘리트 선수급이죠. 숫자는 거짓말하지 않아요. 피자나 먹고 살면 절대 나올 수 없는 수치라고요."

"그래. 너 잘났다, 피카디." 중위는 전혀 관심 없다는 투로 말한다. 그는 먹던 페퍼로니피자를 한 입 더 베어 물고는 나를 향해 고개를 끄덕인다. "오케이, 피카디. 나는 레드베터랑 할 이야기가 있어. 휴식 시간이나 가지지 그래?"

내가 바로 뒤에 서 있다는 걸 알아차리자, 피카디는 코웃음을 치며 아까 나에게 공식적으로 경고했다고 카바네로에게 말한다. "레드베터의 문제는 자기 같은 죄수가 교도관이랑 대등한 위치에 있다고 착각하는 겁니다." 그렇게 말하고 그는 가 버린다.

"아까 뭐 때문에 그랬어?" 카바네로가 묻는다. "아니, 말하지 마. 20분 후에 퇴근하니까 아무 일 없이 나가고 싶어. 화제를 바꾸지. 내가 시설 관리반을 감독하는 거 알지?" 나는 고개를 끄덕인다. "너 일자리를 찾고 있지 않았어?" 나는 도서관 근무 대기 명단에 올라가 있긴 한데, 아직 자리가 안 났다고 말한다. "그래? 부드로가 나가게 돼서 자리가 하나 비거든. 곧 가을 대청소도 시작해야 하는데 인원이 부족하면 곤란해. 지금 있는 애들은 다 괜찮은 놈들이고, 너도 걔들과 잘 어울릴 것 같아. 관심 있어?"

파텔 박사의 조언이 떠오른다. 몸을 움직여라. "네, 물론이죠. 감사합니다."

"그럼 월요일부터 시작하지. 아침 식사 끝나면 의료동 뒤에 있는 헛간으로 와. 명단에 이름을 올려 둘 테니까. 출입 게이트에서 괜히 시비 걸지 않게 해 줄게."

"알겠습니다. 거기서 뵐게요. 다시 한번 감사합니다."

"아, 그리고 한 가지 더. 여기 있는 그 어린애 만난 적 있어? 솔로몬 클럽?" 나는 눈동자를 굴리며 본 적 있다고 말한다. "2층에서 괴롭힘을 꽤 많이 당하고 있어서 옮기기로 했어."

"우리 층으로요?"

"그래. 부드로가 내일 석방되니까 클럽에게 부드로 자리를 줄 수 있을 것 같아."

"그럼 도허티랑 같은 방을 쓰는 건가요?"

"응. 그래도 괜찮을까?"

"제가 도허티를 잘 아는 건 아닌데, 좀 구린 데가 있어도 사람을 괴롭히는 타입은 아닌 것 같아요. 그러니까 아마 괜찮을 겁니다." 그 아이가 내

골칫거리가 되는 것보다는 도허티의 골칫거리가 되는 편이 낫다. 카바네로가 말을 꺼낼 때부터 혹시 그쪽으로 이야기가 흘러갈까 봐 내심 걱정하고 있었으니까.

"좋아, 그럼 그렇게 해 보지. 아, 그리고 한 가지 더."

아, 젠장. 또 한 가지 더다. 각오해라, 코비.

"그 애가 정말 많이 힘들어하고 있어. 애초에 여기에 배정돼선 안 됐을지도 몰라."

"아마가 아니라 확실히 그렇죠. 제 생각을 물으신다면."

"그래서 생각해 봤는데 그 애도 시설 관리반에 넣으려고. 계속 바쁘게 굴리고 밖으로 내보내서 속에 쌓인 부정적인 에너지를 좀 풀게 하려는 거지. 내가 옆에 있지 못할 때는 네가 그 애를 좀 봐 줬으면 해서. 너랑 그 애 빼고도 내가 신경 써야 할 놈이 여섯이나 되거든. 걔들이 12,000평이나 되는 부지에 흩어져 있으면 내가 한번에 다 볼 수 없어. 그래서 너랑 그 애를 한 조로 묶으려고 해."

나는 무례하게 굴 생각은 없지만 그건 정말 안 좋은 생각 같다고 말한다. 내가 그 애와 접촉한 건 면회실로 들어가기 전 대기할 때가 전부였다고 설명한다. "아이가 자해하는 것 같아서 물어보니까, 빌어먹을 내 일에나 신경 쓰라고 하더군요. 그러더니 엄마랑 면회할 때 완전히 폭발해서 난리가 났어요. 발버둥 치고 소리 지르면서 도무지 통제가 안 돼서 끌어내야 했죠."

"그래. 다들 그 애를 시한폭탄이라고 하더군."

"그 애를 나보다 더 잘 다룰 사람이 하나 있어요. 프레이즈요."

"프레이즈? 그게 누구야?"

"코넬 위긴스요. 레스터의 아들이죠. 청소반에서 일해요."

중위는 시선을 돌려 턱을 문지르더니 다시 나를 본다. "그래, 코비. 이

건 네게 부탁하는 게 아니야. 네가 관리반 일을 하고 싶다면, 그 애랑 한 조로 일하는 거다."

"제가 오해했나 보네요. 제 의견을 묻는 줄 알았습니다."

그는 고개를 젓는다. "난 교도관이고 너는 범죄자야. 내 자문위원이 아니라고."

대체 이게 뭐야? 처음엔 도허티랑 같은 방을 쓰게 해도 되겠냐고 의견을 물어 놓고. 이제 와서 내가 자문위원이 *아니라니*?

"네가 그 아이의 상담사가 되길 바라는 건 아니야. 그냥 내가 믿을 수 있는 사람이 하나 필요해서 그래. 그 애 작업을 감독하고 지켜봐 줄 사람 말이야. 괴롭힘을 당하지 않게 해 주고. 어때? 관리반 일 맡을 거야?"

지금까지 카바네로와 나는 좋은 관계를 유지해 왔다. 그는 다른 교도관들과 달리 성이 아니라 이름을 불러 줬다. 나를 믿을 수 있는 사람이라고도 했다. 여러 조건이 달려 있긴 하지만 그는 지금 나에게 일을 제안하고 있다.

"알겠습니다. 하죠. 다만 그 애는 좋아하지 않을 겁니다."

"안 좋아한다고? 네가 놀랄지도 모르겠지만 그 애한테 관리반에 넣겠다고, 네가 짝이 될 거라고 했더니 묻더군. 제이스 로버트슨 닮은 사람이냐고. 그래서 내가 그랬지. '그러네. 듣고 보니 그렇군. 그 사람 맞아.' 그랬더니 걔가 관리반엔 들어가고 *싶지* 않지만, 들어가야 한다면 그래, 네가 자기 짝이 되어도 괜찮다고 하더라."

"에이, 중위님. 제가 누군지 걔가 알 리가 없잖아요." 내가 말한다.

"알고 있던데. 면회실 문 앞에서 기다리던 날 밤에 네 신분증을 봤다고 하더군."

나는 어깨를 으쓱한다. "그래서 제이스 로버트슨이 누군데요?"

"보아하니 「덕 다이너스티(미국의 인기 리얼리티 프로그램-옮긴이)」 팬은 아닌가 보네? 그는 지휘관 아들 중 하나야. 적갈색 머리에 수염이 덥수룩하지. 머리는 좀 잘라야 할 것 같고. 수풀 같은 수염만 자르면 꽤 미남이야."

"음, 그래도 유나바머처럼 생긴 것보단 낫겠네요." 내가 말한다.

"뭐라고?"

"아무것도 아닙니다. 그냥 혼잣말이에요. 다른 말씀은요?"

"있지. 피카디가 오늘 연속 근무야. 그에게 무슨 불만이 있든 간에 그냥 피해 다녀. 나도 그 친구를 잘 아는 건 아니지만, 쉽게 용서하고 잊어버리는 타입으로 보이진 않아. 적으로 돌릴 상대가 아니란 말이야." 그날 저녁, 소등이 한 시간쯤 남았을 때 자물쇠에 열쇠가 꽂히는 소리가 난다. 매니와 나는 각자 침상에 길게 뻗어 책을 읽고 있다. 문이 열리고, 젠장, 피카디와 안셀모가 서 있다. "방 검사." 안셀모가 말한다.

"월요일 3교대에 방 검사를 한다고? 그런 적은 한 번도 없었는데." 매니가 말한다.

"오늘은 있어." 안셀모가 대꾸한다.

피카디가 내 사물함을 열라고 명령하고 금지 물품을 찾는다는 명목으로 물건들을 헤집기 시작한다. 피카디는 내 포도맛 게토레이 하나를 집어 들고 뚜껑을 비틀어 몇 모금 들이켠다. 그들은 내 물건들을 바닥에 마구 던지지만 걸고넘어질 만한 건 아무것도 나오지 않는다. 지금까지는 매니의 물건에 손을 대지 않고 있는데, 그건 매니에게 다행이다. 그에겐 걸리면 문제 될 물건이 한두 개가 아니니까. 하지만 이 쇼가 누구를 겨냥한 건지 나는 잘 안다.

안셀모가 내 책들을 집어 들고 페이지를 죽 훑어본 뒤 바닥에 쌓인 물건 위로 던진다. 피카디는 내가 메이지를 위해 작업하고 있던 것들을 포함해, 스케치북 속 그림들을 들춰 보기 시작한다. 그는 내 반응을 살피며 그림들을 한 장 한 장 찢어서 바닥에 던지고, '실수로' 그 위에 게토레이를 쏟는다. 하지만 나는 버틴다. 표정 하나 바꾸지 않는다. 저 자식이 원하는 걸 줄 바엔 차라리 지옥에 가는 게 낫다.

"이봐, 그건 이 친구의 아이 거야." 매니가 항의한다.

"그래? 어느 애 말이야? 죽은 애, 아니면 자기가 안 죽인 애?" 피카디가 말한다.

그 말에 나는 침상에서 벌떡 뛰어내려 당장이라도 싸우려 한다. 위쪽 침상에서 매니가 말한다. "내버려 둬, 코비."

"빠져, 잔챙이. 네 물건도 우리가 헤집어 놓길 바라지 않는다면 말이야." 안셀모가 경고한다.

피카디가 몸을 웅크리고 내 침상 아래를 들여다본다.

"자, 자. 여기 뭐가 있는지 좀 봐, 안셀모." 그가 말한다. 그는 내가 봉쇄 기간 동안 운동할 때 쓰는 50리터짜리 쓰레기봉투 두 개를 꺼낸다. 바벨 대신 쓰는 건데, 좀 흔들거려서 익숙해질 필요는 있지만 근육에 자극을 주는 데는 충분하다. 이 층 수감자들 절반은 운동용으로 물주머니를 쓴다. 원래는 금지 물품이지만 교도관들 대부분은 눈에 띄지만 않으면 그냥 넘어간다. "저거 들어." 피카디가 왼쪽 봉투를 부츠 끝으로 툭 차며 명령한다. 내가 그것을 집어 드는 순간, 그가 벨트에 찬 열쇠 꾸러미를 풀어 봉투를 그어 버린다. 물이 내 발 위로 쏟아져 바닥으로 흘러간다. "남은 하나도 들어." 그가 말한다. 나는 지시에 따르지 않는다.

"귀에 문제라도 있어, 레드베터? 피카디 교도관이 방금 분명히 지시했잖아." 안셀모가 말한다.

내가 두 번째 봉투를 집어 들자, 피카디가 그것도 갈기갈기 찢어 버린다. 봉투가 완전히 비워지자, 그는 안셀모에게 고개를 끄덕이고 둘은 물이 철벅이는 바닥을 밟으며 문으로 향한다. "좋은 밤 보내, 아가씨들." 피카디가 말한다. "그리고 레드베터, 에밀리한테 내가 안부 전했다고 해."

이제 우리 방 바닥에는 물이 2센티 넘게 고여 있고, 수납함에서 그들이 끌어낸 물건 중 절반은 그냥 버려야 할 판이다. 걸레질하는 일도 죽을 맛일 테다. 오늘 세탁물이 돌아왔는데 막 빤 깨끗한 수건 두 장과 정부에서 지급한 맨투맨을 이 난장판에 던져 물을 빨아들여야 한다니 정말 미치도록 괴롭다. 여기서 끝일지, 아니면 금지 물품인 봉투를 소지했다고 나를 보고서에 올릴지 그것도 모르겠다. "방금 그 일 너도 다 봤잖아. 내가 저 인간들에 대해 항의하면 네가 증언해 줄 수 있어?" 나는 매니에게 묻는다.

매니는 고개를 젓는다. "교도관 둘 대 범죄자 둘이야. 설사 윗선에서 우리 말을 믿는다 해도 인정하진 않을 거야. 결국 기각될 테고 저 멍청이들은 보복 수위를 더 올리겠지. 여기선 쟤들을 이길 수 없어, 코비. 이게 이 안에서 돌아가는 규칙이야. 그냥 넘겨."

피카디가 엉망으로 만들어 버린 메이지의 그림들을 내려다보자, 만화처럼 그린 왜가리 한 마리가 나를 올려다본다. *에밀리한테 내가 안부 전했다고 해…… 어느 애 말이야? 죽은 애, 아니면 자기가 안 죽인 애……?* 아직 스케치 패드가 반이나 남았고, 몽당연필도 서너 자루 있다. 망가진 그림들이 마르면 다시 옮겨 그릴 거다. 이번엔 더 잘 그리겠다. 피카디에게 지지 않을 것이다.

소등 후 침상에서 뒤척이다가, 지금 당장 벤조 하나에 술 한잔이 얼마나 간절한지 생각한다. 카바네로가 솔로몬에 대해 했던 말이 떠오른다. 그 애는 일부러 괴롭힘을 당하려는 것 같다고……. 피카디가 나에게 품은 원한은, 에밀리가 그러지 말라고 말렸는데도 내가 그녀의 명예를 지키겠다고 나선 데서 시작됐다. 그렇다면 나도 솔로몬처럼 일부러 화를 자초한 걸까? 왜 그랬을까? 여기 갇혀서 3년을 보내야 하는 것만으로도 벌은 충분하지 않은가. 굳이 벌집을 쑤셔야 했을까……? 하지만 어린 아들을 죽인 죄로 내가 받는 벌이 *과연* 충분한 걸까? 카바네로 중위의 말이 옳다. 아직 늦지 않았다면 내가 할 수 있는 최선은 둘 다 피하는 것이다. 그리고 매니의 말도 아마 옳을 것이다. 이곳의 시스템이 돌아가는 방식상, 설사 피카디가 부소장의 조카가 아니더라도, 나는 그를 이길 수 없었을 것이다.

그날 밤 꿈속에서 나는 감옥에 있지 않다. 낯선 거리에서 피카디가 내 앞을 걷는다. 나는 그의 어깨를 툭 치고, 그가 돌아보자마자 한 방 날린다. 그는 비틀거리다 그대로 바닥에 나자빠진다. 팔과 다리가 뒤집힌 딱정벌레처럼 허우적거린다. 나는 미소를 머금은 채 잠에서 깬다.

24

2018년 10월에서 11월
1,095일 중 443일

부지 관리반에서 새 일을 맡게 된 나는 하루에 여섯 시간 동안 감방에서 벗어난다. 건물 안의 모두가 마시는 텁텁한 공기가 아닌 폐를 씻어 주는 신선한 공기, 10월의 햇살, 부지 뒤편을 흐르는 강물 소리에 힘이 생긴다. 잔디를 깎고, 갈퀴질하고, 쓰레기를 줍고, 길을 쓸고, 물로 씻어 내는 일은 전부 몸을 쓰는 것이라 밤에 잠도 더 잘 잔다. 가끔은 밤새 한 번도 깨지 않고 아침까지 자는 작은 기적이 일어나기도 한다.

정오에 카바네로 중위가 호루라기를 불어서 다시 헛간으로 돌아가면 그는 우리에게 봉지에 든 점심을 나눠 준다. 규정대로 받는 법원 도시락보다 그게 훨씬 낫다. 카바네로가 조리과 선생님과 친해서 그 반 학생들이 우리 점심을 만들어 준다고 한다. 어제는 이탤리언 호기샌드위치였고, 그 전날은 BLT였다. 이곳에서 베이컨이라니? 꿈을 꾸는 줄 알았다. 오늘 메뉴는 롤빵에 든 치킨샐러드, 감자칩, 큼지막한 오트밀쿠키다.

같이 일하는 사람들도 마음에 든다. 이스라엘, 티토, 래치퍼드, 하르지트, 파체코, 스펜스. 다들 유순한 성격이라 어울리기 쉽다. 물론 매니는 이들 전부의 속사정을 훤히 꿰고 있다. 이스라엘은 전직 마약 유통업자로 재판을 기다리며 이곳에 임시로 수감된 연방 수형자다. 인도계인 하르지트는 신용카드 사기 혐의로 들어왔다. 그는 옛 영화배우인 코끼리 소년 사부의 손자다. 존 프린이 사부에 대한 노래를 부르기도 했는데, 하르지트는 들어 본 적 없단다. 래치퍼드는 중혼으로 들어왔다. 아내가 둘, 아이는 여덟. 매니에 따르면 스펜스는 80년대에 프로 레슬링계의 차세대 스타가 될 거라는 기대를 한 몸에 받았다. 하지만 커리어가 망가진 뒤 헤로인에 손대기 시작했고, 결국 포르노 업계로 흘러 들어갔다. 성범죄 전담 형사들에게 체포된 이유는, 그가 친자매 두 명과 스리섬을 소재로 한 영화에 출연했기 때문이다. 알고 보니 그 자매는 열여섯과 열일곱 살로, 법정 강간 두 건에 해당했다.

에인절 말로 티토는 전직 갱단원이었다가 오순절파 신자가 됐다고 한다. 에인절은 어느 천막 부흥회의 주차장을 돌면서 잠기지 않은 차들을 털다가 안에서 소란이 나서 천막 속을 들여다봤다. "그때 티토한테 성령이 내려오는데, 진짜 소름이었어. 처음엔 그 자식이 거기 서서 덜덜 떨면서 어쩔 줄 몰라 하더니 갑자기 무릎을 털썩 꿇고 망할 놈의 코요테처럼 울부짖더라고. 설교자가 어깨에 손을 얹으니까 티토가 한 번도 못 들어 본 어떤 기괴한 말로 중얼거리기 시작했어. 난 브롱크스에서 자랐거든. 세상에 내가 한 번도 못 들어 본 말이 있을 줄 몰랐어."

그건 티토가 연기한 거고 그걸로 돈을 받았을 거라고 하자 에인절이 말한다. "나는 내 눈으로 직접 봤지만 너는 못 봤잖아, 레드베터. 네가 무슨 전문가라도 되냐?" 나는 냉소적인 아버지처럼 말한 걸 깨닫고 제대로 혼이 난 기분이다.

"그래, 뭐. 성령이 들어갔다면 나중엔 빠져나갔겠지. 그는 가중 폭행으로 여기 들어와 있으니까." 파체코가 말한다. "여자 친구가 바람피운 걸 알고 상대 남자를 찾아내서 벽에다 머리를 몇 번이나 내리쳤대. 뇌가 부어서 가라앉을 때까지 병원에서 혼수상태로 만들어야 했다더라고." 테이블에 앉은 누군가가 파체코에게 그런 걸 어떻게 다 아느냐고 묻는다. "그쪽 가족이 여기서 티토를 제대로 손봐주면 내게 돈을 주겠다고 했거든. 하지만 거절했어. 그렇게까지 영치금이 아쉬운 건 아니니까."

그러니까 일만 놓고 보면 순조로운 편이다. 솔로몬이 합류하면 이야기가 달라질지도 모르지만.

1,095일 중 456일

사랑하는 에밀리에게.

메이지 사진을 보내 줘서 고마워. 토끼 옷을 입은 사진이 마음에 쏙 들더라. 와, 우리 딸은 어쩌면 그렇게 귀여운지!

반가운 소식이 있어. 당신이 한참 전에 아마존에서 주문해 준 스케치북이랑 목탄을 드디어 받았어. 여기서는 수형자 소포를 전부 개봉하고 검사해야 해서 물건이 우편실에 며칠씩, 길면 몇 주씩 묶여 있기도 해. 아마 옛날 포니 익스프레스가 더 빨랐을 거야. 어쨌든 이제 그림 도구가 생겼으니 메이지를 위한 어린이책으로 만들 스케치를 많이 그려 볼 생각이야. 메이지는 아직도 기린을 좋아해? 기린 가족 이야기를 하나 그려서 거기에 메이지를 등장시켜 볼까 해. 옆집에 사는 이웃이나, 아니면 기린 아이 중 하나와 가장 친한 친구로 나오게 할 수도 있겠지. 니코도 이야기에 넣을까 하다가 결국 안 하기로 했어. 한번 대충 그려 보다가 멈췄거든. 마음이 너무 힘들었어.

새 일을 시작한 지 몇 주 됐는데 나는 이 일이 아주 마음에 들어. 다음 주엔 그 솔로몬이라는 애가 우리 팀에 합류해. 그 아이 기억나? 그때 면회실에서 난리 쳤던 애. 내가 이 작업반에 들어오는 조건이 바로 그 애의 '작업 파트너'가 되는 거였어. 우리를 감독하는 중위는 좋은 사람이야. 전형적인 교도관과 달리 실제로 우리를 인간적으로 대해 줘. 그는 내가 솔로몬에게 좋은 영향을 줄 거라고 생각해. 난 잘 모르겠지만, 솔로몬이 꽤 손이 많이 가는 골칫거리가 될 거라는 점은 분명해. 특히 다른 녀석들이 아이를 갈구기 시작하면 더 그렇겠지. 솔로몬은 전에 저지른 일 때문에도 그렇고 워낙 걸도는 애라서 괴롭힘을 많이 당하거든. 이 이야긴 다음 편지에 계속할게.

골칫거리 얘기가 나와서 말인데 금속 탐지기 앞에서 당신에게 망신을 줬던 그 멍청한 교도관이 요즘 나를 들들 볶고 있어. 당신은 그냥 넘기라고 했지만, 당신에게 무례한 짓을 한 걸 그냥 둘 수 없어서 내가 직접 따졌거든. 며칠 전 밤에 그놈이 근무 파트너랑 짜고 우리 방을 기습 수색(예고 없는 감방 검사) 했어. 매니 물건엔 손도 안 대고, 내 물건만 상자에서 몽땅 꺼내서 바닥에 쏟아붓고 이것저것 망가뜨렸지. 거기엔 메이지를 위해 그린 그림도 몇 장 있었어. 참 착한 놈들이지 않아? 이곳에선 교도관들과 힘겨루기 해 봐야 아무 소용도 없다는 거 알아. 애초에 판이 그들 쪽으로 기울어져 있으니까. 그래도 저 둘이 계속 그러면, 나도 그냥 당하고만 있지는 않을 거야. 그래도 걱정하진 마. 내가 감당 못 할 일은 없으니까.

파렐 박사와의 상담은 어떻게 되고 있어? 우리가 상담실에 함께 갔던 그때가 계속 생각나. 박사가 당신에게 무엇을 상담하고 싶은지 묻자, 당신이 나를 용서할 수 있을지 알아봐야겠다고 했지. 그럴 수 없다면 우리 결혼 생활도 계속될 수 없을 거라고 했고. 솔직히 말할게, 에밀리. 당신이 그런 결론에 다다를지도 모른다는 생각에 겁이 나. 그래도 이건 기억해 줘. 니코를 잃기 전까지 우리는 좋을 때나 나쁠 때나 서로를 많이 사랑했다는 걸. 늘 당신보다 내가 당신을 더 필요로 해 왔다는 건 인정해. 하지만 그렇다고 해서 당신에게 내가 전혀 필요 없었다는 의미는 아니길 바라.

조금 앞서 나가는 이야기일지도 모르지만, 내가 여기 있는 동안 우리 관계가 지속된다고 치자고. 그러면 내가 출소한 뒤에 집을 정리하고 남부 캘리포니아로 돌아가는 것도 가능하지 않을까 싶어. 그냥 해 본 생각이야. 거기 살면서 장인어른과 그 여자 친구(이름이 뭐였더라)와 같이 어울릴 때가 좋았거든. 당신 아직도 일요일 밤마다 장인어른이랑 통화해? 혹시 가능하면 그쪽 취업 시장은 어떤지 아버님께 여쭤봐 줘. 동부보다 상황이 낫다면 내 전공 분야에서 그럭저럭 괜찮은 월급과 건강보험이 나오는 일을 구할 수도 있을 것 같아. 당신은 아무 문제 없이 취직하겠지. 학교는 늘 좋은 교사가 필요하고, 당신은 그중에서도 최고니까.

핼러윈이 이번 주 수요일 맞지? 그러다 보면 금세 추수감사절이 오고 그러다 또 크리스마스가 오겠지. 작년처럼 그때는 면회가 없어. 직원들이 가족과 시간을 보낼 수 있게 하려는 거지. 우리에겐 휴일도 별다를 게 없어. 그냥 평범한 하루일 뿐이야. 크리스마스에 당신이랑 메이지 옆에 있을 수 있으면 얼마나 좋을까. 같이 트리도 꾸미고, 그럴 때 하는 걸 다 하고 싶어서 미칠 것 같아. 하지만 3년 형기를 채우면 다시 집으로 돌아가 함께 축하할 수 있을 거야.

이번 주도 잘 보내길 바라, 에밀리. 내가 여기 갇혀서 당신의 짐을 덜어 주지 못하는 동안 당신이 모든 걸 떠안고 사느라 힘들다는 거 알아. 그건 그렇고, 자동차 오일은 갈았어? 아직도 빨간 경고등이 들어와 있으면 엔진이 망가질 수 있어. 그러면 안되잖아! 아무튼, 해피 핼러윈. 메이지 데리고 핼러윈 과자 받으러 다니지 않기로 해서 다행이야. 그게 훨씬 더 안전하지.

사랑해, 자기야.

코비

(이제 440일 지나갔고, 655일 남았어)

～

사랑하는 코비에게.

안녕. 계속 당신 전화를 놓쳐서 미안해. 지난번 편지를 받은 뒤로 당신에게 답장을 쓰고 싶었는데, 지금은 일요일 오후 4시 45분이고 마침내 시간을 낼 수 있었어. 엄마가 메이지를 데리고 「호두까기 인형」 공연을 보러 갔는데 끝나고 저녁도 먹고 올 거야. 학교 일은 다 끝냈고, 청구서도 몇 개 처리했고, 집을 청소기로 밀고, 주방 바닥도 물걸레질했어(엄마가 바닥이 군데군데 끈적거린다고 두 번이나 지적했거든). 남은 건 오일 교환 하나뿐이야. 오일 가는 데가 일요일에 여는지 그리고 5시 넘어서까지도 하는지는 잘 모르겠어. 그래도 걱정하지 마. 꼭 할게.

그림 도구를 드디어 받았다니 다행이야. 기린 가족 이야기 아이디어도 마음에 들어. 메이지도 좋아할 거야. 솔로몬을 맡게 된 뒤에도 야외 작업반 일이 여전히 즐겁길 바라. 그 애가 그날 밤 그 난리를 치는 바람에 우리를 다 일찍 내보냈잖아? 그때 주차장에서 그 아이의 새어머니인 에이드리엔이 나를 잡더라고. 이야기할 사람이 정말 필요하다면서 잠깐만 시간을 달라고 하더라. 그냥 집에 가고 싶었지만 안에서 그런 일이 벌어졌는데 어떻게 거절할 수 있겠어? 그래서 둘이 내 차에 앉아서 한 시간 가까이 이야기했어. 와, 정말 귀에서 피가 나는 줄 알았어! 그 애가 당신을 돌게 하지 말아야 할 텐데.

코비, 당신이 지난번 편지에 쓴 이야기 중 몇 가지에 답을 하고 싶은데, 마당에 엄마 차가 들어오는 소리가 들려. 생각보다 일찍 돌아오셔서 지금은 나가 봐야 할 것 같아. 메이지가 잠들고 나면 이 편지를 마저 쓸게.

좋아, 다시 돌아왔어. 엄마 말로는 메이지가 「호두까기 인형」을 보다가 낮잠을 길게 자 버렸대. 그래서 9시가 넘어서야 겨우 재웠어. 아까 말했듯이 당신의 지난번 편지에 대해 몇 가지 답을 해야 하는데, 오늘 밤에 쓰지 않으면 평일엔 도저히 시간이 안 날 것 같아.

우선, 내가 말 안 한 것 같은데 아빠와 애나는 작년에 헤어졌어. 아빠는 멕시코의 산 미겔 데 아옌데로 이주했어. 그곳엔 미국에서 온 부유한 이주민들이 많아서 목공 일거리는 충분하다고 해. 아빠는 거기서 잘 지내시는 것 같아.

코비, 나는 집을 팔지 <u>않을</u> 거야. 당신과 메이지와 캘리포니아로 돌아가는 건 불가능해. 캘리포니아로 가도 니코의 죽음은 우리를 따라올 거야. 당신 전과도 마찬가지고. 그런 건 차를 몰고 떠난다고 해서 벗어날 수 있는 게 아니야. 너무 직설적으로 말해서 미안하지만, 그렇게 생각하는 건 현실을 외면하는 거야.

파텔 박사와의 상담이 어떻게 진행되고 있느냐고 물었지. 의미 있는 시간이기는 했지만, 현실을 마주한다는 건 정말 쉽지 않았어.

미안해, 코비. 이제 자러 가야 할 것 같아. 이 편지를 마무리하겠다고 자리에 앉으면서 와인 한 잔은 따르지 말았어야 했는데. 정신 차려 보니 내가 어느새 테이블에 머리를 박고 침을 흘리면서 자고 있지 뭐야. 딱히 보기 좋은 모습은 아니었어!

좋아, 지금은 월요일 아침이고 나는 학교에 있어. 오늘 우리 반은 음악이랑 체육 수업이 연달아 있어서 한 시간 반 정도 여유가 있어. 보통은 이 시간에 채점하는데, 오늘은 무슨 일이 있어도 이 편지를 끝내서 당신에게 보내고 싶어. 아이들 일기 확인이랑 분수의 덧셈, 뺄셈 시험 채점은 잠시 미뤄야겠지.

하려다 만 말을 이어서 하자면, 파렐 박사와의 상담은 쉽지 않았지만 도움이 됐어. 박사는 내가 외면하고 싶었던 것들을 하나하나 직면하게 했거든. 니코를 잃은 슬픔 밑에 아직 살아 숨 쉬는 분노를 놓아줄 수 있을까? 메이지를 위해서, 그리고 당신과 나를 위해서 당신을 용서할 수 있을까? 아직은 모르겠어. 그래서 이 모든 게 아주 힘들어. 너무나 혼란스럽거든. 당신이 그 일을 저지르기 전까진 정말 훌륭한 아빠였지. 따뜻하고 사랑이 많고 아이들과 잘 놀아 주는 재미있는 아빠였어. 쌍둥이들이 아빠를 얼마나 좋아하는지 한눈에 보였고, 가끔은 그게 부럽기도 했어.

당신에게 또 하나 솔직하게 말할 게 있어. 당신이 교도소에 간 뒤에 이혼 전문 변호사를 만났어. 딱 한 번이었어. 다만 결정은 당신이 출소한 뒤로 미루기로 했어. 결국 그 절차를 밟게 될지 말지는 지금 내가 이야기한 몇 가지, 그러니까 내가 해결하려고 애쓰는 문제에 달려 있어. 그리고 당신이 계속해서 술과 약을 끊고 있다는 분명한 증거가 필요해. 만약 당신이 다시 약을 시작하거나 술을 마시기 시작한다면, 그건 우리의 관계를 끝내는 사유가 될 거야. 하지만 지금으로선, 당신의 형기가 끝날 때까지 우리는 부부로 남을 거야.

당신이 편지에서 했던 말 하나를 짚고 넘어가고 싶어. 내게 당신이 필요했던 것보다 당신에게 내가 더 필요했다는 말. 코비, 나는 그런 식으로 생각하지 않아. 당신이 곁에 없는 게 느껴지고, 가끔은 그게 고통스럽기도 해. 우리 침대에 당신이 없고(코 고는 소리도 없고), 부엌에서 아침을 만드는 당신도 안 보이고, 넷플릭스에서 뭘 볼지 골라 주는 당신도 없지. 지난주에 메이지를 재운 뒤 우리가 함께 보던 사진 앨범을 선반에 다시 꽂는데 봉투 하나가 툭 떨어졌어. 그 안에 우리가 사귀기 시작했던 첫 여름에 찍은 사진들이 들어 있었어. 그 중 한 장은 예전부터 내가 늘 좋아했던 사진이야. 여름이 끝나갈 무렵의 해변에서 찍은 거였어. 당신은 물가에 서서 파도를 바라보고 있었지. 당신이 돌아서서 나를 보자마자 환하게 미소를 지었고, 나는 그 순간을 사진으로 남겼어. 당신은 그 첫 여름부터 이미 나를 사랑하고 있었고, 나와 결혼하고 싶었다고 여러 번 말해 왔지. 그때 당신이 그렇게 말했다면 나는 아마 겁이 나서 도망쳤을지도 몰라. 나도 당신에게 빠져들고 있었는데 그 감정이 혼란스러웠거든. 당신은 재미있고, 귀엽고, 섹스는 환상적이었어. 그 어떤 남자와도 이런 감정은 느껴 본 적이 없었지. 하지만 나는 곧 서부로 돌아갈 예정이었으니 그냥 여름 한때의 가벼운 만남일지도 모른다고 생각했어. 그런데 학기 중에 초인종이 울려 문을 열었을 때 거기 당신이 서 있었어. 당신에게 내가 필요해서 학교를 그만두고 차를 몰아 대륙을 가로질러 온 거였지. 그때 비로소 나도 당신이 필요하다는 걸 알았어. 그 첫 여름의 사진들이 앨범에서 쏟아져 나온 뒤로, 나는 그 사진들을 여러 번 들여다봤어. 그 사진들이 나를 예전의 우리에게로 데려갔지. 사실 아직은 어렸던 우리, 인생이 얼마나 힘들고 복잡해질 수 있는지 전혀 알지 못하던 때로 말이야.

포옹을 보내며.

에밀리

25

2018년 11월

1,095일 중 461일에서 463일

일을 시작하고 세 번째 주 중반 무렵, 솔로몬이 작업반에 합류한다. 나는 그가 반항적인 골칫거리가 될 거라 각오했는데, 막상 보니 적대적이라기보다 슬퍼 보인다. 교도소 생활이 그의 기를 꺾어 놓았는지도 모른다. 11월이라 맨투맨을 입고 있어서 팔의 상처가 보기 흉한 흉터로 남았는지, 새로 낸 자해 흔적이 있는지 알 수 없다. 나는 굳이 묻지 않는다. 카바네로가 말한 것처럼 그의 일을 감독하는 거지 상담사가 되려는 게 아니니까.

솔로몬이 합류한 날 카바네로 중위는 낙엽을 긁어모으는 작업을 시킨다. 그는 우리에게 부지를 나눠 맡기고 갈퀴와 작업용 장갑을 나눠 준다. 솔로몬과 나에게는 본관에서 보안 펜스까지 이어지는 북쪽 잔디밭이 배정됐는데, 아래로 경사진 곳이라 아마 가장 쉬운 작업일 것이다. 나는 우리 구역을 둘로 나누고 솔로몬에게 오른쪽이 좋은지 왼쪽이 좋은지 묻는다. 그는 어깨만 으쓱한다. 나는 왼쪽을 맡으라고 하고 30분이 지나면 5분간 쉬자고 한다. "그렇게 해도 괜찮아?" 그는 다시 어깨를 으쓱한다.

솔로몬은 느리고 엉성하게 낙엽을 긁는다. 은근히 반항하는 것처럼 보이기도 한다. 손에 물집이 잡힐 거라고 경고해도 끝내 장갑을 끼지 않는다. 그러다 채 10분도 안 돼 갈퀴를 던지고 바닥에 주저앉아, 다리를 접은 채 무릎에 머리를 묻어 버린다. 그의 구역엔 아직도 낙엽이 잔뜩 남아 있다. 확실하진 않지만 우는 것 같기도 하다. 나는 그에게 다시 하라거나 괜찮냐고 묻지 않고, 내 일을 계속한다. 그는 몇 분 더 그렇게 앉아 있는다. 그러다 일어나 갈퀴를 집어 들고 다시 일을 시작한다.

카바네로 중위가 상태를 확인하러 왔을 무렵, 나는 우리가 맡은 구역의 거의 맨 아래까지 내려와 있었고, 솔로몬은 아직 절반도 못 내려온 상태다. 카바네로는 그 애가 어떠냐고 묻는다. "아직 다듬어지는 중이라고 치죠." 나는 대답한다. "폭발한 적은 없으니 그건 다행이죠?" 그는 고개를 끄덕이더니 우리 둘은 한 팀이니 동료의 작업이 기대에 못 미치면 책임도 공동으로 져야 한다고 덧붙인다. 내가 반박하기도 전에 그는 비탈길을 올라가 솔로몬에게 말을 건다. 카바네로가 무슨 말을 하든, 솔로몬은 땅만 보며 묵묵히 고개를 끄덕인다.

11시쯤 되자 공식적으로든 비공식적으로든 쉴 만큼 다 쉰 솔로몬은 가까스로 언덕 아래까지 갈퀴질을 해낸다. "잘했어. 하지만 이제 다시 위로 올라가서 놓친 낙엽을 한 번 더 훑자." 내가 말한다. 그가 불평하자 이번엔 훨씬 빨리 끝날 거라고 말해 준다. "그러니까 가자." 그가 언덕 밑에 그대로 서 있는 동안 내가 위로 올라가 그의 구역을 긁기 시작한다. "이봐요! 아저씨가 내 상사도 아니잖아요!" 그가 소리친다. 내가 대꾸하지 않자 그는 갈퀴를 들고 언덕을 올라와 나와 합류한다. 우리가 다시 아래까지 내려왔을 때는 언덕이 꽤 말끔해 보인다. "이거 보면 뿌듯하지 않아?" 내가 묻는다.

"별로요."

점심시간에 솔로몬은 우리와 떨어져 앉아 등을 돌리고 있다. "솔로몬,

같이 먹을래?" 내가 그를 부른다. 그는 고개를 젓는다. 그는 봉지에서 샌드위치를 꺼내더니 반으로 갈라 다시 집어넣는다. 그가 먹은 거라곤 쿠키 하나뿐이다.

"쟤 왜 저래? 원래 저렇게 사교성이 없어?" 래치퍼드가 묻는다.

"속내를 잘 안 드러내." 내가 답한다.

"몇 살인데?" 하르지트가 묻고, 나는 열여덟이라고 말한다.

"그 보호소 개들 쏜 애가 바로 저 녀석 아니야?" 티토가 묻는다. 다들 내 대답을 기다리지만, 나는 어깨만 으쓱한다. "멍멍." 누군가 작은 소리로 말한다. 대화 주제가 샤키라와 니키 미나즈 중 누가 더 밤일을 잘할 것 같냐는 얘기로 넘어가서 나는 안도한다.

카바네로는 우리에게 먹고 이야기하고 쉬라고 30분을 통째로 준다. 식당에서 늘 시간에 쫓기면서 먹는 것에 비하면 호사다. 점심시간이 끝나자 그는 우리에게 투명한 비닐 쓰레기봉투를 두 장씩 건넨다. 오후 작업은 각자 맡은 구역의 낙엽을 끝까지 긁어모아 봉투에 담는 것이다. 봉투를 보니 자살을 계획하던 시절에 이와 똑같은 봉투를 두 개 슬쩍했던 일이 생각난다. 최근 피카디가 물을 채운 쓰레기봉투를 칼로 찢어 버리면서 그에게는 금속 탐지기에서 내 아내를 괴롭힐 권한이 있고, 내가 그것에 대해 항의하면 반드시 후회하게 만들겠다고 협박하던 장면도 겹친다. 개자식.

오후 들어 솔로몬의 작업 속도는 오전보다 더 떨어지지만, 어쨌든 큰 탈 없이 낙엽을 봉투에 담는 일을 끝낸다. 나는 그가 이런 육체노동을 해 본 적이 거의 없을 테니 천천히 끌어 줘야겠다고 마음먹는다. 이 아이에게는 작업반장처럼 몰아붙이는 방식이 맞지 않는다.

작업 시간이 끝나기 직전, 열 마리 남짓한 야생 칠면조들이 의기양양하게 잔디밭을 가로질러 가면서 풀과 벌레를 쪼아 먹는다. 나는 잠깐 보고 지나치지만 솔로몬은 멈춰 서서 한참을 바라본다. 나는 그가 바라보는 모습을 본다. 그의 관심은 새끼 네 마리가 종종거리며 따라가는 어미에게 쏠려 있다. 지금 그는 무슨 생각을 하고 있을까? 그들이 귀엽다고 느낄까? 아니면 저 새들을 쏘는 장면을 상상하는 걸까? 친어머니를 떠올리나? 저 아이의 비뚤어진 머릿속에서 무슨 일이 벌어지는지 당최 알 길이 없다.

호루라기가 울리자 우리는 봉투에 담은 낙엽을 헛간으로 끌고 가 갈퀴를 반납하고, 각자 건물로 돌아가기 시작한다. 솔로몬보다 조금 앞서 걸을 때 그가 부른다. "이봐요, 잠깐만 기다려요." 내가 멈추자 그가 따라붙는다. 용건이 뭐냐고 묻자 그가 대답한다. "여기 도서관 있죠?" 나는 고개를 끄덕인다. "어디에 있어요? 헛소리로 둘러대지 말고요."

"본관 꼭대기 층이야. 내가 왜 너한테 헛소리를 하겠어?"

그는 다른 층에 있는 사람들은 하나도 제대로 된 대답을 안 해 줬다고 말한다. "식당 뒤 건물에 있다고 하기도 하고, C동 지하에 있다고도 했어요. 하지만 C동에는 지하가 없고, 식당 뒤에 있는 건 쓰레기 태우는 벽돌 건물뿐이더라고요. 그래서 출입 허가를 받아서 직접 찾아갔는데, 내가 있어야 할 곳이 아닌 곳에 있다고 어떤 여자 교도관이 막 소리를 지르지 뭐예요. 다른 사람들이 여기에 도서관이 있다고 해서 왔다고 말하려니까, 그 망할 여자가 나보고 거짓말을 한다면서 징벌 딱지를 끊었어요."

"그렇게 설명하려고 했을 때 너도 소리를 질렀니?"

"아뇨." 그의 아랫입술이 삐죽 튀어나오고, 눈이 금세 젖어 든다. "아마도요."

"있지, 나는 그날 면회실에서 네가 어떻게 폭발하는지 봤어. 넌 그 성질부터 다스려야 해. 네가 소리를 지르기 시작하면 사람들은 입을 닫아 버려. 그리고 그 머저리들이 엉뚱한 길을 알려 준 건 네가 새내기라 놀린 거야. 여긴 너무너무 지루해서 심심풀이로 뭐든 붙잡고 늘어지는 인간들이 있어. 네가 상처받아 보일수록 그들은 더 못되게 굴 거야." 그가 여기 들어

온 이유를 알면서도, 나는 아이가 딱하다고 느낀다. 그렇다고 해도 내가 그의 작업 파트너라는 선은 확실히 지켜야 한다.

"새로 같은 방 쓰는 사람 말로는, 그런 사람들이 나를 괴롭혔다고 신고할 수 있는 서류가 있다던데, 신고해야 할까요?" 너에게 엉터리로 길을 알려 줘서? 그런 걸로 괜히 문제 만들지 마." 나는 고개를 저으며 말한다.

"그것 말고도 다른 짓도 했단 말이에요. 샤워실에서 내게 오줌을 갈겼어요. 어떤 놈은 내 입에 손을 쑤셔 넣고 교정기를 뜯어내려 했어요. 이것 좀 봐요." 그는 셔츠 뒤를 들어 올려 척추 아래쪽에 보라색으로 멍든 자국을 보여 준다. "운동장에 가만히 있었는데 그 개자식들 예닐곱 명이 나를 동그랗게 둘러싸고 이리저리 밀어 댔어요. 교도관은 그냥 서서 보고만 있고요. 그러다 뒤에서 발길질을 당해 넘어졌어요. 그 뒤로 뭘 씹을 때마다 턱에서 소리가 나요." 그의 눈에 눈물이 고여 있다. "난 그런 걸 당할 만한 짓을 한 적이 없어요."

너는 저항도 하지 못하는 개를 여섯 마리나 죽였잖아, 나는 속으로 생각한다. 이 안에는 피해자를 잔인하게 학대하거나 죽인 사람이 수두룩하지만, 그런 놈들조차도 자기 개만큼은 각별하게 여길 거라고 장담한다.

"음, 놈들을 폭행으로 신고할 수는 있겠지. 그건 확실해. 그럴 만한 근거도 있고. 하지만 대위나 부소장이 네 민원을 조사하게 되면, 제일 먼저 그 일이 일어났을 때 근무하던 교도관부터 찾아갈 거야. 그러면 그는 아마 부인하거나 축소해서 말하겠지. 이제 우리 층으로 왔으니까 그냥 넘기는 게 나을지도 몰라. 도허티가 너랑 같은 방을 쓰지? 그 친구는 뭐라고 해?"

"나를 보호해 주지 않았으니까 국가를 상대로 소송을 걸라고 하던데요. 자기가 교도소 관련 법을 잘 알고 있고, 변호를 맡아 줄 수 있대요. 뭐, 소장 같은 걸 제출하고 그런 거요. 수임료는 새어머니가 그의 교도소 계좌에 돈을 넣어 주는 방식으로 받으면 된다고 했어요."

매니가 도허티에 대해 알려 줬다. 부모는 부동산 업자고 누나는 대기업 전문 변호사로, 그가 집안의 수치라고 했다. 그는 펜타닐을 거래하다가 코네티컷 법대에서 퇴학당했고, 자기에게 불리한 증언을 하려던 증인을 매수하려다 또 적발됐다. 이곳에서 그는 억울하게 유죄를 선고받은 사람들의 정의로운 수호자처럼 보인다. 여기 있는 절반은 자신이 무죄라고 주장하는 판이니 자연히 추종자들도 생겼다. 그가 조언해 주는 사람들의 가족들이 그 대가로 그의 계좌에 돈을 넣어 준다.

"도허티에게서 법률 조언을 받는 건 조심해야 해." 내가 말한다.

"왜요? 변호사잖아요."

"그는 변호사가 아니야. 법대에 다니긴 했지만 졸업은 못 했어. 여기서 '물고기'가 뭔지 알아?" 아이는 고개를 젓는다. "사기꾼에게 걸려드는 신참을 말해." 아이는 여전히 헷갈리는 표정이지만, 블랙홀처럼 끝없이 의지하려 드는 그에게 휘말리기 전에 이쯤에서 대화를 끝내야 한다. "내가 말했다고 하진 마. 하지만 내 짐작에 도허티는 네가 정의를 찾도록 도와주는 것보다 네 엄마가 자기 계좌에 돈을 넣어 주는 데 더 관심이 많아."

"그 여자는 우리 엄마가 *아니*에요!" 그가 항의한다.

그래, 맘대로 해라. 이 아이랑 더 얽히지 않겠다. 나는 그에게 내일 작업반에서 보자고 말하고 가려 한다. 생각과 달리 나는 어느새 돌아서서 이렇게 말하고 있다. "이렇게 하자. 우리 층은 격주 토요일마다 1시부터 3시까지 도서관 출입 허가를 받을 수 있어. 이번 주 토요일은 안 되고, *다음* 토요일에 우리 둘 다 허가가 나오면 거기에 같이 가 줄게. 알았지?"

"알았어요. 고마워요."

"책 좀 읽나 보지? 어떤 책 좋아해?"

"주로 판타지와 SF요. 제일 좋아하는 작가는 프랭크 허버트랑 조지 R.R. 마틴이에요. 『왕좌의 게임』 읽어 본 적 있어요?"

"읽어 봤다고는 못 하겠네."

"그럼『드래곤과의 춤』은요?"

"아니. 프랭크 허버트가『듄』쓴 사람 맞지? 그건 전에 읽어 봤어."

"그거 안 읽은 사람이 어딨어요. 나는 듄 시리즈 중에서『듄의 이단자들』만 빼고 다 읽었어요. 여기 도서관에 그 책도 있나요?"" 그건 나도 모르겠다. 그런데 오늘 아침에 출근이 몇 분 늦었더라? 다음부터는 다른 사람들하고 같은 시간에 나오도록 해. 괜히 너만 특별 대우 받는다고 다른 사람들의 오해를 살 필요는 없잖아. 알겠지?" 그는 대답하지 않는다.

다음 날 우리는 다시 갈퀴질한다. 솔로몬은 제시간은커녕 늦게도 나타나지 않는다. 카바네로 중위에게 이유를 묻자, 솔로몬이 전날 생긴 심한 물집 때문에 일을 못 하겠다고 했단다.

짜증이 치민 나는 두 손을 번쩍 들어 올린다. "그 빌어먹을 장갑을 안 끼고 일했으니까 그렇지!"

"인내도 미덕이야, 레드베터. 그에게 시간을 좀 줘. 어제 둘이 어땠어?"

"그럭저럭 괜찮았어요. 작업이 끝났을 때는 속 이야기도 좀 하더군요. 이야기를 들어 보니 2층 수감동에 있을 때 꽤 심하게 괴롭힘을 당한 것 같던데 그냥 묻혀 버린 모양이에요. 생각해 보니 도허티랑 같은 방에 넣은 것도 썩 좋은 선택이 아니었던 것 같고요."

"아니었다고? 왜?"

"그 인간이 애한테 '법률' 조언을 하는데 순수한 호의에서 그러는 것 같진 않아요."

"그럼 방 배정을 바꿔 볼 수도 있겠군. 델라베키아를 도허티랑 같이 넣고, 그 애는 자네 방에 넣는 거지."

나는 수감자가 방 배정에 관여할 수 없다는 건 안다고 덧붙인다. "하지만 솔직히 말해서 일할 때 베이비시터처럼 솔로몬을 돌보는 것만 해도 벅

찬데, 그걸 하루 24시간 내내 해야 한다면 미쳐 버릴 겁니다.”

그는 그냥 생각을 말해 본 것뿐이라며 나보고 진정하라고 한다. “일단은 지금 이대로 두고 대신 내가 상황을 계속 지켜보지.”

다음 날 솔로몬은 다시 일을 나오지만 또 지각한다. 내가 지적하자 그는 이렇게 말한다. “우리 같은 층에 사는데 *아저씨가* 나 좀 깨워 주면 안 돼요?”

“그건 네 책임이지, 내 책임이 아니야. 방송에서 아침 식사까지 20분 남았다고 하면 다른 사람들처럼 침대에서 기어 나와야지. 그건 그렇고 물집은 좀 어때?” 그는 아직도 아프다고 말한다. “그러게, 작업용 장갑 얘기할 때 내 말 들었어야지. 안 그래?” 그는 어깨를 으쓱한다. 그리고 작은 소리로 내가 재수 없다고 욕한다. 나도 한마디 해 주고 싶지만 내가 어른이라는 걸 떠올리며 참는다.

오늘 작업반이 맡은 일은 잔디 씨앗을 뿌리는 것이다. 작업자 두 명이 한 조가 되어 손수레 하나와 18킬로그램짜리 씨앗 자루 다섯 개를 받아서 손으로 뿌려야 한다. 솔로몬과 나는 의무동 뒤쪽 잔디 구역을 맡는다. 나는 자루 네 개를 손수레에 싣고 손잡이를 잡은 뒤, 마지막 한 자루를 들고 따라오라고 말한다. 나는 구역 쪽으로 손수레를 밀기 시작하지만, 뒤를 돌아보니 그는 그냥 거기 서 있다. “왜 그래?” 내가 묻는다.

“무거워요. *내가* 손수레를 밀면 안 돼요?” 그가 말한다.

수레 안에 실린 게 72킬로그램이나 되는 걸 모르나? “맘대로 해.” 내가 말한다. 나는 자루를 바닥에서 들어 올리고 걷기 시작한다. 뒤에서 끙끙대는 소리와 함께 “씨발” 같은 욕설이 몇 번 들린다. 돌아보니 손수레가 완전히 넘어져 있다. “도와줄까?” 내가 묻는다.

그는 그러는 수밖에 없겠다고 한다. “우리 바꾸면 안 돼요? 손잡이가 물집에 닿아서 아파요.”

나는 웃는 얼굴을 숨기려고 고개를 돌린다. "그러지 뭐. 괜찮아."

목적지에 도착해 자루 두 개를 찢어서 씨앗을 손수레에 붓는다. 그리고 한 움큼 집어서 손목을 팅기듯 흔들며 씨앗 뿌리는 법을 알려 준다. 그는 처음에는 그럭저럭 잘 따라 하지만 점점 대충 하기 시작한다. 씨앗을 흩뿌리지 않고 자기 발 앞에 그냥 쏟아붓는다. 그래 놓고 바람이 알아서 퍼뜨릴 거라고 한다. "바람이 안 불잖아, 솔로몬. 게다가 오늘 밤엔 비가 온다고 했고. 그러면 네가 발치에 쌓아 둔 이 씨앗들은 다 젖어서 썩어 버릴 거야. 골고루 뿌려야 해."

"씨발, 나 좀 그냥 놔둬!" 그가 소리친다. 하지만 시키는 대로 하긴 한다. 예닐곱 번 정도 제대로 뿌리다가 이내 멈춘다. 그리고 점심을 먹을 때까지 얼마나 남았느냐고 묻는다. 나는 하늘을 올려다보고, 해 위치로 봐서 대략 90분쯤 남았다고 말해 준다. 그는 끙 소리를 낸다.

정오가 되자 우리는 헛간으로 돌아간다. 나는 솔로몬에게 다른 사람들과 좀 어울리고, 그렇게 벽을 치는 척 좀 그만하라고 말한다. 그는 그런 척이 아니라 원래 그런 성격이라고 말한다. 그래도 이번에는 작업반에게 등을 돌리지는 않는다. 이 아이한테는 이런 작은 변화 하나하나가 다 발전이다. 다른 사람들과 하는 대화는 활기차다. 서로 악의 없이 놀리고 미식축구 이야기를 하지만, 아무도 솔로몬에게 말을 걸지 않고 솔로몬도 마찬가지다. 점심시간이 끝날 때까지 아무도 죽은 개 얘기를 꺼내지 않아서 나는 안도한다. 다시 일하러 가던 솔로몬과 나는 눈앞의 광경에 멈춰 선다. 어마어마하게 많은 야생 칠면조가 우리가 뿌려 놓은 씨앗을 쪼아 먹고 있다. 그중 비교적 대담한 두 마리는 손수레 안에 들어가 흩어진 씨앗을 정신없이 먹어 치운다. "우리 한번 세어 보자. 둘 다 같은 숫자가 나오는지 보게." 내가 그에게 말한다. 내가 다 세고 나서 예순여덟 마리라고 알려 준다. "너는 몇 마리나 셌어?" 하지만 그는 세지 않았다. 그의 시선을 따라가 보니,

며칠 전 보았던 그 어미 칠면조와 새끼들만 바라보고 있다. 적어도 나는 그들이 같은 동물이라고 생각한다. 그는 왜 그렇게 저 녀석들에게 마음이 끌리는 걸까.

26

2018년 11월

1,095일 중 469일

이 전화는 코네티컷 교정 시설에서 걸려 온 전화입니다. 전화를 받으시려면⋯⋯.

"안녕, 에밀리. 전화 받아 줘서 고마워. 주말은 잘 보내고 있어?"

"뭐, 그럭저럭." 그녀는 어제 수학 워크숍에 가는 일정이 있었던 걸 내게 일깨워 준다. 지난 9월에 했던 워크숍의 후속 프로그램이었다고. "메이지는 하루 내내 할머니 집에 있어야 해서 성질을 부렸어. 도착했을 때 차에서 내리더니 그냥 거기 서 있더라니까. 그래서 훌쩍거리면서 내 다리를 발로 차는 애를 안고 집으로 들어가야 했지. 그런데 다시 데리러 갔을 때는 할머니랑 같이 만든 '부베리' 머핀 덕분에 아주 신이 나 있더라고."

"그래? 머핀은 어땠어?"

"속은 설익고 너무 짜서 먹을 수 없었어. 엄마 말로는 계량도 하기 전에 메이지가 소금을 들이붓는 걸 그냥 두셨다더라고."

"진짜? 장모님이 그걸 그냥 넘겼다고? 와우." 나는 어제 엄마랑 통화했다는 이야기를 한다. 엄마에게 메이지를 봐 달라는 전화를 더 자주 해 줬으면 좋겠다고 하신 말을 전한다. 메이지를 한 달 가까이 못 봤다고.

"그건 지난번에 메이지를 데리고 어머니 댁에 갔을 때 마리화나 냄새가 났기 때문이야. 내 아이를 돌보려면 어머니가 약에 취해 계시면 안 되잖아."

우리 아이야. "미리 간다고 연락하고 갔어, 아니면 그냥 들른 거야? 엄마가 메이지를 보고 있을 때 마리화나를 피울 리 없어."

"나도 그러길 바라. 그래도 내가 그 가능성에 좀 민감해질 수밖에 없는 이유는 이해해 줘." 그녀가 말한다.

어이쿠, 틀린 말은 아니지만 그래도 따끔하다. "알겠어. 다음에 엄마랑 통화할 때 내가 얘기해 볼게. 당신이 아니라 내가 한 말처럼 말이야. 괜찮지?" 나는 그녀의 대답을 기다리지만 묵묵부답이다. 서둘러 화제를 바꾼다. "총회는 어땠어? 가 볼 만했어? 아니면 시간 낭비였어?"

"반반이야." 그녀가 말한다.

"또 그 새로운 사람이랑 같이 차 타고 갔어? 어땠어?"

"재미있었어. 우리 둘 다 새로 들어온 유레카 수학 프로그램을 써 보는 중이거든. 덕분에 그 사람을 좀 더 알게 됐어. 그는 그 프로그램에 열광하더라고. 나는 약간 걸리는 부분이 있긴 한데, 이미 우리 학군에서 그걸 도입하기로 한 상태라 괜히 찬물을 끼얹고 싶지 않았어."

"그래? 그 사람 이름이 뭐랬지?"

"에번, 정말 다정한 사람이야."

하지만 당신의 연인은 아니잖아, 안 그래? "그가 몇 살이라고 했지?"

"스물다섯." 그녀가 말한다.

"그 사람 이혼남이라고 하지 않았어? 와우. 이유가 뭐래?"

"나도 모르지. 당신은 어때? 그 교도관이랑 또 무슨 문제 생긴 건 아니지?" 그녀가 묻는다.

나는 눈총을 받은 것을 빼면 별일 없다고 말한다. 게다가 그는 지난주엔 무슨 훈련 때문에 일을 쉬었다.

"당신 작업반은 어때? 솔로몬은 잘 지내고 있어?"

"상대하기 쉽진 않지만, 아직 폭발한 적은 없어." 나는 손수레 사건과 작업용 장갑을 끝까지 안 끼겠다고 버티고, 다른 사람들과 어울리지 않는 태도에 관해 이야기해 준다.

"아, 그러고 보니 당신이 전에 말한 거 기억나? 그날 밤 당신이 차에서 그 애 엄마랑 이야기했을 때 귀에서 피가 나는 줄 알았다고 했잖아. 그때 그 사람이 당신에게 뭐라고 했어? 그 애를 좀 이해해 보려고 노력 중인데, 솔로몬이 집 얘기는 도통 안 해서 말이야."

"우선 에이드리엔은 그의 새어머니야. 친엄마는 약물 중독자여서 양육 권을 박탈당했대. 솔로몬이 세 살 때였다고 했던 것 같아. 얼마 안 돼서 엄 마는 약물 과다 복용으로 세상을 떠났고, 아버지는 처음부터 없었던 셈이 고. 에이드리엔 말로는 자기와 남편은 원래 아이를 갖지 않기로 했었대. 그런데 남편이 솔로몬이 위탁 가정으로 보내질 걸 안 거야. 남편과 솔로몬 의 친엄마가 둘 다 위쿼넉 출신으로 먼 친척 관계였다고 하더라고. 그래서 외면할 수 없었다는 거지."

"잠깐만. 솔로몬이 위쿼넉이야?"

"어쨌든 절반은 그렇대. 에이드리엔의 남편은 솔로몬이 원주민으로서 의 정체성을 자각하며 자라길 바랐어. 본인이 자라면서 그걸 누리지 못했 거든. 나도 이번에 처음 알았는데, 1970년대까지는 정부가 원주민 아이들 을 가족에게서 떼어 내 백인 기숙학교로 보내서 '올바른' 가치관을 가르치 는 일이 꽤 흔했대. 그게 말이 돼?"

나는 전에 그런 얘기를 들은 것 같다고 말한다. "정말 오만하지. 자기들 이 원주민 아이들을 위해 이러는 거라고 믿었던 거잖아. 백인의 방식이 곧 옳은 방식이라고 생각하니까. 세상에! 계모가 또 뭐라고 했어?"

"솔로몬은 처음부터 다루기 힘든 아이였대. 거짓말하고, 훔치고, 분노를 폭력적인 방식으로 발산하고, 자기들 힘으로는 도저히 감당이 안 돼서 일곱 살부터 치료받게 했는데 클수록 점점 더 심해졌대. 솔로몬의 자기혐오를 지켜보는 게 가슴 아팠지만, 그의 분노에 직접 당하는 건 지옥 같았다고 하더라. 그러다 2년 전에 남편 고든이 골프장에서 심장마비로 갑자기 세상을 떠났어. 솔로몬은 에이드리엔에게 차라리 *당신이* 죽었어야 했다고 말했대. 남편의 총은 금고에 안전하게 보관돼 있었는데 집에서 치워 버리고 싶었지만 아직 실행에 옮기지 못했대. 그런데 솔로몬이 어떻게 했는지 그 금고 비밀번호를 알아낸 거야. 그녀는 아직도 왜 그 아이가 자기 대신 그 개들을 쐈는지 이해가 안 된다고 했어."

"아마 자신도 왜 그런 짓을 했는지 이해하지 못할 거야. 그 아이 머릿속에 들어가는 건 정말 끔찍한 일일 것 같아. 그런 얘길 다 들어 준 당신도 힘들었겠다. 그 사람한테 뭐라고 했어?"

"별말 안 했어. 그냥 듣기만 했지. 차에서 내리기 전에 연락처를 교환하자고 해서 그렇게 했어. 그 뒤로 전화가 두 번 왔는데 받을 기운이 없더라. 이기적으로 들릴 수도 있겠지만, 파텔 박사는 선을 그어야 한다고 말하더라고. 내 문제는 내가 감당하고 그녀의 문제는 그녀가 감당하게 두라고."

"좋은 조언이야. 이기적인 것도 아니고. 그런데 같은 말을 또 하는 것 같지만, 엔진 오일 갈았어?"

"어."

"어디 가서 갈았어? 지피 루브(자동차 정비소 프랜차이즈-옮긴이)?"

"아니. 에번이 나 대신 갈아 줬어. 학교 다닐 때 삼촌 주유소에서 일했었대. 그래서 차에 대해 많이 알더라고."

아이고, 참 잘하셨네요. "필터는? 오일만 갈고 필터를 안 바꾸면 샤워하고 나서 더러운 속옷을 다시 입는 거나 마찬가지야." 이 말이 예전에 「카토크(자동차 상담 라디오 프로그램-옮긴이)」에서 들은 표현이라는 건 굳이 덧붙이지 않는다.

"어머. 이것 보세요, 정비사님. 걱정 안 해도 돼. 에번이 그것도 갈아 줬으니까. 내가 엉뚱한 걸 사서 가져갔는데 맞는 걸로 바꿔 줬어." 그녀가 나를 놀리며 말한다. 맙소사, 이 인간은 뭐 슈퍼히어로냐. 나는 아무 말도 하지 않고 왼손 엄지에 난 거스러미를 물어뜯는다. "돈은 극구 사양해서 다음 주말에 메이지랑 내가 피자 사 주기로 했어."

"아, 그래? 메이지가 그 사람과 만났어?"

"응. 처음엔 낯을 좀 가렸는데 차를 다 고치고 나니까 홀라당 넘어갔어. 에번이 자기가 키우는 개 재스퍼도 데려왔거든. 메이지에게 간식을 주면서 '앉아'를 시키는 법을 알려 줬어. 메이지는 그 불쌍한 개를 부려 먹는 재미에 완전히 빠졌지 뭐야. '재스퍼, 앉아! 앉으라니까! 내가 앉으라고 했잖아!'"

내가 쌍둥이랑 같이 자랄 개를 키우자고 몇 번이나 말했었지? 하지만 오, 안 돼. 개를 키우기에는 아이들이 아직 너무 어려. 개가 혹시 물기라도 하면 어떡해? 그래 놓고 대단한 에번 님이 그의 개를 데려오니까 갑자기 개가 그렇게 좋단다! 문득 나는 왼손 엄지손톱 옆 살을 계속 물어뜯는 바람에 피가 나고 있음을 깨닫는다.

"그래서 그 사람은 뭐, 당신보다 열 살 연하인가?"

"아홉 살이야. 왜?"

"아니, 별거 아니야. 난 그냥……."

전화가 끊긴다. 차라리 잘된 일이다. 내 요지는 이거야, 에밀리. 만약 일이 그쪽으로 흘러가고 있다면, 그는 빌어먹을 너무 어리다는 거야. 나는 수화기가 부서져라 내려놓고 감방으로 향한다. 엄지는 욱신거리고 아직도 피가 조금 난다. 이 남자를 신경 써야 하나? 차를 고치고, 어린아이를 홀리고, 심지어 물지 않는 개까지 키우는데……. 그녀가 우리의 상황(내가 감옥에 있고, 그 이유가 무엇인지)에 대해 말했을지 문득 궁금해진다. 그가 이제 방해물은 없다는 식의 생각을 하진 않아야 할 텐데. 만약 그렇다면 그녀가 그런 오해를 바로잡아 줘야 할 텐데. "당신이 여기 있는 동안 이혼은 없어." 그녀는 그렇게 말했다. 아니면 그것도 결국 현실을 외면한 생각인가?

"문 열어요!" 나는 복도를 향해 외친다. 철컥 소리가 나고 감방으로 들어간다.

"아내랑 통화했어? 어떻게 지낸대?" 매니가 묻는다.

"좋은 질문이야. 혹시 작은 반창고 같은 거 있어? 엄지를 좀 베였어." 내가 말한다.

그날 밤 소등 후에도 그 남자와 메이지가 개와 함께 노는 장면이 머릿속에서 떠나질 않는다. 셋이 토니스에서 피자를 나눠 먹는 모습, 메이지를 재운 뒤에도 그가 집에 남아 있는 장면, 둘이 와인을 마시고 그렇게 하나하나 진도를 나가다…….

하지만 이렇게 혼자 열을 낸다고 뭐가 달라질까? 맙소사, 그녀가 너무 그립다. 전화로 이렇게 이야기하면 조금은 도움이 되지만, 더 힘들어지기도 한다. 그녀가 면회를 올 때마다 빌어먹을 테이블을 사이에 두고 몇 초 동안만 안아야 하는 것도 견딜 수 없이 힘들다. 그녀를 만지고 싶고, 그녀가 나를 만지던 느낌이 그립다……. 며칠 전 작업반 점심시간에 스펜스가 티토에게 자기 여자 친구와 가끔 전화로 섹스한다고 얘기하는 걸 엿듣게 됐다. 그녀가 그를 10분쯤 달아오르게 만들고 나면, 그는 감방으로 돌아가 그녀가 시작한 걸 마무리하고 아주 푹 잔다고 했다. 에밀리는 절대 그런 걸 할 리 없다. 특히 내가 교도관이 우리 통화를 엿들을 수 있다고 말해 준 뒤로는 더더욱…….

우리가 서로에게 질릴 줄 몰랐던 그 첫 여름을 떠올린다. 서로의 몸을 향한 갈망이 너무 커서 시간과 장소를 가리지 않고 어디서든 섹스했던 시절, 어디로 향하는지도 모른 채 그저 그 순간만 살던 시절이었다. 캘리포니아에서 살 때도 그랬다. 가끔은 하루에 두 번이나 사랑을 나누기도 했다. 그러다 그녀의 어머니가 암에 걸렸다는 전화가 왔고, 우리는 동부로 차를 몰아 돌아왔다. 그렇게 모든 게 끝났다.

그날 밤 꿈에서 그녀와 나는 저택 투어를 한다. 나는 내 입술에 손가락을 갖다 대고 그녀의 손을 잡은 채 사람들 몰래 빠져나온다. 2층 복도를 헤매는 동안 그녀는 들킬까 봐 불안해하지만, 나는 이미 흥분해 있다. 복도 끝에 잠기지 않은 침실이 있다. 우리는 그 안으로 들어가 옷을 벗고 침대에 함께 쓰러진다. 나는 그녀의 가슴과 젖꼭지에 입을 맞추고, 손가락으로 그녀의 젖은 곳을 어루만지다가 이내 혀를 가져간다. 그녀도 준비됐고 나도 준비됐다. 내가 그녀 위로 올라타자 그녀가 나를 안으로 이끈다. 나는 그녀 안에서 움직인다. 처음엔 천천히, 그러다 더 빠르게, 다시 천천히, 그러다 한계에 이를 만큼 격렬하게……

나는 사정하며 잠에서 깬다. 손을 뻗어 내 몸을 만진다. 마지막으로 몽정을 한 게 언제였는지 가물가물하다.

~

비가 억수같이 쏟아지고 종일 내린다고 해서 작업이 취소된다. 매니는 또다시 편두통이 왔는데, 우리가 같은 방을 쓰기 시작한 뒤로 벌써 세 번째다. 지난 두 번의 경험으로 내가 해 줄 수 있는 건 조용히 있는 것뿐이라는 걸 알게 됐다. 낮잠을 잘까 싶지만 아직 오전이고 피곤하지도 않다. 책이나 읽어야지.

고를 게 별로 없다. 낸시 이모의 광신적인 종교 서적 한 권, 아니면『미국 원주민 집단 학살』이 책은 펼쳐 보지도 않았으면서 벌써 세 번이나 대출 연장을 했다. 왜 그렇게 계속 미뤄 왔는지는 나도 잘 모르겠다. 하지만 솔로몬이 부분적으로나마 위쿼넉 혈통이라는 걸 알고 나니, 이 책을 읽어 볼 이유가 하나 더 생겼다. 그렇다고 해서 그가 왜 그렇게 망가졌는지에 대한 답이 나올 거라고 기대하는 건 아니다. 다만 최소한 역사적 맥락 정도는 좀 더 알 수 있지 않을까 싶다. 그런 말 있지 않나? 과거는 서막이라는 말? 글쎄, 그렇든 그렇지 않든 그 망가진 아이가 힘없는 개들을 쏘고 결국 여기까지 오게 될 거라고 누가 짐작이나 했을까.

나는 최대한 조용히 자리를 잡고『미국 원주민 집단 학살』을 펼친다. 저자 중 하나인 오로라 유뱅크스 박사는 스펠먼 칼리지의 인류학 명예교수라고 한다. "내가 인종 정의를 위한 싸움에 나선 계기는 1965년 3월 7일 앨라배마 주도로 향하던 '블러디 선데이' 행진에서였다. 부모님과 함께 셀마의 에드먼드 페터스 다리를 건너려다 백인 경찰에게 곤봉으로 얻어맞았다. 나는 그때 열두 살이었다."

공저자인 말린다 브레이브버드는 자신을 자연요법 의사이자 작가, 팟캐스트 진행자이며, 다시 살아나는 위쿼넉 네이션의 메디신 우먼(원주민 공동체에서 치유와 의례, 영적 지도를 맡은 여성-옮긴이)이라고 소개한다.

"나의 혈통은 원주민, 아프리카계, 아일랜드계로 이루어져 있다. 이 셋 중에서 9대째 이어져 온 퍼스트 네이션 여성으로서의 정체성이 가장 강하다. 나는 현재 인간과 땅의 관계에 대해 원주민 문화와 유럽 문화가 지닌 개념상의 차이를 연구한다. 나의 토템 동물인 푸른왜가리가 이끄는 대로, 자연 세계가 우리에게 드러내는 더 깊은 진실을 탐구하며 고요함과 인내의 관찰을 수행한다."

그녀가 푸른왜가리를 언급하자 온몸에 전율이 흐른다. 강가 바위에 앉아 나를 똑바로 노려보던 그 새가 떠오른다. 혈액검사 결과를 어떻게든 무효화시킬지, 아니면 자수할지를 두고 갈등하던 바로 그때 말이다. 감옥 생활이 아무리 싫어도 여기 오게 된 걸 부당하다고 느낀 적은 한 번도 없다.

책에 따르면 훗날 북아메리카로 불리게 된 지역의 최초 거주민들은 현재의 알래스카와 시베리아 남부 사이에 존재했던 육교를 통해 아시아에서 건너왔다. 그리고 서유럽인들이 '신세계'라고 잘못 이름 붙인 대륙의 해안에 도착했을 무렵에는, 이미 수천 년 동안 살아온 원주민들이 있었다. 17세기 초에는 현재의 남부 뉴잉글랜드 지역에 약 7만에서 10만 명의 퍼스트 네이션 사람들이 살았다고 추정된다.

나는 강과 강변 그리고 대서양 연안이 원주민 공동체를 유지하는 데 얼마나 중요한지에 대한 대목들은 대충 훑어보지만, 이 지역에서 가장 강력한 부족인 위쿼넉에 속한 두 형제 사이의 전투를 다룬 부분에 이르자 천천히 읽는다.

매트와우 추장이 사망한 뒤 장남 아차크가 위쿼넉 부족의 새 추장 자리에 올랐다. 그러나 전사이자 사냥꾼이며 협상가로서의 능력이 형보다 더 뛰어나다고 여겨지던 아차크의 동생 새뮤얼은 이에 불만을 품었다. 새뮤얼에게 충성을 맹세한 약 70명의 전사와 그 가족들이 그와 함께 부족을 떠났다. 그들은 스스로를 셰터킷이라 부르며, 더 크고 강력한 원래의 부족과 철천지원수가 되었다.

언제나 똑같은 이야기라고 생각한다. 카인과 아벨까지 거슬러 올라가는 이야기. 어릴 적 나는 늘 형제가 있었으면 좋겠다고 생각했지만, 어쩌면 외동으로 큰 게 더 나았는지도 모르겠다……. 문득 메이지가 떠올라 가슴이 저린다. 쌍둥이였던 아이가 나 때문에 이제는 외동이 되어 버렸다. 동생에 대한 선명한 기억은 시간이 지나면 사라질 거라고 책에서 읽었지만, 무의식에 남은 기억은 어떨까? 메이지는 니코의 상실을 그것이 무엇인지 이해하지도 못한 채 느끼고 있지 않을까? 어딘가 마음속 깊은 곳에서 그를 기억하는 건 아닐까? 이 질문들에 답할 길은 없으니, 다시 책으로 돌아간다.

책에는 대청교도 이주로 알려진, 종교의 자유를 찾아온 유럽인들의 유입이 1620년에서 1640년 사이에 일어났다고 적혀 있다. 새로 도착한 이들은 신이 부여한 백인 우월성이라는 개념을 믿었고, 이를 플린트록 소총과 머스킷, 블런더버스 같은 총기의 힘으로 뒷받침했다. 그게 시작이었을까? 오늘까지도 생생하게 살아 숨 쉬는, 전능한 총기에 대한 미국인의 사랑 말이다.

저자들은 매사추세츠 베이 청교도 공동체에서 갈라져 나온 집단인 코네티컷 식민지에 초점을 맞춘다. 이들은 위쿼넉 부족이 수백 년 동안 사냥하고, 고기를 잡고, 경작해 온 땅에 대한 소유권을 주장하기 시작했다. 식민지인들은 부족을 전멸하는 것을 목표로 위쿼넉에게 전쟁을 선포했다. 이를 위해 그들은 더 작은 세터킷 부족의 도움을 끌어들였는데, 세터킷의 지도자 새뮤얼 추장은 이 '창백한 이방인들'에 맞서 저항하는 것보다 손을 잡는 편이 더 큰 이익이 된다고 계산했다. 머스킷으로 무장하고 훈련을 받은 세터킷 전사 30명은 영국 병사 90명과 함께 요새화된 위쿼넉 마을을 새벽에 기습 공격 했다. 그들은 공동체의 위그웜(북아메리카 동부 원주민들이 사용하던 전통 주거 형태-옮긴이)에 불을 지르고, 도망치려던 많은 부족 남녀를 총으로 쐈다.

위쿼넉 학살을 지휘한 인물은 대청교도 대이주 때 대서양을 건너온 영국군 장교 존 우드러프 대위였다. 이후 며칠 동안 그의 부하들은 도망친 부족민들을 추적해 붙잡아 노예로 만들었다. 위쿼넉의 여성과 소녀들은 코네티컷 식민지에 정착한 영국인 가정에 보내져 강제로 가사 노동을 했다. 보복이나 반란을 막기 위해 식민지인들은 위쿼넉의 남성과 소년들을 서인도로 보내 아프리카 노예와 교환했고, 이렇게 북쪽으로 옮겨진 아프리카인들은 뉴잉글랜드에서 주인들을 섬기게 되었다.

그러니까 노예제는 18, 19세기 미국 남부에서만 벌어진 일이 아니었다. 백인 기독교 정착민들이 도착하자마자 뉴잉글랜드에서부터 시작됐다. 책에 따르면, 정착민들은 원주민을 기독교 신앙을 지닌 여성과 남성이라기보다는 야생의 동물에 더 가까운 야만인으로 여겼다. 원주민 부족들 또한 그들과 마찬가지로 풍부한 문화와 고유한 종교, 잘 정립된 언어를 지니고 있었다는 현실에도 불구하고 그랬다. 요지는 돈이 됐기 때문이다. 원주민의 땅을 강탈한 것뿐 아니라, 그들을 사로잡아 팔아넘기거나 나중에 보호구역에 가둬 두는 것에서도 수익이 발생했다.

나는 예이츠에서 매일 목격하는 온갖 엿 같은 현실을 생각한다. 흑인과 유색인 수감자의 비율이 백인들보다 훨씬 높은 것, 다가올 인종 전쟁을 확신하며 다른 백인들을 끌어들이려는 백인 우월주의 개자식들, 레스터 위긴스에게 내려진 형량의 길이. 이곳에 오기 전부터 형사사법 제도에서 흑인들이 불공정한 대우를 받는다는 사실은 알고 있었다. 알고는 있었지만 깊이 생각해 보지는 않았다. 그런데 이제는 몸으로 느껴지기 시작한다. 그 느낌은 불쾌하다.

유뱅크스와 브레이브버드의 책은 19세기에 이르러 위쿼넉의 후손들이 백인 가정이나 흑인 가정으로 흡수되어 가는 동안, 코네티컷 역사협회가 존 우드러프를 기리며 위쿼넉의 성스러운 묘지였던 자리에 그의 동상을 세웠다고 지적한다. 더 나아가 20세기 대공황기에는 WPA(대공황 시기 미국 정부가 실업자에게 일자리를 제공하기 위해 만든 뉴딜 공공사업 기관-옮긴이)의 지원으로 4차선 도로가 건설되었고, 1949년 완공된 그 길이 '존 우드러프 파크웨이'라는 이름으로 헌정되었다고 적었다.

나는 존 우드러프가 어떤 인간이었는지 알지도, 신경 쓰지도 않은 채 존 우드러프 파크웨이를 몇백 번이나 달렸던가? 그는 집단 학살을 지휘했고, 살아남은 이들을 노예로 만들었으며, 백인들의 법정에서 효력이 있을 걸 뻔히 알면서도 엉터리 조약으로 원주민의 땅을 훔쳤다. 그런 인간이 영웅이 됐다고? 희생자들의 뼈 위에 동상을 세우고, 4차선 도로에 그의 이름을 붙였다고? 맙소사.

학교에서는 우리가 선한 사람들이라고 가르쳤다. 대서양을 건너 '신세계'에 대한 권리를 세운 용감한 자유의 후예들이라고. *우리 조상들이 죽어 간 땅, 순례자들의 자부심의 땅. 산마다 자유가 울려 퍼지게 하라.* 하지만 우리는 선하지 *않았다.* 그건 그냥 선전이었다. 이 책을 내게 건네며 하비에르가 했던 말이 떠오른다. "그 인간들은" 진실이 드러나면 자기들이 악당으로 보이니까 역사를 고쳐 쓰고 싶은 거지. 그의 말이 맞다. 백인 승자들에게는 전리품과 *함께* 이야기를 뒤집을 권리까지 돌아갔으니까.

머릿속에서 이곳에서 보고, 듣고, 겪은 모든 것들이 소용돌이친다. 네가 나를 엉클 리머스나 마법의 흑인 같은 캐릭터로 만들 순 없다는 거야…… 어이, 거기 미남! 난 제리 컬이야. 나 마음에 들어? 히스패닉 놈들, 흑인 놈들, 혼혈들이 우리보다 수적으로 많은 건 이미 눈치챘을 거야. 그건 분명한 위협이라는 뜻이지…… 여기 있는 인간들 다 증오해! 여기서 나가면 총부터 구해서 너희와 너희 개들까지 전부 죽여 버릴 거야! 하루하루, 하루하루, 하루하루, 하루하루, 하루하루……

27

2018년 11월
1,095일 중 476일

토요일 오후 솔로몬이 내 방 앞에서 기다린다. 식판 투입구 너머로 그가 소리친다. "도서관 갈 시간이에요!" 갑자기 모범생이라도 된 것 같다.

몇 분 뒤 우리는 본관 3층 계단을 오른다. "그건 그렇고 아저씨는 여기 왜 들어왔어요?" 나는 그가 정말 알고 싶은 게 뭔지 알지만 대답하지 않는다. 그가 직접 말하게 두자 결국 묻는다. "무슨 죄로 감옥에 온 거예요?"

"얘야, 잘 들어. 여기선 암묵적인 규칙이 있어. 다른 수감자한테 그런 건 묻지 마. 어차피 여기선 소문이 다 돌고, 무슨 죄로 들어왔는지 기록도 공개돼 있어. 하지만 무슨 죄로 복역 중인지 상대에게 직접 묻는 건 예의가 아니야."

"왜요?"

"글쎄, 신뢰 문제겠지. 이런 곳에서 괜히 자기 얘기를 너무 많이 털어놨다가 나중에 약점으로 쓰일 수도 있으니까. 그리고…… 만약 수치스러운 일을 저질렀다면 그걸 입 밖으로 꺼내는 것 자체가 고통일 수도 있고."

"아, 아저씨는 누굴 죽였어요? 그런 거예요?"

빌어먹을! 방금 내가 한 말을 못 들었나? 나는 계단을 두 칸씩 밟으며 올라가기 시작한다. 이 귀찮은 녀석이랑 조금이라도 떨어지려고. 도서관만 알려 주고 그다음부터는 거리를 둘 것이다. 계단 꼭대기에서 왼쪽으로 돌자 그가 복도를 따라 또 쫓아온다. "아, 잠깐만요." 그가 말한다. 나는 더 빨리 걷는다.

도서관은 완전히 난장판이다. 텅 빈 금속 책장들이 큰 방 한가운데로 몰려 있고, 책들은 바닥 여기저기에 쌓여 있다. 변함없는 건 레스터 위긴스뿐이다. 그는 창가에 있는 휠체어에 앉아 늘 그렇듯 집게손가락으로 글자를 짚어 가면서 입술을 달싹거리며 책을 읽는다. 밀먼 부인은 보이지 않지만 그녀의 오른팔인 하비에르가 사다리에 올라가 벽 한쪽을 다시 칠하고 있다. "도서관 문 닫았어!" 그는 굳이 어깨 너머로 돌아보지 않은 채 소리친다. "책은 대출할 수 있지만 여기 있을 수는 없어."

나는 솔로몬에게 잠깐 둘러보라고 말한다. 그리고 하비에르 쪽으로 걸어간다.

"이봐, 피카소. 그 색을 뭐라고 부를 거야? 애벌레 창자 초록색?"

하비에르가 돌아서서 낄낄거리며 웃는다. "어이, 친구. 어떻게 지내?"

"그냥 지내고 있어." 여기 있는 다른 사람들처럼 나도 아무 말 안 하면서 뭔가 말한 것처럼 들리게 하는 법을 익혔다. "넌 어때?"

"딱히 불만은 없어." 그는 사다리에서 내려와 다가온다. 우리는 반쯤 악수하고 반쯤 어깨를 부딪치는, 여기식 인사법을 따른다.

"지난 몇 주 동안 일요일 모임에 안 보이던데, 왜 그랬어?"

"딱히 별다른 이유는 없어. 내일은 갈게." 내가 말한다.

"그 말 잊지 마. 다들 그러잖아. 모임에 꾸준히 나오는 놈이 결국 해낸다고."

그와 몇 마디 나누면서 나는 방 안을 훑으며 밀먼 부인을 찾는다.

"여왕 폐하는 어디 계셔?" 내가 묻는다.

대출 데스크 뒤에서 그녀의 머리가 불쑥 올라온다. "여왕 폐하는 여기 기어 다니고 있어요. 일회용 면도날로 리놀륨 바닥에서 말라 버린 껌딱지를 떼어 내려 애쓰고 있답니다. 아, 안녕, 코비. 당신인 줄 몰랐어요. 요즘 어떻게 지내요?" 그녀가 말한다.

"꿈 같은 인생을 살고 있죠. 여기는 토네이도라도 휩쓸고 지나갔나요?" 내가 그녀에게 말한다.

"그래 보이지 않아요? 나 좀 일으켜 줄래요?" 그녀가 말한다. 그녀의 몸집이 가벼운 편은 아니지만, 나는 가까스로 그녀를 일으켜 세운다. 그녀는 쓰고 있던 면도날을 카운터에 툭 던져 놓고 나를 끌어안는다.

"와, 수감자에게 신체 접촉을 하다니? 이런 규정 위반 행위는 잘못하면 독방행이에요."

그녀는 흥, 하고 콧방귀를 뀌며 난장판이 된 도서관을 훑어본다. "이번 주에 도서관을 장기적으로 봉쇄할 거라는 공문을 받았어요. 5일에서 7일 동안 구내 이동 전면 금지라더군요. 그래서 가만히 앉아서 시간만 죽이느니 대청소나 하자고 생각했죠. 좀 산뜻하게 바꾸고, 서가도 재배치하고, 장서도 정리하고, 저 낡은 포스터들을 떼어 내고 하비에르한테 벽도 새로 칠하게 하고요."

"그 포스터들은 다시 붙여 두길 바라요. 요다랑 위어드 알(미국의 패러디 가수-옮긴이), 「듀크스 오브 해저드(1979~1985년에 방영된 미국 TV 시리즈-옮긴이)」까지 동원해 수감자들에게 독서를 장려하는 모습이라니, 정말 감동적이잖아요."

"잘난 척은. 참고로 말하자면 「듀크스 오브 해저드」 포스터는 여러분을 위한 게 아니라 날 위한 거였어요. 루크랑 보가 딱 붙는 청바지를 입은 모습이 끝내주거든요."

나는 웃는다. "남편분은 그 사실을 아세요?"

"하위만 모르면 기분 나쁠 일도 없잖아요." 그녀는 어깨를 으쓱한다. "어쨌든 여기를 다 엎어 놓자마자 공문이 또 내려왔어요. 부지사 방문 때문에 봉쇄가 연기됐다고. VIP 수행단이 리커비 교도소장과 함께 둘러볼 때 보니까 이곳 상태가 마음에 안 드는 눈치더라고요. 하지만 뭐 어쩌겠어요. 내가 여기서 소장만 여덟 명을 봤거든요. 저 여자도 머지않아 내가 손을 흔들며 보내게 될 거예요."

참 대단한 사람이다. 이 와중에도 이렇게 낙천적인 태도를 유지하다니. 지금은 값싸 보이는 가발을 쓰고 있지만, 혈색도 돌아왔고 기력도 되찾았다. 암도, 이 시스템도 그녀를 쓰러뜨리지 못했다. 지난번에 여기 왔을 때 그녀는 자브라우스키 부소장과 한창 실랑이를 벌이고 있었다. 그는 그녀에게 대출 데스크 뒤에 걸어 둔 불교 기도 깃발을 떼어 내라고 했지만, 그 깃발은 여전히 그 자리에 걸려 있다.

솔로몬이 갑자기 나타난다. 밀먼 부인을 무시한 채 나에게 그걸 못 찾겠다고 말한다. 밀먼 부인이 자신을 소개하며 무엇을 찾는지 묻는다.

"『듄의 이단자들』이요." 그가 말한다.

"프랭크 허버트 작품 말이니? 그 시리즈는 몇 권 있지만, 그 책이 있는지는 잘 모르겠구나. 뒤쪽 창문 아래 바닥에 있는 커다란 하드커버 책들 보이지? 법률 서적 말이야. SF와 판타지 책들은 그 왼쪽에 쌓여 있어. 거기 가서 찾아보겠니? 원한다면……."

그는 말이 끝나기도 전에 그녀가 가리킨 쪽으로 곧장 걸어간다. "당신 친구예요, 코비? 몇 살이에요?" 밀먼 부인이 묻는다.

"열여덟이에요. 하지만 나이보다 훨씬 어려 보이고 하는 짓도 그래요. 친구가 아니라 제가 맡은 애죠."

"그래요?"

"우린 조경 작업반 소속인데, 제가 저 애를 관리하는 역할을 맡았어요. 제대로 일하게 하고, 아무도 그를 괴롭히지 못하게 하는 역할이죠. 이름은 솔로몬이에요."

그녀는 그의 이름을 되뇌다가 무언가 깨닫는 순간 눈이 커진다. "혹시 저 애가…… 그 개들?" 내가 고개를 끄덕이자 그녀는 얼굴을 찡그린다. 밀먼 부부는 플로리다에서 올라오는 그레이하운드들을 임시로 보호해 준다. "무슨 짓을 했든 그래도 아직 아이인데 대체 왜 저 애를 예이츠에 넣었을까요?" 그녀는 고개를 흔든다. 그리고 내가 그를 돌보고 있다니 운이 좋은 애라고 한다.

"작업반에서만요." 내가 말한다.

"보아하니 도서관에서도 그런데요."

"음, 이번 한 번만이죠."

"그렇군요." 부인이 왜 미소를 짓는 거지?

솔로몬이 책 두 권을 들고 데스크로 돌아오자, 밀먼 부인이 원하는 걸 찾았느냐고 묻는다. "아뇨, 여긴『듄』이랑『듄 메시아』,『듄의 아이들』만 있네요.『듄의 이단자들』은 주문하셔야겠어요."

그녀는 종이와 연필을 건네며 제목을 적어 두라고 말한다. 올해 예산은 이미 다 써 버렸지만, 가끔 벼룩시장에 가서 책을 찾아보기도 하고 북반 같은 중고 서점에서 사 올 때도 있다고. "그래도 읽을 걸 좀 찾은 모양이네. 뭘 골랐어? 아, 조지 R. R. 마틴이랑『에라곤』이네. 그거 알아?『에라곤』작가가 그 책을 쓰기 시작했을 때 나이가 겨우……."

"열다섯 살이요. 네, 알아요. 저도 읽었어요. 영화도 나왔는데 형편없었죠. 책이 훨씬 나아요." 그녀가 조지 마틴 책도 이미 읽었느냐고 묻자, 그는 그렇다고 대답한다.

밀먼 부인이 나를 돌아보며 어제 좋은 소식을 들었다고 말한다. 교정국이 마침내 도서관에 컴퓨터를 들여 달라는 요청을 승인했다는 것이다. "중고 IBM 앱티바래요. 키보드랑 마우스, 옛날 도트 매트릭스 프린터까지 딸려 온대요. 하이베르 말로는 기술적으로는 1990년대 골동품이라나. 그래도 최소한 워드 프로그램은 돌아가니까 이제 여러분이 법원에 제출하는 편지를 손으로 쓰지 않아도 되겠죠."

나는 이미 답을 알지만 그래도 물어본다고 하며 말한다. 혹시 인터넷 접속이 가능하냐고. 그녀는 웃으며 대답한다. 내 예상이 맞다고. 나는 이미 그 답을 안다고.

"게임은 돼요?" 솔로몬이 묻는다. 나는 그가 옛날 컴퓨터 게임이 얼마나 원시적이었는지 전혀 모를 거라고 확신한다. 밀먼 부인은 몇 가지 게임은 설치해 볼 수 있을지도 모른다고 말한다. "솔리테어 같은 고전 게임이랑…… 우리 집에 컴퓨터를 처음 갖다 놨을 때 우리 아들들이 늘 하던 게임이 뭐였더라? 튀는 공을 벽에 조준해서 벽돌을 하나씩 깨부수는 게임이었는데, 한 줄이 다 없어질 때까지……."

내가 불쑥 내뱉는다. "브레이크아웃!"

"아, 맞아요. 브레이크아웃. 그거 몇 번 해 봤는데 완전 형편없었죠."

솔로몬이 말한다. "네, 하지만 제 말은 '스나이퍼 엘리트'나 '모탈 컴뱃: 데들리 얼라이언스', '모탈 컴뱃: 아마겟돈' 같은 *제대로 된* 게임이요."

"그건 여기 검사 절차를 통과 못 할걸, 친구." 그녀가 말한다.

"그리고 그런 게임 용량이면 불쌍한 IBM 앱티바가 폭발해 버릴걸." 내가 농담한다. 솔로몬은 우습지 않은 모양이다.

밀먼 부인은 솔로몬을 시스템에 등록하고, 책들을 대출로 처리한 뒤, 맨 위에 있는 책에 작은 밀키웨이 하나를 올려 둔다. 나는 떠나기 전에 레스터에게 인사하고 오겠다고 한다. 하지만 그에게 가 보니, 책은 바닥에 떨어져 있고 그는 자고 있다. 숨을 쉴 때마다 휘파람 소리가 난다.

내가 데스크로 돌아오자 밀먼 부인이 말한다. "자고 있죠? 요즘 잠이 많아졌어요. 최근에 많이 쇠약해졌지." 그녀는 허리를 숙여서 속삭인다. "우리 중 몇 명이 그를 위해 인도적 석방을 추진하고 있어요. 물론 나는 공식적으로는 아니고. 직원은 그런 일에 개입하면 안 되니까. 하지만 그게 나를 막은 적이 있던가?" 나는 엄지를 들어 보인다. 그리고 레스터의 아들 코넬이 이곳에 면회를 오느냐고 묻는다. "아, 그럼요. 두 사람은 다른 동에 있어서 원래는 그러면 안 되지만, 교도관들이 눈감아 줘요. 둘은 대체로 나란히 앉아서 손을 잡고 기도하거나 찬송가를 불러요. 기도와 노래는 대부분 코넬이 하고, 레스터는 가끔 따라 하죠." 이야기를 하는 그녀의 눈에 눈물이 차오른다.

그녀가 화제를 바꾼다. "아, 코비. 깜빡할 뻔했네. 며칠 전에 비나 파텔을 봤어요. 당신에게 안부 전해 달라더군요. 당신이 여기서 어떻게 지내는지 궁금해했어요." 나는 고개를 끄덕이고 미소 짓는다. 이제는 *나도* 눈시울이 조금 뜨거워진다.

"자, 이제 슬슬 가자. 더 있다가 민폐 끼치면 안 되지." 내가 솔로몬을 불러 말한다.

"그래요. 두 사람 다 자주 와요. 다음번엔 여기가 제대로 정돈돼 있으면 좋겠네요." 밀먼 부인이 말한다. 그리고 솔로몬에게는 언제든 환영이라고 말해 준다.

하비에르는 이제 사다리에서 내려와 롤러로 벽 한가운데를 칠하고 있다.

"나중에 봐, 하비." 내가 말한다.

"그래, 친구. 내일 모임에서 보자."

나는 문을 나가려다가 한쪽에 쌓여 있는 폐기 도서 더미 앞에서 멈춘다. 마닐라 폴더로 만든 팻말에 이렇게 적혀 있다. *마음껏 가져가세요.* 밀러 부인이 장서를 정리 중이라고 했으니, 이 책들이 바로 골라낸 책들일 것이다. 솔로몬은 이미 문밖으로 나갔지만 나는 그에게 기다리라고 말한다. 책더미 맨 위에 있는 두 권이 눈길을 끈다. 첫 번째는 내가 태어난 해의 사건들을 다룬 『콜리어스 연감』이다. 두 번째는 좀 훼손되기는 했지만 아름다운 삽화가 실린 그리스 신화 책이다. 몇 장이 빠져 있고 제본도 망가졌지만, 컬러 도판에 내가 공부하며 감탄해 왔던 화가들의 작품이 실려 있다. 보티첼리, 루벤스, 브뤼헐, 카라바조. 책 상태가 어떻든 이 도판들은 진짜 보물인데!

세 번째 책도 눈에 들어온다. 손바닥만 한 불교 명언집이다. 나는 불교에 대해 잘 모르지만, 공짜인 데다 부처의 고요한 미소를 보니 파텔 박사의 미소가 떠오른다. 밀먼 부인은 대출 데스크에 판타스틱 세제를 뿌리고 있다. "이거 세 권 가져가도 될까요?" 내가 묻는다.

그녀는 눈동자를 굴리며 웃는다. "팻말에 뭐라고 적혀 있더라?"

솔로몬과 내가 계단 쪽으로 복도를 절반쯤 갔을 때 하비에르가 우리를 불러 세운다. 나는 멈추지만 솔로몬은 계속 간다. "이봐, 기다려." 내가 그에게 말한다.

하비에르가 우리를 따라잡았을 때 말한다. "어디 있어?" 그는 솔로몬에게 말하고 있다.

"뭐가 어디 있어요?" 솔로몬이 묻는다.

하비에르가 솔로몬이 대출한 책들을 낚아챈다. 책을 흔들고, 페이지를 부채질하듯 넘긴다. 『에라곤』 속에서 밀먼 부인이 쓰던 면도날이 툭 떨어진다. 하비는 그것을 집어 들고 책을 솔로몬에게 돌려준다. "이번 달 남은 기간 너는 도서관 출입 정지라고 밀먼 부인이 전해 달래. 그다음 석 달은 보호관찰이야. 책은 대출할 수 있지만, 도서관에 남아서 책을 읽거나 컴퓨터를 사용하는 건 안 된다는 뜻이야. 알겠어?"

솔로몬은 어깨를 으쓱한다. 어차피 거지 같은 도서관이라고 말한다.

"닥치지 못해!" 내가 그에게 말한다.

"나한테 이래라저래라 하지 마. 당신이 내 아빠도 아니잖아."

"그래서 정말 다행이지!"

하비에르는 고개를 설레설레 젓더니 돌아서서 다시 도서관 쪽으로 간다. 솔로몬과 나는 계단을 내려가 건물을 나선다. 나는 그에게 너무 화가 나서 우리 동으로 반쯤 돌아올 때까지도 말을 꺼내지 않는다.

"나 또 징계 딱지 받는 거 아니죠?" 그가 묻는다.

"나도 몰라. 하지만 넌 알아야지. 하고 많은 바보 같은 짓 중에…… 도 대체 왜, 너한테 친절하게 대해 준 사람한테 그런 짓을 해? 자해라도 하고 싶어 안달이 났어? 그거야? 아니면 네가 그렇게 빤히 쳐다보던 그 칠면조 들 목이라도 그을 생각이었어?"

그는 울기 시작한다. "내가 왜 그런 짓을 할 거라고 생각해요?"

"왜 못 해? 온갖 동물들한테 원한이 있나 보지."

"닥쳐! 적어도 난 내 애를 죽이진 않았어." 그는 고함을 지른다.

다행히 그 말을 하자마자 앞으로 달려가 버린다. 그에게도 다행이고, 나에게도 다행이다. 옆에 있었다면 내가 무슨 짓을 저질렀을지 모르니까.

나는 방으로 돌아와 침대에 털썩 드러누운 후, 방금 일어난 일을 이해 해 보려 애쓴다. 그렇게 도서관에 가고 싶어 하던 애가 막상 거기 가서 왜 스스로 발목을 잡는 짓을 했을까……? 이미 다 알고 있으면서 왜 굳이 내 가 무슨 죄로 들어왔는지 캐물었을까……? 그 면도날로 무슨 짓을 하려던 걸까……? 내가 칠면조 이야기를 꺼낸 건 잘못이었지만, 왜 내 말에 울어 버린 걸까……?

AA에 이런 말이 있다. 지나치게 분석하다 보면 결국 아무것도 못 하게 된다고. 그 애가 나를 돌게 하기 전에 머릿속에서 몰아내야 한다. 나는 마음을 가라앉히려고 숨을 깊게 쉰다. 그리고 파텔 박사의 편지를 꺼내 다시 읽는다. 현재를 살 것. 마음과 몸은 연결돼 있다. 일과 사람들 속에 머물러라. 그래, 솔로몬과의 관계에서 물러나야겠다. 그 일로 카바네로 중위가 나를 작업반에서 빼 버린다 해도 어쩔 수 없다. 적어도 난 내 애를 죽이진 않았어……. 저 작은 괴물과 작업하는 건 이제 끝이다.

나는 파텔 박사의 편지를 다시 봉투에 넣고, 버리는 책더미에서 집어 온 책들을 바라본다. 불교 명언집을 펼쳐 휙휙 넘긴다. 진실로 말하라. 거짓은 입에 올리지 마라. 부드럽게 말하고 상처 주지 마라. 상대에게 손해가 아니라 도움이 되게 말하라. 분노가 아니라 자비심을 가지고 말하라. 말은 쉽지. 부처는 솔로몬 같은 아이를 상대할 필요가 없었으니까. 그래도 그렇게 폭발해서 쏘아붙이진 말았어야 했는데. 그는 괴물이 아니다. 그저 엉망으로 망가진 채 있지 말아야 할 이곳에서 살아남으려고 몸부림치는 아이일 뿐이다.

다음으로 연감을 넘기며 내가 태어난 해에 일어난 일들을 읽는다. 누군가 타이레놀에 청산가리를 넣어서 사람들을 죽인 사건이 있었다…… 《타임》이 선정한 올해의 인물은 컴퓨터였다…… 찰스 왕세자의 아내 다이애아는 엄마가 나를 낳은 바로 그날 미래의 국왕을 출산했다…… 이건 예전에 들었는데 잊고 있었다. 질병통제예방센터(CDC)는 새롭게 등장한 정체불명의 면역계 바이러스에 대해 대중은 걱정하지 않아도 된다고 발표했다. 그 질병은 "주로 마약 중독자와 동성애자 남성들 사이에 국한되어 있다"고 했다……. 이런 기사도 있다. 레이건을 암살하려 했던 존 힝클리가 17개월 뒤 심신상실을 이유로 무죄판결을 받고 교도소 대신 정신병원으로 보내졌다. 그걸 읽으며 나는 고개를 흔든다. 이제 그런 주립 병원들은 대부분 문을 닫았다. 요즘은 정신질환자 상당수가 교도소로 보내진다. 아마 그래서 솔로몬이 제대로 된 치료를 받을 수 있는 곳이 아니라 이곳에

와 있는 거겠지. 그리고 레이건이 마약 사범에 대한 형량을 대폭 강화하는 정책을 펼친 덕분에 이 안에 있는 사람 중 3분의 2가 흑인이거나 유색인이 된 것이고……. *주로 마약 중독자와 동성애자 남성들 사이에 국한되어 있다.* 그렇다면 그 집단 사람들은 사람 취급도 받지 못한다는 건가? 매니와 여기 갇혀 있는 사람들을 생각하니 화가 치민다. 감옥에 오니 이거 하나는 똑똑히 보인다. 위대한 미국이라는 나라에서 누가 혜택을 보고 누가 희생되는지.

신화 책에 실린 이야기들 대부분은 익숙하다. 판도라의 상자, 미노타우로스, 외눈박이 키클롭스. 6학년 때 고대 그리스를 배우며 나는 정말 그런 신들과 인간들의 이야기에 푹 빠져 있었다. 하지만 이제는 인물들의 얼굴에 드러난 인간적인 고통을 화가들이 어떻게 그려 냈는지에 더 마음이 끌린다. 바위가 다시 뒤로 굴러가기 시작하는 순간 보이는 시시포스의 고통, 자신의 실수를 깨닫고 에우리디케가 그늘 속으로 사라져 가는 모습을 보는 오르페우스의 절망, 아버지가 만들어 준 날개가 떨어져 나가면서 치명적인 추락을 시작하는 순간 이카루스의 눈에 어린 공포.

책에는 이카루스 신화를 그린 그림 두 점이 실려 있다. 브뤼헐의 「이카루스의 추락이 있는 풍경」에서는 해안 마을의 일상이 그대로 이어진다. 농부는 밭을 갈고, 배는 해안을 따라 항해하며, 한 남자는 낚시를 하고, 목동은 양 떼를 돌본다. 이카루스는 머리부터 바다로 곤두박질치지만, 마을 사람들은 알아차리지 못한다. 그 장면은 감옥에 있는 나와 바깥세상을 떠올리게 한다. 바깥에서는 삶이 분주하게 흘러간다. 이 안에서 우리의 삶(때로는 죽음도)은 대부분 눈에 띄지 않는다. 악명 높은 수감자들은 기사로 다뤄지고, 가끔 교도소 자살 사건이 뉴스에 오르기도 한다. 하지만 이름이 알려지지 않은 수감자가 자연사하면 조용한 '뒷문 가석방'을 받는 셈이다. 그걸로 끝이다. 장례식도 없고 신문에 부고가 실리는 것도 아니다. 일주일도 채 되지 않아 새 수감자가 죽은 사람의 침상에서 잠을 잔다.

제이컵 피터 고위의 극적인 「이카루스의 추락」에서는 성급한 소년의 날개가 녹아내리기 시작하는 바로 그 순간, 아버지와 아들이 공중에서 가까이 날고 있다. 어렸을 때 나는 태양 가까이 가지 말라는 아버지의 경고를 한 귀로 흘려버린 소년에게 공감했다. 부모가 자식 마음을 어떻게 알겠어? 지금 고위의 그림을 바라보는 나는, 아들을 구할 힘이 없는 아버지 다이달루스에게 더 마음이 간다. 그리고 날개를 발명한 사람으로서 그는 자신이 의도치 않게 아들의 죽음을 설계한 사람이라는 사실을 깨닫는다.

28

2018년 11월

1,095일 중 477일에서 480일

후우, 후우, 후우, 후우우……:

후우, 후우, 후우, 후우우……:

저들이 저기서 서로를 부르며 울고 있다. 교도소의 또 다른 하루가 시작되기 전, 소란과 백색 소음이 깔리기 전 이른 새벽의 고요 속에서만 들을 수 있는 소리다. *저 소리 들리니, 코비? 저건 큰뿔부엉이야. 수컷이 먼저 울고 암컷이 답하지. 흰올빼미, 회색올빼미, 피그미부엉이, 큰뿔부엉이. 저마다 짝을 부르는 소리가 달라. 대부분은 후우, 하고 울지만 헛간올빼미만은 달라. 그들은 후우, 하고 우는 게 아니라 비명을 지르지.*

아버지가 퇴근하고 돌아와 거실 벽에 있던 로저 토리 피터슨의 석판화 액자들이 사라지고, 그 자리에 엄마가 직조틀로 만든 마크라메 신의 눈 장식이 걸려 있는 걸 봤을 때 지른 비명처럼. 아니면 아버지가 어느 날 예정보다 일찍 집에 돌아왔는데, 엄마가 뒷마당에서 위카 친구 두 명과 대마초를 피우고 있는 걸 봤을 때처럼. 아버지가 엄마 친구들을 내쫓자 엄마는 너무 창피했던 나머지 난생처음 그에게 맞서 소리를 질렀다. 그날이 아버지가 엄마를 처음으로 때린 날이었다. 적어도 내가 목격한 건 그때가 처음이었다. 나는 너무 무서워서 둘 사이에 끼어들 수 없었고, 아버지가 더 화를 내면서 나까지 때릴까 봐 두려웠다. 그래서 개울가로 달아나 방금 본 장면을 지우려 애썼다. 나는 물이 흐르는 모습에 정신을 집중했다. 강물에 마음을 맡긴 채 거의 최면에 걸린 것처럼 바라봤다. 모기들이 물기 시작할 때까지 나는 거기에 앉아 있었다.

집에 돌아왔을 때는 모든 게 조용했다. 마크라메 신의 눈은 사라지고 석판화들이 다시 걸려 있었다. 나는 부엌 조리대에 엄마가 기름종이로 싸 둔 샌드위치를 들고 방으로 향했다. 거실 TV는 켜져 있었고, 그는 소리를 낮춘 채 의자에 앉아 텔레비전을 보고 있었다. "잘 자." 그의 실루엣이 말했다. "잘 자요." 나는 그렇게 대답했다.

방문을 닫자마자 침대에 털썩 쓰러졌고, 샌드위치를 먹다가 그대로 잠들어 버렸다. 그러다 갑자기 깜짝 놀라 깨어났다. 내가 집에 흙을 묻혀 들어왔다는 이유로 그의 시뻘건 얼굴이 나를 향해 소리치고 있었다. 그가 가까이 다가왔을 때 나는 맞을 줄 알았다. 하지만 그는 젖은 행주를 내 얼굴에 들이댔다. "그거 닦아! 네 엄마와 네가 내가 이런 돼지우리에서 살 거라고 생각했다면 큰 오산이야." 내가 열 살이 되던 여름이었다.

수감된 지 1년 반이 되었다. 그동안 아버지에게서 면회나 편지 한 통이라도 오기를 기다렸다. 아무것도 없었다. 대신 편지를 보내는 사람은 유타에 사는 낸시 고모였다. 신에 대한 고모의 믿음은 신의 부재에 대한 아버지의 확신만큼이나 굳건하다. "우리 교회가 너를 위해 기도하고 있단다, 코빈 주니어. 기도는 강력하단다! 지난달에 주문해 보낸 책은 잘 받았니?" 그래, 받았다. 『하나님의 영광을 향한 기독교적 각성』 같은 제목의 책. 나는 그 책을 읽지도 않고, 고모가 전에 보냈지만 내가 한 번도 펼쳐 보지 않은 또 다른 책 『예수께서 말씀하실 때 너는 듣고 있는가?』 위에 던져 놓았다. "네 아버지가 가끔은 힘들게 느껴질 수 있겠지만, 그가 너를 사랑하고 네가 잘 지내기를 바란다는 건 믿어도 된단다." 정말? 그걸 누가 고모에게 말해 줬지? 예수가?

그래, 코비. 털어 버려. *마음-몸. 마음-몸. 마음-몸……*.

매일 윗몸일으키기 60회, 팔굽혀펴기 60회, 스쾃, 컬, 런지, 옆구리 굽히기 각각 5세트씩. 1년 뒤 여기서 나가면 아마 인생 최고의 몸 상태가 될 것이다. 불안도 예전보다 훨씬 잠잠해졌다. 어떤 밤에는 소등과 동시에 침대에 눕자마자 잠들어 해가 뜰 때까지 깨지 않기도 한다. 항상 그런 건 아니지만, 그런 밤은 고맙다. 지난번에 엄마가 면회를 왔을 때 내가 전보다 더 잘 쉰 것 같고 몸도 많이 달라졌다고 했다. "어릴 때 네가 보던 만화에 나온 근육질 영웅 같아지고 있네. 네가 항상 그 액션 피겨를 가지고 다녔 잖아, 기억나?"

물론 기억난다. 그 만화는 「썬더캣츠」였고 캐릭터는 라이온 오였다. 그는 동료들과 함께 뭄-라와 벌처맨 같은 악당들을 쓰러뜨렸다. 하지만 엄마는 몰랐다. 앉아서 그 만화를 보고 있을 때 언젠가는 *내가* 쓰러뜨릴 악당을 은밀하게 상상하고 있었음을. 내가 사랑하면서도 증오했던 악당, 그는 바로 내 아버지, 존경받는 교수이자 저명한 동물학자 그리고 공공연한 무신론자 코빈 레드베터 박사였다.

후우, 후우, 후우, 후우우…….

후우, 후우, 후우, 후우우…….

"빌어먹을 새들! 닥쳐!"

위층 침상에서 잠자는 숲속의 미녀가 깨어난다. 그의 비쩍 마른 다리가 침상 가장자리로 늘어진다. 그러더니 바닥으로 뛰어내려 비몽사몽인 채로 발을 질질 끌며 화장실로 걸어간다.

"좋은 아침, 매니. 부엉이들 때문에 잠을 설친 거야?" 그가 뭐라고 중얼거리지만 요란한 아침 소변 소리에 묻혀 들리지 않는다.

좋아, 이제 그가 일어났으니 아침 운동을 시작할 수 있다. 나는 스트레칭을 하고, 바닥에 엎드려 팔굽혀펴기와 윗몸일으키기를 한다. 매니가 나를 피해 돌아다니며 한숨을 쉰다. "넌 보기만 해도 피곤해." 그가 말한다. 그리고 다시 침상으로 올라가 베개에 얼굴을 파묻고 신음한다.

아침 배식을 마치고 나는 D동에서 열리는 일요일 오전 AA 모임에 간다. 시간을 완벽하게 계산해 임시 가톨릭 미사가 한창 진행 중일 때를 피해서 막 끝난 직후에 도착한다.

상쾌한 오전의 공기를 깊이 들이마신다. 그리고 버리는 책더미에서 집어 온 불교 명언집의 한 구절을 떠올린다. 지금 이 순간 나를 둘러싼 환경의 조화롭고 아름다운 것에 마음을 두면, 그 조화와 아름다움이 나를 따라온다. 뭐, 대충 그런 뜻이었을 거다.

모임에 들어가 하비에르와 주먹 인사를 나누고 자리에 앉는다. 오늘 진행을 맡은 사람은 레니다. 출소 뒤 술과 마약을 끊고 집을 사고팔아서 돈을 꽤 번 전과자다. 그가 고른 오늘의 주제는 출소 후 맞닥뜨릴 여러 가지 도전에 어떻게 대처할 것인가이다. 우리를 다시 이곳으로 돌아오게 할 함정을 피하는 법, 중범죄 전과가 있고 중독에서 회복 중인 중독자에게 기회를 줄 고용주를 찾는 일, 우리가 사랑하는 사람들이 우리를 다시 받아주지 않을 수도 있다는 현실을 받아들이는 것. 레니는 규칙에 엄격하다. 상대 발언에 끼어들기 금지, 정치적 의견 금지, 발언 시간은 3분 이내. 마지막 규칙은 가스레인지용 타이머로 재서 시간이 다 되면 땡 소리가 난다.

오늘 모임에는 열너덧 명쯤 모였다. 타이론, 더스티, '메스 마우스' 프레디, 더널, 하비에르, C동에서 온 사람들 그리고 나. 레니의 모임에서는 모두가 발언해야 한다. 그의 왼쪽에 앉은 사람부터 시작해 원을 따라 시계 방향으로 돌아가며 말한다. 마지막은 다시 레니에게 돌아온다. 메스 마우스 차례가 되자, 그는 또다시 옛날이야기를 꺼낸다. 자기 고양이가 차에 치여 죽은 날부터 마약을 시작했다는 이야기다. 타이머가 땡 울리자 레니가 칼같이 끊는다.

다음은 더스티다. 그는 2002년부터 여기에 갇혀 있었고 몇 달 뒤면 출소할 예정이다. 그는 나가고 싶어 죽겠지만, 한편으로는 그대로 여기 있고 싶기도 하다고 말한다. 스트리밍, 온라인 베팅, 피싱, 오른쪽이나 왼쪽으로 스와이프하는 세상, 이제는 알아볼 수도 없는 세상으로 다시 돌아가는 게 무섭기 때문이라고. "대체 비트코인이 뭐야?" 그가 말한다. 사람들이 여기저기서 웃으며 어깨를 으쓱한다.

다음은 내 차례다. 가능하다면 그냥 넘어가고 싶지만, 레니의 표현에 따르면 사연을 나누지 않는 건 "포트럭 파티에 빈손으로 와서 밥만 먹고 가겠다고" 하는 거나 마찬가지다.

"코비입니다. 교차 중독자예요." 내가 말한다. 모두가 "안녕, 코비." 하고 받아 준다. 더 말을 꺼내기도 전에 문이 쾅 열리고 새 사람이 들어온다. 두툼한 얼굴, 축 늘어진 배, 포니테일 그리고 Semper Fi(라틴어로 항상 충실하라는 뜻-옮긴이) 문신. 나이는 오십 대 중반쯤 되어 보인다. "늦어서 미안합니다. 여길 찾느라 좀 헤맸어요." 그는 내 옆의 빈자리에 털썩 주저앉는다. 레니가 그를 환영하며 오늘 주제가 출소 이후의 도전이라고 알려 준다.

"아, 그거라면 한참 떠들 수 있지." 새로 온 사람이 말한다.

"당신 차례가 오면요. 그리고 3분 안에 끝내야 합니다." 레니가 말한다. "코비, 계속해."

나는 더스티의 말에 공감한다고 말한다. "아직 여기서 보낼 시간이 많이 남아 있지만, 나가서 어떻게 될지 생각하면 불안이 올라옵니다. 가끔은 미칠 것처럼 불안해요. 여기 있는 동안에 술과 약에 대한 갈망은 거의 사라졌지만, 밖에 나가면 어떨지 누가 알겠습니까? 그리고 취업 문제요? 다니던 회사에서 해고된 뒤로는 다른 일자리를 구하지 못했습니다. 심지어 임시직도요. 게다가 그건 내 체포 소식이 TV와 신문에 보도되기 전이었죠. 만약 누군가 나를 고용할지 고민하면서 내 이름을 구글에 검색한다면, 제일 먼저 그 기사들이 뜰 겁니다. 그러니 이제 누가 나를 쓰겠습니까? 젠장, *나조차도* 나를 고용할지 모르겠습니다."

몇몇은 피식 웃었지만, 대부분은 바닥을 내려다보며 조용히 고개를 끄덕인다. "그리고 결혼 생활과 아버지로서 제 역할에 대해서도 생각이 많아요. 아내가 저를 용서해 집으로 돌아가 다시 한 가족으로 살 수 있기를 바랍니다. 하지만 제가 나갈 즈음에 그녀가 이미 새로운 삶을 시작해 버렸다면요? 다른 사람을 만났거나……. 그러니까 희망을 붙들고 있으려고 노력은 하지만, 그 희망이 뒤통수를 치지는 않으면 좋겠어요. 이상입니다. 여기까지 할게요."

다음은 새로 온 사람 차례다. "저는 프랭크입니다. 알코올중독자고요."

"안녕, 프랭크." 모두가 말한다.

그는 몸을 돌려 나를 똑바로 바라보며 말한다. "저도 당신과 같은 처지에 몰린 적이 있어요, 친구. 술과 코카인에 빠져서 직장 두 개를 날렸고, 아내도 둘이나 떠나보냈죠. 지금은 이 리조트에서 두 번째 장기 휴가를 보내고 있고요. 그러니까 내가 해 줄 조언은……." 레니가 교통경찰처럼 손을 들어 올린다. "이봐요, 프랭크? 우리 모임에선 개인적으로 말을 거는 건 금지예요. 할 말이 있으면 모두에게 하세요."

"아, 그렇군요. 알았어요." 그가 태도를 바꿨을 때 어떤 부류의 인간인지 분명해진다. 우리 같은 멍청이들보다 자신이 얼마나 똑똑한지 과시하고 싶은 부류다. 3분 동안 쏟아내는 말에 칼 융, 『주역』, 오리지널 「스타 트렉」 시리즈의 "내일이 어제다"라는 에피소드를 모두 언급한다. 도대체 무슨 얘기를 하려는 건지, 아니 애초에 요점이라는 게 있기는 한 건지조차

감이 안 온다. 나는 그를 그냥 떠벌이로 치부하고 귀를 닫는다.

하지만 나중에 모두 일어서서 평온의 기도를 읊은 뒤 각자 자기 동으로 돌아가기 시작했을 때, 프랭크가 내 어깨를 잡는다. "아까 말이 끊기기 전에 하려던 말이야. 희망은 절대 뒤통수를 치지 않아."

"그래요?"

"그럼. 희망을 포기하면 사람이 삐뚤어져. 냉소적으로 변하고 굳이 왜 애쓰나, 같은 생각을 하게 되지. 그러다 보면 어느새 다시 약에 손대게 돼. 그러니까 *희망*은 살려 둬야 해. 하지만 *기대*를 조심해. 일이 반드시 이런 식으로 흘러가야 한다고 *기대했다가* 어긋나면, 마이크 타이슨의 왼손 훅처럼 한 방 맞을 수 있어. 그대로 나가떨어질 수도 있고. 내 첫 번째 아내 베티나? 작고 예쁜 이탈리아 여자였지. 세상 누구보다 다정했고 끝까지 내 편일 줄 알았어. 나는 그렇게 믿었지. 그런데 첫 형기를 마치고 나와서 예전으로 다시 돌아가야겠다고 생각했을 때 *상상도 못한* 일이 벌어졌어. 그녀가 이미 새 남자를 만나서 집 자물쇠까지 바꿔 놓았더라고."

"와, 그것 참 엿 같았겠네요. 알겠어요. 또 보죠." 내가 말한다.

"이름이 뭐였지, 친구? 미안, 내가 이름을 잘 못 외워."

"코비예요." 나는 어깨 너머로 말한다. 내 걸음이 점점 빨라진다.

"그래. 기억했어. 신을 믿어, 코리?"

나는 멈춰 선다. 그게 이 사람과 무슨 상관인가? 나는 아직 결정을 못 했다고 말한다.

"그래. 그럼 불가지론자네. 있을 수도 있고 없을 수도 있고. 혹시 모르니까 양쪽 다 보험을 들어 두는 셈이네, 그렇지?"

"비슷해요." 내가 말한다. 자기가 뭐라도 되는 줄 아나? 내 영적 스승?

"이렇게 생각해 봐, 코리."

"코비." 내가 말한다.

"뭐?"

"내 이름은 코리가 아니라 b가 들어간 코비라고요."

"그래, 맞아. 아까 말했듯이 내가 이름을 영 못 외운다니까……. 어쨌든 이렇게 생각해 봐. 희망을 품는다는 건 일종의 기도 같은 거야. 신에게 뭔가를 구하고 그가 들어주길 바라는 것. 하지만 기대는 기도라기보다는 요구에 가깝지. 이게 내가 원하는 거니까 하느님, 이렇게 만들어 주세요. 알겠어? 마치 네가 명령을 내리는 사람인 것처럼 말이야."

"알겠어요. 고마워요, 또 봐요." 내가 말한다. 이미 마음속에서 싫어하기로 결론 내린 사람이 막상 생각해 볼 만한 말을 던진다는 게 짜증 난다.

B동으로 돌아와 우리 층으로 이어지는 계단을 터벅터벅 올라가다가 문득 저녁 식탁에 앉아 있던 아버지와 어머니 그리고 나의 모습이 떠오른다. 아마 내가 열두 살쯤이었을 거다. 그는 늘 그렇듯 조직적인 종교는 순진한 사람들을 상대로 벌이는 사기라고 장황하게 떠들었다. 그때 엄마가 (약에 취해 있었는지 아닌지는 모르겠지만) 그의 말을 끊고 자신은 불가지론자가 되기로 했다고 선언했다.

"그게 뭐예요?" 내가 물었지만 두 사람 다 대답하지 않았다.

아버지는 킥킥 웃으며 *그게* 어디서 튀어나온 말이냐고 물었다. "불가지론자라고? 비키, 보험 들어 두는 거야? 죽고 나서 땅속에서 벌레 밥이 되는 대신 천국의 진주로 만든 문 앞에 서 있을지도 모르니까?" 그가 "진주로 만든 문"이라고 할 때 손가락으로 따옴표를 만들어 보이던 게 기억난다.

엄마는 아니라고 했다. 전혀 그런 뜻이 아니라고. 사후 세계에 대해서는 *케 세라 세라*('될 일은 되겠지'라는 마음)라고 했다. 엄마가 먼지를 털거나 저녁을 하면서 그 노래를 흥얼거리는 걸 나는 가끔 들었다. 엄마가 불가지론자인 이유는 인생의 모든 일이 무작위로 일어난다는 걸 받아들이기 어려웠기 때문이라고 했다. 어쩌면 어떤 더 높은 존재가 인간은 이해하지 못할 방식으로 우리 삶을 설계하고 있을지도 모른다는 것이다.

아버지는 자리에서 일어나며 입맛이 떨어졌다고 말했다. 그는 부엌을 나서다가 문득 나를 돌아보며 말했다. "이 말은 듣지 마, 코빈 주니어. 다 헛소리야."

그 당시 나는 이미 아버지처럼 신을 믿지 않는 사람이었지만, 감정적으로는 엄마 편이었다. 더운 어느 여름날, 엄마가 냉동실을 열어 크림시클(막대가 꽂힌 아이스바옮긴이) 두 개를 꺼내 하나를 내게 건네며 했던 말이 기억난다. "너랑 나는 심파티코야, 코비." 심파티코가 무슨 뜻이냐고 묻자, 엄마는 우리가 꼬투리 속의 완두콩 두 알처럼 닮았다고 했다. "같은 헤이즐색 눈, 밤색 머리카락, 비슷한 기질. 둘 다 책 읽고 음악 듣는 걸 좋아하잖아." 나는 우리 둘 다 초등학교 때 철자 맞히기 대회에서 우승했다는 사실도 엄마에게 일깨워 줬다. 엄마가 받은 상은 50센트짜리 동전만 한 메달이었고, 내가 받은 상은 『보물섬』 문고본 한 권이었다. "그것도 그러네. 봐, 심파티코잖아." 엄마가 말했다.

"엄마는 아빠가 싫어?" 내가 물었다.

엄마는 크림시클을 한 입 베어 물고 고개를 저었다. "왜? 너는?"

"아니." 내가 말했다. "하지만 가끔은 싫어." 얼마 뒤 부모님은 이혼했고 엄마는 위카 신자가 되었다. 엄마가 새로 갖게 된 믿음에 관해 이야기하려고 할 때마다 나는 듣지 않았다. 하지만 내가 아직도 기억하는 건 '삼중 귀환의 법칙'이라 불리는 이론에 대한 엄마의 설명이다. 그 요지는 이랬다. 인생에서 내가 한 모든 일(좋은 일이든 나쁜 일이든)이 세 배의 힘으로 돌아온다는 것. "그게 네 아빠한테 돌아갈 때쯤이면, 자기가 왜 그런 일을 당했는지도 모를 거야." 엄마가 말했다. 엄마가 자신에게 언어폭력과 육체적 폭력을 행사한 전남편을 진심으로 걱정하는 표정을 지었던 걸 기억한다. 분위기를 좀 풀어 보려고, 어쩌면 엄마를 조금 놀리고 싶은 마음에 나는 옛날 존 레넌 노래를 흥얼거리기 시작했다. *"곧 업보가 너를 덮칠 거야! 머리 통을 세게 후려칠 거야!"* 엄마는 실망한 표정을 지은 채 방을 나가 버렸다.

～

월요일 아침에 헛간으로 걸어가는데 뒤에서 "이봐요! 잠깐만요!" 하는 소리가 들린다. 나는 그를 무시한다. 토요일 이후 분노는 줄어들었지만, 여전히 카바네로에게 솔로몬의 보모 역할을 다른 사람에게 맡기라고 말할 생각이다.

나를 따라잡은 그는 이번 주에 도서관에 갈 거냐고 묻는다. 내가 가든 말든 그는 정지 상태라는 사실을 그에게 일깨워 준다. 그건 알지만 빌린 책을 다 읽었단다. 내가 대신 반납하고 다른 책을 빌려다 줄 수 있느냐고 묻는다. 자기가 공상과학소설을 좋아한다는 것도 덧붙인다. 나는 대답하지 않는다.

"오늘 내가 제시간에 온 거 봤어요?" 그가 묻는다.

나는 돌아서서 그를 마주 본다. "원래부터 그랬어야 할 일을 이제 와서 했다고 내가 축하라도 해 줘야 해? 책을 더 구해 달라고? 부탁하거나 칭찬을 들으려 하지 말고 사과부터 하는 게 어때?"

"뭘 사과해요? 난 아무 짓도 안 했는데." 나는 하고 싶은 말을 참은 채 그를 따돌리려 뛰기 시작한다. "도대체 뭐가 문제예요?" 그가 뒤에서 외친다. 내가 대답하지 않자 그가 말한다. "어차피 내일은 나 안 와요. 재판이 있어요. 변호사가 계모한테 기일 연기 신청할 거라고 했어요. 그러니까 아저씨는 여기 갇혀서 온종일 일하는 동안, 나는 하루 쉬는 거죠."

이 애는 재판 출정이 얼마나 고된지 모른다. 내가 이렇게까지 이 아이에게 질리지 않았다면 경고해 줬을 텐데, 카바네로에게 말할 생각에는 변

함이 없다. 이제는 다른 사람이 솔로몬을 맡을 차례라고. 하지만 점심 때
쯤에는 괜히 가서 공황에 빠지지 않도록 재판에 대해 한마디 귀띔해 줄지
도 모르겠다. 이 아이에게 대체 무슨 문제가 있든, 아무리 허세를 부려도
속은 유리처럼 연약하다. 뒤에서 따라오는 발소리가 들리지 않아 무슨 일
인가 싶어서 어깨 너머로 돌아본다. 그는 그저 그 자리에 서서 흙을 차고
있다. 딱해 보인다. 솔로몬을 상대하는 게 쉽지 않은 건 사실이다. 하지만
솔로몬으로 사는 것도 쉽지 않을 것이다.

헛간에 도착하자 나는 걸음을 멈춘다. 카바네로가 없다. 대신 그 자리
에 피카디와 그의 졸개 굴즈비가 서 있다. 둘은 우리를 무시한 채 자기들
끼리 떠든다. 래치퍼드와 하르지트가 카바네로에 대해 뭔가 속삭이고 있
지만 무슨 말인지 들리지 않는다. 도대체 무슨 일이지?

"자, 잘 들어! 앞으로는 굴즈비 교도관과 내가 이 작업반을 감독한다.
그러니까……."

"카바네로는 어디 갔는데요?" 티토가 우리 모두를 대신해 묻는다.

피카디는 질문을 무시한다. "모두 제대로 일하길 바란다. 지시에 따르
기만 하면 아무 문제 없을 거야." 그는 다음 말을 하며 나를 본다. "게으름
피우는 놈들이나 규칙을 어기는 놈들을 다루는 법은 내가 잘 알거든. 내
말 믿어. 정말 괴로울 테니까. 자, 이제 굴즈비 교도관이 출석을 부른다."

굴즈비가 솔로몬의 이름을 맨 마지막에 부른다. 대답이 없다. "그건 그
애예요. 가끔 늦어요." 티토가 말한다.

나는 언덕 너머에서 솔로몬이 걸어오는 걸 본다. "저기 왔네."

솔로몬이 다가오자 피카디가 말한다. "와 줘서 기쁘군. 작업반이 그러
는데 네가 전에는 늦었다면서? 내가 '전에는'이라고 강조했어. 무슨 말인
지 알지?" 솔로몬은 혼란스러워 보인다. 피카디가 면회실에서 그의 뒤통
수를 잡고 끌고 나갔던 일을 솔로몬이 기억하는지 궁금해진다. "지금 내가

물었잖아, 클랩. 내가 *전에는* 늦었다고 한 게 무슨 뜻인지 알겠냐고?" 솔로몬이 나를 힐끗 바라봐서 입 모양으로 답을 알려 준다. 그는 다시 피카디를 보며 말한다. "네, 알겠습니다."

피카디는 고개를 끄덕이고 우리를 향해 돌아선다. "자, 오늘 할 일을 배정하기 전에 질문 있는 사람?"

래치퍼드가 누군가에게 들은 말이 사실이냐고 묻는다. 카바네로가 집에서 빗물받이를 청소하다가 사다리에서 떨어져 고관절을 다쳤다는 이야기.

"골반 골절이라던데. 나는 그렇게 들었어." 하르지트가 덧붙인다.

피카디가 얼굴을 찌푸린다. "직원에게 무슨 일이 일어났는지는 너희들이 상관할 일이 아니야. 업무와 관련된 질문이 있는 사람?" 그가 말한다.

"있어요. 급식반이 계속 우리 점심을 만들어 줍니까?" 티토가 말한다.

피카디가 미소를 지으며 굴즈비를 돌아본다. "우리가 할 일이 많겠군, 굴즈비 교도관. 이 얼간이들 버릇이 너무 나빠졌어." 그가 말한다.

피카디가 오늘 작업 배정을 발표한다. 이스라엘과 하르지트는 좋은 일을 맡는다. 앞마당을 장식하는 가을 화단의 애스터와 국화, 꽃양배추를 가꾸고 잡초를 뽑는 일 그리고 교도소장과 부소장의 차를 세차하고 왁스 칠 하는 일이다. 솔로몬, 래치퍼드, 티토는 밀대 빗자루를 받아 보도와 주차장을 쓸라는 지시를 받는다. 솔로몬이 굴즈비 경관에게 카바네로가 항상 자기와 나를 짝지어서 일하게 했다고 말하자, 굴즈비가 이렇게 답한다. "아, 그래? 이런, 알려 줘서 고마워. 이제 주차장에 가서 쓸기나 해." 그의 말에 그의 멘토인 피카디가 엄지를 들어 올리지만, 솔로몬은 충격을 받은 표정이다. 아이가 아직 듣고 있을지도 모르는데 피카디가 굴즈비에게 저 아이가 누구인지 아느냐고 묻는다. 굴즈비가 고개를 젓자 피카디가 손으로 총 모양을 만든다. "멍멍. 빵! 빵! 빵!" 굴즈비는 솔로몬이 자기가 상상했던 모습과 전혀 다르다고 말한다.

피카디는 마지막 배정을 나를 위해 남겨 둔다. 내가 짐작한 대로 가장 지저분한 일이다. 그는 갈퀴와 짧은 손잡이가 달린 삽과 양동이를 건네며, 뒷마당 잔디밭과 숲을 구분 짓는 긴 매자나무 덤불 아래에서 썩어가는 낙엽 찌꺼기를 퍼내라고 지시한다. 나는 고개를 끄덕이며 나만 콕 집어 이런 일을 시킨 데 대한 분노를 드러내지 않는다. 내가 그 일을 하러 걸어가자 그가 따라와 나란히 걷는다. "카바네로 일은 안됐지, 그렇지? 그가 아주 그립겠어. 둘이 꽤 가까웠다면서." 그가 말한다.

"가깝다고요? 그렇게까지는 아닌데요. 그냥 무난하게 지냈죠. 그는 다잘 지내니까."

"참 다정한 이야기네. 내가 듣기론 아마 다시 돌아오지 않을 거야. 어차피 몇 달 쉬어야 하니까 조기 은퇴를 알아보고 있다더군." "음, 아까 교도관님이 말한 것처럼 직원에게 일어난 일은 우리가 상관할 일이 아니니까요."

그는 내가 방금 날린 '한 방'에 씩 웃더니 바로 반격한다. "그래서 네 아내는 잘 지내나, 레드베터? 이름이 에밀리였지? 에밀리는 어때?"

나는 들고 있는 삽으로 그의 얼굴을 내리치지 않는 대신 매자나무 덤불 쪽으로 계속 걸어간다. "즐겨." 그는 그렇게 말하고 돌아서서 헛간 쪽으로 걸어간다. 엿이나 먹으라지. 그 인간도, 그 밑에서 굽실거리는 졸개도. 피카디가 이 짓을 계속하면 나는 그의 헛소리를 참고 견디느니 차라리 그만두겠다.

밤새 비가 퍼부은 탓에 내 작업 구역은 흠뻑 젖어 있다. 한 시간도 채되지 않아 작업화와 양말이 척척해진다. 그보다 더 끔찍한 건 내가 퍼 올리는 진흙 속에 쥐와 벌레가 들끓고 있고, 내가 자기들 영역을 건드리는 걸 그들이 달가워하지 않는다는 것이다. 아직 첫서리가 내리지 않아서 파리와 모기를 쫓는 데 작업 시간의 절반이 날아간다. 나는 오전이 지나기도 전에 진드기 두 마리를 떼어 냈지만, 목뒤에 붙은 놈은 이미 피부에 파고

들기 시작한 상태다. 10월 치고는 날씨가 따뜻하다. 어젯밤 TV 기상 예보관이 인디언 서머라고 했다. 그래서 오늘은 작업복만 입고 재킷은 입지 않았는데 이제 온몸이 벌레 물린 자국투성이다. 이 망할 놈의 작업 배정에서 유일한 좋은 점은 강에 더 가까워졌다는 것이다. 밤새 내린 비 덕분에 강물이 흐르는 소리가 또렷하게 들린다. 눈으로도 볼 수 있다면 좋을 텐데.

정오가 되자 작업조는 다시 헛간에 모이지만, 솔로몬의 모습은 보이지 않는다. 혹시 또 폭발해서 상황을 더 악화시킨 걸까? 일을 팽개치고 가 버렸을까? 무슨 일이 있었든 그건 내 책임이 아니라고 나는 되뇐다. 다만 그 급한 성질 때문에 또 사고를 치진 않았기를 바랄 뿐이다. 뭐, 피카디도 여기 없으니 적어도 그건 다행이다.

굴즈비가 우리에게 점심을 나눠 주며 식사 시간은 20분이라고 말한다. "카바네로는 30분을 줬는데." 하르지트가 지적한다.

"줬지. 넌 뭐야? 노조 대표라도 돼? 내가 20분이라고 말했잖아." 굴즈비가 말한다. 피카디의 애제자가 점점 그를 닮아 가고 있군.

나는 음식을 꺼낸다. 흰 식빵 두 장 사이에 끼운 얇은 회색 볼로냐 한 장, 휘어지는 당근스틱 두 개, 눅눅해진 미니 도넛 하나, 240밀리리터짜리 플라스틱 물병 하나. 볼로냐는 세균 덩어리나 다름없어 보여서 빼내고 빵만 먹는다. 굴즈비가 근처에 있어서 다들 목소리를 낮추고 있지만 나는 그들의 잡담에 귀를 기울인다. "누군지 알지? 사무실에서 일하는 여자. 금발에 가슴도 괜찮은데. 거의 쉰이 됐겠지만 그래도 한번 해 볼 만하지." …… "그는 자브라우스키의 조카야. 여자 교소도에서 무슨 문제에 휘말렸대. 그래서 삼촌이 눈앞에 두고 관리하려고 여기로 전근시킨 거지." …… "왜 그 사람은 탄핵하려고 하면서 그 여자는 안 하는 거야? 벵가지 사건은? 그 빌어먹을 이메일 문제는 또 뭐고?" …… "휴스턴에 홈구장 이점이 있었고, 내셔널스는 기력이 다 떨어진 상태였잖아. 그래서 애스트로스가 6차전 만에 끝낸 거지."

솔로몬이 멍청한 짓을 하진 않았겠지? 그는 래치퍼드와 티토와 함께 일했는데. "이봐, 그 꼬마 어디 갔어?" 내가 래치에게 묻는다.

그가 눈동자를 굴린다. "우리가 좀 놀렸을 뿐이야. 심각한 건 아니었어. 그런데 갑자기 우리한테 소리를 지르면서 우리보고 양아치들이라잖아. 그러더니 주저앉아서 얼굴을 무릎에 박고 울기 시작하더라고. 점심시간이라고 말해 줬는데 꼼짝도 안 하고. 걔 완전 또라이 아니냐?"

나는 고개를 끄덕인다. "교정국이 애를 여기에 보내지 말았어야 했는데. 카바네로가 그나마 좀 챙겨 주고 있었지만 지금은…… 오케이, 저기 온다. 이봐, 솔로몬!"

그가 나를 향해 걸어와 다른 사람들에게서 떨어져 단둘이 이야기할 수 있는 쪽으로 데리고 간다. 그는 눈이 벌겋고 얼굴도 시뻘겋다. 나는 주차장 작업은 어떠냐고 묻는다. "끔찍해요! 저 사람들이 나를 계속 놀려요." 그가 말한다.

"그래? 뭐라고 했는데?"

"거기로 걸어가면서 내가 말실수를 한 번 했어요. 알겠어요? '빗자루'를 '쓸개'라고 말했는데, 사람들이 그걸로 저를 비웃기 시작했어요. 그래서 '아니, 말이 되잖아요. 낙엽 긁을 때 쓰는 건 긁개고, 글자 지울 때 쓰는 건 지우개잖아요!' 그랬더니 래치퍼드가 '그래, 그런데 외야수가 공을 잡을 때는 글러브를 쓰지, 공잡개를 쓰진 않지.'라고 하더라고요. 그리고 티토는 자기 가랑이를 움켜쥐고는 자기가 여자랑 할 때 쓰는 건 좆이지 박개가 아니라고 했어요. 래치퍼드는 내가 이 나이 먹도록 '쓸개'라고 쓰면 안 된다는 걸 몰랐다는 게 믿기지 않는다고 했고요. 그래서 래치퍼드랑 티토는 동네에서 바닥 청소 같은 일을 했겠지만 나는 안 그랬다고, 우리 집엔 청소부가 있었다고 말했죠. 그랬더니 두 사람이 나를 계속 리치 리치라고 부르면서 놀리잖아요. 그걸로 물고 늘어지더라고요."

나는 그에게 사람들의 출신을 건드리는 말은 그들의 신경을 거스를 수 있으니 조심해야 한다고 말한다. "그럼 저 사람들은 나를 실컷 놀려도 되고, *나는* 말조심을 해야 한다는 거예요? 난 이 멍청한 작업조도 싫고 멍청한 일도 싫어요. 적어도 내일 하루는 여기서 빠지네요."

"그래. 그 얘긴데, 솔로몬. 법원 나가는 게 쉬운 일이 아니야. 하루 쉬는 날이라고 생각하지 마. 그들이 해 뜨기 전에 너를 깨워서 수갑을 채우고 허리에 쇠사슬을 두른 다음 밴에 태워. 너와 그날 재판이 있는 다른 수감자들을 쇠사슬로 묶지. 그리고 다른 시설에 있는 수감자들을 태우려고 몇 시간 동안 주를 돌아다녀. 밴 뒤쪽은 덥고 공기가 탁해. 속이 메스꺼워지기 시작하면 고개를 숙이고 숨을 깊게 쉬어. 토하지 않으려면 말이야."

이번만큼은 그는 입을 다문 채 말대꾸하지 않고 내 말을 듣는다.

"네 사건이 열리는 법원에 도착하면 너는 다른 사람들과 같이 대기 감방에 들어갈 거야. 그중엔 성질 나쁜 사람도 있고, 아프거나 냄새나는 사람도 있을 수 있어. 그냥 입 다물고 있어. 그러다 변호사와 함께 마침내 판사 앞에 서게 되면, 연기 신청이 끝나는 데 한 5분쯤 걸릴 거야. 그러고 나면 다시 대기 감방으로 돌아갔다가, 그전에 태운 사람들을 하나씩 내려 주느라 몇 시간 동안 다시 밴을 타고 돌아다니게 되지. 여기로 돌아올 때쯤이면 이미 어두워졌을 거고, 배도 고프고 목도 마를 거야. 그래도 낮엔 물 마시지 마. 화장실을 안 보내 줄 수도 있거든. 바지에 실수하는 건 피해야 하잖아."

"왜 나한테 이런 걸 다 말해 주는 거예요? 겁주려고?"

"내가 왜 널 겁주고 싶겠어, 솔로몬?"

"도서관에서 일어난 그 일 이후로 저를 미워하잖아요."

그는 아랫입술을 삐죽 내민다. 금방이라도 울 듯한 얼굴이다. 맙소사,

이 불쌍한 아이는 사람을 무지하게 열받게 하는 한편으로 너무나 심약하다. "그 일 때문에 화가 난 건 맞아. 하지만 널 미워하진 않아. 다만 내일이 휴가처럼 느긋한 날일 거라고 기대하지 말라는 거야. 그렇지 않으니까."

"카바네로 중위는 언제쯤 돌아올 것 같아요?" 그가 묻는다.

돌아올 것 같지 않지만, 그렇게 말하는 대신 그저 어깨를 으쓱한다.

"난 그냥 *아저씨랑* 일하고 싶어요. 나를 이해하는 사람은 아저씨뿐이에요." 그는 틀렸다. 나는 그의 망가진 정신세계를 결코 이해할 수 없을 것이다. 하지만 이렇게 힘들어하는 모습을 보니 그를 떼어 내려고 안간힘을 쓰던 게 죄책감이 느껴진다. 좋든 싫든, 그는 이제 내 몫이다.

나는 그의 어깨에 손을 얹고 당분간 작업 배정은 우리가 어쩔 수 없다고 말한다. "하지만 사람들에게 놀림받으면 웃어넘기거나 조금이라도 받아쳐 보려고 해야 해. 다만 너희 집에는 청소부가 있었고 그들은 없었다는 식의 말은 이제 하지 마."

"하지만 우리 집엔 *정말* 있었어요." 그가 고집을 부린다.

"그게 중요한 게 아니야, 솔로몬. 그런 건 네가 가진 걸 과시하는 꼴이 돼. 네가 자기들보다 우월하다고 생각하는 느낌을 받는단 말이야."

"하지만 방금 나를 놀리면 받아치라고 했잖아요! 그런데 또 지금은 반대로 말하고 있네요!"

"아니야. 그런 거 아니야. 그리고 목소리 좀 낮춰. 안 그러면 이 대화는 여기서 끝이야." 하지만 굴즈비가 일하러 돌아가라고 소리치는 바람에 어차피 대화는 거기서 끊긴다.

피카디를 보지 못했지만 누가 아쉬워하겠어? 아, 악마를 입에 올리면 바로 나타난다더니, 피카디와 그의 단짝이 언덕을 넘어 헛간 쪽으로 온다. 그런데 안셀모는 여기서 뭐 하는 거지? 그는 어젯밤 3교대 근무를 했는데. 예이츠에서 절친이랑 어울려 다니는 거 말고는 할 일이 없나? 그는 피자 한 상자와 1리터짜리 콜라를 들고 있고, 피카디는 샐러드와 물병을 들고 있는 것 같다. 그에겐 탄산음료도 모차렐라도 없다. 그 얼간이는 항상 자기 체지방률이 낮다고 자랑하는데 그런 걸 본인 말고 누가 신경이나 쓰겠는가. 굴즈비는 우리와 함께 점심을 먹었지만 저 둘은 아니다. 피카디는 원하는 만큼 실컷 쉬는 모양이다. 코네티컷 주민 여러분, 당신의 세금이 이렇게 쓰이고 있습니다.

다시 작업하러 돌아가기 전에 나는 래치퍼드와 티토 옆으로 슬쩍 다가간다. 솔로몬을 장난으로 놀린 건 알지만 조금만 봐주라고 말한다. "애가 꽤 여려."

"그래, 달걀처럼 약하지. 이미 금이 간 달걀." 티토가 말한다.

"알았어요, 아버님. 좀 살살할게요." 래치퍼드가 약속한다.

내 자리로 돌아와 나는 매자나무 아래에 쌓인 진흙더미를 갈퀴로 긁어모은 뒤 손으로 퍼서 양동이에 담는다. 그리고 양동이를 들어서 숲에 가져가 비운다. 거기 서서 위쿼닉 강의 세이렌 같은 노랫소리를 듣는다. *여기로 오면 이곳의 때를 씻어 줄게요,* 강물이 약속하는 것 같다.

모험을 할까? 자리를 벗어났다가 들키면 징벌 딱지를 받을 텐데, 그럴 만한 가치가 있을까? 하지만 그들은 헛간에서 피자 파티를 하는데 어떻게 내가 자리를 비운 걸 알겠어? 에라, 모르겠다. 가 보자!

소나무와 플라타너스 사이를 달려서 지나가고, 놀라 달아나는 다람쥐들을 스친다. 가시덤불과 부드러운 흙 속에 박힌 바위를 피해 달리는 동안 심장이 착암기처럼 쿵쾅거리는 게 느껴진다.

마침내 그것이 눈 앞에 펼쳐진다!

나는 더 가까이 다가가서 귀를 울리는 그 우레 같은 소리와 수면 위에서 반짝이는 다이아몬드 같은 햇빛을 음미한다. 강물이 지나가는 자리에 박힌 울퉁불퉁한 바위 덕분에 물보라가 튀어 올라 내 얼굴을 적시고, 입술과 혀에 그 맛이 느껴진다. 이게 바로 내게 필요한 것이다. 콘크리트와 무 감각 속에 몇 달 동안 갇혀 있다가 이 모든 걸 온전히 느낄 단 몇 분.

나는 강 건너편의 깎아지른 듯한 바위 절벽을 바라본다. 높이는 20미 터가 훌쩍 넘는 데다, 탈출을 시도하는 사람이 오를 수 있는 곳은 아니다. 예이츠에서는 1970년대에 그런 시도를 했다가 전설이 된 인물이 하나 있 다. 그것은 경고의 이야기이기도 하다. 그는 절벽을 절반쯤 올라갔다가 발 을 헛디뎌 떨어져서 바닥의 바위에 머리를 세게 부딪히고 목숨을 잃었다.

도망치는 상상 따윈 해 본 적 없다. 형기의 절반 가까이 채운 상태에서 그걸 날려 버릴 생각은 없다. 이렇게 가까이에서 흐르는 강을 보고 그 소 리를 듣는 것만으로도 충분하다. 발치에 단풍잎 하나가 떨어져 있다. 나 는 그것을 집어 강물에 던지고, 물살이 그것을 남쪽으로 실어 가는 모습을 지켜본다. 여기서 나가게 되면 나도 남쪽으로 향할 것이다. 부디 에밀리와 메이지가 있는 집으로.

내가 자리를 비운 걸 누군가 눈치채기 돌아가야 한다. 그래도 이 순간 의 희망을 조금은 가져가고 싶다. 손에 쥘 수 있는 무언가. 나는 물속에 팔 뚝을 절반까지 담그고 진흙과 자갈을 한 움큼 퍼 올린다. 손바닥 위에 진 흙에 반쯤 가려진 25센트 동전만 한 타원형 돌이 하나 놓여 있다. 다른 손 으로 그것을 집어 엄지와 검지 사이에서 굴려 본다. 유백색의 석영이다. 희고 반투명하며, 만지면 매끈하다. 나머지 진흙은 물속으로 다시 던지고 돌만 남긴다. 나는 돌을 올린 손의 주먹을 꽉 쥐고, 이 일탈이 들키지 않았 기를 바라며 공터 쪽으로 달려간다.

들키지 않았다. 안전하지만 아슬아슬했다. 피카디가 모습을 드러내기 전에 목소리가 먼저 들린다.

"좋아. 하나 생각났어. 술 취한 남자가 술집에 들어가서 위스키 한 잔과 맥주를 주문해. 그런데 거기서 20달러짜리 지폐가 가득 든 병을 보고 그게 뭐냐고 묻지. 바텐더가 세 가지 과제를 성공적으로 해내는 사람이 그 돈을 가져간다고 말해." 나는 강물 소리에 귀를 기울이며 그를 최대한 무시하려 한다.

그때 그들이 보인다. 안셀로는 아직도 어슬렁거리지만 굴즈비는 없다. "그래서 술 취한 인간이 물어. '그럼 그 이가 안 좋은 할머니는 어디 있어?'" 그게 웃음 포인트였는지 안셀모가 기다렸다는 듯 큰 소리로 웃는다.

"덤불 두 개만 더하면 끝납니다. 그다음엔 뭘 하면 됩니까?" 나는 피카디에게 말한다.

"밀대 빗자루 가져다가 헛간을 쓸어."

알았다, 개자식아.

"이봐, 레드베터. 우리가 다녀간 뒤에 네 감방은 좀 말랐냐?" 안셀모가 말한다.

말랐다, 이 새끼야. 물어봐 줘서 고맙다. "네, 교도관님."

~

다음 날은 거의 종일 비가 내려 작업이 취소된다. 나는 계속 솔로몬이 어떻게 지내고 있을지 궁금해한다. 괜히 법원 이야기를 꺼낸 게 아닐까 싶다. 솔로몬이 겁을 먹거나 뭔가 감당이 안 될 때 공격적으로 반응하는 경향이 있는 걸 나는 눈치챘다. 그저 잘 버텨 주기만 바랄 수밖에. 그렇지 않으면 가장 큰 피해를 보게 될 사람은 바로 그 자신이니까.

오전 중반에 들어설 무렵 나는 침상에 길게 누워 이지 롤린스 시리즈 중 하나인 『차콜 조』를 읽는다. 매니는 여동생에게 편지를 쓴다. 그가 매주 하는 일이다. 인터폰이 딸각 켜지더니 데스크에 앉은 교도관이 말한다. "레드베터?" 우리 동의 새 상담 책임자인 잭슨 씨가 나를 만나길 원한다는 전갈이다. 오늘 오후 2시에 시간이 되느냐고 묻는다. 나는 인터폰에 대고 바쁜 스케줄을 조정해 보겠다고 대답한다. 인터폰이 다시 딸각 꺼진다. "무슨 일로 부르는 걸까?" 내가 매니에게 묻는다.

그는 지난주에 자기도 불려 갔다고 한다. "그냥 얼굴 익히는 자리야. 누가 누군지 알고 싶은 거지. 아직 직원들은 무심한 태도를 보여야 한다는 내부 공지를 못 받은 모양이야. 난 그녀가 마음에 들었어."

나도 그녀가 마음에 든다. 힘 있는 악수, 따뜻한 미소, 180센티미터 가까이 되는 키. 머리는 콘로우 스타일(두피에 밀착해서 촘촘하고 가늘게 땋는 머리 스타일-옮긴이)로 땋아 위로 둥글게 틀어 올렸다. 이미 내 기록을 읽어 둬서 내 유죄판결에 관한 얘기를 다시 꺼낼 필요는 없다. "저는 과거보다 현재에 더 집중하는 편이에요. 요즘은 어떠세요?" 그녀가 묻는다. 대답하려는 순간 전화벨이 울린다. "잠시만요." 그녀가 말한다.

나는 기다리는 동안 방안을 훑어본다. 책상에 수감자 파일이 두 무더기 쌓여 있고, 책장에는 사회학과 범죄학 서적 그리고 가족사진들이 꽂혀 있다. 뒷벽에는 MSW(사회복지학 석사-옮긴이) 학위증이 든 액자가 걸려 있고, 알리야 브룩스 잭슨이라고 적혀 있다. 받은 연도는 2년 전, 내가 이곳에 들어온 해다. 나는 다시 사진들을 바라본다. 액자에 끼워 둔 신문 기사에서 번호표를 달고 다른 주자들을 앞서 달리는 그녀가 보인다. 기사 제목은 알리야 '터비' 잭슨이 주 기록을 경신하다. 터비(통통하다는 뜻-옮긴이)라고? 그 별명이 유년기를 지나서도 남아 있던 걸까? 아니면 반어법인 거야? 다른 사진에선 그녀가 웨딩드레스를 입고 새신랑과 함께 서 있다. 작은 사진 세 장에는 한 여자아이가 아기에서 유아 그리고 앞니가 빠진 초등학생으로 자라는 모습이 담겨 있다. 아마 딸일 거라고 나는 짐작한다. 게시판에 붙어 있는 건 딸의 그림이 틀림없다. 나는 그림 속에 있는 거대한 사람들이 어떻게 그렇게 작은 집에서 사는지 궁금해하며 미소 짓는다. 그 그림들을 보자『클리퍼드, 커다랗고 빨간 개』가 떠오른다. 물론 내가 메이지를 위해 만드는 책에 나오는, 메이지 옆집에 사는 기린 가족도 생각난다.

잭슨 씨가 전화를 끊고 다시 내게 어떻게 지내는지 묻는다. 내가 딸을 보지 못하는 게 얼마나 힘든지 말하자 그녀는 공감한다. 하지만 그러다 결국은 주로 솔로몬에 관한 이야기를 하게 된다. 발작적으로 터지는 울음, 걷잡을 수 없는 분노 폭발, 자신을 해치는 행동들. 이런 거친 환경에서 지내기엔 너무 어린 그의 성정에 대해 말한다. "성인 남성 교도소는 이 아이가 있어선 안 될 곳입니다. 카바네로 중위는 그를 야외 작업반에 두면 좀 나을 거라고 생각했어요. 그래서 솔로몬은 저와만 일하고 제가 어느 정도 돌봐 주는 식으로 정해 놨죠. 중위가 떠나기 전까지는 그럭저럭 괜찮게 돌아갔습니다. 하지만 새 감독이 왔으니 아무것도 장담할 수 없죠."

그녀가 고개를 갸웃한다. "어째서죠?"

우리는 이제 막 만났지만, 그녀는 진실해 보이는 데다 아직 이곳의 냉소적인 분위기에 물들지 않은 듯해서 나는 위험을 감수하기로 한다. "좋게 보자면? 피카디 교도관은 솔로몬이든 우리든 신경 안 씁니다. 그러니 제가 그 애를 챙기든 말든 관심도 없죠. 나쁘게 보자면? 그는 가학성이 있는 데다 약자를 괴롭히는 인간입니다."

그녀의 미간에 주름이 잡힌다. "그건 좋지 않은 조합이네요. 제가 알아볼게요."

그녀가 뭔가를 적는다. 그녀의 "알아보겠다"라는 말이 무슨 뜻이든, 그것이 내게 돌아와 해가 되지 않기를 바랄 뿐이다. 그녀는 아직 솔로몬을 만나 보지 못했지만, 그의 파일을 읽고 불러 보겠다고 한다. 나는 오늘 그가 법원에 가 있다고 말한다. "그냥 기일 연기 신청 때문이긴 한데, 법원에 가는 날은 힘들 수 있습니다."

"그 아이가 걱정되세요?" 내가 고개를 끄덕이자 그녀가 미소를 짓고 말한다. "그 아이를 위해 나서 주다니 참 좋네요. 교도소에서 아버지 역할을 하고 계신 거죠."

"아니요, 아니에요. 그건 그냥 카바네로가 작업반 책임자였을 때 그렇게 정해진 상황 때문입니다." 나는 고개를 흔들며 말한다.

"그렇게 방어적으로 나올 필요 없어요. 애착은 좋은 것일 수 있으니까요. 둘 모두에게." 그녀가 말한다. 그녀는 내 파일을 읽었으니 내가 왜 여기 있는지 안다. 하지만 내가 솔로몬을 니코의 대체물로 여기고 있다고 생각한다면 그건 완전히 잘못 짚은 거다.

"이야기 나눠서 좋았어요, 레드베터. 다시 연락할게요." 그녀가 말한다.

그녀가 일어나고 나도 일어난다. 그녀와 다시 한번 힘찬 악수를 하고, 나는 방을 나서며 말을 너무 많이 한 건 아닌지 걱정한다. 더 말할 수도 있었지만, 피카디가 굴즈비를 자기 방식에 따르도록 훈련하고 있다는 이야기나 그의 절친 안셀모가 야간 근무를 마치고도 낮에 우리 작업장에 어슬렁거린다는 사실은 말하지 않았다. 어쩌면 애초에 입을 연 것부터가 실수였을지 모른다. 잭슨 상담관은 예측할 수 없는 존재다. 결론은 이거다. 누구를 믿어야 할지 모른다면 아무도 믿지 마라. 특히 직원은 더더욱.

～

저녁 식사 시간에도 솔로몬의 모습은 보이지 않는다. 8시에 문이 열리자, 소등 전 마지막 집합을 위해 매니와 나는 밖으로 나온다. "*이렇게 늦게까지 돌아오지 않을 리 없는데. 좋은 징조가 아니야. 무슨 일이 생긴 게 분명해.*" 내가 말한다.

"저기 봐." 매니가 말한다. 그의 시선을 따라 복도 끝을 보니 솔로몬이 있다. 그는 자기와 도허티가 지내는 감방을 지나, 좀비처럼 걸어서 내 쪽으로 다가온다. 가까이 오자 한쪽 얼굴이 퉁퉁 부은 게 보인다. 눈에 시커먼 멍이 들어 있다. 그가 이마를 내 가슴에 기대어 나는 그를 가만히 안아준다. "힘들었지? 이야기할래?"

그는 고개를 좌우로 흔든다. "그냥 죽어 버리는 게 나을 것 같아요." 그가 말한다.

나는 그를 떼어 내고 나와 눈을 마주 보게 한다. 그의 아랫입술이 덜덜 떨리고 눈물이 뺨을 타고 흘러내린다. "안 돼, 솔로몬. 그런 짓은 하지 마. 오늘 무슨 일이 있었든 너 자신을 해치지도 말고, 거기에 지지도 마. 배고프니?" 그는 온종일 아무것도 먹지 않았다고 말한다. "좋아, 거기 그대로 있어. 내가 뭐 좀 가져올게." 나는 다시 방으로 들어가 땅콩버터가 든 치즈 크래커 한 봉지와 아몬드 조이 하나를 집는다. 밖으로 나가 그에게 음식을 건넨다. 버저가 울리면서 마지막 점호 시간이 끝났음을 알린다.

"가서 좀 자. 내일 아침에 보자. 늦어서 괜히 찍히지 말고 제때 일어나. 나랑 같이 걸어가자." 내가 그에게 말한다.

그가 고개를 흔든다. "안 갈래요."

"가야 해, 솔로몬. 감방에 틀어박혀 오늘 일만 되새기는 건 *하지 마*. 제시간에 일어나서 나랑 같이 헛간으로 가고, 계속 바쁘게 지내야 해." 이걸 뭐라고 부르지? 거친 사랑?

이런 방식이 그에게 맞는지는 나도 모르겠다. 하지만 자기 연민에 빠져 허우적대다 자살이 답이라는 생각을 *내가* 했던 건 알고 있다. "여기, 이거 받아. 선물 아니야. 빌려주는 거야. 잃어버리지 마." 나는 그에게 강가에서 주운 돌을 건네며 말한다.

그는 그것을 힐끗 보더니 나를 올려다본다. "무슨 뜻인지 모르겠어요." 그가 말한다.

"저 뒤에 있는 강에서 주워 온 거야. 힘이 있는 돌이지."

그는 엄지와 검지 사이에서 돌을 굴리며 유심히 살핀다. 다시 나를 올려다보는 눈빛이 회의적이라는 걸 알 수 있다.

다음 날 아침 솔로몬은 제시간에 일어났지만 말이 없다. 그는 아침 배식 시간에 내 맞은편에 앉는다. 얼굴 한쪽의 부기는 가라앉았고 멍든 눈은 색이 변하기 시작한다. 교도관이 시간 다 됐다고 소리치자, 우리는 식판을 비우고 식당을 나와 말없이 헛간 쪽으로 걸어간다. "여기요." 솔로몬이 강에서 주운 돌을 돌려준다. 나는 조금 더 가지고 있어도 된다고, 당장 돌려줄 필요는 없다고 말한다. "잃어버리면 어떡해요." 그가 중얼거린다.

나는 마음대로 하라고 하고 돌을 다시 받는다.

29

2018년 11월
1,095일 중 484일에서 486일

피카디는 작업조가 모이기를 기다리며 팔굽혀펴기를 한다. 지난 주말 체급별 역도 대회에서 우승한 덕분에 요 며칠 기분이 좋다. "상품이 뭐였을까? 거울? 거기다 뽀뽀하라고?" 래치퍼드가 궁금해했다. 모두 그 말에 웃었다.

"다 모였나, 굴즈비?" 피카디가 묻는다. 굴즈비가 엄지를 치켜든다. "좋아. 잘 들어, 아가씨들! 오늘부터 며칠은 걸릴 일을 하나 시작한다." 피카디가 말한다.

"뭡니까, 보스?" 티토가 묻는다.

"본격적인 한파가 오기 전에 정비 부서에서 헛간을 다시 칠할 계획이다. 보다시피 페인트가 많이 벗겨졌어." 말이 끝나자마자 스펜서가 긁개, 철 솔, 나무 블록, 사포, 마스크가 가득 담긴 수레를 밀고 헛간에서 나온다. "둘씩 짝지어 일한다. 한쪽 면에 두 사람씩, 한 명은 사다리 위에서, 다른 한 명은 아래에서. 티토와 이스라엘, 너희는 동쪽 면을 긁어. 래치퍼드와 하르지트는 서쪽, 레드베터와 클랩은 뒤쪽. 스펜스 너랑 굴즈비 교도관은 앞면을 맡아." 굴즈비는 이 말에 잠깐 당황한 기색이지만 곧 표정을 정리한다. "그래도 괜찮지, 굴즈비?" 피카디가 묻는다. 굴즈비는 고개를 끄덕이며 반쯤 미소 짓는다.

나는 솔로몬의 얼굴을 보고 우리가 다시 함께 일하게 된 것에 그가 안도한다는 걸 알 수 있다. 나도 그런 셈이다. 잭슨이 상담사로서 마법을 부린 걸까? 아니면 그냥 우연일까? 아마 후자겠지. 교정국에서는 이렇게 빨리 일이 처리되지 않는다. 하지만 그녀가 개입했다면, 피카디는 분명 달가워하지 않을 것이다.

"사다리는 어디 있나요?" 하르지트가 묻는다.

굴즈비가 흙길을 따라 덜컹거리며 다가오는 픽업트럭을 가리킨다. 정비 부서 직원이 운전하고, 적재함 뒤로 연장 사다리 네 개가 튀어나와 있다. "오케이, 아가씨들. 장비 챙겨서 시작해! 서둘러!" 피카디가 말한다.

굴즈비가 적재함 문을 내리고 티토와 하르지트, 스펜스와 내가 사다리를 끌어내린다. 이스라엘이 고소공포증이 있다면서 자기는 아래에서 일하겠다고 한다. "저도요." 솔로몬이 말한다. 나는 그러라고 하면서도 사다리 반대쪽을 잡으라고 한다. 역시나 그는 반발한다. 스펜스랑 티토는 혼자 들고 가는데 왜 그러냐는 것이다. 내가 노려보자 그는 마지못해 따른다.

처음 한 시간은 큰 탈 없이 지나간다. 물론 솔로몬은 낙엽을 치웠을 때나 "빗자루" 소동 때처럼 페인트 긁는 일에도 별로 의욕적이지 않다. 위에서 긁어내는 페인트 조각과 먼지가 자기 머리와 눈에 떨어진다고 불평해서, 그 문제를 어떻게 해결할 수 있을지 생각해 보라고 한다. "아." 그는 그렇게 말하고 반대편으로 자리를 옮긴다. 카바네로에게 말했듯, 그는 아직 다듬어지는 중이다.

굴즈비가 점심시간이라고 소리쳐 솔로몬에게 먼저 가라고 말한다. 구석에 남은 작은 부분만 조금 더 긁어내고 바로 가겠다고. 솔로몬이 모퉁이를 돌아 사라지고 피카디가 다가온다. 그는 사다리 밑에 서 있다가 내가 내려오자 내 어깨를 붙잡고 말한다. "어제 오후에 네 새 친구를 만났어."

누굴 말하는지 알지만 나는 모르는 척한다. "어떤 새 친구 말입니까?" 그는 어깨를 놓고 내 얼굴의 마스크를 잡아당겨 내린다. "잭슨 말이야. 그 여자에게 엄청나게 떠들어 댔던데, 안 그래? 네가 클랩이랑 무슨 부자 관계라도 되는 것처럼 말했다며."

그 말을 한 건 내가 아니라 그녀라고 밝힌다.

"그 여자는 네가 아버지로서 어떤 전력이 있는지 모르나 봐?"

그가 나를 도발하지만 나는 무표정한 얼굴로 서서 이 상황이 끝나기만 을 기다린다.

"아니면 우리가 말하는 그런 종류의 관계가 아닌가? 너랑 그 얼간이 꼬마가 남자들끼리 하는 사랑을 하는 건가? 그래서 네가 그 애 아빠가 되고 싶은 거야?"

내 오른손이 절로 주먹을 쥐는 게 느껴진다. "아뇨, 피카디 교도관님. 하실 말씀은 그게 다입니까?"

"아직 안 끝났어." 그는 코앞까지 다가온다. "체면 구겨지게 상담관이 또다시 내 작업반 인원 배치에 대해 이래라저래라 하게 만들면, 그땐 반드 시 대가를 치르게 할 거야. 알아들어?"

"네, 교도관님. 이해했습니다. 이제 점심 먹으러 가도 되겠습니까?"

"물론이지. 클랩이 아빠 자리까지 맡아 놨을지도 모르겠군."

～

퇴근 후 나는 매니에게 오늘 일을 이야기한다. '네가 그 애에게 마음 쓰는 건 알아, 코비. 하지만 조심해. 피카디는 너한테 유난히 이를 갈고 있어. 게다가 열등감이 강한 인간이라 상관이 자기 권한을 건드리면 발끈하지. 특히 자신감 넘치는 흑인 여자라면 더 그렇고. 네가 제일 피해야 할 건 교정 부서와 상담 부서 사이의 자존심 싸움에 끼어드는 거야."

그 말이 옳다는 걸 안다.

페인트를 긁어내는 둘째 날, 작업 배정이 다시 뒤섞인다. 나와 솔로몬만 그대로 두고. 피카디가 대놓고 상부에 반기를 들지는 않겠지만, 매니 말이 맞다. 나는 몸을 사려야 한다. 다행히 오전 내내 별일 없이 흘러간다.

점심시간에 피카디는 굴즈비를 남겨 두고 언덕을 넘어 시설 쪽으로 가버린다. 나중에 다시 작업에 들어가 사다리 위에서 보니 그는 교도소 쪽이 아니라 숲에서 나온다. 안셀모도 함께인데, 더 크게 들리는 건 안셀모의 목소리다. "이게 순하다며? 나 대박 *취했잖아*. 좀 앉아야겠어." 그가 풀밭에 털썩 주저앉자 피카디도 옆에 앉는다. 무슨 농담을 했는지 둘이 낄낄거린다.

나는 솔로몬이 이 광경을 보거나 들었는지 확인하려 아래를 내려다보지만, 그의 관심은 다른 데 가 있다. 언덕 꼭대기에서 암컷 칠면조 한 마리와 새끼들이 땅을 쪼며 빙빙 돌고 있다. 예전에 그가 유심히 지켜보던 바로 그 무리라면, 새끼들이 자랐다. 깃갈이를 시작했는지 태어날 때의 솜털은 거의 다 빠졌다. 솔로몬이 그들을 향해 대여섯 걸음 다가가자, 어미가 쉭 소리를 내며 깃털을 부풀리고, 새끼들은 사방으로 흩어졌다가 그 자리에서 얼어붙는다. 솔로몬은 걸음을 멈추고 어미는 어떻게든 괜찮다는 신호를 보낸다. 새끼들은 다시 움직여 어미 곁으로 모이고, 벌레와 씨앗을 찾아 땅을 쫀다. 그들은 솔로몬과 대마에 취한 두 교도관의 딱 중간에 있다.

"너는 못 한다에 10달러 건다." 안셀모의 목소리가 들린다. 뭘 하라는 거지, 나는 생각한다.

"못 하긴 뭘 못 해. 저 멍청한 새 한 마리가 지난주에 내 머스탱 문짝을 쪼아서 흠집을 냈어. 세차하고 왁스칠까지 끝냈는데 말이야. 문짝에 반사된 자기 모습을 보고 적인 줄 알고 공격한 거지. 얼마나 멍청하냐? 샌번이 교대하러 왔다가 보고 쫓아냈지.”

그는 바닥에서 일어나 허리의 홀스터에서 페퍼 스프레이 통을 꺼낸다. 그리고 권총을 쏘듯 두 팔을 뻗으며 외친다. “이건 너한테 주는 거다, 이년아!” 스프레이를 쏜다. 어미 칠면조가 정통으로 맞는다. 어미는 귀를 찢는 듯한 고통에 찬 비명을 지르며 바닥에 쓰러진다. 날개로 땅을 마구 치며 몸부림친다. 겁에 질린 새끼들은 어미 주위를 정신없이 빙빙 돈다.

안셀모는 웃으며 친구를 “완전 미친 새끼”라고 부르고 다친 새를 누가 발견해서 문제 삼지 않기를 바란다고 한다. 피카디는 괜한 걱정을 한다고 말한다. 그러고는 어미에게 다가가 머리를 짓밟고, 두 다리를 잡아 번쩍 들어 올려 숲속으로 내던진다. “10달러 잊지 마.” 그가 상기시킨다.

솔로몬이 이 모든 장면을 봤다는 걸 그가 페인트 긁개를 무기처럼 치켜든 채 피카디에게 달려드는 걸 보고서야 나는 깨닫는다.

“안 돼, 솔로몬! 멈춰!”

내 외침을 들은 안셀모와 피카디가 돌아서서 자살 특공대처럼 돌진하는 솔로몬을 막는다. 안셀모가 그의 손목을 붙잡아 비틀자 솔로몬은 고통에 비명을 지르며 긁개를 떨어뜨린다. 피카디는 뒤에서 그를 들어 올려 그대로 바닥에 내리꽂는다. 솔로몬이 “당신이 그 새를 죽였어! 그 애들 엄마를 죽였다고!” 하고 소리친다. 피카디가 그에게 다가가자 솔로몬은 태아처럼 몸을 웅크린다.

나는 지금 벌어지는 일을 막기 위해 최대한 빨리 사다리를 내려온다. 피카디는 군화 신은 발로 솔로몬의 목을 누르다가 잠시 힘을 빼더니, 그의 머리와 옆구리를 발로 걸어찬다. 한 번, 두 번. “그만해!” 내가 소리친다.

그는 홱 돌아서서 얼굴이 벌겋게 달아오른 채 격노한다. “상관하지 마,

레드베터. 아니면 이번엔 네가 바닥에 눕게 될 거야!"

안셀모가 친구에게 진정하라고 말한다. "저놈들 때문에 이럴 가치가 없어." 그는 겁먹은 듯 보이지만, 피카디는 여전히 분노에 차 있다.

뒤에서 무슨 일이냐고 묻는 목소리가 들려서 돌아본다. 굴즈비 교도관이다. 소란에 이끌려 다른 작업조원들도 굴즈비 교도관 뒤에 서 있다. "구경 그만하고 일이나 해!" 피카디가 그들에게 소리친다.

"여기 볼 거 없어." 안셀모가 말한다.

몇몇이 솔로몬과 나를 번갈아 보며 방금 무슨 일이 있었는지 묻는 얼굴을 한다. 나는 고개를 젓는다. 지금은 아니다. 아마도 나중에. 굴즈비의 표정을 보니 그 역시 무슨 일이 있었는지 모르고 있다.

구경꾼들이 흩어진 뒤 나는 솔로몬이 얼마나 다쳤는지 보려고 다가간다. 하지만 피카디가 내 앞을 가로막는다. "이 작은 또라이는 네가 통제하기로 한 거 아니었어? 그래서 내가 너희 둘을 같이 일하게 한 거 아니었냐고?" 그가 말한다.

나는 거기 서서 그를 노려보며 아무 말도 하지 않는다.

"너 이 자식이 아무 이유 없이 교도관을 공격하려고 한 거 봤지? 조사라도 나오면 그 점을 분명히 확인해 줘야 할 거야." 피카디가 말한다.

"하지만 이유가 *있었잖아요*. 당신이 죄 없는 동물에게 페퍼 스프레이를 쏘는 걸 솔로몬이 봤어요."

그의 동공은 대마에 취해 여전히 풀려 있었지만, 눈빛에 증오가 번뜩인다. 그는 내 코앞까지 다가온다. "넌 아무것도 못 봤어. 알겠어?" 내가 대답하지 않자 그가 말한다. "넌 이 꼬마 또라이가 이유도 없이 나를 공격하려 한 것 빼곤 아무것도 못 봤어." 그의 입에서 침이 튀어 내 얼굴에 떨어진다. "딴소리하면 네 인생을 지옥으로 만들어 주겠어. 알겠어? 사다리로 다시 올라가, 아빠. 네 애인 새끼를 여기서 끌어내야 하니까." 나는 주머니에 손을 넣은 채 강에서 주운 돌을 만지작거리며 서 있다. "이건 명령이야. 복종 거부로 적히고 싶지 않으면 시키는 대로 해." 그가 말한다.

"좋아요. 그렇게 해요. 나를 복종 거부로 적으면, 나도 당신이 한 일을 적을 테니까." 내가 마침내 말한다.

"계속 그렇게 까불어 봐, 거물 양반. 널 박살 낼 테니까." 그가 말한다.

"피카디는 진심으로 하는 말이야. 현명하게 처신하는 게 좋을 거야." 안셀모가 덧붙인다.

나는 명령대로 사다리를 오르며 어깨 너머로 그들이 솔로몬을 일으켜 세우는 걸 본다. 피카디는 굴즈비에게 잠깐 처리할 일이 있지만 퇴근 전에는 돌아오겠다고 소리친다.

"알겠습니다, 보스." 굴즈비가 소리쳐 대답한다.

나는 더 위로 올라가 세 사람이 떠나는 모습을 지켜본다. 안셀모와 피카디는 솔로몬의 겨드랑이 아래로 팔을 끼워서 그를 뒤로 걷게 하며 데려간다. 반쯤은 걷고 반쯤은 질질 끌려가는 모습이다. 피카디가 그를 바닥에 내동댕이친 걸 생각하면 그가 다쳤을지도 모른다. 게다가 발길질까지 했으니 갈비뼈가 하나 이상 부러졌을 수도 있다. 사다리 위에서 보니 그들은 솔로몬을 시설이 아니라 숲속으로 데려간다. 내 이성은 여기 남아 페인트나 긁으라고 말한다. 나는 그를 도울 수 없다고. 하지만 나는 사다리를 내려간다.

그들이 들어간 숲으로 들어가 피카디의 목소리를 따라간다. 제법 굵은 참나무 뒤에서 상황을 지켜본다. 그들은 아이를 네 발로 엎드리게 했다. 피카디가 더 크게 하라고 명령하자, 솔로몬은 개처럼 짖는다. *"안 들려."* 피카디가 계속 말한다. 그는 솔로몬이 다시 반복하게 만든다. 결국 솔로몬의 목소리는 짖는 소리와 흐느낌이 뒤섞인다. 저 개자식들이 하는 짓을 보고 있자니 머리가 어질어질하다. 쓰러지지 않기 위해 나무에 몸을 기댄다.

안셀모가 솔로몬에게 왜 그 멍청한 칠면조 때문에 그렇게 흥분했냐고 묻는다. 자기는 무방비 상태의 개들을 여러 마리 죽여서 감옥에 들어온 주제에 말이다.

"몰라요! 나도 모른다고!" 솔로몬이 운다.

피카디는 그 불쌍한 개들이 처형될 때 어떤 소리를 냈는지 듣고 싶다고 말한다. 솔로몬이 기억나지 않는다고 하자 피카디가 페퍼 스프레이를 꺼낸다. "빨리 기억해 내. 아니면 칠면조 대접을 받게 될 테니까." 완전히 무너진 채 겁에 질린 솔로몬은 울부짖기 시작한다. 그 광경을 보고 있자니 속이 뒤집혀서 어떤 대가를 치르더라도 멈춰야겠다고 생각한다.

나는 나무 뒤에서 나와서 "어이!"라고 소리친다. 솔로몬과 그를 괴롭히던 두 사람이 나를 올려다본다. 나는 돌아서 달린다.

숲을 거의 벗어날 무렵 처참하게 망가진 채 죽은 칠면조를 발견한다. 왜 그랬는지 모르겠지만 그것을 집어 안고 계속 달린다. 공터에 도착해 헛간 쪽을 돌아보니 굴즈비가 서서 나를 바라본다. 나는 방향을 틀어 B동 쪽으로 달린다. 이 일이 정말 지금 일어나고 있는 건가? 내가 이렇게까지 할 일인가? 그래! 피카디와 그의 협박 따위는 엿 먹으라 그래! 이번에는 그냥 넘어가게 놔두지 않겠어…… 빌어먹을 상담 절차도 집어치워! 약속 잡고 기다릴 생각 없어. 그녀는 *지금* 나를 만나야 해! 나는 건물 안으로 들어가 1층에 있는 잭슨의 사무실로 향한다.

내가 문을 벌컥 열고 들어가자 그녀가 깜짝 놀란다. "레드베터?" 그녀는 내가 들고 있는 죽은 암컷 칠면조를 보고 다시 나를 올려다본다. 나는 숨이 턱까지 차오른 채, 내 모습에 겁먹은 그녀의 표정을 보고 설명하려 하지만 말이 잘 나오지 않는다. 숨이 가쁘다.

"진정해요." 그녀가 말한다. 하지만 그러지 못한다. 심장이 미친 듯이 뛴다. 몸이 떨리기 시작한다. 과호흡이 온다. 나는 간신히 말을 짜낸다.

"공황…… 발작."

"알았어요. 앉아서 숨을 깊게 쉬세요." 나는 그녀가 하라는 대로 한다. 죽은 새를 내 옆 바닥에 내려놓는다. 파텔 박사가 전에 했던 말이 떠오른다. *공황 발작은 치명적이지 않아요.*

조금 진정되자 그녀는 보온병 뚜껑을 돌려 열고 종이컵에 물을 따른 뒤 마시라고 한다. 급하게 들이켜다 사레가 걸린다. "천천히, 속도를 줄이고, 조금씩 마셔요." 그녀가 말한다. 눈물을 닦아 내자 왼쪽 눈이 따끔거리기 시작한다. 손에 칠면조의 페퍼 스프레이 잔여물이 묻은 걸 깨닫는다. 내가 왜 비명을 지르는지 설명하자, 그녀는 물을 더 따라 주고 컵을 눈에 대고 계속 깜박이라고 한다. 나는 따끔거림이 멎을 때까지 그녀의 지시대로 한다.

내가 마침내 무슨 일이 있었는지 말할 수 있게 되자, 그녀는 차분하고 전문적인 태도로 듣는다. "하지만 솔로몬이 무기를 가지고 피카디 교도관에게 돌진했다면 교도관도 자신을 방어할 권리가 있지 않았을까요?"

"네, 그렇긴 하지만 이미 그를 바닥에 눕혀 제압한 상태였어요. 그런데 왜 아이의 옆구리를 차고 머리를 차고 목을 밟았겠습니까?"

"그 장면을 다른 사람이 목격했나요?"

"안셀모뿐이에요. 하지만 그는 절대 친구를 배신하지 않을 겁니다."

"숲으로 데려갔을 때는요? 그들이 그 아이에게 무엇을 시켰는지 당신의 진술을 뒷받침해 줄 사람이 있나요?"

나는 고개를 젓는다. "솔로몬 말고는 없어요."

그녀는 깊은 한숨을 쉬며 고개를 젓는다. "좋아요. 고충 처리 제도가 어떻게 작동하는지 설명해 드릴게요. 우선 수감자는 다른 수감자를 대신해 고충을 제기할 수 없어요. 클랩 본인이 행정 구제 신청서를 제출해서 공식적인 검토를 요청해야 합니다. 그러면 당신 구역의 행정 구제 담당자가 그 민원을 진행할지, 아니면 기각할지 결정하게 됩니다."

"그 담당자는 누구인가요? 대위? 구역 관리자?"

"아직 그 단계는 아닙니다. 같은 건물에 근무하는 다른 교정관이 맡습니다. 보통은 고충 대상이 된 교정관 편을 들지 민원을 제기한 수감자 편을 들지는 않습니다. 항상 그런 건 아니지만, 대체로 그렇게 흘러갑니다."

"그러니까 판이 이미 기울어 있다는 말이군요. 기각되면 항소할 수는 있나요?"

"할 수는 있어요. 하지만 이 경우에는 가능성이 거의 없습니다. 말씀하신 대로 안셀모 교도관이 피카디 교도관의 진술을 뒷받침한다면, 한 수감자의 주장과 두 교도관의 진술이 맞서는 셈이 되니까요."

"하지만 제가 솔로몬의 말이 맞다고 확인해 줄 겁니다. 그러면 2대 2 아닙니까?"

"그렇다면 어느 쪽 진술이 더 힘을 얻을지 생각해 봤나요?"

그 말에는 내가 할 말이 없지만, 나는 물러서지 않는다. "그 아이를 걸어찬 건요? 개처럼 짖게 했어요. 피카디는 여기서 온갖 더러운 짓을 하고도 넘어갔지만, 이번 건은 선을 넘었어요. 그 사람은 가학적인 인간입니다. 문제는 그의 삼촌 때문에 사실상 건드릴 수 없는 존재라는 겁니다."

"삼촌이 누군데요?" 그녀가 묻는다.

"자브라우스키 부소장이요."

그녀는 얼굴을 찡그린다. 그 사실은 몰랐다고 말한다.

나는 자리에서 일어나 죽은 새를 집으러 간다. "그건 그대로 두세요." 그녀가 말한다. 나는 문손잡이에 손을 얹은 채 멈춰 서서 그녀를 돌아본다. "제 말 믿으세요? 이 모든 일이 실제로 벌어졌다는 걸?"

"믿어요. 사실 당신이 여기 들어왔을 때 상태만 봐도 알 수 있었어요." 그녀는 내게 다시 앉으라고 말한다. "보세요. 상담 부서가 교정 부서의 권위에 도전하려고 하면 상황은 금세 위험해집니다. 저는 용기를 내서 그런 시도를 했다가 해고된 엔필드의 상담사를 압니다. 레드베터, 저는 실직한 남편이 있고, 부양해야 할 딸이 있고, 주택담보대출과 자동차 할부금도 있습니다. 그러니 당신이 이 일을 끝까지 밀고 나갈 생각이라면, 저는 거기까지 함께할 형편이 안 됩니다. 그리고 이 일을 감행하겠다고 결정하기 전에, 당신과 클랩 둘 모두에게 어떤 여파가 따를지 생각해 보세요. 아무리 정당하더라도, 당신은 이 문제를 해결할 위치에 있지 않습니다. 그리고 솔로몬이 방금 트라우마가 될 만한 추악한 일을 겪었는데, 그 아이를 또다시 비슷한 상황에 노출하고 싶나요?"

나는 고개를 젓는다. "어차피 그 아이는 너무 겁이 나서 그들을 고발할 용기를 내지 못할 겁니다. 그리고 저 칠면조가 행정 구체 신청서를 낼 것 같지도 않고요." 그녀는 내 블랙 유머를 이해하지 못했거나, 아니면 다른 생각을 하는 것 같다.

"사실 그건 당신이 고충을 제기할 수 있는 사안이긴 합니다. 하라는 말은 아니지만, 클랩과 관련되지 않은 유일한 문제니까요. 최소한 직접적으로는요." 나는 기다린다. "무방비한 동물을 상대로 한 국가 지급 무기의 부적절한 사용. 하지만 그것 역시 결과가 다르진 않을 겁니다. 여전히 당신의 말과 그들의 말이 맞서는 구조일 테니까요."

"증거가 있다면 다르지 않을까요? 핸드폰 있으세요? 사진을 몇 장 찍어 주시면 제가 쓸 수 있을 텐데요."

그녀는 그들이 제일 먼저 그 사진을 어떻게 찍었냐고 물을 거라고 한다.

"그리고 당신에겐 딸과 주택담보대출과 자동차 할부가 있죠. 알겠습니다."

"내가 할 수 있는 일이 하나 있어요. 클랩을 병원으로 보내 부상을 진찰받게 하고, 엑스레이도 찍게 할게요. 거기 있는 동안 심리 평가도 받게 해 달라고 요청할게요. 단순히 의료실로 데려가 타이레놀 몇 알을 쥐여 주는 것으로 끝나지 않도록 긴급 사안으로 표시하겠습니다. 클랩은 분명 정신과 시설에 있어야 할 상황이니 주 정부가 그를 이곳에 둬선 안 되는 거죠. 저 혼자 힘으로는 전출시키지 못할 수도 있지만, 병원에서 주는 보고서가 있으면 도움이 될 겁니다."

나는 내 말을 들어 주고 진지하게 받아들여 줘서 고맙다고 말한다. 그녀는 솔로몬을 신경 써 줘서 고맙다고 한다. "하지만 당신도 걱정돼요. 자신을 돌봐야 합니다. 블랙홀에 대해 아는 게 있나요, 레드베터?" 그녀가 묻는다.

"한번 빨려 들어가면 아무것도 빠져나오지 못한다는 건 압니다."

"바로 그거예요." 그녀가 말한다.

나는 자리에서 일어나 일터로 돌아가야겠다고 말한다. 그리고 내가 죽은 칠면조를 어떻게 처리했으면 좋겠냐고 묻는다. 그녀는 그대로 두라고, 자신이 처리하겠다고 한다. "어떻게든 말이죠."

그녀의 사무실을 나와 작업장으로 돌아가며 각오를 다진다. 그리고 솔로몬의 문제에 지나치게 감정적으로 개입한 스스로를 꾸짖기 시작한다. 물론 그 아이가 안쓰럽고 돕고 싶기는 하지만, 그는 사실 내가 책임질 아이가 아니다. 잭슨에게는 부양해야 할 딸이 있고, 나에게도 있다. 내가 메이지를 부양하는 최선의 방법은 이곳에서 몸을 사리며 지내다 나가서 다시 딸의 삶으로 돌아가는 것이다. 솔로몬이 아니라 메이지가 내 자식이다. 그래도 나는 잭슨이 생각하는 것만큼 무력하지 *않다*. 안셀모와 피카디가 해고당하게 만드는 건 가능성이 희박하지만, 아예 불가능한 건 *아니다*. 무방비하고 말 못 하는 동물에게 국가가 지급한 무기를 썼으니까. 누군가는 저 두 사람이 저지른 만행을 폭로해야 한다.

헛간으로 돌아오자 해가 기울어 간다. 다른 작업조원들이 페인트를 긁는 소리가 들린다. 퇴근까지 한 시간쯤 남은 것 같다. 내가 긁개를 집어 들고 사다리를 오르기 시작했을 때 누군가 내 발을 붙잡는다. "이봐! 뭐 하는 짓이야?" 내가 소리친다. 고개를 돌려 아래를 내려다보니 피카디가 있고, 그 뒤에 굴즈비가 서 있다.

"말해, 굴즈비 교도관." 피카디가 말한다.

"건물로 돌아가, 레드베터. 너는 작업조에서 제외다." 그가 말한다.

"좋은 자리였지만 네가 걷어찬 거야." 피카디가 덧붙인다.

나는 지금 마음속에 있는 말을 내뱉고 싶어진다. 교도관들 당신들이야말로 우리보다 훨씬 좋은 걸 누리고 있잖아. 피자 파티에, 대마 파티에, 아무도 당신들을 감시하지 않는 자유까지. 그 말을 하면 피카디의 얼굴에 떠오른 잘난 척하는 표정이 싹 사라지겠지. 하지만 그 대가는 몇 배로 치르게 될 게 뻔하다.

B동으로 걸어가며 결심한다. 다른 작업조원들이 집요하게 캐묻더라도 입을 다물겠다고. 말은 적을수록 좋다. 나는 건물로 들어가 우리 층 통제 데스크 앞에 멈춘다. "무슨 일이야?" 맥그레비 교도관이 묻는다. 나는 행정 구제 신청서가 필요하다고 말한다. 맥그레비와 나는 그동안 별 문제가 없었지만, 신청서를 건네는 그의 눈빛에 의심이 서려 있다. 작성한 뒤 어디에 제출하느냐고 묻자, 그가 데스크 끝에 있는 잠긴 상자를 가리킨다.

"이걸 누가 읽습니까?" 내가 묻는다.

"이 동의 고충을 처리하는 유닛 교도관." 그가 대답한다.

"유닛 교도관이라면 일반 교도관 말입니까?" 그가 고개를 끄덕인다. "그 사람이 누군데요?" 그는 그 정보는 내가 알 수 있는 게 아니라고 한다.

"피카디는 아니죠? 안셀모도 아니고?"

그는 주변을 둘러보며 누가 있는지 확인한 뒤 고개를 젓는다.

"그럼 민원을 작성해 상자에 넣으면 그다음엔 어떻게 됩니까?"

"상황에 따라 다르지. 고충 담당자가 민원을 기각하거나, 상급자인 유닛 감독관에게 넘기거나, 때에 따라 대위나 중위에게 올리기도 하고."

"소장에게는 안 올라가죠?"

"맙소사, 레드베터. 지금 뭐 하자는 거야? 스무고개 하냐? 백 번 중 한 번쯤은 소장실까지 올라가기도 하지만, 보통은 그 전에 처리돼. 굳이 문서로 남기지 말고 그냥 당사자끼리 이야기해서 해결할 수는 없는 거냐? 그런식으로 해결할 수 없겠어?" 나는 절대 안 된다고 말한다.

감방으로 돌아가는 길에 내 고충 처리 신청서를 읽게 될 교도관이 누구일지 짐작해 본다. 크랫? 에르난데스? 어쩌면 맥그레비 자신일지도 모른다. 누구든 다른 교도관들 상당수가 피카디를 한심한 인간이라고 생각하는 것 같으니 이 건이 다음 단계로 넘어갈 가능성도 있다. 우리 유닛 책임자는 그레이엄 대위다. 그녀는 현실적이고 단호하지만 공정한 사람처럼보인다. 만약 그녀 선까지 올라가면 후속 조치를 하고, 질문을 던지고, 더위로 올릴지도 모른다. 한번 해 볼 만한 가치는 있다.

감방으로 돌아오자 매니가 오늘 어땠냐고 묻는다. 나는 웃음을 터뜨리고 만다. 전혀 웃을 일이 아닌데도. 나는 그에게 작업조에서 쫓겨났다고말한다.

"왜?" 그가 묻는다.

"피카디랑 안셀모가 솔로몬을 학대했어. 그래서 일을 중단하고 잭슨에게 신고했어."

"와우, 배짱이 두둑한 짓이거나 멍청한 짓이거나 둘 중 하나네. 어떻게학대했는데?"

"아이를 바닥에 내던지고 발로 걷어찼어. 그리고 숲으로 끌고 가 네 발로 기게 하고, 빌어먹을 개처럼 짖게 했어." 그걸 다시 생각하는 것만으로도 분노가 끓어오른다.

"맙소사, 끔찍한 짓을 했군. 그렇지만 난 더한 것도 봤어, 코비."

나는 방금 말한 걸 절대 퍼뜨리지 않겠다고 약속하라고 한다. 이건 내가 처리할 거라고. "잭슨이 솔로몬을 병원에 보내서 검사받게 할 거야. 엑스레이도 찍고 정신과 상담도 받게 하고. 물론 앞으로 어떻게 될지는 모르겠지만. 하지만 진심이야, 매니. 이 일은 아무에게도 말하지 마."

"알았어. 알았다고. 무슨 말인지 알겠다니까. 참나."

"그 애가 걱정돼서 그래. 걔는 그냥 망가진 애일 뿐이야."

"나는 누가 걱정되는지 알아, 코비? 너야. 넌 그 애 일에 너무 깊이 얽혀 들었어. 그래, 그 애가 도움이 필요하고 여기 있어선 안 되는 건 맞아. 하지만 네가 그 애 대신 싸워 줄 수는 없어."

"알았어, 매니. 물어보지도 않은 충고 고맙다."

나는 두꺼운 신화 책을 무릎에 올리고 연필을 집어 행정 고충 처리 신청서를 작성하기 시작한다. "그게 뭐야?" 그가 묻는다.

나는 제목을 읽어 준다. "CTDOC 양식 16-E, 직원의 부적절한 행위 혐의에 관한 행정적 구제. 여기서 쓰는 이 온갖 말장난들 참 웃기지 않아? 행정적 구제라니? 진짜 구제는 이 일로 피카디와 안셀모 모가지가 날아가는 거야."

"그 애를 괴롭힌 걸로? 조금 거칠게 다뤘다고?"

"아니. 다른 수감자를 대신해서는 신청서를 낼 수 없어. 이건 그들이 칠면조에게 한 짓 때문이야." 그는 어리둥절한 표정으로 웃음을 터뜨린다. "칠면조? 무슨 칠면조?"

"신경 쓰지 마. 난 우선 이거부터 끝내고 싶어. 다 쓰면 읽어도 돼."

하지만 오늘 하루 동안 일어난 일 때문에 진이 빠졌고, 감정적으로도 너무 격앙돼서 글을 제대로 쓸 수 없다. 나는 서너 문장을 쓰고 멈춘다. 나머지는 내일 써야지. 이제 더 이상 일도 나가지 않으니 시간은 충분할 것이다.

나는 침대에 털썩 누워 벽을 향해 얼굴을 돌리고 눈을 감는다. 그 장면이 영화처럼 머릿속에서 재생된다. 그들이 솔로몬을 어떻게 다치게 했는지, 어떻게 창피를 줬는지. 막 잠이 들려는 순간, "나라면 그러지 않겠어."라는 말이 들린다. 고개를 돌리자 매니가 내 침대 옆에 서 있다. 손에 신청서를 쥐고서.

"하지만 넌 내가 *아니잖아, 매니.*"

"이러지 마, 코비! 이런 일이 어떻게 돌아가는지 너도 *알잖아.* 안셀모와 피카디는 서로 감싸고 돌 거고, 결국 네가 다 뒤집어쓸 거야. 그러고 나면 놈들이 보복하려 들겠지. 솔직히 말해서 난 그사이에 끼고 싶지 않아."

"이건 *네가* 상관할 일이 아니야, 매니."

"빌어먹을, 아니긴 뭐가 아니야! 만약 그들이 우리 감방을 또 털어서 내 물건까지 뒤지면? 내가 숨겨 둔 것까지 보면? 네 그 잘난 척 때문에 나까지 밀반입 딱지를 받고 싶지 않단 말이야."

그는 위층 침대로 올라가 팔짱을 낀 채 입을 삐죽 내민다.

"난 잘난 척하는 게 아니야! 그 깡패 둘에게 맞서는 거라고."

그는 다시 밑으로 뛰어내려 뒤쪽 창가로 간다. 그리고 내게 등을 돌린 채 말한다.

"그깟 칠면조 하나 때문에 두 얼간이를 날릴 수 있다고 생각한다면 넌 완전히 정신 나간 거야. 그들의 노조까지 상대할 생각이야? 피카디의 삼촌까지?"

"아니, 하지만 내 민원이 윗선으로 몇 단계만 올라가면, 최소한 저 둘을 주시할 필요가 있다는 걸 관리부에 알릴 수는 있어."

그는 몸을 홱 돌려 다시 나를 마주 본다.

"그래, 그렇게 굳이 위험을 감수하겠다면 몸조심해. 그리고 나까지 끌어들이진 마."

나는 그의 손에서 신청서를 낚아채며 진정하라고 말한다.

"망할, 나도 내가 뭘 하는지 안다고, 매니."

"하!" 그가 말한다. 그리고 다시 침대로 올라가 이불을 머리까지 뒤집어 쓴다.

~

다음 날 아침 식사를 하러 가는 길에 나는 솔로몬의 감방 동료 도허티를 따라잡는다. "그 애는 어때?" 내가 묻는다. 그는 어깨를 으쓱한다. 아직 병원에서 돌아오지 않았다고 한다. 그들이 솔로몬을 병원에서 자게 했다는 건 무슨 뜻이지? 그렇게 많이 다쳤나? 아이가 정신적으로 무너졌나?

식사를 마친 뒤 돌아와 다시 신청서를 쓰기 시작한다. 근무 중에 그들이 대마초를 피웠다는 부분을 넣을지 말지 몇 번이나 고민하다가 빼기로 한다. 그건 입증하기 너무 어려워서 동물 학대 부분에 집중한다. 그들은 *10달러 내기를 했다…… 피카디가 암컷 칠면조에게 페퍼 스프레이를 뿌렸다…… 칠면조가 고통스러워하면서 아직 살아 있는데 머리를 짓밟고 숲으로 던져 버렸다…… 새끼들은 아직 날지 못하니 어미의 보호를 받지 못해 쉬운 먹잇감이 될 것이다.* 신청서 끄트머리에 그 한마디는 보태지 말았어야 했다. *만약 이 사안이 심각하게 받아들여지지 않아서 적절하게 처리되지 않는다면, 나는 피카디와 안셀모 경관이 무방비 상태의 동물과 그 새끼들에게 가한 잔혹 행위를 동물보호협회(SPCA)에 알릴 수밖에 없다.*

지침에는 신청서 분량을 양식 뒷면과 추가 한 장으로 제한하라고 나와 있다. 마지막 반쪽에 글씨를 최대한 작게 써서 간신히 맞춘다. 5분 휴식 시간에 맞춰 감방 문이 열리자 나는 신청서를 제출함에 넣기 위해 책상으로 걸어간다. 하지만 그 앞에 서서 망설인다. 어쩌면 매니 말이 맞을지도 모른다. 괜히 나섰다가 일을 키우는 건 아닐까. 하지만 페퍼 스프레이 건으로 불려 들어가게 되면, 그때 솔로몬 이야기도 꺼낼 수 있을 것이다. 문제는 매니처럼 생각하면 패배주의에 빠진다는 점이다. 잭슨도 내가 승산이 없을 거라고 했다. 둘 다 수감자들은 힘이 없다고 단정한다. 하지만 그렇지 않을수도 있잖아. 나는 조금씩 용기를 잃어 가지만, 이미 시작한 일이다. 솔로몬을 위해 그리고 나를 포함해서 그들이 괴롭혀 온 다른 이들을 위해 나는 그 양식을 함 안으로 밀어 넣는다.

감방으로 돌아가는 길에 도허티가 나를 세운다. "방금 교도관 몇 명이 들어와서 솔로몬 짐을 다 싸 갔어. 여기서 전출됐다고 하는데 어디로 가는지는 말을 안 해 주더라고." 잭슨 상담관이 일종의 기적을 일으켜서 그 불쌍한 애를 정신 치료 시설로 옮겨 줬기를 바란다. 그가 이곳을 벗어나게 돼서 안도하는 한편으로, 작별 인사도 하지 못하고 행운을 빌어 줄 기회도 없었던 게 아쉽다. 그 애는 나를 미치게 했지만, 벌써 빈자리가 느껴진다. 어제까지 여기 있던 아이가 오늘은 없다.

30

2018년 12월

1,095일 중 508일에서 513일

신청서에 대한 답변을 기다린 지 3주가 지났지만 감감무소식이다. 그래서 토요일에 출입증을 받아서 도서관으로 향한다. 동물보호협회의 주소를 알아내야 한다. 협회에 알리겠다고 위협했을 때는 실제로 그럴 생각이 없었지만, 민원에 응답이 없는 걸 보니 내가 진짜로 밀어붙이는지 보겠다는 모양이다. 그러니 정말 실행에 옮겨야겠다고 생각한다. 밀먼 부인이 자리에 없어서 하비에게 사무실 컴퓨터로 주소를 찾아보게 한다.

나는 협회에 보낼 세 장짜리 편지를 쓰고 우표를 붙여 발신 우편함에 넣는다. 다음 날 오전 느지막이 매니는 일하러 갔고, 나는 감방 청소를 한다. 그때 열여덟쯤 되어 보이는 새 교도관이 문을 열고 들어온다. "방 수색이다." 그가 말한다.

매니의 물건은 하나도 건드리지 않고 내 물건, 그러니까 매트리스, 침대 시트, 베개, 책, 미술 도구, 세면도구만 방 한가운데에 쌓인다. "특별히 찾는 게 있습니까, 교도관님?" 내가 묻는다.

그는 그저 지시를 따르고 있을 뿐이라고 말한다. 그러더니 내 플라스틱 샴푸 통을 집어서 내 물건들 위에 쭉 짜 버린다. "누가 내린 지시죠?" 내가 묻는다. 대답이 없자 나는 괜찮다고 말한다. 피카디라는 거 안다고.

"나는 아무것도 몰라. 아, 그리고 '꼬끼오, 꼬끼오, 꼬끼오'라고 전하라더군. 자, 수색 끝. 어질러 놔서 미안." 그가 말한다.

다음 날 한밤중에 누군가 내 어깨를 툭툭 쳐서 잠에서 깬다. 깜짝 놀라 침대에서 벌떡 일어나자, 바로 코앞에서 비추는 손전등 불빛에 눈이 부시다. 불빛이 옆으로 돌아가자 피카디의 얼굴 윤곽이 떠오른다. "안녕. 침상 점검 좀 하려고. 네가 잘 있는지 확인도 할 겸." 그의 숨결이 얼굴을 스친다. 나는 아무 말도 하지 않는다. 아무 행동도 하지 않는다. 그가 간 뒤에 눈을 가늘게 뜨고 매니의 디지털시계를 본다. 2시 47분. 그 뒤로 나는 잠을 이루지 못한다.

그 후 며칠 동안 나는 잔뜩 긴장한 채 경계를 늦추지 않는다. 안셀모와 피카디 둘 다 야간 근무조라서 잠을 잘 수가 없다. 누군가 우리 배식구 틈으로 접힌 쪽지를 밀어 넣는다. 펼쳐 보니 이렇게 적혀 있다. "후회하게 될 거야." 식당에 갈 때마다 어디선가 칠면조를 흉내 내는 소리가 들린다. 누가 하는지도 모르고, 누군지 확인하려고 돌아봐서 그들을 흡족하게 만들고 싶지도 않다. 하지만 아마 수감자 중 한 명 혹은 여러 명일 거라고 짐작한다. 그들이 누구건 간에 그 대가로 뭘 얻으려는 건지 모르겠지만, 피카디와 안셀모에게 잘 보이려는 거겠지. 매니와 나는 요즘 거의 말을 안 섞지만, 누군가 "꼬끼오, 꼬끼오" 하고 칠면조 소리를 낼 때마다 그가 나를 본다. 반격이 들어올 거라는 그의 말은 맞았다. 그래도 그들의 괴롭힘 때문에 머릿속이 어지럽다는 건 인정하고 싶지 않다.

수감 구역으로 돌아오자 하소연을 들어 줄 사람이 간절해 에밀리에게 전화를 건다. 다행히 전화기를 쓰는 사람이 하나도 없다. 보통은 세 대 모두 줄이 있기에 이건 기적이다.

이 전화는 코네티컷 교정 시설에서 걸려 온 전화입니다. 코비 레드베터 가 거는 전화를 받으시려면……:

나는 숨죽인 채 그녀가 '수락' 버튼을 누르기를 기다린다. 그녀는 누르지 않는다. 외출 중이거나, 멍하니 서서 아무것도 하지 않고 있을지도 모른다. 그녀는 몇 주째 내 전화를 받지 않고, 두 달째 면회도 오지 않았다. 그녀의 치료 과정에 대해 우리가 전에 나눈 대화를 떠올린다. 상담에서 자신의 경계를 지키고 남보다 자신을 먼저 돌보라는 조언을 받고 있다는 이야기였다. 분명 남에는 *나도* 포함되겠지. 그런데 자신을 돌본다는 건 대체 뭘 의미하는 걸까? 하루쯤 스파에서 쉬는 거? 네일아트 받기? 아니면 새로 생긴 '친구'인 미스터 원더풀과 더 많은 시간을 보내는 것? 슬프게도 여기까지 차를 몰고 와서 남편을 만나는 일은 그녀를 돌보는 일에 포함되어 있지 않은 모양이다.

나는 전화를 끊고 다음으로 기댈 곳인 엄마의 번호를 누른다.

통화를 시작한 지 1분도 되지 않아 엄마가 말한다. "목소리가 안 좋네, 아들. 괜찮니?" 엄마는 언제나 안다.

"아뇨. 그냥 좀 우울해서." 엄마가 알아 봤자 속상해하는 거 말고는 할 수 있는 게 없는데, 그 압박 공세 이야기를 굳이 꺼낼 필요가 있는가.

"음, 그럼 기분 좋아질 얘기 하나 해 줄까? 메이지, 얘야. 누가 전화했는지 알아? 아빠야! 와서 아빠에게 인사해." 에밀리는 엄마에게 아이를 맡기는 법이 거의 없는데, 어디를 갔기에 우리 엄마에게 맡긴 거지? "메이지?"

어색한 침묵이 흐른 뒤 다시 엄마 목소리가 들린다. "미안하다, 코비. 메이지가 지금은 점토 장난감에 푹 빠져 있네. 내가 점토를 뱀처럼 길게 굴리는 법을 보여 줬더니……."

"괜찮아요, 엄마. 억지로 시키지 마세요. 애는 잘 지내요?"

"아주 잘 지내지, 코비. 애가 얼마나 똑똑한지 몰라! 색깔도 다 알고, 글자도 다 알고, 알파벳도 전부 외웠어. 게다가 예술적 감각도 있단다. 꼭 너 같아. 네가 그 나이였을 때 하던 몸짓까지 닮았어."

목이 메어 말을 할 수 없는 나는 아무 말도 하지 않는다.

"에밀리가 유치원에 보내는 건 한 해 더 미루겠대. 내가 보기엔 이미 준비가 된 것 같은데. 내년이면 아마 선생님을 가르치려 들 거다! 물론 난 입도 벙긋 안 한다. 그건 내가 아니라 에밀리가 내려야 할 결정이니까."

"보아하니 내가 내릴 결정도 아닌 것 같아요. 여기 온 뒤로 애를 한 번도 못 봤으니 무슨 의견을 낼 수 있겠어요?" 내가 말한다.

엄마는 다시 내 기분을 풀어 주려고 애쓴다. "다들 메이지가 에밀리를 닮았다고 하더라. 물론 피부색과 짙은 눈은 엄마를 닮았지. 그래도 난 메이지를 보면 네가 보여, 코비. 네가 그 나이였을 때 모습이 많이 보이거든."

"어디 갔대요?"

"뭐라고?"

"에밀리요. 어딜 갔길래 장모님에게 안 맡기고 엄마에게 맡긴 거예요?"

"나도 잘 모르겠다, 애야. 아마 크리스마스 선물을 사러 가지 않았을까? 메이지를 자주 못 보니까, 괜히 이것저것 물어서 산통 깨고 싶지 않았어."

"어디 가는지도 안 물어봤어요? 무슨 일이 생겨서 엄마가 연락해야 할 상황이 되면 어쩌려고요?"

"핸드폰은 켜 두겠다고 했어. 내가 전화나 문자를 보낼 수 있게 말이야."

나는 코웃음을 친다. "엄마가 문자 보낼 줄은 아세요?"

"애야, 나 문자 쓴 지 꽤 됐다." 마치 *너만* 제자리에 멈춰 있지, 우리는 아니란다, 하는 뜻으로 들린다.

"그래서 대체 어디를 가는지는 말 안 했어요? 누구랑 가는지도?"

"안 했어. 왜?"

"에밀리에게 다른 남자가 생긴 것 같다는 생각이 들어서요. 그녀가 이 한심한 남편을 정리하고 슬슬 새 사람으로 갈아탈 준비를 하는 건 아닌지."

"그러지 마, 아들. 그런 식으로 생각해 봐야 네게 좋을 게 하나도 없잖니. NA(마약, 약물 중독 회복을 위한 모임-옮긴이)에 이런 말이 있단다. 과거를 돌아볼 수는 있지만, 거기에 붙들려 살지는 말라고."

"날 생각해서 하는 말인 건 알지만, 지금은 12단계의 가르침을 들을 기분이 아니에요."

내가 어렸을 때부터 엄마는 대마초를 피웠다. 아버지의 학대를 견디려다 보니 그렇게 됐다고 생각했다. 아버지가 마침내 우리를 떠났을 무렵 엄마는 완전히 골초가 되어 있었다. 몇 번 끊어 보려 했지만 내가 선고받고 나서야 NA에 다니기 시작했다. 엄마가 이곳에 처음 면회하러 왔던 날 내게 그 이야기를 해 주었다. 엄마는 대마초에 취해 도망치는 대신, 니코를 잃은 슬픔과 나에게 닥친 그 끔찍한 여파를 직시해야겠다고 했다.

"자꾸 이런 생각이 든다. 네가 한창 클 때 내가 대마초를 그렇게 아무렇지 않게 피우지만 않았어도, 니코는……."

나는 거기서 엄마의 말을 잘랐다. "엄마, 나는 니코에 대한 죄책감을 매일, 때로는 매시간 견뎌 내요. 게다가 에밀리와 엄마와 아버지 그리고 나 때문에 에밀리의 가족이 겪는 고통에 대한 죄책감까지 있어요. 하지만 엄마의 죄책감까지 내가 떠안을 수는 없어요. 니코는 그날 내 행동 때문에 죽었어요. 엄마가 예전에 대마초를 피웠던 것과는 아무 상관 없는 일이에요. 아시겠어요?"

"그래, 알았다. 미안해, 코비. 널 속상하게 하려던 건 아니야. 그저 그 프로그램이 *나에게는* 아주 큰 도움이 됐거든. 그래서 그 지혜를 나누고 싶어서……."

"엄마!"

"알았어, 알았다고. 넌 그냥 위로가 필요해서 전화했을 텐데, 오히려 내가 더 힘들게 했구나. 그리고 아니야. 에밀리가 다른 사람을 만나는 것 같진 않아. 사돈 말로는 에밀리가 다시 사람들과 어울리지 않고 살도 계속 빠지는 게 걱정이라더라. 그게 반복되는 패턴이래. 연말과 니코의 기일이 다가오면 그렇게 된다고……. 뭐, 너도 알잖니. 그래서 내가 그날은 너에게도 힘든 날이라고 말해 줬단다. 우리 모두 그렇지. 그저 메이지가 그날 일을 아무것도 기억하지 못하는 것 같아서 고마울 뿐이야."

"지금은 기억 속에 묻혀 있지만 나중에 떠오를지도 몰라요. 내가 메이지의 삶에서 갑자기 사라진 것 말고도, 메이지가 나를 미워할 또 다른 이유가 생긴 거죠."

통화 종료까지 1분 남았습니다.

"알겠어요, 엄마. 오늘 내가 우울해한 건 미안해요. 메이지한테 나 대신 뽀뽀해 주고, 아빠가 사랑한다고 전해 주세요."

"네가 직접 말하지 그래?"

"안 그러는 게 나을 것 같아요. 에밀리라면 미리 마음의 준비를 시키고 싶어 할 테니까."

"메이지, 얘야! 하던 거 멈추고 와서 아빠에게 인사해! 지금 당장, 아가씨……. *메이지!*"

"괜찮아요, 엄마. 억지로 시키지 마세요."

"아니, 잠깐 기다려! 저기 온다. 자, 여기 전화기에 대고 아빠한테 인사하렴."

나는 기다린다. 저쪽에서 낮은 목소리로 두 사람이 상의하는 소리가 들린다. 그러다 내 딸이 전화를 받는다! "있잖아, 지금 비키 할머니랑 뱀 만들고 있어. 그리고 나중에는 푸딩도 만들 거야." 그 작고 수줍은 목소리를 듣는 순간, 눈물이 고인다.

"그래? 와, 재밌겠다. 무슨 푸딩인데?"

"초콜릿."

"오, 이런. 그거 아빠가 제일 좋아하는 건데. 그런데 혹시 그 뱀들 물어?"

그 말에 아이가 깔깔 웃는다. "내가 누군지 기억나니?"

전화기 너머로 고통스러울 만큼 긴 침묵이 흐른다. 아이는 혼란스러운가? 무서운가? 내 기억이, 내 모습이 이미 희미해졌나?

"나 아빠야. 아빠가 너를 업어 주고, 공원에서 그네도 밀어 주고, 밤마다 동화책 읽어 주던 거 기억나?『잘자요, 달님』이랑『패트 더 버니』랑……그리고…… 그리고…… 아빠는 너를 한동안 못 봤지만, 진짜 곧…….″ 심장이 쿵쿵 뛴다. 수화기를 쥔 손에 땀이 밴다.

그 순간 전화가 끊긴다. 시큐러스 테크놀로지스에 의해 통화가 종료되었습니다.

나는 수화기를 쾅 내려놓고 플라스틱 의자를 걷어차서 바닥에 넘어뜨린다. 요란한 소리가 난다. "이봐!" 복도 중간쯤에서 비에르지비츠키 교도관이 소리친다. "의자 똑바로 세우고 감방으로 돌아가!"

"알겠습니다, 교도관님. 죄송합니다." 내가 외친다. 울고 있는 걸 그에게 들키지 않으려 애쓴다.

그래, 에밀리. 그 애를 잃은 건 내 잘못이야. 하지만 나는 메이지까지 잃고 있어. 그것 때문에…… 그것 때문에…… 당신이 나에게서 아이를 떼어 놓는 건 옳지 않아. 그러니까, 에밀리. 엿이나 먹어. 당신의 그 새 남자 친구도 엿 먹어. 정말 새 남자 친구가 있다면 말이지. 자기 돌봄? 이게 당신이 자신을 돌보는 방식인 거야, 에밀리? 나를 면회하러 오지 않는 게? 전화도 안 받고, 수신자 부담 통화도 거절하는 게? 우리 둘 다 그 아이를 잃었어. 당신만 그런 게 아니야. 그런데 이제 나는 메이지까지 잃고 있어. 당신이 아이를 보지 못하게 하니까. 이게 뭐야, 응? 내가 당신에게 준 고통에 대한 복수야? 중독자가 되고, 자기 아들을 죽이고, 감옥에 간 남자와 결혼했기 때문에 당신과 당신 엄마가 당한 망신에 대한 복수야?

그날 밤 나는 잠을 이루지 못한다. 에밀리에 대한 원망과 나 때문에 그녀가 겪는 고통에 대한 연민 사이에서 감정이 널뛴다. 내가 여기 갇힌 동안 그녀가 다른 사람을 만나면 왜 안 돼? 나와 이혼하고 새출발하면 왜 안돼? 하지만 그녀와 그 에번이라는 놈이 부부 흉내를 내기 시작하고, 메이지가 그를 아빠로 여기며 자란다면 나는 견딜 수 없을 것이다. 여기서 3년이나 지내면서 메이지를 보지도, 안지도, 밤마다 재워 주지도 못하고, 메이지와 함께 놀아 주지도 못한 뒤라면 더더욱.

나는 두어 시간 겨우 눈을 붙였다가 속이 쓰리고 울적해져서 깨어난다. 다른 사람이 던지는 헛소리를 들을 기분이 아니라서 아침 배식을 거를까 생각한다. 그래도 담백한 메뉴가 나온다면 속이 좀 괜찮아질지도 모른다.

오늘 아침은 재가공한 스크램블드에그에 식빵 두 조각, 설거지물처럼 묽은 커피다. 이보다 더 끔찍한 게 나올 수도 있지. B동으로 돌아가는 통로에서 리커비 교도소장이 정장을 입은 세 사람을 대동하고 걸어오는 걸 본다. 아마 정치인들이 홍보용 견학이라도 온 모양이다. 어제 퇴근 후에 구역을 대청소하던 이유가 그거였구나. 리커비 소장을 구내에서 볼 수 있는 건 그녀가 이곳을 실제보다 더 잘 운영하는 것처럼 보여야 할 때뿐이다. 소장이 VIP들과 함께 있을 때는 공손하게 눈인사만 하고 지나쳐야 한다. 하지만 나는 모습을 드러내고, 목소리를 내는 위험을 감수하기로 한다. "소장님, 방해해서 죄송하지만 잠깐 말씀 좀 나눌 수 있을까요?" 일행이 멈춘다. "지금은 안 됩니다. 바쁜 거 안 보입니까?" 그녀가 말한다. 그녀의 코트에 꽂힌 금속 배지에는 이렇게 새겨져 있는데. 호, 호, 호!

"부탁드립니다. 긴급한 일입니다."

"잠시만 실례하겠습니다, 신사 여러분." 리커비가 말한다. "좋아요. 무슨 일입니까?" 그녀는 손님들을 등지고 서서 그들에겐 그녀의 화난 얼굴이 보이지 않는다. 내가 목격한 한 사건 때문에 교도관 두 명을 상대로 고충 처리 신청서를 제출했는데 아직 아무 답을 받지 못했다고 말한다. 그녀가 내 신분증을 흘끗 내려다본다. "이봐요, 레드베터. 일에는 당신이 따라야 하는 절차와 체계라는 게 있습니다. 당신의 민원이 남들보다 더 중요하다고 느낀다고 해서 그 순서를 건너뛸 수는 없습니다." 그녀가 말한다.

"소장님, 저는 그렇게 생각하지 *않습니다.* 다만 소장님 밑에 있는 교도관 두 명이 수감자들을 괴롭히고, 그중 한 명은 페퍼 스프레이를……."

"그만해요, 레드베터 수감자. 당신이 내 교도관들과 겪는 문제를 이 자리에서 따질 생각은 마세요. 고충 처리 절차에 맡기고, 그걸 인내심을 기르는 기회로 삼으세요. 그리고 다음부터는 제가 손님들과 있는 모습을 보면 방해하지 말아요."

"네, 소장님. 죄송합니다." 엿이나 먹으시지, 폐하. 당신이 그 왕좌에서 내려와 주변을 좀 둘러보면, 여기서 무슨 일이 벌어지는지 보게 될 텐데.

이틀 뒤 내 신청서가 수감자 우편으로 돌아온다. "기각"이라는 붉은 도장이 대각선으로 찍혀 있다. 다음 날에는 SPCA에 보낸 편지가 감방 배식구 틈으로 슥 들어온다. 편지는 이미 개봉돼 있지만 소인이 없다. 개자식들! 이 편지는 아예 시설 밖으로 나가지도 못한 것이다.

나는 감방 안에서 서성이며 물건을 걸어차다가, 달력을 들여다본다. 내일은 25일이다. 메리 씨발, 크리스마스!

31

2019년 3월

1,095일 중 600일

여덟아홉 살쯤 되어 보이는 빨간 머리 소년과 내가 노 젓는 배에서 낚시하고 있다. 배는 수련꽃이 핀 연못을 천천히 떠다닌다. 4학년 때 같은 반이었던 에디 엘로드가 한쪽에서 다른 쪽까지 헤엄쳐 건너려다 중간쯤에서 익사한 바로 그 연못이다. 소년은 에디일 수도 있고 니코일 수도 있다. 잘 모르겠다. 어느 쪽이든 그의 찌가 물속으로 푹 잠긴다. "뭔가 걸렸어!" 그가 말하며 릴을 감기 시작한다. 하지만 수면 위로 떠오르는 건 물고기가 아니다. 커다란 새, 푸른왜가리다. 새는 날개에 묻은 물을 털며 수면을 미끄러지듯 달리더니 이내 날아오른다. 낚싯대가 왜가리에 매달린 채 흔들거리다 어느 순간 풀려서 다시 연못으로 떨어진다. 나는 그 새를 바라본다. 짐을 벗고 우리에게서 점점 더 멀리 날아가는 모습을. 우리? 나는 이제 혼자다. 소년은 사라졌다.

나는 미소를 짓는다. 에디 엘로드는 금발이었지 붉은 머리가 아니었다는 사실이 떠오른다. 그렇다면 배에 있는 아이는 니코였을 것이다.

"안녕, 레드베터."

"뭐야? 거기 누구야?" 내 어깨를 두드리던 손길이 멈춘다. "나 때문에 깼어? 미안." 아는 목소리. 어둠 속에서 귓가에 닿는 그의 속삭임에 나는 움찔한다. "난 그냥 에밀리가 온라인에서 그걸 찾고 있다는 걸 알려 주고 싶어서. 다른 이름을 쓰고 있지만 내가 한눈에 알아봤거든. 그녀한테 나쁜 일이 안 생기면 좋겠네. 그 사이트에는 위험한 놈들이 많거든. 뭐, 잘 자. 레드베터, 잠 좀 자 둬."

그가 떠나는 소리를 듣자 몸이 떨리기 시작한다. 숨이 빠르고 얕아진다. 에밀리에 관해 그가 지껄인 말은 헛소리다. 하지만 심장이 철렁한다. 하고 싶은 말은 이미 다 한 거 아니었어? 도대체 이 지랄은 언제 끝나는 거야? 숨 깊게 쉬어. 심호흡해.

위쪽 침상에서 매니가 무슨 일이냐고 묻는다.

"아무것도 아니야. 다시 자."

"누가 들어왔었어? 사람 소리가 난 것 같은데."

"꿈꿨나 봐."

"그래? 알겠어. 잘 자."

"잘 자." 몇 분 뒤 그는 코를 곤다.

몸의 떨림이 가라앉자 나는 침상에서 내려와 감방 뒤쪽으로 걸어간다. 좁은 창문 틈으로 바깥을 내다본다. 별로 볼 건 없다. 텅 빈 면회객 주차장, 넘어져 있는 쓰레기통. 다른 불면의 밤에 봤던 그 살찐 너구리가 또 쓰레기통을 뒤졌겠지. 가로등 불빛이 금방이라도 꺼질 것처럼 깜박인다. 그 위로 달이 차오르는지 기우는지 잘 모르겠다.

다시 침상으로 돌아와 계속 몸을 뒤척이지만, 편한 자세를 찾을 수 없고 도무지 진정되지 않는다. 그 두 개자식을 상대로 싸워 이길 수 있다고 생각한 나 자신에게 너무너무 화가 난다. 진작 알았어야 했는데. 아니, 실은 알고 있었다. 하지만 그들이 솔로몬에게 저지른 일의 대가를 치르게 하겠다는 생각에 사로잡힌 나머지 일종의 광기에 휘말렸다. 아마 자존심에서 나온 광기였을지도 모른다.

아버지도 가끔 정신없이 자는 나를 깨웠지만, 속삭이는 게 아니라 고래고래 소리를 질렀다. *이 집에서 일어나는 일은 절대 밖으로 새어 나가면 안 된다.* 내가 그의 가면을 벗기는 일이 없도록 틈만 나면 그렇게 말했다. 대학교에서 그는 존경받는 교수였지만, 집에서는 주특기가 언어폭력인 폭군이었다. *이따위 성적표를 받아 오는 게 누군지 알아, 코빈? 루저들이야! 평생 아무것도 되지 못할 인간들……. 왜 내가 당신에게 대학에서 하는 파티에 가자고 안 하는지 알아, 비키? 당신이 창피해서, 그래서 그래!* 어쩌면 내가 솔로몬을 괴롭힌 놈들에게 덤빈 건 늦게나마 그 저명한 레드베터 교수에게 맞서려는 시도였는지도 모른다. 엄마와 나를 깎아내리고 굴욕을 안긴 뒤 결국 도망쳐 버린 그 사람에게.

그 싸움에서도 나는 결코 이길 수 없었다. 정의는 실현되지 않을 것이었다.

매니의 시계 라디오가 가리키는 시각은 3시 15분. 젠장! 어떻게 이렇게 피곤한데 이렇게 신경이 곤두서 있을 수 있지……? 그 낚시 꿈에서 니코는 죽던 날보다 더 나이가 들었다. 아마도 초등학교 3학년이나 4학년쯤. 그렇다면 적어도 내 꿈속에서 그는 살아서 자라고 있다. 내가 그의 삶을 끝내 버린 게 아닌 셈이다. 어떻게든 생각을 차단하고 다시 잠들고 싶은 나는 오랫동안 하지 않았던 걸 해 본다. "안녕, 니코. 너 거기 있니? 아빠야." 소리는 내지 않고 입술만 움직여서 말한다. "오늘 밤 꿈에서 너를 본 것 같은데, 그게 너였어?

아빠는 아직도 감옥에 있어. 너를 세상에서 사라지게 한 죄로 형을 살고 있지. 적어도 이 세상에서 사라지게 한 죄로. 난 아직 술도, 약도 하지 않고 네가 죽던 날의 나보다 더 나은 사람이 되려고 매일 노력하고 있어.

이 노력에서 넌 늘 나의 북극성이었단다, 친구. 그거 알고 있니?

AA에는 우리가 바꿀 수 있는 것과 바꿀 수 없는 것을 구별할 지혜를 달라고 구하는 기도가 있어. 지금 난 힘든 처지에 있어. 내가 현명하지 *못했거든.* 내가 돌보는 어떤 아이에게 나쁜 일이 일어나는 걸 봤는데, 자존심 때문에 이 시스템을 상대로 싸워 이길 수 있다고 착각했어. 하지만 여기선 옳은 일을 하는 것과 *안전한* 일을 하는 건 다르더라고. 나를 노리는 교도관도 두 명이나 있고. 그래도 좋은 소식은 솔로몬이 여기서 전출됐다는 거야. 니코, 네 눈에는 얼마나 보이니? 그 아이가 어떻게 지내는지 너는 아니? 난 그 아이가 걱정돼.

네 누나도 걱정이다. 먼저 *네가* 메이지의 인생에서 사라졌고, 그다음엔 *나도* 사라졌지. 넌 이 일이 혹시 메이지를 망가뜨리고, 버려졌다는 느낌을 받게 했을 거라고 생각하니? 네 엄마가 내게 메이지 사진을 보내 주고, 요즘 메이지가 빠져 있는 것들에 대해 가끔 편지를 써 줘. 디즈니 공주들, 다과회 놀이, 수영 수업. 요즘 메이지는 거피스 반이래. 나는 대신 메이지가 나를 잊지 않도록 메모와 그림, 내가 쓰고 그린 이야기들을 보내. 메이지가 제일 좋아하는 건 자기와 가장 친한 친구 제러미에 관한 이야기야. 제러미는 기린이거든. 나는 세 번째 모험담을 쓰고 그리다가 문득 깨달았어. 제러미 기린이 사실은 너를 대신하는 존재라는 걸.

네 엄마가 네 누나를 이곳에 데려오지 않는 것도, 어쩌면 나에게서 떼어 놓으려고 하는 것도 난 받아들이기 쉽지 않구나. 시간이 지나면 네 엄마의 마음이 바뀔 줄 알았는데 여전히 완강해. 지난번 통화에서 네 엄마가 말하길, 메이지가 유치원에서 다른 아이들을 때려서 몇 번 벌을 받았대. 여자애들은 아니고 남자애들을 때렸다고. 네 엄마는 그냥 아이들이 흔히 겪는 일이라고 하지만, 정말 그럴까? 메이지의 분노는 어디에서 오는 걸까? 그리고 그게 앞으로 메이지에게 어떤 영향을 미칠까? 너희 둘은 정말

끈끈했잖아. 그 유대감이 아직도 어딘가에 그대로 남아 있니? 니코, 네가 메이지를 지켜보고 있니? 비록 메이지가 널 보거나 듣지 못해도, 네가 곁에 있다는 걸 느낄 수는 있을까?

형기의 절반이 지나가고 나니 출소 후에 무슨 일이 일어날지 걱정이 많이 돼. 나는 이 문을 나서는 날을 두 가지로 상상해 본단다. 하나는 문이 열렸을 때 네 엄마와 누나가 거기서 나를 기다리는 모습, 두 번째는 문을 나와 주위를 둘러보지만 아무도 없는 모습.

음, 이제 슬슬 졸리니 그만 자야겠다. 나 대신 메이지를 돌봐 주고 안전하게 지켜 줘. 사랑한다, 니코. 들어 줘서 고마워."

나는 미소를 지은 채 잠에 빠져들면서 이제야 내가 그동안 찾지 못했던 무언가를 발견한 건 아닐까 생각한다. 광기가 활개 치는 이곳에서 내 성격적 결함을 없애 주고 제정신을 찾아 줄 이가 죽은 아들일까? 니코가 내 영혼의 시금석인가?

~

비명에 갑자기 잠이 깬다. "빌어먹을, 코비! 방금 그 빌어먹을 걸 밟았어! 나 물린 것 같아! 이거 당장 치워!"

당최 무슨 말인지 모르겠다. 매니가 뭐 때문에 저렇게 소리를 지르는 거지? 그가 가리키는 쪽을 보니 어슴푸레한 새벽 햇살 속에서 뱀 한 마리가 꿈틀거린다. 세상에, 저거 코퍼헤드인가? 코퍼헤드는 독사인데.

안전한 위쪽 침상으로 기어오른 매니가 계속 소리를 지른다.

"넌 꼭 그렇게 멍청한 고충 처리 신고서를 내야 했어? '내 일은 내가 알아서 해, 매니. 이건 너랑 상관없어.' 빌어먹을 상관이 없긴! 어젯밤 여기에 누가 들어온 걸 난 알고 있었다니까!"

나는 발을 바닥에 내리고 조심스럽게 그쪽으로 걸어간다. "괜찮아, 매니. 이거 독사 아니야. 우유뱀이라고 아무 해가 없는 거야. 넌 괜찮아."

"그 고충 처리 신청서 때문에 내가 중간에 끼일 줄 *알았다니까*. 정말 멍청한 짓이었어! 놈들이 빌어먹을 칠면조 한 마리 죽인 걸 봤다고 그렇게 난리를 치더니……. 야, 네 공간은 내 공간이기도 해, 이 자식아. 이런 일이 계속되면 방을 옮겨 달라고 할 거야. 새벽에 오줌 누러 일어났다가 망할 뱀을 밟고 싶지 않다고! 이제 그 빌어먹을 걸 당장 여기서 치워!"

나는 그것을 붙잡으려 손을 뻗지만 녀석은 재빠르다. 다시 시도한다. 네 번째 시도에서 뱀이 구석으로 스르르 들어갈 때 마침내 붙잡는다. 나는 느슨하게 쥔 주먹 사이로 뱀의 머리가 삐죽 나오도록 잡은 채, 매니 쪽으로 몇 걸음 다가간다. "봐, 생각보다 귀엽지 않아? 뭐가 그렇게 무서워?"

"그거 당장 치워! 진짜야, 코비! 하나도 재미있지 않아!"

나는 아침 식사 호출이 있을 때까지 뱀을 쥐고 있다가 밖으로 나갈 때 들고 나가 풀어 준다. 녀석은 잠깐 멈춰 서더니 머리를 들었다가 보도를 벗어나 숲 쪽으로 미끄러져 간다. 아마 저쪽에서 강물 소리를 듣는 모양이다. *귀도 없는데 뱀은 어떻게 소리를 들어요?* 어릴 적 아버지에게 물었던 기억이 난다.

뱀은 바깥으로 드러난 귀는 없지만, 안쪽 귀가 있어. 진동으로 듣는단다.

~

그날 오후 늦게 매니에게 뱀 일에 대해 사과하자 그도 너무 흥분했다고 사과한다. 평소에 어린 시절 이야기는 잘 안 했던 그가 이번에는 입을 연다. 스태튼 아일랜드 동네 아이들이 두꺼비와 뱀을 들고 그를 쫓아다니며 "계집애"라고 불렀다는 이야기, 중학교에 들어가자 "계집애"에서 "호모",

"변태", "게이" 같은 말로 바뀌었다는 이야기.

나는 그에게 내가 그를 존경하는 이유 중 하나가 스스로에 대해 당당하고, 여기 있는 동성애 혐오자들이 거는 시비에도 흔들리지 않는 것처럼 보인다는 점이라고 말한다.

그는 이성애자 놈들도 동성애자들만큼이나 입으로 해 주면 좋아하기 때문이라고 말한다. "내 말 믿어. 내가 그걸 끝내주게 잘하거든."

나는 씩 웃으며 믿겠다고 한다.

"하지만 말이야, 코비. 오늘 아침 뱀을 밟는 순간, 난 순식간에 윌러비 애비뉴로 돌아갔어. 그 개자식들이 날 괴롭히던 시절로. 그리고 내가 몰래 짝사랑하던 보비 코스텔로가 자기 애완 뱀을 내 얼굴에 들이대서 갈라진 혀가 날름거리는 모습을 멍하니 바라보았던 그때로 말이야."

매니와 이야기하고 나니 우리 대부분이 어린 시절의 상처를 지고 이곳에 들어온 게 아닐까, 하는 생각이 든다. 솔로몬이 가장 분명한 사례였다. 그를 키워 준 양부모가 아무리 좋은 사람이었다고 해도, 친모가 아무리 부족한 사람이었다고 해도, 그녀는 여전히 그의 어머니였다. 어쩌면 친모와 떨어져 지낸 게 그가 겪는 문제의 근원일지도 모른다. 여기 있는 다른 많은 사람도 멍자국이 드러나지 않을 뿐, 그 상처가 아문 것은 아닐지도 모른다. 어린 시절을 떠올리면 늘 아버지에 대한 모순된 감정이 먼저 떠오른다. 그는 어린 나에게 자연에 대한 사랑을 가르쳐 준 사람이었다. 밤하늘의 별자리 이름을 가르쳐 주었고 그에 관한 이야기들도 들려주었다. *저 반짝반짝 빛나는 세 개의 별이 오리온의 허리띠를 이룬단다. 그 위 오른쪽에 있는 게 그의 방패지. 그는 전사이자 위대한 사냥꾼이었어…… 저기 페가수스가 있지. 바다에서 솟아올라 페르세우스가 아름다운 공주 안드로메다를 괴물 케투스에게서 구하는 걸 도운 날개 달린 말이야. 저 별 무리가 그들의 이야기를 들려주지……* 나는 지금도 하늘에서 그 별들을 찾아낼 수 있고, 그 오래된 이야기들도 생생하게 기억한다.

하지만 아버지는 내가 조금 더 자라자 내 자신감과 자존감을 조금씩 깎아내리기 시작한 사람이기도 하다. *너 밖에서 공을 무서워하는 것처럼 굴던데. 코치들에게도 전혀 투지를 보이지 않고. 그러니까 네가 거의 맨 마지막에야 뽑힌 거지. 대체 뭘 기대한 거냐?*

나는 불쑥 말한다. "매니, 네가 맞았어. 네 말을 들을 걸 그랬어. 그 둘을 상대로 덤비지 말았어야 했는데. 피카디가 밤중에 몰래 들어와서 날 깨우고, 나를 겁주려고 헛소리를 속삭여. 뱀을 여기다 풀어놓은 것도 분명 그놈이야. 안셀모도 양아치지만 걔는 피카디 지시를 따를 뿐이지. 주동자는 피카디야. 놈은 완전한 소시오패스 같아. 내 남은 형기를 최대한 지옥으로 만들 계획인 게 분명해." 매니는 한숨을 쉬지만 아무 말도 하지 않는다. "그래서 방 바꿔 달라고 했어? 아직 안 했다면……."

"마음이 바뀌었어. 넌 성가신 놈이야, 코비. 아직 화가 안 풀렸지만, 우린 친구잖아. 이제 와서 널 버리진 않아."

그 말에 눈물이 고이지만 최대한 들키지 않으려고 애쓴다.

32

2019년 8월과 9월
1,095일 중 734일에서 779일

어머니가 예전에 음반을 틀어 놓고 따라 부르던 포크송이 떠오른다. 아마 조안 바에즈였을 것이다. *어제는 죽었고 내일은 보이지 않는다…….* 현재에 살아라. 파텔 박사의 편지는 그렇게 조언했다. 오늘 하루만 견뎌라. 『빅북』도 그렇게 말한다. 하지만 형기의 3분의 2를 마친 지금, 앞날을 생각하지 않기란 쉽지 않다. 열두 달 남았다. 그다음은 뭘까?

~

인터폰이 딸깍 켜진다. "레드베터? 도서관에서 방금 연락이 왔어. 볼일이 있다는데, 패스 줄까?"

"네, 지금 가겠습니다. 고마워요."

사실 솔로몬 사건 이후로 도서관에 발길을 끊다시피 했다. 내 잘못은 아니지만 그를 데려간 건 나였으니까. 밀먼 부인이 바로 알아채지 않았다면 면도날 하나가 사라진 일은 꽤 큰 문제로 번졌을 수 있다. 무슨 일인지 궁금하다. 마침내 자리가 났나? 나도 일이 필요한데. 감방에만 있으려니 점점 돌 것 같았다.

솔로몬을 데리고 왔을 때는 도서관이 난장판이었는데, 지금 와 보니 바닥에 흩어져 있던 책들이 다시 선반에 꽂혀 있다. 새로 페인트칠한 벽 덕분에 공간이 한결 환해졌다. 컴퓨터도 작동 중이다. 한 남자가 수리해 놓은 IBM 키보드를 더듬더듬 두드린다.

밀먼 부인이 나를 보더니 미소를 지으며 다가온다. "안녕, 오랜만이네요." 나는 도서관이 아주 근사해 보인다고 말한다. 그녀는 고개를 끄덕이며 고맙다고 한다. 요즘 도서관은 어떠냐고 묻자, 그녀는 내가 도서관의 가장 성실한 이용자를 잃었다는 소식을 들었을 줄 알았다고 한다. 나는 레스터 위긴스가 늘 앉아 있던 테이블을 힐끗 본다. 의자가 텅 비어 있다. 나는 고개를 저으며 몰랐다고 말한다.

"그이는 열흘쯤 전에 자다가 세상을 떠났어요. 불쌍한 사람. 마지막엔 몹시 고통스러워했죠. 그렇게나 감옥에서 죽고 싶지 않다고 했는데, 우리가 추진하던 자비로운 석방 요청을 소장이 거부했어요. 그래도 다행히 아들이 마지막으로 호스피스에 면회를 갈 수 있게 해 줘서 함께 기도할 수는 있었어요. 레스터는 종교를 믿는 분은 아니었지만 코넬이 곁에 있어 줘서 큰 위안이 되었을 거예요."

그녀는 도서관에서 레스터를 위한 추모 모임을 열고 싶었다고 말한다. "하지만 자브라우스키 부소장이 제동을 걸었어요. 그래서 대신 그를 기리는 작은 헌정 코너를 만들었죠." 그녀는 방 한가운데 있는 작은 전시대를 가리킨다. "자브라우스키는 일주일만 두래요. 그다음엔 철거해야 하고, 레스터의 휠체어도 의료동으로 돌려보내야 해요."

"일주일이나? 참 대단한 양반이네요."

그녀는 어깨를 으쓱한다. 그러면서 왜 그동안 도서관에서 안 보였냐고 묻는다.

"바빴다고 말하고 싶지만, 사실은 정비반에서 쫓겨난 뒤로 시간이 남아돌았어요."

그녀는 그 이야기를 들었다고 한다. 내가 챙겨 주던 솔로몬 때문이 아니었냐고.

"맞아요. 그러니까 정신적으로 심각한 문제가 있는 아이를 여기에 보내다니요? 그건 그렇고, 면도날 일은 죄송해요."

"아니에요. 그건 제 부주의였죠. 그 애가 흔들릴 걸 뻔히 알면서도 그걸 카운터에 놔두다니. 내가 생각이 짧았어요." "그래도 결국 병원으로 옮겨졌으니 다행이죠."

"지금은 좀 나아졌나요?"

나는 어깨를 으쓱한다. "상담사에게 경과를 물어봤어요. 그분이 솔로몬의 상담사이기도 했거든요. 그런데 솔로몬의 서면 동의 없이는 그의 정보를 열람할 수 없다고 하더군요. 그 아이가 있는 곳 주소라도 알려 달라고 했지만, 그 역시 상담사의 권한 밖이라고 하더라고요."

"뭐, 그래도 여기 있는 동안 당신이 도와주다니 운이 좋은 아이죠. 당신은 좋은 사람이에요, 친구."

"다 그렇게 생각하는 건 아닐걸요." 내가 말한다. 그래도 그녀가 그렇게 말해 주고 나를 친구라고 불러 주니 기분이 좋다.

갑자기 그녀의 미소가 굳어지면서 얼굴을 찡그린다.

"그런데 몇몇 교도관들이 당신을 괴롭힌다는 이야기가 들리던데요?"

나는 당황해서 괜찮다고 웅얼거린다. 몇몇이 좀 그러는 것뿐이라고. 하지만 대체 그녀가 그걸 어떻게 알지? 그 작은 수수께끼는 방 건너편에서 책을 정리하는 하비에르를 힐끗 보는 순간 풀린다. 지난 AA 모임에서 나는 피카디와 안셀모가 계속 벌이는 일들에 대해 속내를 털어놓았다. *여기*

서 보고 들은 건 여기서 *끝난다더니.* 하비에르가 밀먼 부인에게 전한 건 크게 신경 쓰이지 않는다. 하지만 밀먼 부인 말고 또 누구에게 말했을까? 적어도 내가 그 두 놈의 이름은 직접 언급하지 않았던 게 다행이다. 정말 잘한 짓이지. 만약 그게 그들 귀에 들어간다면 무슨 짓을 할지 누가 알겠는가. 지금 가서 하비에게 익명의 원칙을 상기시켜야 할까? 아니면 그냥 넘길까? 그래, 우선 할 일부터 하고.

"그래서 저를 왜 보자고 하신 거죠?" 밀먼 부인에게 묻는다. "도서관 일자리 대기 명단에서 제가 드디어 1순위가 된 건 아니겠죠." 그녀가 답하기도 전에 사무실 전화가 울린다. "잠깐만요, 코비. 전화부터 받을게요."

나는 그 자리에서 기다리는 대신 레스터를 위한 추모 공간을 보러 간다. 그의 휠체어 옆 작은 탁자에 이렇게 적힌 팻말이 놓여 있다. '레스터 허버트 위긴스 1941~2019' 사진 네 장도 나란히 놓였다. 그중 한 장에서 레스터는 고등학교 야구팀인 월비 와일드캐츠 유니폼을 입고 있다. 맨 뒷줄 한가운데에 선 그는 동료들보다 훌쩍 커 보인다.

두 번째는 격식을 갖춘 결혼식 사진으로, 레스터는 말끔한 스리피스 정장을 입은 신랑이다. 그와 아름다운 신부는 20대 초반으로 보인다. 앞으로 닥칠 일들을 전혀 모르는 듯한 얼굴들이다.

세 번째는 가족사진이다. 레스터는 머리를 길러 어설픈 아프로 스타일을 했는데, 머리색이 이미 희끗희끗해지기 시작했다. 아내는 이제 마흔 중후반쯤으로 보인다. 그녀는 남편이 죄수복을 입고 있지 *않은* 것처럼, 가족이 교도소 마당에 서 있는 것이 *아닌* 것처럼 미소 짓고 있다. 뒤편에는 교도관들과 보안 철책이 우뚝 서 있다. 아이들은 마치 교회에 가는 듯 단정한 차림이다. 코넬은 열서너 살쯤, 두 여동생은 그보다 몇 살 아래로 보인다. 세 아이 모두 엄숙함과 침울함이 뒤섞인 표정이다.

네 번째이자 가장 최근 사진은 이 도서관에서 찍혔다. 레스터는 이제

50년 형기 중 수십 년을 보내고 백발의 증조할아버지가 되었다. 그는 늘 앉는 자리에서 책을 읽고 카메라는 신경 쓰지 않는다. 처음 그를 만났을 때가 떠오른다. 그 뒤 그는 나의 '엉클 리머스'가 아니니 내가 자기를 그릴 수 없다고 했다. 그때 내가 아무것도 모르고 제멋대로 굴다가 그에게 한 방 먹은 걸 떠올리고 나는 미소 짓는다.

탁자 위에는 접힌 신문도 한 부 놓여 있다. 《프리즌 타임스》. 날짜는 1989년 4월. 뭐라고? 수감자 신문이 있었다고? 1면 머리기사에는 "위긴스, 낚시 대회 우승"이라는 제목 아래 큼지막한 무지개송어를 들고 환하게 웃는 레스터의 사진이 실려 있다. *그땐 우리가 저지른 죄 하나로만 사람을 보지 않았거든.* 그가 했던 말이 여전히 귓가에 맴돈다.

레스터의 휠체어 좌석에 두 줄로 쌓인 책들이 독서에 대한 그의 애정을 여실히 보여 준다. 책등이 바깥을 향하고 있어서 제목이…….

뒤에서 누군가 손을 뻗어 내 어깨를 움켜쥐는 바람에 나는 깜짝 놀란다. "맙소사, 하비에르!" 내가 쏘아붙인다.

"미안해, 친구. 오늘 좀 예민하네." 그가 말한다. 그는 재밌을지 몰라도 나는 아니다. 요즘 늘 예민하다. 피카디와 안셀모 때문에. "우리가 그 노인을 위해 꾸민 거 마음에 들어?" 나는 고개를 끄덕인다. "밀먼 부인이랑 내가 더 제대로 된 추모를 해 주려고 했는데, 자브라우스키가 안 된다고 했어. 그래서 이 아이디어를 냈지. 밀먼 부인은 레스터랑 같은 해에 예이츠에 왔대. 그러니 둘이 거의 평생을 알고 지낸 셈이지."

나는 사진이 좋다고 말한다. 레스터의 삶에 수감 생활 말고도 다른 면이 있었다는 걸 다시 생각하게 됐다고. "그런데 사진들은 어떻게 구했어?"

"코넬이 자기 누이 중 한 명에게 연락해서 그 누이가 우리한테 보내 줬어. 그리고 *마미*는 그가 얼마나 독서를 좋아했는지 보여 주고 싶어 했지. 그래서 내게 과거에 그가 대출한 책들을 찾아보고, 그중 몇 권을 선반에서 꺼내 오라고 했어.”

“좋네. ‘마미’ 얘기가 나와서 말인데, 내가 건물에 있는 교도관 몇 명에게 괴롭힘을 당하고 있다는 걸 부인이 어떻게 알지? 누가 그런 말을 했을까?” 내가 말한다. 그는 바닥을 내려다보며 아무 말도 하지 않는다. “왜냐하면 내가 그 얘기를 한 사람은 지난주 일요일 모임에 있던 사람들뿐이거든. 거기서 한 말이 밖에서 떠돌까 봐 AA에서조차 내가 하고 싶은 말을 못 하게 되는 건 싫어.”

“내가 말했어. 그 모임 다음 날, 밀먼이 네가 요즘 통 안 온다고 해서 그냥 말이 나와 버렸어. 미안해, 친구.” 그가 말한다.

“다른 사람한테도 말했어?”

그는 고개를 젓는다. 나한테 정식으로 사과해야겠다고 말한다. “다음 모임에서 이 얘기를 꺼내고 신뢰를 어긴 것에 대해 공개적으로 사과할게. 다시는 이런 일 없을 거야, 친구. 약속해. 우리 괜찮은 거지?”

“그래, 괜찮아. 그리고 공개 사과는 안 해도 돼. 네 약속으로 충분해.” 내가 말한다.

그가 고맙다고 말하고 돌아서자 나는 레스터가 읽은 책들의 목록을 훑어본다. 당연히 월터 모슬리 소설이 여러 권 있고, 스모키 조 윌리엄스부터 무키 베츠까지 야구 선수 전기들도 눈에 띈다. 레스터는 정치 관련 서적도 많이 읽었다. 『얼음 위의 영혼』, 『세상과 나 사이에』, 『어느 흑인의 노트』. 이곳에 오는 많은 수감자가 분노를 곱씹으며 시간을 허비하다 정신이 무뎌져 간다. 하지만 레스터는 아니었다. 독서와 사유가 그 기나긴 형기에서 살아남는 그만의 방식이었을 것이다.

“코비, 통화 끝났어요. 이제 이야기하죠.” 밀먼 부인이 부른다.

나는 다가가 용건이 뭔지 다시 묻는다. “당신이 드디어 대기 명단 맨 위에 올라왔어요. 하지만 도서관 보조로 일하려면 형기가 1년 이상 남아 있어야 하는데, 당신의 출소일을 확인해 보니 조건에 맞지 않더라고요."

"타이밍 안 좋은 게 제 특기죠." 내가 말한다.

"하지만 당신이 고려해 줬으면 하는 특별한 일이 하나 있어요."

"그래요? 뭔데요?"

"따라와요." 그녀는 예전에 독서 캠페인 포스터들이 걸려 있던 벽으로 나를 데려간다. "여기에 이제 이렇게 크고 빈 벽이 생겼어요." 나는 헉, 하는 시늉을 한다. "설마 요다랑 페니 하더웨이랑 듀크 형제들을 은퇴시키는 건 아니겠죠?"

"미국 도서관협회가 저를 용서해 주길 바랄 뿐이에요. 처음엔 홈굿즈나 TJ 맥스에서 값싼 그림을 몇 점 사서 공간을 채울까 생각했어요. 그러다 비나 파텔이 당신이 화가라고 했던 게 떠올라서 작품을 보여 달라고 했죠."

"글쎄요. 제가 보여 준 건 그냥 습작 같은 거였는데."

"겸손은 넣어 둬요. 이 벽을 당신의 캔버스로 써 보는 게 어때요?"

"무슨 말씀이세요? 벽화를 그리라고요?" 그녀가 고개를 끄덕인다. 나는 고개를 젓는다.

"왜 안 되죠?"

"이렇게 큰 작업은 해 본 적이 없어요. 원근을 망쳐 버릴 거예요. 부담도 너무 커요. 게다가 실력도 그리 대단하지 않아요."

"그럴듯한 핑계네요. 하지만 당신 작품은 이미 봤어요. 당신은 오디션을 통과했고요."

"말씀은 고맙지만, 가로 30센티, 세로 20센티 스케치북에 연필로 그리는 것과 벽 하나를 그림으로 채우는 건 전혀 다른 문제죠." 나는 빌릴 책을 그녀에게 건네고 그녀는 대출 처리를 한다. "그래도 저를 떠올려 줘서 고맙습니다."

"아쉽네요. 그럼 다시 홈굿즈로 돌아가야겠군요." 그녀가 말한다.

"꼭 그럴 필요는 없죠. 여기 복역 중인 사람 중에도 예술적 재능이 있는 이들이 많을 겁니다. 제가 좀 알아보고 몇 명 추려서 말씀드릴게요. 그럼 이만 가 보는 게 좋겠어요. 다음에 뵙죠."

나는 문을 나서 계단을 반쯤 내려가다 멈추고 다시 안으로 들어간다.

"주제는 어떤 걸 생각하시나요?"

그녀는 특별히 정해 둔 건 없고 전적으로 내게 맡기겠다고 한다.

나는 이미 제안을 거절했다고 그녀에게 일깨워 주지만, 그녀가 말한다.

"아이디어를 몇 개 생각해 보고 스케치해 볼 수는 있잖아요. 위에서 반대할 만한 너무 논쟁적인 주제는 빼고요."

"좋아요. 그럼 마당에서 죄수들이 장대를 짚고 담을 넘는 장면은 어때요? 아니면 리커비 소장이 교도관들과 해변 배구를 하는 바닷가 풍경은요? 소장이 나를 위해 비키니를 입고 포즈를 취해 줄까요?"

그녀는 웃으며 장난치지 말라고 한다. "하지만 진지하게 하는 말인데, 코비. 아무래도 희망적인 장면이어야겠지요. 가능하면 색감도 좀 풍부하고."

"여기에 있는 색채 팔레트에는 온통 칙칙한 회색, 칙칙한 분홍, 칙칙한 초록뿐인 것 같은데 그건 좀 무리한 요구가 아닐까요?"

"아, 내가 얼마나 수완이 좋은지 당신은 모를 거예요. 소날리스트, 서원-윌리엄스, 코네티컷 칼리지 미술과에 연락할 인맥이 있어요. 무지개에 있는 어떤 색이든 당신이 필요한 건 다 구해 줄 수 있어요. 어때요?"

나는 생각해 보겠다고 말한다. 몇 가지 아이디어를 구상해 보겠다고.

"그럼 승낙하는 거죠?"

"아마도 아니지만, 어쩌면요." 그녀는 손가락으로 빈 벽을 톡톡 두드리며 기다린다. "좋아요. 내가 내놓는 걸 당신이 싫어하지만 않는다면, 그땐 해 볼 수도 있죠."

그녀가 몸을 기울여 내 뺨에 입을 맞추자, 나는 짐짓 직원과 수감자 사이의 접촉은 규칙 위반이라고 상기시킨다. 그녀는 규칙을 어기지 않았다면 여기서 여섯 달도 버티지 못했을 거라고 말한다.

"그래서 당신이 그렇게 배짱이 있는 거죠." 내가 말한다. 그녀는 씩 웃으며 그 말을 칭찬으로 받아들이겠다고 한다.

B동으로 돌아가면서 방금 그녀가 나에게 보여 준 신뢰에 조금 울컥한다. 텅 빈 벽이라는 도전에 설레기 시작하고, 건물로 돌아와 계단을 오를 때쯤에는 이미 벽화에 대한 아이디어들이 머릿속에서 소용돌이친다. 색감이 풍부했으면 좋겠다고 했지. 열대우림 속의 화려한 새들? 푸른 하늘을 배경으로 멕시코를 향해 날아가는 제왕나비들? 그리고 희망적인 장면이었으면 좋겠다고 했다. 하늘을 가득 채운 열기구들이라면 희망적이면서도 색감이 풍부하겠다. 좋아, 그걸로 문제 해결…… . 그런데 그게 그녀가 홈굿즈에서 사다 걸 법한 그림과 뭐가 다르지? 더 중요한 건 열기구가 여기 있는 사람들에게 와닿겠는가?

스포츠 영웅들은 어떨까? 나는 그것을 마치 비틀스의 「서전트 페퍼」 앨범 커버처럼 상상해 본다. 앞줄에는 조던, 제시 오언스, 무함마드 알리, 베이브 루스. 그 뒤에는 재키 로빈슨, 테드 윌리엄스, 짐 브라운, 래리 버드. 하지만 클레멘테는? 그레츠키는? 타이거, 세리나는? 올림픽 선수들은 또 어떤가. 칼 루이스, 우사인 볼트, 재키 조이너커시. 내 감성적 최애 선수인 스티브 프리폰테인을 나 말고 누가 알기나 할까? 아니지, 누굴 넣고 누굴 빼느냐를 두고 다들 불평하는 소리가 벌써 들리는 것 같다. 게다가 그 많은 인물의 얼굴을 제대로 그리는 것도 쉽지 않을 것이다. *저게 매직 존슨이라고?* 아니야. 너무 복잡하다.

역사적인 건 어떨까? 위쿼닉족과 코네티컷 식민지 주민들 사이의 전투 장면은? 아니, 전쟁에 희망적인 것은 없다…… . 시민권 운동의 역사적 순간들은? MLK, 존 루이스 그리고 페터스 다리의 자유 투사들? 몇몇 교도관을 포함해 여기 있는 백인 우월주의자들에게 한 방 먹이고 싶기는 하지만, 그 여파로 나나 밀먼 부인에게 불똥이 튀게 하고 싶진 않다……. 유명한 미국 작가들은……? 록 스타들과 래퍼들은……? 아폴로 11호 달 착륙은? *이것은 한 인간에게는 작은 한 걸음이지만*…….

그날 남은 시간을 전부 괜찮아 보이는 아이디어를 떠올렸다가 다시 버리는 데 보낸다. 소등 시간이 될 때까지도 마음에 드는 것을 하나도 정하지 못하다가 문득 깨닫는다. 이 프로젝트에 너무 몰두한 나머지, 나를 노리고 있는 그 두 개자식이 다음에 무슨 짓을 할지 생각도 안 했다는걸.

다음 날도 마찬가지다. 머릿속에서 불꽃이 튀는 생각은 많지만 불이 붙는 것은 없다. 사흘째가 되자 내 스케치북은 모두 끝에 가서 막히는 메모와 그림들로 가득 차 있다. 하루나 이틀만 더 해 보겠다. 그래도 가슴 뛰는 아이디어가 떠오르지 않으면 포기할 생각이다.

나를 미친 듯이 몰아붙인 지 닷새째 되는 날, 신화가 떠오르기 시작한다. 도서관에서 폐기 직전에 집어 온 책을 펼쳐 거장들의 컬러 도판을 넘겨 본다. 브뤼헐의 「이카루스의 추락이 있는 풍경」을 휙 넘겼다가, 잠시 멈추고 다시 돌아간다.

그림의 구성과 브뤼헐이 선택한 비전통적인 방식들을 찬찬히 살펴본다. 앞에서 밭을 가는 농부가 그림에서 가장 두드러지는 인물이다. 그의 크기와 선명한 붉은 셔츠가 무엇보다 먼저 관람자의 시선을 붙든다. 하지만 그는 이카루스 이야기와는 무관하다. 양 떼를 돌보는 목동도, 물가에서 낚시하는 남자도, 옅은 녹색 바다 위 화물선에 탄 선원들도 마찬가지다. 평범한 하루를 보내는 평범한 사람들은 이카루스가 머리부터 에게해로 추락하는 순간을 알아차리지 못하거나, 혹은 무심하다. 그다음을 상상해 본다. 이카루스가 물속에서 허우적거리며 죽음과 싸웠을 장면을. 다시 궁금해한다. 왜 화가는 이야기 속 비운의 영웅을 이 그림에서 가장 덜 중요한 존재로 그렸을까? 왜 그를 중심인물이 아니라 주변에 있는 작은 존재로 그렸을까? 브뤼헐은 도대체 무슨 말을 하고 있나? 이카루스 신화는 대개 젊음의 무모함을 경계하는 이야기로 이해된다. 하지만 어쩌면 농부보다 한 단계 아래에 있는 그 보잘것없는 목동이 화가의 의도를 암시하는 미묘한 단서를 제공하는지도 모른다. 목동은 하늘을 올려다보면서 관람자는 보지 못하는 무언가에 시선을 고정하고 있다. 그가 바라보는 대상은 이카루스의 아버지 다이달루스일 수 있지 않을까? 임시로 만든 날개를 발명해 아들을 감옥에서 탈출하게 했지만, 동시에 그 날개로 아들의 치명적인 추락을 초래한 인물. 이 그림의 주제는 다이달루스의 운명에 대한 것인가? 자신은 살아서 하늘을 날면서 아들의 때 이른 죽음을 목격해야 하는 운명. 아들을 앞세워 보내고, 의도하지 않았지만 결국 아들의 죽음을 불러온 장본인이라는 사실로 인해 고통 속에서 살아가야 하는 운명 말이다.

나는 신화 책에서 「이카루스의 추락이 있는 풍경」 컬러 도판을 찢어서 도서관으로 가져가 밀런 부인에게 아이디어를 설명한다. "한 가지만 분명히 해 줘요, 코비. 이건 벽화를 그리기로 했다는 뜻인가요?" 그녀가 말한다. 나는 지난 며칠 동안 그것 말고는 아무 생각도 하지 못했으니, 분명 그런 뜻일 거라고 말한다. 그녀는 내 대답에 박수를 보낸다. 그리고 브뤼헐의 그림을 받아서 자세히 살펴본다. "나 이 그림 알아요. 브뤼셀의 한 미술관에 있어요. 남편과 유럽을 여행하다가 봤거든요. 그러니까 당신은 풍경화를 구상하는 거네요. 특별히 염두에 둔 장소가 있나요?" 그녀가 말한다.

"네, 여기요. 감옥이 아니라 이 땅이요. 강 건너편에 있는 절벽 본 적 있어요?"

그녀는 고개를 끄덕인다. 절벽을 올라가서 탈출을 시도했다가 발을 헛디뎌 추락사한 수감자 이야기를 꺼낸다.

"저도 그 사람을 생각하고 있었어요. 하지만 그가 만약 꼭대기까지 올라갔다면, 그리고 거기서 몸을 돌려 아래를 내려다봤다면 어땠을까요? 숲과 들판과 강은 보이지만, 이 흉한 건물들과 여기서 벌어지는 추악한 일들은 보이지 않는 풍경을 마주했다면요?"

"그래서 예이츠가 세워지기 전의 부지를 그리고 싶다는 건가요?"

"아니면 이곳을 허물어 버린 뒤의 모습, 아니면 둘 다요."

그녀는 혼란스러운 표정을 짓는다. "그럼 부소장에게 보여 줄 스케치를 몇 장 준비해 보세요. 당신이 계획하는 내용은 그의 승인을 받아야 하니까요." 그녀가 말한다.

"그게 문제가 될까요?"

그녀는 나를 똑바로 바라본다. "논란이 될 만한 건 피하세요. 그는 아주 쉽게 안 된다고 해 버릴 테니까요. 그리고 감옥을 왜 그림에서 빼 버렸는지 묻는다면 뭐라고 답할지도 생각해 두세요."

"알겠습니다. 이해했어요."

감방으로 돌아와 나는 종이에 대략적인 구도를 잡는다. 그리고 과거이자 미래인 풍경 속에 무엇을, 누구를 넣을지 잠정적인 목록을 만든다. 강가에서 책을 읽는 레스터 위긴스, 백인 정착민들이 오기 전에 사냥하고 농사짓는 위쿼넉 사람들, 초원에서 풀을 뜯는 사슴과 그 새끼, 강에서 날아오르는 푸른왜가리. 밀먼 부인에게 빌린 색연필 세트를 써서 하늘은 파란색, 식물은 초록색, 강은 갈색으로 칠한다. 자브라우스키가 건물들은 어디 있느냐고 묻는다면 그럴듯한 헛소리를 꾸며 낼 생각이다. 그가 반박할 근거를 찾지 못하도록 일부러 어려운 말로 얼버무릴 작정이다.

디자인을 제출한 지 나흘 후, 나는 도서관으로 불려간다. 부소장과 리커비 소장이 나와 있다. 밀먼 부인은 두 사람 앞에서 승인이 떨어지기만 하면, 도서관에 수감자가 제작한 오리지널 예술 작품이 전시될 거라며 자기가 얼마나 설레는지 말한다. 그리고 느닷없이 내 허를 찌른다. "레드베터 씨와 저는 벽화가 누군가를 불쾌하게 만들 수 있는 정치적인 메시지를 담지 않는 것이 중요하다는 점을 논의했습니다. 물론 예술을 통해 표현의 자유를 행사하는 것은 그의 권리지만, 그는 벽화에서 프라이드 깃발(성소수자의 자긍심과 연대를 상징하는 무지개 깃발-옮긴이)과 '경찰 폭로 종식'이라는 문구를 빼는 데 동의했습니다. 공정하게 말하자면, 흔쾌히 동의했어요."

뭐라고? 나는 애초에 그런 걸 넣을 생각조차 안 했지만 일단 밀면 부인의 말에 장단을 맞춘다. "좋아요. 우린 그런 건 홍보하고 싶지 않아요." 자브라우스키가 말한다.

밀면 부인이 두 사람에게 예술가에게 질문이 있는지 묻는다. "있어요. 이게 예이츠 교정 시설 부지라면, 건물들은 어디에 있나요?" 자브라우스키가 묻는다.

"음, 시공간 연속체에 대해 들어 보셨겠죠? 길이, 너비, 높이라는 공간의 3차원에 시간이라는 네 번째 차원을 더한 개념 말입니다. 물리학 기초 과정 정도 되는 얘기죠?" 내가 말한다. 소장은 잠시 머뭇거리며 부소장을 바라보다 고개를 끄덕인다. 자브라우스키도 고개를 끄덕인다. "아인슈타인의 상대성 이론을 공부하셨다면, 그가 시간 여행이 가능할지도 모른다고 생각했던 것도 기억하시겠죠? 제가 말하려는 게 바로 그겁니다. 과거로 돌아가거나 미래로 나아가는 게 가능하다고 가정한다면, 이곳에 건물들이 아직 존재하지 않았던 시기가 있었고, 먼 미래에는 더 이상 존재하지 않을 시기가 올 가능성이 크다는 점을 보여 주려는 겁니다. 이해되시죠?"

불편한 침묵이 5초 동안 길게 이어진다. "훌륭해요!" 리커비 소장이 갑자기 선언하듯 말한다. 자브라우스키도 동의하며 고개를 끄덕인다. 밀면 부인이 디자인이 승인된 걸로 봐도 되겠느냐고 묻자 소장은 말한다. "물론이에요! 벽화가 완성되면 언론에 기사도 나가면 좋겠어요. 가끔은 긍정적인 기사가 나오는 것도 나쁘지 않죠." 그녀는 곧바로 자신과 부소장은 다른 회의에 가야 한다고 말하고, 최대한 빨리 도서관을 빠져나간다.

"무지개 깃발이니, '경찰 폭력 종식'이니 말씀하셨을 때는 깜짝 놀랐어요. 밀먼 부인, 그게 대체 무슨 얘기죠?"

"70년대에 지역사회에서 봉사활동을 하던 시절에 배운 오래된 수법이에요. 상대와 협상할 때는 실제든 상상이든 먼저 하나를 양보하는 척하죠. 그러면 상대가 당신을 아주 합리적인 사람으로 여기면서 마음을 놓거든요. 그러는 당신은요? 시공간 연속체? 아인슈타인의 상대성 이론?" 그녀가 웃는다. "도대체 그런 건 어떻게 생각해 낸 거예요?"

"우리 층에 새로 들어온 사람이 있어요. 대학교에서 횡령해서 들어온 물리학 교수예요. 내가 시간 여행이 가능할 것 같냐고 물었더니 그 사람이 한참을 떠들더라고요. 방금 제가 한 말도 사실 제대로 이해하지 못하고 했어요. 그래도 그들은 넘어간 것 같아요." 내가 말한다.

"아, 완전히 넘어갔죠. 그 둘은 자기들 머리가 돌처럼 멍청하다는 걸 아무도 모른다고 생각해요. 이 말은 절대 어디 가서 하면 안 돼요." 나는 입 꼭 다물고 있겠다고 한다. "자, 그건 그렇고 오늘 아침에 일어나 보니 하위가 벌써 아래층에서 쿠키를 굽고 있더라고요. 스니커두들(계피맛 설탕을 입혀 구운 미국 전통 쿠키-옮긴이) 하나 먹어 볼래요?" 그녀가 말을 잇는다.

B동으로 돌아갈 때 나는 꽤 들떠 있다. 설계안이 승인되었으니 벽화에 대한 온갖 아이디어를 떠올린다. 그런데 건물로 가는 길 중간에 뒤에서 다가오는 두 개의 그림자가 보인다. "뭐, 놀랄 거 없지. 그 애 머리가 곤죽이 됐으니까." 목소리를 듣자마자 안다. 피카디다. "야, 레드베터. 네 그 꼬맹이 친구 소식 들었어?"

나는 계속 걷는다. 미끼를 물 생각은 없다.

"걔가 목을 맸어."

나는 돌아서서 그들을 마주 본다. 그들을. 그 두 놈을. "솔로몬?"

"빙고! 다음은 네 차례냐?" 피카디가 말한다. 두 사람 다 웃는다. 나는 그 소식을 어디서 들었느냐고 묻는다.

"우리가 어디서 들었지, 안셀모 교도관? 기억나?" 피카디가 묻는다.

"글쎄요, 피카디 교도관. 정확히는 모르겠네요. 어딘가에서 듣긴 했죠."

"그래, 어딘가에서. 참 안됐지? 명복을 빈다, 사이코 소년." 그들은 할 말을 전하고 멈춰 서지만 나는 멈추지 않는다. 숨이 차고, 목이 조이고, 눈물이 날 것 같아 이를 악문다. 그 불쌍한 아이는 처음부터 승산이 없었다.

건물로 들어가려는 순간, 잭슨 상담사가 밖으로 나온다. "코비? 얼굴이 안 좋아 보여요. 괜찮아요?" 나는 그녀에게 솔로몬 이야기를 들었느냐고 묻는다. 그녀가 고개를 젓자 나는 방금 들은 이야기를 전한다. "맙소사." 그녀가 말한다. 그녀는 돌아서서 나와 함께 다시 건물로 들어간다. "그 애가 옮겨 간 시설 연락처가 제 사무실에 있어요. 무슨 일이 있었는지 알아볼게요. 그런데 누가 이런 말을 했죠?" 내가 안셀모와 피카디라고 하자 그녀는 의심스러운 눈빛으로 나를 본다. 그리고 일단 내 구역으로 돌아가 있으라고, 알아보는 대로 알려 주겠다고 한다.

나는 그녀의 말대로 한다. 감방으로 돌아와 나 혼자라는 사실에 안도한다. 그리고 침상에 앉아 고개를 숙이고 흐느껴 운다. 십 분쯤 뒤, 통제 데스크로 나오라고 호출받는다. 잭슨이 거기 서서 기다리고 있다. "오보였어요. 그런 일은 없어요." 그녀가 말한다.

나는 몇 초 동안 그녀를 멍하니 보면서 그들의 잔인함이 상상 이상이라는 사실에 넋이 나간다. 그리고 눈을 닦고 그녀에게 고맙다고 말한 뒤 복도를 따라 돌아간다. 지금은 그 역겨운 자식들이 주도권을 잡고 있지만, 내 형기는 채 1년도 남지 않았다. 밖으로 나가면 내부 고발을 할 수 있는 방법을 찾을지도 모른다. 그들이 저지른 짓들을 폭로하는 거다. 그러면 그들의 얼굴에 떤 미소도 지워지겠지.

벽화 프로젝트 승인이 떨어지자 나는 본격적으로 작업에 착수한다. 먼저 그들에게 보여 준 도안에 격자를 덧그린다. 벽화 전체의 광대한 면적을 한번에 생각하기보다, 작은 사각형들로 나누어 생각하는 편이 훨씬 덜 부담스러울 것 같다. 밀먼 부인은 내가 그림에 넣고 싶은 인물들과 동물들의 세부 스케치를 할 수 있도록 프린터 용지 한 뭉치를 제공해 준다. 그다음 나는 도서관의 텅 빈 벽 앞으로 가서 깊게 숨을 들이쉰다. 벽은 높이 2.4미터, 가로 17미터다. 격자를 벽에 옮겨 그리는 데만 몇 시간이 걸린다. 그 뒤로는 칸마다 연필로 디테일을 채워 넣는다. 그 작업이 일주일 내내 이어진다. 생각만 해도 긴장되지만, 월요일이면 벽에 색을 입히기 시작할 것이다.

금요일 저녁 에밀리가 전화를 받자, 나는 우리의 통화 시간 10분 중 대부분을 벽화가 완성되면 어떤 모습일지 설명하는 데 쓴다. "당신 목소리가 정말 밝네, 코비. 잘돼서 다행이야." 내가 주말에 뭘 할 건지 묻자 늘 그렇듯 집안일을 한다고 대답한다. "아, 그리고 내일 저녁에 손님이 와."

"그래? 뭐 만들 건데?"

간단하게 치킨파르메산과 샐러드와 마늘빵을 만들 거라고 대답한다. "디저트는 로마노스에서 카놀리를 좀 살 것 같고."

"와, 듣기만 해도 맛있겠다. 누가 오는데? 에번?"

"응. 그리고 앰버도."

"당신과 같이 가르치는 동료 교사? 결혼식 직전에 차였던?"

"정확히 그렇게 된 건 아니지만, 맞아. 내가 에번에게 앰버를 소개해 줬어. 지금까지는 잘되는 것 같아. 이번이 둘의 세 번째 데이트가 될 거야."

목소리에 약간의 슬픔이 묻어 있는 건가? 아니면 내가 그렇게 상상하는 건가? 말하지 말자고 다짐하지만 결국 입을 열고 만다. "사실 한동안은 당신이랑 에번이 혹시……."

잠시 침묵이 흐른다. 그리고 그녀가 말한다. "솔직히 말하면 그쪽으로 가고 있긴 했어. 그런데 잘 풀리지 않을 것 같아서, 그래서……."

"그래서 앰버랑 엮어 준 거네. 와, 당신 정말 착하다." 나는 안도의 한숨이 들리지 않도록 수화기를 손으로 가린다. "그럼 메이지는? 장모님 댁에 가는 거야?"

"아니, *당신* 어머니 댁에. 어머니가 메이지를 데리고「겨울왕국 2」를 보러 간대. 영화 끝나면 거기서 자고 같이 아침을 먹기로 했고."

"좋네. 엄마가 아주 기뻐하시겠어." 내가 말한다.

시큐러스가 1분 남았다는 경고음을 보낸다. "벽화 작업 잘해, 코비." 에밀리가 말한다.

"당신도 저녁 모임 잘하고. 나도 내일 치킨파르메산이랑 카놀리 먹고 싶다. 내것도 냉동실에 좀 넣어 둬. 나가면 먹게." 그녀는 아무 대꾸도 하지 않는다. "농담이었어. 에밀리, 사랑해."

"나도 사랑해." 그녀가 말한다. 진심처럼 들리지만, 나는 괜히 거기에 과하게 의미를 부여하지 않으려 애쓴다.

감방으로 돌아가면서 나는 그쪽으로 가고 있었다는 말이 무슨 뜻인지 자꾸 생각하게 된다. 둘이 잤을까? 그가 에밀리의 집으로 들어가 함께 살기로 이야기를 나눴을까? 찬 사람은 누구였을까? 그였을까, 그녀였을까? 이런 건 절대 묻지 말아야 한다는 건 나도 안다. 흘려보내야 한다. 무슨 일이 있었든, 이제는 끝났다는 사실만으로도 안도한다. 앰버는 교편을 잡은 지 오래되지 않았으니 아직 20대일 가능성이 크다. 그래, 정말 잘됐어, 에번. 마침내 또래에게 관심을 가지게 됐군.

~

밀먼 부인이 재료를 구하러 다닌 덕분에 물감, 붓, 희석제, 기타 도구들이 한 보따리 모였다. 월요일 아침, 심호흡을 하고 세룰리안블루 아크릴 물감을 튜브에서 2센티 정도 짜서 매트 젤 미디엄과 섞는다. 그 혼합물에 붓을 적신다. 나는 하늘부터 시작한다.

31일 뒤, 또 한 달의 형기를 복역하고 벽화가 완성된다. 브뤼헐의 그림 속 쟁기꾼처럼 나는 전경에서 붉은 셔츠를 입고 위쿼닉 강 건너편의 가파른 바위 절벽 꼭대기에 서 있다. 나는 관람자에게 등을 보인 채 아래를 내려다본다. 예이츠 교도소는 더 이상 존재하지 않는다. 우리를 가둔 건물들과 철조망을 다 지워 버렸다. 땅은 숲과 들판 그리고 차 색깔의 강으로 흘러드는 개울이 있는 원래의 자연으로 돌아갔다. 삼나무와 플라타너스, 단풍나무와 느릅나무가 무성하게 자란다. 강가의 은행나무 가지 틈에서 큰 푸른왜가리가 새끼들을 돌보는 동안 짝은 부리에 물고기를 문 채 그들에게 날아온다. 어미 칠면조 한 마리가 탁 트인 들판을 가로질러 가고 새끼들이 그 뒤를 따라간다. 그들은 자기들이 한 쌍의 포식자, 금방이라도 덮칠 듯한 두 마리 코퍼헤드의 시야에 들어와 있다는 사실을 모른다.

벽화에는 여러 사람이 강과 강둑에 모여 있다. 한쪽에는 레스터 위긴스가 바위에 앉아 낚시한다. 어쩌면 상을 받을 만한 무지개송어를 막 낚아 올릴지도 모른다. 맞은편에서는 위쿼닉 여성 세 명이 땅을 갈고, 숲속에서는 그들과 같은 부족의 사냥꾼이 나타난다. 그는 어린 사슴을 사냥할 때 쓴 활을 들고 있고, 그 사슴은 그의 어깨에 걸쳐져 있다. 밀먼 부인과 파텔 박사 둘 다 맨발로 물속에 있다. 파텔 박사는 사리가 젖지 않도록 옷자락을 들어 올리고 있다. 밀먼 부인은 튜브를 타고 강을 따라 떠내려오는 남자들에게 손을 흔든다. 그중 하나는 매니, 또 하나는 하비에르, 세 번째는 에인절이다. 그들보다 조금 아래쪽에서는 젊은이 세 명이 강에서 물수제비를 뜬다. 한 아이는 퍼도라를 쓰고 있고, 다른 아이는 후드티를 입고 있다. 에멧 틸(미시시피에서 백인 여성에게 휘파람을 불었다는 혐의로 납치, 고문, 살해된 흑인-옮긴이)과 트레이본 마틴(플로리다에서 자경단원 조지 짐머먼에게 총을 맞아 사망한 흑인 청년-옮긴이)이 다시 살아나 친구가 되어 즐겁게 논다. 세 번째 소년은 솔로몬이다. 이제는 혼자가 아니라 그들과 친구가 됐다. 그들 뒤편 조금 떨어진 오솔길에 에밀리와 메이지가 서 있다. 둘은 위쿼넉 강을 따라 난 길에서 강 건너 위쪽 너머로 나를 본다. 나는 자유의 몸이지만 강 저편의 기어오를 수 없는 절벽 위에 서 있다. 그리고 벽화의 맨 오른쪽, 브뤼헐의 이카루스처럼 눈에 띄지 않는 자리에 니코, 나의 나비 소년이 서 있다. 피부는 번데기처럼 초록빛을 띠고 있으며, 자세히 보지 않으면 쉽게 스쳐 지나칠 수 있는 존재다. 그의 머리 위에서 막 부화한 제왕나비들이 날아올라 다른 무리와 합류한다. 구름 한 점 없는 파란 하늘을 배경으로, 주황색과 검은색 날개 수백 장이 만화경처럼 남쪽을 향해 나아간다.

33

2019년 10월
1,095일 중 802일

예술적 성취를 기념하는 리셉션을 열자는 건 리커비 소장의 생각이다. 하지만 나는 어떤 형태로든 주목받는 걸 원치 않는다. 밀먼 부인에게 이 점을 소장에게 설명해 달라고 부탁하지만, 소장에겐 호의적인 언론 보도를 얻을 기회가 화가의 불편함보다 훨씬 중요하다. 법과 질서를 외치는 주지사, 주와 지방 정치인들, 교정국 국장과 그의 참모들, 지역 유지들 그리고 지역 언론까지 초대된다. 밀먼 부인은 나에게 장단을 맞춰 달라고 부탁한다. 이 리셉션이 그녀에겐 도서관에 추가 예산을 배정해 달라고 요청할 기회가 될 거라고. 나는 마지못해 동의하지만 잠을 설친다. 마지막으로 내가 TV와 신문에 나왔던 때를 떠올리며, 나의 과거가 다시 파헤쳐지고 페이스북 같은 곳에 있는 강경파들의 분노를 자극하진 않을지 걱정한다. *그 자식은 거기에 벌받으러 간 거지, 벽화를 그리러 간 게 아니잖아.*

위덤 주지사는 참석하지 못한다는 뜻을 전해 왔지만, 성명을 통해 유권자들에게 범죄에는 엄정하게 책임을 묻되, 수감자 재활 역시 지지한다고 밝혔다. 다른 몇몇 정치인들은 참석하겠다고 약속했다. 아마도 신문에 실릴 사진을 찍을 정도로만 잠깐 있다 가겠지. 밀먼 부인은 급식팀에서 과일펀치와 커피 한 통 그리고 곁들일 간식을 제공할 예정이라고 말해 준다. 그녀의 남편 하위가 쿠키 한 판을 굽겠다고 자원했다. "세 가지 종류예요. 각각 열여덟 개씩. 초콜릿칩, 오트밀레이즌 그리고 레몬아이싱. 그 일을 맡아서 얼마나 신나 하는지 몰라요." 그녀가 말한다. 그녀는 간식 일부를 따로 빼 두었다가 내가 우리 구역 '친구들에게' 가져갈 수 있도록 해 주겠다고 약속한다. "초대하고 싶은 사람이 있어요? 이름을 적어 주면 가능한지 알아볼게요." 그녀가 묻는다.

명단에 적은 사람은 에밀리, 파텔 박사, 카바네로 중위 그리고 마음의 힘이 되어 줄 매니와 우리 층의 친구 두어 명. 엄마도 적고 싶지만 엄마는 무릎 수술을 앞두고 있다. 아버지는? 말도 안 돼. 아버지는 면회를 온 적이 한 번도 없고, 애초에 내가 미술 학교에 가는 것조차 원하지 않았다.

매니와 다른 친구들은 출입이 거부된다. 수감자가 귀빈들 사이에 어울리는 건 부적절하다는 게 소장실의 판단이었다. 에밀리와는 몇 주째 통화도 못해서 그녀가 올지 안 올지 모른다. 밀먼 부인은 파텔 박사를 직접 초대하려 했지만, 박사의 남편이 전하길 그녀는 런던에서 아들과 손주들을 만나고 있다고 한다.

행사 당일 리셉션이 시작되기 직전, 내가 감방 안을 끝도 없이 서성거리자 매니가 미치려 한다. "긴장 풀어, 친구. 이건 좋은 일이잖아."

"좋은 건 벽화를 그린 거지, 이런 떠들썩한 행사는 아니야."

"전기의자에 앉으러 가는 것도 아니잖아." 하지만 자브라우스키가 나를 도서관으로 데려가려고 왔을 때 딱 그런 기분이었다. 전기의자에 앉으러 가는 죄수가 두 명의 교도관 사이에 끼여 걷는 장면을 영화에서 얼마나 많이 봤던가.

"오늘의 주인공이 된 기분이 어때?" 자브라우스키가 묻는다.

끔찍했지만, 감사의 말을 해야 한다는 걸 안다. "대단한 영광입니다." 나는 중얼거린다. 그는 정복을 갖춰 입고 왔고, 나는 여느 때처럼 베이지색 수감복 차림이다. 그는 평소에는 착용하지 않으면 벌점을 받을 수도 있는 신분증을 떼라고 한다. 우리는 말없이 통로를 따라 걷다가 마당에서 작업반 휴식 시간을 감독하는 굴즈비와 피카디를 지나친다. 피카디가 삼촌과 나를 위아래로 훑어보는데 표정이 좋지 않다. 나는 '오늘의 주인공'이라는 지위를 이용해 자브라우스키에게 그의 미친 조카가 저질러 온 짓들을 고발하는 상상을 한다. 그와 안셀모가 벌여 온 짓을 삼촌에게 낱낱이 털어놓는 상상. 하지만 앞으로 한 시간을 무사히 버텨 내는 것만으로도 충분히 벅찰 것이다.

도서관은 손님맞이를 위해 재배치돼 있다. 플라스틱 의자가 줄지어 놓였고, 다과가 놓인 카운터에는 테이블보가 씌워져 있으며, 꽃병에는 빨간 카네이션이 꽂혀 있다. 벽화는 파란색의 대형 방수포 세 장을 테이프로 붙여서 가려 놨다. 자브라우스키처럼 녹스 국장과 리커비 소장도 정복 차림이다. 국장의 악수는 힘이 없지만, 리커비의 악수에는 힘이 들어가 있다. 밀먼 부인은 나를 보자 다가와 그들 앞에서 나를 껴안는다. 규칙을 대담하게 무시한 행동이다! "금방 끝날 거예요. 계속 웃어요." 그녀가 속삭인다. 이렇게 부인 가까이 서자 라벤더 향이 난다. 전에 에밀리가 쓰던 향이다. 라벤더 향을 맡은 건 정말 오랜만이다. 나는 밀먼 부인에게 오늘 내 아내가 오는지 아느냐고 묻는다. 그녀는 초대는 확실히 했는데 소장실에서 답을 받았는지는 모르겠다고 말한다. "이제 나랑 가요. 남편을 소개해 줄게요. 그이는 제 사무실에 숨어 있어요. 빵 굽는 건 좋아해도 사람들 비위 맞추는 건 질색이거든요."

하위 밀먼과 나는 악수한다. 나는 쿠키를 구워 줘서 고맙다고 인사한다. 그는 농담을 하나 던지지만, 나는 잘 알아듣지 못한다. 밀먼 부부는 잘 어울리는 한 쌍이다. 그녀는 키가 150센티미터를 조금 넘는 듯하고, 그는 162센티미터 정도, 아니면 그보다 더 작을지도 모른다. 두 사람 모두 티셔츠를 입고 있다. 그의 티셔츠에는 "나는 금서를 읽는다"라는 문장이 찍혀 있고, 그녀의 티셔츠에는 "나는 사서다. 당신의 초능력은 무엇인가?"라는 문장이 보인다. 밀먼 부인은 나보고 나가서 사람들과 좀 어울리라고 말한다. "10분을 안 넘길 거예요. 그다음에 내가 프로그램을 시작할 거고."

이 흥겨운 파티에서 베이지색 수감복을 입은 사람은 밀먼 부인의 오른팔인 하비에르와 나뿐이다. 그는 내게 축하를 건네며 커피 한 잔과 밀먼 씨가 구운 큼직하고 두툼한 쿠키 하나를 건넨다. 나는 너무 긴장해서 커피가 컵 가장자리까지 출렁일 정도로 손이 떨린다. 쿠키를 한 입 베어 물었을 때는 목에 걸리기까지 한다. 쿠키를 삼키기 위해 기침을 서너 번 해야 했고, 그 바람에 근처에 있는 귀빈들의 시선을 끈다. 커피를 한 모금 더 삼키고 나서야 겨우 목으로 넘어가지만 모두 여전히 나를 보고 있다. 얼굴이 화끈거린다. 얼굴이 빨개진 걸 안다. "죄송합니다." 나는 누구에게랄 것도 없이 중얼거린다. 국장은 자기가 막 하임리히법을 해 줄 참이었다고 농담을 던진다. 하하하.

10분이 지나자(벽시계를 계속 보고 있었다) 밀먼 부인이 모두 자리에 앉아 제막식을 보라고 안내한다. 그녀는 먼저 벽화 프로젝트와 오늘의 행사를 승인해 준 행정 책임자들에게 감사를 표한다. 그들은 그 말에 꽤 흡족해하는 표정이다. 정중한 박수까지 받자 더 그렇다. 밀먼 부인은 아첨꾼이 아니라 그저 도서관 예산을 더 받기 위해 정치적인 수를 쓰는 것뿐이다. 그녀의 수완을 지켜보는 건 재미있다. 그녀는 소장을 연단으로 부른다.

나는 리커비의 장황한 연설 대부분을 흘려들었지만, 마지막 문장이 귀에 박힌다. "저와 우리 팀은 이 기관의 긍정적인 측면을 부각하기 위해 항상 노력해 왔습니다." 정말? 나는 본 적 없는데.

리커비와 자브라우스키가 제막을 맡는다. 그들이 벽화 쪽으로 걸어가는 동안 배 근육이 죄어든다. 손이 심하게 떨리는 모습을 들키지 않으려고 손을 허벅지 밑에 깔고 앉는다. 설상가상으로 소장은 카운트다운을 시작한다. 내가 공황 상태에 빠져 있는 와중에도 그녀는 한껏 즐기고 있는 모양이다. 모두 벽화를 싫어하면 어쩌지? 내가 작품 속에 심어 둔 정치적 항의 메시지(백인 우월주의 반대, 반인종주의, 반교도소 메시지)가 너무 노골적으로 드러나면 어쩌지? 이곳의 권력자들을 난처하게 만들었다가 큰 대가를 치를 수도 있는데. 리커비가 카운트다운을 마치고, 그녀와 자브라우스키가 양쪽 끝에서 방수포를 확 잡아당긴다. 벽화가 드러난다. 그리고 나도.

"와우.", "환상적이군." 처음에 몇몇이 손뼉을 치고, 이어서 더 많은 사람이, 마침내 거의 모두가 합류한다. 하지만 내 눈에는 결점만 보인다. 나무 몇 그루는 급히 그린 티가 나고, 하늘은 너무 파랗다. 무엇보다 에밀리와 아이들을 벽화에 넣은 게 후회된다. 그들의 사생활은 건드리지 말았어야 했다. 우리 이야기는 공공 예술로 내놓기에는 너무 개인적이다. 대체 무슨 생각이었던 거야?

하비에르가 벌떡 일어나 큰 소리로 박수를 치자, 다른 이들도 따라 일어난다. 바닥을 내려다보고 있는데 옆에 앉은 밀먼 부인이 몸을 기울이며 속삭인다. "이 순간을 즐겨요, 코비. 관객을 봐요." 나는 그들을 향해 돌아선다. 가슴에 손을 얹고 고개를 숙인 채 박수가 멎기를 기다린다. 박수가 멎자 내가 말한다. "제가 이런 박수를 받을 자격이 있는지 모르겠지만, 감사합니다."

밀먼 부인이 다시 앞으로 나선다. 그녀는 내게 작품에 대해 몇 마디 하라고 권했지만, 내가 아주 수줍어해서 대신 그녀에게 말해 달라고 요청했다고 청중에게 전한다(사실 요청이라기보다 애원에 가까웠다). "하위? 당신이 공개해 줄래요?" 그녀가 말한다. 대출 데스크 뒤에서 그녀의 남편이 「이카루스의 추락이 있는 풍경」을 포스터 크기로 확대한 그림을 세워 둔다. 밀먼 부인은 16세기 거장 브뤼헐의 걸작이 내 벽화의 영감이 되었다고 설명한다. 그녀는 처음에는 세밀한 스케치로 시작된 그림이 채색으로 완성되어가는 과정을 하루하루 지켜보는 것이 얼마나 흥미로웠는지 이야기한다. "정말이에요, 여러분. 다음에는 어떤 장면이 펼쳐질지 보고 싶어서 빨리 출근하고 싶었다니까요!" 공손한 웃음이 터진다. 사람들은 벽화와 나를 번갈아 바라본다. 나는 고개를 돌린다.

밀먼 부인은 색인 카드를 집어 들고 메모를 훑은 뒤, 준비해 온 연설을 시작한다. 그녀가 이 일에 이렇게 많은 시간과 정성을 들였다는 사실에 나는 감동한다. 그녀는 화가와 작가가 일종의 마술가라고 믿는다고 말한다. 그들은 우리를 자기 작품 속으로 초대해 잠시 우리 자신을 잊게 하고, 그렇게 함으로써 오히려 우리 자신을 *발견하게* 한다는 것이다. "코비 레드베터의 벽화를 바라보며 여러분은 아마 옆 사람과는 다른 것을 보고, 또 다르게 느끼고 있을 겁니다. 우리는 각자의 인생과 개인적인 역사 그리고 가치관을 예술과 문학 속으로 가져옵니다. 그런데도 동시에 예술과 문학은 우리를 어떻게든 서로 연결해 줍니다. 그게 바로 마법이죠! 그래서 저는 이 벽화가 책과 아이디어로 가득 찬 도서관에 자리하게 된 게 참으로 어울린다고 생각합니다. 수감자들이 죄책감에 젖은 채, 혹은 분노에 사로잡혀서, 혹은 반항적인 태도로 찾아오는 이 교도소 도서관에 말입니다. 어쩌면 그들은 삶이 어쩌다가 처음 상상했던 궤도에서 이렇게까지 벗어나 버렸는지 자문하고 있을지도 모릅니다. 만약 그들이 외면하지 않고 자신을 마주할 용기를 낸다면, 이곳은 그들이 더 나은 길로 나아가는 데 도움이 될 소중한 통찰을 얻는 장소가 될 것입니다." 그녀는 연방 대법관 서굿 마셜의 말을 인용하며 연설을 마무리한다. 수감자가 교도소에 들어온다고 해서 인간성을 잃거나, 자기실현과 성장을 향한 탐구를 끝낼 필요는 없다는 취지의 말이다.

"이제 코비, 당신에게 개인적으로 한마디 하고 싶습니다. 당신이 예이츠를 떠나 자신의 길을 가게 된 뒤에도, 당신의 인상적인 작품은 여기에 남을 겁니다. 도서관을 찾는 수감자들이 벽화의 신비와 의미 앞에 오래 머물며, 그것이 자신에게 무엇을 말하는지 곱씹도록 할 겁니다. 당신의 선물에 감사드립니다. 고맙게 생각합니다." 다시 박수가 터진다. 얼굴이 더 달아오른다. 나는 방 안을 둘러보며 에밀리를 찾지만, 그녀는 여기에 없다.

이제 사람들은 자리에서 일어나 이리저리 돌아다닌다. 이야기를 나누고 다과를 즐기며 벽화를 가까이에서 살펴보고 서로 디테일을 짚어 가며 말한다. 사람들이 계속 내게 다가와 칭찬하고 축하한다. 그게 너무 부담스러워서 나는 서가 사이로 도망친다. 아버지 밑에서 자라서 그런지 나는 칭찬보다 비판이 더 편하다. 그리고 사람들은 편리하게도 내가 무슨 일을 저질렀는지, 왜 내가 이곳에 오게 되었는지를 잊어버린 걸까?

"코비? 기자들이 당신을 찾고 있어요." 밀먼 부인이 부른다.

나는 지역 TV 방송국 기자의 인터뷰를 정중히 사양하려 하지만, 다행히 인터뷰는 30초 만에 끝난다. 내가 말하는 동안 카메라는 나보다 벽화에 더 오래 머문다. 내가 왜 복역 중인지에 대해서는 아무 언급도 없다.

《하트퍼드 커런트》 기자는 일정이 빠듯하다고 말한다. "사진부터 먼저 찍고요. 이동하기 전에 몇 가지 질문을 드릴게요." 사진기자는 내가 벽화 앞에 선 모습을 찍고 싶다고 한다. 《커런트》에 내 얼굴이 실렸던 유일한 때와 그 이유를 떠올리며, 나는 재빨리 머리를 굴려서 그림 앞쪽, 관객에게 등을 보이고 서 있는 인물이 나를 상징한다고 말한다. "제가 카메라를 바라보는 대신 그림을 향해 서 있으면 어떨까요? 뒤에서 찍어 주시면 될 것 같은데." 다행히 사진기자는 그 아이디어가 마음에 든다며 기꺼이 그렇게 해 준다.

하지만 의욕 넘치는 젊은 기자에게는 통하지 않는다. 막 언론 대학을 졸업한 듯 보이는 그녀는 한 건 제대로 건지려는 눈치다. "예이츠의 재활 프로그램이 당신이 사회로 성공적으로 복귀하는 데 도움이 되었다고 느끼십니까?"

국장과 홍보 담당자, 소장 그리고 밀먼 부인이 가까이 서 있어서, 나는 그들이 듣고 싶어 할 만한 말을 그럴싸하게 포장한 답을 내놓는다.

그다음 그녀는 무난한 질문을 몇 가지 던진다. 정식으로 미술 교육을 받았는지, 아니면 독학인지. 왜 브뤼헐의 그림에 끌렸는지. 벽화를 처음부터 끝까지 완성하는 데 얼마나 걸렸는지. 그러다 그녀가 내게 몸을 기울인다. "아드님의 사망과 관련한 과실치사로 유죄판결을 받고 복역 중이시죠?" 나는 고개를 끄덕인다. "물론 재활은 있을 수 있지만, 그런 비극을 정말 극복할 수 있나요?"

그게 빌어먹을, 당신과 무슨 상관인데! "벽화 이야기만 하면 안 되겠습니까?"

"네, 물론이죠. 이 작품의 반체제적인 성격에 대해 한말씀해 주시겠습니까, 레드베터 씨?"

이건 '함정' 질문이다. 잠 못 이루는 밤마다 내가 두려워하던 바로 그런 질문. 교정국 홍보 담당자를 힐끗 보니 그녀는 바짝 경계하는 표정이다. 나는 모르는 척하는 게 낫겠다고 판단한다. "반체제적이라고요? 그게 무슨 뜻이죠?"

"뭐, 교도소 부지를 그려 놓고 정작 교도소는 빼 버리셨잖아요. 왜죠?"

"이 그림은 이곳에 교도소가 생기기 훨씬 전, 수백 년 전을 상상한 겁니다. 백인 유럽 정착민들이 오기 전, 이 땅이 위쿼넉의 땅이었을 때 말입니다."

"네, 그건 이해합니다. 그런데 저기 계신 분이 *자기가* 벽화 속에 있다고 하시더군요." 그녀는 지역 정치인과 이야기 중인 하비에르를 가리킨다. "저분 말로는 두 명의 다른 수감자와 함께 강을 떠내려가는 인물이 자신이라고 하던데요. 수감자는 있는데 교도소는 없다? 에멧 틸과 트레이본 마틴이 살아났고? 원주민 부족이 다시 이 땅에서 살아가고? 제가 틀렸다면 말씀해 주세요, 레드베터 씨. 이 그림은 일종의 항의 아닌가요? 당신은 백인 우월주의적 억압에 반대하는 주장을 하고 있는 거 아닙니까? 어떤 이들은 *그걸 반체제적이라고 보지 않겠습니까?*" 그녀의 말이 옳지만, 내가 할 수 있는 말이라곤 예술은 누구에게나 열려 있는 해석의 대상이라는 것이다. 그녀는 수첩에 뭔가 적으면서 의미심장한 미소를 짓는다. 사진기자가 다가와 손목시계를 두드린다. "애비, 서둘러. 늦었어. 리본 커팅 장면도 찍어야 한단 말이야." 그가 말한다.

"그럼 마지막 질문입니다. 뒤쪽의 나비와 있는 작은 소년에 대해 말씀해 주시겠어요? 저 아이가 당신의 아들인가요? 당신의 이카루스인가요?"

대답하기도 전에 밀먼 부인이 끼어든다. "코비, 저기 누가 왔는지 봐요!" 나는 에밀리라고, 내가 받은 기립박수를 보려고 간신히 도착한 거라고 생각한다. 하지만 대신 카바네로 중위가 보인다.

"실례합니다. 이야기해야 할 사람이 있어서요." 나는 기자에게 말한다.

밀먼 부인 옆을 지나칠 때, 그녀가 내게 윙크한다.

카바네로의 얼굴은 창백하고 수척해 보인다. 그는 보행기를 짚고 있다. "레드베터, 반갑네." 그가 다리를 절뚝이며 천천히 다가온다. "자네가 *예술가*인 줄 알았더라면 갈퀴 대신 붓을 쥐어 줬을 텐데." 나는 와 준 것에 감사 인사를 하고 몸은 어떤지 묻는다. "넘어진 직후보다는 낫지. 골반 골절이 장난 아니더군. 믿어도 좋아. 어쨌든 축하해. 자네는 어떻게 지내나?"

나는 작업반에서 쫓겨난 일과 그 이유를 털어놓고 싶은 충동을 느낀다. 대신 괜찮다고, 10개월 뒤면 출소라 그날을 기다린다고 말한다. "아,

그리고 그 애 솔로몬 말이에요, 정신과 시설로 이송됐어요."

"잘됐군. 애초에 그 애를 여기에 두지 말았어야 했지. 자, 이제 자네 벽화 이야기를 해 보게. 무슨 뜻인가?" 그가 말한다.

"각자가 보고 싶은 대로 보면 됩니다." 나는 답한다.

리셉션이 끝날 때까지 나는 카바네로 옆에 바짝 붙어 최선을 다해 더 이상의 질문이나 칭찬을 피한다. 《커런트》 기자들이 떠난 직후 국장과 일행도 자리를 뜨고, 그 뒤로 사람들이 대부분 따라 나간다. 하비에르와 밀먼 부부 그리고 나만 남았을 때 밀먼 부인은 여러 사람이 내 작품에 깊은 인상을 받았다고 하며, 오늘 행사는 성공적이었다고 말한다. "그 칭찬이 당신에게 너무 괴롭진 않았길 바라요." 그녀가 미소 짓는다.

"끔찍하게 고통스러웠어요. 아니, 농담입니다. 괜찮았어요. 이런 자리를 마련해 주시고 좋은 말씀도 해 주셔서 감사합니다. 예산을 늘려 달라는 이야기는 꺼내 보셨어요?" 내가 말한다.

"했어요. 통합 학군 교육감 스피어스 박사와 이야기했죠. 새로 글을 배우는 수감자들을 위한 읽기 자료를 보강하고, 낡은 법률 서적도 교체하는 문제에 대해서요. 내게 사무실로 전화해서 약속을 잡으라고 하더군요."

"좋은 조짐 같은데요. 그건 그렇고 아까 그 열의가 넘치는 기자한테서 구해 주셔서 감사합니다."

"있죠, 코비. 당신 벽화를 볼 때마다 전에는 보지 못했던 디테일이 하나씩 눈에 들어와요. 멀리 있는 그 작은 소년을 발견했을 때도, 그 아이에 대해 당신에게 묻겠다는 생각은 절대 하지 않았어요. 예술과 상호작용 한다는 건 그 신비 속에 *잠기는* 것이지, 그 의미를 끝까지 파헤쳐 *풀어내는* 게 아니니까요. 그건 피카소에게 도라 마르를 그리면서 왜 눈의 위치를 어긋나게 그렸는지 묻는 것과 같아요. 그 기자에게 당신을 그렇게 몰아세울 권리는 없어요. 하지만 아직 젊어서 잘 모르는 거죠. 언젠가는 배우겠죠."

“그래요, 아마 그렇겠죠. 어쨌든 저를 그녀의 탐정 놀이에서 구해 주셔서 감사합니다. 하비에르가 의자 정리하는 걸 좀 도와주고 이만 가 볼게요. 너무 피곤하고 머리도 아프기 시작하네요.”

“괜찮아, 친구. 이건 내가 할게. 이제 자네는 유명인이니까 의자 같은 건 쌓지 않아도 돼.” 하비에르가 말한다. 나는 어쨌든 의자를 쌓기 시작하면서 그런 유명인 타령은 그만두라고 말한다. “아, 그렇지. 벽화는 네가 그렸지만, 거기 들어가 있는 건 나잖아. 그러니까 유명인은 나겠네.” 그가 말한다.

“그래, 곧 사람들이 사인해 달라고 할지도 몰라.”

그는 씩 웃으며 한 장에 5달러씩 받을 거라고 말한다.

내가 가려 하자 밀먼 부인이 잠깐만 기다리라고 한다. 내게 줄 것이 있다고. 그녀는 사무실로 급히 들어갔다가 남은 쿠키로 가득 찬 비닐봉지를 들고 나온다. “약속한 대로 가져왔어요. 그리고 이것도요. 당신이 관심을 가질 만한 시 한 편을 출력해 왔어요. 시 좋아해요, 코비?”

“별로요. 7학년 때 영어 선생님이 자기가 좋아하는 유치한 시들을 억지로 외우게 해서 흥미를 잃었거든요. ‘바위틈에 핀 꽃이여, 나는 너를 틈에서 뽑아낸다.’ 이런 거요.”

“그럼 테니슨 팬은 아니군요.” 그녀가 말한다.

“아니요. 베이철 린지의 시도 싫어해요. 그가 쓴 「감자들의 춤」이라는 시를 조회 시간에 공연해야 했어요. 저는 솔로 파트를 맡았죠. ‘달콤한 감자 하나가 있었네/ 황금빛에 날씬했지/ 숙녀들은 그의 춤을 사랑했고/ 밤새 그와 함께 춤을 추었네.’ 우리 중 몇몇은 선생님에게 랩도 시라고 주장하면서 LL 쿨 J나 쿨리오 노래를 낭송하게 해 달라고 했죠. 하지만 선생님은 받아 주지 않았어요.”

그녀가 웃는다. 자기가 나누고 싶은 시는 자신이 가장 좋아하는 위스턴 오든의 작품이며, 내가 벽화를 그릴 때 참고했던 브뤼헐의 그림을 언급하고 있다고 말한다. "외울 필요는 없어요. 오든은 당신 취향에 맞을지도 몰라요. 아니면 그냥 버려도 괜찮아요. 자, 가서 좀 쉬어요. 저번처럼 발길 끊지 말고요." 그녀가 다시 한번 안아 주려고 다가오고, 나도 그녀를 안는다. 라벤더 향은 이제 느껴지지 않는다. 에밀리가 왜 오지 않았는지 궁금해진다. 내가 벽화에 그녀와 아이들을 그려 넣은 걸 보면 화를 냈을까? 자기 아이의 생명을 앗아간 남편에게 쏟아지는 그 모든 찬사를 지켜봐야 하는 상황에 분노했을까?

도서관을 막 나서려는 순간, 행사에 참석했던 마른 노신사가 나를 기다리고 있었다고 한다. 그는 옷을 잘 차려입었고 말투도 온화하다. 은퇴한 교수 같은 인상이지만, 윗입술 위에 존 워터스 같은 가느다란 콧수염이 달린 게 달랐다. "시간을 오래 뺏진 않겠습니다. 그저 당신의 벽화가 정말 뛰어나다는 말씀을 드리고 싶었어요. 형기가 얼마나 남았는지 여쭤 봐도 될까요?" 그가 묻는다. 내가 답하자 그가 말한다. "아주 좋군요. 얼마 남지 않았네요." 그에게야 그렇겠지.

그는 자기가 뉴욕에서 활동하는 미술 에이전트로, 요 며칠간 스토닝턴 빌리지에 머물며 한 골동품 상인의 의뢰로 감정을 한다고 설명한다. "그분이 오늘 행사에 초대받았지만 올 수 없어서 대신 저를 명단에 올려 달라고 하셨습니다. 정말 오길 잘했어요. 당신이 얼마나 재능 있는지 아나요?"

나는 어깨를 으쓱한다. "수감자 치고는 그렇겠죠."

"아뇨, 아뇨. 그것과는 아무 상관 없어요. 여기, 제 명함입니다. 제 고객 명단에는 여러 벽화 작가들이 있어요. 출소 후 연락을 주시면 일을 잡아 드릴 수 있을지도 모릅니다. 기업에서 들어온 의뢰라면 시작하기 전에 괜찮은 가격으로 협상할 수 있을 겁니다. 여기서 나가면 새 출발을 할 수 있도록 말이죠." 나는 명함을 주머니에 넣고 감사 인사를 한 뒤, 건물로 돌아가야 한다고 말한다. "물론이죠." 그가 말한다. 건물을 나서 그와 나는 서로 다른 쪽으로 향한다. 그는 충분히 무해해 보이지만 세상일은 모르는 법이다. 벽화 작가들을 대표하고 있고 나에게 일을 줄 수도 있다고? 너무 완벽해서 현실 같지 않다. 괜한 기대는 하지 말아야지.

건물 입구에서 신참 교도관 한 명이 나를 세운다. "그거 뭐야?" 그가 쿠키 봉지를 가리키며 묻는다. 나는 도서관 리셉션에서 남은 거라고 설명한다. 그는 아무 말 없이 봉지를 빼앗는다. "쿠키 먹고 싶으면 다들 하는 대로 매점에서 사. 신분증은 어디 있어?" 나는 신분증을 꺼내서 보여 주며 부소장이 행사 때문에 빼라고 했다고 말한다. "그래. 무슨 행사였는데?" 나는 다시 한번 설명하며, 내가 도서관 행사에서 일종의 주빈 같은 역할이었다고 덧붙인다. 그는 내가 거짓말이라도 한 것처럼 비웃는 표정을 짓는다. 그는 내 이름과 수감 번호를 적더니 말한다. "좋아, 레드베터. 신분증 다시 달아. 헛소리한 거면 이 정도로 끝나지 않을 거야."

계단을 오르며 나는 도서관에서는 '오늘의 주인공'이었을지 몰라도 그 시간은 끝났다고 스스로에게 일깨워 준다.

감방으로 돌아오자마자 매니가 어땠냐고 묻는다. 나는 엄지를 치켜든다.

"거봐, 네가 즐길 거라고 *했잖아*." 그가 말한다.

매니가 음악을 크게 틀고 있어서 나는 좀 줄여 달라고 말한다. 오늘 하루가 너무 길었고 두통이 점점 심해진다.

조용해지자 나는 매트리스에 누워 몸을 옆으로 돌린다. 눈을 감고 낮잠을 청해 보지만, 기진맥진했는데도 머리는 각성 상태다. 머릿속에서 벽화를 떠올리면 고치고 싶은 부분들이 죄다 떠오른다. 기립박수도 보이고 기자의 목소리도 들린다. *저 아이가 당신의 아들인가요? 당신의 이카루스인가요?* 그녀의 기사가 또다시 모든 걸 끄집어내지 않기를 신에게 바란다. 페이스북에서 터질 격노가 눈에 선하다. *자기 아이를 죽인 사람을 이런 식으로 "벌준다고……?"*

엎드려 돌아눕자 종이가 바스락거리는 소리가 들린다. 밀먼 부인이 준 시를 끄집어내자 그 남자의 명함이 딸려 온다. 나는 먼저 명함을 집어서 읽는다. *존 마이클 체슬리. 아트 에이전트 인터내셔널. 뉴욕, 샌프란시스코, 런던. 공공 미술 신작 위촉 전문.* 음, 알겠어. 그렇다면 진짜인 것 같군. 언젠가 진짜 내게 일이 있을 수도 있겠지. 설령 그렇지 않더라도 예술을 아는 누군가에게 인정받았다는 사실만으로도 기분이 좋다.

그녀가 내게 준 시의 제목은 「뮤제 데 보자르(Musée des Beaux Arts)」다. 그게 무슨 뜻인지는 전혀 모르겠지만.

고통에 관해서라면 옛 거장들은 틀린 적이 없지
그것이 인간의 삶 속 어디에 놓여 있는지
누군가 밥을 먹거나 창문을 여는 동안에도
그 일이 일어난다는 걸 얼마나 잘 알고 있던가

이게 대체 뭐죠, 밀먼 부인? 내가 왜 이 시를 좋아할 거라고 생각한 거죠? 아니, 이게 무슨 뜻인지 내가 알기나 할 것 같아요? 그리고 이게 이카루스 그림이랑 무슨 상관이죠? 내일 다시 읽어 봐야겠다. 지금은 두통을 잠으로 없애 보려 한다.

나는 졸면서 에밀리가 오늘 오지 않은 이유를 머릿속에서 만들어 내기 시작한다. 어쩌면 차가 고장 났을 수도 있다. 메이지가 아플 수도 있고. 그냥 오고 싶지 않았을 수도 있다. 만약 그게 사실이라면 출소 후에 우리는 어떻게 되는 거지? 좋아, 코비. 심호흡해. 과거도 미래도 말고 현재에만 집중해. 그만 자.

34

2019년 10월
1,095일 중 809일

리셉션을 치른 지 일주일 후, 에밀리에게서 편지 한 통을 받는다.

안녕, 코비.

잘 지내고 있길 바라. 리셉션에 가지 못해서 정말 미안해. 가려고 했는데 막판에 메이지 학교에서 긴급 회의가 열린다는 연락을 받았어. 메이지가 여자 화장실 벽마다 크레용으로 낙서하고, 한 남자아이의 스파이더맨 인형을 사물함에서 꺼내 변기에 넣고 물을 내려 버리려고 했다는 거야. 메이지가 처음에는 아니라고 잡아떼다가, 결국 교장인 소칭 선생님이 설득해서 사실을 인정했어. 담임인 뎀코 선생님이 벌로 반 친구들 앞에서 공개적으로 꾸짖고, 메이지 책상을 교실 맨 뒤편에 따로 떼어 놓았어. 회의에서 나는 그런 식으로 메이지에게 창피를 주고 아이를 고립시키는 대신 책임을 지게 하는 좀 더 나은 방식이 있을 거라고 말했어. 더구나 지난번 회의 때는 오히려 메이지가 반 아이들과 잘 어울리지 않는다고 걱정하지 않았느냐는 말도 했지. 하지만 그들은 내 이의를 거의 듣지 않았어.

내가 회의에 참석했다면 그들이 내 이야기를 듣게 만들었을 텐데.

학교 사회복지사는 메이지가 인생에서 겪은 큰 상실들 때문에 아직도 애도 반응을 보이는 것 같다고 말했어. 하지만 난 잘 모르겠어. 요란한 떼쓰기는 이미 멈췄고, 이상한 언어로 중얼거리거나 변기에 대변이 내려가는 걸 무서워하면서 소란을 피우는 일도 이제 없거든. 니코에 대한 기억도 거의 남아 있지 않을 것 같아. 당신이 잠시 '떠나 있고' 언젠가는 돌아온다는 것도 이해하고 있어(그게 어떻게 진행될지는 아직 생각해 봐야겠지만). 회의를 마치고 나오면서 두 명의 아동심리학자 이름이 적힌 종이를 받았고, 부모로서 내 자질이 시험대에 오른 느낌을 지울 수 없었어. 메이지를 데리러 엄마 집으로 가는 차 안에서 나는 계속 울었어. 집에 돌아와서 아이를 앉혀 놓고 왜 그런 행동을 했는지 물었어. 그랬더니 그냥 슬퍼서 그랬대. 하지만 뭐가 슬픈지는 자기도 모르겠다고 했어. 내 눈에는 슬프다기보다는 분노하는 것 같아 보였어. 가끔은 이 아이 속을 모르겠어. 메이지에게 심리 상담을 받게 해야겠지만, 지난번 상담은 별 효과가 없었던 것 같아. 보험 처리가 될지도 모르겠고. 무엇보다 가장 많이 화가 나는 건 그들의 태도야. 나는 경력이 12년인 교사로서 아동심리도 어느 정도 알고 있단 말이야.

하지만 이건 당신에 관한 게 아니라 메이지에 관한 일이잖아, 에밀리.

벽화 완성 축하해! 직접 가서 볼 수 있었으면 좋았을 텐데. 크리에이티브 스트래티지스에서 당신이 한 일은 좋아하는 일이라기보다는 먹고살려고 한 일이라는 걸 알아. 다행히 이번 프로젝트에서는 당신이 원하는 방향으로 작업할 수 있었던 것 같네. 감옥에서 예술적 자유라니? 꽤 아이러니하다. 《커런트》 기사도 아주 좋았고, 사진에서는 조금밖에 안 보였지만 그림도 훌륭해 보였어. 그렇게 긍정적인 평가를 받아서 당신 뿌듯하겠다. 이미 읽어 봤겠지만, 혹시 몰라 기사를 한 부 보낼게.

메이지와 같이 병원에 계신 어머님을 뵙고 왔어. 수술은 잘 끝났고, 벌써 걸으실 수 있을 정도로 회복 중이셔. 우리는 꽃을 가져갔고, 메이지는 쾌유를 비는 카드를 그려 드렸어. 요즘 메이지가 그리는 이상한 감자 모양에 이쑤시개 같은 팔다리가 달린 사람들을 카드에도 그렸어. 물론 어머님은 그걸 보고 크게 감탄하면서 아빠처럼 재능이 있다고 치켜세웠지.

사랑해.

에밀리

나는 그 기사를 보지 못했었다. 기자가 내 유죄판결에 대해 깊이 다루지 않았고, 인터뷰에서 나왔던 '함정 질문' 같은 내용도 포함되지 않았다는 걸 지금에야 읽고 안도했다. 리커비 교도소장도 기사가 마음에 들었을 것이다. 기사에서는 그녀의 진보적인 리더십과, 그녀가 수감자들을 위한 혁신적인 재활 프로그램을 장려한 점을 추켜세우고 있다. 참나. 밀먼 부인은 언급조차 되지 않았지만, 아마 그것은 그녀보다 내가 더 억울해하는 일일 것이다. 그녀는 그저 도서 구입 예산이 늘어날지도 모른다는 사실에 행복해하는 사람이니까.

밀먼 부인에 따르면 도서관을 찾는 사람들 사이에서 벽화에 대한 반응이 꽤 좋다고 한다. 거기에는 직원들과 수감자들 모두 포함된다. "레드베터는 B동에서 그나마 괜찮은 녀석 중 하나야. 하지만 저런 걸 할 줄은 몰랐어." 그레이엄 대위가 밀먼 부인에게 이렇게 말했다고 한다. 우리 중 몇 명도 통행 허가를 받아서 도서관에 가 벽화를 보았다. 매니와 에인절은 자기들이 이곳을 지나 강을 떠내려가는 모습으로 그려진 걸 보고 신이 났다. 로보도 그들과 함께 있었는데, 매니 말로는 그가 벽화를 너무 오래 보고 있었다고 한다. 마치 최면에 걸린 사람처럼.

이 모든 칭찬에도 불구하고 내가 완전히 무사했던 건 아니다. 벽화를 작업하던 몇 주 동안 피카디와 안셀모는 나를 거의 건드리지 않았다. 눈에 띄지 않으면 잊히는 법이라고 나는 짐작했다. 아마 나를 괴롭히는 데 싫증이 났거나, 그들의 권위에 도전한 다른 수감자에게로 관심을 돌렸다고 생각했다. 하지만 아니었다.

일요일 아침, 나는 AA 모임을 마치고 D동에서 돌아오고 있다. 우리 건물로 돌아와 계단을 오르기 시작했을 때 뒤에서 발소리가 들린다. 고개를 돌려 보니 그 두 사람이 있다. 그들의 목소리가 계단 통로에 울려 퍼진다.

"벽에 허접한 그림 좀 그려서 신문에 나왔다고 이제 잘난 척이 하늘을 찌르네."

"리커비 소장의 총애를 받는 줄 아는 모양이야. 자기가 왜 여기 있는지는 까먹었나 보지. 자기 자식을 죽여서 들어온 주제에."

"관리과 해리가 그러더라. 저 자식이 여기서 나가면 '자식을 죽인 놈'의 그 예쁜 그림을 바로 덧칠하라는 지시가 내려왔다고."

"이봐, 레드베터. 들려? 영웅 놀이도 여기까지야!"

계단 두 단만 더 올라가면 된다. 도발에 반응하지 말고 버티자고 속으로 되뇐다. 교도관 두 명을 폭행하는 건 내가 감당할 수 있는 사치가 아니다. 대신 그들의 목소리를 덮어 버리기 위해, 예전에 침실에서 볼륨을 한껏 올려 틀어 놓곤 했던 오래된 R.E.M. 노래를 최대한 크게 부르기 시작한다. *"주파수가 뭐야, 케네스? 네 벤제드린이야, 아하……."*

효과가 있다. 그 둘은 우리 층 바로 아래로 간다. 나는 우리 층에 도착하자마자 통제 데스크로 가서 복귀 보고를 한다. 좀전의 일 때문에 나는 동요했고, 맥그레비는 그걸 눈치챈 듯하다. "무슨 일이야?" 그가 묻는다. 나는 어깨를 으쓱하며 괜찮다고 말하고 복도를 따라 걸어간다.

지금은 휴식 시간이라 모두 감방 밖에 나와 있다. 다들 수다를 떨고 웃고 뜨거운 물을 받으려고 줄을 선다. 심심한 사람들은 난간에 몸을 기대 아래층에서 오가는 사람들을 구경한다. 최근 행정부가 만들어 낸 또 하나의 멍청한 규칙인 이른바 '버디 시스템'에 대한 불평도 끊이질 않는다. 이제 식당에 갈 때와 돌아올 때 우리는 짝을 지어 행진해야 한다. 전원이 같은 속도로 움직여야 하고, 간격을 둬서도 안 되고, 뒤엉켜서도 안 되고, 자기 짝 외에는 누구와도 말해서는 안 된다. 감옥은 우리를 바깥세상에 적응시키기 위한 곳이라는데, 이러다 출소하면 유치원에 갈 준비는 완벽하게 마칠 수 있겠다.

"휴식 시간 끝났다!" 굴즈비가 우리를 감방으로 몰아넣으며 소리친다.

"야, 코비! 우리를 떠나지 못하는 사람이 누군지 봐." 에인절이 부른다.

그가 가리킨 쪽을 보니 부드로가 돌아와 있다.

물론 매니는 레이진 케이준이 왜 돌아왔는지 안다. 가석방 위원회가 그를 고향 루이지애나로 돌아가도록 허락하기도 전에, 차량 강탈 사건에 휘말려 이곳으로 돌아오는 왕복 티켓을 끊은 것이다.

"부드로는 함정이었다고 주장하면서 자기는 무죄라고 하더라." 매니가 내게 말한다. 우리는 동시에 코웃음을 친다. "퍽이나 그러겠다."

그날 저녁 피카디와 안셀모의 말이 머릿속을 계속 맴돈다. 잘난 척한다는 말. 리커비의 총애를 받는다는 말. '자식을 죽인 놈'의 예쁜 그림을 덧칠하라는 지시를 받았다는 말. 마지막 말은 사실이 아닐 가능성이 크지만, 말 한마디 한마디가 사타구니를 걷어차는 것처럼 느껴진다. 그들의 목소리를 밀어내기 위해 나는 노트에서 종이를 몇 장 찢어서 에밀리에게 답장을 쓴다.

안녕, 에밀리.

편지와 축하 인사 고마워. 벽화를 디자인하고 그릴 수 있었던 건 이곳에서 겪은 일 중 가장 좋은 일이었어. 리셉션에서 주목받는 게 썩 편하진 않았지만 무사히 넘겼고, 무엇보다 예이츠 도서관 사서인 페이기 밀먼에게 고마웠어. 그녀는 줄곧 내 편이 되어 주었거든. 당신이 오면 두 사람을 소개해 주고 싶었지만, 사정은 이해해. 기사 스크랩을 보내 줘서 고마워. 아직 못 봐서 기자가 뭐라고 썼을지 조마조마했는데 생각보다 살살 다뤄 줬네. 그나저나 맙소사, 메이지에게 대체 무슨 일이 일어나고 있는 거야?

나는 사실 에밀리가 메이지를 여기로 데려오지 않는 이유를 끝내 납득하지 못했다. 아이에게 뭐가 더 상처가 되는 걸까? 감옥에 있는 나를 보는 것? 아니면 나를 전혀 보지 못하는 것?

학교 회의는 정말 끔찍했겠어. 내가 출소하면, 당신이 싫지만 않다면 그런 자리에 같이 갈 수 있을 거야. 그들이 당신의 양육 방식을 판단하고 있다고 느꼈다면, 내 양육 방식에 대해 무슨 생각을 했을지 상상하기도 싫군.

좀 전에 어머니와 통화했는데 수술받은 후 순조롭게 회복 중이라고 하셨어. '아침에 오는 단골들'을 보러 가능한 한 빨리 일터로 돌아가고 싶어 하셔. 그 은퇴한 손님들이 팁을 많이 줄 것 같지는 않지만, 어머니는 돈보다 사람들과 어울리는 게 좋아서 일하시는 걸 거야. 그건 그렇고 어머니 문병도 가 주고 메이지를 데려가 줘서 고마워. 어머니는 정말 고마웠다고 하시면서 당신과 메이지를 본 게 그날 가장 큰 위안이었다고 하셔.

아, 그건 그렇고 리셉션에서 한 아트 에이전트를 만났어. 내 벽화가 인상 깊었다면서 내가 출소하면 맡길 일이 있을지도 모른다고 했어. 아마 별일은 아닐 테지만, 명함을 주고 갔어. 오케이, 이제 몇 분 뒤면 소등 시간이라 오늘은 여기까지 쓸게.

사랑해, 에밀리.

나는 비교적 쉽게 잠들지만, 한 시간쯤 지나니 눈이 번쩍 떠지고 미래가 걱정되기 시작한다. 출소 후의 일도 걱정이지만, 그날이 올 때까지 이곳에서 어떤 일이 벌어질지도 걱정이다. 벽화로 인해 내게 쏟아진 관심이 피카디와 안셀모의 적개심에 불을 지핀 셈이다. 맥박이 빨라지고 어떻게든 편한 자세를 찾으려고 계속 몸을 움직인다. 결국 한 시간 넘게 깨어 있다가 가까스로 다시 잠이 든다.

≈

늦잠을 자는 바람에 새로 시행된 버디 시스템에 따라 식당에 가는 줄에 끼지 못한다. 매니 말로는 무난하게 진행됐다고 한다. 규정을 따르지 않아서 벌점을 받은 건 두 명뿐이라고. 그의 '버디'는 우리 층에 새로 들어온 오스틴이라는 젊은 수감자였다. "완전 훈남이야. 초록색 눈동자에 곱실거리는 갈색 머리. 게다가 헬스장에서 꽤나 공들인 몸이라는 게 딱 보여. 나 사랑에 빠진 것 같아." 매니가 말한다.

"그래? 들어 보니 사랑이 아니라 욕망 같은데."

매니는 한 손을 허리에 얹고 눈을 깜박인다. "그게 차이가 있어?"

그 남자가 몇 살이냐고 묻자 20대 초중반이라고 한다. 내 룸메이트는 인정하진 않지만 쉰네 살이다. 뭐라더라? 희망은 영원히 샘솟는다던가? 매니는 자신이 만난 상대들의 이야기를 자랑처럼 늘어놓지만, 생각해 보면 오래 지속된 관계는 한 번도 들은 적이 없다. 사실 좀 슬픈 일이다. 그의 삶에서 변함없이 남아 있는 존재는 여동생 글로리아뿐인 듯하다.

10시 반 점심을 먹기 위해 줄을 설 때, 매니는 나와 다른 몇 명을 제치고 앞질러 가서 새로 반한 그의 연인과 짝을 이루려 한다. 나는 줄 맨 끝에 선다. 짝이 모자랐는지 나는 혼자였고, 그건 상관없다.

세상에, 이런 날이라니. 하늘은 맑고 푸르고 햇빛은 시들어가는 잎의 짙은 주황빛과 노랑빛을 선명하게 비춘다. TV 일기예보에서 말하듯 "5점 만점에 5점짜리" 가을날이다.

맨 앞에서 행진을 이끌며 안셀모 교도관이 소리친다. "서둘러, 아가씨들! 늦게 도착할수록 먹는 시간도 줄어든다!" 내 뒤에서 그의 졸개 굴즈비가 손뼉을 치며 스승을 흉내 낸다. "자, 신사 여러분! 좀 더 서둘러 봅시다!" 피카디는 보통 이 둘과 같은 근무조로 일하지만, 이번 주에는 보이지 않는다. 나는 그 잠깐의 휴식을 즐기고 있다.

우리 동과 식당 사이 중간쯤에서 전에 눈여겨본 은행나무에 시선이 멈춘다. 부채 모양 잎들이 눈부신 황금빛으로 물들어 있다. 장관이다. 그 모습은 쌍둥이의 첫 가을, 어느 10월의 기억으로 나를 데려간다.

메이지와 니코와 나는 저수지에 갔다. 주말 오전 중반이면 가끔 내가 아이들을 데리고 그곳으로 산책을 나가곤 했다. 그 사이 에밀리는 집에 남아 학교 과제를 했다. 그때까지 우리는 평범한 부부였고, 비극과 감옥이라는 흔적이 새겨지기 전이었다. 우리는 둘 다 직장이 있었고 형편도 나쁘지 않았다. 월요일부터 목요일까지는 마음에 드는 어린이집에 아이들을 맡겼고, 금요일마다 장모님이 아이들을 돌봐 주셨다. 나는 주말에 술을 좀 과하게 마시기도 하고, 가끔 기분 전환 삼아 약을 먹기도 했지만, 선을 넘지는 않았다. 우리는 약 1년 뒤에 벌어질 끔찍한 일을 전혀 모른 채 그저 행복했다.

그날 아침 저수지에는 바람이 불었지만, 공기는 아직 따뜻했다. 메이지는 쌍둥이용 유모차에서 잠들었고, 니코는 나무 위에서 춤추는 색색의 잎들을 향해 팔을 뻗고 있었다. "이리 와, 아가." 나는 그를 유모차에서 꺼냈다. 붉고 웅장한 단풍나무의 낮게 드리운 가지 가까이 들어 올리자, 니코가 잎을 잡으려 손을 뻗었다. 그 순간 돌풍이 불어서 선홍빛 잎들이 나풀나풀 우리 주위로 쏟아져 내렸다. 내가 이파리 하나를 잡아서 니코에게 건네자 아이는 보물을 얻은 것처럼 기뻐서 소리를 질렀다. 차로 돌아가는 길에 나는 그의 수집품을 위해 다른 잎들도 주워 담았다. 노란 느릅나무 잎 한 장, 그리고 참나무와 설탕단풍나무에서 떨어진 산홋빛 잎, 타오르는 주황빛 잎, 선홍빛 잎들. 니코는 집으로 돌아오는 차에서 그 꽃다발을 손에 꼭 쥔 채 들여다보고 옹알거렸다. 그는 자신이 손에 쥔 색채의 팔레트에 감각적으로 반응했다. 둘 중에서 이미 예술적 감각을 보인 건 니코였다. 그는 예술가적 기질도 지니고 있었다. 그즈음 잠에서 깨어난 메이지가 잎을 가로채려 하자 니코는 울음을 터뜨리며 누나를 찰싹 때렸다. 내가 "안 돼!" 소리치자 둘 다 얼어붙었다. 그러더니 니코는 자기 보물 두 장을 누나에게 건넸다.

"뭘 그렇게 웃고 있어?" 누군가의 말에 나는 상념에서 빠져나온다. "어, 뭐?" 뭔가 나쁜 짓을 하다 들킨 느낌이다.

옆을 보니 부드로가 나란히 걷는다. "갑자기 어디서 나타난 거야?" 내가 묻는다.

"옆에서 도허티랑 걷고 있는데 걔가 코피가 나서 안셀모가 돌려보냈어. 그래서 나보고 네 짝이 되라더라."

"코피는 왜 났는데? 네가 한 대 친 거 아니야?" 내가 묻는다.

"아니, 그냥 코를 너무 세게 파서 그래. 방금 놀라게 할 생각은 아니었는데, 너 완전히 딴 세상에 가 있더라. 그렇게 히죽히죽 웃는 거 보니 분명 섹시한 여자 생각하고 있었지? 맞지, 내가 맞지?"

"그래, 나 유죄다." 내가 말한다. 나는 정말 죄책감을 느끼지만, 그가 생각하는 의미에서는 아니다. 어린 아들과의 행복한 기억을 즐길 자격이 나에게 있을까? 내가 한 일에 대해 속죄하기 위해 방금 그런 기억조차 억눌러야 하는 걸까? 내가 초래한 고통 때문에?

"역시 그럴 줄 알았어, 친구. 난 사람 얼굴만 보면 속마음을 읽을 수 있거든. 네가 야한 생각에 빠진 게 표정에 다 나와 있더라." 부드로가 말한다.

그래, 어련하시겠어. 나는 생각한다. 어메이징 크레스킨(미국의 심리 마술사⎯옮긴이)도 네가 이렇게 대단한 독심술사라는 걸 알면 겁에 질려 덜덜 떨겠지.

식당으로 들어가 부드로와 나는 로보, 에인절, 매니 그리고 그가 푹 빠진 새내기 뒤에 선다. 배식 책임자인 라샨이 크림소스에 졸인 질척한 소고기 요리를 국자로 퍼 쟁반 스티로폼에 얹는다. 그리고 외눈박이가 물처럼 묽은 통조림 완두콩을 한 국자 담아 준다. 세 번째 배식자는 처음 보는 얼굴인데, 흰 식빵 두 장과 슈거파우더를 뿌려 비닐에 싼 도넛 하나를 얹어 준다. 줄에서 빠져나오자 굴즈비가 마치 빌어먹을 고급 레스토랑 지배인이라도 되는 양 빈 테이블을 가리키며 서 있다.

우리 여섯은 자리에 앉자마자 몸을 숙이고 최대한 빨리 먹기 시작한다. 매니만 빼고. 그는 도무지 입을 다물 줄 모른다. 그리고 그의 새 친구도 여기서는 빨리 먹는 게 현명하다는 걸 아직 모른다. "애들아, 이 친구는 오스틴이라고 해. 플로리다에 살 때 모터크로스 경주(비포장 코스를 달리는 오토바이 경주-옮긴이)에 나갔대." 매니가 말한다.

"근사한데. 뭘 탔어?" 에인절이 묻는다.

"가와사키 KX 250."

로보가 그에게 플로리다 어디에서 살았는지 묻는다. "오칼라에서 자랐어. 탬파에서 레이스를 뛰다가 연습 주행 때 다리를 크게 다쳤지." 그가 말한다.

"그리고 여기 와서 URI 경영대학에 다녔대. 이것도 들어 봐. 워치힐에 있는 테일러 스위프트의 해변 별장에서, 파티를 맡은 케이터링 업체 아르바이트를 했대. 지난여름에 그녀가 주최한 7월 4일 대형 파티에서 웨이터로 일했다는데, 그 파티에 누가 왔는지 알아?" 매니가 묻는다.

그걸 추측하는 사람은 아무도 없다. 우리에겐 먹는 게 더 중요하다.

"포기하는 거야? 닉 조나스, 라이언 레이놀즈, 블레이크 라이블리, 미란다 램버트, 로드였어!" 매니는 50대 아이돌 팬처럼 우리(오스틴을 포함해서)보다 그 손님 명단에 훨씬 흥분해 있다.

안셀모가 평소처럼 식사 시간을 줄일 거라고 예상한 나는 최대한 빨리 음식을 입에 퍼넣는다. 내가 쳐다볼 때마다 그가 나를 보고 있는 게 기분이 영 이상하다. 한편 매니는 쉴 새 없이 떠들어 댄다. 오스틴이 좀 불쌍하다. 나도 여기 처음 왔을 때 매니가 끊임없이 조언을 늘어놓으면서 멘토 행세를 해서 숨이 막혔던 게 떠오른다.

"식사 끝!" 안셀모가 소리친다. 원래 20분을 줘야 하는데 겨우 11, 12분쯤 지났다. 주변의 수감자들은 모두 일어나 지시에 따르면서, 얼른 축축해진 빵을 입에 밀어 넣고 포장된 도넛은 셔츠 안에 숨긴다. 반밖에 못 먹은 오스틴은 점심시간이 벌써 끝났다는 사실에 충격받은 표정이다.

나는 오후 내내 레스터 위긴스가 추천한 이지 롤린스 시리즈 중 또 한 권을 읽으며 보낸다. 휴식 시간에 오스틴이 혼자서 약간 길을 잃은 듯한 모습으로 서 있는 게 보인다. "매니 말이야. 부담되면 꺼지라고 해. 매니가 새로 온 애들을 챙기는 걸 좋아하긴 하는데, 그렇다고 여기서 숨 막히고 싶진 않잖아." 내가 말한다. 그는 고개를 끄덕이지만 미소를 짓진 않는다. 말이 떨어지기가 무섭게 매니가 스티로폼 컵 두 개를 들고 우리에게 다가온다. "커피 마실래, 오스틴? 여기 인스턴트커피 타 놨어. 가자, 온수통이 어디 있는지 보여 줄게." 그가 말한다.

몇 분 뒤 둘이 돌아온다. 둘 다 아무 말도 하지 않고 커피도 들고 있지 않다. 매니의 눈 밑에 붉은 자국이 생겨 있고 점점 붓는 것처럼 보인다. 무슨 일이 있었는지 확실히 알 수는 없지만 대충 짐작은 간다. 감방에 다시 갇힌 뒤 나는 매니에게 눈은 괜찮은지 묻는다. 그는 괜찮다고 한다. 그러고는 화제를 바꿔서 그가 들은 소문을 전한다. 피카디의 아내가 그에게 이혼을 요구했다는 것이다. "그래서 요 며칠 안 보였던 건가?" 내가 말한다. "휴가 내고 자기 성찰이라도 했나 보지." 그 말에 우리는 둘 다 웃는다.

이지 롤린스를 150쪽쯤 더 읽었을 때 굴즈비가 또 식사 시간이라고 소리친다. 문이 철컥 열리자 복도 반대편 끝에 서 있는 안셀모가 보인다. 둘 다 오늘 계속 근무인가 보다. "짝 잡고 줄 서!" 안셀모가 외친다.

눈 밑에 제대로 멍이 든 매니는 풀이 죽은 채 로보와 짝이 된다. 나는 다시 부드로와 짝이 된다. 걸어가다가 그가 말한다. "야, 레드베터. 우체국 열렸어." 대체 무슨 소린가 싶다. "우체국 말이야. *열렸다고.*" 그가 열린 내 바지 지퍼를 가리킨다. 내가 얼른 올리자 그가 고개를 끄덕이며 말한다. "싸 쎄 봉(Ça c'est bon, 여기서는 '이제 됐네'라는 뜻―옮긴이)." 나는 그가 영어를 하는 건지, 늪지 사투리를 쓰는 건지 자주 헷갈린다고 말한다. 그는 우리 '바이우 위쪽 사람들이' 말을 이상하게 하는 게 자기 탓은 아니라고 한다.

우리의 4시 저녁 메뉴는 미트로프, 으깬 감자, 통조림에 든 당근, 빵, 케이크다. 부풀어 오를 만큼의 탄수화물과 뇌졸중에 걸릴 만큼의 나트륨이 포함된 음식들이다. 오스틴은 우리 테이블 끝에 앉아 재빨리 먹으면서 아무와도 말하지 않는다. 매니는 그 반대편 끝에 앉아 있다. 처음으로 그도 말이 없다. 건너편 테이블에서 말다툼이 벌어지지만, 주먹이 오가기 전에 안셀모가 제압한다. 내 미트로프 속에서 녹지 않은 단백질 알갱이 하나를 발견한다. 그 안에 고기보다 시리얼이 더 많이 들었다는 뜻이다. 나는 대신 감자, 빵, 당근에 집중하면서, 내가 군말 없이 당근을 먹는 걸 엄마가 보면 까무러치겠다고 생각한다. 맞은 편에 앉은 부드로가 계속 내 케이크를 흘끔거린다. "젠장, 그냥 가져가." 내가 말한다. 그는 얼른 집어 간다.

굴즈비가 식사 시간이 끝났다고 소리치자, 나는 벽에 걸린 시계를 본다. 그와 안셀모는 우리에게 20분 중 17분을 먹게 해 줬다. 나쁘지 않다.

매니와 부드로와 나란히 식당을 나서는데 안셀모가 나를 멈춰 세운다. 다른 두 사람도 함께 멈춘다. "너희들이 앉아 있던 테이블에서 소금통이 하나 사라졌어. 네가 훔쳤냐, 레드베터?" 안셀모가 묻는다. 나는 아니라고 말한다. 우리가 자리에 앉았을 때는 빈 후추통 하나만 있었다고.

"하지만 네가 거짓말을 한 게 이번이 처음은 아니잖아, 그렇지? 너도 절차는 알지? 따라와."

"에이, 형님. 그 친구는 아무것도 안 가져갔어요." 부드로가 말한다.

안셀모가 그의 얼굴 앞으로 바짝 다가간다. "난 네 형님이 아니야. 계속 가던 길 가." 레이진 케이준은 고개를 저으며 지시에 따른다.

나는 곧 몸수색을 당할 것이고, 안셀모의 명령에 따르는 것 외에는 할 수 있는 일이 없다. 그래서 굴즈비가 형식적으로 수색하는 동안 천장을 올려다본다. 그의 손이 내 어깨에서 시작해 쭉 뻗은 팔을 따라 내려갔다가, 다시 몸통 위아래를 훑는다. "비켜, 굴즈비." 안셀모가 말한다. 그는 내 다리 바깥쪽을 훑은 뒤 안쪽까지 손을 올린다. 사타구니 부근에 이르자, 두 손을 맞잡고 주먹 마디로 급소를 찍어 누른다. 나는 얼굴을 찡그리고 기침하지만, 비명을 지르거나 통증에 몸을 굽히지 않으려고 사력을 다해 버틴다. 그가 원하는 반응을 보여 줄 생각은 추호도 없다.

"엉덩이에 숨겼을지도 모르지. 이런 예술가 타입들은 그런 변태 같은 짓을 좋아하거든." 그가 굴즈비에게 말한다. "바지 내려, 레드베터."

감방동으로 돌아가는 수감자들 몇 명이 우리 옆을 지나간다.

"전신 탈의 수색은 원래 사적으로 진행하게 되어 있습니다." 내가 그에게 상기시킨다.

"또 잘난 척한다. 교도관들한테 뭘 해야 하고 뭘 하지 말아야 하는지 가르치려 드네. 신문에 사진 한번 났다고 이제 교도소장이랑 부소장이랑 절친이라도 된 줄 아는 모양이지. 그럼 나를 고발해 보든가, 피카소. 내 이름 철자 똑바로 써. F-U-C-K-Y-O-U." 그는 라텍스 장갑 한 켤레를 꺼내 탁 소리 나게 끼운다.

"교도관님? 잠깐만요."

나는 주변을 둘러보다가 매니가 아직 거기 서 있는 걸 알아차린다. "나도 그 테이블에 있었어요. 우리가 앉았을 때 소금통은 없었어요."

"그래? 이거 참 다정하지 않아, 굴즈비? 까불이가 자기 감방 동료인지, 남자 친구인지 뭐가 됐든 대신 나서 주네. 그 얼굴의 멍은 어떻게 생긴 거야, 까불이? 누가 네 얼굴에 좆이라도 휘둘렀나?"

굴즈비는 매니에게 방해죄로 딱지 끊기 전에 당장 구역으로 돌아가라고 명령한다. 그리고 안셀모의 반응을 확인하듯 그의 눈치를 본다.

"아니면 네 감방을 한번 탈탈 털어 볼까?" 안셀모가 말한다. 그 위협이 제대로 먹힌다.

"죄송합니다, 교도관님." 매니가 중얼거린다. 그는 걸어가다가 돌아서서 소리친다. "그래도 그 테이블에 빌어먹을 소금통은 없었다고!"

나는 매니의 노력을 고맙게 생각하지만, 괜히 힘만 뺀 거다. 이 상황을 빨리 끝내려고 나는 입을 크게 벌린다. 굴즈비가 내 입속을 들여다보도록, 사라진 소금통이 볼 안이나 혀 밑에 감춰져 있지 않은지 보라는 듯이.

"굴즈비 교도관, 먼저 돌아가. 여긴 내가 맡을게. 거기서 보지." 안셀모가 말한다. 그의 부하가 지시에 따른다. 이제 안셀모와 나만 남는다. "좋아, 레드베터. 사생활이 필요해? 따라와."

그는 부엌 옆에 붙어 있는 대형 저장실 문 앞으로 나를 이끈다. 문을 열쇠로 열고 밀어젖힌다. "먼저 들어가." 나는 직감적으로 그 안에 들어가면 안 된다는 걸 알지만 내겐 선택의 여지가 없다.

안셀모가 안으로 들어와 알전구에 달린 줄을 확 잡아당긴다. 방 안은 서늘하고, 양파 냄새가 진동한다. 바닥에는 부셸 자루에 담긴 양파들이 쌓여 있다. 벽을 따라 상자 더미가 줄지어 놓여 있고, 식용유, 분말달걀, 통조림 토마토라고 적혀 있다. 안셀모가 뒤에서 문을 닫는다. 빨리 방법을 찾아야 한다.

"문을 조금 열어 두실 수 있을까요, 교도관님? 저는 이런 데선…… 숨이 막혀서."

"그래, 물론이지." 그가 말한다. 그는 문을 한 30센티미터쯤 열었다가 다시 세게 닫는다. "이제 좀 나아졌어? 좋아, 절차는 알지. 바지랑 속옷 내리고 돌아서서 벽에 손을 대." 나는 그가 시키는 대로 한다. "이제 허리를 숙이고 다리를 벌리고 기침해." 나는 따른다. 이제 끝났겠지 싶어 몸을 일으키려고 하는데 그가 말한다. "거기 그대로 멈춰, 피카소. 아직 안 끝났어. 다시 굽혀. 더 벌리고 다시 기침해. 이번엔 더 크게."

식은땀이 나고 심장이 쿵쾅거리는 게 느껴진다. 이건 단순한 괴롭힘이 아니다. 완전히 노골적인 고문이다. 어쩐지 개처럼 짖으라고 시킬 것만 같다. 하지만 빨리 이 방을 나가는 게 우선이다. 나는 다시 몸을 굽히고 엉덩이를 벌린 채 기침을 한 번, 두 번, 세 번 한다. "만족하십니까?"

"사실은 말이지, 아직 아니야." 그가 말한다. "내가 *만족*할 때까지 계속해야 한다면 그렇게 할 거야. 자, 다시 자세 잡아. 그 털 많은 엉덩이를 더 벌려서 똥꼬 안쪽의 분홍빛이 보이게 하고, 내가 멈추라고 할 때까지 기침해." 화가 머리끝까지 치밀지만 그가 시키는 대로 한다. 비협조로 딱지 끊길 빌미를 줄 생각은 추호도 없다.

몸을 굽히자 뒤에서 뭔가가 쿡쿡 찌르면서 밀어붙이는 느낌이 든다. "이봐요! 지금 뭐 하는……."

뭔가가 내 직장 안으로 거칠게 밀려 들어왔다가 빠져나간다. 그리고 다시 거칠게 쑤셔 넣어지자 나는 비명을 지른다. 속이 뒤집히고 균형을 잃은 나는 앞으로 휘청거리다 이마를 벽에 부딪친 채 무릎을 꿇는다. 확신할 순 없지만, 몇 초간 의식을 잃었을지도 모른다.

정신이 멍한 상태로 나는 비틀거리며 다시 일어난다. 일어서면서 내 시선은 양파 자루들에서 그가 사용한 물건으로 옮겨 간다. 수감자들끼리 싸우다 난투극으로 번질 때 교도관들이 휘두르는, 접이식 알루미늄 곤봉이다. 나는 그 물건을 뚫어지게 바라본다. 그는 곤봉을 접고, 바닥에 떨어진 내 셔츠를 집어 들어 그것으로 자신의 무기를 닦은 뒤, 다시 허리의 홀스터에 밀어 넣는다.

"이거 봐라, 안셀모 교도관. 자식을 죽인 놈이 발기까지 했네." 갑자기 피카디가 거기 서 있다. 제복이 아니라 사복을 입고서. 애초부터 여기 있었던 모양이다. "좋았냐, 레드베터? 더 해 줄까? 끝까지 갈 만큼?"

나는 고개를 저으면서 말하려고 애쓴다. "너희 둘 다 이 일로 직장을 잃게 될 거야." 나는 마침내 간신히 말한다. 목소리가 갈라진다.

피카디는 어깨를 으쓱한다. "난 여기 없었어. 다음 주까지 휴가거든."

그가 말한다. 헤어젤 냄새가 느껴질 만큼 얼굴을 바짝 들이민다. 그가 속삭인다. "증명할 수 없는 협박은 하지 마, 자식을 죽인 놈아. 네 헛소리를 뒷받침해 줄 사람이라도 있나? 그리고 사람들이 누구 말을 믿을 것 같아? 너 같이 징징대는 새끼? 아니면 자기 임무를 수행한 이달의 우수 교도관?" 안셀모가 끼어든다. "확인하길 잘했어, 피카디 교도관. 봐. 이 자식 엉덩이에서 이게 떨어졌어." 그는 바지 주머니에서 뭔가 꺼내 바닥에 던진다. 그게 굴러서 내 발 앞에 멈춘다. 식당에서 쓰는 원통형 종이 소금통이다.

피카디는 고개를 저으며 혀를 찬다. "도난 금지품이네, 레드베터. 증거 A다. 자, 나라면 당장 네 구역으로 꺼져서 입을 다물고 있겠어. 똑같은 일을 더 겪고 싶지 않다면. 아니면 그보다 더한 꼴을 볼 수도 있어. 그리고 이제부턴 여기서 누가 권력을 쥐고 있는지 똑똑히 기억해 둬." 그는 몸을 휙 돌려 문을 열고 모퉁이 너머로 사라진다.

"교도관님이 무슨 말 했는지 분명히 이해했지?" 안셀모가 묻는다. 그의 손은 전구 줄을 잡고 있다. 그는 의지와 상관없이 떨리는 내 몸을 본다.

"네, 교도관님."

"좋아."

그가 줄을 당기자 방 안이 어둠에 잠긴다.

통증 때문에 절뚝거리면서 통로를 따라 걸으며, 왜 저 가을빛이 모두 회색으로 변했는지 의아해한다. B동으로 돌아가는 길, 나를 덮친 이 무감함이 혼란스럽다. 그들이 나에게 저지른 일에 대한 격노는 어디로 갔지? 니코가 죽던 밤과 그다음 날 본 에밀리의 모습이 떠오른다. 그녀는 몇 시간씩 소파에 축 늘어져 앉아 베개를 가슴에 끌어안고, 아무에게도, 심지어 메이지에게조차 신경을 쓰지 않았다. 그녀의 동공은 접시처럼 커져 있었고, 얼굴빛은 창백했다. 내가 옆에 앉아 그녀의 손을 잡았을 때, 그 손은 축축하고 차가웠다. 나중에 상담사는 그녀가 아마도 쇼크 상태였을 거라고 말했다. 그래서 지금 내가 방금 그들이 한 짓에 대해 아무 감정이 없는 걸까? 나도 쇼크 상태인 걸까? 뒤쪽의 통증만 아니었다면, 이 모든 일이 실제로 일어난 게 아니라고 자신을 설득할 수 있었을지도 모른다. 깨어나서 꿈이라고 안도하게 된 비틀린 악몽이었을 뿐이라고.

하지만 그 일은 *실제로* 일어났다. 그들은 국가에서 지급한 방어용 무기로 나에게 벌을 주기 위해 강간했다. 내 입을 막기 위해. 그리고 그들은 분명 사전에 계획했을 것이다. 그렇지 않으면 왜 피카디가 쉬는 날에 나타났겠는가?

방에 가까워지면서 나는 이야기를 나누는 두 교도관에게 다가간다. 둘 다 낯선 얼굴이다. 가까이 다가가자 그들의 대화가 멈춘다. 저들이 왜 나를 그렇게 보는 거지? 안셀모와 피카디가 이 일을 자기들끼리만 알고 있을까, 아니면 다른 교도관들에게 떠벌렸을까? 이미 소문이 퍼진 걸까? 그들 곁을 지나치다가 그들의 곤봉을 힐끗 보고 나는 몸을 떤다. *증명할 수 없는 협박은 하지 마…… 누구 말을 믿을 것 같아? 너 같이 징징대는 새끼? 아니면 자기 임무를 수행한 이달의 우수 교도관?* 그들의 하찮은 권위에 도전한 순간, 나는 그들의 표적이 됐다. 그게 시작이었다. 그리고 설상가상으로 나는 그들의 상관들에게 관심과 칭찬까지 받았다. 그것 때문에 그들은 내게 대가를 치르게 해야 했다. 같은 일을 또 겪고 싶지 않다면, 그보다 더한 일을 피하고 싶다면, 나는 입을 다물어야 한다.

건물 안으로 들어와 통증을 참으며 계단을 오른다. 복도를 걸어 우리 방 앞에 선다. 평소보다 오래 걸린다. 멀린스가 통제 데스크 앞에 앉아 있다. 우린 사이가 나쁘지 않은데 왜 문을 열어 주지 않는 거지? 그도 나를 괴롭히는 건가? 나를 향한 보복 작전에 그도 합류했나?

"미안, 레드베터. 거기 서 있는 걸 못 봤네." 그가 마침내 그렇게 외친다. 그리고 버저를 눌러 문을 열어 준다.

매니가 TV에서 시선을 떼며 고개를 든다. "왔어?" 그가 말한다.

"어."

"너 괜찮아?"

"응."

"놈들이 아직도 그 칠면조 건으로 너를 괴롭히는 거야? 왜 그걸 계속 물고 늘어지는 거지?"

나는 어깨를 으쓱한다.

"음, 너무 신경 쓰지 마. 코비, 걔들은 그냥 얼간이야. 아니, 소금통 하나로 그 난리를 쳐? 말도 안 되지. 그거야 늘 없어지잖아. 소금 아니면 후추고."

나는 그가 입을 다물길 바라며 아무 말도 하지 않는다.

"어, 이마에 그 혹은 뭐야? 그 자식들이 거기서 널 때린 건 아니지?"

나는 대답 대신 그에게 아스피린이나 이부프로펜이 있는지 묻는다.

"둘 다 있어." 그가 말한다. 자물쇠 달린 상자를 열어 안을 뒤진다. 그리고 작은 플라스틱병 두 개를 꺼내 마라카스처럼 흔든다. "오한과 두통, 아니면 근육통과 가벼운 부상?" 나는 두 번째를 가리킨다. 그가 병을 던져 주어 알약 세 개를 입에 털어 넣고 물 없이 삼킨다. "머리를 얼마나 세게 부딪친 거야? 뇌진탕은 아니어야 할 텐데." 그가 말한다.

나는 대답하지 않고 천천히 매트리스에 누워서 벽을 향해 옆으로 돌아눕는다.

"한 가지만 더 말해도 돼? 걔들이 *진짜* 널 거칠게 다뤘다면, 털어놓으면 기분이 좀 나아질 수도 있어." 그가 말한다.

"그래, 고마워요. 필 박사님(미국의 TV 심리 상담 프로그램 진행자-옮긴이), 참고할게요."

그에게 그렇게 빈정거릴 필요는 없는데. 하지만 아무에게도 무슨 일이 있었는지 말하지 않을 것이다. 특히 매니에게는. 게이 남성들이 항문 성행위에 익숙하다는 건 안다. 톱이니 보텀이니 애널 플러그 같은 것들. 물론 그는 즐거운 성 경험과 성폭행의 차이를 이해하겠지만, 입이 가볍다. 놈들이 내게 한 변태 짓을 누가 아는지, 아직 모르는지 추측해 가면서 불안해하는 건 결단코 피하고 싶다. 그리고 내가 입을 다물지 *않았다는* 사실이 안셀모나 피카디의 귀에 들어간다면 그때는 그들이 또 어떤 새로운 지옥을 들이밀까?

그래도 나는 그에게 말할 수 있으면 **좋겠다**고 생각한다. 그러면 조금은 나아질지도 모른다. 하지만 그에게 말하는 건 안전하게 느껴지지 않는다……. *이거 봐라, 자식을 죽인 놈이 발기까지 했네.* 왜 그런 일이 일어났을까? 왜 내가 내 굴욕에 가담한 사람처럼 느껴질까? 그러니 안 된다. 그냥 나 혼자 간직해야 한다. 이곳을 나갈 때까지 달력의 날짜를 하나씩 지워 가며 아무 일도 없었던 척해야 한다.

나는 휴식 시간을 건너뛴다. 교도관이든 수감자든 누구와도 마주치고 싶지 않다. 내가 *원하는* 건, 아니 필요한 것은 구역질을 멈추고 몸을 씻는 것이다. 나중에 멀린스가 복도를 느긋하게 걸으며 휘파람을 부는 소리가 들리자 그를 부른다. 잠깐 샤워해도 되겠느냐고 묻는다. "어제 샤워 시간을 놓쳤더니 슬슬 냄새가 나는 것 같아서요." 그는 문을 열어 준다. "정말 잠깐만이야. 들어갔다 바로 나와. '왜 레드베터만 하게 해 줬냐?' 같은 소리는 듣기 싫으니까." 나는 고맙다고 말하고 비누와 샤워 타월과 수건을 챙긴다. 샤워실로 서둘러 가는 동안 끔찍한 고통이 밀려오지만, 그의 친절을 헛되이 낭비하고 싶지 않다.

옷을 벗고 피로 얼룩진 속옷이 보이는 순간 혐오감이 번뜩인다. 샤워기를 틀고 그 아래로 들어간다. 따뜻한 물이 등을 타고 엉덩이 사이로 흘러내리자 마음이 진정되는 듯하지만, 비누칠한 타월로 그곳을 씻으려 하자 너무 아파서 멈춰야 한다. 피 한줄기가 배수구로 내려가는 모습을 보니 니코의 피가 집 진입로에 흘러 있던 그날이 번개처럼 떠오른다. 거센 절망이 밀려와 나는 몸을 반으로 접은 채 어지러움이 가라앉기를 기다린다.

만약 신이 *있다*면 묻고 싶다. 자식을 죽게 한 남자가 용서받을 만큼 충분히 속죄할 수 있을까? 애초에 그런 죄의 사함이라는 것이 가능한 걸까?

2019년 10월과 11월
1,095일 중 818일에서 831일

"오늘 저녁은 핫도그였어. 너한테 몇 개 몰래 가져다줄까 했는데 교도 관들이 매의 눈으로 지켜보고 있더라." 매니가 식사를 다녀와서 말한다.

나는 어쨌든 아직 입맛이 없다고 한다. "그래도 생각해 줘서 고마워." 그는 내 침상에 걸터앉아서 내가 걱정된다면서 이야기 좀 할 수 있겠느냐고 묻는다. 곧 이어질 격려 연설에 대비해 나는 무심하게 어깨만 으쓱한다.

"너한테 뭔가 문제가 있는 거 알아, 코비. 계속 방에만 있고 식사도 거르잖아. 의료동 가서 진료라도 받아 보는 게 어때?"

"내가 왜 그래야 하는데?"

"나도 잘은 모르지만, 오늘 아침 세탁물을 봉투에 담다가 네 속옷에 피가 묻은 걸 봤어."

나는 들킬지 모른다는 두려움을 화난 말투로 감춘다. "그게 *네가* 상관할 일이야? 부탁 하나만 들어줄래? 내 속옷에는 손대지 마."

"그럼 침대 밑에 처박아 두지 말고 세탁 봉투에 넣어, 이 멍청아!" 뱀 사건을 제외하면 그가 나에게 이렇게까지 소리를 지른 건 처음이다. 그 사실이 묘하게도 뿌듯하다. 대부분의 감방 동료들은 그냥 서로를 참고 버티지만 매니와 나는 서로를 아끼게 되었다. 그가 나보다 더 티를 내지만, 우리의 우정은 상호적이다. 짜증 날 때도 있지만 이 관계가 감사하다.

"치질이면 좌약을 처방해 줄 거야, 코비." 나는 끙 소리를 내며 치질이 아니라고 말한다. "세상에, 설마 궤양은 아니겠지. 내 친구 핀리는 출혈성 궤양이 있어서 변을 보면 피가 나왔거든."

"그만해, 매니. 난 병원에 갈 필요 없어. 몸에 아무 이상도 없고. 그 피 얼룩은 몇 주 전 거고, 그냥 안 지워진 거야. 알겠어?"

"그럼 감정적인 문제일지도 모르지. 너한테 뭔가 문제가 있다는 건 알아. 나한테 말하기 싫으면 여기 오는 정신과 의사라도 만나겠다고 신청하는 게 어때?"

나는 그의 제안을 곰곰이 생각해 본다. 이곳에는 정신과 의사가 두 명 있다. 젊은 쪽은 꽤 괜찮다는 얘기를 들었지만, 블랭컨십을 만나는 건 시간 낭비일 것이다. 내가 자살 감시 대상이었을 때 면담했던 사람이 바로 그인데, 일을 거의 건성으로 했다. 상담 일정은 돌아가면서 배정되기 때문에 특정인을 지정할 수 없다. 그래도 한번 상담 룰렛을 돌려 볼까. 그들이 나에게 한 짓을 둘 중 누구에게라도 말하는 건 끔찍하겠지만, 적어도 비밀은 보장될 테니. 그 일을 혼자 끌어안고 있다 보니 돌 것 같다. 하지만 새 정신과 의사를 만난다 해도, 내가 정말 원하는 게 그 자식들에게 대가를 치르게 하는 방법을 찾는 것이라면, 공감 어린 경청과 몇 가지 대처 전략이 과연 무슨 소용이 있을까?

"그래, 네 말이 맞아. 요즘 내가 좀 까칠하게 굴었지. 미안. 정신과 의사랑 이야기해 *봐야* 할지도 모르겠어." 내가 매니에게 말한다. 그는 해될 것 없다고 말한다. "아, 그건 그렇고 이부프로펜 내가 좀 갖고 있어도 돼?" 내가 묻는다. 폭행을 당한 지 일주일이 조금 넘었고, 이제는 그때만큼 아프진 않지만, 변을 볼 때 아직도 피가 조금 난다. 나는 다음번 매점 주문 신청서에 대신 한 병 주문해 주겠다고 약속한다.

"그건 걱정하지 마." 그가 말한다. "아, 그런데 졸리 랜처(미국의 딱딱한 사탕 브랜드-옮긴이) 남은 거 없어?" 나는 그가 마지막 걸 다 먹었다고 일깨워 준다. "그랬나? 아, 맞다. 실수. TV 좀 봐도 돼?"

"마음대로 해." 내가 말한다. 나는 늘 그렇듯 벽을 향해 침상에 눕는다. 앨릭스 트레베크의 목소리, 이어서 패트 사자크의 목소리를 반쯤 흘려듣는다. 가짜 웃음소리가 깔린 한심한 시트콤이 나오자 졸기 시작한다…….

적어도 두 시간은 잔 것 같다. 눈을 떠 보니 이미 소등 시간이다. 소변이 마려워 일어나지만, 어둠 속에서 정확히 조준할 자신이 없어 변기에 앉는다. 엉덩이가 아직도 쑤셔서 다시 침대로 돌아와 어둠 속에서 이부프로펜을 더듬어 찾는다. 대신 손가락에 닿은 건 강가에서 주운 매끈하고 차가운 돌의 표면이다. 나는 그것을 집어 한 손에 꼭 쥐고, 다른 손으로는 알약을 더듬는다. 세 알을 더 삼키고, 다시 누워서 심호흡하며 잠들어 보려 한다. 소용없다. 밤의 악령들이 나를 조롱한다…….

어쩌면 나가서 TV나 신문에 나오는 탐사 보도 기자에게 연락해 볼 수도 있을 것이다. 피카디와 안셀모가 여기서 무슨 짓을 해도 아무 일 없다는 듯 넘어가는 실태를 폭로해 달라고. 나 하나만 당한 일이 아니니까. 솔로몬에게 한 짓은 어떻고? 그리고 다른 사람들도 있다. 내가 직접 목격한 건 아니지만, 그들이 다운증후군 수감자인 빌리에게 여러 농장 동물을 흉내 내게 하면서 재미 삼아 놀았다는 이야기는 구내 전체에 퍼져 있다. 또 바람둥이 피카디가 여자 수감자를 임신시켰고, 삼촌 자브라우스키가 손을 써서 여기로 전근시켰다는 이야기기도. 이런 개 같은 일들이 세상에 알려지면 국장이 둘 다 해고할 수밖에 없을지도 모른다. 교정국이 가장 두려워하는 게 그거니까. 부정적인 여론, 대중의 항의…….

메이지는 당신이 잠시 '떠나 있고' 언젠가는 돌아온다는 것도 이해하고 있어. 그게 어떻게 진행될지는 아직 생각해 봐야겠지만. 그래, 당신이 애를 한 번이라도 여기로 데려와서 나를 만나게 해 줬으면, 애가 상담이 필요하다는 말까지 듣진 않았을지도 몰라. 솔직히 말해, 에밀리. 메이지를 못 보게 하는 건 니코 때문에 내게 또 다른 벌을 주려는 거지? 여기에 3년 동안 갇혀 있는 거로는 모자라? 그리고 출소한 뒤 어떻게 진행될지 생각해 봐야 한다는 말은 대체 무슨 뜻이야? 내 딸을 만나지 못하게 더 옥죄겠다는 말이야?

판사가 판결문을 들고 법정으로 나왔을 때, 어떤 형량은 쉽게 결정할 수 있지만 어떤 것은 밤잠을 설치게 만든다고 말했다. 그리고 내 건은 후자에 속한다고 했다. *당신은 총 5년의 수형을 선고받되, 그중 3년을 복역한 뒤 집행을 정지하고, 이후 추가로 3년의 보호관찰을 받게 됩니다…….* 이렇게 말하고 판사는 망치를 두드린 뒤 법정을 떠났다. 그 후로 판사가 나를 한 번이라도 떠올린 적은 없었을 거라고 장담한다……. 그런데 아버지는 판결을 듣고 왜 그렇게 흐느꼈을까? 단 한 번밖에 보러 오지 않았던 손자를 위해서? 아니면 패배자를 아들로 둔 자기 자신이 불쌍해서? 레드베터 교수가 나 때문에 울었을 리는 없다. 그랬다면 내가 여기 들어온 지 2, 3주쯤 됐을 때 내가 보낸 편지에 답장이라도 했겠지. 아니면 내가 어떻게 지내는지 보러 여기에 찾아와 내 앞에 앉았을 것이다…….

나는 이제 출소까지 몇 년이 아니라 몇 달밖에 남지 않았다. 에밀리와 나 사이에 무슨 일이 생기든, 그녀가 내 친권을 건드리려 한다면 이를 악물고 끝까지 싸울 것이다. 나는 그 일이 벌어지기 전까지는 **좋은** 아버지였다. 그녀도 그걸 안다. 그게 아무 의미도 없는 건가? 모든 게 결국 내가 저지른 그 한 번의 최악의 행동으로 귀결되는 건가? 그 질문에 대한 답은 나도 아는 것 같지만…….

여기서 나가면 피카디와 안셀모는 긴장 좀 해야 할 거다. 언론이 움직이지 않는다면, 다른 방법을 찾아서라도 놈들이 대가를 치르게 할 것이다. 도서관에 있는 직원 뉴스레터에서 나는 그 한 쌍에 관한 기사를 읽었다. 둘은 서로 경쟁 관계에 있던 고등학교에서 미식축구를 했다. 졸업 후 둘 다 군에 입대했다. 둘 다 포트베닝에서 기초군사훈련을 받으면서 유대가 깊어졌다고 한다. 피카디는 아프가니스탄에서, 안셀모는 이라크에서 복무했다. 전역한 뒤에는 교도관이 되기 위해 경찰 아카데미로 통학하며 교육받았다고 기사는 전했다. 그들은 함께 5킬로미터 마라톤을 뛰었고, 서로의 결혼식에서 들러리를 섰으며, '터프 머더'라는 장애물 경주 대회에도 참가했다. 기사에는 두 사람의 사진이 두 장 실려 있었다. 첫 번째 사진에서는 양키 스타디움 경기장에서 둘 다 미군 모자를 쓰고 있는데, 한 사람은 독수리 자수가 놓인 모자였고, 다른 한 사람은 성조기 패치가 붙은 위장 무늬 모자를 쓰고 있었다. 두 번째 사진에서는 둘이 온몸에 진흙을 뒤집어쓴 채 카메라를 향해 이를 드러내고 있었다. 스스로 대단하다고 뽐내는 '터프 머더' 선수들처럼……. 침대에 누워 나는 그 둘이 어느 시골길을 따라 달리는 장면을 상상한다. 내가 포드 익스페디션이나 쉐비 서버번 같은 덩치 큰 차를 몰고 그들을 뒤쫓고 있다는 사실도 모른 채 말이다. 아무도 오지 않는 걸 확인하면, 나는 가속 페달을 세게 밟아 그들 바로 옆을 스치듯 지나가며 둘에게 겁을 준다. 그리고 차를 돌린다. 그들이 나를 알아볼 수 있을 만큼 가까이 다가가면, 액셀을 끝까지 밟아 그대로 그들을 향해 돌진한다. 병적인 상상이지만 묘하게 통쾌하다. 그들은 그런 일을 당해도 싸다. 그러다 나는 문득 멈칫한다. 그런 일을 당할 만한 짓을 *하지 않은* 사람이 누구였는지 깨달았기 때문이다. 내 어린 아들. 그 아이가 죽었을 때도 운전대를 잡은 건 나였다. 속이 확 뒤집힌다. 침상에서 내려와 변기로 달려가 토한다. 다시 누우니 식은땀이 흐른다. 에밀리, 감옥이 나를 이런 병든 인간으로 만들어 놓은 게 보이지 않아? 그런데도 당신은 전화 수신조차 귀찮아서 내 전화를 안 받지? 한 달에 편지 두세 통도 힘들어서 어떤 달에는 달랑 한 통뿐이고? 마지막으로 면회하러 온 게 언제야? 두 달 전이야. 그렇지, 에밀리? 8주. 56일이나 됐다고.

시계는 12시 47분을 가리킨다⋯⋯.

1시 16분⋯⋯.

2시 39분⋯⋯.

이렇게 누워서 거지 같은 생각들을 하지 말아야 하는데. 지금 나에게 필요한 건 잠이다⋯⋯. 오늘 밤 강물 소리가 유난히 크다. 며칠 내린 비 탓에 남쪽으로 밀려 가며 다급하게 흐르는 소리가 더 크게 들린다. 나는 돌을 엄지로 문지르며 서서히 긴장을 푼다. 졸음이 밀려오기 시작한다. 잠깐 깼다가, 다시 조금 졸다가, 이내 깊은 잠에 빠져든다.

눈을 조금 뜨자 감방 뒤쪽 창문의 좁은 틈 사이로 잿빛 아침이 스며든다. 지평선 위로 해가 막 떠오르려는 순간이다. 나는 누운 채 방금 꾼 꿈을 떠올린다. 에밀리와 쌍둥이가 어느 호수에서 페달 보트를 탄다. 니코가 다시 살아 있거나 애초에 죽지 않았다는 사실에 나는 기뻐한다. 이유는 모르겠지만 나는 보트에 타고 있지 않다. 나는 그들 뒤를 헤엄치며 따라잡으려 애쓴다. 뒤에서 무슨 소리가 들려 돌아보니 곰 한 마리가 개헤엄을 치며 나를 쫓아온다. 나는 더 빨리 헤엄치지만, 페달 보트는 이미 저만치 멀리 가 있다. 곰이 점점 나를 따라잡는다. 놈이 식식거리면서 으르렁거리는 소리가 들린다. 다시 돌아보는 순간 그 눈과 내 눈이 마주친다.

～

"그런데 오늘 저녁은 구운 닭다리가 나오는 날이잖아. 닭다리를 그냥 넘길 건 아니지?" 매니가 말한다. 그는 속옷만 입은 채 침상에 걸터앉아 앙상한 다리를 침상 옆으로 늘어뜨리고 있다. 나는 수납 상자에 앉아 책을 읽는 척하며 그가 조용해지길 바란다. 효과는 없다. "지난주엔 자메이카 미트파이도 안 먹더니, 오늘도? 뭐가 괴로운 건지 말을 좀 해 주면 좋겠어, 코비. 털어놓으면 기분이 좀 나아질지도 모르잖아."

나는 고개도 들지 않은 채, 빌어먹을 같은 페이지를 벌써 10분째 보고 있다면서, 그가 도대체 언제쯤 입을 다물 생각인지 궁금하다고 말한다.

"아내 때문이야? 아니면……."

"그만해, 매니."

"피카디랑 그 졸개가 아직도 너를 괴롭히는 거야? 잠잠해진 줄 알았는데, 아니야?" 이제 그는 정말로 나를 짜증 나게 한다. 정곡을 찔렀기 때문이다. 그래, 겉으로는 괴롭힘이 멈춘 것처럼 보이지만, 그날의 폭행은 목적을 달성했다. 그 허울뿐인 교도관 놈들은 내 입을 다물게 만들고 기를 꺾어 놓았다고 생각하며 얼마나 뿌듯해하고 있을까?

복도에서 설리번 교도관이 식사 시간까지 5분 남았다고 외친다. 매니는 침상에서 내려와 바지를 입고, 내가 슬리퍼 대신 신는 체커보드 무늬 반스를 아무렇지 않게 신는다. 전엔 신어도 되냐고 묻더니, 이제는 아예 자기 신발처럼 군다.

"딸 때문이야? 양육권 문제?"

"그만해, 매니! 넌 내 상담사가 아니야."

"그래, 난 네 친구지."

그를 바라보는 순간 그의 눈에 서린 연민이 너무 아파서 고개를 돌린다. 이곳에서 그는 *하나밖에 없는* 진짜 친구다. 아니, 도서관에 있는 하비까지 해서 둘이다. "있지, 내가 요즘 까칠하게 굴어서 미안해. 하지만 출소까지 10개월도 안 남았어. 난 그냥 조용히 지내면서 하루하루 달력에서 지워 가며 버티고 싶은 마음뿐이야. 알겠어?"

"그래도 상담 신청은 하는 게 좋겠어."

"이미 했다고. 알겠어?"

내가 제비를 잘못 뽑았다는 걸 알고 실망한다. 또 블랭컨십이다. 그는 벽에 달린 전화기로 누구와 통화 중인데, 상대를 "자기야"라고 부른다. 그는 "잠깐만 기다리라고" 손짓하며 앉으라는 몸짓을 한다.

나는 앉는 대신 그와 만나게 된 이 방을 둘러보며 서 있다. 분홍색 콘크리트 블록 벽, 여기저기 벗겨진 금속 탁자를 사이에 두고 양쪽에 놓인 더럽고 파란 플라스틱 의자들, 거의 아무것도 붙어 있지 않은 게시판, 텅 비다시피 한 책장. 이곳은 누구의 사무실도 아니다. 상담 신청을 하면 가게 되는 방일 뿐이다. 나는 2주 전에 그 신청을 해 두었다.

내가 대체 왜 여기 있는 거지? 그냥 고개를 숙이고, 입을 다물고, 출소할 날만 기다리면 되는 거 아닌가. 지난주에 본 「위대한 세대」 다큐멘터리에서는 전쟁의 잔혹함을 겪고 돌아와, 끔찍한 기억을 혼자 간직한 채 사는 사람들을 다뤘다. 군인들과 수병들이 겪은 고통에 비하면 내가 겪은 일은 아무것도 아니다.

블랭컨십은 전과 달라 보인다. 내 기억 속 모습보다 나아 보인다. 괜찮은 정장에 포켓 스퀘어까지 맞춰서 하고 있다. 살도 좀 빠진 것 같다. 새 아내가 생긴 걸까? 더 젊은 부인이 스타일을 바꿔 준 걸까? 전엔 대머리 아니었나? "아니, 아직 예약하지 마, 자기야. 좋은 조건인 건 알지만 내가 오늘 밤 집에 갈 때까지 비행기 좌석이 다 찰 일은 없을 거야." 어이가 없네. 나는 그에게 가겠다는 신호를 보낸다. "잠깐만." 그가 말한다. 그는 자기에게 환자가 기다리고 있으니 5시 조금 넘어서 보자고 말한다. 사랑한다고 덧붙인다.

전화를 끊으며 그는 시계를 확인한다. "기다리게 해서 미안합니다. 저는 블랭컨십 박사입니다. 그리고 당신은……." 그는 방금 내가 건넨 출입증을 내려다본다. "코빈 레드베터." 전에 우리가 만났던 걸 기억하지 못하는 눈치고, 기억할 거라고 기대도 안 했다. "제가 무엇을 도와드릴까요, 코빈? 무슨 일이 있었는지 말해 봐요." 겉모습은 달라졌지만 가느다란 고음의 목소리는 여전하다.

나는 방을 훑어본다. 한 손의 손톱이 다른 손바닥을 파고드는 게 느껴진다. 눈을 가늘게 떠서 책장에 꽂힌 페이퍼백의 책등을 읽는다. 스티븐 킹의 『더 스탠드』다. 나는 그를 돌아보며 누군가가 내게 어떤 짓을 했고, 그 일 때문에 머릿속이 엉망이 됐다고 말한다.

"계속해요. 내가 도와 주길 원한다면 코빈, 좀 더 구체적으로 말해야 해요." 그가 말한다.

내 오른발이 미친 사람처럼 바닥을 두드린다. 기회가 있을 때 그냥 나갔어야 했는데. "저기, 하나 물어봐도 될까요? 선고받기 전에는 다른 의사에게 상담받고 있었어요. 파텔 박사요. 그분 여기서 일하지 않았나요?"

"네, 시간제로 일했죠. 아주 훌륭한 분입니다. 개인 병원에서 진료받으셨나요?"

"네……."

"그래서, 그 사람이 당신에게 무슨 짓을 했습니까?"

나는 깊이 숨을 들이마셨다가 내쉬며 편집된 버전을 말해 준다. 엉덩이를 강간당했다고는 말하지만, 가해자가 다른 수감자였다는 그의 짐작은 바로 잡지 않는다.

"의무실에는 갔나요? HIV와 다른 성병 검사는 받았습니까?"

나는 거짓말을 한다. 받았다고 말한다. "전부 음성으로 나왔습니다."

"음, 그건 다행이군요. 그렇죠?" 나는 고개를 끄덕인다. "이 일을 신고했습니까? 고발장을 제출했나요? 당신의 상담관에게 말했습니까?" 나는 고개를 젓는다. "사적으로는 어때요? 믿을 수 있는 친구나 교도관에게 털어놓은 적은 없습니까?"

"믿을 수 있는 교도관이요? 그런 사람을 어디서 찾죠?" 그는 대답하지 않는다. "아니요. 박사님에게 처음 말했습니다."

"그 사건은 언제 일어났습니까?"

"약 3주 전입니다."

그는 다시 시계를 힐끗 본다. "그 이후로는 어떻게 지내고 있습니까?"

"좋지 않습니다."

"그 '좋지 않다'는 게 구체적으로 어떤 건가요?"

"많이 불안해요. 또 그런 일이 일어날까 봐 무섭고, 지독하게 화가 납니다. 복수하는 상상도 해요."

"그건 상상일 뿐이죠? 실제로 행동에 옮길 계획은 없고요?" 나는 고개를 젓는다. "잠을 잘 못 자고 있습니까? 우울감은요? 식욕 저하는요?"

"사실 전부 다요."

"뭐가 당신을 자극합니까? 그 기억을 다시 떠올리게 하는 게 있나요?"

나는 고개를 젓는다. "아니, 잠깐만요." 내가 말한다. "그 폭행은 식당 밖 창고에서 일어났어요. 거기엔 큰 양파 자루들이 잔뜩 쌓여 있었고요. 지난주에 누군가가 창고 문을 열어 두는 바람에 식당으로 들어가다가 양파 냄새를 맡았어요……. 오래 가진 않았지만 몇 초 동안 숨쉬기가 힘들어지고 다시 그 일이 벌어질 것 같은 느낌이 들었어요."

"그 일을 회상하게 됐나요?"

"그보다는 작은 공황 발작 같은 거요."

"이전에 공황 발작을 겪어 본 적 있습니까?"

"네. 파텔 박사와 상담했을 때 공황이 시작되려 하면 그걸 차단할 방법들을 배웠어요. 호흡법이라든지, 그라운딩 기법 같은 것들이요. 그리고 제가 여기 온 뒤에는 편지까지 써 주셨어요. 굳이 안 해도 될 일이었지만 정말 도움이 많이 됐습니다."

"편지에 뭐라고 적혀 있었나요?"

"여러 가지요. 희망을 놓지 말라는 말과, 이곳 생활이라는 블랙홀에 빨려 들어가지 않도록 해 주는 유용한 조언들을 적어 주셨어요."

그는 고개를 끄덕인다. 나는 편지를 받은 시점에 대해서는 말하지 않는다. 그가 나를 관찰실에서 꺼내 준 직후에 받았다는 것을. "그분은 마음과 몸의 연결을 강조했죠. 제가 고립되고 있다면, 실제로 그랬는데, 거기에서 벗어나려고 애써야 한다고 했죠. 그래서 끼니를 거르지 않으려고 일부러 식당에 갔고, 운동도 시작하고, 우리 구역 공용 공간에서 다른 수감자들과 카드도 했어요. 나중에는 구내 작업반에 배치됐는데 처음엔 정말 좋았습니다. 신선한 바깥 공기, 햇빛, 몸을 쓰는 일. 기분이 좀 살아났어요. 감독관도 좋은 사람이었는데, 나중에 바뀌면서 문제가 생겼습니다."

그는 다시 시계를 본다. 그리고 우리에게 주어진 시간이 얼마 없다며, 현재에 집중하자고 제안한다.

"그럼 그 사건 이후로 다시 자신을 고립시키고 있군요."

내가 겪은 일을 그냥 '사건'이라고 부르는 게 묘하게 걸린다. 나는 사람들 옆에 있는 게 싫고, 모든 게 불안하다고 말한다. "또 공격당하는 건 아닐까? 여기서 나가면 무슨 일이 벌어질까? 삶을 얼마나 되찾을 수 있을까?"

"언제 *나가죠?*" 그가 묻는다. 나는 10개월도 채 남지 않았다고 말한다. "좋습니다. 그럼 지금 느끼는 스트레스를 조금 줄일 방법이 있는지 봅시다. 당신이 아는지 모르겠지만 당신 같은 상황에 적용되는 절차들이 있습니다. PREA에 대해 알고 있습니까? 수감자 성폭력 근절법 말입니다."

나는 어깨를 으쓱한다.

"그건 성폭력에 대한 무관용 원칙입니다. 교도소, 구치소, 유치장 같은 구금 시설에 있는 사람들을 보호하기 위한 제도죠. 기본적으로 PREA에 성적 학대를 신고하면, 그 혐의는 신속하고 철저하게 조사된다는 내용입니다. 어쨌든 이론상으로는 그래야 합니다. 시행된 지는 꽤 되었지만, 효과에 대해서는 평가가 엇갈립니다. 그래도 절차를 밟는다면 방에 혼자 틀어박혀 끙끙 앓는 것보다는 상황을 통제하고 있다는 느낌을 받을 수 있을 겁니다. 고려해 보겠습니까?" 내가 고개를 젓자 그는 왜냐고 묻는다.

"뭐, 뻔한 이유 말고도 이런 일이 나한테 일어났다는 게 솔직히 너무 수치스럽습니다. 그리고 수사가 시작되면 그들이…… 아니, *그가* 보복할까 봐 두렵습니다. 냉소적으로 들릴지 모르지만, 신고한다 해도 아무 일도 일어나지 않을 거란 생각이 들어요. 예전에 다른 일로 고충 처리 신청서를 낸 적이 있는데 아무 소용도 없었거든요."

그는 고개를 끄덕인다. "방금 '그들'이라고 말했다가 곧 그라고 고쳐 말했죠. 한 사람에게 공격당한 겁니까, 아니면 여러 명이었습니까?"

"집단 강간을 당했냐는 말씀이죠? 아니요, 그냥 말이 헛나간 겁니다……. 거기에 두 사람이 있긴 했어요. 한 명이 그 짓을 저질렀고, 다른 한 명은 지켜봤습니다. 아마 후자가 그 판을 짠 쪽이었을 겁니다."

"알겠습니다." 그는 내가 내민 접수증을 내려다보며 이름을 다시 확인한다. "음, 코빈. 안타깝지만 이곳에서 그런 일을 겪은 사람이 당신이 처음은 아닙니다. 제가 상담하는 남성들 사이에서 가끔 나오는 이야기입니다. 그리고 누구에게 털어놓을지 신중하게 생각한 건 어쩌면 옳았을지도 모릅니다. 이곳에서는 자신을 보호하는 게 나쁜 일이 아니니까요. 솔직히 말씀드리면, PREA로 신고한 사람은 결과가 좋지 못했습니다. 그래도 그 선택지는 한번 생각해 보세요. 혹시 마음이 바뀌면……."

나는 그럴 일은 없다고 말한다.

"그렇다면 좋습니다. 지금 겪는 증상으로 돌아가 봅시다. 불안, 불면, 식욕 저하, 의욕 감소."

맙소사, 또 시계를 본다. 몇 번째지? 네 번은 된 것 같다.

"자문을 맡은 벨러 박사에게 연락해 항불안제 처방을 받아 보겠습니다. 벤조디아제핀계 약물이 만병통치약은 아니지만, 긴장을 누그러뜨리는 데는 도움이 되고 효과도 비교적 빨리 나타납니다. 종류도 여러 가지가 있습니다. 자낙스, 아티반, 할시온, 클로나제팜. 클로나제팜은 공황 발작과 발작을 치료할 때 사용되며, 불안과 수면 장애가 있는 제 환자 몇 명도 좋은 반응을 보였습니다. 출소까지 얼마나 남았다고 했죠?"

"8개월 반 정도 남았습니다."

"좋습니다. 그럼 되겠네요. 우선 하루에 두 번 0.5밀리그램씩 복용하고, 출소일이 가까워지면 하루에 한 번으로 줄이고, 그다음엔 격일로 복용하세요. 벤조디아제핀은 갑자기 끊으면 안 됩니다. 서서히 감량해야 합니다. 그럼 클로나제팜으로 하죠. 괜찮습니까?"

여기서 솔직히 말해야 했다. 대신 내 입에서 이 말이 나오는 소리가 들린다. "좋습니다."

"그럼 그렇게 해 보고 경과를 봅시다. 때에 따라 필요하면 용량은 늘리거나 줄일 수 있습니다. 알겠죠?"

"좋아요." 벤조디아제핀이면 다 거기서 거기고 중독자는 결국 중독자다. 하지만 이번에는 다를 것이다. 관리되고 통제될 테니까. 약을 받으려고 줄을 서도 처방량 이상은 절대 못 받는다. 0.5밀리그램은 적은 용량이지만, 지금 내 머릿속이 만들어 내는 지옥에서 벗어날 수 있다면 그것으로 충분하다. 게다가 출소 전에 완전히 끊는 계획도 있다. 그러면 괜찮을 것이다. 내가 깨끗한 상태로 나가지 못하면 에밀리와의 관계도 끝이다.

"좋습니다, 친구. 가기 전에 더 물어보고 싶은 게 있습니까?"

말할까, 말까. 아니다. 잊어버리자. 나는 자리에서 일어난다.

"있어요? 없어요? *뭔가* 할 말이 있는 것 같은데요."

나는 차마 그를 볼 수 없어 바닥만 내려다본다. "그게…… 그 일이 벌어지는 동안…… 그 폭행 말입니다……. 말이 안 되긴 하지만…… 한 가지 헷갈리는 게 있습니다."

"뭡니까?" 내가 말을 꺼내려고 안간힘을 쓴다. "발기됐나요? 사정했습니까? 그게 혼란스러운 겁니까?"

얼굴이 화끈거린다. "발기는…… 됐습니다. 사정은 아니고요. 그냥…… 그렇게 된 겁니다."

그는 다시 앉으라고 한다. 그리고 그 일에 대해 걱정하거나 죄책감을 느낄 필요는 없다고 말한다. 단지 항문 부위의 신경 말단이 자극에 자동으로 반응했을 뿐이라는 것이다. 내가 어깨를 으쓱하자 그가 말한다. "눈 깜박임과 윙크의 차이를 생각해 보세요. 윙크는 의식적인 행동이죠? 하지만 눈을 깜박이는 건 무의식적인 반사예요. 생각하지 않아도 저절로 일어나죠."

"음……."

"좋습니다. 이렇게 설명해 보죠. 즐거운 성 경험은 몸과 뇌가 함께 작동해 쾌감이 생길 때 일어납니다. 여성 강간 피해자 중에는 폭행 도중 연인과 있을 때처럼 몸이 젖는 반응을 보이면 죄책감이나 혼란을 느끼는 경우가 있습니다. 하지만 그것은 수치스러운 일이 아닙니다. 단지 몸이 자동으로 반응했을 뿐입니다. 이해하시겠습니까?"

나는 그렇다고 말한다.

"그렇다면 좋아요, 친구. 잘 지내세요." 짧은 악수, 크고 반듯한 치아.

그는 웃을 때 오히려 소름이 돋는 부류의 사람이다.

"네, 알겠습니다. 감사합니다."

아마 우리 둘 다 어서 내가 이 방을 나가기를 기다리고 있을 것이다. 그렇다고 해서 완전한 시간 낭비는 아니었다. 적어도 발기 문제에 대해서는 안심을 시켜 줬으니까. 더 중요한 건 처방전을 받을 수 있게 됐다는 점이다. 이번에는 내가 갈망해서가 아니라 통제된 상황에서 복용하게 될 것이다. 그 집착이 사라진 게 정말 다행이다. 그리고 여기 오기 전에 에밀리에게 한 약속을 완전히 깨는 건 아니다. 아니, 어쩌면 그러기도 하고 아니기도 하다. 하지만 이건 그저 폭풍을 피하는 임시 정박지일 뿐이다. 좋든 싫든 자유의 몸이 되기 전까지 남은 몇 달을 버티기 위한 수단일 뿐이다. 내가 성폭행당했다는 사실은 그녀에게 절대 말하지 않을 것이다. 저용량 벤조디아제핀의 도움으로 이걸 넘기려 한다는 것도 그녀가 알 필요는 없다. 다 괜찮다.

36

**2019년 12월에서 2020년 1월
1,095일 중 872일에서 901일**

솔로몬을 다른 곳으로 옮긴 상담 책임자 알리야 잭슨이 나를 사무실로
불러서 나는 놀란다. 그녀의 드레드록에 장식한 주황색과 파란색 구슬이
마음에 든다. 이곳에서는 늘 색채가 반갑다. "할 이야기가 두 가지 있어요.
우선 당신 벽화 얘기를 너무 많이 들어서 도서관에 가서 보고 왔어요. 정
말 훌륭하더군요, 코비. 축하해요."

나는 그녀에게 고맙다고 말하고 다른 하나는 뭐냐고 묻는다.

"좋은 소식이에요. 주지사가 연휴가 끝난 뒤 새로운 정책을 시행할 예
정이에요. 주립 교도소 수용 인원을 줄이려는 취지에서 일부 수감자들을
예정된 날짜보다 일찍 석방할 계획이에요. 여기 있는 사람 중 50명 정도
요. 메리 크리스마스, 코비. 2월이면 집에 가게 될 것 같네요."

나는 경악한다. "뭐라고요? 6개월이나 당겨진다고요?"

"아직 정확한 날짜는 나오지 않았지만 당신 이름이 명단에 올라와 있어
요. 판결이 어떻게 나왔죠? 아직 찾아 보지 않았거든요."

"5년 형인데 3년 복역 후 집행정지. 그리고 3년 보호관찰이에요. 내가

문제만 일으키지 않으면요."

"그럴 일은 없을 것 같네요. 여기서 모범적으로 지냈고, 지금 채용 동결 때문에 보호관찰관들의 담당 건수가 말도 안 되게 늘어났거든요. 아마 한 달에 한두 번만 보고하면 될 겁니다. 코빈, 표정이 잘 안 읽히네요. 무슨 생각 해요?"

"음, 기쁘긴 해요. 하지만 아까 집에 간다고 하셨는데 그 '집'이 어디일지 잘 모르겠습니다. 아내와 딸에게 돌아가는 게 제 바람이지만 아직 확실하진 않습니다. 제가 여기 들어온 첫해에 아내가 이혼 변호사를 찾아갔지만, 결국 진행하진 않았거든요."

"그럼 희망적인 징조 아닌가요?"

"어쩌면요." 그리고 클로나제팜도 있다. 이제 더 빨리 끊어야 한다. 사실 큰 문제는 아니다.

"어쨌든 출소 후 거주지가 확정돼야 석방할 수 있어요. 이번 조기 석방이 뭔가 계기가 될 겁니다. 화해로 이어질 수도 있고요."

"그랬으면 좋겠습니다."

그날 오후 나는 엄마에게 전화로 소식을 알린다. 엄마는 울음을 터뜨린다. 나만큼이나 메이지를 위해 기쁘다고 한다.

"에밀리가 나를 다시 집으로 받아 준다면, 이 모든 복잡한 면회 절차는 피할 수 있겠죠. 그럴 가능성이 얼마나 될 것 같아요?"

전화기 너머로 3, 4초 정도 침묵이 흐른다. 그러고는 모르겠다고 말한다. "너무 앞서가진 마라, 얘야."

왜 그런 말을 하지? "내가 모르는 걸 엄마가 알고 있는 거예요?"

"아니, 그건 아니야. 에밀리와 나는 과거에 일어난 일이나, 앞으로 어떻게 될지에 관해선 이야기하지 않아. 그건 너희 둘이 해결해야 할 문제야. 가장 중요한 건 네가 곧 나오게 된다는 거고, 네가 메이지와……."

시큐러스가 전화를 끊어 버린다.

나는 에밀리 번호를 누른다. 아직 직장에 있을 테니 괜한 짓이겠지만.

"여보세요?"

아, 집에 있네.

녹음된 안내 멘트가 흘러나온다. *이 전화는 코네티컷 교정 시설에서 걸려 온 전화입니다. 전화를 받으시려면 1번을 누르세요……*.

그녀는 1번을 누른다. "아니야, 메이지가 아픈 건 아니야. 메이지는 아직 학교에 있어. 온수기가 고장 나서 물이 새. 기사가 교체하러 온다고 해서 내가 집에 있어야 했어. 지금 작업 중이야."

나는 석방이 생각했던 것보다 6개월 앞당겨졌다는 소식을 전하고, 석방 전에 거주지를 확정해야 한다고 말한다. "부담을 주려는 건 아니야, 여보. 하지만 상황이 좀 급해졌어." 그녀가 정확한 출소 날짜를 물어 아직 모른다고 답한다. 2월쯤일 거라고. "상담사가 알려 주기로 했어. 다만 여기선 일 처리가 워낙 느려서……."

"어머니 주소를 써. 어머니는 괜찮으시겠지." 그녀가 말한다.

"그래도 당신이랑 메이지랑 다시 같이 사는 게 더 낫지 않을까? 내가 학교도 데려다주고 데려오고. 방과 후 활동도 데려다주고 저녁도 만들고. 당신 생활이 좀 더 편안해질 텐데."

"안 돼. 그건 아니야."

"그냥 편의상으로라도 말이야. 난 소파에서 자면 돼."

"안 돼."

그 한마디로 끝이야? "왜?"

"당신이 출소하자마자 우리가…… 모든 일이 일어나기 전으로 돌아갈 수 있으리라 생각하지 마. 당신은 2년 반을 감옥에 있었어, 코비. 당신도 변했고 나도 변했어. 그리고 메이지한테도 너무 벅찰 거고. 오해는 하지

마. 나는 당신이 메이지의 인생에 다시 들어오길 원해. 메이지도 그럴 거야. 하지만 좀 더 천천히 단계적으로 이루어져야 해.”

“이혼 서류를 제출하려는 거지?”

“그런 말은 안 했어.”

“내 말은, 전에는 서두를 필요가 없었지만 이제 나가게 되니까…….”

“있지, 코비. 당신은 중독자야. 당신의 약물 남용 때문에 우리 모두 엄청난 대가를 치렀어.” 말로 하진 않지만 그 일로 니코를 잃었다는 뜻이다. “솔직히 말하면 메이지가 어디에 가야 할 때는 지금까지 그래 *왔던* 것처럼 내가 운전해서 데려가면 돼.” 그 말은 내가 운전하는 차에 딸을 태울 생각이 없다는 뜻이다. 내 제안에 그녀가 겁먹었다는 사실이 너무 아파서 나는 잠깐 정신을 다른 곳으로 돌린다.

다시 정신을 차려 보니 그녀는 내가 이곳에 온 이후로 술과 약을 끊었다는 말을 믿는다고 하면서도…….

“참고로 말해 두지만 여기 오기 *전부터* 끊었어. 그리고 봉쇄 기간을 제외하면 일주일에 한두 번은 모임에 빠지지 않고 나갔고.”

“그건 정말 잘한 일이고 쉽지 않았을 거라는 거 알아. 하지만 나오게 되면 약물과 술을 훨씬 더 쉽게 접하게 될 거야.”

“나는 이미 그 단계를 지났어. 집착은 사라졌어.”

“그렇다면 나도 기뻐. 메이지를 위해서도 기뻐. 다만 내가 말하고 싶은 건, 당신이 술과 약을 끊은 상태를 계속 유지하겠다는 의지를 나에게 증명해야 한다는 거야. 그전까지는 메이지를 어디 데려다주는 문제나, 함께 사는 문제를 얘기할 수 없어.”

“얼마 동안 증명하라는 거야?”

“음, 1년 정도로 하자. 그렇다고 해서 당신이 메이지와…….”

“당신 누구 만나? 나를 대신할 사람을 찾으려고 데이팅 앱을 쓰는 거야?" 내가 개자식처럼 군다는 건 나도 안다. 하지만 아직은 후회하지 않는 다. 그런데 나는 대체 왜 내가 입증하려는 논리에 *반대되는* 소리를 하며 싸우는 걸까?

"아니야. 그런 거 *아니야.* 우리 둘 다 후회할 말을 하기 전에 여기서 끊 자. 당신이 일찍 나오게 된 건 기쁜 일이야. 건강 잘 챙겨."

잭슨에게 소식을 들은 지 얼마나 됐지. 채 한 시간도 안 됐을 것이다. 그사이에 내 감정은 핀볼처럼 튀어 올랐다. 나는 안도했다가, 들떴다가, 겁먹었다가, 희망을 품었다가, 다시 무너졌다. 그래도 그녀에게 쏟아붙인 건 변명의 여지가 없다. 여기서 보낸 시간(전부 맨정신으로 보낸 시간)이 자제 하는 법은 가르쳐 주지 못했단 말인가? 함부로 입을 놀리지 않도록 겸손해 지는 법은? 『빅북』에는 겸손이 회복의 토대라고 적혀 있다.

～

매니가 말한다. "네가 그럽겠지만 잘돼서 기뻐, 코비. 안아 줘도 돼?"

"아마 안 될 듯." 내가 말한다. 그는 특유의 상처받은 표정을 짓는다. 그 래서 나는 출소할 때 그동안 모아 둔 온갖 잡동사니를 다 가져가고 싶지는 않을 거라고 말해 준다.

"예를 들어 뭐?" 그가 묻는다.

나는 그가 어떤 대답을 기대하는지 안다. "일단 내 TV." 그가 활짝 미 소 짓는다. 나는 한참 지나서야 알았다. 여동생 글로리아가 돈을 넣어 주 는 매니의 매점 계좌로는 이런저런 여분의 물건을 많이 살 수 없음을. 글 로리아는 사무실 두 군데를 돌며 야간에 청소 일을 하느라 수입이 많지 않 다. 그래도 매니는 삼촌이 세상을 떠날 때 모텔을 물려주면 자기와 여동생 의 인생이 확 풀릴 거라고 믿는 것 같다. 하지만 그건 희망 사항일 가능성이 크다. 모텔은 뉴저지의 한적한 도로변에 있고, 예전 팰리세이즈 놀이공원 근처다. 가끔 그는 옛날 라디오 광고 노래를 흥얼거린다. *팰리세이즈에는 놀이기구도 있고 재미도 있어요. 어서 오세요!* 내가 틀렸으면 좋겠지만, *한물간* 관광지로 가는 길목에 있는 모텔이 큰돈을 벌 것 같지는 않다.

나는 안셀모와 피카디를 최대한 피하려고 애썼다. 하지만 그럴 수 없을 때조차 그들은 나를 무시했다. 내가 존재하지 않는 것처럼 스쳐 지나갔다. 단 한 번 운동장에서 피카디가 입술에 손가락을 대며 미소 지은 것만 빼고. 그 무언의 위협도 클로나제팜 덕분에 별로 무섭지 않았다. 그 약은 낮에는 나를 차분하게 해 주고, 밤에는 잠을 잘 자게 해 주었으며, 그들이 저지른 일에 대해 어떻게 복수할지 상상하던 폭력적인 환상을 가라앉히는 데 큰 도움이 되었다. 문제는 블랭컨십이 그 약을 처방해 줄 때 내가 출소가 다음 해 8월이라고 말했다는 점이다. 일정이 앞당겨진 뒤, 나는 더 일찍 약을 끊는 문제를 상의하기 위해 면담을 요청했다. 어제 답을 받았지만 예약은 1주 반 뒤고, 그것도 다른 정신과 의사와의 면담이다. 그래서 나는 출소 6주 전부터 스스로 감량을 시작할 생각이다. 복용 시간이 돌아올 때마다 매번 가지 않고 두 번 중 한 번만 줄을 설 생각이다. 그리고 마지막 몇 주는 완전히 끊는다. 그런 식으로 끊을 것이다. 약은 그저 지팡이 같은 것일 뿐이고, 떠날 날이 가까워질수록 덜 필요해질 테니까.

안녕, 에밀리.

두 가지 이유로 이 편지를 써. 무엇보다 먼저 지난주에 통화할 때 내가 했던 어리석은 말에 대해 사과하고 싶어. 조기 석방 소식을 막 들은 터라 감정이 요동치고 있었거든. 그래도 내가 못되게 군 건 변명할 수 없지. 당신에게 전화하기 전에 생각을 좀 더 정리했어야 하는데. 미안해.

당신이 그때 했던 말들을 많이 생각해 봤고, 그게 일리가 있는 말이라는 걸 깨달았어. 당신 말이 맞아. 여기서 나가면 나 스스로 증명해야 하지. 중독자들은 정말 거짓말을 잘하게 되고, 술과 약에 빠져 있던 시절의 나도 예외가 아니었어. 시간이 걸리더라도 당신의 신뢰를 다시 얻어야 한다는 걸 이해해. 보호관찰관이 정기적으로 약물 검사를 할 거고, 양성 반응이 나오면 나를 다시 이곳으로 돌려보낼 권한도 있겠지만, 그럴 일은 없을 거야! 일단 여기서 나가면 다시는 돌아오지 않아.

프로그램에 이런 말이 있어. "모임에 나오는 사람이 결국 해낸다." 그 말이 사실이야. AA나 NA에서 5년, 10년, 심지어 20년 동안 단주, 단약을 유지하다가도, 차츰 안이해져서 모임에 나가지 않다가 다시 술을 마시거나 약을 하게 되었다는 사람들의 이야기를 들었어. 나는 최소한 일주일에 네다섯 번은 모임에 나가겠다고 다짐했어. 상담사의 도움으로 최근에 스폰서의 주소를 받아 편지를 보냈어. 데일은 내가 선고받기 전에 나와 함께 12단계를 밟던 사람이었어. 내가 이곳에 들어오면서 그 작업은 중단됐지. 우리는 9단계를 시작하려던 참이었는데, 그건 우리가 상처를 준 사람들에게 보상하는 단계야. 데일에게 답장을 받아서 마지막 네 단계를 마칠 수 있기를 바라고 있어. 내 약속이 공허한 말로 들릴 수 있다는 거 알아. 하지만 절주를 위해 꾸준히 노력하겠다는 말은 진심이야. 당신을 위해, 메이지를 위해 그리고 무엇보다 나 자신을 위해 할게.

두 번째 이유는 몇 가지 근황을 전하기 위해서야. 출소 날짜가 확정됐어. 2월 4일 화요일이야. 엄마는 내가 필요할 때까지 엄마 집에 머물러도 된다고 했어. 최대한 빨리 무슨 일이든 구해서 당신 생활비에 보탤 수 있도록 하고, 엄마에게도 매주 조금씩 드리고 싶어. 엄마는 월세를 받지 않겠다고 했지만 나는 보태고 싶거든. 전과자들의 취업을 돕는 기관 연락처를 가지고 있으니 연락해 볼 생각이야. 엄마 말로는 단골 중 한 사람이 고철 업체를 운영하면서 출소자들을 고용한다고 했고, 엄마가 일하는 식당 사장 스킵도 늘 설거지할 사람을 찾고 있다고 해. 잔디를 깎거나 눈을 치우거나 뭐든 할 수 있어. 작게 시작해서 소박하게 사는 거지. 그게 맞지?

건강 챙겨, 에밀리. 메이지에게 뽀뽀해 주고 아빠가 곧 보러 갈 거라고 전해 줘.

둘 다 사랑해.
코비

어째서인지 편지를 쓰고 나니 기운이 빠진다. 봉투에 주소를 쓰고 편지를 넣지만, 봉하지는 않는다. 내일 아침을 먹으러 가는 길 발송함에 넣기 전에, 한 번 더 읽어 보겠다고 마음먹는다.

다음 날 아침, 편지에서 조금 마음에 걸리는 건 이 문장이다. 중독자들은 정말 거짓말을 잘하게 되고, 술과 약에 빠져 있던 시절의 나도 예외가 아니었어. 시간이 걸리더라도 당신의 신뢰를 다시 얻어야 한다는 걸 이해해. 술과 약에 빠져 있던 시절. 과거형이다. 하지만 지금 나는 다시 벤조를 복용하고 있다. 편지를 다시 써서 그 문장을 빼야 할까⋯⋯?

아니. 그건 저용량이고, 의료진 감독 아래 복용하고 있으며, 출소일이 가까워지면 감량을 시작할 계획도 있다. 남용과는 완전히 다른 문제다. 그저 지팡이일 뿐이다. 누군가 발목이 부러졌는데 지팡이 없이 돌아다니길 기대하는 사람은 없다. 그런 차이다. 그녀는 내가 예전에 복용하던 방식과 지금의 차이를 이해하지 못할지도 모른다. 문제도 안 되는 걸 치명적인 결함으로 여길지도 모른다. 어쨌든 내가 여기서 복용 중이라고 말하면, 그 이유도 말해야 할 것이다. 한 교도관이 나를 항문 강간 했고, 다른 한 명이 그걸 지켜봤기 때문이라고. 절대 그럴 순 없다. 이건 그저 지팡이일 뿐이야, 에밀리. 그들이 나를 강제로 범한 뒤, 나는 무너지고 있었어. 이건 신경을 가라앉히고 잠들 수 있게 해 줘. 복용은 일시적인 거야. 나는 내가 무엇을 하는지 알아.

그러니 이 편지는 그대로 보내도 괜찮다. 나는 봉투를 봉하고, 아침 식사를 하러 갈 때 데스크에 있는 중사에게 건넨다.

"발송 우편이야?" 그가 묻는다.

"네."

다음 주 토요일 아침, 매니와 내가 감방을 정리하는데 인터폰이 딸각 소리를 내며 켜진다. "델라베키아, 면회다."

아마 매니의 여동생일 것이다. 그를 보기 위해 뉴저지에서 운전해 올라온다고 했다.

"레드베터, 거기 있나?"

"네."

"너도 면회객들이 왔다."

면회객들? 복수형이라고? 에밀리와 엄마? 아니, 엄마일 리는 없다. 토요일 오전 10시 반이면 식당이 일주일 중 가장 바쁠 시간이다. 그렇다면 에밀리 혼자일 수도 있겠지. 복수가 아니라 단수인데 말이 헛나온 걸까? 내가 보낸 사과 편지 덕분에 분위기가 좀 풀렸을지도 모른다.

설마 에밀리랑 메이지일까? 아니, 거기까지는 생각하지 마……. 아버지와 그의 아내? 아니야, 방문자 명단에 나탈리 이름을 올려 둔 기억은 없다. 여기 들어온 첫해에는 누가 면회하러 왔다고 하면 혹시 아버지일까 봐 긴장했다. 아버지를 마주해야 한다는 불안과 그래도 나를 보러 올 만큼 신경 쓴다는 위로가 동시에 밀려들었다. 하지만 단 한 번도 그가 *아니었다.*

그렇게 3년째가 되자 나는 실망을 무심한 태도로 감추었다. 사람들 말처럼, 될 때까지 그런 척하는 거지. 하지만 이제는 정말 그가 오든 말든 상관없다. 사실 그가 *아니길* 바란다. 너무 늦었다. 아버지에 대한 복잡한 감정이 겨우 잠들었는데, 잠든 곰은 굳이 건드리지 않는 편이 낫다.

"누가 왔대?" 매니가 묻는다.

"나도 몰라. 멜라니아랑 도널드(트럼프 부부를 가리키는 말-옮긴이) 아닐까?" 그는 구역질하는 시늉을 한다.

면회실에 들어서자 플랫폼에 서 있는 교도관 두 명이 눈에 들어온다. 솔로몬이 폭발한 날 근무한 바로 그 둘이다. 발버둥 치면서 소리 지르는 그를 끌어내고, 우리를 전부 쫓아냈던 날의 그들. 염소수염은 살이 좀 붙었고, 다부진 체격의 여자는 짧은 머리를 길러서 약간 아프로 헤어스타일처럼 만들었다. 통상적인 절차에 따라 면회객들이 들어오기 전에 우리가 먼저 자리에 앉아 있어야 한다. 염소수염이 규칙을 설명한다. 짧은 포옹과 가벼운 입맞춤은 가능하되, 혀는 금지. 모두 교도관이 볼 수 있도록 손을 테이블에 올려 놓고 있어야 한다. 어떤 물건이든 주고받는 행위는 금지되며, 적발되면 우리는 징계를 받고 면회객은 출입이 금지된다.

일행이 출입 통제 구역의 창문 쪽을 지나온다. 이어 철문이 덜컹거리며 열리고 그들이 안으로 들어온다. 코넬의 아내와 손자는 전에 본 적이 있어서 금방 알아본다. 그 뒤에 있는 여자가 분명 매니의 여동생일 것이다. 하와이안 셔츠에 크롭 팬츠를 입고 회색 머리카락을 굵게 땋아서 늘어뜨린 모습이 매니를 그대로 닮았다. 두 사람이 껴안는 모습을 보고 있자니, 나도 여동생이 있었으면 좋겠다는 생각이 든다.

이런, 내가 틀렸다. *엄마다.* 이런 날에 여기엔 왜…… 세상에, 메이지다! 엄마가 메이지를 데려왔어! 두 사람이 손을 잡고 내 쪽으로 걸어오는 동안, 나는 아이를 눈에 담고 또 담고 싶어 안달이 난다. 짙은 눈, 짙은 머리카락, 엄마를 닮은 피부색. 시끌벅적하게 재회하는 가족들, 친구들, 죄수들을 둘러보는 아이를 보다가 원치 않는 기억이 불쑥 떠오른다. 그날 아침에 내가 몸을 돌려 뒷좌석을 보았을 때, 니코의 빈 카시트 옆에 안전벨트를 찬 채 앉아 있던 메이지의 모습. 나는 지금의 아이에게 다시 초점을 맞춘다. 하얀 옷깃이 달린 예쁜 체크무늬 원피스에 흰 발목양말. 끈 달린 작은 구두를 신은 유치원생. 또래보다 키가 큰가? 커 보인다. 엄마가 메이지에게 나를 보게 하자, 나는 손을 흔든다. 아이는 손을 흔들지 않고 나를 빤히 바라본다.

두 사람이 테이블 앞에 도착해, 나는 눈물을 훔치고 한쪽 무릎을 꿇은 채 두 팔을 벌린다. 하지만 아이는 안기려고 앞으로 나오는 대신 할머니 뒤에 숨는다. "천천히 해. 조금 낯을 가리는 거야. 우리 다 같이 앉는 게 어떨까?" 엄마가 말한다. 혼자 의자에 앉을지, 아니면 할머니 무릎에 앉을지 고르라고 하자 아이는 비키 할머니의 무릎을 택한다.

"안녕, 메이지. 아주 오랜만이네. 나를 보러 와 줘서 정말 기뻐. 내가 누군지 알아?" 내가 말한다. 아이는 고개를 젓는다.

"알지, 그럼. 우리가 누구 보러 간다고 그랬지?" 엄마가 아이에게 말한다.

메이지가 손을 뻗어 엄마 귀에 대고 속삭인다. "맞아, 아빠가 여기 있잖니." 메이지는 고개를 젓고, 자기 아빠는 수염이 없다고 할머니에게 말한다. "집에 있는 사진 속 아빠는 없지만, 여기 있는 동안 수염을 길렀단다. 그렇지, 아빠?"

"그래, 맞아. 메이지, 수염이 마음에 드니, 아니면 깎는 게 좋겠니?"

"깎아." 아이는 내가 아니라 엄마에게 말한다.

옆 테이블에서 매니가 나를 부른다. "어이, 코비! 네 아이야?"

나는 고개를 끄덕인다. "그리고 우리 엄마셔."

"만나서 반갑습니다. 제 여동생 글로리아예요." 매니가 말한다. 우리는 서로 인사를 나누고, 글로리아는 내 딸이 너무 사랑스럽다면서 몇 살이냐고 묻는다. 내가 대답하기도 전에 플랫폼에 서 있는 다부진 여자 교도관이 우리에게 소리친다. 대화는 자기 면회객과만 하라고. 모두 고개를 끄덕인다. 그래요, 알겠어요.

"메이지, 이제 곧 너랑 나는 훨씬 더 자주 보게 될 거야. 재미있는 것도 많이 할 수 있고 위쿼익 공원에 가서 그네도 타고 정글짐도 오를 수 있어." 내가 말한다.

"비키 할머니도 올 수 있어?" 아이가 묻는다.

"할머니가 원하면 오셔도 되지. 할머니도 우리랑 같이 가실래요?" 엄마는 그러겠다고 한다.

"그럼 우리 엄마는?"

"아, 물론이지. 엄마도 같이 갈 수 있어. 공원에 갔다가 아이스크림을 먹거나 맥도날드에 갈 수도 있지. 해피밀 좋아하니?"

내 질문은 무시한 채 아이가 말한다. "저 아저씨 해적이야." 나는 어리둥절해서 아이가 가리킨 테이블 끝을 바라본다. 우리 아래층에 있는 믹이다. 면회하러 온 사람을 위해 그는 죽은 듯 희멀건 눈을 가리려고 안대를 하고 있다. 엄마가 손가락질하는 건 예의가 아니라고 말하자, 메이지는 자신의 땋은 머리 한 가닥을 잡고 손가락에 감기 시작한다. 긴장하면 나오는 버릇 같다. 나 때문에 아이가 긴장한 걸까? "할머니, 우리 언제 가?" 아이가 묻는다. 엄마는 이제 막 왔는데, 라고 말한다.

거의 3년 동안 딸과의 재회를 상상해 왔다. 아이가 방 건너편에서 나를 알아보고 달려와 안길 거라고, 우리는 꼭 끌어안은 채 서로를 놓아주지 않을 거라고 생각했다. 내가 그동안 보낸 그림들이 마법 같은 힘을 발휘해서 아이의 기억 속에 있는 나를 온전히 지켜 주었을 거라고 믿었다. 하지만 현실은 전혀 다르다. 아이는 나를 경계한다. 이해는 간다. 내가 너무 오랫

동안 아이의 삶에 없었으니까. 그래도 마음이 아프다. 그리고 나를 아이에 게서 멀어지게 했다는 생각에 에밀리에 대한 원망을 억누르기 힘들다. 아이에게 내 기억이 조금이라도 남아 있긴 한 걸까? "메이지, 목욕할 때 우리 같이 부르던 노래 기억해? *버스 바퀴는 빙글빙글 돌아가고…….*" 아이는 그 노래를 학교에서 배웠다고 말한다. "아, 그래? 그럼 얼룩말 선생님은 어때? 아직도 네가 제일 좋아하는 봉제 인형이니?"

"그게 누구야? 내가 제일 좋아하는 건 멍크 멍크야."

엄마가 입술을 움직여 무언가 말하지만, 나는 그걸 읽을 수 없다. 마지막 승부를 걸어 보기로 한다. "메이지, 나 기억 안 나?" 메이지는 나를 보지도 않은 채 고개를 저으며 다시 그 땋은 머리를 비틀기 시작한다. 나는 엄마를 올려다본다. 이번에는 입술을 읽을 수 있다. "아이에게 부담 주지 마." 엄마는 그렇게 말하고 있다.

방 안을 순찰하던 그 다부진 여자 교도관(공정하게 말하면 스틸리 교도관)이 우리 테이블에 멈춰 서서 메이지에게 책을 좋아하느냐고 묻는다. 메이지는 고개를 끄덕인다. "저기 벽에 버트랑 어니 보이지?" 그녀는 서툴게 그려진 「세서미 스트리트」 그림을 가리키며 말한다. "저쪽에 책이 있단다. 하나 골라 오면 아빠가 읽어 주실 거야." 메이지는 할머니를 올려다보고, 할머니가 가 보라고 고개를 끄덕이자 무릎에서 내려와 책이 있는 쪽으로 간다. "당신이 저 아이 아빠 맞죠?" 스틸리가 내게 묻는다. 나는 그렇다고 말하지만, 그녀가 간 뒤에 엄마에게 말한다. "예전에는 그랬죠."

"이제 그만해라, 코비. 이건 아이가 이해하기엔 벅찬 일이야. 조금만 기다려. 곧 마음을 열 거야."

"네, 알겠어요. 하지만 애가 온다는 걸 미리 말해 줬으면 좋았잖아요. 전혀 예상 못하고 있었는데 여기로 들어오는 걸 보고 좀 당황했어요."

"음, 갑자기 결정된 일이었어. 우리가 마지막으로 통화한 게 언제지? 화요일? 내가 너한테 전화를 할 수도 없는 상황이잖니."

"그래요, 엄마 말이 맞아요. 미안해요. 아이를 데려와 줘서 정말 고마워요. 그런데 대체 어떻게 해낸 거예요? 몰래 데려왔어요? 아니면 에밀리의 허락을 받은 거예요?"

"코비, 내가 허락도 없이 애를 여기 데려왔을 리가 없잖니. 에밀리는 여자 교사 친구들 몇 명과 보스턴으로 주말 여행을 갈 계획이었어. 사돈이 아이를 봐 주기로 했는데 독감에 걸려서 내가 돌보겠다고 했지. 다른 사람이 내 주말 근무를 대신해 주기로 했고. 메이지는 내일 밤까지 내가 돌보기로 했어. 너를 만나러 여기 데려와도 되겠느냐고 에밀리에게 물으면서도 솔직히 안 될 줄 알았어. 그런데 에밀리가 놀랍게도 그게 좋겠다고 하더라. 메이지를 상담하는 아동 심리학자가 네가 출소하기 전에 둘이 다시 만나야 한다고 했대. 솔직히 말하면, *내가* 메이지를 여기에 데려오겠다고 제안했을 때 에밀리는 안도한 것 같더라. 자기가 너를 더 자주 보러 오지 못해서 죄책감을 느낀다고 했어. 하지만 이곳에 오면 너무 위축돼서 속이 울렁거린대."

"정말 *여기에서* 만나는 게 맞아요?" 내가 묻는다. 반은 농담이고 반은 진담이다.

엄마는 그렇다고 나를 안심시킨다. "하지만 네가 다시 그 애 인생에 들어오려면 메이지가 너에게 익숙해질 시간이 필요해. 오늘은 아주 작은 첫걸음일 뿐이야. 알겠지?"

"알겠어요, 엄마. 그런데 원래 이렇게 현명했어요, 아니면 요즘 갑자기 이렇게 된 거예요?" 엄마는 웃으며 자신이 얼마나 현명한지는 모르겠고, 그저 에밀리까지 포함해서 모두 조금이라도 덜 힘들게 해 보려는 것뿐이라고 말한다.

엄마와 이야기하는 내내 나는 메이지를 주시하고 있다. 여기 와 있는 다른 남자들은 대부분 내가 아는 사람이다. 우리 모두 B동에서 함께 지내고, 개인적으로 나와 마찰을 겪은 사람은 하나도 없다. 하지만 나는 안다. 호르헤는 갱단원이었고, 루는 여자 친구의 미성년 딸을 건드린 혐의로 복역 중이다. 살은 인신매매로 들어와 있고, 갤러거는 과부 둘의 노후 자금을 싹쓸이한 사기꾼이다. 메이지를 신경 쓰는 사람은 하나도 없고, 대부분 상대와 대화에 푹 빠져서 메이지가 있는 것도 알아차리지 못한다. 하지만 메이지가 그들 곁을 몇 발짝 사이로 스쳐 지나갈 때마다 온몸이 긴장된다. 지금 나는 저들과 같은 수감자가 아니라 메이지의 아버지다. 아이와 떨어져 있는 동안 나는 줄곧 내 이기적인 욕구의 렌즈로만 상황을 보아 왔다. 아이를 바라보고, 말을 걸고, 만지고, 면회 때마다 아이가 어떻게 지내는지, 어떻게 변해 가는지 지켜보려는 마음만 있었다. 하지만 오늘 처음으로 에밀리의 눈으로 이 상황을 볼 수 있게 된다. 그녀는 나를 벌주려고 딸을 떼어 놓은 게 아니라, 단지 위험한 사람들이 갇혀 있는 잠재적 위험 구역인 이곳에서 하나뿐인 아이를 지키려 했던 것 아니었을까.

메이지가 『호기심 많은 조지, 동물원에 가다』와 『핑칼리셔스』 두 권을 안고 돌아온다. 낡고 얼룩진 토끼 인형도 하나 들고 있다. 에밀리라면 그 인형을 보는 순간 기겁했겠지만, 나는 엄마가 가만있는 걸 보고 아무 말도 하지 않는다. "메이지, 어떤 책 먼저 읽어 줄까?" 내가 묻는다. 메이지는 『핑칼리셔스』를 고르지만, 내가 아니라 할머니가 읽어야 한다고 말한다.

"그래, 알았어. 이건 내가 읽고 『호기심 많은 조지』는 아빠가 읽어 줄게." 엄마가 말한다. 메이지는 썩 내키는 표정은 아니지만 별말 하지 않는다.

내 차례가 되자, 나는 예전에 쌍둥이들이 사랑하던 재미있는 아빠 역할을 다시 해 본다. 과장된 동물 소리를 내고, 호기심 많은 조지가 장난을 칠 때마다 부풀려서 반응하며 한껏 연기한다. 처음 몇 쪽을 읽는 동안 메이지의 얼굴은 굳어 있었지만, 끝날 무렵에는 자기도 모르게 킥킥 웃는다. 그

후 남은 시간 동안 메이지는 한결 부드러워지고 말수도 늘어난다. 어느 순간 메이지가 나를 똑바로 보며 말한다.

"그거 알아?"

"아니. 뭔데?"

"나 미카엘라 집에 공주 파티 하러 가." 나는 그거 재미있겠다고 말한다. 공주처럼 차려입을 거냐고 묻는다.

"응. 그리고 또 뭐 있는지 알아?"

"뭔데?"

"나 애완 원숭이 있어. *진짜* 원숭이." 엄마가 눈에 띄지 않게 고개를 젓는다.

"와, 그거 멋지네. 이름이 뭐야? 호기심 많은 조지?"

"아니! 걔는 *여자* 원숭이야."

"음, 이름이 베시야?" 엄마가 웃음을 참으려 한다.

"아니, 바보야. 그건 우리 *할머니* 이름이야."

"네 할머니? 네 할머니 이름은 비키 아니었어?"

메이지는 눈을 크게 뜨고 자기 이마를 탁 친다.

"*다른* 할머니 말이야, 멍청이!"

"뭐라고? 네 다른 할머니 이름이 멍청이야?"

엄마가 우리에게 그런 말은 쓰는 게 아니라고 타이른다.

염소수염 경관이 면회 시간이 5분 남았다고 경고하자, 엄마는 메이지에게 책과 토끼 인형을 제자리에 갖다 놓으라고 한다. 그 토끼는 다른 아이들도 가지고 놀고 싶어 할 테니 가져갈 수 없다고 말한다.

메이지가 방을 가로질러 걸어가는 모습을 지켜보며 보호 본능이 다시 발동한다. 엄마는 오늘 우리가 제법 가까워졌다고 한다. "예전에 내가 책을 읽어 주면서 장난치면 애들이 정말 좋아했어요. 자전거 타는 것처럼 금방 감이 돌아오네요." 내가 말한다.

"하지만 사돈에 대해 그런 식으로 말하지 마. 그건 도움이 안 돼."

"알았어요."

엄마는 메이지가 공주 파티 얘기를 꺼냈을 때 속상했다고 말한다. "그 파티는 이미 했어. 반 여자아이 중에서 메이지만 초대받지 못했대. 왜 안 불렀냐고 메이지가 물으니까, 네가 '이상한 애'라서 그랬다고 미카엘라가 말했대. 그 말을 듣고 메이지가 크게 상처받았다고 에밀리가 말해 주더라."

그 말을 듣자 나도 속이 무너진다. 하지만 내가 여기서 나가기만 하면……. 그때 메이지가 다시 테이블로 돌아온다. 학교에서 무슨 이유로 따돌림을 당하고 있든 우리는 그걸 바로잡을 것이다. "면회 시간 끝났습니다, 여러분!" 스틱리 교도관이 말한다. 사람들이 하나둘 일어나 서로 끌어안는다.

엄마와 짧게 포옹하고 나는 뺨에 가벼운 입맞춤을 받는다. "여기서 나갈 날도 얼마 안 남았어요." 내가 말한다. 엄마는 기도하듯 두 손을 모은다. 그리고 메이지에게 고개를 돌려 아빠를 안아 주거나 뽀뽀해 주겠냐고 묻는다. 메이지는 말없이 고개를 젓는다. "그래, 그럼…… 또 보자." 나는 아이에게 말한다.

그들이 다른 면회객들과 함께 철문 앞으로 가서 문이 열리기를 기다리는 모습을 바라본다. 엄마와 매니의 여동생이 뭔가 이야기를 나눈다. 그때 메이지가 갑자기 몸을 돌려 나를 보며 수줍게 손을 흔든다. 나도 손을 흔들어 답한다. 당분간은 이 작은 인사로 충분하다. 문이 요란한 소리를 내며 열리기 시작하고, 사람들이 하나둘 그 안으로 사라진다. 다시 철문이 닫히고, 그들은 보이지 않는다.

면회가 끝나자 우리는 다시 알몸 수색을 받기 위해 줄을 선다. 보관실로 끌려가 알몸 수색을 당했을 때 안셀모와 피카디가 무엇을 계획하고 있었는지 떠올리자 식은땀이 난다. 몸이 떨리기 시작한다. 나는 메이지와 함께한 시간을 필사적으로 붙들려고 애쓴다. 아이의 웃음소리, 땋은 머리, 뜻밖에 돌아서서 손을 흔들어 주었을 때 느꼈던 기쁨. 하지만 추한 기억이 다시 돌아와 그 순간들을 하나씩 밀어낸다. 양파 냄새를 맡고, 뜻밖의 통증과 수치심을 느낀다. 내 차례가 되어 수색을 받기 위해 교도관에게 걸어간다. 몇 분 뒤, 밖으로 나와 매니와 함께 B동으로 돌아가고 있다. 방금 몸을 굽혀 기침했는지조차 기억이 나지 않는다. 회상이 시작되었을 때부터 끝날 때까지 정신이 나가 있었던 모양이다.

나는 2주 전부터 클로나제팜을 서서히 끊기 시작했고, 그저께 완전히 중단했다. 이제 끝이다. 나는 다짐했다. 더는 안 돼. 하지만 그 알몸 수색 때문에 너무 불안해져서, 식사 후 통제실에 있는 교도관에게 허락받고 의무실로 가 줄을 선다. 마지막으로 딱 이번 한 번만 먹자. 방금 겪은 회상 이후로 신경을 가라앉히고, 오늘밤 잠을 좀 잘 수 있도록, 그러고 나면 정말 끝이다.

사랑하는 에밀리에게.

메이지가 엄마와 함께 나를 면회하러 올 수 있도록 허락해 줘서 고맙다고 말하려고 이 편지를 써. 거의 3년 가까이 메이지의 사진과 근황을 전해 줘서 늘 고마웠지만, 직접 아이를 보니 정말 마법 같았어. 지난 토요일 우리가 함께 보낸 그 한 시간을 떠올리면, 그게 정말로 있었던 일인지조차 믿기지 않을 때가 있어. 나는 그 아이를 정말 사랑해, 여보.

메이지가 다녀간 뒤로 우리(당신과 나의) 미래에 대해 많이 생각하게 됐어. 내가 머릿속으로 상상한 모습과 지금 우리가 서 있는 현실이 얼마나 다른지도. 솔직히 말하면 당신은 이혼하는 쪽으로 마음이 기

운 것 같아. 이 말을 적는 게 너무 힘들다는 걸 알아 줬으면 해. 하지만 이제는 서류상으로만 남아 있을 뿐, 우리 결혼은 이미 오래전에 끝났다는 걸 인정할 수 있을 것 같아. 그날 전화로 내가 다시 시작하자고 매달렸을 때, 당신은 앞으로 무슨 일이 일어나든 내가 메이지의 삶에 남아 있기를 바란다고 했지. 그 말을 많이 생각해 봤는데, 이번 방문 이후로 그게 가장 중요하다는 걸 다시 깨닫게 됐어. 그리고 당신 말이 맞아. 내가 아이 곁으로 돌아가는 건 천천히, 아이가 나와 있는 게 편안해질 때까지, 당신이 내 회복을 완전히 믿을 수 있을 때까지 단계적으로 이뤄져야 해.

내 감방 뒤쪽에 면회객 주차장이 내려다보이는 좁고 작은 창이 하나 있어. 여기 있는 동안 나는 가끔 그 창으로 막 출소한 남자가 그를 맞으러 온 가족이나 친구들과 재회하고 차를 타고 떠나는 모습을 보곤 했어. 거의 3년 동안 내가 이곳을 걸어 나가는 날을 상상해 왔는데 이제 정말 가까워졌어. 엄마가 나를 데리러 오기로 했어. 당신이 괜찮다면 엄마 집으로 돌아가기 전에 당신과 메이지를 보고 싶어. 집에서든, 아니면 점심이라도 함께할 수 있는 곳이면 어디든 좋아. 이게 무리한 부탁이 아니길 바라. 혹시 그렇다면 이해할게. 당신이 괜찮다면 우리 엄마에게 알려 줘. 생각해 줘서 고마워.

사랑해.

코비

37

2020년 1월과 2월
920일 중 914일에서 917일

1월 31일 금요일, 출소까지 나흘 남았다. 모든 일이 순조롭게 진행되도록 오늘은 신참 교도관 화이틀리와 많은 시간을 함께 보낸다. 경찰학교는 고사하고 중학교를 막 졸업한 것처럼 보이는 그녀는, 나를 여러 사무실로 인솔해서 화요일 출소가 매끄럽게 진행되도록 필요한 서류를 처리하고, 사인할 건 다 사인하게 한다.

첫 번째로 들른 곳은 수감자 신탁 기금 사무실이다. 내 계좌는 일주일 전에 동결되었는데, 장부상 잔액이 87달러 42센트라고 한다. 그중 50달러는 출소 직전에 '게이트 머니'라고 해서 현금으로 받게 된다. 남은 30달러는 수표로 발행돼 엄마 집 주소로 우편 발송 될 예정이라고 한다.

다음으로는 교도소 신분증과 교환할 새 신분증용 사진을 찍는다. 새 신분증은 3년 전 기소되었을 때 반납했던 운전면허증을 대체할 것이다. 사건 담당자는 내 유죄판결의 성격상 면허를 재발급받는 일이 쉽지 않을 거라고 경고했다. DMV(자동차 등록, 면허 관리 기관-옮긴이) 수수료도 상당히 비쌀 것이고, 변호사를 고용하는 편이 더 유리할 가능성이 크다고 한다.

나는 나중에 레이철 딕슨 사무실에 전화해야겠다고 마음속으로 메모하지만, 다시 운전대를 잡는다는 생각만 해도 두려워진다.

물품 보관실로 가는 길에 나는 화이틀리에게 왜 교도관이 됐는지 묻는다. "전에 하던 일은 피트니스 센터에서 회원들 출입을 확인하고, 근무 시간 내내 '운동 잘하세요!'를 백 번쯤 말하는 거였어요. 어느 정도는 집안 내력이기도 해요. 아버지는 주 경찰이고, 오빠 중 한 명도 교도관이에요."

"오빠는 어느 교도소에서 근무해요?"

이때 훈련받은 반응이 나온다. 그녀는 표정이 싹 바뀌며 말한다. "신경 꺼요. 질문은 여기까지."

물품 창구에서 나는 입소할 때 가지고 들어온 개인 소지품을 받지 않겠다고 한다. 이곳에 들어온 날 법정에서 입었던 옷을 다시 떠올리고 싶지 않기 때문이다. "기부하시든가 버려 주세요." 물품 담당자에게 말한다. 그러자 그가 보온용 내의 상의 하나, 허리에 고무줄이 달린 카키색 바지 하나, 후드티 하나를 내준다. "지금은 겨울 외투가 없네요. 여기서 지급한 겨울 코트는 입고 나갈 수 없어요. 국가 소유라서 나가기 전에 반납해야 해요. 언제 나가요?" 이번 주 화요일이라고 하자 그가 말한다. "눈이 온다던데 양말이나 속옷 더 필요해요? 그런 건 입고 나가도 됩니다." 나는 방금 세탁물을 찾아서 괜찮다고 말한다. 마지막으로 엄마와 통화했을 때 여기서 받은 낡은 속옷과 양말은 다 버릴 수 있게 새로 사 달라고 부탁했다. "또 쇼핑하러 갈 핑계가 생겼네." 엄마가 웃으며 말했다.

나는 사무실을 옮겨 다니며 계속 서류에 서명한다. 의무실에서 한 간호사가 클로나제팜 처방약이 아직 조금 남아 있다고 말한다. 남은 약을 퇴소 부서로 보내 줄까 묻는다. 나는 아니라고 대답한다. 혼자서 끊었다고 말한다. 거의 열흘 넘게 먹지 않았다고. "부작용은 없었어요?" 그녀가 묻는다.

심장이 좀 두근거리고 가끔 몸이 움찔거리고 조금 예민해지긴 했다.

하지만 감당하지 못할 정도는 아니다. "특별히 눈에 띄는 건 없었어요." 내가 말한다.

"그럼 됐네요. 당신이 확실하다면야." 그녀가 대꾸한다.

마지막으로 들른 곳은 잭슨 상담관의 사무실이다. "저는 여기까지입니다. 행운을 빌어요." 화이틀리 교도관이 말한다.

"당신도요. 저기, 부탁 하나만 해도 될까요?" 내가 말한다. 그녀는 교도관은 수감자의 부탁을 들어주지 않는다고 한다. "그래요. 난 그냥 이곳이 당신을 냉소적으로 만들지 않았으면 해서요." 나는 악수하려고 손을 내밀지만 그녀는 그대로 돌아선다. 시간이 지나면 그녀는 두 부류 중 하나가 될 것이다. 우리가 인간이라는 점을 기억하는 괜찮은 쪽이거나, 우리는 쓰레기고 자기들이 권력을 쥐고 있다는 메시지를 계속 주입하는 사람 잡는 쪽이거나. 여기 있는 동안 관찰한 바에 따르면 많은 여자 교도관이 카멜레온 같다. 그들은 그때그때 같이 근무하는 파트너에 따라 한 근무조에서는 수감자들을 합리적으로 대하다가, 다음 근무조에서는 갑자기 강경해지기도 한다. 그들이 어떤 이유로 이 일을 선택했든, 여성들은 두 집단의 남성을 상대해야 한다. 수감자들과 동료 교도관들이다. 그중에는 성적인 발언으로 떠보려는 이들도 있고, 이 일이 애초에 여자가 할 일이 아니라고 여기는 이들도 있다.

잭슨 상담관이 기분이 어떤지 묻는다. 나는 어깨를 으쓱한다. 머릿속이 복잡하지만 그래도 여기서 나가서 기쁘다고 말한다. "그럴 만해요. 화요일에 누가 데리러 오나요?" 그녀가 묻는다. 나는 엄마라고 답한다. "역시 엄마군요, 그렇죠? 8시 반까지는 와 계셔야 한다고 전해 주세요. 다만 조금 기다려야 할 수도 있어요. 그날 출소 절차를 밟는 사람이 몇 명이냐에 따라 다르거든요. 그리고 아시다시피 여기서는 뭐든 빨리 처리되는 법이 없잖아요."

"네, 저도 잘 압니다. 상담관님이 여기 교도소장이 되면 속도 좀 내 보세요."

그녀는 웃으며 말한다. "세상에, 그런 일은 저한테 바라지 마세요. 자, 이거 잃어버리지 마세요." 그녀는 내 보호관찰관의 이름과 연락처가 적힌 카드를 건네며 출소 후 48시간 안에 그 사무실에 신고해야 한다고 말한다. 나는 코네티컷 교정국 퇴소 안내 패킷을 받는다. 거기에 전환 지원 서비스와 의료 보험 신청 방법에 대한 정보가 들어 있다. 나는 그녀에게 그날 정확히 무슨 일이 일어나는지 설명해 달라고 한다.

"그러죠. 그날은 아침 일찍 깨워요. 샤워하고 옷을 입게 하겠죠. 집으로 가져갈 물건을 담을 쓰레기봉투 두 개는 이미 지급했을 테니 전날 밤에 짐을 싸 두세요. 가져갈 물건은 다 목록에 적어 두고요. 그러면 교도관이 출소 대기 구역으로 인솔해서 그날 출소하는 다른 사람들과 함께 대기실에 앉혀 둡니다. 그리고 한 사람씩 불러서 당신이 적어 둔 목록과 봉투 속 물건을 대조하고, 당신이 약물 없이 깨끗한지 확인하려고 소변 검사를 하고, 당신이 정말 본인이 맞는지, 누군가 당신 *대신* 빠져나가려는 게 아닌지 확인하기 위해 이것저것 질문할 겁니다." 그녀가 말한다.

"진짜요? 그런 일이 실제로 있어요?"

"한 번 있었다고 들었어요. 뉴스에도 크게 나왔다고 하더라고요. 그래서 다시는 그런 일이 생기지 않도록 아주 조심하는 거죠. 어쨌든 출소 직전에 모든 서류를 제출하면 퇴소 서류를 받게 될 거예요. 새 신분증이랑 게이트 머니도 받고요. 그다음 교도관이 문을 서너 개쯤 차례로 열어 줍니다. 마지막 문을 통과하면 당신은 바깥에 서 있게 되죠. 다시 자유인이 되는 거예요."

"자유인이라니. 와, 정말 그런 날이 올까요?"

"그럼요. 준비됐나요?" 그녀가 말한다. 나는 그 어느 때보다 더 준비됐다고 말하지만, 실은 불안하다. 이곳의 일상은 정신이 마비될 만큼 단조롭지만, 막상 나가서 스스로 하루를 꾸려야 한다면 어떻게 하지? 일자리를 구할 수 없거나 운전면허가 다시 나오지 않으면 어떻게 되지? 나는 잭슨에게 운전면허 재취득 문제로 변호사에게 전화하게 사무실 전화를 써도 되겠냐고 묻는다. 그녀는 고개를 끄덕이고, 외부 전화선을 연결해 주며 수화기를 건넨다.

"딕슨 변호사님은 더 이상 이 지역에서 활동하지 않습니다. 스티브스 변호사님과의 상담을 예약하시겠습니까? 딕슨 변호사님이 담당하시던 사건 파일을 모두 인계하셨거든요." 접수 직원이 말한다.

"아니요, 괜찮습니다. 어쨌든 감사합니다."

~

2월 1일 토요일 오전 느지막이 화요일을 향한 마지막 카운트다운이 시작된다. 매니는 내 침상에 앉아 있고, 나는 열린 보관 상자 앞에 무릎을 꿇은 채 위대한 동료 죄수들에게 나눔 행사를 진행하고 있다. 이미 운동복은 파체코에게, 팀버랜드 부츠는 에인절에게, 담요와 니트 모자는 늘 춥다고 투덜대는 로보에게 주겠다고 약속해 두었다. 하지만 나머지 전리품은 매니 차지다. 그가 갖고 싶어 하는 건 뭐든 다. 그는 벌써 내 TV를 차지하고 검은 매직으로 TV 양쪽에 "미스터 델라베키아 소유"라고 써 놓았다.

"이건 어때?" 내가 체크무늬 반스를 들어 보이며 묻는다. "좀 해졌고 앞코에 구멍도 하나 있어." 매니는 엄지를 치켜세운다. 아마 나보다 그가 더 많이 신었을 것이다.

"이어폰은?"

"여분이 있으면 좋지."

"플라스틱 그릇은?"

"당연히 가지지. 내 것 하나는 금이 갔어."

"우표 붙은 봉투는?"

"좋지. 지난주에 다 써 버렸거든. 여동생에게 편지 써야 하는데."

"반쯤 남은 무좀약 튜브는 어때?"

"뭐, 나쁠 거 없지."

매점에서 사서 모아 둔 물건을 나눠 주는 건 공식적으로는 규정 위반이다. 원래는 다른 사람이 필요하든 말든 전부 싸서 가지고 나가야 한다. 하지만 나에겐 여기서 나가는 즐거움 중 하나가 그걸 매니에게 넘기는 것이다. 누가 와서 확인하고 "그거 레드베터 무좀약 아니야?" 하고 따지겠는가? 여긴 어차피 어기라고 있는 한심한 규칙투성이다. 나는 이제 72시간만 지나면 망할 예이츠 교도소의 그 모든 멍청한 규칙들과 작별이다.

"자타레인스(미국 루이지애나의 크리올·케이준 요리용 향신료 브랜드-옮긴이)는?"

"어떤 거? 블랙큰드? 아니면 크리올?"

"크리올."

"그래, 그럼 좋아." 마치 그가 나에게 선심 쓰는 것 같다.

그는 화장지 두 롤, 샴푸 반 병, 슬림 짐 세 개가 든 팩, 거의 쓰지 않은 데오드란트 스틱, 고무 샤워 슬리퍼, 개봉하지 않은 훈제아몬드 한 봉지, 손톱깎이까지 가져가겠다고 한다. 그가 유일하게 거절한 건 낸시 고모가 보낸 회개를 촉구하는 종교 서적들뿐이다. 고모의 성의를 무시하는 건 아니고 내 취향의 책이 아닐 뿐이다. 아마 그건 아버지 영향이겠만, 내가 아버지처럼 종교를 냉소적으로 보는 건 아니다. 그래도 형제 중 하나는 열렬한 신자가 되고, 다른 하나는 신자들은 다 속는 거라고 확신하는 무신론자가 된다는 게 여전히 묘하게 느껴진다.

나는 상자에서 책 여섯 권을 꺼내 침상에 나란히 늘어놓고 제목을 읽는다. 『거룩한 영혼』, 『하나님께 돌아오는 길 찾기』, 『예수께서 말씀하실 때 너는 듣고 있는가?』, 『수감자를 위한 치킨수프』, 『하나님의 영광을 향한 기독교적 각성』, 『그의 손안에 있는 온 세상』. 처음에는 그냥 버릴까 했지만, 도서관에 기증하기로 마음을 바꾼다. 아직 새 책이나 다름없고 여기 있는 몇몇 거듭난 형제들이 읽고 싶어 할지도 모르니까. 어차피 밀먼 부인과 하비에르에게 작별 인사도 해야 하고, 오랫동안 붙들고 있던 『미국 원주민 집단 학살』도 반납해야 한다.

굴즈비가 통제실 데스크에 서 있다. 내가 미리 도서관 신청서를 넣지 않았다고 시비를 걸 만도 한데 그냥 보내 준다. "곧 나가잖아, 그렇지?" 그가 묻는다. 내가 그렇다고, 화요일에 나간다고 답한다. "그럼 행운을 빌지. 문으로 가 있어. 열어 줄게."

복도를 반쯤 지났을 때 굴즈비가 다시 나를 부른다. 전화를 끊으며 그가 말한다. 방금 우편실에서 전화가 왔는데 내가 아직 수감 중인지 확인하더라고 한다. "화요일까지는 여기 있다고 했더니, 오늘 문 닫기 전에 우편실로 보내 달라고 하네. 도서관 가기 전에 거기부터 들러서 무슨 일인지 확인해 봐."

이곳의 시스템에 따라 수감자 우편물은 분류되고 검사되며, 때로는 개봉되어 내용까지 확인된 뒤 각 동으로 보내진다. 거기서 각 층의 통제 데스크로 전달된 후 방문에 달린 작은 투입구를 통해 밀어 넣어진다. 나는 굴즈비에게 우편실이 어디 있는지 묻는다. "네가 가는 같은 건물 지하에 있어." 그가 말한다.

우편실에 도착했을 때 창구에 익숙한 얼굴이 나타나 기분 좋게 놀란다. "카바네로 중위님? 와우, 여기서 뵐 줄은 몰랐습니다."

"나도 한 달 전까진 다시 돌아올 줄 몰랐어. 예전처럼 몸을 쓰기 힘들어서 은퇴 서류를 쓰던 중이었거든. 그런데 라퍼티가 떠나면서 이 자리가 비었어. 몸에 무리도 덜 가고, 2교대나 3교대도 없으니까 연금 꽉 채울 때까지 조금 더 버티기로 했어. 요즘은 어때? 벽에 그린 그림 이후로 더 그린 건 없나?" 나는 없다고, 그게 전부였다고 말한다. "곧 나간다면서? 그래, 잘됐네. 진심으로 기뻐."

나는 고맙다고 말한다. 현재까지 세워 둔 출소 계획을 내가 아는 선에서 설명하고, 왜 보자고 했는지 묻는다. "아, 그렇지. 잠깐만." 그가 방 뒤쪽으로 절뚝거리며 걸어간다. 다시 그를 만나서 반갑다. 이곳의 교도관 중에도 자기 일을 묵묵히 하는 좋은 사람들이 있다는 걸 새삼 느끼게 된다.

카바네로가 돌아왔을 때 그는 고개를 젓는다. 그의 손에 구겨진 봉투가 하나 들려 있다. "이걸 이제야 전하게 돼서 미안해. 라퍼티 말이야, 내가 오기 전에 일하던 사람. 사람은 괜찮은데 여길 엉망으로 해 놓고 갔어. 나랑 직원들이 정리 좀 하느라 선반이랑 테이블을 옮기다가 저기 캐비닛 뒤에 끼여 있던 걸 발견했지." 그가 봉투를 건네서 발신 주소를 읽는다. 아버지에게서 온 편지다. 소인에는 2017년 8월 31일이라고 찍혀 있다. 내가 여기 들어온 지 4주나 5주째쯤, 삶을 끝낼 방법을 고민하던 무렵이다. 지금 당장 읽기엔 너무 버겁다. 나는 카바네로에게 고맙다고 말하고, 편지를 기증할 책 속에 끼워 넣은 채 계단으로 향한다. 아버지가 무슨 말을 썼을지 궁금하지만, 정말 알고 싶은지는 모르겠다. 한편으로는 그 잃어버린 편지가 그대로 잃어버린 채로 남았더라면 좋았을지도 모른다고 생각한다. 꼭대기 층으로 올라가며, 판사가 내게 형을 선고하던 날의 아버지 모습을 떠올린다. 그 많은 사람 중에 눈물을 흘린 사람은 다른 누구도 아닌 아버지였다.

도서관에서 나는 먼저 하비에르에게 작별 인사를 한다. 악수한 뒤 그가 나를 끌어당겨 등을 두드린다. 이곳의 거친 남자들조차 받아들일 만한 짧은 포옹이다. "밖에서도 단단히 버텨, 친구." 그가 말한다. 나도 그에게 잘 버티라고 말한다. 우리는 그가 출소하면 다시 만나 밥도 먹고 모임에도 같이 가자고 약속한다.

밀먼 부인은 사무실에 있다. 그녀가 나오기를 기다리는 동안, 기증할 책들을 데스크에 올려놓고 그녀가 붙인 안내문을 읽는다. *2월 18일부터 수감자들의 도서관 이용 시간이 제한되며 변동될 수 있음.* 그녀가 데스크로 나와서 내가 묻는다. "이게 무슨 일이에요?" 그녀가 고개를 저으며 예산 절감 때문이라고 한다. 맥팔런드 도서관 사서가 떠나는데 후임을 채용하지 않는다는 것이다. "나보고 두 도서관을 오가며 각각의 운영 시간을 절반으로 줄이래요. 게다가 소장이 약속했던 신규 자료 구입 예산도 삭감됐어요. 완전히 물 건너갔죠. 가끔은 내가 왜 이 일을 계속하는지 모르겠어요."

나는 우리에게 사서님이 필요하기 때문이라고 말한다. 그리고 도서관 두 개를 다 맡을 생각이냐고 묻는다.

"두어 달 해 보려고요. 너무 힘들면 은퇴하고 하위와 집에 있으면서 서로를 돌게 만들겠죠. 내 하소연은 이만하고 *당신* 얘기 좀 해 봐요."

나는 당분간 엄마 집에서 지내면서 딸과 최대한 많은 시간을 보낼 생각이라고 말한다. 그리고 일자리를 하나, 어쩌면 두 개까지 구해서 메이지의 보육비에 보태고, 엄마 생활비에도 조금이라도 보태고 싶다고 말한다. "언젠가는 운전면허를 되찾을 수 있을지도 모르지만, 당분간은 버스 시간표를 알아보고 중고 자전거를 구해야 할 것 같아요."

그녀는 아들이 타던 오래된 슈윈 자전거가 차고에서 자리만 차지한다며, 내가 가져가면 오히려 자기와 하위에게 도움이 될 거라고 한다. 그리고는 주소와 전화번호를 종이에 적은 뒤 접어서 내게 건넨다. "원래 이런 개인 정보는 주면 안 되니까, 출소 절차를 밟을 때 교도관들 눈에 띄지 않게 하세요." 그녀가 말한다. 나는 웃으며 필요하면 삼켜 버리겠다고 한다.

내가 책을 가져온 걸 보고 그녀는 그것들을 집어 살펴본다. 나는 그 책들을 여기서 쓸 수 있을지 묻는다. "아, 물론이죠. 영성 관련 책들은 늘 대출 중이에요. 이 중 몇 권은 이미 있지만 여분이 있어도 좋고, 새 책들도 환영이에요. 고마워요." 그녀가 말한다.

"그리고 이건 너무 늦게 반납해서 죄송해요." 나는 『미국 원주민 집단 학살』을 가리키며 말한다. "읽는 데 엄청 오래 걸리더라고요. 쉽지 않은 책이었어요."

"어떤 점에서 그랬죠?" 그녀가 묻는다.

"우리가 원주민들을 끔찍하게 짓밟았던 부분을 읽는 게 힘들었어요. 물론 여기서 '우리'는 백인을 말하는 거죠. 저도 눈물의 길이나 운디드니 사건 같은 건 알고 있었지만, 백인 우월주의라는 발상이 스스로 도덕적으로 우월하다고 생각한 청교도들까지 거슬러 올라가더군요. 그들은 원주민 부족들을 말살하려 했어요. 그들을 공격하고 학살하고, 살아남은 사람들을 노예로 삼았죠. 당신은 그 잔혹함을 상상할 수 없을 거예요."

"오, 아니에요. 충분히 믿어요." 그녀가 서글픈 미소를 지으며 말한다. "나는 유대인이니까요."

그녀와 나는 몇 초 동안 서로를 바라본다. "네. 그렇군요." 내가 말한다.

우리는 오래 포옹하며 작별 인사를 나눈다. "이제는 내게 연락하는 방법을 알았죠? 연락해요. 그리고 코비……." 그녀는 다음 말을 내 귀에 속삭인다. "아무리 바빠져도 당신의 예술을 계속하겠다고 약속해요. 재능을 낭비하지 말아요." 이곳을 나간 뒤 무슨 일이 일어날지 알 수 없지만 나는 그러겠다고 약속한다.

나가는 길에 벽화 앞에 멈춰 선다. 그림 속 인물들을 훑어보다가 니코를 본다. "잘 있어, 아가야. 언제나 사랑해." 나는 속삭인다.

그리고 문을 나선다. 계단을 반쯤 내려왔을 때 밀먼 부인이 나를 부른다. "뭐 잊은 거 없어요? 이게 당신이 두고 간 책에 끼여 있었어요."

내가 그것을 잊었던 걸까? 아니면 무의식적으로 그것으로부터 벗어나려 했던 걸까? 나도 잘 모르겠다. 왜 아버지의 편지는 몇 년 동안 우편실 캐비닛 뒤에 숨어 있다가, 이미 수많은 감정에 흔들리고 있는 오늘의 나에게 부메랑처럼 돌아온 걸까? 나는 거의 3년 동안 그가 어떤 방식으로든 다가와 주길 바랐다. 변호사 비용을 대 주고 매점 계좌를 채워 주면서 돈으로 때우는 아버지가 아니라, 진짜 아버지로서. 하지만 그는 그러지 않을 거라고, 아니 어쩌면 그럴 수 없다고 결론 내렸다. 그는 나를 부끄러워하니까, 나의 범죄와 유죄판결, 수감자라는 신분이 그의 체면을 깎아내렸을 테니까, 그의 흠 없는 명성을 더럽혔을 테니까. 그가 편지를 보낸 지 3년이나 지난 지금 그것을 받게 된 나는 혼란스럽다. 마침내 그의 거부가 더는 중요하지 않다고, 그의 실망에 무감해졌다고 스스로를 설득해 왔지만, 여전히 나는 예전만큼이나 상처받기 쉬운 존재라는 걸 깨닫는다.

감방으로 돌아왔을 때 매니는 없다. 그래서 깊게 숨을 들이쉬고 떨리는 손으로 봉투를 열어 네 장짜리 편지를 꺼낸다.

사랑하는 코빈에게.

네가 변호사 비용을 댄 것과 선고일에 와 준 것에 대해 고맙다고 보낸 편지에 답하려고 이 편지를 쓴다. 너는 내 아들이니 고맙다는 말은 필요 없다. 다만 네 변호사가 너를 감옥에 가지 않게 할 수 있었으면 좋았을 텐데 하는 아쉬움은 있다. 그 안에는 거친 사람들이 많으니 네가 잘 버티고 있기를 바란다.

그날 법정에서 네가 수갑을 차고 끌려가는 모습을 본 이후로 나를 많이 돌아보게 되었다. 처음에는 네 중독의 책임을 네 엄마에게 돌렸다. 그 사람이 대마초를 그렇게 가볍게 다루지 않았더라면, 네가 그런 끔찍한 결과로 이어진 중독성 물질에 의존하지 않게 되었을지도 모른다고. 하지만 이제는 비키를 탓하는 게 결국 내 잘못이 아니라고 주장하기 위한 변명에 불과하다는 걸 안다. 네 엄마와의 결혼 생활이 점점 더 불행해질수록 나는 술을 더 많이 마셨고, 그 사실을 네게 숨기려는 노력도 하지 않았으니까. 게다가 내가 집을 나간 게 너에게 어떤 영향을 미쳤을지도 모르겠다. 물론 다른 변수들도 작용했을 것이다. 부모의 이혼을 겪고도 인생에서 그렇게 비극적인 결말을 맞지 않은 아이들도 많으니까.

나는 너무 화가 나서 읽기를 멈추고 숨을 고른다. 그가 또다시 엄마를 탓하고, 늘 그래 왔던 것처럼 손쉬운 희생양으로 삼는 건 예상했다. 엄마가 대마초를 피운 건 이 일과 아무 상관 없다……. 자신이 떠난 게 어쩌면 나한테 영향을 "미쳤을지도" 모른다고? 이혼 가정 아이들 대부분이 인생에서 그렇게 비극적인 결말을 맞지는 않는다고? 그래서 대체 아버지는 어느 쪽인가요? 아직도 발을 빼려는 건가요? 아니면 당신의 그 거대한 자존심 때문에, 당신의 부재가 그토록 크나큰 영향을 미쳤다고 말하고 싶은 건가요……? 그리고 그의 이름은 니코였어요, 아버지. 그 애는 그저 "비극적인 결말"이 아니라 정말 사랑스러운 작은 아이였어요. 아버지가 그 애와 쌍둥이 누나를 단 한 번이라도 더 보러 올 생각을 했다면, 분명 그 아이를 보고 무척 즐거워했을 거예요. 어쩌면 사랑하게 되었을지도 몰라요. 손해 본 건 아버지 당신이에요. 그냥 이 편지를 찢어서 쓰레기통에 던져 버릴까 하다가 그래도 계속 읽는다.

돌이켜 생각해 보니, 네가 어렸을 때 우리가 함께 자연 산책을 즐기던 기억이 떠오른다. 숲과 연못, 시냇물, 들판에서 발견한 온갖 생물들에 네가 아주 매료된 듯 보였고, 나는 자연 세계에 대한 내 지식을 너와 나눌 수 있다는 사실이 무척 자랑스러웠다. 그때 나는 네가 내 뒤를 따라 과학자가 되리라 기대했다. 어쩌면 동물학 분야에서 말이다. 네가 다른 길을 선택해서 대학에서 미술을 전공했을 때 내가 못마땅해한 건 사실이다. 최근에야 내 불만이 내 자존심에서 비롯된 것이었음을 깨달았다. 너에게는 나와 같은 삶을 사는 것이 아니라 네가 관심 있는 것을 추구할 권리가 충분히 있었다. 너무 늦은 말이지만 코빈, 네 예술적 충동을 깎아내린 것에 대해 사과한다.

이 말을 하기 쉽지 않지만 코빈, 한 가지는 인정해야겠다. 어린 아들의 죽음으로 이어진 상황이 어떠했든 간에, 너는 나보다 훨씬 나은 아버지였다. 나탈리와 나는 너와 에밀리와 쌍둥이를 보면서 분명히 알게 됐단다. 이런 말을 해서 부끄럽지만, 네가 아내와 아이들과 다정하게 지내는 모습을 보고 질투가 났다. 나는 네가 했던 방식으로 가족을 사랑할 능력이 없다는 사실을 인정해야 했다. 그래서 비겁한 선택을 했다. 그 후로 너와 네 가족을 더 이상 찾아가지 않았지.

코빈, 이 편지에서 내가 한 고백에 네가 어떻게 반응할지 모르겠다. 그것이 우리를 더 가까워지게 할지, 아니면 더 멀어지게 할지도 전혀 모르겠다. 결정은 너에게 맡기마. 네가 답장을 보내 나와 만나고 싶다고 한다면, 네 엄마에게 연락해 절차가 어떻게 되는지 물어보마. 아무 답장도 오지 않는다면, 내가 오는 것을 원하지 않는다는 뜻으로 이해하겠다. 너도 알다시피 나는 존재하지 않는 신에게 기도할 수 있는 사람이 아니다. 그래서 기도 대신 네가 안전하기를, 그 안에서의 시간이 가능한 한 빨리 지나가기를 진심으로 바란다. 나는 너를 사랑하고 네가 그곳에서 나와 자유의 몸이 되기를 기다린다.

진심을 담아.

아버지가

한 번에 소화하기엔 너무 버거운 편지다. 감당하기 힘들고 혼란스럽다. 그래서 나는 그의 편지를 내려놓고 감방 안을 서성인다. 깊게 숨을 들이마시고 다시 침상에 앉아 편지를 들고 두 번째로 읽는다.

"내가 더 나은 아버지였다면……." 아버지가 정말로 자기 잘못을 인정하는 건가……? 그리고 맙소사, *이건* 진짜 예상하지 못했다. 이제야 나답게 살아도 된다고 말해 주다니. 정말로 자신을 낮추고 있는 겁니까, 아버지? 당신이 그런 일을 할 수 있는 사람인 줄 몰랐어요. 그리고 쌍둥이를 한 번밖에 보러 오지 않은 이유가 무심해서가 아니라 *내가* 부러워서였다고?

그의 편지가 내 머릿속을 완전히 뒤집어 놔서 나는 멍하니 앉아 있다. 지금 어떤 기분이어야 하지? 도대체 어떤 감정을 *느껴야* 하는 거지? 이제 나는 그와 어떤 관계가 되어야 하는 걸까? 매니가 방에 들어왔을 때도 한동안 눈치채지 못하다가, 그가 말을 걸어와 정신이 든다. "야, 너 여기서 나가는 거 잊었어? 대체 왜 울고 있는 거야?"

38

2020년 2월
920일 중 918에서 920일

일요일 저녁 배식이 끝난 뒤 나는 마지막으로 교도소 AA 모임에 간다. 몇 달 전에 모임 시간이 오전 늦은 시간에서 초저녁으로 바뀌었다. 내가 나오기 시작한 후로 회원 구성도 좀 달라졌다. 산티아고와 레드삭스 대니는 분위기를 좋게 만든 새 얼굴들이었다. 더널은 출소했고, 잘 지내고 있다고 들었다. 메스 마우스는 지난 추수감사절에 자다가 세상을 떠났다. 안타까운 일이었지만 더스티의 죽음은 더 슬펐다. 출소가 다가올수록 그가 두렵다고 말했던 것이 기억난다. 얼마 지나지 않아 그는 다시 이곳으로 돌아왔다. 간 이식 대상자에서 탈락했다는 소식을 듣고, 그 충격에 장기간 폭음을 했다고 한다. 그 돈은 월마트 밖에서 쇼핑객들의 지갑을 소매치기 해서 마련했다는 것이다. 그의 피부는 누렇게 떴고, 입에서 나는 '케토 숨(대사 이상이나 극단적 식이 상태에서 나타나는 아세톤성 구취-옮긴이)' 냄새 때문에 아무도 그의 옆에 앉으려 하지 않았다. 그는 결국 이곳의 호스피스 병동으로 옮겨졌고, 지난달 세상을 떠났다. 인기 있는 '뒷문 가석방자'들이 받는 수감자들의 추모도 없었다.

오늘 모임은 프랭크가 진행한다. 처음 들어왔을 때 심하게 아는 척했던 모습이 생각난다. 지금도 썩 마음에 들진 않지만 그는 프로그램을 충실히 따른다. 모임에서 하는 말에도 귀를 기울일 만하다. 이곳에서 들은 말 중 프랭크가 처음 나와서 했던 말이 가장 유용했다. 희망은 해가 되지 않지만, 비현실적인 기대는 나를 짓눌러서 다시 술을 마시고 약을 하게 만들 수 있다는 말. 그때 속으로는 *당신이 뭔데 나한테* 훈계질이야? 하고 생각하며 그를 피하려 했다. 하지만 그 말이 자꾸 마음에 남았고, 곱씹을수록 맞는 말이라는 생각이 들었다. 희망과 기대의 차이를 아는 것은 그 후로 줄곧 나에게 도움이 되었다.

모임이 끝나자 나는 모두에게 작별 인사를 하고 내가 단주할 수 있게 도와줘서 고맙다고 말한다. "우리도 마찬가지야." 누군가 말한다. "보고 싶을 거야, 친구." "나 대신 진저에일 한잔해." 모두 손을 맞잡고 평온의 기도를 하는 동안 나는 프랭크 옆에 서 있다. 기도가 끝나자 그는 내 손을 꽉 쥐며 말한다. "저 거친 세상에서 잘 버텨."

수용동으로 돌아가면서 지난 2년 반 동안 자유가 어떤 느낌일지를 얼마나 낭만적으로 상상해 왔는지 떠올린다. 예상하지 못했던 감정 중 하나는 생존자의 죄책감이다. 레스터 위긴스는 왜 몇 번이나 감형을 신청했다가 거절당했나? 왜 그는 생의 끝자락에 가까워졌을 때조차 자비로운 석방을 허락받지 못했나? 나는 두 살밖에 안 된 니코의 목숨을 앗아 놓고도, 여기서 걸어 나가서 새로운 삶을 시작할 자격이 있는 걸까……?

B동으로 돌아와서 오늘 근무자가 그레이엄 대위와 맥그레비 교도관인 걸 보고 안도한다. 두 사람은 항상 나에게 잘 대해 주었다. 내일이 출소날이라고 하자 대위가 말한다. "그래, 들었어. 네 친구 몇 명이 오락실에서 기다리고 있다. 한 시간 줄게. 그러니 어서 가."

그녀가 말한 대로 들어가 보니, 매니가 주최하고 그레이엄과 맥그레비가 허락해서 준비된 내 송별 파티가 열린다. 구역 친구들이 대부분 와 있다. 파체코, 에인절, 도허티, 부드로 그리고 새로 온 제시까지. 그들은 나를 향해 민망할 만큼 큰 박수를 보내고, 나는 교통경찰처럼 손을 들어 그만하게 한다. 먹거리는 각자 매점에서 산 물품을 조금씩 보태서 마련했다. 데리야키소고기육포, 초코칩 팝타르트, 버펄로치킨너깃, 매콤한 돼지껍질튀김, 허쉬 미니 초코바, 게토레이, 로열크라운 콜라. 부드로는 헤어드라이어와 종이봉투를 써서 스트링치즈와 칠리빈을 얹은 나초까지 만들어 냈다. 완전한 만찬이다!

파티에 음악이 빠질 수 없다. 에인절이 자신의 라디오를 옛날 R&B 채널에 맞춰 놓았고, 마빈 게이의 「레츠 겟 잇 온」이 흘러나오자 몇몇은 여자와 붙어 춤추는 것처럼 슬로 댄스를 춘다. 매니의 춤은 거의 19금 수준이라, 머릿속에서 무슨 상상을 하는지 짐작이 간다. 다행히 맥그레비 교도관이 고개를 들이밀기 전에 노래가 끝난다. "레드베터가 내일 나가요. 그레이엄 대위가 허락했어요." 에인절이 말한다.

"알아, 알아. 그냥 음악 소리만 좀 줄여." 그런데 제임스 브라운의 「아이 필 굿」이 나오자 맥그레비는 살짝 투스텝을 밟으며 노래를 따라 부른다.

한 시간이 지나 파티가 끝날 무렵, 나는 모두에게 감사의 말을 전한다. 다들 이렇게 마음을 써 준 게 나에게 얼마나 큰 의미인지 말하려 하지만, 너무 감상적으로 들릴 것 같아 말하다 말고 그냥 너희가 그리울 거라고 한다. "그러면 여기서 계속 살든가." 누군가 농담한다.

"아니, 절대 그럴 일 없어." 내가 말하자 그들이 환호로 답한다.

방으로 돌아와 나는 매니에게 내 편을 들어 주고 파티를 준비해 줘서 고맙다고 말한다. "포옹할까?" 그가 묻는다. 나는 그러자고 답하고 그를 꽉 안고, 한 번 더 세게 안는다. 그는 자신과 여동생이 상속받게 될 모텔 주소를 이미 내게 줬지만, 내가 잃어버릴까 봐 다시 적어 준다. 나는 몇 년 뒤 그가 출소하면 그와 글로리아를 만나러 가겠다고 약속한다. "안 오면 가만 안 둔다." 그가 말한다.

잠자리에 들기 전, 나는 여기서 가지고 나갈 물건들의 목록을 만든다. 서명된 법적 서류, 간직해 온 편지들, 스케치북과 미술 도구들, 에밀리가 보내 준 메이지의 사진들, 그리고 내 행운의 강돌. 웬만한 건 다 나눠 줘서 받은 두 개의 비닐봉지 중 하나만 쓰면 된다. 불이 꺼지고 침상에 눕자 강돌을 챙기지 않은 게 생각난다. 어둠 속에서 더듬어 봤자 못 찾는다. 아침에 일어나자마자 봉지에 넣어야지.

나는 밤새 뒤척이며 잠들었다가 깨기를 반복한다. 머릿속은 천 갈래, 만 갈래로 흩어진다. 그리고 가장 큰 대가를 치를지도 모를 사람을 잊어서는 안 됩니다…… 니코의 쌍둥이 누나 메이지…… 네가 나를 엉클 리머스나 마법의 흑인 같은 캐릭터로 만들 순 없다는 거야…… 네가 자식을 죽인 놈 맞지?…… 코드 퍼플! B동 1층!…… 네가 아내와 아이들과 다정하게 지내는 모습을 보고 질투가 났다…… 마음–몸. 마음–몸. 마음–몸…… 넌 그 애 일에 너무 깊이 얽혀 들었어…… 소금통이 하나 사라졌어. 네가 훔쳤냐, 레드베터?…… 그럼 클로나제팜으로 하죠. 괜찮습니까?…… 여기에 크고 빈 벽이 생겼어요. 당신의 캔버스로 써 보는 게 어때요?…… 이 전화는 코네티컷 교정 시설에서 걸려 온 전화입니다…… 코비, 빛을 찾으세요. 빛을 향해 나아가세요…… 메이지는 안 와, 코비. 그 이야기는 그만해……. 하지만 메이지는 엄마 덕분에 결국 왔다. 처음엔 불편해 보였지만 조금씩 마음을 열더니, 마지막엔 예상치 못하게 손을 흔들며 작별 인사를 해 줬다. 그게 얼마나 대단한 선물이었는지 떠올리다 보니 불안이 가라앉고 마침내 깊은 잠에 빠져든다.

화요일 4시가 조금 안 되어 눈을 뜬다. 마침내 그날이 왔다. 물론 행복하긴 하지만, 마냥 기쁘지만은 않다. 속이 조여들고 손도 좀 떨린다. 엄마

차에 올라타서 이곳을 백미러로 바라볼 수 있기까지는 시간이 꽤 걸릴 거라고 들었다.

매니는 위층 침상에서 코를 골며 잔다. 나는 침상에서 일어나 뒤쪽 창가로 간다. 가로등 불빛 아래로 눈이 내린다. 면회객 주차장에 벌써 2센티쯤 쌓였다. 설마 이것 때문에 출소 절차가 꼬이진 않겠지? 적설량이 더 늘어난다는 얘기는 못 들었는데.

맥그레비는 연속 근무를 하는 모양이다. 4시 반에 문을 열고 들어와 절차를 설명한다. 샤워하고, 옷을 갈아입고, 매트리스에서 침구류를 벗기고, 세탁물을 바닥에 내려놓으라고. 5시에는 평소처럼 아침 배식을 받으러 가라고 한다. 7시쯤 1근무조 교도관이 나를 출소 담당 부서로 인도할 거라고 덧붙인다. "이봐, 어젯밤 파티 좋더라. 다들 그런 대접을 받는 건 아니야." 그가 말한다.

"제가 이런 말을 하게 될 줄 몰랐지만, 여기 있는 사람 중 몇 명은 그리울 것 같아요. 교도관 몇 분도요." 내가 말한다. 그는 고개를 끄덕인 뒤 위층에서 여전히 자고 있는 매니를 가리킨다. 저 코 고는 소리는 안 그리울 거라고 농담한다. 나는 웃으며 그렇다고, 그립지 않을 거라고 말한다. "그저 다음에 들어올 사람이 괜찮은 사람이길 바랄 뿐이에요."

맥그레비는 곧 근무를 마칠 거라고 말한다. 궁금한 게 있나?

"네. 오늘 몇 명이나 출소해요?"

"몰라. 또 있어?"

"눈은 얼마나 온대요?"

"15센티라지만 그 정도는 아닐 거야. 예보만큼 오는 법은 없거든. 자, 더 없으면 행운을 빌어. 다시 돌아오는 일은 없길 바란다."

"저기, 하나만 더요. 1근무조는 누가 맡았죠?" 내가 묻는다.

"오늘 아침? 일정표에서 봤는데 기억이 안 나네."

"설마 안셀모랑 피카디는 아니겠죠?"

그가 고개를 갸웃한다. "왜 그 둘을 묻는 거야? 뭐 들은 거 있어?" 나는 아니라고, 그냥 궁금해서 그랬다고 말한다.

"둘 다 행정 휴직 중이야. 왜인지는 묻지 마. 대답 안 할 테니까." 그가 말한다.

행정 휴직이면 사고 쳤다는 거 아닌가? 그 두 놈이 드디어 걸렸나?

아침 식당은 한산하다. 그게 낫다. 너무 신경이 곤두서서 대화를 이어 갈 자신이 없다. 나는 고개를 푹 숙이고 먹는다. 이 질척거리는 오트밀과 분말달걀을 삼켜야 하는 것도 오늘이 마지막이라는 사실에 감사하며. 이 것만으로도 일을 망쳐서 다시 돌아오지 말아야 할 이유로 충분하다. 어쩌 면 이번 주 안에 하루쯤 엄마와 일하러 가서 아보카도와 베이컨이 들어간 캘리포니아 오믈렛을 주문해 볼지도 모른다. 겸사겸사 스킵에게 설거지 일자리라도 있는지 물어보고. 어디서든 일을 시작해야 하니까.

식당을 나가며 앞에서 걷는 두 남자의 대화를 들으려 애쓴다. 대부분 놓쳤지만 여자 교도관 셋이 함께 고소장을 제출했다는 말이 들린다. 다른 한 명은 내부 고발자가 이것저것 다 기록해 왔다고 들었다고 말한다. 분명 피카디와 안셀모 얘기일 것이다.

감방으로 돌아오니 매니가 깨어 있다. 하지만 어쩐 일인지 그도 그 둘 이 왜 곤란에 처했는지에 대한 정보는 없다. "이유야 백 가지도 더 되겠지. 안셀모가 네가 소금통을 훔쳤다고 시비를 걸던 그날 밤의 일도 포함해서 말이야." 그가 말한다.

그는 슬쩍 떠보지만 나는 넘어가지 않는다. 그저 그날 밤 피카디가 갑 자기 들이닥쳤다는 말만 해 준다. "그래서 둘이서 나를 상대했어." 매니는 내가 더 말하기를 기다리며 서 있지만, 나는 입을 다문다. 이 수치심은 나 혼자 안고 나갈 생각이고, 누구에게도 말하지 않을 것이다. 그 둘이 무슨 일로 걸렸든 둘 다 잘리길 바라지만, 그 일에 내가 연루되진 않을 것이다.

6시 45분이 되자 매니는 또 한 번 감상적인 작별 인사를 건네고 데이터 처리실 근무를 하러 떠난다. 15분 뒤 호송 교도관이 시간 맞춰 도착한다. 연배가 좀 있는 파블리코프스키 교도관이다. "준비됐나?" 그가 묻는다. 나는 비닐봉지를 집어 들고 잠깐만 기다려 달라고 한다. 뒤쪽 창문으로 가서 밖을 내다본다. 어리석은 짓이다. 엄마는 8시 반에 오기로 했으니까. 하지만 눈 때문에 혹시 일찍 왔을지도 모른다. 아니다. 차도 없고 바퀴 자국도 없다. 파블리코프스키가 문을 열자 나는 뒤돌아보지 않고 감방을 나선다.

하지만 복도를 열 걸음쯤 걸어 나갔을 때 구내 방송이 울린다. 아침 인원 점검이 아직 끝나지 않아서 별도 지시가 있을 때까지 전 구역 이동을 중단하라는 내용이다. "저는 출소인데 저도 저기에 포함되는 건 아니죠?" 나는 파블리코프스키에게 묻는다. 점점 불안해지기 시작한다.

"아니, 너도 포함돼. 다시 들어가 있어. 진정해. 금방 풀릴 거야."

그렇지 않다. 30분이 지나고 45분이 흐른다. 나는 신경이 바짝 곤두선 채 걷고 또 걷는다. 빈 주차장을 계속 확인한다. 하고많은 날 중에 하필 왜 오늘 눈이 오는 거야?

마침내 엄마가 보인다. 그리고 맙소사, 에밀리도 함께 온다. 두 차의 문이 열리고, 그들은 내린 뒤 서로를 껴안고 이야기를 나눈다. 메이지는 엄마와 할머니 주변을 빙빙 돌며 눈송이를 혀로 받아먹는다. 이건 진짜야! 나는 여기서 나간다. 에밀리와 메이지가 나를 만나러 왔다. 눈물이 쏟아지는 걸 참느라 눈이 따갑다. 이곳에 온 뒤 평생 운 것보다 더 많이 울었다.

몇 분 뒤 인원 점검이 끝나지만, 출소 절차를 밟을 본관 건물까지 걸어가는 길이 너무 느려서 괴롭다. "무릎이 안 좋아. 70년대에 조깅을 많이 했거든. 게다가 눈 때문에 미끄러워서 천천히 갈 수밖에 없어. 사실 2년 전에 은퇴할 수도 있었어. 하지만 아내와 내가 손자를 키우고 있어서 연금만으로는 부족하거든." 파블리코프스키가 말한다. 그는 왜 부모가 아이를 키우지 않는지 말하지 않고, 나는 묻지 않아야 한다는 걸 안다.

건물로 들어서자 파블리코프스키가 나를 대기 감방으로 데려가 오늘 출소하는 다른 두 사람과 함께 가둔다. 그는 지친 한숨을 내쉬며 '출소'라는 표지판이 달린 문 옆 금속 접이식 의자에 털썩 앉는다. 공교롭게도 함께 기다리는 사람 중 한 명을 알아본다. 2017년 그 무더운 8월 오후, 처음 수감 절차를 밟고 에이츠로 이송될 당시 우리 둘은 사슬에 묶인 채 나란히 앉아 있었다. 그는 나를 전혀 기억하지 못한다. 잘됐다. 그날을 굳이 떠올리고 싶은 마음은 전혀 없으니까. 다른 한 사람이 계속 방귀를 뀌어 대는 바람에 감방이 악취로 가득하다. 이럴 때 망할 놈의 페브리즈는 어디 있는 거야……?

젠장, 여기서 얼마나 기다린 거지? 15분? 20분? 왜 아무 일도 일어나지 않는 거야? 다른 두 사람은 딱히 서두르는 기색이 없지만, 내 속은 바짝바짝 타들어 가고 가만히 앉아 있을 수 없다. 파블리코프스키를 불러 왜 이렇게 오래 걸리느냐고 묻자, 그는 어깨를 으쓱하며 진정하라고 말한다. 진정하라고? 나는 지난 2년 반 동안 교정국 특유의 '빨리빨리 하라고 해 놓고 하염없이 기다리게 만드는' 시스템을 견뎌 왔고, 이제 거기서 벗어나려고 안달이 나 있다. 그러니 엿 먹어, 파블리코프스키. 그리고 이 빌어먹을 교정국도 마찬가지야.

마침내 문밖에서 누군가 외친다. "에이브러햄!" 파블리코프스키는 힘겹게 의자에서 일어나 문을 연다. 다행히 그 방귀쟁이가 에이브러햄이다. 그를 내보내고 출소실 문을 열자 담당 직원이 그의 이름과 생년월일을 확인한다. 아마 다음은 나겠지.

15분 뒤, "홀러웨이!"라는 소리가 들린다. 젠장! 세 명 중 세 번째다. 그럴 줄 알았다. 에밀리와 엄마, 메이지가 걱정된다. 이미 오래 기다렸는데 아직도 끝이 아니다.

얼마나 더 시간이 흘렀는지 모른 채 마침내 내 이름이 불린다. 파블리코프스키는 나를 출소 창구에서 근무 중인 두 교도관에게 인계한다. 한 명은 피카디처럼 젊고 근육질 체형으로, 명찰에 오스터태그라고 적혀 있다. 처음 보는 얼굴이다. 다른 한 명은 스틱리, 면회실에서 보던 그 다부지게 생긴 교도관이다. 내가 봉지를 건네자 그녀는 안에 든 물건들을 전부 카운터에 쏟아 놓고 목록과 대조하며 하나씩 확인하기 시작한다. 오스터태그는 내가 진짜 나인지, 탈출을 시도하는 다른 사람이 아닌지 확인하듯 집요하게 질문을 퍼붓는다. 그의 질문에 답하던 중, 카운터 끝에 접힌 신문 한 부가 눈에 들어온다. 헤드라인이 보인다. "예이츠 교정 시설 교도관들 수사 착수." 내가 그 신문을 보는 걸 알아차리자, 오스터태그가 신문을 집어서 카운터 밑에 밀어 넣는다. 그리고 보관실에서 보내 온 출소용 옷과 끈 없는 운동화를 내게 건넨다. 그는 화장실을 가리키며 제복을 벗으라고 한다. 속옷만 남으면 몸수색을 할 거라고. 그다음에야 지급된 사복으로 갈아입을 수 있다. "절차는 알지?" 그가 소변 컵을 건네며 말한다. "끝나면 물탱크에 올려놔. 지난번 얼간이처럼 넘치게 채우지는 말고." 그는 화장실 바닥에 고인 작은 웅덩이를 턱짓으로 가리킨다. 그리고 내가 지시를 따르는 동안 열린 화장실 문 앞에 서 있는다.

모든 절차를 마치고 나니 이 번거로운 과정도 이제 거의 끝이겠지 싶다. 나는 어릿광대 옷처럼 느껴지는 차림으로 화장실에서 나온다. 셔츠는 너무 작고, 카키 바지의 고무줄은 다 늘어났고, 운동화는 터무니없이 크고 헐렁하다. 스틱리는 목록을 다시 확인하더니 한 가지가 맞지 않는다고 말한다. "행운의 돌. 그게 뭐죠?" 그녀가 묻는다.

이런, 젠장. 봉쇄 때문에 기다리는 동안 돌을 봉지에 넣는 걸 까맣게 잊었다. "그냥 조경 작업 하다가 뒤쪽 강가에서 주워 온 돌이에요. 일종의 행운의 부적 같은 거랄까요. 챙기는 걸 깜빡했는데 혹시 허락하신다면……."

그녀는 말을 끊고 고개를 저으며 목록에서 그 항목을 지운다. "행운의 돌이라니, 남자들이야말로 할머니들보다 더 미신을 믿는다니까." 그녀가 중얼거린다.

나는 그 말에 웃는다. 그리고 몇 시냐고 묻는다.

그녀는 시계를 확인한다. 10시 20분이라고 한다.

"와, 제가 나가기까지 아직 더 할 게 많이 남았나요?"

대답한 건 오스터태그다. "레드베터, 넌 오늘 못 나가. 적어도 오늘은. 소변 검사에서 걸렸어."

나는 고개를 젓는다. "아니에요. 그럴 리 없어요. 저는 깨끗해요. 신에게 맹세해요."

그는 어깨를 으쓱한다. "난 검사 결과를 따를 뿐이야. 넌 아니라고 하고, 테스트는 그렇다고 하네."

"그럼 다시 검사해요. 당신이 제대로 검사를 안 했거나 검사 도구에 문제가 있는 겁니다. 오늘 못 나간다고는 하지 마세요. 그건 개소리니까!" 그는 목소리를 낮추고, 교도관에게 말할 때는 태도를 조심하라고 한다.

나는 스틱리에게 시선을 돌린다. "저 밖에 눈 속에서 가족들이 기다려요. 제 어린 딸도요. 면회실에서 보셨잖아요. 당신이 제 딸에게 아이들 책이 어디 있는지 알려 주셨던 거 기억하시죠? 그들은 밖에서 아침 8시부터 기다리고 있었어요. 제발 다시 검사해 주세요. 결과가 다르게 나올 겁니다. 그러면 저는 나갈 수 있어요."

그녀의 얼굴이 교도관 특유의 무표정으로 변한다. "일이 그렇게 돌아가지 않아, 레드베터. 맞아, 이런 즉석 검사 도구는 완벽하지 않아서 가끔 오류가 있을 수 있어. 그래서 재검사할 거야. 하지만 우리가 따라야 할 절차가 있어. 두 번째 소변은 실험실로 보내야 하고, 거기서 더 정확한 결과가 나올 거야."

"실험실이요? 얼마나 걸리는데요?"

"이틀 정도. 길어도 사흘."

"안 돼요! 그건 빌어먹을 말도 안 된다고!"

"말조심해." 오스터태그가 경고한다.

"당신들 피카디랑 한패야? 당신도 개랑 운동하는 친구인가?"

오스터태그와 스틱리는 내가 헛소리를 한다는 듯이 서로를 쳐다본다.

"우린 누구랑도 한패가 아니야. 그냥 절차를 따를 뿐이야." 스틱리가 말한다.

"네가 그걸 '받아들일 수 없다'고 해도." 오스터태그가 덧붙인다.

그의 빈정거리는 말투에 나는 격분한다. "내가 진실을 말한다는 건 신경도 안 쓰지? 밖에서 내 아내와 아이가 얼어 죽어도 상관없다는 거지!"

스틱리는 화난 건 이해하지만 *지금 당장* 진정해야 한다고 말한다.

"화난 정도가 아니야! 빌어먹을 완전히 격분했다고!" 나는 그들에게 소리친다. 나에게 그런 짓을 한 안셀모와 피카디에게, 그리고 우리를 인간 이하로 취급하는 이곳의 모든 사람에게. 이제 더는 참지 않겠어! 온몸에 아드레날린이 솟구치고 나는 마침내 맞서 싸운다.

오스터태그가 카운터 뒤에서 나와 내 옆에 서더니 무전기에 대고 말한다. "출소실 오스터태그. 코드 투 발생. 블록으로 돌려보낼 수감자 한 명."

"아니야, 난 아니라고!" 내가 소리친다. "나는 깨끗해! 필요하다면 싸워서라도 나갈 거야!"

스틱리도 카운터 뒤에서 나와 오스터태그 옆에 선다. "네, 상당히 격앙된 상태입니다. 알겠습니다. 감사합니다." 오스터태그가 말한다.

"*개자식!*"

그를 향해 주먹을 휘두르지만, 빗나가서 스틱리가 맞는다. 나는 곧바로 붙잡혀 바닥에 내동댕이쳐진다. 오스터태그의 숨이 내 얼굴에 거칠게 닿는다. 그는 왼팔을 비틀어 나를 엎드리게 한 뒤, 무릎으로 등을 찍어누른다. 출소실에서 끌려 나가며 마지막으로 본 것은 손으로 코를 막고 서 있는 스틱리의 모습이다. 그녀의 손가락 사이로 피가 뚝뚝 떨어진다. "난 깨끗해." 나는 계속 주장한다. 더는 소리치지 않고, 중얼거릴 뿐이다. 이미 싸울 힘은 빠져나갔다. 이게 정말로 일어난 일인가? 오늘은 내가 나가는 날인데, 어떻게 이런 일이 있을 수 있지?

39

2020년 2월
1,095일 중 923일

격리실 문이 열린다. 문간에서 교도관이 말한다. "가자, 레드베터."

나는 비틀거린다. 잠을 제대로 자지 못했다. 몸도 가누기 힘들다. 먹지도 못하고 속에서 올라올 때마다 헛구역질만 했다. "제가 여기에 얼마나 있었죠?"

"궁금한 게 있으면 상담관한테 물어. 출소실에서 했던 짓은 다시 하지 않는 편이 좋을 거야. 이미 사고는 충분히 쳤으니까. 어서 가자고." 그제야 그가 누구인지 깨닫는다. 가르시아 교도관이다. B동에서 근무할 때 비교적 붙임성 있는 편에 속했다. 지금은 아니지만. 어쨌든 나에게는 아니다. 그의 경멸이 노골적으로 드러난다. 이해한다. 내가 휘두른 주먹이 한 동료를 빗나가 다른 동료(그것도 여자 교도관)를 쳤으니까. 이제 나는 교정 직원들 사이에서 블랙리스트에 오를 것이다.

밖으로 나오자 눈에 반사된 햇빛에 눈이 멀 것 같다. 나는 살짝 비틀거린다. 바닥에 내동댕이쳐졌던 등이 아직도 아프다. 조금만 천천히 가 달라고 말하고 싶지만 뭐라고 대답할지 알기에 억지로 발을 맞춘다. B동으로 들어가 3층으로 가지 않고 1층 복도를 따라 걷는다. 나는 혹시 방을 옮기는 거냐고 묻는다. "몰라. 상담관이 널 보겠다고 했어. 거기로 가는 거야." 그가 말한다.

그녀의 사무실에 들어가자, 잭슨이 나를 위아래로 훑어보며 몰골이 형편없어 보인다고 말한다. "네, 냄새도 지독할 겁니다. 제가 격리실에 얼마나 있었죠?"

"72시간." 그녀가 말한다.

"그럼 오늘이 금요일이네요?"

"맞아요. 2월 7일 금요일이에요. 있잖아요, 레드베터. 난 아직도 이해가 안 돼요. 거의 나가기 직전이었는데 왜 자폭한 거죠?"

수치심과 분노가 다시 한꺼번에 나를 할퀸다. "제 마음은 이미 밖에 *나가* 있었어요. 가족이 주차장에서 저를 기다리고 있었고요. 기다린 지 두 시간이나 *지났었어요*. 저는 시키는 대로 다 했습니다. 서명하라는 건 다 하고, 질문에도 다 답했어요. 문을 열어 제가 나가게 해 주기만 하면 됐습니다. 그런데 소변 검사 결과에서 양성이 나왔다면서 오늘 못 나간다고 하니까, 그들이 저를 골탕 먹이려는 줄 알고 폭발해 버렸어요. 제가 깨끗한 걸 저는 알았으니까요."

"아니, 그렇지 않아요, 코비. 어제 오후에 검사 결과가 나왔는데 당신 몸에서 벤조디아제핀이 검출된 게 확인됐습니다."

나는 고개를 젓는다. "그럴 리 없어요. 2주 동안 아무것도 복용하지 않았습니다. 14일이에요. 그동안 날짜를 세고 있었어요."

"잠깐, 다시 짚어 보죠. 당신은 벤조디아제핀 계열 약물 복용 이력이 있습니다. 그런데 왜 다시 복용했나요?"

나는 진짜 이유를 말할 수 없다. 그 둘이 창고에서 내게 한 짓 때문이었다고는. "불안했어요, 알겠어요? 잠도 잘 못 잤고요. 그래서 그…… 이름이 뭐더라⋯⋯. 그 의사를 만나서 클로나제팜을 처방받았습니다.”

“블랭컨십 박사요. 어제 그와 통화했는데 당신에게 약물 문제가 있다는 건 모르고 있던 것 같더군요. 왜 말하지 않았죠?” 그녀가 묻는다.

“그가 묻지 않았으니까요.” 나는 그녀의 못마땅한 시선을 피해 고개를 돌렸다가 다시 마주 본다.

“예전과는 상황이 완전히 달랐어요. 이번에는 통제된 조건에서 일시적으로 복용한 겁니다. 처음에는 하루 두 번 약을 타는 줄에 섰고, 그다음에는 하루 한 번, 그다음에는 격일로, 그리고 끊었습니다. 전부 통제돼 있었다고요.”

“그 증상에 쓸 수 있는 다른 약들도 있습니다, 코비. 왜 중독성이 없는 약을 요청하지 않았죠?”

“나도 모르겠어요. 그가 처음으로 제안한 게 클로나제팜이었고, 저는 그냥 따랐습니다. 게다가 약이 지급되는 방식상 남용할 수 있는 구조도 아니었어요. 원한다면 이곳에서 그렇게 할 기회는 얼마든지 있습니다. 저는 그러지 *않았습니다*. 그냥 불안을 다스리고 잠을 좀 자고 싶었을 뿐입니다⋯⋯. 왜요? 왜 그런 표정으로 보십니까?”

“당신이 저를 설득하려는 건지, 아니면 당신 자신을 설득하려는 건지 판단이 안 서네요.” 우리는 몇 초 동안 말없이 서로를 바라본다.

“좋아요. 다음으로 넘어가죠. 블랭컨십 박사는 자신의 기록을 확인했고, 당신과 출소 전에 체내에 약물이 완전히 남지 않도록 하자는 계획을 세웠다고 했습니다. 그게 당신에게도 우선순위였다고요. 하지만 기록에는 당신의 출소 예정일이 8월로 되어 있었습니다. 6개월이나 앞당겨 출소하게 됐다는 걸 알았을 때 왜 다시 연락하지 않았습니까?”

나는 그와 약속을 잡으려 했지만 다른 정신과 의사를 배정받았다고 설명한다. “그 사람에게 또 처음부터 설명하고 싶지 않았어요. 그래서 혼자 감량하기 시작했어요. 약 배급 창구에 물어보셔도 됩니다. 끊었을 때 처방 받은 약이 많이 남아 있었습니다. 그리고 솔직히 말하면, 제가 14일 동안 아무것도 복용하지 않았다고 했죠? 그때 몇 알을 먹긴 했습니다. 증상이 다시 조금 올라와서요.”

“몇 알이요? 정확히 몇 개죠?”

“세 알쯤, 아마 네 알일 수도 있습니다. 하지만 막판에 먹은 건 아니고 요. 양성 반응이 나올 만큼도 아니었습니다.”

그녀가 벤조디아제핀 계열 약물의 ‘반감기’에 대해 블랭컨십이 설명했 느냐고 물어 고개를 젓는다. “아마 그게 양성 반응이 나온 이유일 겁니다. 당신은 모험을 했고, 클로나제팜이 체내에서 빠져나가는 데 시간이 걸린 거죠. 인정해야 합니다, 코비. 이건 당신 책임입니다.”

나는 그녀에게서 시선을 돌린다. “그럼 난 빌어먹을 패배자네요, 그렇 죠? 거의 3년 동안 제가 여기서 더 나아지려고 얼마나 노력했는지 아세요? 더 나은 사람이 되기 위해. 그런데 약물이 체내에 미량이라도 남아 있었 을지 모른다는 이유로, 이런 기술적인 문제 때문에 여기에 계속 묶여 있게 됐네요. 다들 나를 최악으로 보겠죠.”

“코비, 문제는…….”

“아내는 아마 이렇게 생각하겠죠. ‘아들을 잃은 것도 그를 바꾸지 못했 나?’ 이제 나는 소변 검사 때문에 딸까지 잃게 생겼습니다.”

“문제는 소변 검사가 아닙니다. 그건 며칠이면 해결됐을 일이에요. 문 제는 폭행입니다. 당신은 한 교도관에게 주먹을 휘둘렀고, 다른 한 명의 코를 부러뜨렸습니다.”

“맙소사, 코가…… 부러졌다고요?”

“그것도 두 군데나요. 수술로 부러진 코를 맞춰야 했고, 병가를 몇 주 낼 겁니다.”

"아, 그녀는 그런 일을 당해선 안 되는 사람인데. 꽤 좋은 사람인데."

"어쨌든 이로서 조기 석방으로 감면됐던 6개월은 취소됩니다. 당신은 남은 형기를 다 채워야 해요. 소장이 당신이 통제력을 잃은 상황을 일부 고려했을 수 있지만, 교정 부서에서 크게 반발하고 있어요. 스틱리 교도관이 다쳤으니까요. 그들은 형사 고발을 요구하고 있고, 그 경우 추가 형이 선고될 가능성이 높아요."

물어보기가 두렵지만 그래도 알아야 한다. "얼마나 더…… 있어야 합니까?"

그녀는 어깨를 으쓱한다. "6개월? 1년? 정확히는 모르겠어요. 변호사가 있다면 협상할 수도 있겠죠. 1년을 9개월로 줄인다든지. 저도 도울 수 있는 건 돕겠지만, 이건 제 권한 밖이에요. 정말 유감이에요, 코비."

나는 어깨를 으쓱한다. "말씀하신 것처럼 제 책임이니까요."

그녀는 그래도 좋은 소식이 몇 가지 있다고 말한다. "원래 당신을 D동으로 옮길 예정이었어요. 하지만 확인해 보니 당신이 지내던 B동 침상이 아직 다른 사람에게 배정되지 않았더군요. 그래서 제가 연락을 넣어 당신이 다시 그쪽으로 돌아가게 됐어요. 룸메이트와 잘 지낸다고 했죠. 같은 층 사람들도 이번 일에 대해 어느 정도는 이해해 줄 거예요. 적어도 낯선 사람들 틈에서 새로 시작하진 않아도 됩니다."

"네, 다행이네요. 고맙습니다. 다른 소식은요?" 내가 말한다. 그녀는 내가 안셀모와 피카디와 문제가 있었다는 걸 안다고 말한다.

"이제 그들과 마주칠 일은 없을 거예요. 두 사람 다 해고됐습니다."

"해고요? 아니면 정직입니까?" 내가 묻는다.

"처음엔 정직이었고, 어제 해고됐어요. 다른 교도관 한 명이 내부 고발을 했습니다. 몇몇 수감자를 학대한 건과 여기서 일하는 여성 직원들에 대한 성희롱 때문이었어요. 내부 고발자는 증거를 수집하고 진술도 확보해 두었고요. 체포될 수도 있다는 얘기를 들었습니다."

전화벨이 울려서 그녀가 전화를 받는 동안 나는 문득 깨닫는다. 이번 주에 벌어진 일은 원래 일어났어야 할 일의 정반대라는 것을. 피카디와 안셀모는 여기서 나갔지만 나는 아니다. 전투에서는 이기고 전쟁에서는 진 셈이다. 하지만 그 두 소시오패스가 체포될 때, 그들이 나에게 한 짓을 말한다면 유죄판결을 받는 데 도움이 될 것이다. 그러나 나는 절대 그 일에 대해 말할 수 없다.

전화를 끊은 뒤 잭슨이 말한다. "많이 지쳐 보이네요. 자, 갑시다. 다시 당신 건물로 데려다줄게요."

계단에서 에인절과 마주친다. 나는 올라가고 그는 내려온다. 나갈 줄 알고 내가 그에게 준 팀버랜드를 신고 있다. 스쳐 지나가며 그가 말한다. "운이 없었네, 친구." 나는 눈을 마주치지 못한 채 고개만 끄덕인다. 이미 소문이 다 퍼진 모양이다. 계단참에서 잡담하던 교도관 셋을 지나칠 때 그 중 하나가 말하는 게 들린다. "누가 *저놈* 코를 부러뜨려야 하는데."

"신경 쓰지 말아요. 당분간 저런 말을 계속 들을 거예요. 반응하지 말고 그냥 흘려버리세요." 잭슨이 말한다.

"말은 쉽죠." 내가 대답한다. 우리는 말없이 다음 계단을 오른다. 나는 자폭하지 *않은* 또 *다른* 코비를 떠올린다. 그는 화요일에 이미 예이츠를 떠나 자유를 누리고 있다. 어쩌면 저수지 근처에서 하이킹하거나, 넷플릭스로 영화를 보고 있을지도 모른다.

3층에 도착하자, 나흘 전 나를 출소실로 호송했던 교도관 파블리코프스키가 통제 데스크 뒤에 앉아 있는 게 보인다. "와우, 너 정말 제대로 사고를 쳤군. 그렇지?" 그가 말한다. 나는 대답하지 않는다. 설리번과 크랫 교도관도 거기 있는데, 두 사람 모두에게서 냉기가 느껴진다. 잭슨은 작별 인사를 하며 곧 다시 들르겠다고 약속한다. 설리번은 말없이 나를 감방까지 데려가 문을 열고, 내가 들어가자 다시 잠근다.

매니는 그의 침상 위에 올라가 앉아 있다. 나를 어찌나 안쓰럽게 쳐다보는지 그의 머리를 한 대 치고 싶은 기분이 든다. "이봐." 그가 부른다.

"응."

"격리실에 있었다며. 괜찮아?"

"최고야, 매니. 아주 최고." 대체 지금 내가 어떤 상태일 거라고 *생각하는 거야?* "또 뭐 들은 거 있어?"

"출소 안 된다고 하니까 네가 폭발해서 교도관을 폭행했다는 이야기. 왜 출소를 안 시켜 준 거야?"

나는 그의 동정 어린 시선을 피한다. "소변 검사가 양성이래."

"네가?" 그가 고개를 젓는다. "말도 안 돼."

그건 아니지만, 그가 마음대로 생각하게 두자. *왜 말하지 않았죠? 그 증상에 쓸 수 있는 다른 약들도 있습니다. 이건 당신 책임입니다.* 그 진실에 나는 스스로가 너무 혐오스러워져서 감방 안에 있는 유일한 의자를 들어 잠긴 문에 힘껏 내리친다. 한 번, 또 한 번, 또 한 번, 플라스틱 의자의 가운데가 갈라질 때까지.

매니가 침상에서 내려와 나를 붙잡으며 그만두라고 소리친다. "방금 격리실에서 나왔잖아! 데스크에서 이 소리를 들으면 너를 다시 끌고 갈 수도 있어!" 내가 의자를 벽에 내던지자 그것이 튕겨 나와 내 왼쪽 귀를 스친다. 매니가 내 어깨에 한 손을 얹으며 진정하라고 말한다. "씨발, 나 만지지 마!" 내가 경고한다. 그의 손을 뿌리치고 나는 쓰레기통을 들어 뒤쪽 창문을 향해 던진다. 쓰레기통 안에 있는 것들이 사방으로 흩어진다. 침대 아래 비어 있는 수납 상자가 눈에 띄자 그것도 끌어내 힘껏 걷어찬다. 그 바람에 발목이 비틀리며 비명이 터져 나온다. 매니는 가만히 서서 아무 말도 하지 않는다.

아드레날린이 가라앉고 숨이 차츰 고르게 되자, 다시 극심한 피로가 밀려온다. 나는 시트도 없이 시큼한 냄새가 나는 매트리스에 얼굴을 박고 쓰러져서 그대로 잠들어 버린다. 다시 눈을 떴을 때 고개를 들고 매니에게 내가 얼마나 잤는지 묻는다. "몇 시간 됐어. 처음엔 몸부림치면서 누군가와 말싸움하는 것처럼 떠들었는데 무슨 말인지는 하나도 모르겠더라. 추울 것 같아서 내가 담요 덮어 줬어. 그 뒤로 좀 진정하더라."

"고마워. 네 여동생이 보내 준 담요 아니야?"

"아마존에서 보낸 거지. 걔가 주문한 거고. 맞아. 작년 크리스마스 때."

내가 흩뜨려 놓은 쓰레기가 다시 휴지통 안에 정리돼 있고, 금 간 의자도 세워져 있다. 나는 난동을 부리고 의자를 망가뜨려서 미안하다고 사과한다.

"나갈 줄 알았는데 3일이나 독방 신세를 졌잖아? 미치지 않는 게 이상하지."

내가 난동을 부린 건 격리실에 갇혔기 때문이 아니다. 자멸해서 또다시 이곳으로, 그와 함께 얼마나 더 있을지 모르는 상태로 돌아왔다는 사실 때문이다. 하지만 그가 마음대로 생각하게 둔다. 나는 일어나서 그의 담요를 개서 침상에 올려놓는다.

"빌려줘서 고마워. 의자는 미안해." 나는 그에게 말한다.

"괜찮아. 조심하면 아직 앉을 수 있어, 코비. 한쪽으로 좀 기울어지긴 했지만 한동안은 버틸 거야. 아, 안셀모랑 피카디 이야기 들었어?"

나는 두 사람이 해고됐다는 이야기는 들었지만, 자세한 내용은 모른다고 말한다.

"다른 교정 시설 교도관이 몇 달 동안 이곳에 잠입해서 수사했대."

"맙소사. 전에 그랬던 것처럼 부소장이 조카를 감싸 주지 않았다는 게 놀랍네."

"부소장이 개입하려 했지만 소장이 막았대. 내부 첩자가 걔네 비리를
너무 많이 파헤쳤거든. 육체적 학대, 심리적 학대. 놈들이 약한 애들만 골
라서 괴롭히고 입 다물라고 협박했다더라. 칠면조에 페퍼 스프레이를 뿌
린 일로 네가 항의한 걸 알아냈을 때도 그랬잖아. 너도 괴롭힘을 당했지만
넌 비교적 가볍게 끝난 편이지."

창고에서 있었던 일이 불현듯 되살아난다. *좋았냐, 레드베터? 더 해 줄
까?⋯⋯증명할 수 없는 협박은 하지 마, 자식을 죽인 놈아.* 그리고 내가 입
을 열면 가만두지 않겠다고 협박했던 그 사건 때문에 무슨 일이 벌어졌는
가. *벤조디아제핀계 약물이 만병통치약은 아니지만, 긴장을 누그러뜨리
는 데는 도움이 되고 효과도 비교적 빨리 나타납니다⋯⋯.*

"성희롱 혐의도 받았대. 여자 교도관들에게 그들의 성생활에 대해 언
급하고, 한 교도관 사물함 안에는 자기 성기 사진까지 붙여 놨다더라." 매
니가 말한다. 내가 내부고발자가 누구인지 아느냐고 묻자 그가 답한다.
"알지. 굴즈비였어."

"진짜? 와⋯⋯. 나 완전히 속았네. 그 멍청한 새끼들도 속았고. 걔네는
굴즈비를 자기들이 키우는 신참처럼 데리고 다녔잖아."

"굴즈비라는 이름도 본명이 아니래. 그가 고발하자마자 보복을 막으려
고 바로 다른 데로 전출시켰다더라. 여기서 고자질쟁이들한테 무슨 일이
생기는지 알잖아."

"그래. 하지만 다른 교도관들 대부분이 그놈들을 좋아하지는 않았던
것 같아." *이제부턴 여기서 누가 권력을 쥐고 있는지 똑똑히 기억해 둬.* "한
가지는 분명해. 그 두 놈이 유죄판결을 받고 감옥에 들어가게 되면 여기로
오면 좋겠다. 그동안 괴롭히던 사람들한테 죗값을 치르게 될 테니까. 나도
거기 낄 거고." 나는 일어나 절뚝거리며 변기로 가서 소변을 본다. 수납 상
자를 걷어찼을 때 삐끗한 발목이 욱신거리고 부어 있다. 매니가 그걸 보고

비축해 놓은 타이레놀 두 알을 꺼내 준다. 내가 감방 동료 복은 있다고 말하자 매니가 웃는다. "그럼, 당연하지." 그가 말한다. 그가 뭔가 더 말하려다 입을 다문다. 나는 뭐가 됐든 말해 보라고 재촉한다. "아니, 그냥 너한테 그런 일이 일어나서 정말 안타깝다는 말이었어."

"*나한테* 벌어진 일이 아니라 내가 *자초한* 거야. 출소가 안 된다고 들었을 때 주먹부터 휘두르지 말았어야 했어."

"그래도 너무 자책하진 마. 네가 겪은 것처럼 한순간에 발밑이 무너진다면, 여기 있는 놈들 절반은 똑같이 폭발했을 거야." "하지만 교도관 코를 부러뜨릴 사람이 몇이나 되겠어?"

"뭐, 그건 그렇지." 그가 말한다.

"무슨 일이 있었는지 설명하면 우리 가족이 어떻게 반응할지 알 수 있으면 좋겠어." 나는 뒤쪽 창문을 가리키며 그들이 눈 덮인 주차장에서 나를 기다리는 걸 봤다고 말한다. "누가 나가서 석방이 취소됐다고 말해 줬는지, 아니면 한참 기다리다 결국 포기하고 그냥 돌아갔는지 모르겠어."

"가족이라고? 엄마만 오시는 거 아니었어? 또 누가 있었어?"

"에밀리랑 우리 딸. 아마 나를 깜짝 놀라게 해 주려고 했던 것 같아."

"아, 맙소사. 코비." 매니가 말한다. 그는 뒤쪽 창으로 가서 밖을 내다보며 고개를 젓는다. 그러더니 휙 돌아선다. "아, 잊기 전에 말해야겠다. 네 물건이 하나 있어." 그는 자기 보관함을 열어서 안을 뒤적이다가 봉투처럼 접어 둔 종이 한 장을 꺼낸다. "네가 짐 쌀 때 이걸 빠뜨린 건지 뭔지 몰라서 챙겨 놨어. 둘 다 네 침상 밑에 떨어져 있었어. 당분간 널 못 볼 줄 알았지만, 그냥 버리긴 좀 그렇더라고."

종이를 펼치자 강돌이 툭 떨어진다. 그는 내가 두고 간 다른 물건에 그것을 싸 두었다. 밀먼 부인이 내게 준 시 출력물. 벽화 아이디어를 떠올리게 해 준 브뤼헐 그림에 관한 시다. 시는 상관없지만, 돌을 버리지 않아 줘서 고맙다고 그에게 말한다.

"별거 아니야. 늘 그걸 손에 쥐고 있던 걸 보면 너에게 뭔가 의미가 있는 것 같았거든." 그가 말한다.

나는 돌을 손으로 감싸 쥐고 힘을 준다. "이건 희망을 뜻해." 나는 그에게 말한다. "예전에 내가 야외 작업반에 있을 때 말이야. 한번은 근무지를 이탈해서 뒤쪽 강으로 몰래 내려간 적이 있었어. 밤에 여기가 조용해지면 강물 소리를 들었는데, 직접 *보고* 싶었거든. 이곳을 *지나서* 흘러가는 광경 말이야. 그리고 다시 돌아오기 전에 기념품 삼아서 이걸 물속에서 꺼냈어. 언젠가는 나도 이곳을 지나쳐 갈 거라는 약속이었던 거지."

그가 나를 바라보며 내 말을 듣는 동안, 무언가 깨달은 듯한 표정이 스친다.

"잠깐만. 네 벽화에서 우리 몇 명이 강을 따라 떠내려가고 있잖아. 그게 탈출 같은 걸 의미한 거였어?"

"탈출이라기보다는 해방에 가까워. 너희를 자유롭게 해 준 거야." 내가 말한다.

복도에서 크랫 교도관이 저녁 식사를 하러 나오라고 소리친다. 배에서는 꼬르륵 소리가 나지만 저쪽으로 가는 건 감당할 수 없다. 교도관들이 노려보는 것도, 나와 같은 식탁에 앉은 누군가에게 심문당하는 것도, 게다가 이제는 끝났다고 생각한 교도소 밥을 다시 억지로 삼켜야 하는 것도 그렇다. 한편 또 다른 코비는 아마 지금쯤 스테이크를 썰고 있겠지. 미디엄 레어로, 버섯볶음을 곁들이고, 엄마가 만든 감자그라탱과 함께. 오늘 밤 엄마에게 전화해서 혹시 내가 완전히 재발했다고 생각한다면, 그렇지 않다는 걸 알려 줘야 한다. 그리고 내가 실수를 인정하고 있다는 것도. 실수들이잖아. 의사의 클로나제팜 처방을 받아들이고 주먹질을 한 것. 불쌍한 엄마. 얼마나 속상했을까. 에밀리도 마찬가지다. 내가 나타나지 않았을 때 에밀리는 메이지에게 뭐라고 했을까. 내가 벤조 약물에 대해 방심했던 건 사실이지만, 회복에 전념하고 있고 여기서 정말로 나가게 되면 그 다짐을 계속 지킬 생각이라는 걸 그녀에게 확실히 말해 줘야 한다.

매니가 식사를 마치고 돌아와 뉴스를 보려고 TV를 켜도 괜찮겠냐고 묻는다. "요즘 돌아다니는 그 바이러스 소식 들었어?"

"중국에서 시작된 거? 지난주에 좀 듣긴 했지만 독방에선 TV를 볼 수가 없잖아. 왜? 무슨 일인데?"

"그게 퍼져서 사람들이 죽고 있어. 전 세계적으로 천 명이 죽었고, 이탈리아에서는 대대적인 집단 감염이 일어났대. 어떤 크루즈에서도 터졌고." 그가 말한다.

"미국에는 아직 없지?" "아니야. 확진자가 열다섯 명인데 주로 서부 해안 쪽이야."

TV 화면이 온통 지지직거리지만, 매니가 옷걸이 안테나로 여기저기 건드리자 기자회견 장면이 또렷하게 잡힌다. 의사 가운을 입은 노인이 연단 앞에 나와 있다. 그 뒤에 트럼프, 펜스 그리고 심각한 표정의 전문가 몇 명이 서 있다. 나는 매니에게 소리를 좀 키워 달라고 부탁한다.

트럼프가 마이크를 잡고 코로나바이러스는 미국에서 잘 통제되고 있다고 말한다. "이론적으로 말하자면 4월쯤 날씨가 조금 따뜻해지면 기적처럼 사라질 겁니다." 그는 어깨 너머로 뒤에 서 있는 사람들을 힐끗 본 뒤 말을 잇는다. "담당 과학자들은 아주 열심히 일하고 있고, 굉장히 유능합니다. 현재 감염자가 열다섯 명인데 며칠 내로 거의 0명으로 줄어들 겁니다. 우리가 아주 잘해 왔다는 얘기죠."

"방금 트럼프가 아직 일어나지도 않은 일을 해냈다고 자화자찬한 거 맞지? 딱히 안심되는 말은 아닌데, 그렇지?"

매니는 걱정스러운 얼굴이다. 예전에 이런 걸 한 번 겪어 봤는데 다시 반복되는 게 믿기지 않는다고 한다.

"1918년에 살아 있었어? 세상에, 생각보다 훨씬 나이가 많네."

"하나도 안 웃기거든. 난 지금 HIV 말하는 거야." 그가 말한다.

그는 다른 건 다 떠들어도 에이즈가 기승을 부리던 시절의 이야기는 거의 하지 않는다. 나도 굳이 묻지 않았다. 하지만 지금은 듣고 싶다.

그는 그때 열일곱 살로, 한 피자 가게에서 서빙 보조로 일하며 같은 상가에 있던 셔윈-윌리엄스 페인트 가게의 보조 매니저와 성관계를 시작했다. 그 매니저는 아직 커밍아웃을 하지 않았다고 한다. "빌리는 서른한 살이었고 자기 아파트가 있었어. 아버지는 내가 '호모'라서 내쫓겠다고 협박했지. 그래서 그럴 필요 없이 내가 나가겠다고 하고 빌리 집으로 들어갔어.

그는 나한테 잘해 줬고, 집세나 음식값, 맥줏값도 받지 않았어. 하지만 나보고 사랑한다고, 내가 자기 남자 친구라고 말하기 시작했는데 그게 좀 부담스러웠어. 난 어렸고, 성욕도 왕성했고, 춤추고 약 하면서 클럽에서 쉽게 만나서 하는 섹스에 더 관심이 있었거든. 솔직히 말하면 난 빌리를 이용하고 있었던 거야. 가끔은 둘이 같이 클럽에 가기도 했지만 내가 다른 남자들이랑 어울리는 걸 그는 싫어했어. 나도 그가 내 삶을 통제하는 걸 싫어했고. 우리가 헤어진 건 HIV가 뉴스에 나오기 시작하던 즈음이었어. 지금 코로나 사태를 보면 그때가 떠올라. 나이 든 사람들은 사태가 얼마나 심각해질 수 있는지 깨닫는데, 젊은 사람들은 자기들에겐 아무 일도 없을 거라 믿으며 계속 파티를 즐기려 하지."

그의 눈에 눈물이 맺힌다. 그는 팔짱을 낀 채 뒤쪽 창을 바라본다. 지난 일들이 한꺼번에 밀려와 그를 후려치는 걸 알 수 있다.

"난 어렸잖아. 그래서 내가 불멸이라고 생각했어. 애써 귀를 막고 외면했던 그 '동성애자 병'이 나이 많은 동성애자들을 덮치고 있었어. 콘돔을 쓰라고? 됐거든요. 그건 포장지도 안 벗기고 사탕을 먹는 거나 마찬가

지였거든. 가짜 신분증을 들고 쾌락을 찾아다니던 내가 안전 따위 신경 쓸
리 없지."

그는 휴지를 집어서 눈을 닦고 코를 푼다.

"클럽을 돌며 얼굴을 비추던 해미시라는 남자가 있었어. 20대 중반인
데 몸은 신처럼 완벽했지. 다들 해미시랑 자고 싶어 했어. 어느 순간 그가
클럽에서 자취를 감췄어. 어느 날 밤, 피자를 배달하다가 길에서 그와 마
주쳤어. 그때 에이즈가 사람을 어떻게 망가뜨리는지 처음으로 실감했지.
그의 목에는 보랏빛 반점들이 퍼져 있었고, 체중은 20킬로 넘게 빠진 것
같았어. 그 바이러스가 그를 신에서 걸어 다니는 해골로 바꿔 놓았지. 그
걸 보고 난 죽을 만큼 겁이 나서 좀 더 조심하기 시작했어. 검사도 받고 항
상 콘돔을 챙겼지. 여전히 가끔은 무모했지만 전보다 훨씬 더 신중해졌어.
얼마 지나지 않아 장례식에 가기 시작했어. 나보다 네다섯 살쯤 많은 사람
들이었지.

그런데 말이야, 코비. 지금까지도 빌리는 감염됐는데 나는 아니었다는
게 이해가 안 돼. 그가 아프다는 얘기를 들었지만, 그가 전화를 걸어서 음
성 메시지를 남기기 시작했을 때 나는 답하지 않았어. 마지막에 그가 전화
했을 땐 다른 사람인 줄 알고 받았지. 그는 폐렴에 걸려서 병원에 입원했
다고 했어. 속삭이는 듯한 목소리로 무섭다고 말하더군. 와서 함께 있어
줄 수 있냐고, 옆에 앉아 손이라도 잡아 줄 수 있냐고. 그때는 성관계 말고
는 어떻게 감염되는지 제대로 몰랐잖아. 난 가겠다고 약속해 놓고 가지 않
았어. 그리고 그는 죽었지. 그 일에 대해 지금까지도 나 자신을 용서하지
못했어. 그리고 죽어야 할 사람은 빌리가 아니라 나였는데 살아남은 것도
용서할 수 없고. 나도 모르겠어. 어쩌면 나도 어떤 면에서 그를 사랑했는
지도 몰라. 아닐 수도 있고. 하지만 나와 잤던 남자들 중에서 그는 나를 사
랑해 준 사람에 가장 가까웠어."

나는 한동안 아무 말도 하지 않는다. 무슨 말을 *해야* 할지 떠오르지 않는다.

그는 TV를 끄며, 이 새로운 바이러스가 HIV처럼 퍼질까 봐 두렵다고 말한다. "이게 여기에 오면 이렇게 빽빽하게 몰려 있는 우리야말로 손쉬운 먹잇감이야. 난 그런 일을 또 겪을 수 있을 것 같지 않아."

나는 빌리 이야기를 해 줘서 고맙다고 한다. "들어 줘서 고마워." 그가 말한다. 그는 침상 위로 올라간다. 둘 다 더 이상 아무 말도 하지 않는다.

저녁 휴식 시간에 나는 엄마에게 전화할 생각으로 전화기로 간다. 하지만 대신 에밀리의 번호를 누른다. 세 번 울린 뒤 그녀가 받는다. 통화가 어디서 걸려 오는 지에 대한 녹음 안내 멘트를 끝까지 듣는다. 그녀가 '1'을 눌러 통화를 허락하면 내 설명을 들어 줄 가능성이 있다.

"여보세요, 코비."

"어, 안녕. 전화 받아 줘서 고마워. 안 받을 줄 알았어."

"내가 전화를 받은 건 할 말이 있어서야. 난 이제 끝이야. 더는 못하겠어. 다시는 전화하지 마."

"그래. 하지만 당신이 내 말을 좀 들어 주면 내가 설명할 수 있을……."

"설명해서 뭐 하게? 또 변명하려고? 또 거짓말하려고? 난 진심이야, 코비. 난 이제 끝났어. 다시 전화하면 번호 바꿀 거야."

"들어 봐. 그렇게 나를 끊어 낼 순 없어. 그 애는 내 딸이야."

"그리고 그 애는 내 아들이었어, 이 개자식아! 네가 내 아들을 죽였어!"

딸깍.

그녀가 방금 한 말, 그리고 그 말투, 목소리에 실린 증오에 숨이 턱 막힌다. 니코가 죽은 날 이후로 그녀가 나를 용서하지 못한다는 사실이 늘 밑바닥에 깔려 있었다. 그녀는 이제 내가 다시 약을 한다고 믿는다. 나는 쓰러지지 않기 위해 벽에 한 손을 짚는다. 다른 손은 여전히 수화기를 움켜쥐고 있다. "이봐, 끝났어? 나도 전화해야 하거든." 나는 몸을 돌려 같은 층에 새로 들어온 녀석을 본다. 얼굴에 여드름 자국투성이인 풋내기가 한 대 맞고 정신 차려야 할 것처럼 굴고 있다. 순간 수화기를 그 곰보 얼굴에 내려쳐 버리고 싶은 충동이 치민다. 대신 나는 전화기가 부서지도록 수화기를 내려놓는다. "실컷 써라, 루저야." 내가 말한다.

내가 걸어가자 그가 시비를 건다. "루저라고? 내가 왜 루저야?"

"너는 여기 있잖아, 그렇지? 여기 있는 우리 모두 루저야." 감방으로 돌아오자 매니는 자고 있다. 난 이제 끝이야, 라고 말하던 에밀리의 목소리를 계속 머릿속에서 밀어내려 하지만 잘 안 된다. 번호를 바꾸겠다는 말까지. 내 딸을 보려면 법적으로 싸워야 하나? 그래야 한다면 싸울 거다. 애초에 여기서 그런 면회를 허락해 줄지도 모르겠지만.

어떻게 이렇게 한순간에 모든 게 망가질 수 있지? 난 물론 화가 나 있다. 하지만 그보다 두려움이 더 크다. 이렇게 될 거라면 금주를 지키는 게 무슨 의미가 있지?

침상에 누워 계속 몸을 뒤척이지만 도무지 편해지질 않는다. 바스락거리는 소리가 들려 손을 밑으로 뻗자 시가 적힌 종이가 잡힌다. 브뤼헐의 이카루스 그림에 관한 시다. 처음 읽었을 땐 이해가 되지 않았지만 다시 읽어 본다.

「뮤제 데 보자르」 W.H. 오든

고통에 관해서라면 옛 거장들은 틀린 적이 없지

그것이 인간의 삶 속 어디에 놓여 있는지

누군가 밥을 먹거나 창문을 여는 동안에도

그 일이 일어난다는 걸 얼마나 잘 알고 있던가

아직도 무슨 말인지 감이 오지 않지만, 종이를 구겨 쓰레기통에 던져 버리는 대신 두 번째 부분으로 넘어간다.

예컨대 브뤼헐의 「이카루스의 추락이 있는 풍경」을 보라
모두가 얼마나 느긋하게 그 재앙에서 고개를 돌리는지
쟁기질하던 농부는
물에 빠지는 소리나 버려진 자의 외침을 들었을지도 모른다
하지만 그에게 그것은 대수로운 일이 아니었다
태양은 마땅히 그래야 하듯 빛나고
푸른 물속으로 사라져 가는 하얀 다리 위에도 빛을 던졌다
하늘에서 소년이 떨어지는 경이로운 광경을
틀림없이 보았을 그 값비싼 배는
가야 할 곳이 있었기에
아무 일도 없다는 듯 침착하게 나아갔다

어쩌면 이제는 이해되는 것 같기도 하다. 쟁기질하던 농부, 선원들, 마을 사람들 모두 하늘에서 바다로 떨어져 익사한 소년이 있어도 동요하지 않고 자신이 할 일을 계속한다. 어쩌면 이 시는 혼자 죽어 가는 사람에 관한 이야기인지도 모른다……. 빌리가 전화기 너머로 속삭이며 매니가 와 주길 기다리는 모습이 떠오른다. 그 병으로 세상을 떠난 수많은 동성애자 남성들도, 지금 다가오는 이 새로운 역병의 희생자들도…….

가족에게 돌아갈 수 있는 자비로운 석방이 거부된 채 감옥에서 홀로 죽어 간 레스터 위긴스를 떠올린다. 그리고 내가 온 첫해에 자살한 수감자 호건도. 그가 찢은 침대 시트로 올가미를 만들어 계단 통로로 몸을 던졌던 것도. 그 두 교도관이 눈치채고 막아 주지 않았다면, 내가 절망 속에서 비

닐봉지에 머리를 집어넣고 질식해 죽었을지도 모른다는 사실도…….

마침내 나는 니코를 생각한다. 나의 소중한 아이, 병원으로 달려가던 구급차 뒤편에서 혼자 고통 속에 죽어 간 아이를. 내가 나를 절대 용서할 수 없는데 어떻게 그녀의 용서를 기대할 수 있겠는가?

소등 시간이 되자 나는 매트리스 위에서 몸을 비틀며 뒤척인다. 브뤼헐이 그렸고 오든이 썼던 그 슬픈 진실, 산다는 것은 고통받다가 결국 혼자 죽는 것이라는 사실 때문에. 처음에는 내가 듣는 이상한 소리가 어디서 나는지 알지 못한다. 그러다 그것이 배 깊은 곳에서 횡격막으로, 목을 지나 입 밖으로 치솟아 나오는 걸 느낀다. 나는 울부짖는다. 멈출 수도, 억누를 수도 없다. 위쪽 침상에서 매니가 안에 쌓인 걸 다 쏟아 내라고, 마음속에 있는 고통을 다 풀어내라고 말한다. 이윽고 그는 침상에서 내려와 내 곁에 선다. 그의 손이 내 어깨를 감싼다. "다 내보내, 코비. 다 놓아줘." 그가 계속 말한다.

"난 모든 걸 잃었어! 그녀는 이제 끝이라고 했고 메이지도 못 보게 할 거야……! 내가 의사한테 벤조 중독이라고 말하지 않은 건, 그 약을 원해서였어! 그게 필요했어! 내가 입을 열면 또 그 짓을 하겠다고 놈들이 협박했어……! 난 약했고, 겁났고, 그들이 한 짓을 머릿속에서 지우고 잠이라도 좀 자려면 뭔가가 필요했어! 그런데 이제 난 모든 걸 잃었어! 모든 걸! 그건 함정이었어. 안셀모가 그 알루미늄 곤봉을 내 속에 밀어 넣었고 피카디는 갑자기 튀어나와 웃었어. 그들은 날 강간했어, 매니! 씨발, 그들이 날 강간했다고!"

그는 나에게 옆으로 조금 가라고 말한다. 내가 그렇게 하자 내 침상으로 올라와 몸을 바짝 붙인다. 그리고 팔로 나를 끌어안고 내가 그의 아이인 것처럼 천천히 흔들어 준다. "넌 혼자가 아니야, 코비. 내가 여기 있어. 넌 혼자가 아니야." 그가 말한다.

4부

나비 소년

40

파텔 박사
2020년 6월

"비나? 비나, 자기? 일어날 시간이야, 잠꾸러기."

"아." 나는 눈을 뜬다. 비크람이 벌써 일어나 옷을 입고 있다. 나는 다시 산 자의 세계로 돌아온다.

"아침으로 뭐 먹고 싶어? 나가기 전에 만들어 줄게."

"차랑 토스트만 줘."

"기버터랑 레몬커드 얹어서?"

"응. 그거면 좋겠어."

그가 침실을 나가고, 나는 방금 꾼 이상한 꿈을 되살려 보려 하지만 세세한 내용은 빠르게 사라져 버린다. 나는 비크람의 협탁으로 손을 뻗어 어젯밤 우리가 본 DVD 케이스를 집는다. 「몬스터즈 볼」, 빌리 밥 손턴, 핼리 베리, 히스 레저." 비크람은 이 영화를 틀기 전에 비극적인 아들을 연기한 배우가 서른도 되기 전에 처방약 과다 복용 사고로 세상을 떠났다고 말했다. 나는 그가 코비 레드베터와 너무 닮아서 마음에 남았다. 어쩌면 그래서 꿈에 코비가 나왔는지도 모른다. 물론 그가 머릿속에 맴도는 건 이상할 게 없다. 바로 어제 그가 교도소에서 코로나바이러스의 희생자가 되어 죽었다는 사실을 알게 되었으니까.

식탁에 가서 비크람과 마주 앉았을 때 그 기묘한 꿈 이야기를 한다. "나는 죽었지만, 살아서 저승에 막 도착한 사람들한테 환생에 대해 조언해 주고 있었어." 그의 미소는 흥미롭다기보다는 재미있어 한다는 쪽에 가깝다. 그는 내 토스트가 다 됐는지 보러 부엌으로 간다.

나는 계속 꿈과 거기 나온 옛 환자에 대해 생각한다. 코비는 예이츠 교도소에서 코로나바이러스로 초기에 사망한 수감자 중 한 명이었다. "어제 페이지 밀먼이 그러는데, 그 후로 교도소에서 네 명이 더 죽었대. 그곳은 사람들이 너무 밀집돼 있어서 백신이 나오기 전까지는 속수무책인 거지." 나는 비크람에게 말한다.

"우리 모두 그래." 비크람이 말한다. 그는 시계를 보고 마지막 남은 달걀을 한 숟가락 떠먹은 뒤 일어나서 가 봐야겠다고 한다. 그의 대학교 학생들은 모두 줌으로 수업을 듣지만, 그는 여전히 자기 사무실에 가는 걸 좋아한다. 그는 내 이마에 입을 맞추고, 출근길에 도서관에 들러 DVD를 반납하고 다른 영화를 빌려 오겠다고 한다. "보고 싶은 거 있어?" 그가 묻는다.

"요즘은 너무 우울하잖아. 아마도 코미디."

"찾아볼게. 밖에 나가면 마스크 꼭 써. 잊지 말고." 그가 말한다.

그가 차를 몰고 떠나는 소리를 듣고 나는 차를 한 잔 더 따라서 뒤쪽 창가로 간다. 여기서 보이는 게 우리 집에서 내가 가장 좋아하는 풍경이다. 마당이 부드럽게 아래로 기울어 키 큰 풀밭을 지나 습지로 이어지고, 그곳에 수많은 새와 동물들이 모여든다. 작년 봄, 손자 라제시가 우리 집에 머물렀다. 그는 물에서 올챙이를 건져 올리고 개구리를 잡았다. 손자에게 그 둘이 같은 존재라는 것, 하나가 다른 것으로 자라난다는 걸 이해시키는 데 시간이 좀 걸렸다.

날아가는 큰 새 한 마리가 눈에 들어온다. 아, 큰푸른왜가리다. 수컷인 듯싶은데 작년에 우리가 지켜보았던 그 가족의 아버지일지도 모른다. 부리에 나뭇가지를 물고 있는데, 아마 짝과 새끼들을 위해 둥지를 준비하는 것 같다. 계절이 더 지나면 알이 부화하고, 새끼들은 먹이를 받아먹고 자라며 포식자들로부터 보호받다가, 결국 깃털이 다 자라면 둥지를 떠날 것이다. 비크람은 쌍안경으로 생물들의 습성을 관찰하는 걸 좋아한다. 지난 계절에는 새끼 한 마리가 둥지에서 떨어지는 걸 봤는데 아마 죽었을 것이다. 부모와 형제들은 먹는 데만 집중하고 있었다고, 그걸 알아차린 건 자기뿐인 것 같다고 비크람은 말했다.

음, 새 관찰은 이쯤이면 충분하다. 9시 줌 상담을 준비하기 위해, 옷을 입고 마스크를 쓰고 세상으로 나갈 시간이다.

41

에밀리
2023년 6월

그 편지는 다른 우편물들 사이에 섞여 도착했다. J. 질 카탈로그, 전기 요금 청구서, 정치인들과 적십자를 위한 기부 요청서들 그리고 메이지의 《하이라이트》 잡지 사이에 있었다. 봉투에 연필로 주소가 적혀 있고, 발신지는 뉴브리튼에 있는 피닉스 하우스라는 곳이다. 스탠딩 베어 추장의 얼굴 위로 찍힌 소인에는 그 편지가 그저께 발송되었다고 나와 있다. 편지도 연필로 썼는데, 여기저기 다시 쓴 자국과 번진 흔적이 보인다.

친애하는 에밀리에게.

이렇게 당신의 이름을 불러도 괜찮을지 모르겠습니다. 제가 말은 더 잘하는데 글쓰기는 잘 못해서 혹시 실수가 많이 보이더라도 이해해주세요. 제 이름은 마누엘 델라베키아(줄여서 매니)입니다. 코비와 저는 예이츠 교도소에서 거의 3년 동안 같은 방을 썼습니다. 코비가 아마 제 얘기를 한 적이 있을 겁니다. 먼저 늦었지만 깊은 위로를 전합니다. 제가 수감 중일 때는 당신에게 연락할 방법을 찾지 못했습니다. 따님과 함께 잘 지내고 계시길 바랍니다. 면회실에서 따님을 한 번 본 적이 있습니다. 코비 어머니와 함께 왔는데 정말 귀엽더군요. 저는 지금 가석방 허가가 날 때까지 주를 떠날 수 없는 상태라서 중간 거주 시설(하프웨이 하우스)에 머물고 있습니다. 여기 사무실 컴퓨터를 사용할 수 있어서 구글로 당신 주소를 찾았습니다. 혹시 가능하시다면 어딘가에서 직접 만나 이야기를 나눌 수 있었으면 합니다. 코비의 죽음은 저에게도 큰 충격이었습니다. 당신은 아직 모를 이야기들이 몇 가지 있습니다. 그걸 전하는 게 제 몫이라고 느낍니다. 그리고 코비의 물건 몇 가지를 제가 보관하고 있는데, 당신에게 드리고 싶습니다.

제가 지내는 곳에서 만나도 됩니다. 아니면 그게 더 ~~많아 편하시면~~ 쉬우시면 제가 차편을 구해 당신 집으로 갈 수도 있습니다. 웨스트 팜스 몰에서 만나도 되고요. 저는 시나본에서 일하는데 오후 4시에 퇴근합니다. 만날 생각이 있으시다면 피닉스 하우스 대표번호 860-229-5240으로 전화해 주세요. 2층으로 연결해 달라고 하시면 됩니다. 전화기가 복도에 있어서 누가 받기까지 시간이 좀 걸릴 수도 있습니다. 4번방 매니를 찾는다고 말씀하시면 됩니다. 연락 기다리겠습니다.

진싱 진심을 담아.

매니

처음 든 생각은 단순했다. 절대 그를 우리 집으로 들일 수 없다는 것! 그렇다고 그가 사는 그룹 홈에 가고 싶지도 않다. 웨스트팜스 몰까지 차를 몰고 가는 것도 썩 내키지 않는다. 팬데믹 이후 제대로 쇼핑 한번 못 했으니 겸사겸사 들를 수는 있겠지만. 나는 정말 그를 만나고 싶은 걸까? 그가 하려는 말을 듣고 싶은 걸까? 그가 건네겠다는 물건을 받아들일 준비가 되어 있을까? 지난 2년 넘게 코비의 죽음을 뒤로하고 나아가려 애써 왔다. 지금은 브라이언과 잘돼서 그의 청혼을 받아들였다. 브라이언은 성격이 느긋하고 사업을 하며, 술도 거의 마시지 않는다. 아이는 없지만 메이지와 금세 가까워졌다. 아내가 갑자기 세상을 떠났기 때문에 상실을 겪고 앞으로 나아갈 때 수반되는 복잡한 감정을 잘 이해한다. 지금 같은 시기에 코비의 감방 동료를 만나는 건 마침내 아물기 시작한 상처를 다시 헤집는 일과 같을지도 모른다. 나는 그에게 전화하지 않는 쪽으로 마음이 기운다. 그래도 이 편지를 다시 읽으니 마음이 움직인다. 매니는 자기가 글을 잘 쓰지 못한다고 했는데, 그가 한 실수들과 지워진 자국, 번진 흔적, 겹쳐 쓴 문장들에서 그걸 볼 수 있다. 그 노력에 감동하고 만다. 그는 나에게 무엇을 말하려는 걸까?

지난 2년 동안 코비에게 다시는 전화하지 말라고 했던 마지막 통화를 몇 번이나 떠올렸을까? 일주일쯤 지나자 분노와 실망은 가라앉았고, 나는 다시 이야기할 준비가 되었다. 하지만 그는 전화하지 *않았다*. 내가 한 말을 그대로 받아들인 것이다. 그러다 병에 걸려 세상을 떠났고, 우리는 마지막 통화 후로 단 한마디도 나누지 못했다. 그러니 어쩌면 나는 매니라는 사람을 만나야 할지도 모른다. 코비와의 전화를 끊은 날과 그가 죽은 날 사이에 무슨 일이 있었는지, 그 공백을 채워 줄 사람이라면 그의 감방 동료만 한 이가 또 있을까?

그다음 며칠 동안 나는 갈팡질팡한다. 엄마는 내가 그와 연락하는 것에 반대한다. 일을 괜히 더 복잡하게 만들 필요가 있느냐는 것이다. 하지만 브라이언은 매니가 무슨 말을 하려 했는지 계속 궁금해하느니, 차라리 직접 만나서 들어 보는 편이 나을지도 모른다고 말한다. 그래서 그가 적어 준 번호로 전화를 걸어 2층으로 연결해 달라고 한다. 누군가 전화를 받자 매니와 통화하고 싶다고 말한다. "접니다." 그가 대답한다.

우리는 토요일, 그의 근무가 끝난 뒤 몰에서 만나기로 한다. 나는 파밍턴으로 차를 몰며 긴장한다. 함께 가겠다는 브라이언의 제안을 받아들였어야 했던 건 아닐까, 하는 생각이 든다. 도착해서 예전에 주차했던 노드스트롬 주차장으로 들어간다. 이전에 왔을 때와 달리 골라 델 수 있을 만큼 빈자리가 많다. 온라인 쇼핑 때문이기도 하겠지만 사람들 사이에 남아 있는 코로나 후유증 때문일지도 모른다. 혹시 몰라 가방에 마스크를 챙겨왔지만, 매니가 쓰지 않는다면 나도 굳이 쓰지 않을 생각이다.

우리는 중앙 코트 아래층 좌석 공간에서 만나기로 했다. 몇몇 쇼핑객이 이야기를 나누고 있고, 중년 남자 한 명이 작은 테이블에 혼자 앉아 있다. "에밀리?" 그는 키가 작고 통통하며 근무복을 입고 있다. 베이지색 모자에 청록색 골프 셔츠 위로 베이지색 앞치마를 둘렀다. 그는 코비가 가지고 있던 사진 덕분에 나를 알아봤다고 한다. "와 주셔서 감사합니다." 그가 말한다. "포옹해도 될까요?" 그가 이미 두 팔을 벌리고 있어서 거절하기 어색하다. 그에게서 계피 냄새가 난다.

"앉으세요." 테이블에는 종이컵 두 개와 커다란 마닐라 봉투가 놓여 있다. "차 드세요? 저는 오후에 차를 마셔요. 당신 것도 하나 가져왔어요. 차이티 괜찮으세요?" 그는 긴장한 것 같고, 나도 그렇다.

나는 딱 좋다고 말한다. 우리는 차를 홀짝이며 의례적인 말을 몇 마디 나눈다. 그가 메이지는 잘 지내냐고 물어서 핸드폰에 저장된 최근 사진을 보여 준다. "쑥쑥 크네요." 그가 말한다. 그의 딸기 빛이 도는 가는 금발 머리는 염색한 것처럼 보인다. 손에는 투명 매니큐어를 발랐고, 한쪽 귀에는 작은 스터드 귀걸이를 했다. "뭐 좀 드실래요? 스콘이나 머핀 같은 거?" 나는 고개를 젓는다. 바로 본론으로 들어가고 싶다.

"봉투에 뭐가 있죠?" 내가 묻는다.

그는 법정 서류 크기의 종이에 그린 연필 스케치를 한 장 꺼낸다. "코비가 그린 거예요. 벽화를 준비하면서 그렸던 거죠." 그림 속에는 세 소년이 있다. 둘은 흑인, 하나는 백인으로 물가에서 돌을 던지며 웃고 있다. 그중 후드티를 입은 소년은 플로리다에서 자경단원에게 총을 맞아 숨진 그 순진한 아이를 닮았다. "이런 연습 그림을 열다섯, 스무 장쯤 그렸어요. 이걸 코비가 뭐라고 불렀는데 잘 기억이 안 나네요."

"스터디요." 내가 말한다.

"그래요, 스터디. 벽화 작업을 끝낸 뒤 코비가 그림들을 버리기 시작했어요. 제가 이 그림이랑 저를 그린 그림을 주워 놨죠. 강 위에서 튜브를 타고 떠내려가는 제 모습이었어요. 그건 제가 가지고, 이건 당신이 갖는 게 좋을 것 같아요. 다른 두 명이 누구를 뜻하는지는 모르겠지만, 그 백인 아이는 한동안 예이츠에 있었어요. 보호소에서 개들을 죽였던 애죠."

"솔로몬. 면회 갔을 때 한 번 본 적 있어요. 새어머니에게 행패를 부리다가 난리가 나서 교도관들이 발버둥 치며 소리 지르는 그를 끌어냈어요. 우리도 모두 나가게 했죠." 내가 말한다.

"네, 그 애는 제정신이 아니었어요. 게다가 정말 골칫거리였죠. 죄송합니다. 표현이 거칠었네요. 그래도 코비는 대단했어요. 그 애가 괴롭힘을 당하고 있었는데 코비가 지켜 줬거든요. 그런데 그 일로 코비까지 표적이 됐어요. 전 늘 말했죠. '코비, 그 애 일에 너무 깊이 끼어들지 마. 그러다 네가 다치는 수가 있어. 네가 그 애 아버지도 아니잖아.' 그런데 코비는 한쪽 귀로 듣고 한쪽 귀로 흘리더군요. 어쨌든 어떻게 했는지 모르겠지만 코비가 결국 그 애를 정신병원으로 보내는 데 성공해서 예이츠에 갇혀 있지 않게 되었죠."

코비가 솔로몬을 위해 그렇게까지 나선 건 처음 듣는 이야기였지만 놀랍지는 않았다. 그는 괴롭힘을 몹시 싫어했다. 나는 그 이유가 어렸을 때 아버지에게 당했던 일들과 무관하지 않다고 오래전부터 짐작해 왔다. 매니의 말처럼 그가 왜 솔로몬을 위해 그렇게까지 했는지 누가 알겠는가. 어쩌면 니코의 죽음에 대해 어떤 식으로든 속죄하려 했는지도 모른다.

나는 매니에게 그림을 전해 줘서 고맙다고 말하고 그것을 다시 봉투에 넣는다. 그리고 편지에서 내가 모르는, 꼭 전해야 할 이야기가 있다고 하지 않았느냐고 묻는다.

그의 얼굴이 진지해진다. "우선 코비는 당신 이야기를 정말 자주 했어요. 당신을 아주 많이 사랑했죠."

"나도 사랑했어요, 매니. 지금도요. 다만 상황이 너무 복잡해졌죠."

"아드님이 세상을 떠난 뒤부터란 뜻이군요." 그가 말한다. "코비는 그 일에 대해 많이 이야기하진 않았지만, 그가 느끼는 죄책감이 절대 엷어지지 않는다는 건 알 수 있었어요. 아래쪽 침상에서 코비가 우는 소리를 들은 적이 많아요. 가끔은 자다가도 울었어요. 한 번은 그러더군요. 당신에게 고통을 안겨 준 자신을 절대 용서하지 못할 거라고."

나는 그를 외면하다가 다시 바라본다. "니코가 죽기 전에도 우리 사이에는 문제가 있었어요." 왜 이제 막 만난 사람에게 이런 이야기를 털어놓는지 모르겠지만 나는 멈추지 않는다. "그이가 직장을 잃고 집에서 아이들을 돌보게 되었을 때, 그는 그게 잠깐일 거라고 생각했어요. 우리 둘 다 그렇게 믿었죠. 하지만 자기 분야에서 다시 일자리를 찾지 못하자 그이는 우울해했어요. 불안해했고 잠도 제대로 못 잤어요. 불안을 가라앉히는 약을 처방받으라고 먼저 말한 건 저였어요. 하지만 그 약에 중독성이 있고, 그가 과다하게 복용한다는 건 몰랐어요. 그이는 아이들을 돌보면서 낮에 술까지 마셨는데, 그 사실을 저에게 숨겨서 저는 전혀 몰랐어요."

매니가 나를 회의적인 눈빛으로 본다. "흠." 그가 말한다.

"뭐죠?"

"아니, 별건 아니에요. 그냥 저는 중독자들을 많이 봤거든요. 몇몇은 연인이기도 했고요. 그런데 그들이 아무리 숨기려 해도 보통은 어떤 식으로든 티가 나더라고요."

이 사람이 지금 무슨 말을 하는 거야? 내가 충분히 살피지 않았다는 거야? 내가 외면하고 있었다는 거야? "매니, 당신은 전업 교사의 삶이 얼마나 정신없는지 모르잖아요. 특히 집에서 두 살짜리 아이 둘이 기다리고 있다면 더 그렇죠. 코비가 하루 내내 아이들을 보지만, 내가 문을 열고 들어가면 아이들은 곧장 엄마를 찾아요. 저녁 먹이고 목욕시키고 겨우 재워 놓으면 저는 또 학교 일을 해야 하죠. 그러다 보니 어쩌면 몇 가지 신호를 놓쳤을 수도 있지만……." 나는 말을 흐린다. 굳이 끝맺지 않는다. 그에게 해명할 필요가 없다.

"아니면 코비가 제가 알던 사람들보다 더 흔적을 잘 감췄을 수도 있죠. 그건 그냥 *제* 경험일 뿐이에요. 중독자마다 다 다르잖아요. 그렇죠?"

"그렇죠."

나는 일부러 손목시계를 들여다보고 시간이 좀 빠듯하다고 말한다. 메이지에게 돌아가야 한다고. 거짓말이다. 브라이언이 메이지와 새로 개봉한 픽사 영화를 보러 갔으니 서두를 필요는 없다. 그런데도 나는 매니에게 약 20분 후에는 가 봐야 한다고 말한다. "그래서 저에게 꼭 해야 한다던 이야기가 뭔가요?"

그는 잠시 내 시선을 피하며 손을 꼼지락거린다. 그러다 나를 똑바로 바라보며 말한다. "코비가 소변 검사에서 걸린 게 다시 약을 시작했다는 뜻이라고 당신이 생각한 건 이해해요. 그리고 소변이 왜 그렇게 나왔는지 코비가 설명하려고 했을 때 그게 헛소리라고 생각한 것도 이해해요. 중독자들은 거짓말을 하죠. 그건 부정할 수 없어요. 하지만 제가 그와 한방을 쓰는 동안 그는 내내 깨끗했고 술도 끊은 상태였어요. 하느님께 맹세해요.

그는 일주일에 두어 번 모임에 갔고, 그들에겐 성경과도 같은 『빅북』을 항상 읽었어요.

그들이 그를 내보내 주지 않자 그는 완전히 폭발했고 결국 징벌방에 끌려갔죠. 다시 우리 층으로 돌아오자마자 제일 먼저 한 말이 당신에게 전화해서 왜 검사에서 걸렸는지 설명해야 한다는 거였어요. 통화를 마치고 돌아왔을 때는 대화가 완전히 틀어졌다고 하더군요. 그 일로 그는 완전히 무너졌어요, 에밀리. 전화를 끊고 코비가 얼마나 고통스러워했는지 보기 힘들 정도였어요. 오해하지는 마세요. 당신이 왜 그렇게 했는지 이해해요. 그가 다시 약을 한다고 믿었다면, 더는 연락하지 말라고 한 것도 이해해요. 하지만 그는 그 약을 합법적으로 *처방받아* 복용 중이었어요. 그들이 약속했던 시간에 내보내 주기만 했어도 그렇게까지 이성을 잃지는 않았을 거예요. 그리고 그런 일이 없었다면 그는 오늘 살아 있었을 거예요. 저는 정말 그렇게 믿어요."

이제 우리 둘 다 눈물을 흘린다. 매니는 양해를 구하고 자리에서 일어나 스타벅스 카운터 쪽으로 걸어간다. 그의 말이 옳다. 그건 끔찍한 오해였고, 우리가 대화를 나눴던 시간으로 되돌아갈 수만 있다면 무엇이든 하겠다는 생각이 든다. 그 일을 떠올릴 때마다 후회와 수치심이 밀려온다. 하지만 그렇다고 해도, 처방이 있었든 없었든 과거에 약을 남용한 전력이 있는데 왜 벤조디아제핀을 복용한 걸까? 우리를 그렇게 사랑했다면 왜 그런 위험을 자초했을까? 이미 지나갔다고 생각한 분노의 감정이 다시 치밀어 오른다. 어쩌면 오늘 여기 나가지 말아야 한다는 엄마 말이 맞았는지도 모른다. 왜 괜히 일을 복잡하게 만들었을까? 나는 손으로 눈물을 훔치고 누가 보거나 듣는지 주위를 둘러보지만 아무도 없다. 가까이 앉은 사람은 십 대 소녀 둘뿐인데, 또래 여자아이들이 으레 그렇듯 자기들 얘기에 푹 빠져 있다.

매니가 냅킨을 한 움큼 쥐고 돌아온다. 몇 장은 자기가 갖고 나머지를 내 앞으로 밀어 준다. 그는 눈을 닦고 코를 풀더니 말을 이어간다.

"나랑 코비가 같은 시기에 코로나에 걸렸어요." 그가 말한다.

"뭐라고요? 당신도 걸렸어요?"

"네. 우리 둘 다 리커스에서 이송돼 온 사람한테 옮은 게 확실해요. 그는 스포츠 도박장을 운영한 혐의로 들어온 이발사였어요. 그가 우리 층 사람들에게 머리를 깎아 주겠다고 했죠. 그때 그 사람이 기침했던 게 기억나요. 하지만 그땐 다들 별일 아니라고 여겼어요. 그런데 그가 도착한 지 일주일도 안 돼 병원으로 실려 갔다가 다시는 돌아오지 않았어요.

나랑 코비 둘 다 몸이 엉망이 되기 시작했어요. 두통에 몸살에 발작적인 기침까지. 코비가 나보다 더 심했어요. 누우면 기침이 더 심해졌지만 너무 기력이 떨어져서 앉아 있는 것조차 힘들어했어요. 소등 후에는 그가 헐떡이는 소리가 들릴 때도 있었죠. 그러다 갑자기 조용해지곤 했어요. 너무 조용했어요, 아시죠? 그래서 제가 침대에서 내려와 그가 뭐…… 그런 건 아닌지 확인했죠. 우리 층에 있는 다른 사람들의 기침 소리도 들렸어요. 우리 중 서너 명이 그 이발사한테 머리를 깎았거든요. 아마 그가 이른바 '슈퍼 전파자'였던 것 같아요."

그가 이야기를 그만할지 물어서 내가 고개를 젓는다. 바로 이런 이야기를 들으러 온 거니까.

"몇 명이 아프기 시작하자 시설 전체가 봉쇄됐어요. 식당을 닫고 직원들이 식판 투입구로 식사를 넣어 줬죠. 다른 동에도 집단 감염이 있는지 물어봐도 아무도 대답해 주지 않았어요. 모든 걸 쉬쉬하는 분위기였죠. 그래서 더 불안했어요. 저는 미각과 후각을 잃었지만 그래도 기력을 유지하려고 조금은 먹으려고 했어요. 코비는 너무 아파서 먹지도 못했어요. 통증 때문에 자주 울부짖었고 계속 뭔가 말하려 했어요. 대부분은 알아들을 수 없었지만 뒤쪽 강에 대해 뭔가 말하는 건 들었어요. 나중에는 제가 못 알아듣는 게 답답했는지 결국 그냥 눈을 감고 말을 안 하더군요.

그날 밤 그의 상태가 더 나빠졌어요. 난 *뭐라도* 해야 해서 식판 투입구로 소리를 질렀죠. *'레드베터를 병원에 보내야 해요! 레드베터를 병원으로 데려가요!'* 제 말이 전달되긴 한 것 같아요. 하지만 새벽 2시가 되어서야 구급차가 도착했죠. 그게 그를 본 마지막이었어요. 나중에 들으니 병원에 코로나 환자들이 너무 많아서 병상이 날 때까지 들것에 실린 채 복도에서 기다려야 했대요. 마침내 인공호흡기에 연결됐을 땐 이미 늦어 버렸어요. 결국 그는 돌아오지 못했죠."

나는 눈물을 흘리며 그가 가져온 봉투를 집어 드는 모습을 바라본다. 봉투를 뒤집자 작은 돌 하나가 떨어진다. "코비가 야외 작업을 했을 때 강에서 주운 돌이에요. 포기하고 싶어질 때마다 이걸 쥐면 희망이 생긴다고 했어요. 당신이 간직하고 싶을 것 같다는 생각이 들어서요."

그가 건넨 돌을 나는 찬찬히 살펴본다. 회색과 흰색이 섞인 타원형의 단순한 돌로 만지면 매끄럽다. 대부분 석영인 것 같다. 나는 그것을 꼭 쥐며 코비가 이 돌을 쥔 모습을 상상한다. 매니에게 고맙다고 말하고 돌을 다시 봉투에 넣는다. "그에게 좋은 친구가 되어 줘서 고마워요. 그리고 당신이 살아남아서 다행이에요. 예이츠에서는 코로나로 몇 명이나 죽었죠?"

"내가 나올 때까지는 열두 명쯤이었어요. 지금은 더 늘었을지도 모르죠. 교정 당국은 그런 숫자를 쉬쉬하려고 해요."

"그래도 대응 조치들은 마련했겠죠?"

"아, 물론이죠. 교정 당국은 바이러스 확산을 막기 위한 각종 규칙과 규정을 만들어 냈어요. 문제는 그 규칙들이 제대로 지켜지는지 확인하는 사람이 거의 없었다는 거죠. 마스크를 쓰는 게 남자답지 않다고 생각하는 교도관이 많아요. 그래서 마스크를 한쪽 귀에 걸고 다니거나 주머니에 쑤셔 넣고 돌아다니는 모습을 흔히 볼 수 있었죠. 그리고 백신이 나왔을 때 일부 교도관들은 접종을 거부했어요. 정부를 믿을 수 없다는 거죠. 특히 바이든이 취임한 뒤로 더 그랬고, 그래서 사망자들이 있었어요. 그리고 그렇게 오랫동안 격리되다 보니 정서적인 문제도 많았어요. 면회도 못 하고, 전화도 안 오고, 식당도 못 가고, 도서관도 못 가고. 이건 마치 몇 주씩 독방에 갇힌 거나 다름없었어요. 그런데 우리가 그 고립을 견딜 수 있도록 직원들이 한 일이 뭔지 아세요? 색칠 공부 책이랑 퍼즐 책을 나눠 주면서 시간을 보내래요. 망할 놈의 멍청한 그림을 열심히 색칠하다 보면 주위에서 사람들이 병들어 죽어 가는 걸 까맣게 잊을 줄 알았나 봐요!"

그는 욕을 해서 미안하다고 사과한다. 교도소에 한동안 있으면 욕을 하는 게 숨 쉬는 것만큼 자연스러워진다고. "괜찮아요." 내가 말한다. 하지만 나는 이미 들을 만큼 들었다. 그래서 그에게 고맙다고 말하고 이제 가 봐야겠다고 한다.

"네, 하지만 잠깐만 기다려 줄 수 있을까요? 코비가 달가워하지 않을 것 같지만, 그래도 이건 당신에게 전해야 할 것 같아요."

나는 다시 자리에 앉는다.

"코비는 그곳에 처음 들어왔을 때 많이 힘들어했어요. 사람들에게 험한 욕을 먹고 침대 시트에 대변을 묻혀 놓는 짓까지 당했죠. 특히 아이가 죽은 사건에 연루된 신참에게 어떤 수감자들은 변태 같은 짓을 해요."

맙소사, 불쌍한 코비! 나는 매니에게 그런 일이 벌어지는 줄은 전혀 몰랐다고, 그가 내게 숨겼다고 말한다.

"당신을 걱정시키고 싶지 않았던 거겠죠. 제가 좀 도와줬어요. 감옥에서 버티는 요령도 알려 주고 시간이 지나면 나아질 거라고 약속했죠. 솔직히 그가 안쓰러웠어요. 게다가 코비는 귀엽잖아요. 내가 그를 좀 좋아했는데, 코비는 나에게 전혀 관심이 없었어요. 어떤 남자들은 교도소에선 동성애자로, 나가면 이성애자로 살기도 하지만 코비는 그 선을 넘을 생각은 없다고 분명히 했고 저도 그걸 존중했어요."

이 이야기를 하려고 나를 붙잡았나? 이게 내가 꼭 알아야 할 일인지는 잘 모르겠는데.

"어쨌든 코비가 교도소 생활에 좀 익숙해지고 나서는 상황이 나아졌어요. 우리 층 사람들도 그를 알게 되고 좋아하게 되면서 더 이상 괴롭히지 않았죠. 저와 그는 이미 친구였지만 나중에 같은 방을 쓰게 됐어요. 저는 두 번이나 수감 생활을 하면서 여러 감방 동기를 만났지만, 코비만큼 좋은 사람은 없었어요. 우리는 성격이 정반대였고 나 때문에 코비가 가끔 짜증이 났던 것 같기도 해요. 그래도 전반적으로는 잘 지냈어요. 그는 정말 의리 있고 믿을 만한 사람이었어요. 이 말을 오해하지 않았으면 좋겠는데, 에밀리. 저는 그를 사랑하고 존경했어요. 거의 모두가 그랬죠. 우리는 심지어 그가 출소하는 줄 알았을 때 파티까지 열어 줬어요. 코비를 노리던 그 두 개새끼만 아니었으면 코비는 정말 *나갔을* 거예요. 말이 거친 건 다시 사과할게요."

"그게 무슨 말이죠? 누가 그를 노렸다는 거예요?"

"우리 층의 교도관 두 명이요. 그들은 코비의 삶을 지옥으로 만들려고 작정하고 달려들었어요."

"왜요? 그가 무슨 짓을 했다고요?"

매니가 나를 외면하더니 한숨을 쉬고 다시 나를 본다. "코비가 그들에게 맞섰거든요. 그들의 말도 안 되는 행동을 그냥 넘기지 않았죠. 지금 생각해 보면 그 모든 일은 당신에게서 시작됐어요."

"저에게서요? 그게 무슨 뜻이죠?"

"당신이 코비를 면회하러 왔잖아요. 아마 당신의 평일 첫 방문이었을 거예요. 그런데 그 얼간이 중 하나가 당신에게 시비를 걸었죠. 금속 탐지기 때문이었나?"

나는 그 일을 떠올리며 고개를 끄덕인다. "그가 나를 괴롭혔어요. 이름은 기억이 안 나지만……."

"피카디요. 그리고 결국 당신을 면회실로 들여보냈을 때 코비 말로는 당신이 꽤 충격을 받았다고 하더군요. 다음 날 코비가 그 일로 피카디에게 따졌어요. 다시는 당신을 그렇게 대하지 말라고 경고했죠. 그게 계기가 된 거예요. 피카디와 그의 오른팔 안셀모는 사람들을 괴롭히는 인간들이었어요. 코비가 그들에게 맞섰다는 건 그들의 적이 됐다는 뜻이었죠."

나는 코비에게 그냥 넘어가라고 했던 게 기억난다고 말한다.

"글쎄요, 그는 그럴 수가 없었어요. 당신의 명예를 지켜야 했던 거죠. 하지만 그건 시작에 불과했어요. 안셀모와 피카디는 온갖 추잡한 짓을 다 하면서도 들키지 않는다고 생각했어요. 적어도 그들은 그랬죠. 코비가 작업반에 있을 때, 근처를 돌아다니던 야생 칠면조들을 그들이 학대하는 걸 목격했어요. 재미로 칠면조들에게 페퍼 스프레이를 뿌렸죠. 그래서 그 일을 고발하려 했어요. 솔로몬 일도 그렇고. 아까 말했듯이 그 둘은 무리에서 가장 약한 사람들을 괴롭히는 걸 좋아했거든요. 그 애는 너무 망가져 있어서 자신을 지킬 수 없었고 코비가 대신 나선 거예요. 그 일로 그들은 그를 증오하게 됐고 상황은 점점 더 나빠졌어요. 그들은 계속 그를 괴롭히고, 도발하고, 한밤중에 깨워 겁을 주곤 했죠. 한번은 우리 감방에 뱀을 풀어놓기도 했는데 그건 코비보다 오히려 제가 더 힘들었죠."

"잔인하긴 하지만 한편으론 유치하게 들리네요."

"맞아요. 그런데 나중엔 선을 한참 넘었어요. 그에게 정말 나쁜 짓을 했어요."

"무슨 짓이요?"

"어쩌면 말하지 않는 게 나을지도…… 그게 그가 벤조디아제핀을 복용하기 시작한 이유거든요. 정말 알고 싶다고 확신해요?"

나는 확신은 *없지만*, 알고 싶다고 말한다. 이 이야기를 들으려고 여기까지 운전해 온 거니까.

"그렇다면 좋아요. 어느 날 밤 우리가 식당에서 나오는데 안셀모가 그를 불러 세웠어요. 식탁에서 소금통을 훔쳤다고 몰아세웠죠. 모두 터무니없는 혐의라는 걸 알았지만, 안셀모는 그걸로 그의 몸을 수색할 구실을 얻었어요. 그만 따로 불러서요. 피카디는 그날 근무가 아니었지만 그 일에 가담했어요. 현장에 있었죠." "그들이 그를 때렸나요?" 내가 묻는다.

"겉으로 티가 날 정도는 아니었어요. 그런 위험은 감수하지 않았죠. 대신 그를 모욕하고 입을 다물게 할 방법을 찾았어요. 그 일이 일어난 뒤 코비는 달라졌어요. 그 불쌍한 친구는 늘 불안해하고 우울해하고 잠도 제대로 못 잤어요. 그들을 두려워하게 돼서 둘이 같이 근무하는 날이면 감방에만 틀어박혀 있었죠. 그래서 약을 먹기 시작한 거예요. 출소를 앞두고 그 약 때문에 약물 검사에 걸렸고요."

"무슨 말을 하는 거예요, 매니? 코비가 왜 그들을 두려워했죠?"

그는 고개를 숙인 채 나를 보지 않는다. "예이츠에선 교도관들이 방어용 장비를 휴대해요. 페퍼 스프레이, 곤봉 같은 것들이죠. 싸움을 제지하거나 폭동이 일어나면 수감자들을 통제하기 위해서요. 그리고……"

"곤봉이요?"

"옛날 경찰들이 들고 다니던 몽둥이 같은 거요. 다만 이건 금속 막대인데 길이가 60센티미터에서 70센티미터 정도까지 늘어나요. 필요하면 휘두를 수 있게요."

"뭐라고요? 난 잘 모르겠…… 그들이 그걸로 코비를 때렸다는 거예요?"

"아니요. 먼저 알몸 수색을 했어요. 그리고 몸을 숙이게 한 다음, 그걸로 강간했어요. 항문으로."

속이 울렁거린다. 토하기 전에 이 자리를 벗어나야 한다. "실례할게요." 나는 벌떡 일어서며 매니에게 말한다.

"괜찮으세요? 당신이 알아야 한다고 했잖아요. 하지만……."

나는 가게들과 키오스크를 지나 화장실을 찾을 때까지 달린다. 칸에 들어가 문을 잠그고 고개를 떨군 채 코비를 위해 오래도록 엉엉 운다. 마침내 울음을 멈출 수 있게 되자 세면대로 가서 거울 속 부어오른 붉은 얼굴에 찬물을 끼얹는다. 밖으로 나오자 매니가 서서 나를 기다린다. "이거 두고 가셨어요." 그가 봉투를 내민다. 나는 겨우 고맙다고 말하지만, 어서 차에 올라 이곳을 떠나야 한다.

"결국 업보는 돌아왔어요, 에밀리. 코비에게 한 일 때문은 아니지만 다른 수감자들에게도 비슷한 짓을 하고 있었거든요. 둘 다 해고됐어요. 그리고 체포됐죠. 코비도 그 사실만큼은 알고 있었어요. 다만 그가 조금만 더 오래 살았더라면, 지금 그 둘이 각각 뉴욕 북부와 메사추세츠에서 복역 중이라는 걸 알았을 텐데, 그게 아쉬워요. 그리고 예이츠에서 그들이 저지른 짓이 퍼졌다면 이제는 하루 24시간 뒤를 조심해야 할 겁니다."

나는 충동적으로 손을 뻗어 그의 뺨을 만진다. 그는 내 손 위에 자기 손을 얹는다. 나는 정말 가 봐야겠다고 말한다.

"그래요. 저기, 들어 봐요. 나는 코네티컷을 떠나면 뉴저지로 돌아갈 거예요. 여동생이랑 제가 삼촌에게 모텔을 물려받았거든요. 조지워싱턴 브리지 바로 건너 포트리에 있어요. 그쪽을 지날 때 묵을 곳이 필요하면 언제든 환영이에요. 돈은 안 받아요."

"그래요, 고마워요."

나는 노드스트롬 출구 쪽으로 빠르게 걸어간다.

"루트 나인에 있어요. 예전에 팰리세이즈 파크가 있던 곳 근처요."

"아, 네."

"수영장도 있어요! 무료 콘티넨털 아침 식사도 나오고요! 언제든 와요, 에밀리!"

~

집으로 운전해 가는 동안 나는 그에게서 들은 말을 떨쳐 낼 수 없다. 금속 막대인데 길이가 60센티미터에서 70센티미터 정도까지 늘어나요. 그걸로 강간했어요, 항문으로…… 포기하고 싶어질 때마다 이걸 쥐면 희망이 생긴다고 했어요…… 아래쪽 침상에서 우는 소리를 들은 적이 많아요. 가끔은 자다가도 울었어요…… 그런데 그들이 아무리 숨기려 해도 보통은 어떤 식으로든 티가 나더라고요.

언젠가 학교에서 돌아왔을 때 코비의 입에서 술 냄새가 난 적이 있었던 것 같다. 그리고 그때 아티반을 세어 보면서 왜 처방을 다시 받기도 전에 약이 떨어질 것 같은지 의아해했다. 하지만 그 무렵 그는 매사에 지나치게 예민했고, 나는 또 다투는 게 싫어서 그냥 지켜보기로 했다. 그러니까 징후가 있었는지도 모른다. 어쩌면 그는 내가 알아봐 주길 기다리며 일부러 티를 내고 있었던 게 아닐까.

~

코비의 유해가 화장장에서 돌아왔을 때 그의 어머니와 나는 반씩 나누기로 했다. 절반은 어머니에게, 절반은 나에게. 어머니는 셸터링 암스 묘지에 자리를 샀다. 아들을 기리기 위해 평평한 묘석을 세우고, 그 아래에 어머니의 몫을 묻었다. 찾아가고 장식할 수 있는 무덤을 갖기 위해서였다. 이 모든 일이 1년 반 전에 일어났다. 그동안 내 몫의 유골을 담은 단지는 침실 옷장 선반에 놓여 있었다. 하지만 이제는 더 이상 미룰 수 없다.

코비가 자연을 사랑했던 걸 떠올리며 내가 가진 유골을 위쿼넉 강에 뿌리기로 결심한다. 강이 스리리버스 쪽으로 들어가는 지점에 보트 진입로가 있다. 나는 날짜를 정하고, 이른 아침에 하게 될 소박한 추모식을 상상하며 초대할 사람들을 적어 본다. 코비의 부모님, 매니, 파텔 박사, 밀먼 부인. 솔로몬도 올 수 있을 정도로 건강이 회복됐다면 초대하고 싶지만 연락할 방법을 모르겠다. 메이지를 데려가야 할까? 아직 결정을 못 내리겠다. 아빠가 재와 뼛조각으로 변했다는 개념은 아이가 감당하기엔 너무 어려울지도 모른다. 어쩌면 브라이언과 집에 있는 편이 나을지도.

그날 저녁 추모식 계획을 생각하다가 교도소에서 솔로몬의 새어머니 에이드리엔과 전화번호를 주고받았다는 사실이 생각난다. 연락처에서 그녀를 찾아 다음 날 아침 전화를 건다. 그녀는 나의 상실에 애도를 표하며 인사가 늦어서 미안하다고 한다. "예이츠에 있을 때 당신 남편이 솔로몬을 얼마나 감싸 줬는지 들었어요. 그 일로 대가를 치렀다는 것도요." 그녀는 어떻게 알게 되었는지 말하지 않고, 나도 묻지 않는다.

"솔로몬은 지금 어떻게 지내나요?" 내가 묻는다.

"훨씬 좋아졌어요." 그녀가 말한다. 나는 코비의 재를 뿌리는 자리에 그를 초대하고 싶어 연락했다고 말한다. 날짜와 시간을 전하며 그에게 알려줄 수 있겠느냐고 부탁한다. "하지만 꼭 와야 한다고 생각하진 않도록 전해 주세요."

그녀는 요즘 솔로몬과 거의 연락이 닿지 않지만 이 소식은 꼭 전하겠다고 말한다. "부족 사람인 론과 베브 브람릿이라는 부부가 그를 돌봐 줘서 지금은 보호구역에서 함께 살고 있어요. 제가 베브에게 전화해서 전해 둘게요. 솔로몬은 카지노 식음료팀에서 일해요. 솔직히 솔로몬이 직장 생활을 유지할 거라고 상상도 하지 못했는데, 아주 잘 해내고 있어요. 복용 중인 약이 도움이 됐어요. 부작용이 몇 가지 있지만 지금까지 솔로몬이 해낸 걸 생각하면 그럴 만한 가치가 있었어요."

나는 그 소식을 들으니 기쁘고 코비도 아주 기뻐했을 거라고 말한다.

매니가 지내던 중간 거주 시설에 전화를 걸었더니 이미 다른 주로 떠났다고 한다.

파텔 박사는 참석하고 싶지만 유럽에 있을 예정이라 어렵다고 한다. 전화를 끊기 전에 메이지를 추모식에 데려가야 할지 묻는다. "에밀리, 당신은 메이지가 감옥에 있는 아빠를 만나지 못하게 한 걸 후회한다고 여러 번 말했어요. 그런데 마지막 인사를 할 기회를 왜 또 뺏으려 하나요?"

"화장이 무엇인지 설명하다가 아이를 겁줄까 봐요."

"그런 것에 너무 연연하지 마세요. 대신 아이가 맡을 역할을 하나 줄 수 있잖아요. 자신이 중요한 일을 맡았다고 느끼고 집중할 수 있는 일이요. 이건 어디까지나 제 생각이고, 물론 결정은 당신이 해야겠죠."

"아이고, 이런. 그날 아침에는 일정이 있어요." 밀먼이 말한다. "하지만 오전 중반이면 끝나요. 아, 좋은 생각이 있어요. 어차피 그쪽에 오실 거면 남편의 벽화를 보러 오는 게 어때요? 저는 이제 은퇴했고 도서관은 코로나 이후로 다시 열지 않지만, 방문은 제가 주선해 볼 수 있어요. 코비의 추모식이 끝난 후 거기서 만나는 건 어떨까요?"

남편의 작품을 보고 싶은 마음과, 그 끔찍한 장소로 다시 돌아가야 한다는 두려움이 맞선다. 그래도 그러고 싶다고 대답한다. "딸도 데리고 갈 예정이에요. 아이도 함께 들어갈 수 있을까요?"

"물론이죠!"

코비의 부모님은 이미 묘지 추모식에 참석했고, 다른 이들도 올 수 없게 되자 나는 계획을 접는다. 보트 진입로에는 메이지와 나만 가기로 한다. 그 뒤에 차를 몰아 그곳으로 가서 밀먼 부인을 만나기로 한다.

산들바람이 부는 아름다운 가을 아침이다. 하늘은 푸르고 공기는 서늘하다. 올해는 늦은 편이지만 단풍도 절정을 이루고 있다. 메이지와 나는 낙엽이 흩어진 길을 따라 부두로 걸어 내려간다. 발밑으로 흐르는 강물 소리가 우리가 하려는 일의 배경음악이 되어 주는 것 같다.

나는 유골 단지의 뚜껑을 연다. 안에 넣어 둔 컵으로 절반을 뜬 뒤, 팔을 뻗어 들고 뒤집는다. 바람이 코비의 유골 대부분을 흐르는 강물 위에 실어 나르지만, 일부는 우리 재킷과 신발 위에 내려앉는다. 아주 잠깐 메이지와 나는 코비를 몸에 걸친 채 서 있다. 그러다 한 줄기 거센 바람에 그의 먼지가 날아가 버린다.

"안녕하세요."

뒤돌아보니 염소수염을 기른 호리호리한 젊은 남자가 보인다. 누구지? 여기서 뭐 하는 거지? 아, 맙소사. 생각난다. 내가 초대해 놓고 그의 새어머니에게 취소됐다고 연락하지 않은 것이다. 면회실에서 딱 한 번 본 게 전부였는데, 지금은 키도 더 커 보이고 몸도 단단해져서 소년이라기보다 남자 같다. "와 줘서 고마워요." 내가 말한다. 그는 짧게 고개를 끄덕인다.

"저 사람 누구야?" 메이지가 묻는다.

대답한 사람은 솔로몬이다. "코비는 내 친구였어."

그에게 유골 단지를 건네다가 그의 손이 떨리는 걸 알아챈다. 긴장했거나, 아니면 복용 중인 약의 부작용 때문일 것이다. 그래도 *해낸 걸 생각하면 그럴 만한 가치가 있다*고 에이드리엔이 말했던 게 떠오른다. 그는 컵을 꺼내 부두 위에 내려놓는다. 그리고 손바닥에 재를 조금 던 후, 깊게 숨을 들이마시고 강물 쪽으로 불어 보낸다.

나는 주머니에 손을 넣어 코비의 돌을 꺼내 메이지에게 건넨다. "메이지 아빠가 예전에 이 강에서 작은 돌을 주웠대요. 겉보기엔 특별할 게 없어 보이는데, 그의 친구 매니가 이걸 주면서 코비가 이 돌을 행운의 돌로 여겼다고 했어요. 슬프거나 속상할 때면 손바닥에 올려서 쥐고 있었대요. 그러면 마법처럼 기분이 나아졌다고요." 내가 그에게 설명한다.

솔로몬은 코비가 그 돌을 자기에게 빌려준 적이 있다고 말한다. "하지만 제가 돌려줬어요."

나는 메이지와 그 돌을 간직할지, 아니면 강으로 돌려보낼지 의논했다고 그에게 말한다. "코비라면 이 돌이 제자리로 돌아가길 바랄 거라고 결론 내렸어요." 솔로몬은 동의하듯 고개를 끄덕인다. 나는 메이지에게 준비됐는지 묻는다. 아이는 진지하고 엄숙한 표정으로 그렇다고 말하고 부두 끝으로 걸어간다. "안녕, 돌아." 아이는 몸을 뒤로 젖혔다가 돌을 힘껏 던진다. 돌은 물 위로 짧게 날아가 '퐁' 소리를 내며 가라앉는다.

부두를 내려와 주차장 쪽으로 걸어가며 나는 솔로몬에게 태워다 줄지 묻는다. 그는 괜찮다고 하면서 '위퀘넉 부모님'이 차에서 기다리고 있다고 한다. "그래요. 오늘 와 줘서 정말 고마워요." 나는 손을 내민다.

"별말씀을요." 그는 요즘 젊은이들처럼 담담하게 말한다. 하지만 그와 손을 맞잡는 순간 긴장해서 떨리는 게 느껴진다.

나는 그를 기다리는 부부에게 손을 흔든다. 그들도 손을 흔들어 답한다. 이제 끝내지 못한 마지막 정리를 하러 가야지.

파텔 박사가 해외로 떠나기 전에 마지막으로 한 상담에서, 그녀는 밀먼 부인의 제안을 받아들여 벽화를 보러 가라고 권했다. 나는 이제 브라이언과 약혼해서 그의 아이를 가졌지만, 코비가 감옥에 있을 때 그를 대했던 태도에 대한 죄책감이 여전히 남아 있다. "그의 벽화 앞에 서서 당신이 해야 할 말을 건네면 죄책감에서 벗어나 앞으로 나아갈 수 있게 될 거예요." 박사의 말이 떠오른다.

나는 존 메이슨 파크웨이를 따라 운전하다가, 깊게 숨을 들이마시고 방향 지시등을 켠 뒤 방문객 주차장으로 이어지는 긴 진입로로 들어선다. 코비의 어머니와 메이지와 내가 몇 시간 동안 서서 코비가 자유의 몸으로 걸어 나오리라 믿었던 눈 내리던 아침 이후로 벌써 3년이 지났다. 메이지는 뒷좌석에 있는 카시트에 앉아 아마 공룡에 관한 유튜브 영상을 보고 있을 것이다. 코비의 아버지와 그의 아내 나탈리가 아이를 공룡 주립 공원에 데려간 이후로 아이는 공룡에 푹 빠졌다. 코비가 세상을 떠난 뒤 그의 아버지는 손녀와 시간을 보내기 위해 의식적으로 노력해 왔다. 코비와 그의 관계가 워낙 많이 망가진 데다 복잡했기에 처음에는 그런 만남이 망설여졌다. 하지만 그들은 메이지에게 아주 잘해 줬다. 코비가 살아 있었다면 아버지가 손녀를 통해 그에게 속죄하는 모습을 보았을 텐데.

"메이지, 여기 익숙해 보이지 않니?" 내가 묻는다. 대답이 없다. 나는 목소리를 조금 높여 다시 묻는다. 아이는 창밖으로 울타리에 둘러싸인 위압적인 벽돌 건물들을 바라보다가 고개를 젓는다.

"아, 잠깐만. 여기 우리 첫 번째 아빠가 살던 곳이야. 여긴 감옥이지?" 메이지가 말한다.

"맞아." 나는 숨을 죽이며 아빠가 왜 여기서 살았는지 물을까 봐 걱정한다. 그건 아이가 조금 더 커서 알고 싶어 할 때 말해 줄 생각이지, 지금은 아니다. 그걸 묻는 대신 이렇게 말해서 나는 안도한다. "비키 할머니랑 한번 여기 와서 아빠를 만났어."

"그때 일을 기억해?"

"응. 처음엔 좀 무서웠어."

"감옥이라서 무서웠던 거야?"

"아니. 수염이 엄청 덥수룩해서 무서웠어. 근데 조금 지나니까 안 무서웠어. 아빠는 다정했어. 나한테 이야기를 읽어 줬어."

"이야기를 *써* 주기도 했지, 기억나?"

"응. 기린 가족 이야기. 그림도 그려 줬어. 나도 거기에 나와."

"맞아. 네가 옆집에 사는 여자아이였지."

"여기 왜 왔는지 다시 말해 줘." 메이지가 말한다.

"아빠가 여기 살 때 그린 큰 벽화를 보러 온 거야."

"도서관에 있는 거?"

"맞아. 아빠는 도서관 사서인 밀먼 부인과 친구였어. 네 아빠가 아주 뛰어난 화가니까 벽화를 그리게 하자는 건 밀먼 부인의 생각이었지. 부인과 안에서 만나면 어디로 가야 할지 안내해 주실 거야."

"아, 지금 아빠도 수염이 있는데 그건 깔끔해."

"응. 늘 다듬으니까."

"근데 가끔 세면대에 수염이 떨어져 있어. 으웩."

"음, 애야. 세상에 완벽한 건 없단다."

나는 차를 세운다. 우리는 차에서 내린다. 건물 쪽으로 걸어가 교도소 정문으로 이어지는 긴 시멘트 계단을 올라간다. 예전에 이 계단을 오르던 때가 떠오른다. 한 걸음씩 오를 때마다 불안이 커지곤 했다.

밀먼 부인이 우리보다 먼저 도착해 건물 안에서 기다리고 있다. 그녀는 미소를 지으며 메이지를 만나 반갑다고 말한다. "네 아빠가 그린 벽화를 너와 엄마에게 보여 줄 생각에 설렌다. 너도 보고 싶니?" 메이지는 그렇다고 대답한다. "그럼 가자. 날 따라오렴. 번거로운 절차를 건너뛸 수 있게 VIP 출입 허가를 받아 뒀단다. 여기서 30년 넘게 일했으니 그 정도 영향력은 있지." 그녀가 카운터 뒤 교도관에게 손을 흔들자 그도 손을 흔들어 답한다. 보아하니 VIP인 우리는 금속 탐지기를 건너뛸 수 있는 모양이다. 다행이다. 금속 탐지기를 통과하려고 차례를 기다리던 그 음울한 방과, 뭐가 자꾸 경보에 걸리는지 몰라 당황했던 순간이 떠오른다.

계단을 반쯤 올랐을 때 나는 밀먼 부인에게 은퇴한 지 얼마나 되었냐고 묻는다. "팬데믹이 시작될 때부터요. 그런데 이 사람들은 제 후임도 뽑지 않고 도서관을 여는 것도 질질 끌고 있어요. 될 때까지 계속 성가시게 굴 생각이에요. 이 친구들이 책을 접할 수 없다는 건 범죄죠."

2층 층계참에 다다르자 뱃속 아이가 갑자기 세게 발길질해서 "으앗!" 하는 소리가 튀어나온다. 밀먼 부인이 소리를 듣고 나를 바라본다. "오늘은 유난히 활발하네요." 내가 말한다. 부인이 몇 개월인지 물어 7개월 반이라고 답한다.

밀먼 부인이 메이지에게 돌아서서 동생으로 남자아이가 좋은지 여자아이가 좋은지 묻는다. "난 남동생이길 바랐는데 여자아이래요." 메이지가 답한다.

"그래도 넌 *멋진* 언니가 될 거야." 밀먼 부인이 말한다. 메이지는 어깨를 으쓱하며 아직은 모르겠다고 한다.

나는 학교에서 아이의 문제 행동에 관한 전화를 받던 예전처럼 딸에 대해 걱정하지 않는다. 브라이언이 아이에게 안정감을 주었고, 두 사람은 진심으로 서로를 좋아한다. 하지만 메이지는 반 아이들 사이에서도, 맞은편 집에 이사 온 맥널리 가족의 아이들 사이에서도 어딘가 겉돈다. 브라이언은 메이지보다 내가 더 그 점에 괴로워하는 것 같다고 말한다. 어떤 아이들은 무리에 섞이지 않아도 편안해한다고. 올해 메이지는 학교에서 로리라는 남자아이와 친구가 되었지만, 그 아이도 꽤 별난 편이다.

도서관에 들어가자 밀먼 부인이 불을 켜고 코비의 벽화를 가리킨다. "여기서 두 분만의 시간을 가지세요. 천천히 보세요." 그녀가 말한다.

우리는 한동안 말없이 그 앞에 서서 눈길을 위아래로, 좌우로 옮기며 바라본다. 마치 벽화가 우리에게 주문을 거는 것 같다.

메이지가 먼저 입을 연다. "와, 저거 익룡이야?"

아이가 손으로 가리키는 것을 보고 내가 말한다. "아니. 아마 푸른왜가리 같아. 하지만 익룡이 그 조상이라고 해도 놀랍지 않겠어."

"조상이라면 그들의 증조부모 같은 거지, 그렇지?"

"이 경우엔 그보다 훨씬 더 위야. 증증증증증증조부모쯤 되겠지."

"와, 멋지다." 메이지가 말한다.

그때 밀먼 부인이 코비가 벽화를 그릴 때 영감을 받았다는 그림 사진을 들고 돌아온다. "이 화가는 피터르 브뤼헐이에요. 16세기에 살았던 르네상스 화가죠. 그의 동시대 화가들은 대부분 궁정 사람들이나 저명인사의 초상화를 주문받아 그렸지만, 브뤼헐은 평범한 사람들을 그렸어요. 일하거나 노는 농민들 말이죠. 이 작품의 제목은 「이카루스의 추락이 있는 풍경」이에요. 다만 소년의 죽음은 묘하게 절제되어 표현돼 있죠." 그녀가 가리키는 부분을 보니 무슨 말인지 알 것 같다.

메이지가 끼어들어 이 도서관에 공룡 책이 있느냐고 묻는다.

"적어도 두어 권은 있단다. 같이 가서 찾아보자. 엄마가 네 아빠 그림과 잠시 둘만의 시간을 가질 수 있게." 밀먼 부인이 말한다. 파텔 박사가 그녀에게 뭐라고 했는지 모르겠지만, 내가 온 이유를 대강 눈치챈 것 같다.

파텔 박사의 조언을 떠올리며 나는 조용히 속삭인다. "코비, 나 여기 왔어. 당신 벽화 보러." 왠지 그 말을 마음속으로 생각만 하는 게 아니라 실제로 입 밖으로 내야 할 것 같다.

"당신이 만들어 낸 이 작품에 정말 감동했어. 매일 조금씩 여기에 생명을 불어넣으며 작업하는 모습이 눈에 보이는 것 같아." 나는 더 가까이 다가가 붓질에 집중하면서 손끝으로 그 결을 따라간다. 이렇게 하니 면회실에서 어색하게 하던 포옹보다 그와 더 가까워진 느낌이 든다.

"저기…… 전경에 있는 사람이 당신인 걸 알아보겠어. 오늘 아침 우리가 당신의 재를 떠나보낸 그 강을 더 높은 곳에서 내려다보고 있잖아." 나는 목이 메어 잠시 말을 멈췄다가 다시 잇는다. "튜브를 타고 떠내려가는 사람 중 하나는 매니 같아 보이고…… 강을 따라 난 길 위에는 나와 메이지가 보여……. 그리고 밀번 부인이 당신에게 영감을 주었다고 한 그 그림 속 농민들처럼 원주민 남녀가 각자의 삶을 살아가고 있어.

아, 저기 밀번 부인이 물속으로 걸어 들어가고 있네. 물수제비를 뜨는 세 소년 근처에 파텔 박사도 있고. 매니와 만났을 때 당신이 저 소년들을 그린 습작을 받았어. 그걸 액자에 넣어서 메이지 방과 내 방 사이 복도에 걸어 두었지. 그날이 오기 전까지 우리의 복도였던……." 목이 갈라진다. 나는 코트 주머니에서 휴지를 꺼내 눈과 코를 닦는다. "코비, 오늘이 되기 전까지는 차마 당신의 재를 뿌릴 용기가 나지 않았어. 하지만 오늘 아침 마침내 당신을 놓아줄 수 있었어."

다음 말을 하기가 두렵다. 하지만 말하지 않으려면 여기 왜 왔는가? "코비, 당신이 겪은 고통은 정말 미안해. 바이러스로 인해 삶이 그렇게 끔찍하게 끝난 것뿐만 아니라, 니코의 죽음에 대한 책임을 짊어지고 고통스럽게 살아야 했던 모든 시간에 대해서도." 나는 다시 심호흡하고 계속 말할 용기를 낸다. "사실은 우리의 비극에 나도 책임이 있어. 당신이 옆에서 잘 때 술 냄새를 맡은 적이 있었고, 약을 지나치게 많이 먹는 것도 알고 있었어. 당신이 새 일자리를 찾으면 다 괜찮아질 거라고 생각하지 말고, 당신과 맞서 이야기해야 했어. 내가 더 좋은 아내였더라면 좋았을 텐데.

당신이 여기 있는 동안 면회를 자주 오지 못한 게 후회돼. 당신이 메이지를 얼마나 보고 싶어 했는지 알면서도 끝내 한 번도 함께 오지 않았지. 가끔 찾아왔을 때도 테이블을 사이에 두고 당신과 마주 보고 앉아서 복잡한 감정을 견디려 애썼어. 슬픔, 분노, 절망, 사랑. 코비, 우리 사이에 많은 일이 어그러졌지만, 단 한 번도 당신을 사랑하지 않은 적은 없었어."

계속 말하기가 버겁지만 이 고통을 외면하지 않고 끝까지 가야 한다.

"우리가 마지막으로 통화했을 때, 화가 나서 당신에게 퍼부었던 말을 여러 번 떠올려 봤어. 당신이 석방되지 않은 이유를 알게 되었을 때, 나는 당신의 설명을 들으려 하기보다 최악을 먼저 가정했지. 아마 내가 우리 엄마처럼 차갑고 용서할 줄 모르는 사람으로 느껴졌을 거야. 그러다 매니에게서 뜻밖의 편지를 받았고 우리는 만나기로 했어. 그는 당신과 거의 3년 동안 같은 방을 썼는데, 당신이 단 한 번도 술이나 약에 손대지 않았다는 걸 내게 알려 주고 싶어 했어.

매니가 교도관들 때문에 당신이 얼마나 끔찍하게 고통받았는지, 그리고…… 아, 난 그 단어를 차마 입에 올릴 수도 없어. 그들이 당신에게 얼마나 추악한 짓을 했는지 말해 줬을 때 나는 울고 말았어. 매니는 그 일이 있고 난 뒤 고통을 견디기 위해 당신이 처방약을 복용하기 시작했다고 했어. 그때 당신이 처한 상황이 어떠했는지 알게 되었을 때, 나는 비로소 내 고통만 생각하는 게 아니라 *당신의* 고통을 접할 수 있었어. 코비, 너무 늦었지만 니코가 죽던 날의 일에 대해 내가 당신을 *용서했다*는 걸 알아 주면 좋겠어. 당신이 살아 있을 때 그 용서를 해 주지 못해서 정말 미안해."

도서관 어딘가에서 메이지와 밀먼 부인의 목소리가 들린다. 메이지가 브라이언과 자주 하던 놀이에 밀먼 부인을 끌어들인 모양이다.

"트리케라톱스?"

"초식동물."

"정답. 알로사우루스?"

"음…… 육식동물?"

"정답."

"코비, 내가 재혼할 거라는 걸 당신이 알아 줬으면 해. 브라이언은 목수고 다정하고 좋은 사람이야. 우리는 작년에 애도 모임에서 만났어. 그의 아내는 뇌출혈로 세상을 떠나서 그는 상실이 뭔지 잘 알아. 그들은 항상 아이를 원했지만 가질 수 없었지. 나와 그 사이에 생긴 아이는 여자아이야. 한 달 반쯤 뒤에 태어나."

"이번엔 좀 어려워. 오비랍토르."

"어디 보자, 육식동물?"

"아니야. 오비랍토르는 잡식동물이야."

"코비, 브라이언과 메이지는 잘 지내. 그는 좋은 새아버지야. 하지만 절대 당신을 대신할 수는 없어. 가끔 우리는 당신 사진을 보면서 우리가 서로를 얼마나 사랑했는지 이야기해.

지금도 그 학생 아파트 문간에 서 있던 당신 모습이 생생하게 떠올라. 당신은 헐렁한 노란 스웨터를 입고 있었고, 머리는 헝클어지고 피곤해서 아름다운 눈 밑에 다크서클이 깔려 있었지. 그 장면을 생각할 때마다 눈물이 나. 메이지는 당신의 횡단 여행 이야기를 정말 좋아해서 자꾸만 다시 들려달라고 해. 우리는 당신이 보내 준 그림과 쪽지, 만화들을 모아 스크랩북을 만들었는데, 가끔 아이가 혼자서 그걸 꺼내 보더라고. 나는 메이지에게 언제나 당신의 기억이 살아 있도록 도울 거야. 편히 쉬어, 코비. 사랑해. 그리고 언제까지나 사랑할 거야."

코비가 등을 돌린 모습으로 그려진 부분을 가까이서 들여다보다가 붉은 머리카락 사이에 붓털 하나가 박혀 있는 걸 우연히 발견한다. 물감을 두껍게 덧칠한 자리였다. 나는 그것을 집어 엄지와 검지 사이에 쥔다. 속눈썹보다도 작은 그 털이 이상하게도 희귀한 보물처럼 느껴진다.

메이지가 어느새 옆에 와서 누구와 말하고 있느냐고 물어서 깜짝 놀란다. "아빠." 나는 대답한다.

"아, 아빠는 그림을 잘 그렸지?"

"응. 그랬어."

"엄마, 나 좀 안아서 올려 줘. 위에 있는 걸 보고 싶어."

나는 미안하지만 안 된다고 말한다. 뱃속에 아기가 있어서 이제는 메이지를 번쩍 들어 올릴 수 없다고.

뒤에서 밀던 부인이 말한다. "잠깐만." 그녀는 어디론가 갔다가 작은 발판을 가져온다. "조심하렴."

메이지는 발판의 두 번째로 높은 단에 올라 벽화 오른쪽 끝을 향해 손을 뻗는다. 나는 그때까지 미처 발견하지 못한 낯선 형상이 있다. 작은 초록색 번데기 같은 것 안에 아이가 들어 있고, 그곳에서 나비들이 날아오른다. 아, 니코다! 메이지가 위로 손을 뻗어 자신의 쌍둥이 형상과 하이파이브를 하는 모습을 바라보는 동안, 뱃속의 아기가 움직인다.

"안녕, 동생아." 아이가 말한다.

감사의 글

나에게 이런 행운이 찾아오다니 믿을 수 없다! 책의 표지에는 내 이름
이 적혀 있겠지만, 소설의 첫 문장부터 마지막 문장에 이르기까지 6년의
여정을 함께하며 나를 지지해 주고, 편집상의 조언을 건네고, 함께 걸어
준 동료 작가들, 친구들, 출판 관계자들에게 영원히 감사할 것이다.

문학 에이전트가 하는 중요한 일 중 하나는 작가를 그 작품의 진가를
알아볼 사람들과 연결해 주고, 일이 실제로 성사되도록 돕는 것이다. 오랜
에이전트이자 친구인 캐시 에바셰브스키는 나를 문학 에이전트인 빌 클
레그에게 소개해 주었고, 그의 예리한 통찰과 출판 전문성 그리고 작가적
직관이 나를 메리수 루치에게로 이끌어 주었다.

메리수 루치는 사이먼 앤 슈스터의 임프린트인 메리수 루치 북스를 이
끄는 편집자이자 편집장이다. 소설의 처음부터 끝까지 그녀의 편집은 통
찰이 넘치고 꼼꼼했으며, 사유를 자극했고, 무엇보다 나와 긴밀한 협업이
이루어졌다. 그녀가 나를 몰아붙인 덕분에 이 이야기는 더 탄탄하고 깊어
졌다. 게다가 그녀는 선량하기로 출판계에서 손에 꼽히는 사람이다.

메리수는 이 소설을 세상에 내보내기 위해 최고의 팀을 꾸렸다. 편집

보조이자 편집 주임인 엠마 타우시그, 카피 에디터 제인 엘리아스, 수석 제작 편집자 소냐 싱글턴, 아트 디자이너 마이클 네이긴, 내지 디자이너 호프 헤카딜로, 마케팅 담당 엘리자베스 브리든, 홍보 담당 클레어 마우러와 제시카 프리그, 매니징 에디터 제시 맥닐이 함께했다. 이 책의 출판인은 리처드 로러다. 모든 분들에게 감사드린다.

소설 쓰기는 본질적으로 고독한 작업이지만, 수십 년 동안 재능 있는 산문 작가들과 시인들(무엇보다 소중한 친구들)과 함께 일하고, 대화하고, 식사하고, 웃을 수 있었던 것은 크나큰 특권이었다. 우리는 한 달에 두 번 모여 서로 작업 중인 원고를 읽고 피드백을 나눈다. 그리고 어떤 부분이 잘돼 가고, 어떤 부분은 아직 다듬어야 하는지 솔직하게 이야기한다. 데니즈 애버크롬비, 존 앤더슨, 브루스 코언, 더그 후드, 레슬리 존슨, 팸 루이스, 사리 로젠블랫이 우리 그룹이다. 이 소설에 대한 그들의 의견은 이루 말할 수 없이 소중했다.

앨리슨 살라사르에게 특히 고맙다는 말을 전하고 싶다. 나는 그녀가 열다섯 살 고등학생 시절, 내 고급 영어 수업을 듣던 앨리슨 클리블랜드였을 때부터 알고 지냈다. 그 후 그녀는 아내이자 엄마, 교사이자 작가가 되었고, 지금은 나의 사무 보조로 일하고 있다. 앨리슨은 나의 별난 습관과 괴짜 같은 면모를 잘 받아 주고, 기술적인 부족함을 보완해 주며, 이메일과 각종 요청, 수많은 업무를 처리해 준다. 게다가 훌륭한 비평가다! 내가 새로운 장면이나 챕터를 쓰거나, 어떤 아이디어를 시험해 보고 싶을 때 가장 먼저 읽어 주는 사람이 대개 앨리슨이다. 나는 그녀의 의견을 꼼꼼히 적어 둔다. 그리고 그녀는 정말 재미있는 이야기꾼이다! 고마워, 앨리슨.

다양한 방식으로 나를 지지해 주고 영감을 준 분들에게도 고마움을 전한다. 에설 만차리스, 페니 발로키, 제이미 브릭하우스, 제리 스피어스, 토니 마샹즐리, 크리스 램, 저스틴 램과 제시카 램, 재러드 램과 브레나 램,

테디 램, 조 다르다, 조 레오나르디, 톰 해르데커, 마이클 콕스, 마크 크록스퍼드, 피터 켈리, 줄리 앤더슨, 케빈 시놋, 레이 코그셜, 사이먼 투프, 마리아 가르시아, 요크 교정 연구소에 있는 나의 전 제자들 그리고 강아지인 세이디까지.

옮긴이 박산호

번역가이자 소설가. 한양대학교 영어교육학과를 졸업하고 영국 브루넬대학교 대학원에서 영문학을 전공했다. 영화 「툼스톤」의 원작 『무덤으로 향하다』를 옮기며 번역가로 첫발을 내디뎠다. 번역과 동시에 자신만의 목소리로 글을 쓰기 시작하여 소설, 산문, 그래픽 노블, 인터뷰집 등 다양한 분야의 책을 써 왔다. "사람들은 종종 자신의 관점에 갇혀 타인의 고통을 이해하지 못한다"라는 그는, 문학이야말로 그 벽을 허무는 힘이라고 믿는다. 청소년 소설 『오늘도 조이풀하게』, 『너를 찾아서』 등과 『어른에게도 어른이 필요하다』, 『긍정의 말들』 등의 에세이를 썼다. 『헤드샷』, 『오래된 책들의 메아리』 등 100여 권을 우리말로 옮겼으며, 『라일라』로 제18회 유영번역상을 받았다.

강물이 멈춘 날

초판 1쇄 발행 2026년 4월 15일

지은이 윌리 램
옮긴이 박산호
펴낸이 김선준

편집이사 서선행
책임편집 이은애 **편집3팀** 최구영 **디자인** 엄재선
마케팅팀 권두리, 이진규, 신동빈
콘텐츠본부장 조아란
콘텐츠팀 이은정, 장태수, 권희, 박미정, 조문정, 이건희, 박지훈, 송수연, 김수빈, 현유진, 정지호
경영관리 송현주, 윤이경, 임해랑, 정수연

펴낸곳 (주)콘텐츠그룹 포레스트 **출판등록** 2021년 4월 16일 제2021-000079호
주소 서울시 영등포구 여의대로 108 파크원타워1 28층
전화 02) 332-5855 **팩스** 070) 4170-4865
홈페이지 www.forestbooks.co.kr
종이 (주)월드페이퍼 **인쇄** 더블비 **제본** 책공감

ISBN 979-11-94530-98-5 (03840)

㈜콘텐츠그룹 포레스트는 독자 여러분의 책에 관한 아이디어와 원고 투고를 기다리고 있습니다. 책 출간을 원하시는 분은 이메일 writer@forestbooks.co.kr로 간단한 개요와 취지, 연락처 등을 보내주세요. '독자의 꿈이 이뤄지는 숲, 포레스트'에서 작가의 꿈을 이루세요.